Col fazzoletto in testa

di

Alma Ascari

Ai miei figli

Prefazione

Col fazzoletto in testa è una raccolta di alcuni racconti autobiografici che mia madre ha scritto dai primi anni ottanta ad oggi.
La narrazione della vita presente si alterna ai ricordi dell'infanzia e della giovinezza.
Ed è proprio la dimensione del ricordo che culla il lettore, accompagnandolo dentro un passato di cui si sta perdendo memoria.
La vita contadina nella Bassa Modenese, dal primo dopoguerra ad oggi, rivive nelle vicende dell'autrice e della sua famiglia.

Qualcuno ci guarda e *Guardavo fuori* nascono come omaggio rispettivamente al padre e alla madre.
Col fazzoletto in testa è dedicato alla vita delle famiglie del piccolo crocicchio in cui mia madre visse fino a prima del matrimonio.
Più di sedici anni è un tributo ad una lunga amicizia negli anni dopo il matrimonio.

Trasversalmente ai quattro racconti si snoda la vita dell'autrice.
L'infanzia felice nella fattoria, il calore avvolgente della grande famiglia, le speranze e i sogni di una giovinezza troppo breve, lasciano il posto agli anni più duri dopo il matrimonio.
Il rapporto col marito ben presto si incrina irrimediabilmente e il senso di solitudine prevale, alleviato in parte dalla nascita dei figli.
Anche la fatica diventa una compagna di vita, il peso della famiglia e del lavoro in azienda è duro da portare.

Ma anche se il presente è così avvilente e avaro di soddisfazioni, la determinazione ad andare avanti non manca.

Vengono in aiuto le piccole e grandi gioie della maternità, le visite del padre e della zia, l'amicizia con i vicini.

Una piccola rete di rapporti che non può certo sostituire l'abbraccio protettivo della famiglia di origine ma che rende vivibile e degna la vita.

Con l'avvento dell'età matura, il tempo diventa più dolce e generoso.

Ci si può permettere di fermarsi un attimo e voltarsi indietro.

Ed è adesso che ci si accorge dell'immenso patrimonio di ricordi che si è costruito. Nulla è andato perduto e tutto può rivivere nelle memoria.

"Tra i tanti ricordi che si affacciano, e davvero non avrei mai creduto di averli più, mi sento come uno che ritrovi un amico dopo tanti anni.

I ricordi, anche quelli non felici, sono importanti.

I ricordi sono la terra della memoria, se sotto questo pavimento non ci fosse la terra, non potrei essere qui a mangiucchiare, a parlare e a pensare.

Il corpo non vivrebbe senza la terra. La memoria senza i ricordi sarebbe come un bel piatto vuoto, non potrebbe dare consapevolezza agli atti, né renderci conto del nostro esistere.

I ricordi, buoni o no, sono la terra, con le sue pianure di esperienza, i burroni della paura, le acque della gioia, le montagne della speranza."

Grazie mamma.

Serena Bianchi

Qualcuno ci guarda

Ripensai a lei dopo trent'anni, in una fredda e bizzosa giornata d'aprile del settantotto, il giorno del funerale di mio padre. Nessun dolore. Quella che aveva pianto senza pudore, domenica pomeriggio, davanti ai suoi resti mortali, era la figlia, la "cùca" (cocca), come ancora mi aveva chiamato l'ultima volta che mi aveva visto. Quella che è uscita dal cimitero un'ora fa è una donna di trentotto anni, sfiancata dalla fatica, avvilita dall'amarezza, ma con una buona memoria e un cuore riconoscente, che non ha poi molta voglia di piangere, almeno in questo momento.

Ieri sera ho dormito qui, nel letto di mio padre. Non dormito, ascoltato. Ascoltavo dentro di me un eco qualsiasi della sua voce, così... pensieri vaghi... senza briglia.

Un mattino di cinque o sei anni fa, la Vittoria mi aveva detto: "Ma che cambiamento ha fatto Loris, è dimagrito, ha una faccia da uomo, e la voce... la voce poi, non si riconosce più." "È quella di mio padre." Lei aveva mosso il capo in un vago gesto di sconcerto. I nostri figli più grandi avevano la stessa età, e noi due, io trentenne e lei, che aveva quasi il doppio della mia età, eravamo in un certo senso impreparate, a che crescessero così in fretta da non poter più essere considerati "i bambini" che erano l'argomento quasi esclusivo delle nostre chiacchierate.

"Sì, Loris ha la voce e il carattere di mio padre, e anche l'attaccatura dei capelli, e le sopracciglia... Eh, Vittoria! Qui c'è

9

poco da fare, i nostri pulcini stan diventando galletti... qui dobbiamo rivedere un po' le nostre abitudini, solo che io non mi sento pronta. Mah !..."

Lei aveva scosso di nuovo il capo. "Ma che brutto lavoro! Mi sembra che siano nati ieri..." "Qui la stiamo prendendo come se crescere fosse una colpa. Avete ragione, Vittoria, quando dite che le madri sono cieche e stupide..."

Ma le nostre chiacchierate ci facevano bene. Dopo, da sola, pensai che era bello che qualcuno ricordasse così da vicino mio padre, ancora meglio se era uno dei miei figli. Così lo avevo salutato un'ora fa. "Loris ti somiglia, papà, così io non avrò bisogno di immaginare, per ricordarti, tu sarai vivo anche dopo di noi, ti ringrazio di essere stato mio padre, uno migliore non me lo sarei neanche sognato, davvero papà, ti amerò sempre, mentre amo i miei figli..."

Ora, qui, seduta davanti alla tavola apparecchiata, cerco di frenare i miei pensieri sciolti, almeno per dare una mano a Lidia, e devo dire qualcosa a mia madre, che è seduta di fronte a me, rigida come un palo, per il freddo che ha preso là fuori, e per lo sconcerto che la mancanza del suo compagno deve averle procurato. Devo proprio muovermi, che razza di donna sono, che non riesco neanche a dire qualcosa quando proprio serve. Ma niente. Il mio sedere resta attaccato alla sedia e la mia bocca è rigida come se fosse di legno, solo i ricordi galoppano come una mandria di cavalli impauriti, mi sembra che gli altri ne debbano sentire il rumore. Mi appoggio una mano sotto il mento, se solo potessi dormire un po'... Qualcuno mi mette davanti un piatto di maccheroni, e mi sblocco un po'. Mia madre sta dicendo che basterà "qualcosa di semplice", stanno parlando della tomba di papà, e io ascolto con un orecchio solo, siamo tutti d'accordo comunque, e i discorsi proseguono a bassa voce, come se nella stanza dormisse un neonato che non si vuole che si svegli, potrebbero anche parlare normalmente, ne aveva, lui, di voce!

A voce bassa, ma intensamente, e allo stesso tempo titubanti e incerti: hanno rapito l'onorevole Moro e massacrato gli uomini, tutti giovani, che lo scortavano. Se il babbo fosse qui pugnerebbe il tavolo e bestemmierebbe, abbastanza da farsi sentire da tutto il vicinato. Per un minuto, o forse anche cinque, sbraiterebbe come un ossesso, poi parlerebbe un po' da solo.

"Vorrei proprio sapere chi è stato, e perché hanno fatto una cosa così... Se c'è un uomo un po' garbato, in mezzo a tutti quelli là davanti, è proprio lui... cosa gli vogliono fare poi... da fare un massacro simile, per prenderlo... E adesso cosa diranno alle famiglie di quei poveri ragazzi, vorrei proprio saperlo, chi si attenterà ad andarglielo a dire..." e poi non avrebbe più parlato, come si fa a parlare di una cosa così, almeno per noi, incomprensibile.

Gli uomini continuavano a parlare. "Dove l'hanno portato? Qualcuno dei suoi l'avrà sotto il letto." "Ah, guarda... però, così, si son tagliati le gambe..." "Ma chissà poi com'è stata... sai quando lo sapremo? Mai, non lo saprà mai nessuno cos'è successo veramente, te lo dico io."

La Lidia, mia madre e sua sorella sono andate di là, e le voci brusianti degli uomini non interrompono l'emorragia dei ricordi.

Era appena finita la guerra, e la politica scaldava gli animi, proprio come adesso, e in paese avevano aperto un asilo, il primo che si sapesse giù nella Bassa. Una donna, Maria G., aveva lasciato alla parrocchia una bella casa in paese, con un bel pezzo di cortile e un po' di giardino, per i bambini dei braccianti e dei contadini. Io non capivo cosa fosse un asilo, e capivo ancora meno perché tutti litigassero a questo proposito. Durante la mietitura, mia madre e Bruno Solieri, un uomo del paese, che aveva una bambina della mia età, avevano avuto una discussione piuttosto vivace, non ricordo com'era iniziata, ma solo che Bruno diceva in tono secco: "Ah, io, la mia non ce la mando, da quel cornacchione lì di quel prete, mi dispiace, ma non ne voglio proprio sapere, è solo capace di mettere delle idee balorde in testa alla gente, invece di andare a lavorare, come fa tutta la gente di questo mondo. Ah... ma se comandassi io lo disincanterei in fretta, io veh... lo metterei a posto." E aveva detto come. Mia madre aveva obiettato: "No, Bruno, qui il prete non c'entra, ci sarà una ragazza, o due, apposta, che baderanno ai bambini, gli insegneranno qualcosina, gli insegneranno un po' la lingua, un po' a star composti, a stare in mezzo agli altri, li terranno al riparo dalle intemperie, e finalmente di sera non saranno più sporchi come maialini. È una bell'invenzione questa, utile, altroché!" Ma l'uomo insisteva nella sua idea, più sull'evidente antipatia verso il prete, che qui veramente era fuori luogo, e mia madre a ribattere, che era ora che anche in campagna ci si civilizzasse un po'. Io ero sulla carreggiata, e vedevo bene Bruno che era il primo della fila, e mia madre era l'ultima, tra loro c'era una trentina di metri di distanza con almeno una decina di persone di mezzo, che mietevano in silenzio; per una volta tanto nessuno interloquiva, anche se, forse, qualcuno se la stava godendo. L'uomo, forse irritato che una donna gli tenesse tanto fieramente testa, stava perdendo del tutto la buona creanza. "Vi credevo più furba, cara mia, invece siete proprio una di quelle bigotte che se il prete la fa lì dicono che è acqua santa, davvero, quei pretacci lì hanno buon gioco con quelli come voi."

Mia madre, come sempre del resto, seppure arrabbiata, non perdeva il filo della sua logica, la discussione avrebbe potuto durare all'infinito senza che lei cedesse di mezzo punto. Ma mio padre no, mio padre considerava le liti, di qualsiasi fatta, una cosa vergognosa, e ad un certo punto alzò la schiena con un gemito di fatica, rivolgendosi alla moglie, con gli occhi freddi e la falce ferma a mezz'aria: "Angiola, se non la smetti entro mezzo secondo, giuro su mia madre che ti do un ceffone…" Non si volse nemmeno verso Bruno, si chinò di nuovo sulle sue file di frumento, e riprese a mietere. Non si udì più una parola per il resto del pomeriggio.

Ma nonostante i commenti, più o meno coloriti, alla fine tutti i bambini del paese andarono all'asilo: ricordavo bene il mio primo giorno, ero talmente emozionata. Dopo avermi lavato bene, pettinata, con le trecce a resca così tirate che mi facevano male, e sgridata prima del tempo, perché non mi dimenticassi che ero una bambina e facessi "il maschiaccio", mia madre mi mandò sulla porta di casa. Mio padre mi caricò sulla sua bicicletta, qui sì, che ero a posto! Mio padre, dopo aver salutato ad alta voce alcuni vicini, cambiò tono e mi disse quasi furtivo: "Quando devi andare a fare pipì, chiedilo, chiedi alla signorina "Posso ritirarmi al gabinetto?" Ricordati, eh..."

Improvvisamente fui presa da una specie di panico. Già, là non ero a casa mia, e come avrei fatto da sola tutto il giorno? Avrei voluto tornare, e allo stesso tempo non vedevo l'ora di arrivare. Finalmente mio padre si fermò davanti al cancello. Attraversammo il cortile pieno di bambini e ci venne incontro lei, Elena. Mio padre accennò il cappello con una mano. "Buongiorno, signorina." E si presentò porgendole la mano, poi mi diede un colpetto d'incoraggiamento sulla schiena, ché io mi sentivo rigida e non volevo togliere la mia mano dalla sua. "Questa è la mia bambina." E mi mollò la mano spingendomi un altro po'. "Su da brava, saluta." Ma io mi voltai contro la parete sicura della sua giacca, e mio padre s'intenerì, e spiegò: "È una chiacchierona quando è a casa, ma fuori... Che cosa vuole, non è mai stata da nessuna parte e ve lo dico prima, non sa ancora segnarsi..." Lei si chinò e mi prese il mento. "Ma l'ho già vista questa bambina, con le ragazze... e come ti chiami eh?" Mi tenne il mento tra le dita perché continuavo a nascondermi e sorrideva, ma io non volevo mollare mio padre che però si era già voltato verso il cancello finendo di raccomandarsi. "Se proprio non volesse stare qui dica qualcosa ad uno dei ragazzi più grandi che la veniamo a prendere." "Ma vedrete che non ce ne sarà bisogno, è vero, Anna, che sei brava?" Finalmente riuscii a voltarmi verso di lei.

Ecco, era cominciato il mio primo giorno fuori casa, al posto del babbo e degli altri c'era questa donna, e la guardai per bene. Era bruna di pelle, e aveva dei begli occhi castani, e i capelli arrotolati come quelli delle donne più vecchie di lei, e un grembiule a quadretti rosa allacciato davanti, a maniche lunghe, era una ragazza che sembrava una specie di mamma, pensai, e sorrideva... sorrideva proprio a me... Mi guardava con un'espressione talmente amichevole, che tutte le mie paure scomparvero in fretta com'erano venute.

Non so come facesse quella piccola donna a tenere a bada una cinquantina di bambini di soli cinque anni, ma è un fatto che ci riusciva, e bene, sempre col sorriso sulle labbra, e senza mai alzare la voce: non ricordo, per tutti gli anni che la conobbi, che abbia mai alzato di un tono la voce, non ne aveva bisogno. La sua personalità era tale che non c'era un solo di noi che trovasse da ridire: batteva due volte le mani "Bambini... a sedere" e tutti si sedevano, senza quel fracasso che facevamo, l'anno dopo, alle elementari; oppure "Andiamo a giocare" e faceva cinque o sei gruppi, secondo le capacità di ognuno, i più grandi a giocare a palla, i più piccoli a giocare con cubetti di legno, certe bambine ai giochi "da mamma" ad imitare le donne grandi nei lavori di casa, certi altri a cantare, qui erano insieme maschi e femmine, e il vasto cortile era "organizzato" come meglio non si sarebbe potuto.

A noi più grandi, che saremmo andati alle elementari in autunno, insegnò a scrivere e a leggere, e, una volta per tutte, c'insegnò le cose religiose. Per quest andavamo in una stanza della canonica, la domenica mattina. I suoi esempi erano così chiari, che li avrebbe capiti anche il gatto. "Vedete che stamattina siete vestiti di nuovo? Che vi siete lavati e cambiati? Ebbene, anche con la vostra anima dovete fare così, la dovete tenere pulita, l'anima deve essere candida!" Queste storie dell'anima, che erano inconsce dentro di noi, mi turbarono, e accesero i pulsanti della mia curiosità. Per la prima volta ci parlavano di cose "da grandi", non solo di mangiare, dormire, piangere o ridere, star bene o male, ma si entrava in un tema "infinito" e potevamo chiedere, lei aveva sempre una risposta convincente. L'anima non si vede? "E la voce, quando parlate, la vedete? Tu la vedi? E tu?... eppure parlate..." e tendeva verso l'alto una mano "E lassù qualcuno ascolta; voi non lo sapete, bambini, ma lassù abbiamo un padre che sa tutto di noi, non solo quello che facciamo, ma anche quello che faremo e quello che pensiamo." Questa poi! L'idea che "lassù" qualcuno sapesse tutto di me non mi piaceva neanche un po', c'era già mia madre, "quaggiù", che mi controllava gli orecchi e le unghie e tutte quelle cose lì, e che mi diceva tutti i santi giorni di "stare composta", ci mancava anche che qualcun altro controllasse ancora meglio. E poi non ci credevo, anche se non mi attentavo a dirlo, che un uomo alto, coi capelli biondi e lunghi, una camicia da notte bianca, e un gran mantello rosso, avesse aperto le braccia, e fatto crescere le montagne, acceso il sole e riempito i mari, non mi entrava proprio in testa, che camminasse per i cieli, e facesse cadere a suo piacimento la pioggia, mah!... ci pensai per dei giorni interi... eppure piove e c'è il sole. "Li ha creati nostro padre, per noi." diceva Elena con la sua voce tranquilla e la sua mano rivolta in alto.

A casa, sul comò di Bettina, c'era un'immagine del Sacro Cuore che mi dava fastidio. Mi dava fastidio quel cuore in mano, con le spine attorno e la fiammella sopra, e Lui, con una bella faccia tranquilla; la guardavo spesso, e se avessi potuto, avrei preso via le spine, buttato un bicchiere d'acqua sulla fiammella, rimesso dentro il cuore, da un immaginario sportello e avrei chiuso per bene. Non riuscivo proprio ad immaginarlo in nessun modo, un tipo così.

Finché un giorno Elena riuscì ad avvicinarmi al suo scopo, continuando a parlarci, del Cristo, adesso, e di sua madre. Non diceva Maria o la Madonna, ma sempre "la Madonnina" "che ci guarda dal cielo e piange, quando non siamo buoni." Anche questa figura, con la camicia fin sotto i piedi, e un mantello grande come un lenzuolo, che stava lassù a piangere, (possibile che non fosse mai contenta?) non mi capacitava. Con la fantasia più volonterosa, provai camicia e mantello a tutte le donne che conoscevo. Per rispetto cominciai da mia madre, ma era grassa e abbronzata, e non aveva i lunghi capelli biondi. Poi Saveria, ma era fin troppo bella, solo che il suo sguardo scuro non andava proprio, poi la Pia Galdi che aveva diciotto anni e tutti la guardavano, e una o due delle belle figlie di Milziade, ma erano tutte troppo vive e vitali, ridevano troppo e anche se avessero avuto la lunga chioma dorata non avrebbero potuto vivere per aria e riempirsi di luce, no... Era veramente difficile, credere.

Ma una mattina trovammo l'aula della canonica imbiancata di fresco e con tutte le sedie nuove; dietro al tavolo dove si metteva spesso Elena c'era un quadro abbastanza grande, lo aveva portato la madre di Clara, e appena fummo seduti, lei ce lo indicò: non era il misterioso Dio dei cieli che camminava col cuore in mano, ma era un Cristo seduto sotto un grande albero, su uno sfondo campestre, con casette sparse qua e là su una verde collina. Un gruppo di bambini era lì attorno, e lui li guardava con un'espressione corrucciata; era un magrone come mio padre, e la lunga camicia era grigia e un po' frusta. "Gesù amava molto i bambini, sapete?" Oh... forse questo poteva andare. Questo aveva l'aria stanca di mio padre, e potevo anche immaginare lui o uno dei miei zii conciati così a parlare con dei ragazzini, non eravamo ricchi, ma le parole non mancavano, a casa nostra.

E così, l'immagine di quel Cristo, modesto e vagamente indeciso, attorniato da un gruppo di bambini che gli corrispondevano, s'impresse nella parte più profonda della mia ancora giovane memoria come l'unica possibile a rappresentare Uno che ci capisce e che ci conosce meglio di quanto ci conosciamo noi stessi.

Aveva fatto presto, Elena, a farcela entrare, il tempo che c'era voluto, a scrivere e a leggere le lettere dell'alfabeto, una alla volta, e a riuscire in qualche modo a metterle insieme, e che non avremmo mai più disimparate ed eravamo già qualcuno, persone consapevoli della grandezza di un mondo all'infuori del conosciuto, talmente grande, che si finiva per non vederlo. Per parte mia non considerai mai molto attentamente la storia della nostra religione, o i misteri della fede, che dir si voglia, o meglio, la considerazione di queste cose, che lei ci esponeva con tanto impegno e con tanta chiarezza, andarono a finire nel fondo della mente, come una cosa preziosa che non usiamo quasi mai e che la mettiamo, bene accartocciata, nella parte più scomoda dell'armadio. Allora, perché ero così piccola e avevo tutto da imparare, e da curiosare, non c'era faccia che non guardassi, o posto sul quale, se appena potevo, non allungassi le mani. Dopo, da più grandicella, sebbene mi piacesse molto la scuola, ero letteralmente affascinata dalle cose manuali, dalle più inutili alle più complicate, mi piaceva "costruire" le cose. Nessun pezzo di carta andava perso nelle mie mani, dopo averlo letto, anche quattro volte, se mi piaceva, o scritto o disegnato, facevo altre cose che si potessero guardare e toccare, una barchetta, un aeroplanino, un fiore, ...

Ci fu un periodo in cui, con le gambine dei soffioni maturi, costruii decine e decine di gabbiette e cestini di tutte le forme possibili, senza contare tutti i gomitoli e rocchetti con relativi pezzi di stoffa che consumavo a mia madre e alle sue cognate, a volte li rubavo persino, per fare quello che mi veniva in mente. Era così divertente!

Facevo tutto con entusiasmo; poi ci pensarono le cose della vita, a mettermi a posto. E così, la fede, restava là dov'era andata a finire quando avevo cinque anni. Perché quel magro Cristo saltasse fuori, dovevo essere condizionata, dalla gioia, o dalla paura, o dalla disperazione, o, come quel giorno d'aprile, da una pensosa tristezza.

Me ne andai a casa prima di sera, ancora con la testa talmente rimuginante, che fu molto se riuscii a salutare. La Rina, che era venuta a sostituirmi, mi chiese se doveva tornare l'indomani, e io dissi di no. "Avete fatto anche troppo, Rina..." "Ma domani avrai ancora il dispiacere..." "Chi? Io? Ma fatemi il piacere... Ma se mio padre sarà stato sì e no quaranta chili... Che dispiacere volete che abbia..."

E fu tutto quello che dissi, ad alta voce, di mio padre, per parecchie settimane. Coi ragazzi non me la sentivo, e tanto meno coi piccoli, e con Giovanni, purtroppo, non riuscivo più a parlare. E così, senza parole e senza lacrime, mi restavano solo i pensieri. Pensieri dei quali non riuscivo a venire a capo, che non si scioglievano, che non si allineavano, che non sapevo neanche da dove cominciavano. Si sovrapponevano, ai miei ricordi personali, i suoi, quelli che aveva raccontato, o che avevo sentito dagli altri, e quelli che io pensavo avesse avuto, come se avessi dovuto usare la sua testa, Dio che stanchezza! Non vedevo l'ora di andare a letto.

Il mattino seguente, già prima che mi muovessi, la buriana dei pensieri era ricominciata, implacabile, con una me stessa che si faceva domande e si rispondeva, già da prima che nascessi. Come doveva essere mio padre a cinque anni? Simpatico e magrolino come Euro, o scontroso e robusto come Loris, o un miscuglio di entrambi? E la nonna? Quanti anni avrà avuto la nonna quando ha avuto il babbo... sarà stato un bambino felice? E qui, precipitosamente, i ricordi tornano ad una settimana fa.

Appena tornata in casa mi ero cambiata ed avevo gridato a Giovanni, che era rimasto indietro. "Vado all'ospedale." Ed ero partita senza aspettare risposta, che se no avrei perso la corriera. Dalla stazione ero andata all'ospedale di corsa, ed ero arrivata nella stanza trafelata. Mia madre era sconvolta: "Vedi, Anna, come sta male..." Mormorai stupidamente che credevo che dormisse e mi avvicinai, era esanime. "Ho già telefonato ai tuoi fratelli, il dottore dice che è un blocco renale (e abbassò la voce). Mi ha detto di avvisare i parenti."

Fossi venuta ieri a trovarlo... almeno mi avrebbe riconosciuta, pensai con amarezza, e mi portai ai piedi del letto; in quel momento mio padre aprì gli occhi... e mi sorrise. Ci sorridemmo per un attimo, e io alzai una mano. "Ciao, papà." Anche la sua scarna mano si alzò in un "Ciao, cocca" più visto che sentito. Con lo stesso filo di voce salutò sua madre: "C'è la mamma qui... la mamma è venuta a prendermi..." e ricadde nell'incoscienza. Sì, dovevano averlo amato.

A poco a poco, i pensieri, quelli suoi, si divisero dai miei, si allontanarono, com'era giusto che fosse, e anche i miei diradarono un po', anche se erano ancora pressanti.

Una mattina che ero china sul lavatoio, Gabriel entrò e chiuse la porta. "Mamma, quand'è che la smetterai di stare muta?" "Chi? Io?" "Sì, tu... (era spazientito) non puoi parlare un po' con me?" "Oh, scusami, Gabriel, scusatemi tutti, ma stavo pensando al nonno, in questi giorni non riesco quasi a pensare ad altro, ma mi passerà, vedrai..."

Ma era come se qualcuno mi avesse portato venti sacchi pieni di cose e me li avesse rovesciati in cucina, sul tavolo, sulle sedie, sul lavello, dappertutto e non avessi la forza di metterli a posto; ma io avevo bisogno di usare la mia cucina, e dovevo mettere a posto questa roba, a posto per bene, perché era roba che non si poteva buttare.

Mi era già capitato tante volte di trovarmi in difficoltà. A volte, in questi ultimi anni, mi sentivo veramente in difetto nei confronti dei miei, tutti quanti, figli, parenti, senza parlare di conoscenti e amici, li avevo persi tutti, ero diventata una specie di orso solitario, anche nella mente: non sapevo neanche più parlare.

Una mattina, il negoziante mi aveva detto: "Mi dispiace per tuo padre, Anna." "Dispiace più a me." Ed ero uscita senza salutare, e lui aveva lasciato il negozio e mi aveva preso per un braccio, guardandomi con un certo cipiglio. "Ho detto che mi dispiace per tuo padre, non ti avrò mica offeso, per caso..." "E io ho detto che dispiace più a me." Avevo liberato il gomito e me n'ero andata. "Sei disgustosa, veramente, mi dispiace dirtelo, ma fai proprio schifo." Avevamo parlato forte e immaginavo la faccia di quelli che erano rimasti in negozio. Ero rossa di vergogna dentro e fuori, bastava che avessi detto grazie, e buongiorno, cos'è che me lo impediva?

Ciononostante, ero riuscita ad andare a trovare mia madre tre o quattro volte nei primi giorni. I ruoli si erano invertiti, ora era lei che parlava, restavo là due o tre ore, ed era un lungo monologo, una biografia, forse anche patetica, ma perfettamente calzante, di mio padre. Dell'uomo bizzarro, del marito, del padre. Non mi restava che sedermi e ascoltare, mentre i suoi ricordi si coloravano, nella mia mente. Mi faceva piacere ascoltare, finché una mattina mi disse che aveva paura. "Cosa? Di che cosa hai paura ?..." "Sì, ho chiesto alla Lidia e alle ragazze se, per favore, mi lasciano le porte delle loro stanze un po' aperte, perché di notte, non so... mi sembra che lui mi guardi... che sia lì dietro... e... non riesco a dormire..." "Sei incredibile, mamma; non hai mai creduto a niente e adesso cosa fai... Credi ai fantasmi?" "Ma no, solo che..." "Solo che cosa? Ma smettila di dire delle sciocchezze, che non ci credi neanche tu, a quello che dici..."

Ero arrabbiata e stupita, come se avessi visto un buco nel pavimento, ma non riuscii, neanche stavolta, a dire: "Mi dispiace." Non riuscivo neanch'io ad inquadrare il fatto che mio padre non facesse più parte del mondo dei vivi. Avevo piena la testa della sua presenza, ma, da qui ad averne paura... Il fatto che l'efficienza avesse paura della fantasia; che mia madre avesse paura di mio padre... Ero sconvolta! Non sarei andata a trovarla per un bel po' di tempo.

Poi a poco a poco l'intorpidimento dei troppi pensieri passò, o, più semplicemente, io imparai a districarmi in mezzo a loro, con più sicurezza. Anche i ragazzi erano più contenti, sembrava che si respirasse meglio. Era un caso, che la tele fosse accesa quel pomeriggio. "Hanno trovato l'onorevole Moro." Chissà se era da molto che parlavano... Era una trasmissione confusa, ma vidi per un attimo, il povero corpo rannicchiato nel baule di un'auto. Povero Moro. Andai a spegnere, e mi vennero in mente i discorsi dei miei fratelli e di Andrea, fatti sottovoce il mese precedente. E mio padre. Oggi mio padre non bestemmierebbe, si leverebbe il cappello, e andrebbe a grattarsi la testa borbottando, in qualche angolo, guardando tutti di traverso. Caro papà.

Mi scoprii che stavo piangendo, senza sapere se piangevo per lui o per quell'orribile fotogramma, o perché l'altro giorno ero stata così dura con mia madre, perché in quasi un mese non ero riuscita a consolarla un po', non ci avevo neanche provato, e non avevo neanche voluto che gli altri consolassero me, con la scusa che mio padre era tanto malato e dimagrito, come se gli uomini si valutassero a peso.

Uscii di casa: in un certo senso ero contenta che almeno quel calvario fosse finito, anche se mi si riscaravoltavano i ricordi.

Dopo che, con una fatica quasi fisica, ero riuscita a mettermi un po' tranquilla, tornai immediatamente al mese indietro, il pomeriggio dopo il funerale, ricordi miei, di mio padre, e adesso ci si mischiava l'Onorevole Moro, perché lo avevano rapito il giorno prima, perché erano coetanei. Ma c'era un motivo di fondo che mi rimuginava in testa, anche se non è facile pensare al compromesso storico, mentre si mungono le mucche: la stanchezza.

Ricordai mio padre; quando Arnaldo e i gemelli erano attorno ai diciassette anni, un mattino era andato coi "galletti" a falciare lo strame, un mestiere tra i più faticosi, anche per il caldo del periodo. Verso mezzogiorno, finita la prima aperta, si erano messi sotto un filare di piante per riposarsi un po', prima di avviarsi verso casa, ma mio padre non si era seduto, era talmente stanco che, se lo avesse fatto, non sarebbe riuscito a rialzarsi, ma li aveva guardati sospirando. "Eh no! Mi dispiace, ragazzi, ma bisogna andare a falciare anche un po' dall'Elvira, chi glielo falcia altrimenti? Bisognerà pure aiutarla, poverina."

L'Elvira era la vedova di un suo amico, che viveva coi suoi bambini di là dai Bardi. Nessuno aveva risposto né sì, né no, si erano semplicemente avviati dietro di lui, per un filare di fianco alla strada, e si erano messi a falciare, ché l'Elvira se n'era accorta che erano già a metà, ed era arrivata di corsa a portargli da bere e a ringraziare che non la finiva più.

Quando tornarono, i ragazzi, dopo essersi lavati, si buttarono letteralmente sui piatti, e mio padre si era fregato le mani soddisfatto. "Eh sì... abbiamo fatto proprio un bel lavorino oggi, non è vero ragazzi? Così abbiamo tirato un po' avanti quella povera donna."

Oppure partiva, silenzioso come una talpa, a un'ora qualsiasi, anche di notte, con la sua valigetta che conteneva il necessario da barbiere, e andava a "mettere in ordine" qualcuno che era morto, dove gli altri non volevano o non potevano farlo, o dove non c'era nessuno. "Bisognerà bene che qualcuno lo metta a posto, quel povero cristiano."

Per quelle cose che "bisogna fare", sorpassava la stanchezza e "andava". Così come l'Onorevole Moro parlava. In quel mese di televisione sempre accesa, che io non avevo quasi mai guardato, ricordavo la sua voce e il senso delle sue parole, anche se non saprei ripeterne nemmeno una, e ricordavo il tono, che si faceva via via più stanco, più cantilenante, eppure più insinuante, perché ci credeva, in quello che diceva, perché "bisognava dirlo". E ora le loro "magliette", quella grigiotta del contadino e quella sforacchiata dell'Onorevole, vagavano nel cielo. Come diceva Elena? "L'anima la dovete tener pulita, bambini." E io, che non riuscivo ad immaginare "l'invisibile", mi ero formata un'idea dell'anima a forma di maglietta, e "lassù" quella specie di "esame" come lei ce lo aveva spiegato: quel Dio altro e biondo era seduto dietro un vecchio tavolo, i santi con l'aureola in testa, gli portavano le anime man mano che le acciuffavano e gliele stendevano davanti: maglietta pulita da una parte dove c'era la Madonnina, così luminosa che non si riusciva nemmeno a guardarla, maglietta sporca dall'altra, dove c'era un buco nero, così nero che non si vedeva il fondo.

Ma questo scenario, dopo che lo avevo pensato ben bene, e sistemato con la stessa sicurezza con la quale bevevo un bicchier d'acqua, era caduto. E non avevo più pensato a ricostruirlo, non ne avevo più sentito il bisogno, fino a che tutti i miei erano vivi. Ma ora mi sentivo come se qualcosa di me mi sfuggisse, ero nervosa come un topo in trappola, il tempo mi mancava, mi mancava lo spazio, non ero contenta di nulla, avrei voluto fare solo una cosa: dormire. Dormire per non pensare che il corpo di mio padre era finito sotto terra, ed era inutile che io ci pensassi; dormire perché tutti parlavano dell'Onorevole Moro, e io non ci capivo un accidente, e mi sentivo sempre più stupida; dormire, per non pensare che la mia vita matrimoniale era una frana che non sarei più riuscita a frenare; dormire, perché ero stanca, perché non riuscivo neanche più a sperare.

Dopo cena, quando i bambini erano a letto e Giovanni in giro, salivo la scala piangendo, mi sentivo sola come se fossi stata vedova, Giovanni non c'era mai, quando andavo a letto, ma poi, quando c'era, era anche peggio, mi sgridava tutto il giorno, erano anni che non diceva mai neanche un "va bene"… Non mi chiamava neppure per nome, e questo era un altro lato stretto della mia vita. Avevo assolutamente bisogno di un passaggio, di una tregua, il lavoro della casa e della stalla mi sfiancava letteralmente, e la diffidenza di Giovanni mi toglieva quel po' di tranquillità che mi ci voleva per i miei figli, e per dormire di notte.

Fu un'estate più lunga e difficile delle precedenti quella del '78, e triste. Le gambe mi facevano più male del solito, e per di più cominciai a pensare di essere una persona sfortunata, una che non riesce proprio a cavare un ragno dal buco. Ero uno straccio. Ero arrivata al punto di andarmene a letto senza curarmi non solo di riordinare almeno un po' in cucina, ma neanche i bambini e me stessa, e neanche gli urli di Giovanni, che mi guardava come se fossi un rospo, e le raccomandazioni di mia madre (me le telefonava due o tre volte la settimana: "Hai lavato i panni?" "No, ancora non ho avuto tempo..." "Eppure con la lavatrice si fa presto, io, che son vecchia, li ho anche già stirati.") mi facevano più effetto.

Fino a qualche tempo prima, rispondevo a Giovanni, a volte con rabbia, freddamente ad alta voce, quando prendevo della buona a nulla o della "carovana". "Cosa ti aspetti da una che lavora tutto il giorno, che sia un fiorellino?" Quando prendevo delle male parole andavo letteralmente fuori di testa, e andavo a nascondermi perché quelli che c'erano in casa non vedessero la mia faccia e non sentissero i miei spropositi, dopotutto non avevano colpa loro, se il loro padre era quello che era. E con mia madre, quando iniziava la tiritera del bucato, mi trattenevo un po' di più, ma a volte sbottavo: "Lavoro dieci ore al giorno nella stalla, io, anche di domenica, non so se ti ricordi i lavori di stalla", ma lei insisteva. La mia stanchezza non valeva il disordine. "Ho capito, ma non le vedi le case degli altri?" Non c'erano scuse che tenessero, io non ero brava, la mia casa non era come le case del giorno d'oggi.

Negli ultimi tempi, per troncare il discorso, passavo il telefono a qualcun altro, oppure fingevo che qualcuno suonasse alla porta, adesso non me ne importava più, mettevo giù anche senza nessuna scusa, anche se le sue parole continuavo a sentirle come una spina nel fianco e un ronzio nella testa, meglio dormire, o almeno provarci.

Una sera, mi svegliai che erano le dieci, ero stanchissima, ma mi aveva svegliato il silenzio, c'era una tale quiete! Scesi silenziosamente, erano tutti sul divano. Letizia teneva la sorellina tra le braccia e i ragazzi di fianco, guardavano la televisione tenuta a basso volume senza quasi muovere le ciglia, com'erano belli... e buoni, pensai commossa. Avevano sparecchiato e pulito i fornelli e a me dispiaceva quasi rompere il silenzio, e chiamai piano: "Su, bambini, è ora di andare a letto." Nessuno si mosse, e io tornai sotto le coperte; li sentii dopo un po', a spettacolo finito, venire a letto, e mi riaddormentai, augurandomi che quella tranquilla serata avesse molti seguiti.

Una sera che mi ero appoggiata esausta con la testa sulle braccia incrociate sul tavolo, Gabriel mi scosse leggermente per un gomito: "Vai... vai a letto, mamma, non vedi che non riesci a star su... Ci penso io, ai bambini..." Non me lo feci ripetere e mi avviai lentamente per la scala con un sospiro di sollievo. "Sì, per favore... manda a letto i bambini, e anche voi due, venite a letto presto..." Nonostante la grande stanchezza però, verso le dieci mi svegliavo, e a volte trovavo sul comodino una tazza di tè ancora caldo, i bambini erano andati a letto silenziosamente e Letizia veniva a vedermi. "Ah, sei sveglia... bevi il tè e rimettiti a dormire che sei stanca..." "Grazie, Letizia... appena posso starò alzata a farvi compagnia, fra un po' starò meglio, vedrai, e vi aiuterò..." "Adesso riposati e non preoccuparti, stai tranquilla e dormi..."

Lei, a dieci anni, era la mamma, e io mi lasciavo coccolare. Nonostante l'osticità del padre, i miei figli facevano cerchio attorno a me, mi aiutavano con fatti e parole e ne avevo un bisogno estremo, non solo per le mie gambe, che scricchiolavano letteralmente quando mi alzavo, ma per l'apatia che mi aveva preso. Avevo bisogno di riprendere fiducia in me stessa, si sperare in qualcosa, avevo bisogno che qualcuno mi amasse, e loro lo avevano capito.

Per tutto l'autunno e l'inverno, appena tornavo dalla stalla andavo a letto, alle sette di sera ero già sotto le coperte, dormivo tre o quattro ore, poi mi svegliavo, verso le undici, ché era l'ora in cui prima andavo a letto, e se i ragazzi erano già andati a dormire, ci tornavo anch'io, mi mettevo qualcosa sotto i piedi per alleviare un po' il gonfiore alle gambe, e anche se non riuscivo a riaddormentarmi, venivo come assorbita da una specie di tranquillo dormiveglia.

È triste ammetterlo, ma quando Giovanni non c'era stavo meglio, a volte passavo delle ore semplicemente a lasciar scorrere i pensieri. Dopo vent'anni di fatica senza tregua, e di amarezza, avevo trovato il modo e il tempo di riposare quel tanto che bastava per non crepare. O il lavoro, o le mie gambe. E una sera che erano capitati a cena due miei cognati, mi ero affrettata a sparecchiare, avevo rimesso in tavola vino e bicchieri, servito il caffè, poi avevo chiesto scusa. "Mi dispiace molto, ma devo andare a letto, ché le gambe non mi reggono." Mia cognata mi guardò in tralice. "Così presto, vai a letto? Io, dopo cena, cucio ancora una trentina di maglie…" "Mi dispiace, davvero…" E me n'ero andata. Sapevo benissimo di essere sgarbata, ma il mio letto era meglio dello sguardo duro di Giovanni, e di quello ironico dei suoi parenti, e le gambe erano mie, non loro.

In primavera stavo molto meglio, al mattino riuscivo a muovermi e ad infilarmi le scarpe senza problemi, respiravo meglio, ma ero preoccupata a pensare, a come avrei fatto d'estate, a trovare almeno un'ora al giorno per stendermi in santa pace; avevo già capito che non ce l'avrei mai più fatta a riprendere il ritmo di lavoro degli anni passati, ma inutile parlarne, prima delle dieci di sera non trovavo il tempo di fermarmi, ma per fortuna a rallentare un po' sì, perché avevo degli aiutanti, ora. Senza che dovessi chiedere, Letizia faceva tutte le piccole cose, per tutto il tempo delle vacanze scolastiche trovai sempre la tavola pronta, e prima che suo padre alzasse la voce, era pronta a prevenirlo. "Ci penso io", diceva, e gli metteva in mano quello che cercava e che magari aveva sotto gli occhi, senza vederlo, preso com'era dalla sua stessa impazienza. Quella bambina dolce e quieta, che purtroppo non aveva più tempo di fare la bambina, era l'unica dei nostri figli che riuscisse a farlo stare un po' più calmo del solito.

Letizia, l'unica di noi che parlava poco, aveva, già da bambina, un certo ascendente non solo sul padre, ma con tutti in generale, riusciva con una sola parola a farsi capire; sotto un aspetto semplice nascondeva una personalità chiara, che era impossibile fraintendere, era forte e buona non solo per se stessa, ma anche per gli altri. Dove poteva, arrivava, già da allora, quando c'era lei mi sentivo "al sicuro", potrà sembrare assurdo, ma è pur vero che lei riusciva a colmare molti vuoti, non solo materiali, era anche la mia amica, quella che sapeva tutto senza che glielo raccontassi e senza dovermene sentire in imbarazzo, non avrei potuto pretendere di più, neanche da una persona adulta.

Quando tornava a casa da scuola, verso le due del pomeriggio, spesso ero sola in casa, Giovanni era a letto, i piccoli tornavano alle quattro, e i più grandi erano già al lavoro. Era l'ora buona perché potessi stendere le gambe, lei si sedeva in fondo al divano e parlavamo, era la nostra "chiacchierata delle due", un'abitudine che durò qualche anno, preziosa per me.

La mia vita fuori casa era pressoché inesistente, e così ascoltavo da Letizia le sue cose di scuola, e un po' delle sue amicizie, e di noi, di tante cose, con lei mi sentivo a mio agio come avrei dovuto sentirmi con gli altri, del resto, se avessi potuto stare un po' in compagnia, sarei stata meno timida, meno imbranata, così pensavo, almeno, o forse aveva ragione Giovanni quando diceva che quando erano nati i furbi io non ero nei paraggi, ma il risultato era lo stesso: ero insicura, e di conseguenza nervosa, ma quando c'erano i miei figli, o solo a pensarli, "risalivo" la china e riuscivo a pensare un po' avanti, a dare uno sguardo più o meno speranzoso a quella cosa a volte improbabile che chiamiamo futuro, e a godermi quel che potevo dell'oggi, a riprendermi un po' di quella sicurezza che è la nostra identità e che non dovremmo mai cedere agli altri, come avevo fatto io con mio marito, per amore di una "pace in famiglia" che non c'era più ormai da tanto tempo, e per una "casa ordinata" che non restava tale più di due ore al giorno.

Un pomeriggio che mi ero alzata del divano in tutta fretta, perché Giovanni si era affacciato alla finestra bestemmiando,

Letizia aveva alzato la testa dai suoi libri. "Dove corri…" "Dove vuoi che corra…" Mi stavo infilando due calze elastiche. "Credi che mio padre sia Dio?" Rimasi un po' di tramezzo alla porta; no, non un Dio, ma un padrone, un cattivo padrone, e un giorno che nel bel mezzo del pranzo si era messo a gridare sulla qualità della "sbobba" e perché non c'era mai quel che serviva in tavola, Gabriel gli aveva messo davanti la bottiglia.

"Non hai visto che è appena venuta in casa?" Qualche volta, il silenzio in qualche modo ostile dei suoi figli sconcertava Giovanni, che taceva. Il più delle volte, purtroppo, succedeva il contrario, faceva un tale casino che tutti si alzavano e il pranzo rimaneva a metà, e mi dispiaceva, ma ero anche rincuorata dalla solidarietà dei miei figli.

Una di quelle volte, aveva richiamato Loris che si stava alzando da tavola spazientito dal suo modo di fare. "Finisci di mangiare…" e aveva dato un pugno sul tavolo, lui si era voltato con una faccia dura che mi fece venire le lacrime agli occhi. "Ho già mangiato abbastanza." E se n'era uscito chiudendo la porta con un colpo secco. Eppure Loris non era mai stato quello che si dice un contestatore, men che meno nei riguardi del padre, che tristezza!

Quando tornò l'autunno mi ripresi le mie sere per riposarmi e per stare coi miei figli, nient'altro. In quell'ultima estate avevamo rifatto tutto l'interno della casa, avevamo passato qualche mese coi muratori, un lavoro complicato, ma il risultato lo valeva. Per fortuna, anche se ero stanca, non avevo più bisogno di andare a letto alle sette di sera, abbandonando tutto, e pensavo che gli anni più faticosi della mia vita fossero passati.

Alla fine di novembre, Arnaldo e mio cugino Lucio vennero a invitarci a un pranzo. "Sai che lo avevamo detto quando è morto il babbo, che avremmo fatto un pranzo per trovarci tutti insieme…" "Mi ricordo sì, verrò senz'altro." Lucio parlò due minuti con Giovanni. "Ah… vieni anche tu, e potete portare chi volete, solo che lo diciate la domenica prima; adesso andiamo che ne abbiamo ancora un bel po' da chiamare."

La sera prima del funerale, i parenti, tornando dall'ospedale, si erano fermati da Arnaldo, riempiendo tutte le stanze, non ricordavo molto, perché ero troppo occupata a ripensare al passato. Se n'erano andati dopo mezzanotte, l'ultimo era stato Cesare, lo ricordavo fermo sulla porta con Arnaldo. "Vedi, stasera c'eravamo tutti, ma ormai, morti i nostri vecchi, andrà a finire che ci perderemo di vista..." "No che non ci perderemo, ci rivedremo ogni tanto, sai cosa faremo? Faremo un bel pranzo, uno di questi giorni..." "Va bene, ciao, Arnaldo. Ciao zia." Strinse la mano a tutti e se ne andò.

Ed ora, mio fratello e Lucio andarono a invitare tutti i ventinove cugini, tanti eravamo, direttamente a casa, come si faceva per le antiche sagre annuali. Lucio andò con sua moglie a Genova dal cugino più lontano. Mi sembrava di sentirlo: "Cercate di venire eh! Ché deve essere una cosa fatta bene, dobbiamo esserci tutti."

Finalmente venne la famosa domenica del pranzo dei cugini. Ero tanto disabituata ad andare in giro che stavo quasi male. Mentre facevamo colazione dissi a Giovanni: "Ti ricordi che oggi dobbiamo andare al ristorante?" Mi rispose con un beffardo "Capirai che lavoro..." poi andò a finire le sue cose, e alle undici andò al mercato. Non gli chiesi di tornare presto perché non si innervosisse, e a mezzogiorno tirai fuori il cappotto e mi sedetti un po'. Speravo che arrivasse prima della mezza, intanto preparai da mangiare, verso l'una cominciai a pensare come avrei potuto fare se Giovanni non veniva a prendermi, vuoi vedere che al pranzo c'era andato da solo... Mi arrabbiai di brutto, ma solo internamente. Anche ai ragazzi dispiaceva, per una volta avrebbe ben potuto accontentarmi. Se lo avesse detto prima, almeno, avrei potuto farmi venire a prendere. Avevo voglia, non dico di piangere, ma di rompere qualcosa, non solo contro il muro, ma sulla sua testa, ah se avessi potuto dargli una bella padellata in testa!

Guardai di nuovo l'orologio, ero furiosa, e per nascondere un po' la mia faccia che doveva essere quasi viola, mi misi un grembiule e cominciai a lavare i piatti, almeno mi sarei disimpegnata prima. Misi il suo cibo al caldo come facevo tutte le volte che ritardava, come tutte le domeniche, domeniche tutte uguali, da una vita, perché mai pensavo che tornasse un'ora prima per farmi un piacere. Non lo aveva mai fatto, neanche quando stavo per partorire, tanto meno oggi; se desideravo andare in un posto che non fosse all'interno del cortile, ero una che non si accontentava mai, o una sciocca, o peggio, meglio non pensarci.

Non mi era ancora passata, quando finalmente Giovanni rientrò, quasi gridando: "E tu... non sei ancora pronta?" Avrei voluto rispondere che ero pronta da mezzogiorno, ma mi uscì solo una specie di mugolio che lo fece andare in bestia. "È da un mese che vai dietro e sei ancora lì, dai, muoviti un po', invece di star lì come un bamboccio." Mugolai di nuovo asciugandomi le mani, mi sfilai il grembiule e corsi a prendere il cappotto, dando un'occhiata alla mia faccia stravolta nello specchio dell'ingresso, mentre lui stava già strombazzando il clacson in automobile. "Mi raccomando, Marina, fate a modo eh, ché non starò via molto." "Stai tranquilla, mamma." rispose Letizia mentre mi avviavo quasi di corsa, mentre lui brontolava impaziente. Per fortuna c'era la nebbia, che lo costringeva a badare al volante, mentre io cercavo di riordinarmi e di mettermi un po' calma. Dio mio, speriamo che nessuno se ne accorga, che sono così inferocita, speriamo che non siano già tutti a tavola, che non facciano caso se arrivo per ultima.

Davanti al ristorante c'era pieno di macchine, e Giovanni mi fece scendere, prima di trovare un posto. Mi fermai vicino all'ingresso, e respirai profondamente l'aria umida e fredda, guardandomi intorno, poi entrai senza aspettarlo, avrei ben trovato qualcuno dei miei da qualche parte. Girai così a caso, nell'atrio principale c'era un camino acceso, mi avvicinai cercando di ascoltare le voci. Nella sala di fianco c'era un pranzo di nozze, e un altro gruppo con gli sposi stavano salendo per una bella scala di legno.

Mi avvicinai ad una porta più interna, e la rabbia si sciolse: lì si sentivano le voci del mio parentado.

Non feci a tempo a entrare che qualcuno mi abbracciò, era Rino, genero di zio Vittorio. "Ridi perché ti ricordi quando venivi a morosa, vero?" "Sì, e tu eri sempre tra i piedi... come stai, con chi sei venuta? E i tuoi figli?" e via da una mano all'altra, abbracci e domande quasi tutte uguali, "Come stai?". Una lunga tavola di lato era piena di stuzzichini e aperitivi, la sala era piena. "Ci siamo quasi tutti, siamo in più di ottanta, a momenti si va a tavola." Erano quasi le due.

Avevo visto mia madre e andai a salutarla. "Stai bene?" "Sì, e tu?" e mi guardò con espressione critica. "...Uhmm, non stai male, vestita così..." Salutai anche Lidia e gli altri che c'erano lì attorno e mi allontanai, lo sguardo di mia madre mi metteva a disagio, ormai stavano tutti prendendo posto e io mi avvicinai a Franca e sedetti tra lei e Marino, i nostri mariti erano distanti abbastanza da non sentire la loro voce.

Ora eravamo tutti seduti, ma continuavamo a parlare animatamente, Pina si alzò e ci venne a dire che era diventata nonna. "Ha dieci giorni oggi, siamo tutti così felici..." Clara, un'altra figlia di zia Valentina, aveva con sé le sue due figlie, ce le indicò. "Ma io sto qui con voi, così parliamo un po'."

Risate, parole, e segnamenti a dita qua e là a chiedere "Quello chi è?" dei figli dei cugini che ci erano scappati da sotto gli occhi. Marino disse che eravamo una famiglia fortunata. "Manca soltanto Adriano." Sua moglie Rina c'era, con due dei suoi figli e una nipotina. Era vedova da poco. "Ma non sarei mancata per nulla al mondo." disse. Era andata a sedersi al tavolo centrale tra Argia e mia madre, quel tavolo era molto vuoto, degli otto fratelli dei nostri padri e dei loro coniugi che fanno sedici, erano in sei, là seduti, zia Betta e zia Cesira erano a casa entrambe molto malate.

Nel rumore caldo e amichevole della sala, i pensieri e i saluti dilagavano in tutte le direzioni, mi sentivo come un fiume in piena, che riceve e trascina acqua per tutta la pianura. Ascoltavo Franca che mi parlava di sua figlia che aveva subito un complicato intervento chirurgico alle gambe... "proprio allora hanno dovuto ricoverare anche sua suocera, e mentre il bambino lo avevo io, gli è venuto un attacco di appendicite e hanno dovuto operarlo d'urgenza, non sapevo come fare a guardarli tutti e tre, perché a casa ho anche mia suocera, che è in salute, ma ha novant'anni, non la possiamo mica mollare lì da sola." E via di seguito, per arrivare a una specie di tregua. "però... è dura la vita..."

A questa mettiamoci una riga sotto... ripenso tra me a questi ultimi anni, alle volte che mi sono trascinata a letto senza neanche lavarmi, come in una lugubre pellicola all'indietro, che fatica... e che rabbia... ma è come se pensassi a un'altra persona, ora sto osservando la tavola apparecchiata davanti a noi, la tovaglia di fiandra, i pesanti piatti, posate, tovaglioli e bicchieri, quattro, uno per l'acqua, uno per il vino, una coppa... "e quest'altro, per che cos'è?" Marino scoppia a ridere. "Non lo so, per me bastava questo, ti ricordi..."

Sono le due quando ci servono la minestra e le bocche per un po' hanno altro da fare che parlare.

Qualche giorno prima del matrimonio di Saveria, una domenica di primo pomeriggio, che eravamo quasi tutti sotto il portico al fresco, zia Cesira stava rigirandosi tra le mani la sua collanina d'oro con delle briciole di pane, fregò un bel po' poi buttò le briciole, finì di lucidarla con una pezza e se la guardò tutta soddisfatta, pure si capiva da come stava lì a menare 'sta catenella che stava pensando a qualcosa: "Umberto..." cominciò esitante. "Bisogna proprio che ti chieda una cosa, ma..." si fermò, non era mica facile chiedere qualcosa al suo scorbutico marito, ma perché no, dopotutto lei chiedeva soltanto. "La potrei dare a Saveria, la mia collanina? È tanto bella, guarda qui..." Silenzio, tutti tacevano, ansiosi, come se Saveria fosse figlia di tutti... Da quel silenzio venne fuori la voce più tranquilla che si potesse immaginare, altrettanto esitante. "Ma... Ravata, perché me lo chiedi... la collana è tua." Voleva forse dire che non voleva che la sua collana cambiasse collo? Altro silenzio denso, come il caldo che avvolgeva il cortile bianco di sole, il silenzio propiziatorio del giocatore che ha una sola carta buona. "E la figlia è tua,

Ravata..." come se avesse parlato a se stesso, e il sorrisino impercettibile che cercava di nascondere, per noi, curiosi interessati, era chiaro come la luce del giorno. Lui restò contro la colonna in ombra a fumare il suo sigaro pestilente e la moglie se ne andò riguardandosi quel lontano dono d'amore.

Un mattino che erano andati a prendere le ultime cose per il matrimonio, lo zio era rimasto indietro a parlare con qualcuno, era tornato quasi alla fine di pranzo, e si era seduto senza brontolare, cosa piuttosto insolita. "Com'è che siete tornato così tardi, Umberto?" "Ah, lo volete sapere, Betta, il perché? Sono andato a prendere questa cosina per la Ravata." E tirò fuori una scatolina con una catenella quasi identica alla precedente, che passò per tutte le mani dei presenti prima di arrivare a quelle di Cesira che la rimise nella scatoletta e gli posò una mano sopra, come se avesse paura che sparisse. "Ma che Dio ti mandi, Umberto..."

E quando l'Alves Gorni aveva preso una "palpagnata" durante uno sciopero; erano gli anni attorno al quarantotto, e c'era una pace non tanto pacifica, con tanta voglia di fare, ma poco lavoro, e le proteste erano folte, e sentite, piene di bandiere rosse, e questi fuochi freddi facevano paura ai padroni che mandavano a chiamare la "celere" armata di un manganello di gomma che sembrava innocuo, ma "palpava". L'Alves arrivò a casa nostra livida di rabbia e zoppicante, tirandosi su le gonne davanti a tutti. "Guardate qui, che gli venga un cancro a tutti, non abbiamo fatto a tempo ad accorgercene che han cominciato a manganellare tutto attorno, se non ero svelta mi accoppavano, guarda qui..."

Mio padre prese la bicicletta dicendo: "Voglio proprio andare a vedere cosa succede." Ed era già in strada mentre mia madre gli diceva dietro: "Chissà cos'andrai a fare, da solo, andrai a prenderle, vedrai, matto che non sei altro..." Naturalmente, quando mio padre era arrivato in paese, della polizia e della folla non c'era più neanche l'ombra, gli ultimi erano all'osteria, e gli organizzatori stavano discutendo nell'ufficio della Camera del lavoro, dove andò a informarsi dell'accaduto. "E così abbiamo combattuto per essere più liberi, e ci mandano dei poliziotti a picchiarci, invece di darci una mano, picchiano anche una ragazzuola, che non ha mai fatto niente a nessuno, ah... ma adesso vado in caserma e vedrete che mi sentono, vedrete." E aveva protestato e gridato così forte che lo avevano "sbattuto dentro". Era tornato a casa il mattino seguente, ancora urlante contro le ingiustizie del mondo. "Sì, volevano farmi tacere, ma io urlavo più forte di loro, gliel'ho detto io, cosa penso di quelli che picchiano dei ragazzi e della gente che vuol solo lavorare." Ed era rimasto arrabbiato per due giorni, ché in vita sua lui non aveva mai picchiato nessuno.

E quando aveva presentato mia madre alla nonna, li vedevo benissimo, lui con i baffetti alla siciliana curatissimi e l'abito scuro, e la mamma con un abito blu, col collettino bianco smerlato e i capelli raccolti dietro in uno stretto cocugnello, che non ne scappasse nemmeno uno. "Cosa ne dite, mamma, di questa ragazza?" Cosa dovrebbe rispondere una madre a un bravo figlio di ventisette anni che ti parla col cappello in mano, come se fosse in chiesa. "Dico... beh! Dico che va bene e speriamo che questa sia una buon'ora." E basta, la confidenza, le parole sarebbero venute col tempo. E quando, militare a Trieste, faceva il barbiere, per tutto il tempo, non era mai stato a casa in licenza, ma aveva visto le grotte di Postumia e gli erano rimaste impresse. "Ah, le grotte di Postumia, non si riuscirebbe a immaginare neanche la metà di quanto sono belle... bisogna vederle per crederci." Il piccolo album con le foto delle grotte, e la stella alpina, sono ancora sul bel comò di legno di ciliegio di mia madre, sottovetro con l'unica foto della loro gioventù.

E mentre nella sala continuava per un po' il silenzio, che sarebbe durato solo per il tempo che ci vuole a calmare l'appetito, i ricordi galoppavano in tutte le direzioni come quel mese d'aprile, ricordi avanti e indietro, che però mi lasciavano tranquilla. Come da bambina giocavo con Andrea per delle ore senza che nessuno ci chiamasse (non ce n'era bisogno, in venti in famiglia c'era sempre qualcuno che ci teneva sott'occhio, e che ci avrebbe ben lavati, perché avevamo "razzolato" in diversi "mestieri"), in questi ultimi tempi, e ora qui in particolare, finalmente "con i piedi sotto la tavola" la mia mente "razzolava" tra i ricordi; quel mondo di allora, che a sei anni ci sembrava grande, più grande e nuovo tutti i giorni, tutto intero, stava comodamente nella grande, ordinata pianura della memoria, e nessuna rabbia, nessuna fatica me l'avrebbe portato via. Era un'incorruttibile eredità, un bene che non si sarebbe mai sciupato, che non sarebbe mai finito.

Alla terza minestra, il brusio, o meglio, la confusione aveva ripreso, chi si parlava a gruppetti un po' malinconicamente, chi raccontava barzellette, Luisa rideva così tanto che non fu capace di ripetercene il motivo, e gli occhi mi caddero su Giovanni che stava parlando con la moglie di Marino, qualcosa, un sentimento pregresso, si agitò dentro di me. Non avevo ancora trent'anni, e una notte mi ero svegliata e avevo allungato una mano verso Giovanni, ma non c'era, quasi inconsciamente avevo acceso la luce e guardato l'orologio, erano le tre, avevo spento di nuovo, ma non ero riuscita a riaddormentarmi. Più che le solite domande che gli facevo ogni tanto, e per le quali aveva sempre una risposta sicura, la voce poi era quasi scandalizzata. "Cosa credi che faccia di notte, stiamo in compagnia, o non si può?" che mi mettevano a tacere, mi passò più per il corpo che per la mente, una specie di presentimento: adesso, in questo momento, cosa sta facendo Giovanni? I suoi amici sono a letto di sicuro, tranne Giulio, e Angelo, forse; chiacchiere che si sentivano in giro sui loro passatempi notturni presero forma davanti ai miei occhi e si appoggiarono sul mio stomaco, trasformandosi in una specie di nausea. Mi alzai di nuovo in silenzio, guardai i bambini che dormivano attraverso il chiarore della finestra: ma come? Questi bei bambini e io, nono siamo abbastanza per lui? Non si vergogna a stare in giro tutte le notti fin verso l'alba? Ma che razza di uomo è? Un silenzioso processo durato fino alle quattro. Quando tornò, io fingevo di dormire della grossa, più che altro perché non allungasse le mani, ma mi durò dentro fin quando mi alzai, quel senso di ripulsa. Ma poi alla luce del giorno le cose cambiano aspetto. "Ma cosa vado a pensare, con quale diritto... Giovanni lavora tutto il giorno, è sempre più cattivo, è vero, ma non può farmi questo, sa bene quanto mi dispiacerebbe, no che non è vero, e poi mi dispiacerebbe anche per la gente, si ha un bel da dire "a me non importa nulla di quel che dice la gente", ma questo vale finché la gente non parla di te. Ma sebbene di giorno pensassi in positivo, non riuscii più a levarmi il pensiero delle corna anche se naturalmente non ne parlai, cosa potevo dirgli. "Ti ho proprio visto, te e Giulio, a letto con due di quelle." Ma una sera, mentre stavo riponendo dei panni e lui si stava aggiustando il nodo della cravatta, mi scappò, più che altro per scaramanzia, per sentirmi "rassicurata": "Lo sai, l'altra notte, ho pensato che tu e Giulio eravate a donne e mi è venuta una cosa addosso... sto ancora male a pensarci." Silenzio... brutto segno. Avrei voluto aggiungere qualcosa come "Se tu tornassi un po' prima e stessi con noi qualche sera, non avrei di questi pensieri, ma così..." Ma il silenzio era una risposta lampante. Avrei fatto meglio a tacere, ma tant'è. E così la "tragica visione" mi si attaccò, come una malattia cronica. Benché cercassi di non farlo, ogni tanto mi chiedevo: "Ci sarà andato, stanotte?" anche se a lui non lo chiesi mai più.

Anche adesso, vedendolo accanto alla donna più bella della sala, non riesco a pensare che non si sia seduto lì per caso, ma il malessere di un tempo era sparito, o aveva cambiato forma, non lo so, ma i miei occhi registravano immagini mute.

"Peccato che nessuno abbia una macchina fotografica" disse Franca "ci voleva proprio, a momenti telefono a mio figlio che ci venga a fare qualche foto." Andò a scostare la tenda, stava di nuovo salendo la nebbia. "Ma beh! Questo bel pranzo lo rifaremo una volta ogni tanto."

Euro e sua moglie stavano parlando con mia madre; che strano, quel mio "fratellino" che amavo tanto da ragazzina, ora era il più sconosciuto dei miei parenti. Attaccatissimo alla mamma, l'andava a trovare anche tutti i giorni, ma da noi passava di corsa una volta all'anno, né ci invitava mai a casa sua, l'avevo lasciato a sette anni e ora non riuscivo a farmi un'idea del suo carattere né di come viveva. A volte pensavo che quando non ci fosse più stata la mamma non ci saremmo più rivisti.

"Per forza, Franca, lo dovremo rifare, questo pranzo, altrimenti non riconoscerò più Euro." Intanto lui si era avvicinato e mi disse piano: "Non la conosco mica, io, tutta questa gente." Rideva, divertito. "Vergogna." "Ma è perché sono nato in ritardo." Continuò il suo girovagare per la sala, e Marino lo seguì a spiegargli la parentela.

C'era uno sconosciuto anche tra i parenti che abitano nella memoria: il nonno paterno, Luigi, credo si chiamasse. Non ne ho quasi mai sentito parlare, non solo da mio padre, ma neanche da zia Enrica che è "l'archivio" di famiglia. Di tutti quelli che ho sentito nominare, mi sono fatta un'idea, "hanno" una faccia, ma perché non ho mai sentito parlare di questo nonno? Siccome non voglio pensare che fosse una persona, da dimenticare, gli "metto una faccia", come facevo da bambina, un miscuglio tra le fisionomie di mio padre e di mio zio Vincenzo andrà benissimo, e anche lui trova il posto che gli spetta alla tavola trasversale della sala. E anche un carattere gli trovo, allo stesso modo della faccia, perché mi dispiace di non averlo quasi mai sentito nominare, anche se questa, più che una dimenticanza, deve essere stata una impossibilità. La nonna vedova con dieci figli, i più grandi erano ancora ragazzi, e una miseria nera, non deve proprio avere avuto il tempo materiale, né i figli più grandi, di spiegarlo ai più piccoli, con la vita attraversata da due guerre.

Sì, alla fine hanno visto il boom economico, ma erano talmente abituati ad essere poveri che ne erano in un certo senso scandalizzati; erano rimasti così segnati dalla povertà e dalle disgrazie, che non riuscivano a capacitarsi, almeno in parte, dei cambiamenti, quantomeno non credevano che le cose "andassero sempre bene". A volte, il loro ostinato pessimismo era un vero e proprio freno all'espansività creativa dei più giovani, ma, a pensarci, non avevano tutti i torti: questa lucente medaglia del benessere nasconde un retro di novità che genera illusioni dannose che pagheremo tutti quanti a caro prezzo. La corsa "ad avere di più" di quello che avevano i nostri genitori, ci porta via il tempo per più semplici rapporti, che sarà difficile ritrovare, e diventa spesso, per i più deboli, uno specchietto per le allodole.

Se nel '50 di droga si sentiva parlare da lontano (cose che succedono solo ai "figli viziati" dei ricchi delle grandi città, qui da noi, in campagna, per fortuna, queste cose non succedono) ora il fenomeno si è allargato, altrettanto quanto il benessere, fin contro la porta di casa nostra. E io ne ho talmente paura che a volte preferisco non pensarci, e questo è solo uno dei tanti problemi che ci mettono in difficoltà, i nostri problemi non sono certo meno di quelli dei nostri genitori e nonni, sono solo diversi. Noi non siamo più felici di loro, solo, forse, un pochino più fortunati, con tutta l'improbabilità di questa parola.

Intanto che penso alla droga e a mio nonno, continuo a parlare con Franca, ah, come mi piacerebbe farlo più spesso. Franca è per me, dopo che mi sono sposata, una persona a cui posso raccontare tutto quello che mi passa per la testa, come facevo da bambina con sua madre Bettina. Appena lo zio Vincenzo non c'era, io andavo a dormire con Betta, senza neanche chiederglielo. Salivo semplicemente sul letto, proprio un lettone, e cominciavo a parlare, a parlare; qualche volta, invece, parlava lei, quando stavano per succedere cose importanti, la nascita dei nipotini o durante una malattia piuttosto lunga di Luisa.

Quando avevo tredici anni, lo zio Vincenzo ebbe un infarto, e io dormii con Bettina tutto l'inverno, allora parlava lei quasi sempre, solo del suo Vincenzetto: "Me lo manderanno bene a casa prima di Pasqua, eh, Annetta?" "Certo, zia." Poi non riuscivo più a parlare.

Una di quelle sere, mi disse che lo zio voleva vederci, me e Andrea: ci andammo alla domenica mattina, con lei e mio padre. Ero così contenta che lo zio avesse chiesto di noi; ma quando lo vidi nel grande stanzone dell'ospedale, mi sembrò talmente piccolo e solo che mi venne un tale magone che non riuscii a spiccicar parola e lui disse: "Sei sempre la solita stupidina." E le parole non mi vennero neanche fuori; c'era pieno di gente e di bancarelle perché c'era la fiera di gennaio, ma io, con l'immagine dello zio così ristretto nella mente, mi attaccai a un braccio della zia e le andai dietro senza curarmi di nulla, che brutta giornata!

Sempre una sera, sul suo letto, le dissi che Marino si era innamorato di Ilva, chi era, e com'era bella, e lei trasse un lungo sospiro. "Eh... il mio Ninì, non sarei pronta per darlo via, ma anche lui deve seguire il suo pianeta." Chiamava pianeta, cioè grande, il destino, una cosa su cui noi non abbiamo licenza. Non disse altro, ma c'era rimasta male, anche se non l'avrebbe mai ammesso, tanto il pianeta non lo si può smuovere dalla sua orbita.

Una settimana dopo, a ora di pranzo, nella pausa di silenzio del primo attacco al cibo, lei disse ad alta voce: "Avevi ragione, Annetta" con una voce al massimo della neutralità, ma con una lieve trama di rispetto. Il pianeta aveva fatto un altro giro, il suo Ninì stava per diventare papà. Non capii quello che voleva dire dalle parole, ma dal tono della voce, e non risposi, non stava a me commentare, prima che il resto della famiglia lo sapesse. Cara Bettina! Sono anni che vive tra il letto e la poltrona, ma il suo meraviglioso carattere è rimasto miracolosamente integro, una preziosa pietra dura che il martellare della malattia non è riuscito a scalfire.

"Tu, Franca, ricordi qualcosa del nonno?" "Come vuoi che ricordi, se è morto quando mio padre era piccolo... e, a dir la verità, ne ho sentito parlare pochissimo, bisognerebbe chiedere a zia Argia, che è la più vecchia. Degli altri sì che ne ricordo tanti, e fa i nomi degli zii e cugini dei nostri padri: zio Egidio, zio Giuseppino, zia Genoveffa, zia Viviana. "L'Amelia, la madre di Davide, uno di quelli che abitano là in su, è ancora viva, ha centodue anni, sta con una sua figlia suora, te la ricordi la suora?" "Quelli che non ricordo di persona li conosco lo stesso, ne ho sentito parlare tante volte."

Per quanto da qui a "in su", come ha detto Franca, ci siano almeno sessanta o settanta chilometri, e loro non possedessero altro che biciclette, si son sempre tenuti in contatto, anche per lettera. Lo scrivano di casa era mio padre, che divertimento leggere le sue lettere! Cominciava a pensarci un mese prima ad alta voce: "Bisognerà che scriva a quelli là in su, uno di questi giorni, ormai siamo in settembre", in settembre c'era la sagra e si era in obbligo di invitarli a pranzo. Poi, dopo una settimana comprava foglio e busta, e li posava in bella vista sulla credenza, continuando a ripetere "Bisogna proprio che mi decida a scrivere un giorno o l'altro", grattandosi il mento, pensieroso, perché non voleva scrivere un semplice invito, ma una cosa come si deve, mica due parole come tra estranei.

Finalmente ci si metteva, e le lettere diventavano almeno quattro o cinque, per non far torto a nessuno, lettere ricciolute e sentimentali, con almeno tre o quattro raccomandazioni aggiunte. Ne ricordo una in particolare che cominciava con un "Cara e amata cugina Bianca" che ci fece ridere, di nascosto, per un bel po'. La cugina, che non mancava di rispondere sullo stesso tono, era una zitella quarantenne, che dopo varie vicende si era finalmente fidanzata, con grande soddisfazione di mio padre, che dopo tre o quattro fogli di conversazione, aggiungeva: "Ah, Bianca cara, mi raccomando, prendi con te il tuo amante che desideriamo tanto conoscerlo", e dopo un bel po' di auguri e saluti con un ricciolo più grandi degli altri, firmava, e lasciava la lettera lì dov'era, aperta, perché gli altri, se volevano, potevano aggiungere qualcosa, o semplicemente leggerla.

"Papà, non dovevi scrivere "il tuo amante", ma "il tuo fidanzato"". Lui si adombrò un po'. "Perché, non è lo stesso?" "No. Sta meglio fidanzato, credo." Lui si rilesse la sua lettera con attenzione da cima a fondo. "Che cos'ha questa lettera, che non va?... Niente... più di così cosa dovevo dirle?" "Va benissimo, solo che..." ma non trovai le parole per sostenere il mio punto di vista, non con lui. Era così soddisfatto che trovai ingiusto insistere.

Finalmente, dopo una settimana di affannosi preparativi, per preparare un pranzo degno di tale nome, e trovare un posto a tavola per almeno una sessantina di persone, arrivava la sospirata Sagra. Quella era l'occasione più adatta per tenere allacciata la parentela, oltre alle feste di nozze, che anche lì ce la mettevano tutta perché la festa fosse ricordata. Tutte le famiglie erano rappresentate, se si poteva, e c'era l'obbligo di ricambiare, così, quei pantagruelici pranzi erano sette o otto ogni anno, veri e propri ammazzacristiani di cibo, di parole, di fatica, specialmente per le donne, che brontolavano e non sempre a bassa voce. Ma erano cose indimenticabili, come questo pranzo.

Continuano a cambiarci portata e vino, e noi continuiamo a mangiucchiare. "Bisogna tenere un posticino per i dolci e lo spumante" scherziamo, ma è come se avessi gli occhi rotanti; così come guardo le facce qui dentro per non dimenticarne nemmeno una, con gli occhi della mente guardo i miei ricordi, più lontano dei miei stessi anni, con la stessa chiarezza del presente.

"Che peccato che Andrea non sia venuto." Mi alzo e vado a chiedere a Mario. "È andato all'estero, per dei pezzi della sua officina, ha tanto da fare a volte che non sa dove prendere. Ha telefonato stanotte, là erano le otto di mattina, si è raccomandato di salutare tutti." Si alzò e lo disse ad alta voce, ché tutti sentissero, mentre io tornavo al mio posto.

Andrea ha due anni meno di me, ed è stato il più assiduo compagno di giochi della mia prima infanzia. Era un bel bambino, silenzioso e intelligentissimo, non so se fossi io a trascinare lui o viceversa, sta di fatto che "lavoravamo" per delle intere giornate, appassionatamente.

Mangiata la minestra, almeno quella era d'obbligo, tornavamo in tutta fretta a finire le nostre cose, sotto la vecchia pianta ombrosa di Santa Rosa se era estate, o al riparo della legnaia contro il muro ancora caldo di sole. Lì avevamo tutto organizzato: lui era l'uomo e usciva a lavorare, con le cose che si era costruito da solo con quello che trovava sul bancone da falegname, e in giro, negli angoli dove suo padre Umberto teneva accuratamente riuniti ferri vecchi, lattine e avanzi di fil di ferro. E c'era anche l'angolo dei vetri, quello era il nostro magazzino. I giocattoli veri, quei pochi che avevamo, non li usavamo mai. Delle bambole ne avevo quattro, solo a pensarci mi sentivo ricca: tre piccole, con le facce di cartapesta dipinta e le gambette ricoperte di tela rosa. Quelle me le coccolavo solo un'ora o due, alla domenica, sotto lo sguardo vigile di mia madre, poi le rimettevo, con lacrime e sospiri, nelle loro scatole, in un angolo di un vecchio comò laccato di bianco, incastrato tra il muro e il mio lettino. Qualche volta, di sera, mi allungavo e ne prendevo una a letto con me, naturalmente di nascosto. Quell'altra, una vera bambolona con gli occhi mobili, gli arti snodati e un lussuoso abito di seta alla spagnola (me ne passano tutti i particolari davanti agli occhi dal tanto che l'ho guardata), mia madre la teneva per quando sarei stata più grande; la usava lei, in certi giorni di festa, per abbellire il suo lettone. Io poi, non ricordo di averla mai abbracciata, né dove sia finita.

Ad Andrea, la stessa parente di Betta che mi aveva regalato la bambolona, aveva regalato una giostrina con degli anatroccoli che si mettevano a becchettare con un semplice movimento del polso, veramente un bel giocattolo, troppo bello anche quello, per le nostre mani sporche. Ma niente paura, Andrea costruiva con le sue mani tutto quello che ci serviva, silenzioso e paziente come un vecchio.

Per le cose da donna, ci pensavo io, con vetri, cartoni e avanzi di stoffa. Prima di imparare a cucire, i "bambini" li facevo direttamente con la terra, ricordo il primo metodo: sei pezzi, il tronco, la testa, gambe e braccia. Ma appena essiccati si rompevano, i pezzi si staccavano oppure si sbriciolavano, e io li buttavo via, il più lontano possibile, poi piano piano imparai a dare all'impasto terroso la giusta consistenza perché non screpolasse, ma tutte le volte che ci giocavo continuavano a perdere un braccio, o addirittura la testa, e così, a furia di pensarci, inventai il pezzo intero. Ci voleva più tempo, ma non si rompevano più. Così imparai a fare sculture per tutte le necessità.

Quante cose facemmo, e guardammo. Delle volte seguivamo, per delle ore, il ronzare delle api attorno ad un favo, ben attenti a star fermi per non essere punti, o il lavoro delle formiche. Una volta che eravamo distesi a pancia in giù in riva alla fossa a guardare dei girini in una pozza, arrivò mio padre bestemmiando: era da un'ora che ci cercavano, tutti affannati, e Cesira ci allungò un paio di scappellotti ciascuno, il massimo della punizione.

Una mattina, Andrea mi tirò verso la legnaia. "Vieni, vieni a vedere cos'ho trovato." Sapevo che là sopra non dovevamo andare, ma lo seguii. "Guarda... guarda..." Ci avvicinammo, passando sopra la legna. Appesi alla parete c'erano i pezzi di un piccolo lettino e una pialla. La testiera davanti era ricurva, e intagliata con due graziosi pomelli levigati, e aveva già gli intagli per incastrare le piccole sponde. Dalla parte dei piedi c'erano gli stessi pomelli, ma non ancora levigati, le sponde e il fondo già con tutti i legnetti incastrati e i piccoli incastri angolari pronti per essere assemblati. Una cosa da nulla per le mani esperte di Andrea, che però non si mosse. Per un po' restammo lì a guardare in silenzio, come se fossimo presi da un qualche incantesimo. Che giocattolo, mamma mia!

"Chi l'ha fatto?" Rispose con un'alzata di spalle. "Mah..." Questo era un mobiletto piccolo ma fatto da un vero falegname, nessuno, di casa, sapeva fare un mobile così, e ancora Andrea chiese: "E qui, cosa fa?" "Mah!... chissà chi lo sa!"

Le mie mani si allungarono. "Ma guarda qui..." Pulii con la gonna la testiera, poi Andrea, con delicata sicurezza, mise insieme le cinque parti, senza parlare. Ci avvicinammo al portello per guardarlo meglio. "Com'è fatto bene, che sia mio?" chiesi speranzosa. "Che papà lo tenga nascosto per finirlo e darlo a me?" Andrea si strinse nelle spalle: lì sotto, Betta stava trafficando per dare la broda ai maiali, e guardò in su. "Cosa fate lì, venite giù..." Andrea non se lo fece ripetere e sparì, lasciandomi con la culla tra le mani, e io, più che parlare, sospirai. "Di chi è questo lettino che abbiamo trovato?" Betta, che forse prima non lo aveva notato, si fece grigia in volto e disse: "Rimettilo dov'era." Io la guardavo, confusa dall'espressione rigida della sua faccia,e tuttavia non intendevo mollare la presa. "Ma zia, sono io la bambina... questo qui deve essere mio..." Mi sembrava così logico... ma Betta alzò la voce. "T'ho detto di metterlo giù."

Ma io restai immobile dov'ero, mentre lei gridava. "Capisci o non capisci, brutta testona, dai, muoviti e vieni giù se non le vuoi prendere." Ma io non capivo, e poi lei non mi avrebbe picchiato, cosa avevo fatto di male? Intanto arrivò mio padre, che salì: guardò la culla, pensoso, poi guardò me, allo stesso modo. "...La posso tenere..." Mio padre guardò di nuovo la culla, senza sorpresa, come se l'avesse sempre vista, e sembrava che gli piacesse... "La posso tenere, babbo?" All'improvviso, i suoi occhi grigi diventarono freddi e torbidi come un vetro sporco, mi prese, deciso, la culla di mano e sibilò. "Giù, e che non ti veda più qui sopra, eh?" Questa poi. Dopo un po', me ne stavo seduta sul primo piolo della scaletta, pensando all'incomprensibile atteggiamento di Betta e di papà, e a quel giocattolo che non avrei più dimenticato. Betta finì le sue cose, anche lei sembrava assorta in chissà quali pensieri; senza parlarmi come faceva di solito, capovolse l'ultimo secchio e guardò me che ero immusonita al massimo. "È di Carlo." disse, e se ne andò. Aveva detto "È", ma Carlo era morto, e io quella mattina rimasi lì seduta a cercare di ricordare, o di immaginare, a mettere insieme quel che potevo per farmi un'idea, insomma, avevo bisogno di conoscere questo zio al quale inconsciamente volevo già bene, a lui e a molti altri, "feci una faccia", come avevo fatto l'anno prima con Elena. "L'anima non si vede..." e io avevo immaginato come una maglietta leggera e fluttuante, perché non riuscivo a concepire il "non si vede". Dalle parole, poche, dei grandi, perché, come diceva Cesira, sottolineando con uno scappellotto: "Delle disgrazie ne vedrete anche troppe." Oppure "Cosa vuoi sapere tu, che non sei neanche nata, quando è ora, lo saprai." Beh! Per quello che sapevo, Carlo soffriva di stomaco ed era morto a ventiquattro anni, dopo che Arnaldo e i gemelli erano già grandini, tre o quattro anni prima che io nascessi, perciò la culla non poteva essere per me, ma ora non me ne importava più, presa com'ero dalle mie elucubrazioni. "Carlo aveva un carattere focoso." "Carlo una volta è andato in sonnambula: stava dormendo su un mucchio di fieno, poi si è alzato e ha attraversato il cortile dormendo, ed è andato sul letto della mamma. Quando si è svegliato non riusciva a capacitarsi di dov'era."

"Tutto il suo tempo libero lo passava nella bottega del falegname." Così Carlo, nella mia testa, diventò zio Carlo, con un viso magro e nervoso come quello del babbo, i capelli ben pettinati e il vestito della festa col colletto rigido. Almeno un bel vestito, povero zio, se lo era meritato, se faceva delle belle cose così.

Con zio Ugo fui più generosa: doveva essere morto anche dopo, perché, al solo sentirlo nominare, mio padre si voltava da una parte, e, se c'era zia Enrica, si metteva a piangere. Aveva vent'anni. "Era il più alto di tutti, uno e ottanta." Di lui c'era una foto in divisa che mi sembrava bellissima, e ne saltò fuori un bellone come il nipote Cesare, con la stessa espressione altera. E il bambino di Cesira, Felice, lo feci bello e con gli occhioni intelligenti di Andrea.

E quella mattina, misi inoltre molte altre facce, le due sorelle della nonna, morte nel secolo scorso, di vaiolo, ebbero un lungo abito bianco, un bel viso ovale, e dei lunghi capelli neri divisi in mezzo alla fronte.

Fui attraversata, là, tutta sola sulla scaletta, dal dolore che quelle morti premature avevano procurato, non solo nella mente, ma di più, un premonito, un magone, come una macchia indelebile su un tessuto ancora nuovo.

Il pranzo sta volgendo al termine, i camerieri tornano verso la cucina coi vassoi ancora pieni, e si prendono una pausa. Tutti vanno qua e là a parlarsi, io mi alzo per andare ad abbracciare Mara e Cesare, e, al tavolo degli anziani, zia Valentina e zio Giuseppe, ché sono dieci anni che non li vedo. Poi tra il frastuono qualcuno spiega che Dora, che sta assistendo la suocera, ha telefonato per salutarci, così pure Gino; ecco, con queste telefonate, i cugini si sono tutti resi presenti. Qualcuno applaude, poi, tra lo stupore generale, Mario e Luigi, che erano spariti da un po', entrano tenendo letteralmente in braccio zia Cesira che si guarda attorno completamente frastornata, e la depongono su una poltrona che hanno portato alla tavola degli anziani, mentre Luigi, il "duro" di casa, piange come un bambino. Mia madre, per un attimo, si copre la faccia con le mani, l'ho vista poche volte così scossa. Scoppia un applauso fragoroso, tutti si alzano in piedi, io non riesco a vedere nulla perché sto piangendo, proprio adesso, accidenti. Mi volto per cercare un fazzoletto nella borsa e per nascondere la faccia. "Dio mio, Franca... allungami un fazzoletto che..." Ma Franca mi abbraccia con un "Oddio... che magone che mi è venuto..." Sta piangendo esattamente come me, sento l'umido della sua faccia e mi scosto, e i nostri occhi s'incontrano: dietro le sue lacrime c'è il sorriso indulgente di sua madre Betta. Restiamo lì un po', testa contro testa, poi ci voltiamo, di fronte a noi quasi tutti stanno piangendo... e ridendo... e ricordando in tutti i toni di voce, o in silenzio!

Poi, senza che nessuno lo dica, si alzano i calici, siamo tutti in piedi rivolti alla tavola trasversale, sfiorando i calici uno contro l'altro. Molti si affaccendano per andare a salutare Cesira, che non riesce quasi a parlare, ma risponde come può, ridendo e piangendo come tutti noi.

Nella confusione, qualcuno dice che ci vuole un discorso, e Clara insiste. "Qui ci vuole un discorso, sennò che festa è..." Piano piano tutti tornano al proprio posto e si fa un po' di silenzio, Clara va da mio fratello a insistere che ci vogliono "due parole, dai..." Dopo un po' Arnaldo si alza con un impacciato "Ehm..." e il silenzio diventa totale.
"Beh... per prima cosa devo ringraziare Lucio che mi ha aiutato ad organizzare tutto, e poi tutti voi e quelli che sono a questa tavola (si china un attimo a dir qualcosa a Cesira) e a quelli che non ci sono, che... se ci vedessero qui, se... se..." La sua voce si incrina, il "discorso" è finito.

I miei piedi sono attaccati al pavimento, ma con la testa, con tutta la forza con cui riesco a guardare e a sentire, sono nella verde pianura della memoria, tutti loro ci stanno guardando, sorridenti come noi in questo momento. "Caro papà, nonna, Umberto, Vincenzo, Adelio, Carlo, Ugo, Cesare, Valentina, Felice, nonno Luigi, avete visto che siamo qui per salutarvi, tutti quanti siete..." I sensi sconfinano, lontano, ai confini dell'immaginazione, i "nostri" sono tanti e molti non li ho mai né visti né sentiti, non so il loro nome, ma "so" che sono loro, e li guardo ad uno ad uno, da vicino, come quelli che ho qui di fronte.

Ci sediamo di nuovo, perché stanno arrivando i dolci, ma io continuo a ricordare. Cose che mi passano davanti agli occhi senza che io possa o voglia fermarle, di diversi tempi e dimensioni, che però riesco a non farmene scappare nemmeno una, neanche quelle che devono ancora passare per la realtà dell'esperienza. Le vedo con la stessa chiarezza di quando, a dieci anni, mi "vedevo" con tutta sicurezza fare la mamma. Adesso mi sembra che ricordi e speranze siano normali, normali la paura, la rabbia, l'amarezza, l'allegria, anche quella degli altri, normali certi sprazzi di gioia che fanno sorvolare o per meglio dire volare, normale la conseguente "caduta". Normale il fatto che da un'ora non sento la voce di Giovanni e non vedo la sua faccia che pure è qui a quattro metri e sta parlando a voce alta, normale che invece di sedermi accanto a lui, o vicino a mia madre, i miei piedi, nonostante la stridente sensazione di amaro che questo disattenzione comporta, si siano fermati accanto a Franca e a Marino. Tutte normali, queste piccole assurdità, che ci succhiano un po' tutti i giorni come pidocchi, che ci abbassano un po' di più ogni giorno, perfino nel concetto che abbiamo di noi stessi. Normale che io mi senta a posto, a mio agio, come non mi capita tanto spesso, perché i ricordi, come acqua torbida decantata dal tempo, sono chiari e leggeri, freschi e benefici come una pioggia primaverile.

I ricordi che sei mesi fa mi sembravano così pesanti e difficili da sistemare, ora non hanno bisogno di sostegno, possono piovere dove e quanto vogliono, c'è una terra di sotto ad assorbirli.

Era il giorno prima di San Martino del mio primo anno di scuola, e la maestra Gina, la più anziana, una specie di direttrice, tra noi la chiamavano "la capa", ci fermò tutti nell'atrio del pian terreno: "Per voi di prima, seconda e terza, domani non c'è scuola." Andare a scuola mi piaceva, ma mi piaceva ancora di più avere un giorno di vacanza, così arrivai in casa ballando e canticchiando tutta euforica. "Domani non c'è scuola... domani non c'è scuola..." saltellai, sempre mugolando lo stesso motivo attorno alla tavola grande, e poi attorno a quella piccola, poi via, dello stesso passo lungo la scala per levarmi il cappotto e il grembiulino nero. Il mio ballonzolare irritò mia madre, che mi stava aiutando a svestirmi; mi diede uno scappellotto che mi mise un po' calma. "Te lo do io, che domani non c'è scuola." "Ma non c'è, fino alla terza domani si sta a casa." "Ti faccio vedere io, se domani stai a casa." E prima che riuscissi a scansarmi, mi allungò un altro scappellotto, che mi tenne alla larga da lei per il resto della giornata.

Il mattino seguente, mi tirò fuori in tutta fretta dal mio letto caldo. "Dai, dormigliona, che è ora di andare a scuola." Mormorai un insonnolito "No, stamattina no..." e cercai di riacchiappare le mie coperte, ma lei mi colpì sulle mani, alzando la voce. "Adesso vedremo, brutta somarona... Son tre giorni che vai a scuola e trovi già delle scuse per stare a casa, cosa credi, di prendermi per il didietro? Non crederai mica di fare a modo tuo..." e via di questo tono, senza far caso alle mie proteste. Mi ritrovai, senza quasi rendermene conto, incappottata, e con la cartella a tracolla, già sul crocicchio, che correvo verso la scuola, ancora urlante, più che per gli scappellotti, per lo stupore impotente. Mi feci la strada senza vederla, e davanti alla scuola mi fermai ansante: e adesso? Adesso dove mi metto? Guardai speranzosa verso la via Bosca, dove abitava la vecchia Giannina, la bidella, che potesse spiegare alla capa perché ero lì, o che mi trovasse un posticino dentro, che era una brutta mattina, fredda e nebbiosa. Della bidella non c'era neanche l'ombra; mi appoggiai al bordo del muretto e guardai i ragazzi più grandi entrare. Io restai lì dov'ero, pensando che ci sarebbe voluto un anno a far venire la mezza, e al freddo che avrei preso, lì fuori tutta sola. Per ultime arrivarono, insieme come sempre, la maestra di quarta e la capa: portarono la bicicletta nella rastrelliera dietro ed entrarono senza far caso a me. Pensai che non mi avessero vista, rannicchiata com'ero, di fianco alla colonna.

Nel grande silenzio nebbioso, si sentirono chiaramente il rumore delle cartelle contro i banchi, e delle porte contro gli stipiti, poi la nenia delle preghiere, e l'ultimo sconquasso dell'entrata nei banchi, già troppo stretti per gli scolari di quarta.

Qui fuori il silenzio era quasi assoluto, e il freddo piuttosto intenso, ma beh! Non potevo mica presentarmi prima del tempo davanti a mia madre, e non mi attentavo neanche a entrare a scuola da sola. Ma la capa uscì, attraversò il cortile coi suoi eleganti passettini e aprì il cancello; avrei voluto sparire nella nebbia. "Tu, cosa fai lì? Non lo sai che oggi non dovevi venire a scuola?" "Sì, lo so, ma... vede... mia madre..." Ero troppo timida e troppo orgogliosa per dire che mia madre non mi aveva creduto e per come mi aveva trattato stamattina. "Tua madre, eh?" La sua voce era sibilante di sdegno, e la sua faccia altrettanto indignata. "Cosa c'entra tua madre? Ti dimentichi le cose e dai la colpa agli altri... Quanto sei maleducata, bambina!" Lo disse con una sicurezza che m'imbestialì. "No, non è vero, io non sono maleducata, io non mi sono dimenticata" e via di seguito, quasi urlando, ma lei, con la presa tenace di mia madre, mi stava trascinando dentro senza dir bao, come se fossi un sacco. Davanti alla porta della classe, siccome ancora protestavo, mi allungò un calcio nel sedere e mi trascinò di fianco al banco più in fondo, quello dei somari. "E adesso, smettila, non fiatare perché mi hai proprio stufato, ti tengo qui per non lasciarti fuori al freddo, ma potrei anche mandare a chiamare tuo padre, sai..." Io tremavo e lei aveva il fiatone, restammo lì per un po' in silenzio. "Siediti e tira fuori le tue cose." E se ne andò verso la cattedra.

Per un po' non si curò più di me, poi quando tutti i grandi furono chini sui loro quaderni, venne dalla mia parte con un grande foglio tra le mani. Mi guardò un po' soprappensiero, la rabbia le era sbollita, a me invece era venuto un magone così. "Per oggi scriverai qui sopra... la data, il tuo nome, e... non so proprio cosa farti fare... presenta la tua famiglia, scrivi quello che puoi, l'importante è che te ne stia zitta, mentre noi facciamo lezione."

Sospirai di sollievo, e cominciai a scrivere. L'Elena ci aveva insegnato l'anno prima e andavo già spedita. Scritto nome e data, però, mi fermai impensierita, la mia famiglia... era una parola... Stetti a mordermi le labbra per un po', ma non mi attentavo a chiedere spiegazioni alla capa, e così presentai la mia famiglia con le parole di mio padre. La "mia", papà, mamma, Arnaldo ed io, poi la "nostra", lo zio di mezzo, Umberto, con la moglie Cesira e i loro cinque figli, poi lo zio più vecchio, Vincenzo, con la moglie Elisabetta, detta Betta, e i loro cinque figli, e la nonna, senza il nome, che era morta l'anno scorso, proprio in novembre, e che mi sembrava le facesse piacere che mi ricordassi di lei.

Dopo la preghiera della ricreazione, la capa era una fanatica che faceva pregare i suoi scolari quattro volte al giorno, i grandi si riversarono chiassosi lungo il corridoio, a sbocconcellare pane e mele, e a barattarsi qualche biglia, e le bambine, un po' meno rumorose, a chiacchierare ridendo in un angolo. Io non mi mossi da dov'ero, per timore di prendere un altro calcio, e non tirai fuori neanche la mia mela, rimasi semplicemente a guardarmi attorno, mentre lei se ne stava china alla cattedra fra le sue cose.

Dopo il rientro in aula e relativa preghiera, continuai con la presentazione dei "nostri", quelli fuori casa: lo zio più giovane, Adelio, con la moglie Olga e anche loro con cinque figli, e le zie, in ordine di età, dalla più giovane, Valentina, Enrica, Paolina, Argia, con i rispettivi mariti e figli. Ecco, li avevo presentati tutti, ma restava ancora molto spazio, così continuai, ma non più in ordine di parentela, ma così a caso, secondo le mie simpatie, la parente di Betta che ci portava i cioccolatini, una sorella di mia madre e i suoi figli, un fratello di Cesira che abitava a Genova e veniva a trovarci solo per Pasqua, e dei parenti ne avevamo un tale stuolo che continuai, dimenticandomi che ero nel banco dei castigati e che era una mattina cominciata male.

La voce della capa mi distolse dal pensiero del parentado, togliendomi il foglio. "Ma come scrivi bene…" "Mi ha insegnato l'Elena." Lesse il foglio ormai pieno. "Sei proprio brava." E se lo portò via. "Questo lo farò vedere agli altri insegnanti." Poi si rivolse ai grandi con la sua vocina efficace. "Questa bambina, ragazzi, è più brava di molti di voi…"

Andai a casa quasi di corsa, perché non c'erano i miei compagni e avevo un po' paura a restare da sola coi grandi. Arrivai in camera col fiatone, e mia madre dietro. "Hai visto che c'era la scuola…" Mi voltai già intignata. "No, non c'era, c'era solo per i grandi, e la capa mi ha dato un calcio nel culo, poi mi ha preso dentro e mi ha detto che sono brava." "Hai visto, che non volevi andare a scuola, brutta testona."

Mi ci volle molto tempo per vedere il lato comico dell'episodio. Proprio piccole cose come queste ossidarono per sempre il nostro rapporto. Mi passano davanti con la crudezza con cui li ho vissuti, un numero di ricordi così, e il magone di allora è tale quale, intersecato, per fortuna, a facce più sorridenti e fiduciose.

Come il taglio delle trecce; le avevo sempre avute, due trecce lunghe e pesanti che facevano parte di me. Mia madre, una primavera dei miei sette o otto anni, aveva cominciato a brontolare mentre mi pettinava, per il tempo che perdeva e la sera perché ero spettinata e avevo i fiocchetti in tasca e i capelli sciolti. Una volta era sbottata: "Ah... ma una volta o l'altra te li taglio, così impari a stare a posto." E una sera, quasi prima che me ne accorgessi, aveva preso le forbici migliori dalla cassetta di mio padre, e... zac... con due colpi secchi le trecce caddero una volta per tutte. A letto, con quella mancanza, non riuscii ad addormentarmi. Mi girai e rigirai, e anche lei non credo che dormisse. Quando sentii arrivare mio padre, scesi del tutto sotto le coperte, ma sentii lo stesso la voce di mia madre, piuttosto esitante: "Stasera ho fatto una cosa..." "Cosa?" La voce era leggera e lei si rinfrancò: "Ho tagliato le trecce alla bambina." "Cosa?" mio padre gridò come se avessero tagliato qualcosa di suo. "Ma cosa ti è venuto in mente..." Così dicendo abbassò le coperte e mi tirò su dal mio nascondiglio. "Uh... la mia bambina, guardiamo un po', guarda qua che brutto lavoro..." e io finalmente mi misi a piangere l'addio ai capelli lunghi e perché loro stavano litigando.

Anche mio padre a volte era piuttosto insofferente alla rigidità della mamma, alla sua mancanza di pazienza, che voleva poi dire mancanza di fantasia, come una volta che nel bel mezzo della notte si svegliò sbadigliando rumorosamente, accese la luce e guardò l'ora. "Eh... ma se è appena l'una... ma quanto tempo ci vuole a far giorno..." Si alzò, guardò fuori, e poi si chinò sotto il letto e tirò fuori la cassetta delle mele campanine e si mise a sgranocchiare, con tutta soddisfazione, appoggiandosi alla spalliera con una mano dietro la nuca in una posa che gli era abituale quando era rilassato. "Ah… se son buoni questi pomini… avevo proprio voglia di qualcosa di fresco…" Quel parlare ad alta voce mi tolse dal torpore del sonno, ma non mi mossi perché stavo troppo bene dov'ero. Mi girai solo perché la luce mi infastidiva mentre lui continuava a lodare le sue mele. "Tò cocca, mangiane una anche te che ti va via la sete…" e mi mise una mela fredda contro il naso. Dalla parte di mia madre, silenzio assoluto, mentre lui continuava. "E tu Angiola, non la vuoi una mela? Son tanto buone, se sentissi…" e gliene allungò una che lei ovviamente non gradì. "Ma smettila di far confusione, ché gli altri dormono." Lei aveva parlato piano, un po' seccata, ma lui rispose con un tono da osteria. "Oh beh… se gli altri dormono, cosa vuol dire, io non disturbo mica nessuno…" A questo punto, fui presa da un accesso di riso che mi fece uscire dal letto,e che fece uscire la voce a mia madre. "Tu smettila, e tu cosa fai poi, di notte a far confusione, sei peggio di un bambino. Ma va, che delle volte mi fai venire il nervoso con le tue trovate…"

Finalmente riuscii a smettere di ridere ad alta voce, ma la scena era comica davvero, lei che brontolava da sotto le coperte, e lui che ascoltava con la sua brava mela in mano, mezzo stupito da quella filippica. "Uh… sarebbe meglio che ti mettessi sotto e spegnessi la luce." A dire il vero, pensavo che avesse ragione lei, che dopo averlo mandato a quel paese finalmente si calmò. Seguì un silenzio, ma non si spense la luce, mio padre aveva incrociato le braccia restando seduto immobile, poi aveva alzato di nuovo la voce, ma non quella ciarliera di prima. "Beh, se un uomo non può mangiare una mela in pace… dico io… uno che lavora tutto il giorno almeno, di notte, se gli vien da far due parole, cosa ci sarà di male, da saltarci in faccia, da mandarlo al cesso come uno scalciacani qualsiasi, ah… bei modi sono questi…" Aveva brontolato per altri due minuti, sempre a voce alta, senza ricevere risposta, poi un nuovo silenzio seguito da un'ultima considerazione, che mi fece passare immediatamente dalla sua parte. "Bella libertà c'è a questo mondo, dico io… meglio che mi metta a dormire, va là." E finalmente la luce si era spenta.

Mia madre e le sue cognate si fecero delle belle risate per quelle mele mentre lui le guardava con gli occhiacci, scuotendo il capo, impermalito da tanta incomprensione. Fra di loro, le donne commentavano i lati buoni o meno dei loro uomini, uno era ricorrente, da parte di mia madre: "Uno migliore di lui non c'è, si disferebbe per i suoi figli, e per gli altri, se c'è da dare una mano a qualcuno lui è sempre pronto, ma se non ci fossi io, non so proprio come farebbe, a tenerli a bada, lui non vede mica cosa c'è da fare, davvero, se non ci fossi io... Lui crede che al mondo sian tutti come lui; delle volte ha delle cose..."

Ed era la verità, mia madre è una persona sincera, ma io amavo in lui proprio "quelle cose", la sua debolezza, la sua credulità, la sua fiducia; la rassegnazione che metteva in conto nelle cose e la gioia di vivere che cavava in certi angoli della vita; la sua continua ricerca della "via di mezzo"; il filo conduttore, che riusciva a tenersi vicino alle ragioni degli altri, ai loro bisogni, senza eludere i propri; il suo modo patetico di dividere le piccole cose, quelle buone e non.

Il suo dire "la roba è di tutti" non riguardava tanto la materia quanto la sostanza, l'essenza, l'anima delle cose. Anche certe piccole soddisfazioni andavano divise. Se aveva tempo e voglia di andare in qualche posto, per dire, al mercato, un'ora prima chiedeva: "C'è qualcuno che va al mercato, che ci andiamo insieme?" Se nessuno si associava cambiava domanda. "C'è qualcuno che ha bisogno di qualcosa, che più tardi vado al mercato?" Se proprio non attaccava, c'erano sempre i vicini, gli Artoni, i Frazzi, o un comune conoscente, andava bene anche un ragazzino o una vecchietta, l'importante era non andare solo. La canna della sua bicicletta era sempre occupata da me, poi da Euro; era, per quei tempi, un padre moderno, perché non lasciava a casa i bambini, come facevano per la maggioranza, che anche loro avevano diritto di vedere qualcosa. Se poi c'era anche la mamma, stava duro come un palo.

Quando avevo otto anni, andai con lui e Franca a trovare tutti i parenti di là da Modena. Restammo via da una domenica all'altra. Quelle lunghe visite, che io consideravo, con grande gioia, vacanze, si svolgevano di solito in principio di settembre, quando già molta terra era arata in attesa della semina, e non era ancora tempo di vendemmia.

Prima fermata in città, dai cognati di zia Valentina, che vendevano stoffe. Una famiglia simpaticissima, con molte donne e bambini, che viveva in un grande appartamento tenuto alla buona, dove passammo qualche ora in una veranda ombrosa a riposarci, mentre gli uomini se la raccontavano, restando seduti a tavola. Poi, a tappe più corte, visitammo due o tre famiglie al giorno, mio padre aveva un suo programma, per non fare lo sgarbo di lasciare indietro qualcuno.

Dormimmo a casa di zio Egidio, un fratello del nonno che ci aspettava e che abbracciò mio padre commosso. "Questa è la mia bambina più piccola, questa è la ragazzuola più grande di Vincenzo." Erano anche loro in tanti come noi, tutti indaffarati attorno a due neonati, e a fare in modo che ci sentissimo a nostro comodo. Io rimasi affascinata dal vecchio patriarca, dalla sua somiglianza con papà, anche nella mimica, e dai suoi baffi, tagliati corti, tranne che ai lati, dove le punte rigide scendevano di almeno venti centimetri sul petto, veramente ben portati.

Un ragazzo di dodici o tredici anni mi prese per mano e mi portò a fare un giro attorno alla casa; era la prima volta che uscivo dalla Bassa e rimasi incantata davanti al paesaggio collinare, con un torrente che scendeva rumoroso, illuminato dal rosso del tramonto. Un'altra cosa che non dimenticai di quella famiglia gentile fu il segno della croce prima di sedersi a tavola, tutti insieme austeri e composti come se eseguissero un ordine. Non ho mai più visto, tranne che in qualche film, una scena così.

Poi fu la volta delle cugine, Bice, Bianca, Carmen e Pia. Abitavano tutte a poca distanza, visite brevi e piene, ci conoscevamo bene anche tra noi ragazze e bambine, e i saluti, per questo e per quello, erano interminabili.

E poi, da zia Viviana e dai suoi figli, tutti abitanti sullo stesso cortile un po' in alto sul paese, anche lì erano un bel numero, seppure un po' più sparsi. Più tardi, la zia, vecchissima per i miei occhi di bambina, e papà si sedettero accanto alla porta, a parlare fitto per tre ore buone. Ascoltai meravigliata mio padre che parlava di noi di casa e di tutti i parenti della Bassa, un'affettuosa spassionatura. Secondo lui, eravamo tutti belli, tutti buoni, gente che "davvero, ziina, siamo proprio messi bene, non c'è nulla di cui lamentarsi", ecc ecc... Io e Franca restammo per un bel po' sedute coi più giovani dall'altro lato del cortile, loro chiacchieravano allegramente e io guardavo assorta l'inconsueto panorama; ad un tratto, un suono terribile mi fece sobbalzare. "Oddio..." Tutti si misero a ridere. "È la sirena, sciocchina, che suona mezzogiorno, vedi, là, c'è la fabbrica dei mattoni." Loro ridevano ma io avevo il magone fuori, mi ci volle un po' per riprendermi. "Ma come fate a stare qui, con questo brutto rumoraccio?" "Ma smettila..." e una zia mi mostrò due o tre fornaci, mentre io mi chiedevo chi avrebbe mai potuto usare tutti quei mattoni.

Quella fu l'unica volta che vidi zia Viviana, quella che papà e i suoi fratelli chiamavano la vecchia ziina.

Poi fu la volta di zia Amelia, morì nell'ottanta a centoquattro anni, e delle sue figlie, vicino a Fiorano, anche loro quattro famiglie sullo stesso cortile. Queste erano famiglie più benestanti di noi, uguali però nel modo famigliare con cui ci si fecero attorno.

La casa della prozia era piena di bei mobili, e silenziosa, forse per il suo carattere o per un qualche dispiacere. I nipotini, anche quelli più grandicelli, entravano e uscivano quasi in punta di piedi, e andavano a giocare di là da un giardino ben tenuto, nel quale restammo tutti insieme, almeno una trentina di persone, per un'ora dopo pranzo.

Poi da zio Giuseppe, l'unico di tutto il parentado che viveva da solo, e mio padre per questo lo chiamava "Povero ziino, allora come va, eh? Qui tutto solo..." Questo zio era un vecchietto minuto e sorridente con un aspetto mite e silenzioso, che non era di nessun altro di noi. Abitava in una vecchia casa un po' scarna, ma il giardino e i campi attorno erano curati al limite, e li passammo in rassegna con grande gioia nostra e sua.

"Vi aspettiamo, zio, eh... venite prima dell'inverno, che andiamo a trovare i nostri, eh, mi raccomando." Veniva infatti tutti gli anni, anche lui, come noi, restava un po' di giorni, e andava, sempre accompagnato da qualcuno, a trovare "quei ragazzuoli", tutti i nipoti della Bassa.

La domenica, nel tornare, ci fermammo da Geminiano, il più straordinario dei nostri parenti. Vivevano, lui e il fratello Cesare, in due poderi che ora sono spariti sotto la città. Credo che da bambini siano stati, Geminiano e i suoi, insieme coi miei, probabilmente fino a quando lo sconosciuto nonno Luigi venne coi suoi figli nella Bassa, nel novecentodieci, e loro due, papà e Geminiano, che erano coetanei, dovevano essere attaccati come me e Andrea.

Cominciavano col passare in rassegna tutti, ma proprio tutti, i parenti, da quelli morti fino alle madri di quelli che stavano per nascere, un bel po' di gente. Andavano, parlando, avanti e indietro per la corte, dappertutto, dentro e fuori, fermandosi a parlare nei posti più impensati, in granaio e dietro il letamaio, o al limite dei campi, dove bisognava andare a chiamarli con la bicicletta e senza fargli fretta, ché rispondevano: "Facciamo due parole e poi veniamo, dì pure che preparino, intanto..." E tornavano con una calma serafica, come se fossero i padroni del tempo. "Una volta ogni tanto bisognerà bene prendersela un po' con calma..." e continuavano i loro discorsi durante il pranzo, poi veniva pomeriggio, sera, notte, non di rado facevano l'alba. "Toh! È venuta mattina che non ce ne siamo neanche accorti."

Si tornava da quelle sparentate stanchissimi nelle gambe e contenti per tutto il resto. Le sere con Geminiano, nessuno se le faceva scappare, era un vero e proprio Gassman, con una faccia e una voce che facevano diventare le cose di tutti i giorni veri e propri drammi, da piangere o da ridere, era irresistibile, perfino mia madre abbandonava l'immancabile cestina del cucito. "C'è Geminiano stasera, non posso lavorare e guardare tutto insieme." Io mi lasciavo prendere da quelle avventure come se ci fossi dentro, le vedevo. Da quelle storie nacquero molte delle mie facce, facce mai viste, ma senza le quali mi sembra che non sarei io.

Dalla sua voce, dai suoi occhi, dalle sue mani, saltavano fuori tutti i versi di disperazione, di fatica, di allegria dell'ambiente contadino e provinciale in cui era vissuto. Come un attore di razza, non "cadeva" mai, non diventava mai "pesante", parlava dell'alluvione e ti sentivi l'acqua addosso, di un incendio e sentivi il crepitio delle fiamme col conseguente terrore. Anche le piccole storie, quelle d'amore, che pochi uomini racconterebbero, le rendeva nella giusta luce, non senza malizia, se occorreva. Chiamava le cose col loro nome, ma riusciva a non essere volgare, né ad apparire bigotto o patetico più del necessario, aveva un grande rispetto per i presenti, prima di tutto i bambini, poi i suoi, che non veniva mai da solo. Riusciva a parlare di tutto, per quattro ore, senza pizzicare nessuno, mostrando più che altro l'animo, spesso imprendibile, della verità. Caro Geminiano! Anche lui e la sua Egle stanno bene nella grande pianura della memoria, ché mentre penso a lui, mi sembra un'immagine più che altro fantastica, mentre invece è morto appena due settimane prima di papà, lungo lo stesso corridoio, anche lui dopo un lungo calvario, senza che si scordassero di chiedere l'uno dell'altro, ma troppo deboli per un'ultima visitina.

Attraverso le sue parole, ho visto mio padre bambino, e poi ragazzo come l'ho poi visto nella persona di Euro, il mio ritardatario fratello, e nei tratti di Loris, il più grande dei miei figli, e i miei zii... Umberto, così silenzioso e duro. Non era mica sempre stato così, ma un giovanotto moretto e simpatico, come i suoi gemelli, lui ce l'aveva mostrato. Ci hanno mostrato la vita, ma non solo con le parole, le parole erano solo un regalo in più, un giro di cioccolato sulla torta, ma con le mani, con la volontà.

La primavera del mio matrimonio, il signor Francesco aveva detto a papà: "Le cipressine starebbero bene pulite, se qualcuno si attentasse ." Non era un ordine, ché a potare quei pioppi altissimi ci pensava gente del mestiere ogni quattro o cinque anni, ma mio padre disse un sì, d'istinto, com'era nel suo carattere, per poi rimuginarci sopra dopo, con la mamma, che disse con più praticità: "Beh, ma gli dici che non ne hai mai potato, non vorrai mica andarti ad ammazzare per le sue pioppe, non son mica sul nostro confine, si arrangia poi, se vuol fare bella figura." "Hai ragione, ma... così sul colpo mi è scappato promesso che..." "Tu e le tue promesse... gli dici che non puoi e basta, non sarà mica la fine del mondo se per una volta devi disdire..."

Mio padre ascoltava, distrattamente seduto sul bracciolo del divano accanto alla finestra, da dove si vedevano gli alti pioppi, grattandosi il mento pensieroso, e mia madre cuciva lì accanto, intenta. Dopo un bel po', saltò su dal divano con un sospiro che lo liberò dall'imbarazzo di dover mancare alla parola data. "Ho già capito cosa farò, chiamerò Geminiano, e poi una mano ce la darà anche Spaggiari, se glielo chiediamo come si deve." E chi sarebbe riuscito a dir di no a Geminiano...

Il lunedì mattina presto, Geminiano arrivò pieno di energia fino agli occhi, poi sparirono vociando tutti e tre ad aggiustare i pioli delle scale, affilare coltellacci, procurarsi corde, ché era veramente un bell' impegno che mio padre si era preso. Ci volle fino al pomeriggio per i preparativi, poi finalmente salirono, imbragati come meglio potevano, non più tanto ciarlieri, e ci volle un po', prima che cadessero i primi rami, insieme al silenzio.

"Oh, finalmente, tu come sei messo lì?... è duro,eh... 'sto legno..." "Eh, è abbastanza scomodo, ma piano piano..." Le voci di papà e di Spaggiari erano intrise da una certa esitazione, diciamo pura fifa, e i colpi di accetta non erano quelli seguenti e robusti di quando erano seduti sicuri sui più bassi e docili olmi. "Ma insomma, adesso poi, non c'è mica fretta..."

Il signor Francesco era lì sotto che guardava in su, preoccupato, ma anche un po' invidioso, si sarebbe detto. "Ah, se avessi una trentina di anni di meno... eh, ragazzi... come vi darei una mano volentieri." I suoi ottantacinque anni non gli impedirono però di stare lì attorno per tutto il tempo, come un vecchio cane alla catena che guarda gli altri liberi: "Ah, se avessi trent'anni di meno, allora veh!"

Finalmente parlò Geminiano, forse un po' seccato dalla presenza del vecchietto, che lo metteva un po' in soggezione, il padrone è sempre il padrone. "Adesso ci diamo dentro eh, ragazzi, fatevi in fuori, voi lì sotto, che gliele diamo noi a queste ragazze." E si sentivano da lontano adesso, voci e colpi più ritmici: lavorarono in tre, ma si divertirono in quattro per una decina di giorni, i tre cinquantenni, orgogliosi di aver fatto un lavoro che li aveva messi alla prova, e il vecchietto che guardava le eleganti cipressine come se fossero state sue figlie.

Più che altro, nella vita, hanno lavorato; hanno lavorato quasi quanto hanno respirato; il lavoro era la trama di fondo su cui disegnavano la vita. Hanno sì vissuto, formato le loro famiglie, qualche volta hanno viaggiato, sono stati felici, o soli, o disperati, o rassegnati, o rabbiosi, più spesso trantranosi e stanchi, ma anche curiosi, sognatori, perché no?

Ma purtroppo, quando si è poveri, non si può allontanare molto la testa dai piedi, tenere la testa a sognare distoglieva il corpo dal lavoro, e pochi potevano permetterselo, pochi riuscivano a concretizzare qualcosa al di fuori delle normali consuetudini.

Nelle famiglie c'erano molti ruoli importanti, ma quello del sognatore era un ruolo secondario, tutti potevano sognare, ma non prima di aver fatto il proprio dovere, cioè lavorato. Era una regola dura, ingiusta, ma altrettanto reale. Naturalmente c'erano le eccezioni, qualcuno riusciva a salire un po' più su, diventava medico, o professore, o commerciante, e gli era riconosciuta la sua tenacia con tanto di cappello. Ma se qualcuno usciva dal mondo contadino per un merito improprio, per una dote naturale o per un colpo di fortuna, la cosa era sentita in modo diverso. Se uno diventava un attore famoso, o un grande sportivo, o una bellona del cinema, o qualcuno che aveva una voce migliore delle altre, andava a finire un po' più dimenticato, a meno che non fosse veramente unico, allora si diceva, non senza una traccia di malanimo: "Al suo posto ci sarei riuscito anch'io."

La fortuna, i sogni, avevano poco credito nel mondo contadino, ma nel contempo erano irrinunciabili, come un sospiro. Sorretti dalla speranza, i sogni potevano infilarsi nella vita di ogni giorno, ad ammorbidire la spartana realtà.

In mezzo ai ricordi di tutti i giorni, saltano fuori quelli che ci hanno dato qualche soddisfazione e molto di più, ma attaccati a questi, come chicchi d'uva uniti nello stesso grappolo, quelli duri, che abbiamo dovuto sopportare, quelli ambigui, difficili da decifrare, amari, ma attaccati all'anima come piccoli tumori più o meno maligni, indesiderati ospiti della memoria.

"Ti ricordi, Franca, quando avevamo i tedeschi dentro la barchessa, e i partigiani nascosti nel fienile?" "Se mi ricordo... roba da ammazzarci tutti, ti dico che i nostri han patito la loro parte..." Qualche volta ho detto ai miei figli: "La guerra non me la ricordo, per fortuna, è finita che avevo cinque anni..." Invece eccoli qui, secchi e brutali come pugni sui denti, i ricordi di guerra, che in buona fede credevo di non avere. Saltano fuori svelti e puliti come funghi dopo la pioggia.

Bombardavano il ponte di Camposanto a quattro chilometri da qui, e dagli una volta, e poi un'altra, avevano sbrindellato quel povero paese. Una mattina che insistevano, eravamo corsi tutti nel magazzino all'esterno del fienile che aveva un soffitto di pietre a volta che sembrava più affidabile delle tarlate travi della casa. "Stavolta la tengono lunga un bel po'..." "Così finiscono di sbattere giù quei tre coppi che son rimasti su." "Vengono da verso Bomporto." "Se ne stanno andando." "Io dico che vengono verso qua..."

Parlavano tra loro e così facendo ci si rincuorava un po', si faceva una certa abitudine anche a queste cose. Quel giorno però, si parlava a mezze frasi, perché quando sembrava che se ne stessero andando da una parte, arrivavano dall'altra, crepitando più forte. Da una finestra fessurata, qualcuno faceva il resoconto di quello che riusciva a distinguere. Il rumore e la fifa crescevano. "Vieni via di lì." L'avevano appena detto, quando un botto colpì la finestra e Luisa cadde lunga distesa all'indietro, svenuta. Per fortuna, la scheggia che aveva sbrecciato la finestra, piantandosi per metà nel muro, l'aveva solo sfiorata. Ci volle del tempo a farla rinvenire, con degli schiaffetti e delle parole, dato nessuno osava uscire per prendere almeno un po' d'acqua. Tutti le si fecero addosso, palpandola da tutte le parti, per assicurarsi che non si fosse fatta nulla, mentre lei si guardava attorno con una faccia terrea e stralunata da far paura.

Si uscì che era già primo pomeriggio, e nessuno preparò da pranzo, né ci si riunì attorno al tavolo. Ognuno si fece i fatti propri in un silenzio stupito, fatto di paura, che solo verso sera si stemperò nel sollievo dello scampato pericolo. Le bombe sul ponte ne causarono di guai...

Una mattina, Franca mi prese con sé dai Moretti: "Voglio andare a vedere i buchi che han fatto ieri." Tra la strada e la casa dei Moretti, un filare di antiche querce era stato centrato in pieno dalle bombe. La bella casa bianca era rimasta miracolosamente in piedi, almeno una cinquantina di persone giravano lì attorno, io e la Franca strette per mano come se avessimo paura di perderci. Girammo attorno al buco più grande che avessi mai visto, ricordo che mi meravigliai di come fosse bello rotondo e pulito, e che mi sarebbe piaciuto entrarci dentro con Teresina e Andrea, e tutte le nostre cose, a giocare indisturbati. Una delle grandi piante era ricaduta su se stessa capovolta, come se qualcuno con una mano enorme ci avesse giocato. Ero più incuriosita che altro, poi mi accorsi che i vetri della casa erano tutti crollati e mi misi a correre verso la strada, mentre Franca mi gridava dietro. La curiosità era sparita di colpo, adesso avevo solo voglia di vedere i miei, e di lasciare in tutta fretta quel brutto paesaggio. Corsi fino a casa come un animaletto verso la tana. Inutile corsa, ormai la paura era dentro il mio corpo di bambina, come le mie viscere, a volte dimenticata, esorcizzata dalla presenza di tante persone grandi attorno a me, ma ormai attaccata. C'era poco da fare, mi rendevo già conto che era inutile cercare di togliermela di dosso, meglio cercare di dimenticarla per quanto era possibile.

Ricordavo l'accampamento dei soldati sotto il nostro frutteto e il via vai di gente preoccupata per motivi che non capivo, ma che sentivo. Sapevo che c'era qualcosa d'ingiusto, nella casa, qualcosa che non quadrava, qualcosa di ostile.

Una mattina, nelle mie infinite peregrinazioni, finii, nella barchessa dietro alla cantina, sulle ginocchia di un uomo in grigioverde. Lì intorno ce n'erano altri sei o sette tra casse e barili di tutti i generi, coi fucili a portata di mano. Istintivamente mi tirai indietro per darmela a gambe, ma l'uomo mi tenne stretta per un po', parlando senza che riuscissi a capire. Con una mano mi sfiorò una guancia e io lo guardai, sorrideva, e io mi rilassai. Lì accanto, uno dormiva e due scrivevano su un cassone coperto da un telone da camion, gli altri si stavano semplicemente rompendo, ingrugnati, con gli occhi persi in chissà quali pensieri. Occhi di ciechi, sembravano, tanto erano insipidi.

Ma questo era sveglio e socievole, tutto intenzionato a parlare con me. "Io, Franz." E si segnò il petto, poi volse l'indice verso di me, io dissi no più volte con la testa, la paura se n'era andata, ma non capivo, non capivo proprio. Finalmente, più dai movimenti che dalle parole, capii che Franz era il suo nome, e dissi il mio tre o quattro volte perché capisse. Poi cominciò a tirar fuori un dito per volta: voleva sapere quanti anni avevo. Alzai quattro dita e insistei: "Quattro, quattro, quattro." Da quel laborioso colloquiare, saltò fuori che lui, Franz, aveva, a casa, lontano lontano, una bambina come me, una bambina bella bella, anche lei di quattro anni. Lodò in lungo e in largo la sua figlioletta, molti padri lo fanno, e tra gesti e frau... fraulen... capii che non la vedeva da tre anni, e che non ne poteva più di star lontano da casa. Capii perfettamente l'ansia di quell'uomo, e mi guardavo nella mente, con simpatia, una bambina con gli occhi celesti, e due lunghe trecce, che mi sorrideva, ma parlava male, come suo padre.

Mio padre disse qualcosa ed entrò, togliendomi con garbo dalle braccia del tedesco e tenendomi abbracciata in un modo tutto diverso dal solito, delicato, come se avesse paura che a stringermi mi sarei "sciolta". Il tedesco rifece il discorso di prima, che aveva voglia di vedere la sua bambina, e mio padre non trovò di meglio che scuotere il capo, con un sospiro quasi senza parole. "Certo, la vedrà presto..." Ma la sua voce era molle come un elastico frusto, non era la vociona che conoscevo.

Nessuno mi sgridò perché ero entrata là dentro, ma sapevo "che non andava bene", e accorciai i miei giretti, ma qualche volta ci andavo a "parlare" un po', con Franz, e quando al mattino, in due, bene armati e con l'elmetto in testa, venivano a prendere una pentola di latte munto e bollito per loro, se c'era Franz andavo a toccargli una mano. "Ciao, Franz." E mi sembrava un po' meno ingiusto che bevessero il nostro latte e pestassero i nostri campi; i due prati sotto le prugne erano grigi che pareva inverno, da quando erano andati avanti e indietro come se fossero a casa propria. Franz non era un cattivo, anche se stava duro come un palo, no, lui no.

Una mattina, piuttosto presto, gli uomini stavano falciando il fossato che ci divideva dalla "strada nuova" , che andava dritta fino a Bologna, la chiamavano così perché era larga quasi come la statale. Erano due per due, ogni coppia aveva preso il suo pezzo piuttosto distante dalle altre. Ad un tratto, mio padre gridò: "Antonio..." poi saltarono svelti sulla strada con una faccia livida: nel fondo del fossato, davanti alla punta della falce che Antonio aveva abbandonato, c'era una bomba grande come un uovo d'oca, di rame lucido. Da debita distanza, tutti la guardarono, gli altri falciatori e quelli delle tre case di fronte, parlando concitati, gli uomini tra loro. Qualcuno ci mandò a casa, ma non ricordo chi, non riuscivo a pensare a nient'altro che a quella bomba lucida, non avevo idea che cose così piccoline potessero fare dei buchi così grossi come quelli là dai Moretti. Ma un pensiero mi chiuse lo stomaco: il barbiere Martino era morto perché una di quelle bagaglie lì gli era esplosa tra le mani mentre la guardava nel mezzo del suo negozietto. Di Martino avevo sempre sentito parlare, senza farci caso, ma sapevo che era stato un buon amico di papà e di Umberto, ed ora quella scena mai vista mi impediva quasi di respirare. Quella stretta passò solo quando vidi, non saprei se dopo due giorni o due settimane, il fossato rasato in tutta la sua lunghezza, e la lunga siepe di spine pulita dalle erbacce che si poteva vedere da una parte all'altra tra l'intrico dei rami. Finalmente!

Quegli episodi dei quali era impossibile non parlare, anche se con noi piccoli abbassavano la voce, ci tenevano sul chi vive, tutti quanti. Poi c'erano degli aerei ricognitori che studiavano la pianura di notte, e appena sera, si chiudevano porte e finestre perché nessuna luce trapelasse; li chiamavamo Pippo e ne ascoltavamo il rombo, silenziosi. "C'è Pippo." E nessuno usciva di casa.

Una volta, i tedeschi, che erano ormai in molti, accampati sotto le nostre piante, fecero uccidere una mucca, e la misero a cuocere in enormi marmitte. Franz stesso accompagnò in casa un soldatino che pareva un ragazzo, che ci riempì i piatti fino all'orlo con dei grossi pezzi di carne e dei maccheroni bianchi che navigavano in una specie di brodaglia ormai fredda. Masticai alla meglio la carne coriacea, in piedi in mezzo ad altra gente che non erano solo i miei famigliari, poi finalmente mi tolsero il piatto di mano; per due o tre anni non mangiai più carne, nemmeno dopo la guerra.

In quel tempo, zio Vittorio era sempre in giro a cercare in tutti i modi di aggiustare le cose col padrone e col fattore, e per fare in modo di difenderci un po' da quei mangioni che ci portavano via tutto. Qualche volta ci ricambiavano con un pacco di gallette, una specie di crackers insapori ma sempre meglio di quegli orribili maccheroni freddi.

C'erano strani giri in casa e fuori, di giorno e di notte; degli strani tramestii dei quali mi rendevo conto istintivamente, quello che non si poteva fare, quello che non si poteva chiedere.

Ero come uno che guarda la casa di fronte alla sua e ne immagina la disposizione delle stanze e dei mobili, si vede anche da fuori dov'è la cucina o la cantina o la soffitta, si vede, se una casa è ordinata o meno, anche senza entrarci. Così sapevo che non c'erano solo i tedeschi lì attorno, ma altre presenze, non riesco a dire persone, perché non le ho mai viste, se non per qualche attimo, di straforo.

Una volta, vidi un giovane uscire dalla stanza di mia madre, con indosso dei vecchi vestiti di Arnaldo, e avviarsi verso i campi con gli uomini di casa. Passarono davanti alla barchessa e di fianco al frutteto, dove c'era sempre qualcuno dei tedeschi bene armato che sorvegliava, parlando del più e del meno. Il giovane sarebbe poi sparito dall'altro lato del podere. Vidi le mie zie trovar fuori i panni più frusti, guardarli per bene, poi darli alla mamma, che per dei giorni interi restò di sopra a rammendare quegli stracci per renderli presentabili, panni che sparivano, in parte addosso a qualcuno, in parte sul birroccio quando andavano da qualche parte, al mulino e a portar via dei carichi d'uva, o indosso a dei conoscenti della Bassa che venivano con un paio di braghe e se ne andavano con tre.

Un altro traffico, di cibo, si teneva dal portico della stalla al soprastante fienile. Erano sempre i ragazzi più giovani, Arnaldo e i gemelli, che avevano quattordici anni, e le ragazze che ne avevano due o tre di più, a salire per la scala in vista lì davanti, anche se si poteva salire e scendere da tre lati; tutti con qualcosa in seno, quel che si poteva, perché c'era tutto razionato, e io, che sul fienile non c'ero mai salita, immaginavo delle teste uscire dal fieno a bocca aperta, quando la Franca canterellava, come rondini in attesa dell'imbeccata. Neanche nello stanzotto del fieno tra le due stalle c'ero mai stata, lì, se mi avvicinavo potevo prendere anche un calcio nel culo, ché c'era sempre uno dei grandi lì attorno che faceva qualcosa. Mi resi conto solo dopo anni che stavano di guardia alla botola interna. Sapevo tutto di tutti gli angoli, ma lì non mi ci avevano mai lasciata entrare.

Facevano la guerra come potevano, ed erano per lo più immusoniti, a volte sembravano estranei gli uni agli altri tanto erano occupati, anche se qualche volta i ragazzi giocavano a "mattonella", o a tombola, e papà, il più giovane dei "vecchi", partecipava e si alleggeriva un po' l'atmosfera. Si parlava degli sfollati, gente della città che erano venuti a stare in campagna, spinti via dalle bombe e dalla fame, dal mercato nero, di tutta la fatica del vivere e alla fine qualcuno degli anziani sospirava: "Eh... noi siamo fortunati, ché almeno da mangiare ne abbiamo."

Si sperava, per diversi motivi che non riuscivo a capire. Si sperava in una conclusione, e un mattino cominciò: i tedeschi, immusoniti e tetri, cominciarono a far partire gli animali, a piedi, e a caricare i camion con tutta la roba della barchessa. Finalmente uno dei camion partì, il frutteto era ormai stato svuotato e ne risultava un silenzio innaturale, rotto dai rumori ferrigni dei fucili che stavano manovrando. Si stavano aggiustando le armi addosso, tutti quanti, anche i ragazzi giovanissimi. Io non ricordo dov'ero esattamente, ma il silenzio sì, più pressante del rumore, un silenzio da schiacciarci.

Dovevo essere sulla soglia di casa, perché vidi il primo camion fermarsi di fronte alla casa dei Bardi, appena più avanti del nostro fienile. Un altro camion con tutti i mitra puntati all'infuori salì la strada di pochi metri e si fermò, gli altri avanzarono a passo d'uomo da dietro la casa e si fermarono: eravamo chiusi tra sei o sette camion con tutte le armi rivolte verso di noi, potrei dire che qualcuno in casa gemeva, ma nessuna parola si levò. Cominciarono a sparare dal primo camion ed entrarono nel cortile davanti a casa con un uomo fra le braccia, ricordo bene la sua espressione terrorizzata, poi il grido di Cesira contro di loro: "Fermatevi, fermatevi, ci sono dei bambini qui." Fu tutt'uno gridare e trascinarci via, me e Andrea, mentre Franz, il mio Franz, ci puntava contro il mitra, gridando furioso. Tra gli urli e gli spari, mi ritrovai tutta calda e bagnata, mentre papà mi abbracciava. "Guarda qua, si è pisciata addosso, questa povera bambina." Quel breve e crudo ricordo non portò conseguenze di paura, era come se se ne fosse uscito con l'acqua che mi era scesa da corpo. Per un attimo mi lascia sperare che il prigioniero lo abbiano liberato, e che Franz abbia riabbracciato la sua figlioletta. Chissà...

Tra i tanti ricordi che si affacciano, e davvero non avrei mai creduto di averli più, mi sento come uno che ritrovi un amico dopo tanti anni. I ricordi, anche quelli non felici, sono importanti, anche se non riesco a tradurre il concetto, se non in parte. I ricordi sono la terra della memoria, se sotto questo pavimento non ci fosse la terra, non potrei essere qui a mangiucchiare, a parlare e a pensare. Il corpo non vivrebbe senza la terra. La memoria senza i ricordi sarebbe come un bel piatto vuoto, non potrebbe dare consapevolezza agli atti, né renderci conto del nostro esistere. I ricordi, buoni o no, sono la terra, con le sue pianure di esperienza, i burroni della paura, le acque della gioia, le montagne della speranza.

Difficoltoso è vivere, mettere insieme questi elementi, ma provarci, sperare, sognare, piangere e ridere, è un diritto di chi respira. È un dovere fermare ogni tanto il corpo, ed aspettare la memoria, che ci faccia luce. Gli alberi non sono preziosi solo per respirare, ma anche per starci sotto a sentirli stormire, per capire la loro voce, da quanto lontano viene e fin dove potrà arrivare, per guardare i disegni dei loro rami.

Marino mi parla di Bettina, della sua malattia. "Delle volte, guarda, ha più grinta lei di noi, che pure deve essere ben stanca di essere sempre sotto..." La ricordo un giorno d'aprile del quarantacinque, quando un carro armato degli alleati entrò nel cortile, un bestione rombante che fece cadere i vetri di tutta la facciata. Ricordo la mamma, una volta tanto allegra, offrire da bere ai soldati sorridenti che ci diedero gomma da masticare, dei rettangolini nocciola insapori con un nome che non riuscivamo a ridire, noi le chiamavamo "ciunga" o "ciuinga", e a me non piacevano.

Intanto che fuori si faceva un chiasso incredibile, Bettina toglieva i pezzi di vetro dal tagliere dove c'era la sfoglia già tagliata a quadrettini, impossibile toglierli tutti, ma lei, come una bambina testarda, continuò 'sta cosa con un'espressione aggrottata. Era troppo educata per guastare la festa agli altri. Umberto entrò con la faccina arrabbiata: "Guarda che lavoro, che gli venga un canchero a tutti!" Guardò per bene i vetri per terra e sul tagliere. "Oh... Baralda... ma cosa fate, non sarete mica matta, non vorrete che mangiamo quella roba lì... scopate tutto, e ciao..." Ciao ai vetri e al pranzo, era uno di quei giorni in cui non ci si sedette proprio.

Fu di quegli ultimi giorni un episodio che, a differenza dei precedenti, non sparì mai del tutto, fissato nella mia mente da una piccola foto e dalle parole dei miei. Avevano ammazzato sei giovani sulla statale verso Mirandola. I grandi ne parlavano con un certo pudore, ma le ragazze non riuscivano più a trattenersi perché avevano tutti la loro età. Uno era andato a scuola con Luisa, e si conoscevano bene anche i famigliari, per questo non la finivano più di parlarne, e io di ascoltare. Quello che mi ruppe fu che li avevano impiccati, come si fa a uccidere a freddo, con le mani, un bel giovanotto di diciotto anni? E ancora di più mi sconvolse il fatto che non erano stati degli estranei a farlo, ma gente di qui, della Bassa. Inconcepibile.

Ancora la casa cadde nell'orribile silenzio falso che già conoscevo, un lutto impossibile da intendere. Le ragazze portarono a casa la foto dei sei giovani, e la misero sul comò della loro stanza, ed io, ovviamente, la guardai. Com'erano giovani e belli! L'amico di Luisa sembrava fosse lì lì per parlare. Li guardai a lungo, con un magone così, poi finalmente uscii dalla stanza.

Ci entravo spesso, nelle stanze di sopra, più che altro a guardare, mia madre non avrebbe sopportato che fossi salita sui letti ben rifatti e che avessi spostato le piccole cose che c'erano sul comò. Ma gli altri lasciavano fare. La stanza delle mie due cugine grandi era una vecchia stanza matrimoniale, resa affascinante da certe cosette: il vasetto fatto di mollica di pane, le scatole di conchiglie, e i vari vasetti, scatolette e pettinini, robe che mi mettevano allegria, e che potevo toccare, la crema Venus, una cipria rosata. Li usavo tutte le volte che potevo e mi riconoscevano dall'odore. "Sei stata di sopra, eh… birichina!" Ma ora salivo a "tener compagnia" a quei ragazzi della foto come se fossero miei cugini malati, e me ne uscivo con un "Ciao ragazzi, tornerò dopo…" A parlare eludevo in qualche modo l'inconcepibile fatto che loro non potevano rispondere. Ma il guaio era di sera, se non c'era qualcuno dei miei in vista, venivano "loro" a trovare me, incompleti e muti: o solo le loro facce, o i loro corpi senza testa, giravano attorno al mio letto e mi facevano paura. Se mi nascondevo per bene sotto le coperte, venivano anche loro e mi veniva da battere i denti, da urlare dal terrore. Mia madre entrò al buio, non c'era l'elettricità; vedevo la sua sagoma dal chiaro della porta aperta ed era già abbastanza. "Che cos'hai da urlare?…" Con lei lì, stavo bene. "Niente, sto bene." "Allora dormi, sciocchetta." E richiuse la porta, e l'incubo ricominciò, implacabile. Secondo giro di mia madre, questa volta col lume in mano. "Cosa ti prende questa sera, si può sapere?" Era piuttosto seccata, avrei dovuto dire: "Non posso stare da sola, o mi porti giù con te, o vieni qui con me, perché quando sono sola i ragazzi di San Giacomo vengono fin dentro al letto e io sto male, sto molto male, mamma." Ma con lei lì, quel pensiero sembrava assurdo, nella stanza c'eravamo proprio solo noi due, non sarei mai riuscita né con lei, né con altri, a spiegare una cosa simile. Mi appoggiò una mano sulla fronte, e ve la tenne per un po', poi mi controllò il polso. "Stai qui... dai, siedi lì..." Mi guardò attentamente, non era più arrabbiata. "Vieni a letto..." Mi guardò ancora per un po' restando in piedi. "Malata, non sei malata, perciò adesso mettiti quieta, e non farmi più andare su e giù per niente, hai capito?" Se ne andò di nuovo, e io rimasi quasi senza respiro, con le mani contratte attorno alle coperte e il corpo rigido.

Dopo due o tre sere di queste, mia madre, controllato attentamente che "non ero malata", me le suonò piuttosto busse, e io smisi di urlare al buio, ma non di aver fifa. E così, invasa dal terrore, una sera, senza rendermene neanche conto, mi ritrovai sul letto di Umberto, il mio scontroso zio, l'unico grande di casa che andava a letto presto come le galline. Grugnì qualcosa e alzò le coperte. "Posso venire a letto con te, zio?" "Perché, dove sei, adesso?" Sospirando di sollievo, mi rannicchiai contro di lui, aveva odore di tabacco, come papà, fumavano come due turchi... Girai lo sguardo nella penombra: dei miei fantasmi non c'era traccia, e Andrea, nel lettino lì di fianco, dormiva come un angioletto. "Andrea dorme, zio." "E tu, perché non te ne sei stata nel tuo letto a dormire?" La sua voce aveva perso il torpore del sonno. "Eh? Ti ho chiesto cosa fai qui..." O Dio mio, adesso mi rimanda a letto, e mi irrigidii, ma lui tutto tranquillo. "Che cosa c'è che non va, eh, cocchetta?" Ero sicura anche al buio che aveva in faccia quel suo raro sorrisino, e mi rilassai. "Da sola, al buio, ho paura, zio..." "Ah, davvero..." "Davvero."

Restammo in silenzio per un po', ero sempre sicura che stesse ridendo di me. "Tu, zio, non hai paura?" "Io non sono mica stupido come te." "Io non sono stupida, zio." "Io dico che lo sei." E mi abbracciò un po' più stretta. Che Dio benedica gli zii. Così, la sera, appena la mamma svoltava sul primo gradino, filavo nel letto di Umberto, che mi posava una mano leggera sullo stomaco, senza neanche svegliarsi del tutto. Al mattino, mi svegliavo tranquillamente nel mio lettino, senza ricordare chi mi ci avesse riportata, fin quando sentii Cesira che lo diceva a Betta: "È già più di un mese che l'Annetta mi scalda il letto, neanche una sera che non la trovi a letto nel mio posto, che cos'ha poi quella bambina lì addosso..." e la Bettina, serafica: "Eh... una mania che le è venuta..."

La "mania" durò ancora un bel po', forse finì quando la foto sparì in qualche cassetto, o forse si consumò da sola sotto la mano affettuosa dello zio. Tutti loro avevano capito che avevo paura, ma non credo che abbiano mai capito quanta.

Quegli anni avevano portato via a noi piccoli una parte della gioia di vivere che è propria dell'età, ma ci avevano in qualche modo risarciti. Eravamo, sì, felici, ma non inconsapevolmente, eravamo anche chiaramente diffidenti. Era pressoché impossibile "darcela a bere". Eravamo, io a sette anni, e Andrea a cinque, incredibilmente ingegnosi. Era come se il tempo si fosse spostato, non aspettavamo che le cose ce le dessero, non stavamo ad aspettare che i grandi si occupassero di noi, le cose le "facevamo". Le nostre mani, il nostro modo di pensare, erano più avanti un bel po' della nostra età. Se c'era da esser contenti, tanto meglio, ma all'occorrenza sapevamo anche rinunciare, sapevamo tenere a bada i "grilli per la testa".

Saveria aveva una tenerezza tutta particolare per il fratellino: fu lei che un giorno scoprì il nostro piccolo mondo in un angolo tutto nostro sotto la grande pianta di Santa Rosa, e osservò da vicino i carretti, l'aratro e tutti gli arnesi da lavoro del suo silenzioso fratellino, e la mia "casa", fornita di tutto l'occorrente per farla andare, nonché di quattro o cinque "bambini" con un corredo di tutto rispetto. Con un grande che ci guardava, ci sentimmo più impegnati del solito e lei a dir poco meravigliata. Fu così che tutti gli uomini di casa si chinarono a guardare il piccolo aratro con il vomere di latta lucida come quelli veri, e una cordicella per dare più o meno "profondità" all'aratura. "Un lavoro da grandi..."

Umberto osservò a lungo in silenzio, mentre i ragazzi vociavano a tutto spiano, poi se ne andò scuotendo il capo in un gesto di compatimento che, nel suo pessimismo, gli era abituale, contraddetto da un sorrisino di tutt'altra natura. Lui non era capace di fare complimenti a voce, invece per gli altri quel piccolo capolavoro era una cosa da mettere in mostra. Mia madre fece vedere il mio corredino alle cognate, una volta tanto entusiasta. "Avete visto l'Annetta che usta che ha…" Guardò tutti i particolari, rivoltò e riguardò. "Incredibile."

Mi andò "via" la testa per la sorpresa: il sorriso di Umberto e le parole di mia madre erano cose da tenersi in mente, non capitavano tanto spesso. Come riuscivo a entrare in sintonia con tutti quelli di casa e con parecchi altri parenti o amici, non ci riuscii mai completamente con la mamma. Lei e papà stavano allo stesso livello nei miei pensieri, come due case vicine sullo stesso cortile. Mia madre era una casa quadrata con porte e finestre chiuse. Per entrare bisognava bussare e aspettare il suo "avanti!". La casa di papà era fatiscente e scrostata, con porte e finestre che sbattevano al vento, si poteva entrare e uscire dall'altra parte o mettersi a sedere in un posto qualsiasi, anche per terra, senza temere di essere fuori posto. Di mio padre capivo, o almeno credevo, anche i pensieri più nascosti, quelli che per pudore o altro non si dicono. Capivo un movimento del capo o un moto quasi impercettibile del viso. Di mia madre, un lato mi restava sempre all'oscuro, qualcosa, del suo carattere lineare, restava fuori dalla mia portata.

A papà chiedevo le cose più strane e più insulse. "Credi che nevicherà questa notte?" e ottenevo sempre una risposta, qualche volta magari spazientita, ma più spesso curata, e sempre, tutte le volte, il tono della voce era particolare, quello che si usa per una persone speciale, quella che si merita il meglio per il semplice motivo che è tuo figlio.

Quando le domande diventarono più "da donna", era a Betta che mi rivolgevo, e anche lì la risposta era il più possibile esauriente. Se mi sentivo arrossire, mi voltavo da un'altra parte, ma chiedevo lo stesso: "Cosa vuol dire incinta, "una rimane incinta", cosa vuol dire, zia?" Mia madre avrebbe guardato dappertutto tranne che me, e avrebbe detto che è proprio un brutto lavoro avere una figlia. "Coi maschi non c'è neanche male, ma una femmina... quella lì, poi, avrei preferito tre maschi al suo posto."

Zia Cesira aveva tre modi: o si faceva una franca risata, "Ti dico che i ragazzi ne han sempre delle nuove", o un "Lo saprai quando è ora." più che chiaro, o due o tre scappellotti a crucco, "Così impari a stare al mondo." Ma da Betta, magari a rate, imparavo questo ed altro. "Non c'è niente di male, in queste cose, solo che..." e non era una semplice risposta, ma un dialogo: lei cinquant'anni, io nove, eravamo due amiche, due donne che parlano, e non si lasciano gli amici senza spiegazioni. "Perché il nonno di Marco non l'han voluto in chiesa dopo che è morto?" "...Perché... perché..." Lei si guardava le mani, intenta, come se fosse la prima volta che le vedeva, e io ero mezzo girata di lato con le orecchie dritte... "Eh... zia... perché gli altri li prendono e lui no... lui che cos'ha di diverso..." Finalmente la zia sospirò." Oh, niente, Annetta, te lo assicuro, niente di diverso. Al mondo siam tutti uguali, questo devi saperlo, proprio tutti uguali, non c'è nessuno che valga di più o di meno..." "E allora?" "E allora... ci sono cose che non si dovrebbero fare..." "Ha ammazzato qualcuno?" "Ma cosa dici?" "Allora che cosa ha fatto di così brutto..." Più lei esitava, più io mi intestardivo, ma la risposta veniva con tanto di accompagnamento. "Vedi, Anna, i preti, anche se han studiato, fanno anche loro i loro sbagli. Secondo me, uno che si è tolto la vita va perdonato, perché chissà quanto ha sofferto per arrivare a tanto..." Una pausa, ma ormai la spiegazione era data, dura da concepire per una bambina, altrettanto difficile per lei rappresentarla. Poi dopo un silenzio che riempì la mia testa di brutte immagini scure, come un disegno malfatto che lo devi guardare con molta attenzione per capire di che cosa si tratta, la zia parlò con un tono tranquillo, ma allo stesso tempo intenzionale, ora era lei che esigeva una risposta. "Quello che ti ho detto... l'hai capito, Annetta?" ora ero io ad esitare. "L'ho capito..." "Sei sicura?" "...Sì." È dura pensare che uno si spara nella pancia, quella sua, è anche difficile immaginare il prete, che mi sembrava un uomo buono, che non si è neanche voltato da quella parte, ma, sì, l'orribile disegno l'aveva districato.

Con la Betta sì che si poteva parlare e ascoltare senza sentirsi una piccola cosa fastidiosa. Betta aveva una forza interiore, una presenza di spirito come pochi, o forse dovrei dire che si adattava, aveva dentro un filo duttile ma incorruttibile, poche volte "perdeva il filo", nel senso più giusto del termine. Betta era Betta, in tante situazioni era sempre se stessa.

La ricordo in piedi davanti allo zio, che si guardavano in faccia; lui era appena tornato in bicicletta, e lei lo interrogava, con gli occhi più che altro, e lui accennò un diniego e aprì le braccia, in un gesto sconsolato di impotenza. "È vero?" "È vero." Si guardavano attorno come se invece di essere nella propria casa si trovassero in una specie di campo minato. "E adesso... cosa succederà?" Lo zio si strinse nelle spalle. "...Cosa vuoi che ti dica, cosa vuoi che possa dire, io..." Parlarono per un bel po' di una famiglia del vicinato, di battesimi, di treni, di scappare, senza cavare un ragno dal buco. In casa c'era un brutto silenzio, che voleva dire "pericolo" o qualcosa di simile. Capii molti anni dopo, che parlavano della questione degli ebrei, e misi qualche faccia a quelli che c'erano nel fienile, che prima li vedevo solo come povere bocche affamate, così che quando il fienile cominciò a essere non solo tale, io avevo solo tre anni.

Una sera di qualche anno dopo, uno dei fratelli Alivi raccontò a mio padre della sua prigionia in Germania, e di come si erano picchiati per una patata; una storia incredibile che io ascoltai seduta su un mucchio di fieno lì poco lontano. Anche lì scoprii dopo molto tempo che Alivi diceva il vero quando lessi un libro di Paolo, *Se questo è un uomo,* di Primo Levi, che descriveva la prigionia quasi con le stesse parole dell'amico di mio padre.

Dell'ultima guerra ricordavo quel che potevo di mio, anche se non credevo tanto. Di prima, non so altro che quello che sentii da loro, i pochi libri della scuola elementare, tre in tutto, si erano fermati al Risorgimento e poi più. E così, se non mi venisse in aiuto la memoria, sarei una specie di insipiente, "nato in zucca, morto in fiasco", come dicevano i nostri, quando erano amareggiati, per descrivere i propri limiti. Loro, che avevano letto anche meno di noi, una buona percentuale erano analfabeti, erano la nostra unica scuola. Nella vita non c'è tempo di fare neanche una milionesima parte di ciò che abbiamo in testa, e non c'è neanche il tempo, e a volte nemmeno la voglia, di guardare con simpatia quel che abbiamo fatto, o di pensare con fiducia a ciò che vorremmo fare. A volte mi sento proprio inceppata e non solo nelle ossa, e se non ricordassi la durezza di mia madre, la forza di Cesira, la serafica pazienza di Betta, non so proprio come farei a tirare avanti.

Ma quando mi capita di pensare a loro, divento più interessata alle cose, mi si allarga l'orizzonte, vedo cose a cui prima non avevo fatto caso, anche se c'ero, per così dire, seduta sopra. Quando penso a mia madre, pulisco in casa sopra e sotto come se fosse l'ultima volta che ho l'occasione di farlo, o viceversa, quando ho finito le mie cose mi viene in mente mia madre e le sue telefonate: "Hai fatto il bucato?", che mi fanno venire il nervoso. Oppure in qualche pomeriggio di fine estate, quando i ragazzi trovano il tempo di giocare a pallone prima di cena tutti insieme, mi viene in mente Betta e una sua tranquilla constatazione: "Eh... se le cose andassero sempre così."

Come la prima volta che ho fatto il bucato. Avevo quindici anni ed era da molto che aiutavo a lavare i panni, ma quella volta lì dovevo farlo tutto da sola, perché "era ora", disse mia madre. Devo dire che ce la misi proprio tutta per far le cose come si deve, ma il giorno dopo, mia madre mi chiamò dalla camera di fianco alla scala. "Adesso mettiti lì, che ti faccio vedere." Sul tavolo c'erano i panni che io avevo raccolto, piuttosto soddisfatta, un'ora prima. Me li sciorinò davanti, con tutta calma, uno per uno. "Vedi qui... e qui..." e per ogni mancanza mi guardava in faccia per essere sicura che stessi bene attenta e non prendessi la cosa sottogamba, per finire con uno sguardo torvo. "Non ce n'è uno, dico uno, che sia lavato bene, io non so quand'è che imparerai..." e via di questo passo, lei a sgridare e io a testa bassa, senza saper che dire, mentre dentro mi saliva una specie di magone; accidenti, non sarei mai e poi mai riuscita ad accontentarla, ma porca vacca, è possibile che non le vada mai bene nulla? Me ne stavo lì sforzandomi di non piangere, quando Betta entrò, silenziosa e tranquilla. "Adesso questi panni li voglio guardare un po' anch'io..." Solo che adesso non vengano tutti a metterci il becco, Dio che rabbia che mi sta salendo. Betta guardò piuttosto distrattamente me, poi i panni che mia madre stava ancora cincischiando. "Ma guardate bene, Angiolina... (la voce le si alterò un po') ma cos'hanno questi panni... io non so mica cosa cercate, a volte, ma cosa volete da questa ragazzina..." Era chiaramente spazientita, vuoi vedere che adesso ci scappa una litigata per colpa mia. "Le sto insegnando, voglio che veda come si fa, e poi cosa c'entrate voi qui, adesso non si può neanche parlare ai propri figli senza che gli altri dicano la sua." "Ma scusate, Angiola... (ora Betta parlava posata) questo non è il primo bucato? Vedrete che il prossimo lo farà meglio, imparerà poco alla volta... imparano tutti..." e se ne andò, e io dietro di lei, con un sospiro di liberazione.

Del resto, fin da quando posso ricordare, sono stata più dietro a lei che alla mamma. Quando, troppo presto, li ho lasciati, mi rimase l'impressione di aver perso almeno una decina di genitori, mio padre in testa, e i suoi due fratelli lì in casa, senza contare due o tre di quelli fuori, il marito di zia Enrica, Rinaldo, un uomo buono come il pane, e Geminiano, Dio, se mi piaceva, Geminiano. E delle madri, oltre a lei, la Betta e la Cesira, che le avevo lì a portata di mano, anche le quattro sorelle di papà, le "sentivo" persone mie. Un altro attaccamento lo avevo per la mia nonnina, la chiamavo così perché era ricurva, materna. Con queste donne, avevo più confidenza che con la mamma, e ho saltato allegramente sui loro letti, coi miei cugini, fino a farmi mancare il fiato.

Nel quarantasei, cominciarono a mettere la corrente elettrica nelle case. Quando scoprii che con un semplice bottoncino, senza puzza e senza fumo, si faceva luce, impazzii di gioia. Ero a casa di Enrica, a letto tra lei e lo zio Rinaldo. Lo zio si sedette sul letto sorridendo. "Adesso Annetta ti faccio vedere una bella cosa." E accese la luce due o tre volte, poi diede la peretta col bottoncino "magico" in mano a me, cliccai una ventina di volte quella meraviglia. "Su, adesso dormiamo, eh!" Ma non ci fu verso, ogni due minuti schiacciavo il bottoncino. "Dai, adesso basta." "Solo una volta, zio, solo una." Ma non dormirono molto quella notte, perché io ogni tanto controllavo che quella cosa lì fosse vera, che non sparisse durante il sonno.

Così feci quando portarono la prima radio, che in tempo di guerra si ascoltava di nascosto. Mi ci sedetti accanto, emozionatissima, naturalmente girando e rigirando i bottoni e guadagnandomi anche qualche scappellotto, finché, per togliermela di mano, l'appesero bene in alto, ma mi sentivo "ricca" lo stesso.

Ma dal quarantasei in poi, non fummo tanto noi bambini quanto i grandi a sentirsi euforici. Quelle cose che vedemmo per la prima volta a sei anni erano nuove anche per loro. Dopo una povertà da "albero degli zoccoli", cose e idee nuove venivano, anche se in ritardo rispetto alla città, ad affermarsi, a migliorare la loro vita, e ci voleva un po' di adattamento ad appropriarsene. La nonnina Ilda, che aveva una settantina d'anni, non riusciva a capacitarsi che si potesse "far bollire la pentola senza fuoco". Guardava il suo fornelletto a gas e non la finiva di meravigliarsi, congiungeva le palme delle mani in un gesto infantile di preghiera. "Dio, se lo vedesse il mio Giuseppe." e questa è una delle pochissime volte che ho sentito nominare l'altro mio sconosciuto nonno.

Ricordo un bel dopo pranzo di primavera, io e Andrea stavamo badando al bucato, guardando che il vento non ribaltasse la lunga tirata delle lenzuola. Per ripararci dell'arietta pungente, eravamo accoccolati in una cunetta, e la Cesira ci saltò quasi addosso tutta felice. "Ah... siete qui, guardate, bambini, guardate cosa vi ho portato..." E ci mise in mano due scodelle di una crema di due colori, e ci sedette di fronte a guardarci mangiare, ci guardammo in faccia tutti e tre. "Questo è cioccolato, zia, dove hai preso tutto questo cioccolato?" "Vendono una polverina che si chiama cacao, e si possono fare tante cose buone così..."

E la prima volta del tè, durante un piccolo rinfresco per un battesimo, a casa del campanaro. Andrea la chiamava "acqua buona", un piccolo lusso per qualche sera d'inverno, e il caffè fatto con veri chicchi di caffè. Era una vita che ricominciava in meglio per tutti i versi, cose che mi sembrava di aver sempre visto e che invece avevamo scoperte insieme, piccoli appena in grado di capire e bisnonni più meravigliati di noi.

Il "Landini" sostituì i buoi nell'aratura, col suo sonoro scoppiettio che ci rompeva i timpani tutta notte, perché era l'unico trattore che c'era nel circondario, e si faceva a turni senza badare a notti e domeniche per farlo funzionare. Poi venne in aiuto un vecchio Caterpillar americano, con un aratro grande il doppio dei nostri, che rivoltava terra vergine. Una vera rivoluzione, non senza dolore, ché far funzionare quel bestione era un rompicapo che faceva sudare i pochi e ancora poco esperti motoristi, che non sapevano dove procurarsi i ricambi, né sapevano leggere le istruzioni. Uomini che ce la mettevano tutta e che a volte sbuffavano impazienti. Cesare gridava: "Quegli americani lì, ci mandano i loro scarti."

Una volta il famoso trattore rimase fermo col suo aratro lungo il solco per due o tre giorni. "Se avessi preso il mio aratrino e due buone vacchette, avremmo finito prima." Zio Umberto e zio Vincenzo, che a cinquant'anni erano vecchi per queste novità, guardavano di sbieco il gigante azzoppato e se ne andavano brontolando malcontenti, solidali nell'idea che questi giovani vogliono cambiare il mondo. "Vedremo poi cosa combineranno… eccetera eccetera". Mio padre, più curioso, restava lì attorno rimuginando. "Sì, va bene che ci mandino il trattore, ma dovrebbero mandarci anche qualcuno con più cognizioni di noi che ci insegnasse, qui, chi è che ci capisce qualcosa…" ed erano discussioni a non finire. Ma se i contadini non furono più contenti di prima, almeno persero la "gobba" della fatica. Persone non ancora vecchie, curve "con la bocca a terra" come la mia nonnina, diventarono un ricordo, come l'aratura coi buoi. Lavori durissimi che oggi me li vedo davanti con una specie di soddisfazione, li vedo "in bello" come una persona non bella, ma fotogenica, ne risento gli odori e i rumori, meglio dire suoni, come una musica, una canzoncina che ci riviene alle labbra con le parole esatte, dopo chissà quanti anni. Per arare si mettevano insieme i buoi di quattro o cinque stalle, otto o dieci buoi per averne quattro al "tiro" che avessero le giuste proporzioni, e lo stesso carattere, era un disastro se si azzuffavano.

Ricordo Cesare, forse ventenne, in capo alla quadriglia, e mio padre all'aratro, e almeno due dei ragazzi più giovani ai lati, muniti di due grosse scurie che schioccavano secche nell'aria senza quasi mai toccare le bestie e la voce di papà altrettanto sonora che dava il "via" e il "ferma". I suoni e le voci si mantenevano chiari e distinti per due ore, non di più, poi inciampavano nelle imprecazioni e nelle bestemmie della fatica degli uomini e nell'ansito degli animali sfiancati, che continuavano fin quasi allo sfinimento.

E le donne c'erano sempre, dietro, con badili e pale, a ripulire le carreggiate dalla terra smossa, dietro ai falciatori a distendere il fieno, a rastrellare, a sfogliare gli alberi, alla pompa della grossa botte che serviva per irrorare la vite, col solfato di rame, e le urla dei grandi per tenerci lontano dalla bella e velenosissima acqua "blu" dall'odore acido. Sapevamo benissimo che non dovevamo toccare, ma io non riuscivo a star lontana da questa colorata procedura, era più forte di me, guardare tutti gli azzurri che l'acqua prendeva quando lo zio vi immergeva il sacchetto di tela con le schegge lucide del solfato. Stavo lì attorno finché l'acqua, torbida e sfrigolante non ridiventava limpida e di quel bel blu acceso che chiamavano "elettrico".

Lo zio faceva tutto con metodo, dalla pesatura, alla misura dell'acqua, al tempo di macerazione. Quante cose sapeva fare, questo piccolo uomo tenace. Sapeva fare di tutto, meno che l'ammalato. Teneva a bada il cancro che lo divorava semplicemente ignorandolo, coprendolo col lavoro e le parole di tutti i giorni, senza feste di sorta. Però, al più piccolo accenno alla sua malattia, fatto con le migliori intenzioni, la sua energia si spegneva, diventava la classica statua di sale, inutile e fredda, ma non c'era nessuno più vivo di lui.

È come se vedessi dall'alto un immenso paesaggio, sulle prime misterioso, ma che poi, a guardar meglio, ne riconosco tutti gli angoli, tutti i ghirigori del loro infinito muoversi, tutte le parole del loro infinito brusiare, e buona parte dei loro pensieri, anche se quest'ultima è forse più un'idea che altro. Rivedo i loro mille rigiri per procurarsi da vivere negli anni dell'immediato dopoguerra, una specie di rincorsa per appropriarsi delle tante cose di cui una famiglia tanto numerosa aveva bisogno.

Nel quarantasei, in casa c'erano tre grosse biciclette da uomo e una sola bicicletta da donna, la chiamavamo la biciclina nera, poi arrivò la "Benotto", un'altra bicicletta da donna, che però nel sottoscala non c'era mai, ché i ragazzi se la litigavano. Fu un punto d'onore procurare in soli tre o quattro anni una bicicletta a testa, un vestito da festa, il completo, ogni due anni per i maschi, e due l'anno per le donne; per gli altri giorni ci si arrangiava. Io che ero la più piccola, ereditavo tutti gli abiti di Saveria, la Luisa quelli della sorella Franca, ma non mi sono mai sentita malvestita. Cesira dava un vestito a mia madre che me lo adattava non senza almeno un paio di prove, così pure per Andrea, non si ammetteva che non ci fosse la proporzione, il "garbo". "I ragazzi mal messi non li posso vedere." era un'affermazione di mio padre, non sprezzante, ma nel senso che si doveva cercare di fare "il possibile", cioè di dare il meglio. Il meglio del possibile per noi piccoli costava parecchio, anche se non si trattava sempre di soldi, e noi ce ne rendevamo conto tanto quanto loro.

Ricordo il mio primo vestito "da ragazza". Lo aveva cucito la sarta Emma, di un bel rosa acceso, con giacchettina, e guantini di rete bianchi, scarpine col mezzo tacco sottile e borsetta adeguata. Mi provai la "toletta" completa di nascosto almeno cinque volte, ma la inaugurai per il matrimonio di Arnaldo. Avevo quattordici anni, la vitina aderente e le scarpette a punta, e i riccioloni della prima permanente mi facevano sentire una bellezza. Quel giorno lì, con la casa piena di gente per la festa di nozze, e parecchi amici dei miei cugini che mi adocchiavano, passai parecchio tempo chiusa in una corriera presa a nolo per i parenti appiedati. Là, mentre la festa rumoreggiava, io stetti a pensare in una silenziosa euforia, alla ragazza che lo specchio e gli sguardi compiaciuti degli invitati mi avevano messo davanti.

Ma per fortuna mi sgonfiai presto. Dopo qualche settimana, una mattina che me ne stavo di fianco al pozzo, un po' ingrugnata, me ne sfugge il motivo, saltò fuori mio padre un po' seccato. "Oh, Annetta, cosa fai lì penzoloni..." "Mah... niente." Mi aspettavo che mi mandasse ad aiutare in cucina o qualcosa così, e feci per avviarmi, mi fermò il suo tono brusco. "Ma dico io, ti ho o non ti ho comprato il vestitino che più ti piaceva..." "Altroché... è proprio un bel vestitino..." "E le scarpine, se non lo sai, te lo dico adesso, erano le più care del negozio (il discorso prendeva una strana piega), io e tua madre abbiamo speso per te, tanto come per la sposa e adesso guarda qui (agitò una mano verso il cortile, spopolato in quell'ora domenicale e mi guardò impermalito), invece di andare a messa che son già più delle undici, stai lì a pendere, vai a vedere un po' in giro se le altre ragazzine pari tue non son già passate tutte pettinatine e graziosine... e tu... invece di far vedere la tua bella robina, intanto che hai tempo... per cosa li ho spesi, poi, i miei soldi..." Se ne andò ancora brontolante e io andai di filato a mettermi in ghingheri, dimenticando il mio malumore, che non valeva l'impegno e l'intenzione per cui tutta la famiglia era stata rimessa a nuovo. La gioia delle piccole soddisfazioni andava anche lei alimentata, "al mondo non si dovrà mica solo lavorare", lo diceva a mia madre quando si spazientiva, e lo pensava davvero.

Un giorno, guardammo delle foto che Mara voleva mandare ai suoi in America, delle belle foto. In una c'era Cesare col cappello in testa, e mio padre la guardò un po' corrucciato con più attenzione delle altre, poi sbottò: "Questa no, non mandatecela, in America..." "Perché?" "Perché vedi, Mara, il cappello di Cesare è troppo ordinario, il cappello vuole bello, fine, a un uomo vestito di nuovo ci vuole un bel Borsalino." Mara mugugnò timidamente qualcosa a proposito di soldi, ma lui insistette che i soldi non contavano. "Non conta niente, se per una volta si spende di più, ci sono altre cose da guardare, si manda una foto ogni tanto, magari una di meno, ma che sia una cosa fatta con del garbo." Era insistente, ma la foto rimase a casa, e da allora Cesare adottò il Borsalino, anche se non lo usava quasi mai. Ce la metteva tutta in cose di cui altri non si sarebbero accorti, oltre che nei lavori importanti. E anche in certi scherzi che, da quando la televisione ci mangia molto del tempo libero, sono proprio al di là del tempo.

Una sera limpida e fredda di febbraio, le donne si accorsero che gli uomini erano tutti dietro la barchessa, o forse in cantina. Se ci fosse stato qualcosa da fare, le avrebbero chiamate. "Ma cosa staranno trappelando poi, son tutti lì che vanno avanti e indietro senza dir nulla, tu, Annetta, vai a dare un'occhiata." "Io no..." Ma dopo altre due sere, andai a spiare, o più semplicemente andai a guardare. Non feci a tempo a entrare che mi respinsero con malgarbo. "Quella pettegola lì..." "Si può sapere cos'è che vuoi a quest'ora?" "Quella bagaglina lì... sta male, se non mette il becco dappertutto." "Vai con le altre." E la voce di mio padre non ammetteva repliche.

"Ah, se son cattivi... a momenti me le danno..." Cesira alzò lo sguardo arguto al di sopra delle lenti che usava per cucire. "Beh, avrai ben visto cosa stanno facendo." "Ma sì, ho visto... mi son saltati in faccia, c'era anche mio padre che mi ha spedito fuori tutto stizzito." "Ma va..." Sbuffò impaziente; anche loro se la prendevano con me. "Ma se vi dico che..." In quel momento mi si svegliarono gli occhi; avevano tutti in mano dei pezzi di ferro: "Cosa?" "...Sì, delle latte da petrolio, delle catene, han tirato fuori dalla barchessa la birroccetta vecchia, quella senza le gomme e il rullo, e c'era anche un altro arnese, che mi è sembrato il rullo grande di Dino, quello a tre tronconi." "Cosa c'entra poi, il rullo di Dino..." "e poi adesso non è mica tempo di pressare..."

Le donne pensavano intente, gli occhi neri di Cesira avevano "le punte" mentre io elencavo quel che ero riuscita a vedere, praticamente qualcosa di grosso lì fuori, coperto con un telone, cose discordanti tra loro, ma tutti pezzi di ferro. "Eh, se c'è quello là, chissà cosa combinano." Quel "quello là" dato a mio padre mi offese un po', avevo una tale fiducia in lui... non avevo il minimo dubbio che papà facesse qualcosa di meno che giusto, però...

Lo osservai bene, il giorno dopo, era sempre il mio buon papà, pensai, con una parola per tutti, e non mi sembrava preoccupato per nulla, anzi... Ma di sera, stessa scomparsa degli uomini, non verso la strada, ma dietro casa, e facce decisamente, come dire, euforiche, fischiettamenti e canzoncine tra i denti, e sguardi torvi alle donne, "quelle seccatrici", che per orgoglio non seccarono affatto, tranne che tenere gli occhi e gli orecchi spalancati, a certi tonfi inconsueti e stridenti che rimasero misteriosi perché le porte della cantina di giorno erano chiuse con un paletto attorcigliato da una grossa fune, che voleva dire "non provate a entrare". Stesso per la barchessa, che era stata barricata alla meglio.

Il papà era molto amico del postino, un bell'uomo taciturno che era rimasto vedovo da qualche anno, e viveva in paese da solo col figlio di dieci anni. Da qualche tempo, il postino era sostituito da una donna, aveva dato aria ai materassi, imbiancato l'appartamento, poi aveva lasciato il ragazzo in consegna alla droghiera, ed era sparito per un po' di giorni. "Sarà andato a cercarsi una donna",disse papà, "io gliel'ho sempre detto, che è ora che si trovi una compagna, cosa fanno, lì da soli come due eremiti... gliene avrei anche insegnata qualcuna, qualche brava donna." Si capiva che la cosa gli stava a cuore. Si seppe che il postino era tornato anche se non era in ufficio, qualcuno disse che era tornato con una donna, ma non la si vide, in principio. "Ma la vedremo... la vedremo."

Mio padre scosse il capo sorridendo come uno che la sa lunga, ma non disse di più. Ma ormai, tutti parlavano anche senza averla vista. Succedeva che i vedovi, per diversi motivi, facessero sapere del loro matrimonio a cose fatte. Fu proprio perché quella sera si venne a parlare del postino che la Cesira intuì il motivo del comportamento degli uomini di casa. Si batté una mano sulla fronte. "Ho capito! Ho capito perché fan tutti quel fracasso, vogliono fare la "ciuccona" al postino e a sua moglie, so anch'io che han trovato fuori perfino il rullo di ferro per fare il più possibile della cagnara, ecco perché."

La "ciuccona", da "cioc", rumore, era una specie di festa, se così si può chiamare. Quando si sapeva di matrimoni in qualche modo combinati, o, come in questo caso, tra vedovi o di ragazze madri, o anche solo di convivenze che avessero un aspetto stabile, che avessero, agli occhi dei rumoristi, l'impronta di una cosa ben fatta, gli si faceva sapere in questo modo la propria simpatia. Era, tutto sommato, una cosa beneaugurante anche se non sempre gradita, una cosa solo da uomini, le donne usavano metodi diversi per raggiungere lo stesso scopo.

Cesare venne a interrompere bruscamente l'allegro cicaleccio: "Adesso poi state zitte, almeno fino a domani, eh! Che non guastiate mica tutto." Ma no, non diremo niente..." Anche loro capivano che sarebbe stato un peccato guastare la sorpresa. La sera del sabato, finalmente uscirono con il vecchio Landini preso a prestito, che tenevano nascosto da una settimana, e che trainava il rullo di ferro a tronconi di Dino Bardi. Solo questi due avrebbero tenuto ben sveglio il paese, ma poi c'era l'altro rullo cementato, seguito da una cordata di rottami vari, un clangore non indifferente anche questo, e in più un buon numero dei giovani dei dintorni, tutti con lattine, vecchie padelle e catene e palette per percuoterli, un baccano tremendo e uno schiamazzo degno di una fiera. Noi ascoltavamo ridendo dalla stalla dove facevamo filò, il rumore si sentiva chiaramente anche dal paese. Tornarono verso mezzanotte, tutti allegri, a raccontarci com'era andata e a mostrarci i loro arnesi e a romperci le orecchie ancora per un po'. Ma non ebbero la soddisfazione di vedere gli sposi; forse la prima sera per timidezza, ma chissà, forse semplicemente per reagire allo scherzo, si tennero chiusi in casa nonostante si fossero aggiunte al gran rumore le proteste di certi paesani schizzinosi: "Ma non è mica ora che la finiate?" Se non intervennero le autorità, fu solo perché a mezzanotte tornava il silenzio.

Tornarono allegri ma delusi per ben cinque sere, mio padre cominciava a sbuffare impaziente, e zio Umberto a ridere malignamente tra sé e sé nell'imminenza del fiasco, zio Vincenzo se la rideva con superiorità, lui non aveva partecipato, ci mancherebbe, qualcuno dovrà pur fare la persona "seria" per il decoro della famiglia. Ma finalmente gli sposi aprirono porta e bottiglie, e mio padre tornò da quella sfacchinata felice e vociante come se lo sposo fosse stato lui.

Il pomeriggio seguente, la famigliola accettò un invito per una piccola merenda, a casa dei Bardi, organizzata dalle donne. Al mattino, la Cesira aveva acceso il forno a legna per cuocere le ciambelle dei Bardi, e certi biscottini variegati con cacao che erano la specialità di Betta. Nessuno mi aveva chiamato, ma un'occhiata alla sposa l'avrei allungata volentieri, forse sarei andata a spiare dalla finestra dei Gorni, con le altre ragazzine. Alle tre, mia madre e le sue cognate andarono alla merenda con il grande cesto del pane pieno di dolci, mentre io sedevo, dimenticata, sulla scala. Era una riunione solo per i coetanei amici del postino e le loro mogli. Dopo un'oretta, zio Umberto scese vestito di nuovo, andò a prendere quattro bottiglie di vino "colato" adatto proprio ai dolci. Quel vino dorato e dolcissimo era il risultato di una procedura talmente lunga da risultare piuttosto raro. Lo zio guardò le bottiglie un po' indeciso, poi scosse il capo, per una volta, al bando l'avarizia, le avvolse con un asciugapiatti e le mise in una vecchia sporta, attaccata al manubrio della bicicletta. Io lo guardavo da sopra la ringhiera. Povero zio... sempre a casa... al massimo, un'ora di mercato alla settimana se era in buona, ma oggi avrebbe rotto per un po' il suo ristretto tran tran, sospirai, ero contenta per lui. Portò fuori la bicicletta senza neanche guardarmi, ma non si avviò, dopo un po' rimise dentro la testa: "E tu?" "Il babbo e la mamma non mi hanno preso..." Spinse in fuori il magro mento caparbio. "Beh, cosa vuol dire!... vieni con me..." Non mi mossi, e lui venne dentro del tutto, mi diede una guardata accigliata, lo sguardo agrodolce con cui seguiva Saveria di straforo, quando era ancora signorina. Vide che ero in ordine. "Dai che andiamo." Ci avviammo, lui con la bicicletta in mano e io a piedi. Dietro la casa di Dino tirò fuori le bottiglie, ed entrammo nella sala con due bottiglie ciascuno, le posammo sulla lunga tavola che era piena di tutto, perché nessuno era venuto a mani vuote. Il postino e sua moglie erano mezzo sepolti da un gruppo di vicini, e lo zio si diresse dalla loro parte.

Io attraversai il cortile ed entrai dai Gorni, che erano tutti ragazzi della mia età, e ci sedemmo attorno alla scassata stufetta che non tirava e faceva più fumo che caldo, ma eravamo troppo contenti di stare insieme per farci caso.

Dopo un'ora entrò mio padre con una bottiglia del dolce vino filtrato da Umberto, e ce ne versò un bicchiere a testa, "ché avete diritto anche voi ragazzi di sentire qualcosa..." poi se ne tornò alla "merenda", che finì un bel po' dopo cena. Umberto invece alle cinque e mezzo venne a prendermi: la nostra libera uscita era finita.

Alle quattro il pranzo è finito. Sul tavolo restano grandi vassoi di pasticcini, bottiglie e frutta. Mio marito si alza e mi passa di fianco. "Dai che è ora di andare a casa." Rispondo a bassa voce: "No, dai... vai tu per una volta... io voglio stare qui ancora un po', mi farò accompagnare a casa fra un'ora o due..." Lui si avviò verso l'atrio senza neanche rispondere, e io restai lì dov'ero, sperando che se ne andasse da solo. Dopo un po' tirai un respiro di sollievo, avrei potuto stare ancora un po'... quand'ecco che lui tornò indietro col cappotto indosso; era sorridente con gli altri, ma mi sibilò un ordine secco: "Dai, muoviti!" Fui presa da una specie di panico e mi alzai per timore che si mettesse a gridare, guardando questa bella riunione. Dissi un ciao frettoloso a Franca, a Marino e a quelli lì vicino, poi andai a mettermi il cappotto e tornai in fondo alla sala per salutare mia madre. "Te ne vai già..." "Sì, mi dispiace, salutami gli altri, uno di questi giorni andrò a trovare Cesira a casa sua..." "Ciao." "Ciao."

Cesira era circondata da un gruppo di cugini, li salutai tutti quanti con un braccio alzato e mi avviai all'uscita. Nell'atrio trovai Clara che stava incappottando le sue bambine, scontenta come me di doversene andare in tutta fretta. "Devo andare per forza, i miei vecchietti cenano alle sei e la cena gliela devo preparare io..." "E noi abbiamo le mucche, e i ragazzi a casa da soli..." Ci stringemmo la mano, le sue bambine erano ormai sulla porta. "Anch'io ho due bambine belle come le tue..." Clara sorrise un po' malinconicamente scuotendo il capo, e stringendo un po' le spalle con un ultimo ciao e ci avviammo, lei verso il posteggio, io alla macchina già lì davanti, prima che mio marito si mettesse a strombazzare.

Partì lentamente, la nebbia era sempre fitta, e io fui assorbita di nuovo dai ricordi, dalle facce vere che erano rimaste nella sala, da quelle altrettanto vere, cui la festa era stata dedicata insieme a quelle che avevo creato con la fantasia dei miei sei anni per quelli che sentivo miei, tramite i ricordi degli altri, a quella del nonno Luigi apparsa oggi forse per la prima volta nei miei pensieri, a quelle dei miei figli.

I miei figli mi appaiono davanti equamente in ordine d'età, diciotto, sedici, nove, sei, cinque, tre anni. Ora i ricordi si fanno avanti di botto, attraversano le mie mille incertezze, schiacciano come un rullo compressore la mia rabbia, quella di oggi e quelle nascoste nel passato, e si affacciano alla speranza, a una gioia che vibra da qualche parte dentro di me. Come vi amo, ragazzi, come sono contenta che ci siate, non sarò un gran lavoro di mamma, ma vedrete che... vedrete che... Non sono capace di disegnare il domani, o meglio, disegno mille e mille immagini, tutte mi sembrano giuste, ma sono troppe, troppe perché ci si possa capire, ma una campana lontana continua a vibrare dentro di me.

Pur nella pienezza calda che mi avvolge, guardo attentamente la riva del fossato, che nebbiaccia, non ci si vede che a pochi metri. Una tabella sfocata mi passa di fianco i miei pensieri voltano giù per la stradina asfaltata, vado a trovare Elena. Qualcosa mi turba però... presentarmi così, ottanta chili, le caviglie gonfie, la faccia rincincignata da mille arrabbiature, meglio di no, meglio che non mi veda, magari non mi riconoscerebbe neanche, ma vado avanti, davanti alla casa dei Sacchi, non c'è nessuno, ma non mi è difficile vedere Gino e mio zio Vincenzo seduti sull'ala del passo, mentre parlano di mucche e di formaggio, di quello che si dovrà seminare a primavera e di noi ragazzi, dei nostri bisogni, che ce ne vuole a starci dietro,e che li fanno sbuffare. "Oh, insomma... dovete poi accontentarvi, eh... che lo dovreste capire anche senza dirvelo, noialtri da giovani avevamo un solo paio di scarpe, estate e inverno eran sempre quelle, e poi... e poi delle volte non avevamo neanche quelle, che delle volte mio fratello si alzava per primo e se le metteva lui, e io restavo lì come un ocone, non potevo mica andare a morosa con gli zoccoli tutti rotti... eh... belle volte sono stato a casa perché non mi attentavo ad andare in giro messo come un pidocchio, cosa credete, eh! Credete che il mondo sia tutto vostro? Eccetera eccetera." Le tiritere dei due capifamiglia con noi giovani erano un sottofondo piuttosto tedioso, ci eravamo abituati a fingere di non sentirle, ma mai del tutto, le loro verità lasciavano dei segni che devono esserci ancora da qualche parte.

Più dentro nel cortile, la Leontina stava parlando con la stessa stanchezza sbuffante del cognato, però come mi piacerebbe sentire la voce di tutta la famiglia, quando d'estate eravamo sotto il portico... ma adesso sto cercando Elena, passo davanti alla segheria dove abitava coi genitori, i fratelli e la cognata Mariolina; una donna di sessant'anni sta venendo dalla chiesa, dev'essere lei, è una vecchietta un po' grassottella, con gli occhiali e i capelli grigi, e mi sorride con una faccia appena un po' sorpresa. "Ciao Annetta..." "Ciao Elena." Continua a sorridermi, come quando ero bambina e io mi sciolgo in mille parole. "Sono andata al ristorante, a un pranzo per ricordare mio padre... te lo ricordi, mio padre, vero? E i miei zii... oggi, noi nipoti ci siamo trovati tutti, c'erano di quelli che non li vedevo da dieci anni, hanno portato perfino Cesira, l'hanno messa in una poltrona adatta a lei... le sono ancora là tutti attorno... che festa, Elena!" Io continuo a parlare, a parlare... di tutte le presenze che ho dentro... mi sembra che lei veda chiaramente tutto quello che io ricordo, tutto quello che vorrei chiederle... credi davvero nel paradiso e nell'inferno che ci spiegavi da piccoli? Credi davvero che qualcuno ci faccia carico di come abbiamo vissuto su questa terra, che ci sia reso qualcosa, in bene o in male, di quello che abbiamo vissuto? Io no, mi dispiace, non l'ho detto per non darti un dispiacere, perché tu ti impegnavi tanto, con noi... e poi, da più grande, perché invidiavo un po' il tuo perenne sorriso, la tua tranquilla sicurezza, io al massimo riuscivo a immaginare magliette. Piccole magliette leggere e bianche come il latte, o più scure e frastagliate, magliette di tutte le razze a seconda di chi le ha indossate, che volano in alto leggere, sostenute dal misterioso vento che fa girare i pianeti, che voleranno più in alto se saranno accompagnate dai nostri sospiri... Quante volte ci capita di sospirare senza sapere bene il perché... adesso che l'anima di mio padre ha preso il volo, non vorrei che si pensasse di doverla buttar giù, vorrei che volasse, volasse... fino ai confini del cosmo. Tu, Elena, credi che sia giusto sperare questo? Lei mi risponde, ma io non riesco a sentire, e non riesco neanche a lasciarla lì, con la faccia di una sessantenne immaginata due minuti fa, perché ho visto una tabella tra la nebbia, o per non parlare sempre solo coi miei figli o da sola. La prendo con me assieme a tutti gli altri, così com'era allora, dal quarantasei al cinquantasei, col suo sorrisino infrustabile, che mi attirava come una calamita, che piegava la mia testardaggine, con la forza fresca di un vento di primavera, che mi faceva fare quello che non riuscivo, e quello che non volevo, e quando voleva lei.

Un bel giorno, a noi di cinque anni, ci preparò una lunga tavola con le sedie tutte da un lato e una per lei dall'altro: aveva deciso che era ora che imparassimo a leggere e scrivere e... altre cose... Nel cortile lì davanti, tutti gli altri stavano giocando, e noi qui... lei notò i nostri sbuffi impazienti, e aprì una mano in avanti come in un segno di resa. "Annetta, stai ferma, che mezz'ora fa presto a passare, e state seduti per bene, prendete esempio da Paola", Paola era proprio una bambina "bambina", non un maschiaccio scatenato. E così, mezz'ora oggi, mezz'ora domani, e poi un'ora, imparammo l'alfabeto. Il tempo di andare a scuola si avvicinava sempre più e le ore diventarono un po' più lunghe, devo dire che mi piaceva imparare, mi faceva sentire grande, e poi non era mica difficile... ma tutte le mattine... adesso anche la domenica in canonica per le "altre cose". "Abbiamo un'anima, bambini... un'anima che non morirà mai..." Però! L'angelo custode poi, che stava un passo appena dietro di noi a proteggerci; ma non c'erano già mia madre, mio padre e tutti i miei zii, nonché i cugini più grandi a curarsi di me? Io e Andrea eravamo i più piccoli, e ci erano sempre tutti addosso... attenti qua, attenti là, e anche qualche scappellotto di accompagnamento che Cesira divideva in parti uguali tra me e suo figlio, non erano mica abbastanza tutti questi? Siccome però "l'angelo c'era", io me lo accomodai a mio modo, intercambiabile, a seconda di come mi alzavo al mattino: quasi sempre era mio padre, che certo mi avrebbe protetto meglio di chiunque altro, ma se era il tempo del fieno, e mio padre lavorava più del solito, ed era sempre stanco, era una delle mie tre cugine ventenni, che mi vedevo dietro.

Un giorno lo dissi ad Elena, che avevo un angelo di riserva, e lei smise di sorridere per un po'. "Ma, Annetta..." restò un po' assorta davanti a noi, con le mani unite sotto il mento. "Sentite, bambini... adesso state attenti che vi spiego bene..." E via di nuovo con le storie del cielo, e io di nuovo a non concepire che ci fosse una presenza impalpabile attorno a me. Pensai e ripensai, e alla fine, l'angioletto lo lasciai da qualche parte, lo perdetti come succedeva a volte con i nastrini delle mie trecce, e rimasi dell'idea che i miei mi amavano e mi proteggevano quanto bastava, senza dirlo a Elena, perché le volevo bene, e lei no, non la volevo perdere.

Alla fine, alfabeto all'asilo, catechismo in canonica, ero molto stanca... Un mattino, ci fece una bella erre maiuscola all'angolo di ognuno dei nostri fogli. "Su, da bravi, bambini, provate anche voi..." Provai fiaccamente, feci un po' di lettere, una più deforme dell'altra, poi mi misi a guardar fuori quelli che passavano di là dal cancello. Elena mi riscosse con una piccola stretta di spalle. "Eh! Annetta, hai fatto solo queste?" "Non ci riesco." "Ma sì, dai..." Guardai la bella lettera d'angolo e le mie, tutte storpiate. "Non ci riesco." Altra piccola stretta di incoraggiamento e si avviò dall'altro lato del tavolo, e io restai lì senza riprovarci. Si riprese fogli e matite. "Bravi, bambini, adesso andiamo fuori un po'..."

Il mattino dopo, rieccomi lì con quel foglio ostile davanti, e col suo "dai" insistente, ma, rotta da non so che cosa, restai semplicemente a braccia conserte. "Non provi, Anna?" Scossi il capo, scoraggiata, ma lei no. "Adesso ti tengo la mano io." Era la prima volta che mi teneva la mano da quando stavamo imparando e m'irrigidii, un braccio attorno alle spalle di un'estranea, anche se era Elena, m'incuteva un'inspiegabile soggezione e lei mi prese il mento tra le dita, che era un suo gesto abituale, e mi guardò dritta in faccia, con la sua incurabile gentilezza. "Tu tieni la matita, e io la tua mano, senza stringere, devi solo seguirmi..." Pian piano la mia mano rigida si ammorbidì e fu un gioco seguirla. "Hai visto che ci sei riuscita?... Adesso fai da sola, che io vado dai più piccoli." Alla fine guardò soddisfatta il foglio ordinato, e ne fui così contenta che per dimostrarglielo bandii la fiacca e mi impegnai a guadagnarmelo, il suo sorriso.

Iniziai le elementari con curiosità e con la sicurezza che Elena mi aveva instillato. Continuavamo a vederci la domenica, e una mattina venne a trovarci a scuola, durante la ricreazione. Andò a guardare i nostri quaderni e, come al solito, ci disse che eravamo bravi. "Questo pomeriggio venite all'asilo che dobbiamo fare una cosa." Dovevamo fare una commedia per la sera di Santo Stefano. Andammo a casa tutti eccitati, e cominciammo ad andare all'asilo per due pomeriggi la settimana. Una ragazza di San Pietro venne a badare ai più piccoli perché Elena potesse dedicarsi a noi artisti in erba. Per primo ci spiegò la trama in tutti i particolari. "Ci sarà una parte per tutti, voglio che vedano, i vostri genitori, quello che sapete fare."

Un pomeriggio ci mise in mano un foglio per studiare ognuno la nostra parte. C'era di tutto, famigliari, parenti, amici, angeli. Ognuno si prendeva in mano il suo foglio con soddisfazione, la più contenta era Paola, la protagonista principale, chissà cosa toccava a me. "Il diavolo lo farai tu, Annetta..." "Cosa? No, no, il diavolo non lo faccio di sicuro." Mi allungò il foglio che non presi. Con tutte le parti normali che andavano bene per me, proprio il diavolo, almeno mi avesse dato l'angelo, o la domestica, o piuttosto mi avesse fatto fare il cane o il gatto, ma il diavolo poi... allungò di nuovo i foglio con un sorriso. "Su, prendi e leggilo, vedrai che ti piacerà." "Ah, no, piuttosto faccio il cane." Scoppiarono tutti a ridere e io a piangere... che delusione...

Sperai che la prova seguente, la parte del diavolo, la desse a qualcun altro, a Goffredo per esempio, che non faceva mai i compiti. Invece quella era proprio mia, "adatta a me". Durante le prove, io non partecipavo, stavo lì immusonita con i piedi attaccati al pavimento, perché gli altri potessero proseguire. Il diavolo lo faceva lei, saltellando leggera per la stanza. "Hai visto, Annetta, com'è divertente? È una bella parte, una parte per una bambina brava... dai, non fare così..." Ma stava fresca se credeva che l'avrei fatta io...

Un mattino, venne a scuola e chiese alla maestra di lasciarmi uscire con lei, mi caricò sul manubrio della bicicletta e mi portò a casa sua. Nella stanza dove cuciva Mariolina, c'erano pezzi di stoffa e di carta appoggiati dappertutto, li guardai di straforo, più in evidenza di tutto c'era un vestitino di velluto rosso cupo, ricamato a nido d'ape davanti e attorno ai polsini, un bellissimo vestitino. Mi avvicinai a guardar meglio. "Com'è bello questo vestito..." Elena e Mariolina sorridevano a tutta ronda. Mariolina lo prese e lo rigirò davanti e dietro, poi me lo appoggiò davanti, tenendolo per le spalle. Io ero affascinata, Mariolina guardava attenta. "Dovrebbe andarti bene, ma bisogna che te lo provi, non voglio che tu faccia brutta figura sul palco..." Cosa? Quel bel vestito era per la parte del diavolo? Ero senza fiato! Senza quasi accorgermene, mi spogliai, Mariolina mi infilò il vestito, diede qualche punto, parlò con Elena, per la lunghezza, e lo imbastì più giù dei vestiti normali, a metà polpaccio, trovò fuori una cuffietta uguale al vestito, me la strinse alla misura giusta. "Non è mica tutto qui..." Trovò fuori un ferretto a molla con due cornini lucidi e neri, me lo sistemò per bene. Mi guardarono entrambe davanti e dietro con una faccia soddisfatta, e tirarono la specchiera in mezzo alla stanza. Mi guardai e mi piacqui, mi piacque il vestito, la cuffietta, la mia faccia, ero proprio carina, nonostante i cornetti, mi guardai per tutti i versi, sempre più soddisfatta. Mi tolsero il vestito chiacchierando. Elena mi ricaricò sul manubrio, mi riaccompagnò per mano fino al mio banco, salutò con un ciao per tutti, sorrise alla maestra e se ne andò.

La sera della recita, avevo un magone grosso come una pietra, e i piedi mi si stavano attaccando al pavimento, non sarei mai riuscita a uscire... "Dai, Annetta..." La mano leggera di Elena mi girò attorno al viso... la mia Elena... non potevo sempre dirle di no, non potevo... Pian pianino il mio corpo si ammorbidì e al suo via schizzai fuori leggera, danzando per tre volte attorno alla tavola, cantando una specie di abracadabra e incitando i bambini a mangiare tutti i dolci prima che i grandi ci mettessero becco. Feci per tre volte quella strana danza, eccitata dalle risate del pubblico, e alla fine ero così contenta di avercela fatta che non capivo più niente. Lì davanti c'erano mio padre e Guido Artoni, e appena potei andai a sedermi in braccio a mio padre, mentre Guido mi pizzicava le guance; dei pizzicotti in faccia ne presi da tutti i paesani per un bel po' di giorni.

Da quel giorno, con Elena diventai grande, la sentii come una sorella maggiore, la trattai con la confidenza con cui trattavo Franca, la mia più cara cugina, davvero, gli anni di differenza non contano quando si è amici.

Una volta, quando avevo quattordici anni, andai ad aiutare a fare dei fiori di carta per una festa, arrivai che lei non c'era e mi feci aprire la porta da una vicina che aveva una chiave di riserva. Incominciai di buona lena a tagliare i fogli di carta crespata che aspettavano sullo scaffale. Avevo quasi finito quando lei arrivò. "Annetta... come hai fatto a entrare?" "Mi ha aperto la vecchietta..." Si guardò attorno, soddisfatta e stanca. "L'avevo tanto in mente questo lavoro, che ho fatto fatica a dormire..." Io finii di tagliare e lei rimase per un po' seduta sospirando. "Avevo proprio bisogno di aiuto, questa mattina..." Incominciammo a disegnare gli stampini parlando del più e del meno, ce n'era da parlare, dei miei... negli ultimi due anni avevamo avuto sei matrimoni, stavo per diventare zia e non vedevo l'ora. "Mi piacerebbe che fosse una bambina... e tu, Elena, non pensi di sposarti, di avere dei figli?" "Perché? Tutti voi non siete un po' i miei figli?..." La voce le si abbassò un po', e voltò la faccia verso la parete... "Per te... non ho contato qualcosa in tutti questi anni? (si voltò a guardarmi in faccia, il suo sorrisino era un po' moscio…) Non ti ho fatto un po' da mamma?" "Sicuro, fai anche troppo per noi…" Continuammo a pitturare in silenzio per un po', sembrava che fosse un po' in imbarazzo, e non sapevo cosa dire, forse avrei dovuto chiederle scusa di averle chiesto una cosa così personale. "Vedi, alla tua età andavo a badare ai bambini di San Pietro, solo per mangiare, perché a casa mia non c'era niente, poi quando è morto mio fratello Luigi, mia madre si è data una tirata giù… che non riusciva neanche a stare in piedi, e così correvo a casa a vederla, due o tre volte al giorno. Io e Suor Maria lavavamo fino a sera buia, e ricominciavamo all'alba, anche loro quattro, poverette, avevano una quarantina di orfanelli, ne abbiamo avuti fino a cinquantasei, pensa un po'. Poi, dopo la guerra, i bambini li han portati via quasi tutti, la segheria ha cominciato a funzionare, e io son potuta restare a casa: avevo passato dieci anni a lavare e a pelar patate, e nel frattempo… (esitò di nuovo) se ci sono state delle occasioni, le han trovate le altre… io… non sono mai andata al cinema con un uomo in vita mia… a venticinque anni ero per tutti "la zitella", i pochi uomini qui di S. non si son neanche accorti che c'ero, mica che fossi più brutta delle altre, solo che… sai com'è, in un posto, quando ti danno una nomina, è quella…" Fine della prima parte. "Aspettami qui." Se ne andò per la porta sul retro e tornò dopo un po' con un pentolino smaltato pieno di caffèlatte e una mezza coppia di pane. "Avrai fame…" "Eh sì, stamattina non ho fatto colazione." Ci facemmo una zuppetta, riportai il pentolino e le tazze alla vecchietta che era una specie di custode e tornammo al lavoro. Ero ben decisa a non chiedere più nulla, almeno per quella mattina, ma lei ricominciò a parlare, la colazione ci aveva rianimato. "Avrai sentito parlare della Maria G…. la nostra benefattrice, quando lei decise di darci questo posto per farci l'asilo, la Superiora di San Pietro le disse che io ero adatta per insegnare ai bambini, anche se non l'avevo mai fatto, anche la signora Maria era d'accordo, e così mi mandarono in un istituto in città, per avere l'abilitazione. Andai su e giù in corriera per un anno, e poi tornai ancora a San Pietro a fare pratica finché non hanno aperto qui. Voi siete stati i miei primi bambini, ti ricordi, quando sei arrivata con tuo padre e non lo volevi mollare?" "Sì che mi ricordo..." "Facevate tutti così, le prime volte... mettevo Bruno di guardia al cancello perché Goffredo e il Bigio lo scavalcavano, mi ci volevano quattr'occhi, ma, alla fine, proprio quelli più vivaci diventavano i migliori." Enumerò tutti noi di quel primo anno, i nostri caratteri, e certe belle giornate... "E son passati otto anni, Annetta, otto anni..." Uscimmo alla mezza. "Se potessi tornare domattina a tagliare i cordoncini saremmo quasi a posto." "Certo che vengo, ciao Elena." "Ciao."

Non diceva mai scolari, ma bambini, o ragazzi, e noi la chiamavamo solo Elena, e le davamo tutti solo del tu. Aveva trovato nell'asilo la sua strada nella vita, ormai i compaesani avevano smesso di chiamarla "la zitella", che è un aggettivo che non piace a nessuno. Qualcuno la chiamava signorina, e tutti gli altri Elena.

Continuai ad andare ad aiutarla, così... per amicizia. Quando mi sposai andammo a portarle i confetti. Era seduta, con la sua vecchia madre, davanti alla segheria. "...sono sicura che sarai una brava sposina, e una brava mamma, Anna". Parlò un bel po' bene di me a Giovanni, e mi abbracciò stretta. "Arrivederci." "Arrivederci, Elena."

Non la rividi mai più.

Anch'io mi ero avviata fuori dalla mia famiglia, convinta di saperci fare, convinta che con la voglia di lavorare, un po' di buona volontà e di forza d'animo, me la sarei cavata bene. Ero logicamente sicura che nessuno avrebbe trovato da ridire sul mio matrimonio, ero sicura che mio marito avrebbe pensato grandi cose di me. Da dove poi l'avessi presa, questa sicurezza, è una matassa difficile da dipanare, o forse lo so benissimo, solo che mi dispiace ammettere di averla persa per strada. La brava sposina, l'ho persa da tanto, che provo più stupore che dispiacere a pensarci, un ricordo lontano, come il perenne sorriso di Elena, che poi, a pensarci bene, non era mica solo ottimismo, era più la quieta forza delle persone perseveranti. La brava mamma è una faccenda più complicata, se non sono brava, mi dispiace, ma non ho intenzione di mollare, fino a quando avrò fiato.

Siamo giù nel cortile di casa, e i ragazzi saltano fuori tutti insieme. Tiro un gran sospiro, ho sempre paura, quando non ci sono, che la piccolina, la più vivace di tutti, si faccia male o cose così, ho paura perché sono sola, non ho più una decina di zii ad aiutarmi se sono stanca, a riprendermi se sono arrabbiata, o a dirmi che va bene, anche solo un "va bene" sarebbe d'aiuto...

Letizia mi segue mentre mi cambio i vestiti. "Com'è andata, mamma?" Sono stata via meno di quattro ore, ma mi sembra di aver vissuto una grande avventura, ho capito delle cose che non riesco a spiegare, non mentre mi sto rivestendo in fretta. "È stata una bella festa, stasera ti racconterò tutto."

Le parlerò di Elena, una di queste sere.

Guardavo fuori

Era una delle giornate più corte dell'anno, col cielo nuvoloso e un velo di nebbia, fuori in campagna la nebbia doveva essere fitta. Uno di quei giorni che è sempre sera, infatti, avevo pranzato e rigovernato con la luce accesa. Anche i rumori erano attutiti, assorbiti dall'umidità e dal chiuso delle case.

Così, tediata da tutto quel grigio, spalancai i vetri per un po'. Le due sorelline che abitavano all'ultimo piano della casa di fronte erano sotto il portichetto di fianco alle scale che portano di sopra a quattro o cinque appartamenti, abitati da otto o dieci persone in tutto. A metà delle scale, per una porta più grande delle altre, si entra in un ambiente più spazioso che ha un'altra uscita sulla piazza.

Fino a due o tre anni prima, quel posto era un ritrovo per pensionati, sempre pieno nei mesi invernali, coi tavolini sempre occupati dai giocatori di carte da una parte, tutti uomini, e le donne dall'altro lato.

Questo era quello che vedevo da casa mia, ma in fondo ci doveva essere il bar e una cucina, perché vedevo passare degli anziani con le tazzine del caffè e quant'altro, delle volte ballavano, o cenavano tutti insieme. Adesso si erano trovati un altro posto più comodo a pianterreno con il giardino e qui facevano altre cose, di giovedì c'era scuola di ballo, qualche riunione e una volta ogni tanto preparavano grandi quantità di pasta e di altri cibi, insomma c'era sempre qualcuno che andava e veniva, anche se da fuori, senza più locandine e avvisi vari, sembrava tutto vuoto. Sul cortile c'erano altre case, una lavanderia, una pizzeria, degli uffici e l'entrata posteriore della banca che dava sulla piazza.

Mi guardai pigramente intorno, gli impiegati arrivavano tutti imbacuccati ed entravano frettolosamente ché c'era piuttosto freddo. Solo le due ragazzine con altri tre o quattro ragazzi tutti con lo zaino e le biciclette in mano se ne stavano lì fuori, incuranti del freddo... e del pranzo. Erano tornati da scuola da un bel po' ma nessuno si decideva ad avviarsi verso casa.

Chiusi i vetri e mi ci sedetti davanti, continuando a guardare le sorelline... chissà perché... sono loro due, se si può dire, le organizzatrici di tutti i bambini del vicinato. Nelle calde sere d'estate giocano fino a mezzanotte, ne ho contati diciotto, anche bambini di quattro o cinque anni, loro due, le più grandi, ne avranno dodici.

Qui nel cortile ci sono quattro bambini più piccoli, ma da dove vengono tutti questi... ma del resto abitiamo in mezzo alle case e i bambini vengono qui perché il cortile è un po' al riparo dal traffico e poi mi sembra che con loro due che tengono tutti sott'occhio e trovano qualcosa da fare per tutti, non succederà niente a nessuno. Sono vivaci, instancabili, sono brave quelle due lì... e il cortile pieno di schiamazzi mi mette allegria... solo che passi quest'inverno... che ci si veda un po'.

È una giornata di qualche mese dopo che mi metto di nuovo a guardare fuori, così... Sul bordo del muretto sono sedute in quattro, le sorelline, una ragazza mora e una ragazzina magrissima con un fazzolettino in testa che deve essere molto malata. Dio che cambiamento! Quella bella ragazza mora è la figlia del pizzaiolo, in soli pochi mesi è diventata una donna, il viso è ancora adatto ai suoi tredici anni ma il corpo e i movimenti non possono proprio più essere confusi con quelli di una bambina, anche se lei forse ancora non se ne rende conto del tutto, lo stesso per la più grande delle sorelle bionde! Accanto alla sorella che fino all'anno scorso erano uguali, mi fa effetto; è più alta una spanna e ha un corpicino così ben fatto... Dio mio che belle ragazze... lì fuori da sole tutto il giorno... un pensiero molesto... è vero, la ragazza del pizzaiolo è sempre sott'occhio ai genitori, ma loro due son da sole per tutto il pomeriggio e qualche malintenzionato... qualcuno che magari entra dalla piazza e scende dalla loro scala, qualcuno che le segue quando tornano da scuola, senza dare nell'occhio, c'è sempre qualcuno che...

Mah! Questi brutti pensieri devono essermi venuti ascoltando la televisione, è vero che se ne sentono di tutti i colori ma insomma... certo che a star da soli si diventa cretini... meglio che mi prenda da qui... Prendo la borsa e scendo, passo davanti alle ragazze ed è più forte di me dare una bella guardata. Mi sento una vecchia pettegola, e mi volto in fretta dall'altra parte, ma intanto sto lì a preoccuparmi per figlie non mie, le mie son grandi ormai, e certe preoccupazioni posso lasciarle agli altri. Vaghi pensieri dei miei figli a quell'età lì, non adulti, ma mai più bambini, mi passano leggeri per la testa, tempi duri per i genitori, tempi belli, tempi che...

Quando ritorno, le due ragazze stanno scaricando la spesa dalla macchina della madre, entrano tutte e tre piene di borse, chiacchierando fitto. Ormai è buio e la loro casa diventa una specie di film confuso, le vedo passare da una stanza all'altra, perché le loro finestre, protette da una mezza inferriata, non hanno mai le imposte chiuse, l'unica figura ferma è il padre, quando noi ceniamo lui è già sul divano con le gambe alzate su una sedia a guardare la televisione. Quando chiudo del tutto, loro tre sono ancora in movimento, con tutte le luci accese, solo qualche volta le luci sono basse, non saprei dire, ma magari quelle volte lì sono andati fuori a cena.

Chiusi fuori dalle finestre i vicini e i figli fuori a passare la sera con gli amici, prima di sedermi metto a posto per domattina, che mio figlio si alza molto presto, piccole cose, che alla mia età non ci faccio neanche più caso, oppure a volte annoiano, una noia che... beh! Ne farei volentieri a meno, mi vien da sbuffare da sola, ma speriamo che passi presto...

Mi si affaccia alla mente un brutto ricordo, come se qualcuno mi avesse sbattuto un pesce marcio in faccia: la ragazzina ero io, a dodici o tredici anni, tornavo in bicicletta da casa dell'Iva, dove andavo a imparare a tenere in mano l'ago, o dal paese dove qualcuno mi mandava a comprar qualcosa, non so da dove tornavo, ma era ormai sottosera e io mi affrettavo, c'era un'altra persona dietro di me e avevo un po' di fifa a dire la verità.

Finalmente svoltai verso il mio cortile, la bicicletta dietro di me si fermò, e io tirai un lungo respiro ma non mi voltai, smontai sulla porta, ed entrai con la bicicletta a mano nel sottoscala che dava in cantina e che ci serviva da deposito, avevo il fiatone e mi fermai lì nel sottoscala quasi buio tra la cantina e la cucina, a tirare il fiato.

Fuori qualcuno gridava irato e io drizzai le orecchie: era lo zio Umberto col suo ringhio nervoso. "Stavi venendo dietro la ragazzuola eh... non è mica la prima volta che ti vedo qui attorno". Rispose un vocione "No, no, io la ragazza non l'ho neanche vista." "Ti ho visto che le eri dietro in bicicletta... giandone che non sei altro." "No, no, io no di sicuro, io cercavo Marino." "Marino, eh? Somarone... con i tuoi anni andar dietro alle bambine, aspetta che lo dica a suo padre e vedrai te! Vai a casa, va là, che è meglio, somaro."

Da dove sia saltato fuori mio padre non so, sentii solo la sua voce di ferro "Veh, mascino, ascoltami bene eh, che te lo dico solo una volta, fa in maniera di non passarmi mai più davanti, se non vuoi che i tuoi ti vedano arrivare a casa sulla croce verde, via di qui..." Un seguito di bestemmie che mi fecero venir freddo, uno di quei bestemmiamenti che succedevano ogni tanto quando era veramente fuori dai gangheri, e nessuno era in grado di calmarlo, l'unica era lasciare che gli passasse, ma che in qualche modo ci entrassi anch'io mi fece restare immobile lì nell'angolo quasi buio del sottoscala, col cuore che mi batteva forte.

C'era già apparecchiato per la cena e stavano mettendosi a tavola, mentre lui camminava avanti e indietro bestemmiando, nel silenzio generale. Zio Umberto, anche lui vituperando tra i denti, si era seduto nell'angolo di fianco al camino acceso; qui un pezzo del ricordo mi manca, mi ricordo solo che mia madre mi stava letteralmente trascinando sulle scale fin nella sua stanza, sbattendomi sul letto senza neanche dir bao, cominciando ad alzarmi le gonne, mi rivoltai inferocita, scalciando in tutti i modi, ormai piangevo forte ma non mi attentavo a gridare, ma mia madre con una forza che non credevo, riuscì ad arrivare alle mutandine. Ecco, qui il ricordo, quello visivo, si ferma del tutto. Mi ritrovai supina sul letto, immersa nella vergogna, come in un liquido caldo che mi entrava negli occhi, nella bocca, sarei affogata semplicemente, per fortuna che ero sola... non so quanto tempo restai lì immersa in quel liquido caldo, non lo so... adesso, dopo quasi cinquant'anni sento ancora l'amaro in bocca, Dio mio, anche se lo so, mi sembra impossibile, impossibile...

E non posso mica chiedere spiegazioni a mia madre che ha novant'anni... ma intanto come uno che cerchi di rammendare un panno bucato, la mente lavora, i pensieri girano, girano come un ago, ma mi manca un po' di filo, posso solo supporre il resto di quella disgraziata serata e dei giorni seguenti...

Dunque, il giovane che mi aveva seguito in bicicletta fin quasi nel cortile non era amico di Marino, questo è un fatto. Magari però mi aveva preso per una ragazza e voleva attaccare bottone, ma in questo caso avrebbe dovuto dir qualcosa, almeno un ciao... che so io... ma anche a questo non si può rimediare. Quell'uomo è morto giovane.

Non so se quella sera andai a cena o no, non mi viene in mente. Di solito, mio padre, se mancava qualcuno, mica solo i suoi figli ma anche quelli dei suoi fratelli, voleva sapere dov'era, perché secondo lui una famiglia a pranzo e a cena doveva stare unita, era un capo della sua ostinata pignoleria. Se uno mancava doveva esserci un motivo, se era un motivo valido, bene, se uno a casa non c'è, non può essere a tavola, ma se era per un immusonimento, per una lite il motivo non era valido.

Mio padre non sopportava che per una parola di traverso si mancasse da tavola e andava a stanare il disertore grande o piccolo che fosse. Dopo diversi minuti metteva a tavola il mancante. "Oh! Da bravo, su, adesso mangia..." se era un bambino niente; ma se era un adulto con i suoi buoni motivi, ci volevano lunghi conciliaboli, e si prendeva lui delle male parole.

"Badate agli affari vostri che è meglio..." oppure "Siete peggio di una donnetta..." Ma non contava, in questo caso reprimeva la sua permalosità, ma, a tavola, ci si doveva andare.

Chissà come era andata quella sera... e i giorni seguenti. Ho un buco nero forse di diversi giorni, ma anche se non ricordo, ricordo proprio un nero opaco, ricordo benissimo il tempo che seguì, lo strascico che quel bagno di vergogna lasciò in me. Non fui mai più la bambina che andava coi ragazzi più grandi di casa in tutti i giochi possibili, da un semplice gioco a carte o a tombola nelle sere d'inverno, ai giochi a palline o a nascondino, ma anche su e giù per gli alberi in cerca di nidi, senza contare la bicicletta, ci sarei vissuta sulla bicicletta, ci ho volato sulla bicicletta, qualche volta ho anche fatto mangiare la polvere ai grandi, con grande costernazione di mia madre. "Non è una bambina come le altre, è peggio di un maschiaccio, sempre sporca come un maiale, mah! Non so mica come fare con lei..." e così via.

Veramente i brontolamenti di mia madre non trovavano molta comprensione, a cominciare da mio padre che spesso sbuffava. "Ma lasciala in pace un po'... è ancora una bambina, ne avrà del tempo per rabire, nella vita..."

Lo stesso dalle due zie di casa più vecchie di lei, le stesse parole di papà... ne avrei avuto del tempo per tribolare. Ma la tenacia di mia madre la vinceva. Con i ferri da maglia che mi metteva in mano da quando avevo cinque anni, prima che finissero le elementari mi fece confezionare un gilè, che cresceva adagio, a forza di richiami accompagnati da qualche scappellotto, una bella cosina, che però mi aveva preso la mia libertà. E che mi faceva sentire vecchia. "Ho già capito che tu non hai voglia di far bene, a me non dai retta, è meglio che ti mandi da qualcuno che ti tenga in riga."

Così, a nove anni, mi mandò dall'Iva, e fu un bene per lei e per me, perché i Frazzi erano cinque o sei famiglie, figli e nipoti e cugini, come noi, che vivevano ognuno per proprio conto, ma tutti nella grande corte, con un bel po' di terreni, di cui erano proprietari.

Erano i contadini più ricchi dei dintorni ma era gente alla mano e in più c'erano sei ragazzi, tre maschi e tre femmine della mia età, e così; mi piacevano l'Iva e sua madre, grande amica di zia Betta, e suo padre, un chiacchierone allegro, grande amico di mio padre e dei suoi fratelli, senza contare le ragazze, e dopo che le mie cugine di casa si erano sposate e mi sentivo piuttosto sola, la casa dei Frazzi era diventata un po' la mia.

Cucire mi piaceva, e in più ricordo certi pomeriggi di domenica, insieme con tutti i ragazzi Frazzi e le ragazze di altre due famiglie, sei o sette anche loro, tutti in bicicletta, o per la funzione in chiesa, o per andare al cinema, che al pomeriggio era sempre pieno, e le corse che facevamo per tornare a casa, spesso cantando, che fatica cantare in bicicletta..., insomma mi ricordo tutti noi a destra e a manca, senza una sgridata per nessuno, semplicemente andavamo... abbandonati a noi stessi? No, di sicuro: al cinema o in chiesa o in piazza o in qualche melonaia. Alla fine dell'estate andavamo a fare scorpacciate di cocomeri, di là dal bosco della Saliceta, lontano un bel po' da casa. Tutti ci conoscevano. Magari a uno dei lunghi tavolacci sotto la baracca tenuta al fresco da lunghi reticolati di rami e foglie di zucca, c'era qualcuno di casa nostra. "Oh siete qui ragazzi, adesso ve ne taglio una di quelle... ", una di quelle che facevano crac, che la terra argillosa che scendeva verso il ferrarese era adatta a quelle cose lì. Ricordo piramidi di cocomeri, zucche e meloni e di sacchi di cipolle agostane.

Nessuno di noi ha mai pagato le cinque o dieci lire dell'enorme fetta di anguria che ci facevamo entrare in pancia, pagava qualche padre o qualche zio, se di questi non c'era nessuno avrebbero pagato un'altra volta. Il melonaio, ricordo ancora bene la sua faccia, era uno che, per una specie di pudore, non voleva guastare la nostra rumorosa allegria con la richiesta di soldi, pesava l'anguria o due che tagliava per noi. "Tu di chi sei?" Non lo chiedeva a tutti, alla fine due dei cognomi dei nostri padri finiva sulla lavagna, figli di... col peso dell'anguria. Il nome di certi padri più poveri del solito non lo scriveva mai, era un tipo così, uno di quelli che passerà tutta la vita in bolletta. Qualcuno scuoteva il capo, ma tant'è, la sua baracca rimase aperta finché ne fu capace.

Che bei ricordi ho di quegli anni lì, tre o quattro in tutto. Certo mia madre non demordeva dal suo "insegnarmi a stare al mondo", anzi... più crescevo e più lei si faceva insistente. Ma anche così, con le mille volte che prendevo del maschiaccio, che qualche volta andavo in qualche angolo a piangere, perché ero troppo orgogliosa per piangere in pubblico, e soprattutto per non sentir litigare se qualcuno ci metteva il becco, anche così, con tutti i suoi su e giù, la vita mi sembrava magnifica. Con una decina di zii di cui ero stata prima la cocca e poi, a dieci o undici anni, cresciuta troppo in fretta, ero diventata "la nostra bambina" o "la nostra ragazzuola", a metà fra bambina e adulta. Mi scaldava il cuore, quel "nostra", senza contare mio padre, che mi aveva abbracciato e buttato per aria tutte le volte che gli ero passata vicino, più che convinto che al mondo non esistesse un'altra bambina così.

In mezzo a tutta questa gente, siamo stati fino in ventisette, mi sembra di aver galleggiato più che camminato, passata con una libertà dell'anima, un ricordo emblematico del modo giusto di come essere bambini e ragazzi. Poi successe quella cosa lì, che uno mi era corso dietro in bicicletta, ma non mi aveva mica preso. Mi ricordo l'ultimo tratto di strada con la fifa che mi aveva messo le ali, non ero certo stata lì a guardare chi era, avevo capito chi era quando zio Umberto gli aveva gridato dietro, uno di una ventina d'anni o più che non era amico dei miei, lo si conosceva così, perché era uno della zona. Questo si era preso una rampognata da mio zio, senza contare le urla di mio padre, e se l'era data a gambe e secondo me non ci avrebbe certo riprovato. Una brutta cosa che sarebbe finita lì, se non ci fosse stata mia madre, che era riuscita nonostante la mia rabbia a guardarmi nelle parti intime. Questa era stata la vera violenza, mi dispiace dire una parola così, che anche ora, dopo cinquant'anni, mi salta agli occhi.

Il dopo sì che lo ricordo. Addio maschiaccia, o cocca, o bambina, anche il ragazzuola che mi inorgogliva un po' non mi andava più bene. Non mi andava più bene niente e nessuno, mi sentivo sporca, e avrei voluto nascondermi in qualche buco come fanno i cani malati, non mi sentivo più a mio agio in nessun posto, né all'ora dei pasti quando c'eravamo tutti, né quando riuscivo a sedermi sul mio letto da sola, avevo un magone che non riuscivo né a deglutire né a sputarlo fuori, avrei dato dei calci a tutti, per prima mia madre, e quando dico tutti dico proprio tutti.

Questo brutto tempo, non credo che riuscissi neanche a parlare, misericordiosamente si andava attenuando anche se mi teneva ancora in disparte. Me ne stavo semplicemente sulle mie, facevo quel che mi chiedevano, mettendocela tutta come se avessi dovuto passare un esame, non per gli altri ma per me, almeno credo. Volevo essere a posto almeno per come mi vedevo io, e poi venivano gli altri: mio padre che mi chiamava sempre cocca; mia zia Enrica che era senza figli e mi aveva sempre trattata come se fossi stata figlia sua.

Sentivo zia Enrica meravigliarsi con qualcuno di casa "Ma che cambiamento che ha fatto Annetta... dall'anno scorso ad adesso non sembra più lei... se è diventata seria... è proprio diventata una donna... (e poi mi accarezzava la schiena) è vero Ninetta... cosa ti è successo eh? Vieni un po' a casa con me, che tuo padre viene a prenderti stasera..." Prima avrei gridato di gioia, adesso trovavo fuori una scusa da grande. "Ho mal di testa." Lei mi guardava dubbiosa. "Come, hai mal di testa..." "Ho mal di testa." E Dio sa se mi sentivo male, se mi sentivo confusa, molto peggio di un mal di testa, ma non ho mai detto a nessuno quello che mi era successo con mia madre.

A poco a poco, come uno che rientra in una stanza calda dopo essere rimasto mesi al gelo, riuscii di nuovo a sentire intorno a me l'affetto dei miei, a ricambiare la simpatia per gli amici, miei e della famiglia, ma con mia madre non riuscii mai più a sentirmi a mio agio, davanti a lei mi sentivo, mi sento, inadeguata, inadatta, ho sempre avuto l'impressione, a volte latente a volte più reale, di non essere la figlia che lei voleva.

Per un po' i ricordi di quando ero ragazzina e la realtà di oggi combaciano, da quando mi è saltato agli occhi delle mente quel brutto episodio, ad adesso, che ho sessant'anni, che in questo momento mi vien da dire portati male, questa sensazione mi ha ingombrato pensieri che altrimenti sarebbero stati migliori. Quante volte mi prende una specie di imbranataggine, mi capita di arrossire per cose del tutto normali, quante volte vorrei non essere dove sono, quanto tempo mi ci vuole per entrare in rapporto con gli altri... e dire che stare da sola non mi piace... un controsenso che mi impedisce di essere naturale, di essere serena, ho sempre qualche rimasuglio di pensieri a dir poco molesti, che fatico a tradurre in meglio, a volte sono arrabbiata, così... non so neanch'io a modo perché. A volte il perché mi sembra di capirlo ma è un'intuizione che spesso fugge prima ancora che lo si possa osservare, che mi lascia così... complicata, in qualche modo stupida, come quando penso a mia madre...

A pensare a lei è come se guardassi una pianura della quale non riesco a scorgere i confini, un posto su cui ho camminato in lungo e in largo senza tuttavia riuscire a ritrovarmi, ma neanche se vivessi due vite ci riuscirei, a capire questa donna. Adesso ha novant'anni, da quattro anni, dopo una leggera sincope che la lasciò mezza svenuta per un po' di secondi, la sua memoria ha cominciato a indebolirsi, cose che capitano anche a dei più giovani, perdere le chiavi, dimenticare di riferire una telefonata, cose da poco in fondo, io ci ho messo un bel po' di tempo ad accorgermene, anche perché sono abituata a pensare a lei come alla persona più efficiente che conosco, ero così convinta di questo...

Perdere le cose mia madre? Non c'è dubbio, a lei queste cose non succedono, dimenticare che giorno è? Lei no. E invece sì, ogni volta la trovo un po' più vecchia, non solo nel fisico, ma proprio giù di morale, e non riesco a dirle più di tanto, un "porta pazienza, vedrai che ti passerà, vedrai che con la medicina starai meglio", cose così, banali, dette e ridette, stupide, ma non riesco proprio a dire di più, del resto abbiamo sempre parlato così poco tra di noi...

Così me ne torno sempre a casa con la mia preoccupazione tale e quale, mia madre è vecchia, è un fatto, e io non sono capace di aiutarla un po', che so... magari di tirarle fuori un sorriso, raccontarle qualcosa... o Dio... delle cose gliene racconto... solo a parlare di figli e nipoti gliene racconto un bel po', ma ho sempre l'impressione di non averci azzeccato, cosa potrei dirle di buono... magari potrei abbracciarla e baciarla, come fanno le altre donne con le loro mamme, specialmente se sono vecchiette, ma non ne sono capace... è già molto se le appoggio una mano su una spalla quando arrivo, per chiederle come sta, solo quando la trovo seduta, o se le accarezzo una mano quasi di straforo se è all'ospedale, poca roba, davvero poca roba.

Sono molto scontenta di me quando penso al nostro rapporto, e adesso che lei sta peggiorando vorrei fare di più, dovrei fare di più. Ci penso quando vado da Anna a farle compagnia, e Anna è molto, molto più grave di mia madre. La prima volta che l'ho vista sono rimasta senza fiato, eppure siamo riuscite a fare amicizia, lei riesco ad accarezzarla, quando le parlo si rilassa per quel po' che le riesce. E la Maria, e Bruno, che mi hanno raccontato le loro vite dieci volte, ogni tanto mi prendo da casa apposta per andare alla casa di riposo a trovarli, e non sono parente e nessuno mi paga, con mia madre invece... è come se fossimo fatte di legno, con quello che mi sono ricordata stasera poi... questo brutto ricordo che è finito così in fondo nel tempo, e che chissà mai perché è saltato fuori stasera... chissà perché... sarebbe da dimenticare, se ne andasse dove è stato fino adesso, ci mancherebbe, siam già vecchie tutte e due, adesso al di là dell'amaro, della rabbia, del rancore in cui ero rimasta imbrigliata, provo una specie di stupore. Per mia madre, per come si è comportata quella sera, mi sembra di non provare nulla... né caldo... né freddo...

Adesso a mia madre dovrei pensare in termini diversi, per via della sua salute che peggiora e perché abita lontano ed è scomodo andarla a trovare. Abbiamo sempre abitato distanti, questa è una preoccupazione in più, è scoraggiante vederla sempre più lenta, certo ha un'età... e quando torno a casa sto col magone fino al giorno dopo, e con un vago senso di colpa o di diffidenza, una cosa di me che non mi piace, ma che mi sta dentro da una vita, il tempo lo ha sbiadito un po' ma non credo che me ne libererò mai più.

Ogni tanto questa figura così grande è offuscata, e mi volto dall'altra parte, più arrabbiata che triste. Una volta ci piangevo, ma adesso...sarebbe bello dire che adesso sono felice quando la vedo, invece provo ancora soggezione, poca o tanta, una maledizione, una specie di malocchio, anche se obiettivamente non credo in queste cose, ma credo che avremmo potuto stare meglio insieme noi due, una madre e una figlia dovrebbero star bene insieme.

A pensarci l'ho sempre guardata, non solo coi miei occhi, quelli di bambina che guardavano le cose così, con una curiosità semplice, solo perché è bello guardare, guardare è... per un bambino guardare è come respirare, non si può stare senza guardare. E poi da grande guardavo più a fondo, cercavo i particolari delle cose, e lei era mia madre e proprio per quello la guardavo più degli altri, la guardavo anche quando non c'era, anche con gli occhi degli altri, la guardavo più che potevo, pure mi sembrava di non conoscerla abbastanza.

Di tanti altri mi ero fatta un quadro ampio, chiaro, lungo nel tempo, un ricordo facile: per pensare a lei devo concentrarmi, è un po' una specie di fatica, è un lavoro che a volte cerco di evitare, a volte invece... è sempre una fatica ma... mi viene, e in qualche modo mi appassiona, un qualcosa che mi attira.

Quando si vede in televisione qualche neonato in difficoltà, o perché sono in tre gemelli, o perché qualcuno l'ha trovato, addirittura nel cassonetto dei rifiuti più morto che vivo, e per forza mi fermo ad ascoltare, se ce la farà o no, ascolto finché non hanno detto il peso, a volte meno di un chilo e non vorrei mai fare il dottore, eppure quelli lì... quelli che ce la mettono tutta... dev'essere una bella soddisfazione, alla fine, tirare su uno scricchiolino da nulla.

"Quando sei nata tua madre non ti ha neanche guardata, ti hanno appoggiata lì accanto e lei invece di prenderti su si è voltata dall'altra parte... eri un tale rosiume... una cosina così da niente..." Queste sono le prime notizie che ho di me, che Betta, moglie del fratello più anziano di mio padre, mi raccontava, perché noi due, con una differenza di età di 35 anni, parlavamo come due amiche, posso dire che alle mille domande che saltano fuori dalla bocca e dagli occhi di una bimba curiosa, zia Betta cercava di rispondere al meglio che poteva.

"E dopo zia?" "Eh... c'è voluta una bella pazienza..." Del dopo, anche se non posso ricordare, ho un'immagine dentro, reale come se l'avessi vista scritta da qualche parte. Un chilo e seicento grammi di una bambina prematura che respirava in modo penoso, nel millenovecentoquaranta, in una casa di modesti contadini, c'è da restare senza fiato. Mi sembra di vederla, lei che parla già poco, china dalla sua parte e muta per lo sgomento, che pure si è alzata decisa a farcela. L'ho sentita, quando avevo dieci anni, incoraggiare Mara, la nuora di zia Betta, che aveva avuto una bambina gracilina e non le arrivava il latte. "A me il dottor Fattori aveva detto "Inutile che ti danni che questa non ti camperà" ma io mi sono messa (e fece un gesto in qualche modo ostinato, col mento in avanti) e pian piano ci sono riuscita, a un anno era già una bella ciccetta che faceva le voglie." Come dire, se ci sono riuscita io ci riuscirai anche tu.

Ma le cose, col latte artificiale, andavano a rilento, e genitori e nonni erano seri un bel po'. Mia madre aveva partorito venti giorni prima di Mara e aveva il seno gonfio di latte. Qui non so se ne parlarono, se magari qualcuno lo chiese a mia madre, ma so che un giorno la trovai che allattava la Franchina, una poppa per Euro e una per lei, fino a quando la piccolina si adattò al latte artificiale. Ero così orgogliosa quando vedevo mia madre allattare la Franchina, se non ci fosse stata lei... e aveva salvato la vita anche a me facendomi una specie di incubatrice con due bottiglie di acqua calda, che tenne alla giusta temperatura per dei mesi, che pazienza eh? Ma da lei quell'episodio l'ho sentito solo quella volta lì con Mara, per gli altri di casa, invece, era una piccola leggenda. "Ma è questa la bimba delle bottiglie?" e qualcuno che mi allungava una pacchetta sul sedere e mi palpava le gambette robuste.

Era una cosa che quando la sentivo, e l'ho sentita tante volte, mi zittiva, è un'immagine che quando salta fuori, anche adesso, mi fermo un attimo: mia madre, con una carnagione rosea, che restava chiara anche d'estate, e un'espressione divisa tra la caparbietà che era la sua forza, e un'ingenuità, una specie d'innocenza silenziosa propria delle persone semplici; da una parte divisa in mille preoccupazioni, senza lacrime, non c'era tempo per star lì a piangere, dall'altra mossa dalla concretezza, chiedere al dottore "come posso fare intanto?" "Tienila calda" (era estate) e così erano saltate fuori le bottiglie.

Quest'immagine, più grande di tutte le altre, sta nel mezzo dei miei ricordi, sempre viva, mia madre mi ha salvato la vita, non l'ha mai detto perché per lei è stata una cosa... normale, per gli altri era stato una specie di miracolo, ma lei nei miracoli non credeva, scuoteva il capo se parlavano di miracoli, di fortuna, del destino o del fato o "del nostro pianeta" come zia Betta chiamava il passato e il futuro della vita: in tutte queste cose mia madre non credeva.

In che cosa credesse non lo so, ma io ho sempre creduto in lei o almeno ho sempre cercato di farlo. Mi rendo conto che ho cercato spesso di imitarla, una fatica improba..., non so neanche se sia giusto, ma ancora mi capita di pensare "anche mia madre faceva così" o "chissà cos'avrebbe detto mia madre" o "speriamo che mia madre sia contenta di questo o quello".

A volte mi sembra di esserle corsa dietro invano, a volte me la trovo nell'armadio, negli abiti che ho usato al matrimonio dei miei figli, e che restano lì a far niente, alle mie gonne sempre uguali, e in mezzo alle lenzuola, c'è ancora qualcosa di suo gusto tra le mie cose. Qualcosa che lei ha comprato a suo tempo per me, guardandosi bene dal chiedermi se mi piaceva, andava bene a lei e questo bastava. Se protestavo lei si limitava a scuotere il capo. "Ma cosa vuoi sapere tu..." e il discorso era chiuso.

Come il cappotto dei miei quindici anni... un bel cappotto color cammello, con spalle squadrate e tasche a filetto, dal taglio austero, un cappotto... da donna, sì, adatto a una donna sposata dai trenta in su. L'Angiolina me lo aveva provato tre o quattro volte, e alla fine aveva annuito seria "E' proprio un bel cappotto, vedrai che tua madre non avrà niente da ridire..." Ma a me erano rimasti negli occhi i cappotti rossi delle ragazze Artoni, tagliati a ruota e con un collettino rotondo, mica un collo da vecchia, lo sapevano tutti in casa che mi piaceva così.

Le donne di casa lo guardarono tutte per bene prima che mia madre lo riponesse nell'armadio come una reliquia e zia Betta non era stata capace di tacere. "E' un bel cappotto e non c'è proprio niente da dire, ma a lei piaceva rosso e un po' meno... (cercò le parole) impegnativo, un po' più arioso... Madonna mia... lei ha poi solo quindici anni, la potevate anche accontentare." "Ma tacete un po' voi (mia madre era scattata), si capisce, le prendo un cappotto rosso che quest'altr'anno non le piace più e mi tocca di prendergliene un altro, e poi è già una donna e un capo così va sempre bene (aveva lodato il cappotto come se avesse dovuto venderlo) vedrete che sono una, io, che lo sa quello che fa." "Io dico di no, se non l'accontentate adesso..." La discussione era diventata una mezza lite e io avrei voluto essere altrove, ma dopo altri quindici anni, quando indossavo quel cappotto "serio", pensavo che dopotutto aveva ragione lei...

Un'altra volta, quando degli anni ne avevo sei o sette, mi successe la stessa cosa, il cappotto era grigio, e per di più senza collo come una vestaglia. Mia madre l'aveva visto sulla rivista che Angiolina faceva vedere, per dare un'idea alle sue clienti, tanti bei cappottini, e lei aveva posato il dito proprio su quello."Questo va bene, lei ha il collo corto e così si strafugna meno e poi è diverso dagli altri..." Quella volta lì piansi davanti alla specchiera della sarta, non mi piaceva né quel vecchio grigio né tantomeno quella mancanza, a Messa, con quell'affare lì non ci sarei andata neanche morta, nel mio piccolo ero furiosa.

Di solito mio padre non faceva caso a queste cose, ai vestiti, ancora meno gli altri uomini, ma quella volta lì, tutti quanti eravamo in famiglia dissero la loro in un modo o nell'altro, qualcuno rise voltandosi dall'altra parte, gli uomini più che altro, ma i ragazzi risero apertamente. "Sembra un fantoccio" e quant'altro, e il cappotto diventò un caso e ognuno diceva la sua.

"Quando avete comprato la stoffa non lo sapevate mica che ha sei anni? E così senza collo, sembra una pianta cuccata. Ma non le vedete le altre bambine?" e così via... senza contare mio padre che si arrabbiò di brutto. "Adesso vedremo come farai ad andare in giro con questa povera bambina così conciata, sentirai le tue amiche..." e la tenne lunga un bel po', tanto che mia madre dopo tutta questa cagnara fu costretta in qualche modo a scusarsi. "Beh, a dire il vero non sta mica tanto bene, ma là sul giornale della sarta sembrava una bella cosina... (parlò un po', con tutta calma) e poi non è mica successo niente, adesso parlo con l'Angiolina e poi con una sciarpa al collo ho già ripiegato."

Dei cappotti non ne avevo altri, quello precedente non mi stava, e questo proprio non mi andava, sciarpa o no, e così andai in chiesa immusonita al massimo. Quando poi per Natale dovevamo salire su una piccola pedana a recitare una piccola scenetta davanti al presepe, non ci fu modo di farmi salire finché la madre di Luisa Artoni mi cambiò il cappotto con quello della figlia, un bel cappotto di panno azzurro che diventò mio, che per fortuna la Luisa era una spanna più alta di me.

Ed era così tutte le volte che ci si comprava da vestire, il vestito non era quello bianco o rosa che piaceva a me ma un compromesso, da bambina grande dai sei anni in su, da donna addirittura a dieci anni. Era una bella lotta, non ho mai avuto, nella vita, una camicetta bianca, che si sporca subito, anche se da grande non facevo più caso a queste cose. Avevo col tempo imparato a vestirmi con la sua testa, non sarei mai uscita con una gonna rossa, che indosso alle altre mi piaceva tanto. Non sarei semplicemente riuscita a indossarla.

Fino a cinquant'anni, quando qualche volta ci si volta indietro, e ti sembra che tutti gli altri siano stati più svelti di te, o dall'altro lato: stai entrando nella terza età, ancora non sei vecchia ma non ci manca poi molto, intanto però, sul grigio eterno delle mie gonne, nel grigio dei pensieri ci può stare anche qualche maglia rossa, amo ancora così tanto i colori. E adesso qualche maglia rossa ce l'ho, e quando la indosso, provo un piccolo fremito, questo colore è sempre bello anche coi capelli bianchi.

Perché fino a cinquant'anni mia madre mi ha sgridato, né più né meno di quando degli anni ne avevo dieci. Allora mi sgridava per insegnarmi a stare al mondo senza alcun rispetto per il mio amor proprio, avrebbero potuto esserci anche dieci ospiti per casa, e non c'era domenica senza ospiti, che se i pantaloni di mio padre non erano stirati a dovere o le scarpe ben lucidate, due pesanti scappellotti con una bella aggiunta di "somarona, buona a nulla" e quant'altro, ci fosse stato anche il Papa per casa, non me li levava nessuno. Se qualcuno obiettava non rispondeva neppure oppure ribatteva "Meglio che gli altri vedano... così impara" e se ne andava per i fatti suoi, lasciandomi con un magone che mi faceva male come se avessi dovuto deglutire dei sassi. A volte durava solo per mezz'ora, che per fortuna c'era sempre qualcuno che con due parole o un buffetto sulla guancia liquidava la faccenda, ma a volte un rimasuglio rimaneva ancora. Il mattino dopo me ne andavo a scuola senza dire ciao a nessuno, come se scappassi, e notavo che neanche lei si voltava, se lo faceva diceva al massimo due parole secche. "Fai poi a modo se vuoi che c'intendiamo" che mi facevano abbassare la cresta ancora prima che l'avessi rialzata, e così ci veniva fuori un'altra mezza giornata guasta.

Di molti di questi episodi dopo qualche tempo riuscivo a sorridere, da giovane, presa nelle illusioni proprie dell'età, si può dire che le avevo in qualche modo esorcizzate. Più avanti, madre a mia volta, avevo dovuto, per forza di cose, richiamare alla memoria la mia infanzia, come mia madre ci aveva cresciuti me e i miei fratelli, e quelle cose lì, mi viene da chiamarle sgarberie, naturalmente non da sole e non per prime, saltarono fuori in quel tempo che mi sembrava così importante, e andarono prese di nuovo in considerazione.

Tutto era utile per imparare a fare la mamma, tanto più perché vivevo con mio marito e suo padre, senza altre donne, in un podere distante dalla strada, e le donne con cui scambiare qualche esperienza erano due o tre in tutto, e non avevamo mica tante occasioni per stare insieme.

Avevo anche tre o quattro cugine qui nei dintorni ma era lo stesso, avevano le loro famiglie da seguire, e pochi aiuti, perché gli uomini che davano una mano a tirare avanti la casa erano ancora, specialmente in campagna, merce rara, e questo era un motivo in più per riprendere, col pensiero, l'andamento di mia madre, pensare a come faceva lei.

C'era lei per fortuna, che era una donna disincantata, schietta, una che diceva pane al pane e vino al vino, che era brava, era un po'... rustica, un po' spartana, e sì... era piuttosto severa quando ci si metteva, ma ognuno ha il suo carattere, ma con questo pensavo a lei con grande rispetto, di lei ci si poteva fidare, e la penso tuttora così.

E la tenerezza? La parte tenera e godibile che rende più preziosi i sentimenti e che migliora di tanto la vita? C'era? Sì c'era, no non c'era, potrei sfogliare mille margherite, lo facevo da bambina e lo faccio da nonna, ma le margherite non possono sapere queste cose, le butti, spariscono nell'aria e ciao. Chiedere almeno una volta a mia madre "Dimmi, quanto bene mi vuoi, così... mi piacerebbe saperlo" oppure "La Luisa e la Franca, mi sembra che Bettina le voglia più bene che te a me, e anche Saveria e Cesira parlano per tre ore tra loro tutti i giorni, noi invece... dai spiegami per favore". Una domanda così a mia madre, che pure era una domanda seria, per dirla come lei, non l'avevo mai fatta, non avrei mai saputo come fare, non ci sarei mai riuscita, semplicemente era troppo... troppo... non riesco a mettere in parole la specie d'imbarazzo che m'impediva di essere spontanea con mia madre, di lasciarmi andare a parlare con lei di quello che mi passava per la testa, che spesso era un tarlo che mi rendeva ansiosa, una specie di bisogno, una cosa che andava fatta, ma che mi era impossibile metterla in pratica.

Per esempio un bel bacione dato così... perché ero la sua bambina ed era già abbastanza, e che io le andassi dietro quando era seduta a far qualcosa e le mettessi le mani sugli occhi chiedendo "indovina chi è" o un abbraccio o un complimento che alle bambine piacciono tanto e anche alle mamme: tra noi queste cose non succedevano quasi mai, potrei dire mai del tutto, che dacché mi ricordo mi bastano le dita di una mano per contare la minima coccola tra noi, magari quando ero piccola piccola.

Ricordo una volta, dovevo avere cinque anni, che le ero seduta in grembo davanti al focolare acceso, e me la stavo beatamente godendo, guardando il fuoco che scoppiettava; di fianco a noi c'era zio Umberto messo a cavalcioni sulla sedia, con le braccia incrociate sulla spalliera e la testa appoggiata sulle braccia, anche lui si stava godendo il calore del fuoco in silenzio, forse eravamo lì, in quel magico silenzio da mezz'ora, quando lo zio pigramente si alzò, tirò indietro la testa e con una mano mi scaruffò i capelli. "Oh... bastardona... dormi? Dai che è ora di cena..." Mia madre, anche lei un po' intontita dal calore del fuoco, alzò gli occhi verso il cognato "Adesso sto ancora un po' qui con la mia bambina..." e ce ne restammo lì abbracciate, finché tutti furono a tavola, io per non muovermi sarei stata anche senza cena.

In braccio a mia madre non ricordo proprio più di esserci stata, qualche sera mi addormentavo appoggiata contro qualcuno dei grandi di casa, e mia madre chiamava mio padre "Portala su, va là, che è tanto pesante..." Sentivo il parlottio affettuoso di mio padre che mi svegliava, sfregandomi una guancia con la sua barba ispida e poi più nulla, ecco, era mio padre che mi coccolava, che perdeva volentieri il tempo con me.

E io con lui. La parte tenera, bella, che è un diritto di tutti i bambini e ovviamente uno dei ricordi migliori, è legata a mio padre molto più che a lei. Se ci fosse il modo di pesare i miei pensieri di bambina, quelli che dedicavo a mamma e papà, credo che i piatti della bilancia sarebbero rimasti rigorosamente allo stesso livello, e allora? Allora com'è che mia madre mi sembra di averla vista meno, di averla sentita meno... questa domanda me la sono fatta per tutta la vita, in momenti e stati d'animo diversi, a volte era una domanda semplice, quasi oziosa, una cosa da nulla, delle volte m'indispettiva e ci rimuginavo sopra quasi inconsciamente, delle volte mi tiene sveglia di notte, e si tira dietro un carro di pensieri, un carro pesante che cammina cigolando, in un paesaggio complicato che pure lì in mezzo c'è il mio tempo, la mia ostinazione, il mio voler sapere, che bambina curiosa devo essere stata..., ricordi che saltano fuori dappertutto come erba, come polvere, che vanno a crescere come semi abbandonati da qualche parte.

Un mattino di qualche anno fa, mi misi davanti al negozio col carrello della spesa ad aspettare che qualcuno dei miei mi venisse a prendere. Dietro di me uscì un signore anziano che si fermò quasi di fianco a me, fu più forte di me allungargli un'occhiata, lui stava facendo lo stesso e io mi sentii arrossire ma lui mi disse: "Scusi sa... ma io la conosco da quando era bambina... lei è della famiglia A..." Alzai gli occhi verso la sua faccia. "Sì, sono figlia del più giovane, lei veniva a trovare zio Vincenzo..." "Sì, sono... ", disse un nome che non mi diceva nulla, ma la faccia era identica a venti o trenta anni fa. Quanto tempo eh? Ormai sono vecchio e vado in bicicletta solo attorno a casa e non son più informato di niente, ma mi dica un po' dei suoi..." "Dei vecchi di famiglia c'è rimasto solo mia madre, abita via ormai da tanti anni... non ci vediamo tanto spesso, ma ha due delle sorelle che le fanno compagnia e se la passa abbastanza bene..." "E i figli di Vincenzo... quello dei colombi e quell'altro che cantava come un tenore... e le due ragazze, e la figlia di Umberto... (sorrise tra sé ricordando) ho in mente anche quei due morini, i gemelli... e quello con le efelidi..." Non riuscii a trattenere una risata. "Ah sì, e ho anche un altro fratello nato dieci anni dopo di me che lei magari non ricorderà..."

Parlammo per un bel po', poi uscì una signora col carrello pieno. "Quella è mia figlia, devo andare... sono contento di averla vista, mi saluti sua madre, se può", e mi strinse la mano vigorosamente prima di salire in macchina; mi ripassarono davanti salutandomi di nuovo e sparirono, e io rimasi lì, sorridendo tra me... com'era ancora in gamba... il tempo lo aveva segnato senza maltrattarlo molto, per uno che, fatti i miei conti, girava di là dagli ottanta.

Quel breve incontro mi aveva messo allegria, ma una volta a quell'uomo lì avrei voluto dargli un bel pugno sul naso, quando avevo nove o dieci anni. Mia madre e le mie zie stavano parlando di una donna quarantenne che era morta in quei giorni lì, quando mia madre sbottò "Ma guarda veh! Non ha voluto prendere me perché ero malata ma vedo che è rimasto nei lunari (voleva dire nei pasticci, nei guai) che è ancora giovane un bel po'." "Ma Angiola... (la voce di Betta era severa) cosa state lì a pensare... con due bambini piccoli in giro, che adesso son da tirare grandi..." e continuò per un po', ma mia madre ribatté di nuovo con un tono sobrio ma deciso "Non dico mica per lei, che non l'ho neanche mai vista, dico solo che io, perché ho avuto la sfortuna di ammalarmi, mi ha piantato lì come un'ocarona da un giorno all'altro, con la scusa che sua madre non voleva che gli toccasse fare una vita sacrificata e così via... adesso vedrai te... chi è che gli tocca da tribolare." Fine.

Io invece ero rimasta di sasso. Lo avevo sempre visto quel signore lì, veniva ogni tanto a prendere zio Vincenzo, non ricordo di averlo mai visto entrare in casa, a volte sedeva sul tronco steso di fianco alla legnaia che era lì proprio per quello, a parlare con qualcuno, più che altro zio Umberto che non usciva quasi mai, ma qualche volta faceva volentieri due parole o coi ragazzi e noi bambini. D'inverno non scendeva neanche dalla bicicletta, se ne stava ad aspettare con un piede poggiato per terra con la sciarpa fin sopra il naso e l'immancabile cappello mentre lo zio si avvolgeva nel tabarro. Vedere lo zio avvolgersi nell'ampio mantello, lui e zio Umberto e qualche altro anziano lo hanno usato fin verso il cinquanta, era uno spettacolino, la piccola e precisa piroetta con cui lo zio si avvolgeva ben bene dicendomi con uno dei suoi sorrisini quasi d'intesa "Devi sapere Annetta che il tabarro per via di star caldi e che non vada a finire tra i raggi della bicicletta e poi anche perché, se tira vento, non te lo porti via, bisogna saperselo mettere, tutto qui"; finiva i suoi piccoli contorcimenti che mi facevano ridere, e non se ne andava senza avermi allungato un piccolo buffetto. "Adesso vado..." e andava a raggiungere Attilio che lo aspettava già da un po', si sentivano le loro voci fin sul crocicchio dove si fermavano a prendere Lino, chissà da quando erano amici...

Dopo che avevo saputo del fidanzamento rotto mi ero sentita come se l'offesa fosse stata fatta a me, ero proprio furiosa, gli avrei gridato "Ma come ha osato? Mia mamma, una donna così...", e mi passava davanti agli occhi tutto quello che amavo di mia madre, tutto di lei si può dire, avrei giurato che una così non la si trovava mica dappertutto. La sua severità a volte frustrante, veramente un po' eccessiva per una bambina, spariva di fronte alla mia rabbia che durò poco, perché i bambini per fortuna dimenticano o meglio sanno perdonare, ma più che altro perché crescendo, a dodici o tredici anni, vedevo le persone in modo quasi adulto, ed ero sempre più interessata al mondo esterno, mi sentivo grande che nella famiglia numerosa s'imparava di tutto. Ho sempre pensato che la mia scuola vera, quella che serve nella vita, più delle semplici classi elementari che pure ricordo con gioia, sia stata la famiglia, quel gruppo di persone di tutte le età, e il contorno di parenti, nonché di amici e vicini, che prima dell'avvento della televisione erano una parte si può dire giornaliera del nostro vivere.

A dodici o tredici anni mi sentivo di comprendere il punto di vista della madre di Attilio, perché avevo imparato a guardare indietro, bisogna guardare indietro per imparare ad andare avanti. "La vita è dura ragazzuoli..." ce lo diceva lo zio Vincenzo il capofamiglia, scuotendo il capo con noncuranza e un mezzo sorriso come a dire "è inutile prendersela". Lui era il più calmo, in un certo modo il più paziente dei fratelli, e anche lui come mio padre parlava volentieri con noi, e dalle loro parole mi ero fatta un'immagine ben più grande e profonda dei miei anni, le radici verso cui scendevo placida come un bambino nell'acqua di un fiume conosciuto, o dalle quali qualche volta mi ritraevo perché mi sembrava un intrico spinoso. "Se fossi stata la figlia di..." e quei "di" avevano le mille facce che stanno nella testa, a volte reali, a volte non dico fantastiche ma quasi. A nove anni fantasticavo come sarebbe stato essere figlia di Garibaldi, che era rimasto il mio eroe per un po'. Idee che poi volavano via lasciandosi dietro una scia impercettibile, come una piccola traccia di polvere. Ma più che altro, in quell'intrico cercavo mio padre e mia madre bambini, i loro pensieri, lo svolgersi delle loro giornate in quel clima di miseria che era la trama più profonda della vita dei contadini e dei braccianti della Bassa dall'ultima metà dell'ottocento, fino alla fine dell'ultima guerra.

In quel lungo arco di tempo spiegavo la mia curiosità, io non c'ero ma c'ero, un tempo mai vissuto che pure a volte dentro di me lo sento, a volte sfuggente, difficile e crudo come una mano gelata sulla schiena, a volte reale e caldo come una parete esposta al sole, contro la quale mi crogiolavo da bambina, un muro così caldo e sicuro contro cui mi appoggio tutt'ora quando ne ho bisogno. Un posto fatto dalle mille parole, di mio padre e dei suoi più che altro, prima di tutto perché era con loro che vivevo, ma anche perché i miei parenti paterni erano, chi più chi meno, tutti chiacchieroni, mi vien da dire "parloni", ben poche cose passavano sotto silenzio e doveva essere un giorno ben brutto se in casa nessuno parlava.

Forse anche per questo mi pesava di più il silenzio di mia madre, mia madre diceva solo l'utile o poco più, e anche i suoi per lo più erano così. Ci vedevamo spesso, si può dire tutte le domeniche, con qualcuno di loro, e a volte, d'estate, andavo "in parenti" da loro per qualche giorno, ma niente a che fare con il "rumore" cui ero abituata, e in più non ricordo uno solo dei miei zii materni perdere la pazienza più di tanto, ancora meno una bestemmia o una malaparola, neanche masticata tra i denti, a pensarci bene non li ho neanche mai sentiti ridere fuori dai denti, al massimo un sorrisino; gente così, solitaria.

Preferivo di gran lunga casa mia, ma a volte, da persona adulta, quando per un'arrabbiatura davo una bella sgridata, bella per modo di dire, ai miei figli e poi mi pentivo e ci rimuginavo sopra, pensavo a come sarebbe bello riuscire a mantenersi tranquilli e mi veniva in mente la famiglia di mia madre, "gente fortunata" che dice la sua senza fare brutta figura, che non si fa venire il magone per cose da nulla e cose così, ma com'è che fanno... riuscire a comportarsi "con garbo", con garbo dentro e fuori, ma chi è che ci riesce... Così li vedevo, diversi tra loro, i miei genitori, fin da quando ero piccola, ognuno è fatto a suo modo e non c'è niente di male, è tutto normale.

Per mio padre provavo una passione, non so proprio cosa avrebbe potuto farmi cambiare questo sentimento. Vedevo, con gli occhi sinceri delle persone giovani, tutti i suoi difetti, ma anche quelli erano "miei", non cambiavano un'acca del sentimento esclusivo, fuori dal mondo e dal tempo che provavo per lui.

Per mia madre era diverso, lei era lei e andava rispettata prima di tutto, ma il nostro rapporto passava per una specie di vaglio, come acqua che passa sotto un ponte, era la mia acqua e io la vedevo passare, potevo bagnarmi le mani e gli occhi, ma qualcosa m'impediva di lasciarmici andare dentro, era la mia acqua, ma io non sapevo nuotare e ne avevo un po' paura. Chissà perché, questa diversità la sapevo, mi stava dentro da che ricordo, come sangue, senza peso.

Quant'è che ne sentii con chiarezza la presenza... un qualcosa d'impercettibile, una piccola noia, un piccolo malessere, una piccola domandina, un po' difficile. Mia madre avrebbe detto "lo sapevo io che questa bambina non è una bambina come le altre", non avrei avuto altra risposta, magari uno scappellotto per liquidazione e via. Mio padre mi avrebbe guardato serio e mi avrebbe fatto un centinaio di domande, guardando per aria con un lungo sospiro imbarazzato per non dire scoraggiato. No no, meglio far finta di niente, in fin dei conti non ne avevo colpa se le cose le vedevo così.

Un giorno, molti anni dopo, mentre tornavo a casa in corriera mi si sedette di fianco Zaira. Zaira viveva in famiglia con zia Enrica, erano cognate, ci consideravamo quasi parenti. Era stata a trovare la figlia. "Li ho trovati tutti a letto con l'influenza, adesso gli ho messo avanti qualcosa da mangiare, domattina poi ci torno..." parlò tranquillamente per un po'. "E tu Anna dove sei stata..." "A trovare mio padre." Ne parlammo per un po', ma mi veniva da piangere. "Se vedeste Zaira, mio padre sta sempre peggio..." Mi sentivo a disagio ma non riuscivo a smettere di piangere, lei mi guardò preoccupata e mi mise una mano sul braccio comprensiva. "So tutto di tuo padre, ma adesso ci vuole un po' di pazienza..." mi incoraggiò per un po', mentre io mi tamponavo la faccia come potevo e mi diede un piccolo scrollone.

"E poi lo sappiamo tutti come sei tu con tuo padre, ma adesso non sei più una bambina, bisogna che ti faccia coraggio, e tua madre allora... cosa dovrebbe dire tua madre che è sempre là... non devi mica far così, sai..." Scendemmo insieme e lei mi abbracciò. "Bisogna che tu pensi anche a tua madre eh... cerca di farti coraggio e vedrai che...."

Dopo, da sola, ripensai alle sue parole con una specie di stupore, dunque lo sapevano tutti che avevo un debole per papà e adesso che avevo dei figli miei sentivo ancora di più quella specie di malessere che prendeva un po' l'aspetto di un rimorso. Saltò alla luce una volta di più quella magagna che non se ne sarebbe mai più andata del tutto, e per la quale mi son trovata mille risposte, tutte da sola, fino a quando son diventata nonna e l'ho detto a una delle mie nuore. Forse le figlie preferiscono il padre perché le mamme sono in un certo modo più severe; le madri son sempre lì, sono loro che per forza di cose sono costrette ad alzare la voce, i padri son presi da altre cose e non fanno caso a tutti i ciappini, lasciano più correre e così...

Da bambina quanto avrei desiderato una mamma come zia Betta e al contempo trovavo quel pensiero ingiusto "è perché lei non mi sgridava quando c'era la casa piena di gente, lei con le sue figlie andava a parlare in camera, loro tre da sole e..." Mia madre era più, come dire, più scomoda, non me ne lasciava passare una, e in più non diceva mai "Va bene".

"Brontola il corpo con l'anima" era un proverbio di Betta che ne aveva per tutte le occasioni e che mi diede da pensare un bel po'; mi vedevo nell'oscurità calda del corpo un cuore, rosso come lo disegnavamo a scuola, e un leggero straccetto di velo bianco, come immaginavo l'anima, che si agitavano senza posa dentro di me. Il disegno era chiaro ma non riuscivo a immetterlo in un'idea pratica, come se avessi in mano una cosa che più me la mettevo vicino agli occhi meno vedevo. Dovevo sempre chiedere alla fine, era più forte di me, e ripensandoci, anche dopo tanti anni, ancora più di allora, mi rendo conto di quanto fosse paziente, più che paziente gentile, zia Betta, che avrebbe anche potuto chiudere il discorso con un'alzata di spalle, non era poi mica obbligata a rispondere, magari era indaffarata fino agli occhi e mi guardava con uno stanco sospiro: "Ci son delle cose che non sono adatte a te Annetta, adesso quando sarai un po' più grandicella eh... vedrai quante cose imparerai... adesso devo badare alla cena...", e poi la casa non era mai vuota, ed era inutile star lì a insistere. Ma c'erano posti in cui andava da sola; a letto di sera, se lo zio restava giù ad aggiustare il libro dei conti o se usciva sul crocicchio a parlare con qualche suo amico, io mi infilzavo nel suo letto prima ancora di averglielo chiesto: "oh, sei qui Annetta..." e si cicalava a tutto andare fino a quando si sentiva il passo dello zio lungo la scala e più che vederlo intuivo il suo piccolo sorriso paziente nel buio "Dai Annetta, vai a letto..." che in due secondi ero già dove avrei dovuto essere già da un bel po', nel mio letto.

Nessuno mi sgridava, se ero con Betta. Lei e mio padre avevano un gran rispetto l'uno dell'altro, erano in famiglia da quando lui era un ragazzo e non dico che la considerasse come sua madre, ma quasi. Lei lo stesso; gli affidava certe incombenze, che magari gli altri avrebbero storto il naso, sicura che la cosa andava fatta e bene. "Aldo ci sarebbe da portare un carrioletto di legna ai Gorni, che sennò si gelano, poveretti", oppure "Vai a prendere la carne che, intanto che piove, le donne mi aiutano a fare il pesto" e così via... Anche cose più personali... mandare un saluto, o un augurio, o una condoglianza: "Vacci tu, va là, che non voglio che facciamo la figura dei menefreghisti". In questi casi, se ci voleva una parola buona, e anche molto di più, papà e Betta erano proprio fratelli.

Così con Betta ci convivevo in senso stretto, e se anche la cosa non le stava sempre bene, mia madre il più delle volte guardava e taceva. "Vado con la zia" "Va pure." E così, attaccata alle sue gonne, nell'orto a raccogliere verdura, e dietro casa a sbucciare piselli e fagioli e attorno alle chiocce, che allora si facevano in casa anche i polli, e in tutto quello che faceva da sola quando tutti gli altri erano nei campi, o dietro la sua bicicletta, quando riusciva a prendersi una mezza giornata di libertà e ci facevamo un bel po' di chilometri per andare a trovare qualcuno dei suoi numerosi fratelli e il suo vecchio padre, un bel vecchione che chiamavo nonnone e che era l'unico "nonno" che abbia mai conosciuto. E in mezzo a tutti questi mestieri, ripensando all'indietro mi sembra di non aver mai dormito, c'era anche il tempo per chiedere... e di pensarci su, alle cose...

"Brontola il corpo con l'anima" non si è in pace con se stessi, si è indecisi, non si è soddisfatti anche se la ci si è "messa tutta", insomma si fa fatica a tirare avanti, ci si sente...

"Allora hai capito?", me lo chiedeva quasi sempre quando mi spiegava qualcosa, "Ho capito sì" dissi sicura, mi sembrava così facile adesso, mi sembrava che mi si fosse aperta una finestra davanti... era così... era così anche con mia madre. Avrei tanto voluto dire a Betta "Lo sai Betta, io voglio tanto bene a mia madre ma... (e dire tutti i ma che del resto lei sapeva e delle volte si beccavano per questo) delle volte mi vien da piangere, ma però io non sono mica così..." e pensai alle sue secche sgridate e contemporaneamente a tutte le cose che faceva per noi, alla sua operosità silenziosa.

Pensavo in due: con la ragione, come mi avevano insegnato fin dal tempo dell'asilo, come m'insegnava mio padre e lei, Betta, con la sua calma serafica, e con l'istinto, che c'è dentro di noi e che è ben difficile da addomesticare, anche se qualcuno ci prova. Mia zia, con la sua pazienza, mio padre, che a parlare con me, se non ce la faceva col ragionamento si faceva in qualche modo bambino per avvicinarsi di più alla mia parte più naturale, quella parte che più assomiglia all'inspiegabile, e spesso imprendibile, anima; mia madre invece stava sempre sulla sua sponda, non si avvicinava alla mia, ero io che "dovevo" capire e peggio per me e anche per lei se non riuscivamo ad avvicinarci.

Perché non fui mai abbastanza vicina a lei da poter lasciare uscire dalla bocca tutto quello che mi passava per la testa, per fare "quello che mi pareva" senza prima guardare che lei non fosse nei paraggi, silenziosa ma inesorabile, a prendermi per un braccio e via in camera nell'angolo tra il letto e la porta che era il posto dove non ero "nei piedi" a nessuno e dove non potevo fare guai, mi limitavo a sedermi sul vecchio tappeto di canapa che faceva da scendiletto, delle volte mi coricavo del tutto a guardare dal basso le reti dei materassi e la polvere che filtrava dorata attraverso un raggio di sole, che entrava da una fessura tra la vecchia imposta che non combaciava del tutto contro il battente, l'unica luce che entrava nella stanza, che mia madre chiudeva con cura prima di uscire.

Delle volte stavo in piedi ed esploravo pian pianino la stanza, salire sul letto... avrei tanto voluto... camminare a piacimento e rivoltarmi tra i cuscini e fare una bella confusione, chissà perché questo era proprio un desiderio "vivo", ma "non si poteva", non nella stanza di mia madre e allora guardavo o al massimo sfioravo con le dita leggere tutto nella piccola stanza, che aveva due grosse travi portanti, e piccoli travetti a sostenere il basso soffitto, le pareti dipinte a calce e le grosse pietre ruvide del pavimento da dove ormai la malta che le teneva unite era sparita lasciando un piccolo solco tra pietra e pietra. E i mobili, un bel comò di legno di ciliegio solido e ben lucidato, il letto di ferro con una grossa testiera ribattuta e dipinta a vernice con tutte le nervature e i colori del legno, di forma bombata. La testiera era tenuta insieme da dei chiodini ricoperti da una testina di ottone che formavano una bella coroncina che dava un tono particolare al letto, da piccolina avrò sfregato quei bottoncini chissà quante volte, come il quadro sopra il letto. Lo guardavo tutte le volte che potevo, una bella immagine sacra, molto terrena, nella sua semplicità: una Madonna che fila seduta su una panca con un vaso pieno di gigli lì di fianco e fiori sul davanzale, lì davanti a lei Giuseppe e un Gesù grandicello con gli strumenti da falegname lavorano attorno ad un robusto bancone, tutti e tre con un'espressione intenta di gente che bada alle cose sue, se non fosse per la leggera aureola che portano in capo, solo quelle sono diverse, fuori dalle cose normali. Non so perché mi piacesse tanto, quel quadro, forse proprio perché non c'era proprio niente da immaginare, era tutto così reale, così colorato, insomma quel quadro era una gioia per gli occhi, almeno per me.

Quando mia madre era ormai anziana e vedova, della stanza matrimoniale era rimasto soltanto il comò e il quadro, che non si adattava visivamente al letto singolo. "Ho pensato che adesso ne metto uno più piccolo" "E questo, non lo butterai mica..." "Ah io non lo voglio più... se lo vuoi tu..." E così eccolo di nuovo mio, proprio mio come lo consideravo da bambina, sopra il mio letto. Avevo sessant'anni, e non mi sembra di essere attaccata più di tanto alle cose, in genere che i mobili siano nuovi o vecchi non mi fa nessuna differenza, ma quello lo posai sul letto come se fosse stato un bambino addormentato, andai a spalancare le finestre, presi una sedia e mi misi a guardarlo, ma non vidi un bel nulla perché mi venne da piangere, da piangere un bel po'. Quando smisi di piangere era ormai buio, richiusi le imposte, misi giù il quadro dal letto e scesi: devo essere una bella cretina davvero a star lì due ore a piangere... mah... Per un po' di giorni lo lasciai lì dov'era, coperto da un giornale, lo appenderò poi, un giorno o l'altro, quando me la sentirò, il chiodo c'è già e ci vuole un attimo, ma per adesso è come se dovessi spostare un muro, sono avvilita e mi sento stupida una volta di più, chissà perché poi... il quadro mi piace, e del resto lei non l'avrebbe tenuto, né nessuno dei miei...

Una mattina, dopo aver riordinato, salgo a prendere qualcosa... guardo sul mobile e lì attorno, il quadro è lì sotto il giornale ma è come se mi chiamasse, mi sento sospirare, ah no eh... non mi rovinerò il resto di questa bella giornata a piangere, niente da fare. Ma è più forte di me, lo metto di nuovo sul letto e me lo guardo, senza fretta, da cima a fondo, come quando avevo sei anni, e mi lascio semplicemente riempire gli occhi. Ci sono due cose che pur avendole sempre viste mi colpiscono: la grande quercia, e i due ricordini, due santini segnati a lutto incorniciati, uno per angolo, e messi lì perché, magari col tempo, non vadano dimenticati in qualche cassetto, messi lì proprio per essere ricordati. C'erano anche allora, ma io guardavo la parte che mi piaceva e quelle due piccole figure, col loro messaggio di tristezza le sorvolavo e del resto non facevano parte del paesaggio, devono essere dei miei zii Carlo e Ugo morti giovani prima della guerra, per saperlo dovrei scollare la carta dietro e alzare i chiodini, ben piantati nella cornice, un giorno mi farò aiutare da Loris e lo farò, ma adesso è tutto così in ordine che mi dispiace andarci attorno, lo spolvero delicatamente con un fazzoletto candido e scendo giù... mio marito dorme, meglio così, e faccio le cose in silenzio, le mani alle cose di tutti i giorni che vanno da sole, la testa così vorticante di pensieri che non riesco a fermarne uno in particolare, e il cuore gonfio che non ce la fa, non ce la fa proprio a stare calmo.

"Brontola il corpo con l'anima" diceva Betta, ma delle volte non brontolano, si parlano e ne han tante da dirsi che il tempo della vita non ce la farà mai ad arginare questa specie di torrente, che va avanti che va indietro, che ci trascina a volte con mano leggera, a volte invece corriamo ma mai abbastanza, ci vorrebbero mille anni per raggiungere una quieta armonia dentro di noi. Bisogna accontentarsi del più modesto tran tran.

Mio padre e mia madre... ci saranno andati insieme a comprare quel quadro che sarebbe stato sopra il letto "per tutta la vita"? Avran scelto il disegno insieme dal rigattiere, o l'avranno trovato già incorniciato e tutto o magari glielo avrà incorniciato zio Carlo che sapeva fare il falegname di fino, o forse mio padre, con santa pazienza, per risparmiare. Non mi è difficile immaginare mio padre dire a mia madre: "Allora Angiola, cosa ne dici di questo?" oppure "Guarda qui quello che ti piace." Il mio ciarliero papà avrà magari parlato un bel po' col venditore, ma mi è difficile sentire la risposta di mia madre, avrà risposto un semplice sì, convinta dall'occhio vivace del futuro marito o addirittura "Prendi quello che vuoi che io non ho mica tante storie..." Ma è molto probabile che, proprio perché lei era così, ci sia andato da solo, preso il quadro, comprato il vetro e con l'aiuto del fratello o di Pietro, che aveva nel suo ingombratissimo negozio chissà quanti ritagli di legno, se lo sia finito e se ne sia tornato a casa soddisfatto.

Per me, bambina, le stanze da letto erano il "posto bello" della casa, specialmente quella di mia madre che era la più ordinata. Ci ho dormito fino a nove anni, poi, per lasciare il posto al mio ultimo fratello, mi avevano messo in una stanza da sola. Ricordavo appena che lì ci aveva vissuto la nonna nell'ultimo tempo della sua vita, quando non si alzava neanche più, e poi le mie cugine, e adesso la stanza serviva un po' per tante cose: c'era la macchina da cucire, una specie di baule pieno dei piatti e delle stoviglie che si usavano solo per certe occasioni di festa e un comò con tre grandi cassetti anch'essi pieni di cose di casa, biancheria di scorta, era un chiodo fisso di quasi tutta la gente della bassa avere "la scorta", specialmente dopo la penuria della guerra. C'erano anche cose più adatte a un magazzino che a una stanza da letto, cose che preferivano mettere al sicuro dai ladri e dai topi, due grosse forme di parmigiano su un'asse appesa a un metro dal soffitto, e in un angolo un sacco con tanto di targhetta, pieno di semi di erba medica.

Il letto era una metà del grosso lettone matrimoniale della nonna, non ricordo chi abbia mai avuto l'altra metà, che di certo non andò buttata, e quello, assieme a una sedia lì di fianco e un cassetto che mia madre aveva liberato per me, diventò la mia camera. "E' anche troppo per te" disse mia madre che dopo averla ben ripulita e aver lucidato con olio rosso i vecchi mobili mi mise in mano uno strofinaccio pulito. "Adesso dai una bella ripassata dove ho pulito che non ci resti unto, che qui poi ci tieni pulito tu, che è ora che impari, che ci guardo poi." Oh, adesso mi trova qualcos'altro da fare, pensai. Ma ero felice, avevo saputo che mia madre aspettava un bambino e non stavo più nella pelle. Lo avevo saputo in un modo un po' diverso dal solito, ma trattandosi di mia madre non c'era da meravigliarsi. Una mattina la trovai che sgridava aspramente Saveria, che aveva ventidue anni e stava per sposarsi: "Tu devi tacere sai, tu devi badare ai tuoi lavori che ai miei ci penso io…" Io seguivo la scena sgomenta, mia madre era rossa e affannata e mi aspettavo che alzasse le mani, tanto era infuriata, mentre invece Saveria per nulla intimorita rispondeva con altrettanta vivacità "Ma se siete più antica di Noè, avete una bambina che è già grande, cosa aspettate a dirglielo, che lo facciano gli altri?" e via, una arrabbiata e l'altra ridente che io non ci capivo un'acca e alla fine venni trascinata via da mia madre con un paio di scappellotti che certo, se Saveria avesse avuto la mia età, li avrebbe buscati lei, ma beh, c'era poco da dire, me ne andai a letto e loro continuarono a litigare di gusto.

Passò qualche giorno, e un pomeriggio andai a sedere di fianco a Saveria che stava aspettando il moroso in fondo al cortile. Avevo ancora il magone, e non riuscivo a chiedere, ma lei era così bella e sorridente che le parole mi uscirono leggere: "La mamma, cosa le hai fatto per farla arrabbiare a quel modo." "Niente" e sorrise apertamente prendendomi per le spalle per guardarmi meglio il viso. "E allora perché era così arrabbiata..." Saveria esitò, un po' a disagio, perché... perché... e poi si mise un dito davanti alle labbra. "Stai poi zitta eh, se te lo dico... tua madre aspetta un bambino, ecco, quella sciocca lì, e si vergogna..." "Ma perché si vergogna, non ne hanno tutte, le donne, di bambini..." Saveria sbuffò "Ma sì, ma sì, ha delle cose tua madre, perché tu sei grande e tuo fratello va già a morosa (mio fratello aveva diciotto anni e lei quaranta), e così lei le trova fuori tutte per tener nascosto, che a momenti siamo in aprile e... ti dico che tua madre delle volte è proprio una mula..."

Saveria finì il suo sfogo e mi si aprirono gli occhi, ecco perché mi avevano mandato fuori dalla stanza, senza contare tutte le volte che negli ultimi tempi, vicini e parenti mi dicevano sorridendo "Allora Annetta, è vero che ti accorciano la camicia?" o una frase così, senza mai dire apertamente "Sei contenta di avere un fratellino" come sarebbe stato normale, ma mia madre non voleva, ecco tutto, fra due mesi avrei avuto un fratellino, lo sapevano tutti, e io no.

Al di là dell'emozione che mi prese, una gioia selvaggia, avrei voluto gridare e non so neanch'io cosa, so solo che ero fuori di me, in senso buono, ero anche un po' risentita che mi avessero taciuto una cosa così. Fu un'esperienza che mi segnò, mi rese più attenta; vidi il corpo sformato di mia madre, che prima non me n'ero accorta, come si sedeva, con un sospiro di sollievo, appena trovava una sedia, come spariva, per delle mezz'ore, a parlottare con Mara, anche Mara era incinta, ma lo sapevo da un pezzo, che di solito del tempo in chiacchiere non ne perdeva; vidi il nervosismo affettuoso di mio padre, che ogni tanto guardava per aria, che guardava me rimuginando chissà quali pensieri, insomma era agitato e un po'... ridicolo... stranito, come se fosse alla sua prima paternità, né più, né meno.

Vidi mio fratello, che era sempre stato molto in confidenza con mia madre, fare il duro, le passava sui piedi voltato dall'altra parte, e non le rispondeva affatto, evitata anche mio padre, che però non si lasciava intimidire: "Guarda qua quando ti parlo", una frase detta tra i denti che otteneva l'effetto voluto, che alla fine erano entrambi vergognosi: l'uno di dover richiamare, solo perché era un po' anziano per diventare genitore, secondo i canoni di quegli anni, l'altro perché si sentiva troppo adulto per diventare tato. Piccoli su e giù, cose da poco, incolpevoli, che pure mi diedero una spinta in avanti più di quanto lo avessero fatto i rimbrotti di mia madre, accompagnati da qualche scappellotto, almeno quelli, che io ricordi, finirono del tutto.

Mi dispiaceva il disappunto di mia madre, ancora più scontrosa del solito, per via del suo stato, mi preoccupava, è la parola esatta, ero preoccupata che si affaticasse troppo e mi ingegnavo a dare una mano, che prima sbuffavo, adesso mi sentivo in dovere, di mio, di fare la mia parte, come faceva Saveria con Cesira; mia madre poteva contare su di me, o almeno queste erano le mie intenzioni, per quanto potessero valere. Quella maternità fu una prova un po' severa anche per me, non potevo o non volevo più fare la bambina e a volte mi pesava, ma avevo già saltato il fosso, così presto, che a pensarci adesso mi sembra di essere sempre stata adulta.

Ma per i miei genitori cominciò un periodo buono, per mia madre fu una maternità felice perché restò per sempre innamorata del suo terzogenito. Alla vigilia del parto la sua irritazione svanì con grande sollievo di mio padre che aveva rialzato la cresta e chiacchierava, euforico, a tutto spiano.

Per i primi giorni, quel piccolo fagottino lo vidi a malapena, perché mia madre, con le più svariate scuse, ci metteva tutti alla porta, ero seccatissima, non potevo star lì più di cinque minuti, senza contare che morivo dalla voglia di tenerlo tra le braccia per un po', mezzo minuto, con lei che non lo mollava mai del tutto:

"Ecco, adesso l'hai tenuto abbastanza, vai pure giù che dopo io vengo..." e naturalmente scendeva da sola, che allora i bambini restavano nella stanza da letto per almeno sei o sette mesi, insomma, per me che mi sentivo di fare la mamma non c'era verso.

Invece nella stanza di Mara, che partorì venti giorni dopo, ci passavo delle orette, nella stanza c'era sempre qualcuno e io mi accodavo semplicemente. Ricordo di aver fatto le scale tante volte per portare a Mara qualcosa da mangiare o quello che mi diceva Betta, premurosa nonna che si fidava di me, come Mara del resto.

Ricordo il battesimo, tutti e due nello stesso pomeriggio, il cortile pieno di gente e il mio sollievo nel vedere mia madre tanto più snella e svelta dell'anno precedente. Era ringiovanita, certo i miei genitori non erano da meno di Mara e Giuseppe, vestiti di nuovo, col "bambinino", mio padre lo chiamò così per almeno dieci anni, nel portainfante di pizzo, che bella giornata!

A pensarci adesso fu per loro una specie di seconda giovinezza. Dopo il cinquanta, lasciatisi alle spalle le miserie e i lutti della guerra, con quel piccolino che li invogliava a guardarsi con occhi nuovi, ho un bellissimo ricordo di quegli anni lì. Si può dire che mia madre era più allegra del solito, più ciarliera. In quattro anni, alla Rota, erano nati quattro bambini. Ricordo la premurosa attenzione di Betta per i nipotini e le due giovani nuore, era tutto un bisbigliamento che rallentava solo di notte, ma mai del tutto, un tran tran più vivace al quale mia madre partecipava volentieri, si lasciava andare a qualche risata, lei di solito quasi musona, ed era chiaramente più disinvolta con il figlioletto, meno apprensiva delle due spose alle prime esperienze, insomma mia madre si era come alleggerita... quella maternità che l'aveva presa come un brutto spauracchio si era rivelata un'esperienza felice, non saprei dire di più, mia madre che scherzava, seppure sobriamente, mi sembrava una donna nuova.

"Dicono tutti che ho un bel figlio ma io non lo vedo mai, appena allungo il cucchiaio, si volta dall'altra parte, è un'impresa dargli la pappa", e sorrideva paziente, le mille   piccole incombenze, le notti in bianco. "Beh, lui ha preso la notte per il giorno, ma ne ha poi del tempo per imparare..." senza contare mio padre che faceva la voce grossa con gli amici. "Ah, ho deciso, questo bambino qui non lo prendo più con me... appena fuori dal cortile, solo che veda una mosca mi chiede cos'è, e cosa fa lì e perché, e il perché del perché, e per quanto gli spieghi lui continua a chiedere e io non ce la faccio più, non riesco più a tirar fiato..." Ma appena poteva, se lo caricava sulla bicicletta e se ne andava felice, come aveva fatto a suo tempo con noi.

Quel bambino magrolino e curiosissimo piaceva a tutti gli zii e ai cugini, era sempre dietro a qualcuno e mia madre dietro a lui un po' preoccupata, un po' affannata e un po'... gelosa. Credo che quegli anni per mia madre siano volati, come succede col tempo buono, o forse sembra a me, perché furono anche gli anni della mia giovinezza. Quando mi sposai, i miei genitori ormai erano andati in città, mia madre già nonna, fu per molti versi una separazione, nel senso che eravamo indaffarate entrambe, non ci vedevamo molto, ormai le nostre vite, già un po' disunite, si erano staccate.

La casa che avevo me la tirai avanti bene per un po' di anni, i bambini crescevano bene, mia madre la vedevo anche meno del solito perché dovette restare molto tempo tra casa e ospedale, la sua salute non era più la stessa, ma c'erano le sue sorelle, due di loro abitavano dalle sue parti e le facevano compagnia, e mio padre, che come tutti quelli della sua generazione era abituato con la rasdora e non si era mai occupato in alcun modo della casa, faceva del suo meglio. "Non voglio mica che quando torna trovi tutto a catafascio, lei ci tiene tanto..."

Prima che il suo braccio riprendesse una certa mobilità e si rimettesse in forze fu lunga, anche se lei, con la solita tenacia, ce la metteva tutta. Mia madre, in salute, come in malattia, era ugualmente tenace. Tornata dopo un anno dall'ospedale, con un braccio che era ben lontano dalla guarigione, riprese le sue cose come niente, non riusciva a fare un lavoro da dieci minuti, ma lo iniziava lo stesso, pian piano, i dieci minuti diventavano un'ora, ma la cosa veniva fatta.

Una volta mio padre le prese di mano la grattugia: "Lascia fare a me" ma lei se la riprese con un gesto deciso. "Ma non vedi che fatica fai? Lascia fare a noi per un po'..." Ma non ci fu modo, mio padre uscì borbottando tra i denti con l'aria di un cane bastonato e lei si arrangiò brontolando a sua volta.

Ormai il tempo più buono era finito, nel senso della salute. Già prima di essere anziani, subirono entrambi delle prove piuttosto dure, anche se lei ben difficilmente si lamentava. Le difficoltà gli si stringevano attorno, mio padre sospirava, qualche volta piangeva, qualche volta, quando stava meglio, esprimeva con sollievo una pur cauta soddisfazione, ma lei, andasse meglio, andasse peggio, badava solo al sodo senza lasciarsi andare, niente sorrisi, niente lacrime, pochissime volte lasciava intravedere qualcosa di diverso di una sia pur faticosa efficienza.

Aveva lasciato tante cose dietro di sé, la lunga convivenza coi parenti di mio padre, il lavoro duro e monotono dei campi, le amicizie che si formano in trent'anni di vita sempre nella stessa casa. Trent'anni che in genere erano definiti buoni da tutto il parentado e in generale; gli anni di mezzo tra i disagi della guerra e gli anni ottanta, anni in cui avevano visto il loro lavoro sveltirsi, i figli crescere con un futuro più, come dire... più concreto, più comodo, tutto sembrava più facile, era più facile difendersi, c'era più giustizia per la gente che lavora, ma ahimè, gli anni passavano in modo fin troppo veloce, specialmente per chi aveva i suoi annetti.

C'era chi rimpiangeva quel tempo come un lago tranquillo, che adesso si agitava fin troppo, la fatica a seguirlo era di tutt'altro stampo ma era pur sempre fatica. Molti si arrendevano alla nostalgia di quando non ci voleva una carta solo per andare a far pipì, i "certificati" erano diventati un vero e proprio tedio, ma a questa si cercava, per forza di cose, di adattarcisi, ma c'era quella privata, meno evidente, ma più dolorosa per alcuni, una specie di malattia inevitabile. Mio padre a certi brutti ricordi stringeva i denti, ma era pronto a ricordare con gioia quelli migliori. A sessant'anni, con una salute un po' vacillante, un po' avvilito, un po' sconcertato, i ricordi erano come un cuscino morbido su cui si appoggiava volentieri per chiudere gli occhi un po', pure restando bene attaccato alla realtà. A mia madre questo atteggiamento non piaceva "Cosa stai poi lì a pensare..."

Lei non stava lì a pensare, si faceva in quattro come sempre, di questo suo spartano modo di vivere ero io, in quanto femmina, a farne le spese. Io per lei non ero mai diventata adulta, anche quando avevo quarant'anni e più. Quando arrivava a casa mia, non molto spesso, non si perdeva in chiacchiere: per prima cosa sistemava le sue cose, la giacca, la borsa e le scarpe su una sedia fuori mano, e poi veniva in cucina e senza dir bao si metteva a lavorare, stirare, lavare i piatti, pulire i fornelli e quant'altro, e lentamente, per quanto le sue forze glielo permettevano, si faceva le cose come se fosse stata a casa propria. Onestamente quando rientravo in casa e trovavo tutto in ordine tiravo un sospiro di sollievo. Eh! Solo mandare avanti i panni da stirare non era mica una cosa da poco, mettermi a far da mangiare senza la solita urgenza e farmi la colazione in santa pace lo trovavo un vero lusso, ma il buono finiva lì, appena gli altri uscivano cominciava a dirmi le cose con la stessa caparbietà di quando a sei anni e anche prima mi metteva in mano i ferri da maglia e mi si sedeva accanto, lei coi suoi e io coi miei, un incubo, un fare e disfare che non finiva fino all'ora di andare a letto. Cadeva un punto? Si riprendeva. "Somarona, non sei capace di stare attenta?" e insomma, non c'era modo di scivolare via, mia madre aveva gli occhi anche di dietro.

Quella ostinazione a insegnarmi a fare le cose la capii qualche anno dopo, lei con un braccio malato faticava più delle altre donne, oltre che un dovere, era anche un bisogno, ma insegnarmi a "stare al mondo" come intendeva lei, credo fosse più che una radice di carattere, un prodotto della terribile miseria in cui era cresciuta, tempo mai dimenticato, che ha segnato in qualche modo anche noi, anche se da grandi qualche volta ci si rideva sopra e qualcuno ci guardava di traverso.

Ma allora era imperativo arrangiarsi, darsi da fare in tutti i modi possibili, altrimenti ci andava di mezzo non solo quel poco che mettevano in tavola, ma anche il tetto sulla testa perché i padroni non chiedevano a nessuno, e ci mettevano un giorno a far fare San Michele a una famiglia. I sindacati non c'erano, e la cosiddetta buona parola che qualcuno riusciva a racimolare dal parroco o da un qualche personaggio adatto allo scopo, era acqua che correva se non avevano un tornaconto, ed era anche difficile chiedere aiuto agli amici e ai parenti che navigavano nelle stesse acque.

La famiglia di mia madre, tre adulti e otto figli alcuni già adolescenti, dal millenovecentoventiquattro al trentaquattro aveva vissuto alla Rota, un podere piuttosto grande, non so con quale contratto. Dieci anni terribili per quella famiglia giovane che perse in quegli anni il padre cinquantenne, uno zio trentenne, un genero che lasciò due bimbi, uno ancora non nato, e una figlia ventenne, Ada. Tutta gente che con la penicillina, e le cure del giorno d'oggi sarebbero giustamente invecchiati ma tant'è: "Allora (parole di Carolina, la penultima dei fratelli) non c'erano neanche i panni per coprirli, battevano i denti dalla febbre, ma non avevamo niente da dargli, anche all'ospedale cosa vuoi che gli facessero... un cucchiaino di roba ogni tanto se ce l'avevano perché i poveretti con niente non ci stavano mica tanto dietro...", e il discorso continuava, tetro, che non avrebbe potuto essere diverso, in qualche modo rassegnato, "dei lavori guarda... che è meglio non parlarne..."

Per noi, nati dopo il quaranta, erano non dico incredibili, ma in qualche modo inaccettabili, ma mai del tutto eludibili, mai del tutto dimenticati. Per qualcuno, sentire queste cose ormai vecchie è un fastidio, un inutile rivangare, ma per me no, ancora adesso, anziana, la parola vecchia mi fa un po'... paura, non riesco a non pensarci, ogni tanto è come se riaprissi un vecchissimo libro, è più forte di me, anche se mi è un po' incomprensibile capire perché lo faccio, anche questo mi chiedo. Per un confronto tra la nostra vita e la loro? Ma questa non può essere l'unica risposta o quella giusta, perché mai insisto, tra me e me, a voler veder chiaro in un mondo di cent'anni fa, una vita che si tirava coi denti, in cui era difficile anche solo sperare oltre al soddisfare i normali bisogni di tutte le creature? Se qualche volta se ne parla, tra amici, c'è il caso di prendersi degli antiquati e non solo "Ma non lo vedi il mondo d'oggi? adesso bisogna andare avanti, mica star lì a pensare a quelli di una volta, è un altro mondo adesso, staremmo freschi se fossimo messi come una volta", parole che mi son presa, e qualche volta in tono tutt'altro che cordiale, alle quali è anche difficile rispondere, parole tutto sommato giuste, ma io continuo a tenermi da conto i ricordi, a rivoltarmeli come faceva il contadino della favola col suo orticello, con una specie di tenace ostinazione come faceva mia madre con le sue cose e con noi suoi figli. Se anche i suoi metodi non andavano bene a tutti, era pressoché inutile tentare di convincerla. A volte, ripensando alle sue sgridate, alla rabbia che mi prendeva, perché io purtroppo mi arrabbio con poco, anche se dopo mi dispiace, e la conseguente amarezza, dopo, da sola, cercavo di capire le sue ragioni, di avvicinarmi ai suoi motivi. Qualche volta mi sembrava di aver centrato i suoi pensieri... Ma come, lei aveva la sua famiglia da tenere, un marito che la trattava bene, le cose andavano tanto meglio degli anni addietro, non riusciva a tenere in riga quella bambina lì, i maschi pazienza, che quelli alla fine se la cavano al meglio, e se fanno qualche mascalzonata (anche se per mascalzonare c'era poco spazio per tutti, nelle famiglie grandi di allora) beh! Per i maschi si può anche chiudere un occhio, ma per lei poi no, lei, mi dispiace, ma voglio che impari, che è una donna, che non voglio mica rimetterci io e prendere dell'incapace, non son mica il tipo adatto, io, da farmi dire dietro.

La tenerezza nei miei confronti quale che fosse, restava dietro a questo ragionamento, prima l'utile, il resto dopo, se si può. Queste idee che avevo intuito magari un po' nebulosamente fin da piccola, lei le esprimeva non solo con me, ma coi famigliari, con le cognate e le sorelle, che ne aveva un numero, ma all'occorrenza anche fuori dall'ambito famigliare, in quelle poche riunioni che si tenevano per la scuola, o altro, dove si parlava di figli, lei si alzava, e tutta seria, esprimeva il suo parere, quelle poche parole che erano una specie di Vangelo e che non avrebbe mai disdetto: l'occhio, con le figlie femmine, non si chiude mai.

E così, di mia madre, prima di tutto il resto, fin da quando riesco a ricordare, da ragazzina, da donna, anche adesso che sono nonna, sento dentro di me le sue parole severe, vedo i suoi occhi attenti, e il suo atteggiamento, venato più di diffidenza che della normale confidenza; non ho mai avuto abbastanza confidenza con lei per correrle incontro, quando per un motivo o per l'altro, restavamo separate per un po', o per abbracciarla stretta quando ero pazza di gioia o emozionata, di queste cose non me ne resi conto se non molto avanti negli anni.

O Dio, che mia madre era una tipa tosta l'ho sempre saputo, ma, proprio perché lo sapevo, non ci badavo più di tanto, non ero certo l'unica figlia di questo mondo a prendere qualche scappellotto, qualche sgridata un po' pesa che mi faceva venire il magone e poi se piegava male e la menata era lunga, avevo i miei posti in cui scantonare: in cucina, dietro a zia Betta, che, o faceva finta di non aver sentito, o non ci aveva proprio fatto caso, oppure qualche volta prendeva decisamente le mie parti, a volte con qualche osservazione, sempre ragionata, a volte magari un po' ironica, in qualche modo pungente, ma sempre tenuta con una calma signorile.

Per prima cosa mi faceva far qualcosa, dare una rimestatina al ragù o apparecchiare, mi piaceva da matti muovere le mani in cucina, e così trovandomi impegnata in cucina con la lingua fra i denti per la concentrazione, a mia madre non restava che smetterla, magari brontolando, ma insomma... o nella camera delle mie cugine, che erano ragazze grandi e mi ospitavano volentieri, o dietro a papà. Lui era sempre indaffarato, mica solo a lavorare, era un giocatore accanito e mentre faceva la sua "partitina" mi bastava prendere una sedia e se dermici dietro ed era fatta, si voltava con un sorrisino "Non far mica la spia eh..." La partita era sacra e non ci pensavo neanche a disturbare e poi era uno spettacolo troppo bello e spesso me ne stavo lì finché mi addormentavo. "Scusate ragazzi adesso bisogna che porti su la mia cocca."

Questo fin verso i miei dieci anni, poi nacque mio fratello e mia madre si ammorbidì nei miei riguardi, tutta presa dalle sue nuove incombenze e da una grande gioia, una gioia anche mia, che vedere mia madre fare un po' la sposina moderna, la mammina, era una novità. Forse non vidi la sua stanchezza, che il piccolino era un vero terremotino e la tenne sveglia di notte per un bel po' di mesi, e vivacissimo da grandino, che piaceva tanto ai ragazzi, senza contare mio padre ovviamente, e mia madre aveva il suo daffare a seguirlo. Ma forse fu proprio per questo che quel buon tempo si allentò, la gioia di quella nascita che l'aveva sollevata, la sua euforia, che a noi era tanto piaciuta, si sgonfiò come una palla frusta, il suo atteggiamento amichevole verso i parenti e quelli che frequentavano la casa si ridusse a una cosa da nulla, a volte quasi un fastidio, il suo tempo e le sue attenzioni ricaddero esclusivamente su di noi, come e più di prima, era a noi che teneva, e con tre figli, per di più così distanti d'età come eravamo, certamente non doveva essere facile, e col tempo che passa in fretta, insomma mia madre aveva perso la voce, quella per scherzare, un po' con le altre donne, quel po' d'ironia per sorvolare un po' le difficoltà, quei sorrisini che la rendevano preziosa, e si riprese la sua serietà, sua proprio, non alienabile.

Se prima sorrideva su certe cose, adesso vagliava tutto, sbuffava e si spazientiva. Una volta, stavo saltando la corda con Andrea davanti a casa, era quasi sera ed i grandi erano tutti lì attorno più o meno indaffarati. Saltavamo con tutta la forza che avevamo, come fanno tutti i ragazzi quando si divertono, e saltò fuori la Cesira "Fermati un po' qui" e mi prese via una alla volta tutte le spille che avevo nei capelli, e io scossi la testa per un po', mostrò la mano piena a quelli lì attorno e contò le spille: "Guardate un po' se una ragazzuola deve andare messa così, undici spille senza quelle che avrà perso in giro, poverina." "Beh! Ditemi un po' voi come devo fare a tenerla pettinata, mi piacerebbe che ce l'aveste voi una selvaggia così, da tenere pettinata e vedere come ve la cavereste." Continuò per un po' sui miei modi da maschiaccio, era molto seccata di doversi prendere delle parole, lei che ce la metteva tutta, ma Cesira che di solito non faceva caso né ai miei vestiti né a quello che facevo, quella volta lì s'incaponì e alzò la voce. "Ce l'ho anch'io una figlia, se ve lo ricordate, ma non ho mai perso tanto tempo ad aggiustarle i capelli e a pettinarla come una vecchia... datele in mano il pettine che si arrangi, e vedrete come impara..."

E delle volte queste piccole cose diventavano liti, che magari saltava fuori qualcun altro a dire la sua, e io, cercando di non dare nell'occhio, me ne andavo da tutt'altra parte, se avessi potuto mi sarei nascosta, meglio uno scappellotto di quelli pesanti che dava Cesira, o una strattonata di mia madre che mi spediva dietro la porta, che una litigata per cose da nulla che dopo mi rimaneva il magone per un bel po'. Quando mia madre mi diceva della "giandona", mi sentivo davvero così, una figura grande e goffa, una specie d'incapace.

Spesso quando penso a mia madre, durante gli anni delicati dell'adolescenza, rivedo una figura scura, più di tutte le altre: le mie zie, che erano tante, e le poche maestre, la gente della scuola, insomma tutte quelle persone, quasi sempre le stesse che mi stavano attorno, di cui avevo fiducia, alle quali volevo più bene di quanto io stessa sapessi, alle quali ero attaccata perché ero una tipa socievole e avrei parlato anche sott'acqua. Non stavo mai ferma – neanche a morire – diceva lei, e questo in qualche modo la sgomentava, ero un po' la sua spina nel fianco, una cosa a dir poco fastidiosa, a pensarci dopo forse non era proprio così o non sempre così, ma non riuscivamo, non riuscivamo proprio ad essere un tutt'uno, a toccarci, ad abbracciarci, a chiacchierare, almeno questo, non eravamo amiche, eravamo come due che si conoscono da sempre, ma si guardano solo dalla finestra, che guaio!

E il fatto che a dieci anni fossi alta come lei, e che a undici avessi già il seno, imbarazzava me, che non mi sentivo né carne né pesce, non mi piaceva più star dietro a mio padre, le ragazze si erano sposate tutte e tre, e le nuore di Betta erano fresche mamme e non potevo certo approfittare tanto del loro tempo, e mia madre parlava con me solo di cose da fare, c'era da pulire le sedie o i vetri, o stare bene attenta al bambino, cose che non finivo mai di farne una, che me ne aveva già messa davanti un'altra, e che finivano sempre con un perentorio "E fai bene eh! Che poi ci guardo (una bella guardata in faccia in modo che capissi che non scherzava) che adesso sei già grande." Lo faccio dopo o non ne ho voglia non lo potevo proprio dire e men che meno far finta di nulla, che la guardata arrivava con un seguito di osservazioni, a dir poco tediose, se andava bene. La buona volontà che ci mettevo era aria, invisibile.

I nostri rapporti restarono così per tutta la vita, per conto mio a pensarci bene non ci feci mai del tutto l'abitudine e forse anche per lei fu così o forse no, non saprei proprio dire, ma man mano che mi avviavo nei mestieri di moglie e di mamma, un percorso che mi sembrava troppo solitario, non mancarono certo le occasioni per pensare al passato, per confrontarmi con mia madre, le mie zie, le mie cugine, a volte anche solo per prendere uno spunto, un'idea, un aiuto, non tanto materiale, che la forza che avevo allora, a pensarci adesso mi sembra una specie di prodigio, né mi mancava la voglia di lavorare, ci mancherebbe, visto da dove venivo.

Ma una cosa mancava: l'appartenenza, il senso di società, qualcuno che alla sera tirasse con me le fila del giorno passato, buono o meno che fosse stato. Più del lavoro, che era una legge dura ma conosciuta, era la solitudine che mi sgomentava. Mia madre stava meglio da sola con mille cose da fare, che in compagnia di qualcuno che non facesse a modo suo, se la sbrogliava meglio.

Ricordo certe sue affermazioni, per Natale o per una qualche festa, per esempio un matrimonio, la casa era piena di una specie di cicaleccio operoso, una specie di felice aspettativa per noi più giovani, ma anche dell'entusiasmo operoso dei grandi. "Ah che disastro, con la scusa che è festa si cambiano il doppio e non mettono a posto niente, c'è da perdere delle giornate intere a far da mangiare e poi alla sera non è mai ora di andare a letto..." e così via, per concludere con una specie di sospiro: "passerà anche questa..." Era più seccata che contenta, eppure, a guardarci dentro, ce la metteva tutta perché le cose fossero fatte nel modo migliore. Era un po' una guastafeste a parole, ma non certo nei fatti.

Di tutt'altro stampo era mio padre, nel senso socievole. Mio padre non sapeva, non voleva, non riusciva a star solo, era più forte di lui. C'era da fare molto più del solito, per una festa o per un bisogno, e lui ci metteva la fatica e l'anima, era come se vedesse, prima di cominciare, la cosa fatta secondo le sue idee. C'era da macellare e mio padre cominciava a sistemare le cose otto giorni prima, preparare il posto, la legna e quant'altro, diventava come un ragazzo, correva a destra e a sinistra e non stava mai zitto, i suoi programmi li sapeva anche il gatto, che lui parlava sempre a voce alta, se la cosa era un po' problematica parlava addirittura da solo, la gioia o il dolore di mio padre erano evidenti, ma anche le piccole cose intermedie.

L'ho sentito più di una volta incoraggiare Saveria, che con lo zio Umberto non se la passava facile. Era ormai il tempo del matrimonio e lo zio era più ringhioso del solito, e si era tutti un po'… apprensivi… che a Umberto non ci voleva molto a rovinare non solo i rapporti tra le due famiglie ma addirittura la cerimonia o il pranzo. Più la data si avvicinava più lo zio si guastava e Saveria e Cesira ne facevano le spese, cose spinose, e mio padre stava lì a grattarsi il mento, rimuginante.

Me lo ricordo una di quelle mattine lì che lo zio rampognava le sue donne e i suoi figli poco più che ragazzi chiamandoli Barabba. Io, che avevo dieci anni, capivo inconsciamente che dare del Barabba a qualcuno era molto più offensivo che dargli dello sciocco o dell'asino, e insomma lo zio era veramente pesante da sopportare o per dire meglio intrattabile, e la cosa andava anche a suo danno, alla fine, nessuno osava chiedergli nulla, e c'era tanto bisogno, così la famiglia di Umberto era chiusa in un silenzio sconfortante e avvilito. Altrettanto gli altri di casa, mio padre in particolare, che stava lì con le sopracciglia aggrottate e le spalle un po' curve, mi sembrava di vederli, i suoi pensieri: qui c'è un matrimonio da fare e non si può mica far finta di nulla, bisogna organizzarsi, e c'era in più il dispiacere dei ragazzi e le lacrime delle donne, anche se piangevano in privato, che non gli andavano proprio giù. E così, più che convinto di essere nel giusto, mio padre si mise alle costole del fratello, cosa alquanto difficile, che mio zio era come una torre senza aperture, un solitario convinto, purtroppo spesso nel senso peggiore, ma mio padre non era da meno e così pian piano andava dietro al fratello in un qualche angolo dove potessero essere soli. "Ascolta Umberto, fermati un minuto che discorriamo un po'…" Magari la prima volta lo zio non gli aveva lasciato dire di più, e mio padre se ne era tornato sulle sue, una volta tanto silenzioso, ma, un po' per volta era riuscito a convincere il fratello non tanto a dire di sì, sarebbe stato troppo bello, ma almeno a non dire neanche sempre di no, a non fare sempre il sordo. La voce di mio padre, sonora e tagliente, in quest'operazione di convincimento, aveva tutt'altri suoni, come quelli di una mamma che parla a un figlio riottoso, paziente all'apparenza ma insinuante come un piccolo battito di cuore.

"Se non ne hai voglia ci pensiamo noialtri… non c'è mica bisogno che ti danni… ci pensiamo noi a fare quel che c'è da fare, solo che tu stia quieto e non faccia sempre il mulo, anche per tua moglie poverina, e per quelli di fuori che non è mai una bella cosa farsi compatire, e poi non è bene che le cose vadano a posto? Quel che è passato è inutile rivangarlo, adesso c'è solo da fare in modo che questi ragazzi si sistemino, come fan tutti a questo mondo… dai mò Barto, mettiti una mano al petto che…" e così via.

E finalmente si suonarono le trombe: il matrimonio non fu una cosa raffazzonata alla meno peggio, ma una bella cerimonia, con tutti quanti vestiti di nuovo, una Saveria quasi incredula, bella come il sole, e un pranzo che fece aprire la bocca allo zio, non tanto per mangiare, che mangiava come un uccellino, ma per rispondere con uno striminzito sorrisino, e una voce un po' roca ma una volta tanto cortese, una volta tanto accanto ai suoi, il che fece del matrimonio qualcosa di indimenticabile. La paziente mediazione di mio padre non poteva avere un esito migliore e lui sì che la alzò la sua vociona assieme al bicchiere, quel giorno, nel suo piccolo, si sentiva il mago buono della favola e si dava un sacco di arie.

Però, a guardare indietro, era a mia madre che pensavo, era a lei che volevo conformarmi o almeno alla parte di lei che mi piaceva, la sua operosità, il suo modo sicuro di procedere nella vita e la cura che aveva di noi e il suo garbo, insomma tutto quello che faceva di lei una brava donna, una donna semplice, dopotutto. Mi sembrava giusto mettere mia madre prima degli altri, fare in modo di essere come lei, ma, me ne resi conto col passare degli anni, quella specie di esempio che volevo emulare si rivelò un sentiero troppo duro da seguire, non certo per colpa sua, altre cose mi avevano portata fuori strada.

Lei era convinta di sé e non spendeva neanche mezza parola per mettersi in discussione, non ne sentiva il bisogno, non ne aveva motivo e questa sicurezza era un suo punto di forza che le durò per tutta la vita, così la ricordavo fin da quando ero piccola, così immaginavo fosse stata da quando era nata. Così la ricordo negli ultimi tempi della sua vita.

Viveva da qualche mese in un pensionato per anziani in montagna. Mio fratello mi aveva telefonato che andassi a salutarla, ma avevo risposto di no, stavo passando un brutto periodo con le mie gambe già malandate, avevo così male alle ginocchia che zoppicavo un bel po', solo per fare lo stretto necessario. "Ma fatti portare da uno dei tuoi figli..." "Se non starò meglio, ma spero che le medicine facciano il loro effetto..." "Non resisterai a stare là..." "Perché?" Ebbe una lieve esitazione. "Beh! C'è della gente così malmessa, che mica tutti riescono a resistere..." risposi bruscamente "Beh, dammi l'indirizzo e non preoccuparti che andrò a trovarla dov'è..."

Ero senza fiato... resistere... avrei voluto mettermi a urlare... ma non lo sai che ho più di sessant'anni, e che le mie difficoltà e i miei dispiaceri non me li ha mica mangiati il cane? Ma mi hai presa per un'incapace? E via... un discorso che non feci ovviamente, mia madre viveva con loro da sempre... avrei dovuto ringraziarli lui e sua moglie, ma ero troppo amareggiata per mettere insieme due parole come si deve. Se si trattava di mia madre poi... avevo per lei lo stesso timore di quando ero bambina. Avevo paura di mia madre? No. Che non mi volesse bene? Non c'è pericolo, viveva praticamente per noi, per noi faceva di tutto. Che cosa mi rendeva diffidente? Me ne resi conto con l'andare del tempo di questo mio modo di sentire, me ne vergognavo in un certo senso, ma il tutto restava nascosto dentro di me, come un cane malato che non voleva essere accudito. Soltanto con le mie figlie quando furono donne, o con mia nuora in certi bei pomeriggi quando i gemelli erano piccolini, mi lasciai andare a parlare dei nostri rapporti più agri che dolci: in qualche modo, a parlarne, la cosa mi sembrava abbastanza normale, non tutti i caratteri si prendono, cosa c'è di male... Ma un amaro di fondo restava, e ogni tanto me lo sentivo... un magone... e neanche le parole anche con qualche risata, o con la pazienza che si dovrebbe avere a sessant'anni, riuscivano ad eluderlo, era lì, un piccolo spauracchio maligno che se ne fregava del tempo che passava.

Finalmente il dolore alle ginocchia si attenuò e andai a trovarla. Speravo che mi lasciassero con lei fino al pomeriggio. Siccome non sapevo bene dov'era il posto, andai da mio fratello più giovane che abitava in paese, ma erano ormai le dieci ed erano al lavoro. Restai un po' lì a pensare, la piccola stazione era deserta, potevo chiedere lì all'edicola. "Ma signora, doveva fermarsi più indietro, ci saranno quattro chilometri da qui..."

Mentre pensavo al da farsi, si fermò un tassì che mi portò fin là. Mi fermai un po' sul cancello per guardarmi attorno e per prendere fiato, adesso che ero lì ero emozionata. Era una bella palazzina a tre piani con un giardino traboccante di fiori, era un posto piccolo e trovai subito l'accettazione con un'impiegata gentile. "Sta bene, può aspettare in giardino, li stanno già portando fuori." Due infermiere stavano accompagnandoli, mettevano a sedere quelli che non riuscivano e tornavano indietro a prendere gli altri, mia madre uscì da sola con altre due vecchiette, si sedettero insieme in un bel posticino all'ombra e io mi avvicinai.

"Mamma, ciao." Mi riconobbe subito, era sorpresa e contenta e scosse il capo un po' incredula. "Ma sei proprio tu... come hai fatto a trovarmi..." ci sedemmo accanto e parlammo per un po'.

"Ti trovi bene qui?" le chiesi con cautela. Non rispose subito ed io non insistetti, del resto è più stupido che inutile chiedere a una persona che perde ogni giorno un poco di sé come se la passa, ma la risposta venne, priva come al solito di una qualche visibile emozione, ma al contempo insicura, una risposta fin troppo ragionata, che era una domanda. "E' un bel posto qui, vero?" Si guardò attorno quasi trasognata, innocente come un bambino, seguii il suo sguardo, in una piccola radura verde c'era una fontanella con una vaschetta per gli uccelli, per terra qualcuno aveva sparso una manciata di granoturco, e un piccolo stormo di piccioni volando in circoli sempre più piccoli veniva ad abbeverarsi, mia madre li guardò per un po'. "Vedi? Son sempre qui attorno... non vanno mica tanto lontano a dormire si vede, è pieno di uccelli qui, ce n'è di tutte le razze, alla mattina e alla sera è tutto un cinguettio..."

Poi rimanemmo in un silenzio assorto, su un abete un po' in alto c'erano due piccoli uccellini verdi che si vedevano a malapena fra i rami, affaccendati e trillanti, probabilmente attorno a un nido nascosto tra i rami. "Chissà che uccelli sono quelli, li indicai ma mia madre non riuscì a vederli, e anch'io li avevo visti proprio per caso mimetizzati com'erano dalle loro belle piume, poi ritornammo a terra.

"E a casa state tutti bene?" Per un po' le parlai dei miei figli e dei miei nipoti, dei gemellini di due anni che lei non aveva mai visto, e del più grandicello che aveva dieci anni, ma neanche di quello si ricordava. Della mia famiglia ricordava soltanto i due figli più grandi e non era più un ricordo molto preciso, penso che li ricordasse come quando erano poco più che ragazzi, ma insomma chiedeva di loro con un certo interesse. Quando nominavo gli altri invece, i suoi occhi avevano un lampo quasi impercettibile, ma io gliene parlavo lo stesso per stimolarla un po', chissà... "Paolo ha due gemelli mamma..."

La prima volta che glielo avevo detto due anni prima, aveva avuto un'esclamazione sorpresa. "Ma davvero? Questa sì che è una bella novità". Aveva afferrato un'idea che le aveva illuminato gli occhi ed ero andata a casa molto contenta, vuoi vedere che piano piano si stabilizza un po', ma poi niente, il piccolo flash che le accendeva lo sguardo era sempre più breve, forse lo vedevo soltanto io perché volevo vederlo.

Invece i ricordi più indietro nel tempo le rimasero nella mente, sfocati come vecchie foto, spostati più avanti o più indietro del tempo reale, mancanti di qualche personaggio ma ci si faceva un'idea, che lei, strano a dirsi, ora parlava volentieri, fino a novant'anni.

Ricordava meglio di tutte la storia di uno zio, una storia molto triste ma molto bella, di quando lei aveva otto anni, che mi aveva molto colpita quando ero una ragazzina e che non avevo mai più dimenticato; qualche ricordo di scuola, molti non li avevo mai sentiti; poi da adulta, il suo fidanzamento con papà; qualche episodio, molto pochi, di noi figli; qualcuno, anche quelli molto pochi, della sua famiglia da ragazza, i fratelli e le sue poche amicizie: i ricordi più folti cominciavano attorno al millenovecentotrenta, si era sposata nel trentatré, fino al sessanta, per poi diradare di nuovo.

Poco a poco, quasi impercettibilmente, i ricordi mancanti diventarono una vera malattia, una gran brutta confusione che le dava un gran dispiacere. Quello che un giorno ricordava con chiarezza il giorno dopo lo ricordava in un altro tempo, in una dimensione diversa, e nello stesso modo disordinato se ne rendeva conto. Ormai, a più di ottant'anni, le era rimasta una sola sorella, che anche lei anziana si limitava a telefonare, e la sorella di mio padre Enrica ancora molto vitale, che si interessò di lei finché le riuscì di farlo.

Anche dei miei trenta cugini paterni qualcuno mancava ed eravamo più o meno tutti anziani, ma spesso qualcuno chiedeva di mia madre, e qualcuno andava a trovarla, i suoi nipoti erano più giovani, ma erano meno socievoli, e soltanto due o tre delle mie cugine andavano qualche volta a trovarla.

Per molto tempo, questa era stata una grande gioia, quando vedeva qualcuno ne parlava per un bel po', sempre in bene, devo dire, se c'era stato qualche risentimento era sparito, mia madre aveva perso la sua vena caustica, la sua spartanità, parlava volentieri, stava volentieri con gli altri. Erano stati anni abbastanza buoni fino a più di ottant'anni, un po' con le sue sorelle e con due amiche del palazzo, con le quali andava a spasso molti pomeriggi, i suoi giornali, il cucito, poi pian piano si era disinteressata, ancora prima di dimenticarsene, anche delle piccole cose, quando l'andavo a trovare si lamentava un po' blandamente. "Son qui che non faccio nulla... cosa vuoi che ti dica..."

Non c'era più modo di farle mettere il naso fuori casa. "Ma non c'è dubbio che vada fuori... son tanto brutta che mi vergogno... e poi cosa vado a fare fuori..." "Quello che fai qui, ma almeno prendi un po' d'aria, vedi qualcuno... e ti muovi un po', te l'ha detto anche il dottore che bisogna muoversi..." "No, no" e si rincantucciava sulla poltrona, finché aveva quasi disimparato a camminare.

Dopo un'ora passata quasi del tutto in silenzio a guardare il panorama, mi sembrava che si guardasse attorno volentieri, cominciarono a rientrare. Lei non volle aiuto, si alzò faticosamente e seguì le altre un po' rigida ma abbastanza sicura fino al suo posto a tavola. I parenti se ne erano andati tutti, e io stavo pensando a dove andare mentre loro pranzavano, e tornai fuori, avrei dovuto saltare il pranzo ma un'infermiera mi venne a chiamare. "Non si potrebbe, ma se lei non abita qui può pranzare con noi, vada pure a sedersi con la sua mamma." (ero un po' esitante) "Non vorrei disturbare." "Vada, vada." Mi guardai attorno e non potei fare a meno di pensare ai miei fratelli, quello che abitava lì in paese veniva una volta o anche due al giorno. "Ah, io non sono capace di star lì più di dieci minuti, proprio non ce la faccio, faccio un giretto a vedere come sta e poi vado..." e l'altro che aveva detto lo stesso "Non ci riuscirai, poi, a stare là..." e mi ero offesa, ma non è che i miei fratelli avessero parlato così... tanto per dire.

Se uno non è abituato è un po' una prova entrare in una sala piena di novantenni, ma per fortuna io avevo fatto un po' di esperienza alla casa di riposo del mio paese e avevo superato quel primo impatto, che per i miei fratelli era una cosa nuova, e mi guardai attorno tranquillamente. Quelli che non riuscivano a stare a tavola, dieci o dodici in tutto, erano serviti prima degli altri in una sala dall'altra parte dell'ingresso, e gli altri, qui, in una bella sala con grandi vetrate su tre lati sono più o meno autosufficienti. Al tavolino con mia madre c'è la signora Pancetti, uguale a lei si può dire, con un senso severo di autocontrollo, aspettano entrambe di essere servite, pazienti come due brave scolarette, mentre le inservienti hanno il loro daffare con certi uni più impazienti che proprio come bambini, un po' per incapacità un po' per impazienza, è più il cibo che sciupano di quello che mangiano, una cosa un po' difficoltosa.

Mia madre e la sua amica, seppure con molti tremolii, finiscono il loro pasto senza bisogno di aiuto, sul vassoio di mia madre non c'è una briciola né una goccia, eppure mi sembra che abbia fatto una tale fatica, chissà se tutti i giorni lascia tutto così in ordine, mio malgrado mi sento a disagio. Negli ultimi anni non ho mai pranzato con lei, l'ho sempre vista di pomeriggio seduta in poltrona, prima con un giornale in mano che faceva qualche commento con anche un po' di malizia, poi sempre più disinteressata, ma insomma mi sembrava che stesse comoda, che alla fine mi dicevo, non sta mica male per la sua età, ma da vicino si vede la fatica, immane, e mi sembra di essere in qualche modo fuori posto come se avessi curiosato dove non dovevo.

Me ne vado verso le cinque che sono ancora seduti in giardino, mi saluta tranquilla, sono contenta che, anche se non ha parlato molto, mi abbia riconosciuta, mi sembra che sia stata contenta di vedermi, mi sembra però, se penso a quel vassoio così in ordine... che fatica... se altre volte ci vado non resto più a pranzo, perché ho l'impressione che da sola stia meglio, che stia meno in soggezione. A casa racconto a Letizia del vassoio pulito e lei tira fuori un sorriso un po' avaro ma veniamo fuori con lo stesso pensiero, che forza di una donna!

Così mia madre è vecchia... questo pensiero ogni tanto mi salta in faccia come uno schiaffo secco, o mi piove in testa leggero la sera appena prima di addormentarmi, vago, quasi come un sogno, speriamo che questa notte la passi tranquilla, che non si metta a straparlare come quando era all'ospedale, speriamo... sempre più piano fino al sonno; uguale all'alba, quasi prima di svegliarmi del tutto, oh, mia madre, speriamo che oggi passi una buona giornata, che si goda un po' la vista del giardino, che faccia due parole con qualcuno... niente di più. In quei momenti lì, vicino al sonno, con la testa imbottita di tutte le facce mie, figli, nipoti, amici, tutti girano lentamente come piccoli sprazzi di luce nella mente ancora ottusa del dormiveglia, piccole lucine calde che vanno a riempire i buchi scavati dentro all'usura del tempo, calde e morbide come i cuscini e le coperte che mi avvolgono e che a volte al mattino mi dispiace lasciare per entrare nel vivo del giorno.

Ecco, alla luce, ogni cosa, ogni pensiero, riparte in fretta e seguirli tutti è impossibile, qualcuno cade piano piano, qualcuno è così bello, così importante, che mi ci aggrappo, i bambini per esempio, da quando ci sono se ne stanno lì nel mezzo dei pensieri, prima penso a loro, ossia, loro sono l'immagine vincente, che lascia un po' in penombra tutte le altre, a loro è dedicata la parte più allegra e fattiva del mio tempo; sto dei pomeriggi interi a guardarli giocare, e non farei altro, spesso faccio la bambina, più di loro, in qualche modo esco dal tempo e dalla parte piuttosto complicata che vivo, mi sembra da sempre; tutto questo mi sembra in qualche modo inverosimile, sono io questa tipa così felice... così nuova... con così voglia di fare, anche se non so a modo che cosa, sì sono io, che al mattino, quando mia nuora chiama i suoi bambini, vorrei entrare nella sua pelle, solo per mettere le mani sui loro corpicini caldi, e devo fare uno sforzo per far finta di nulla e badare ai fatti miei, e non ci riesco mica sempre, sarò magari una suocera un po' invadente, e una nonna così... non so come dire, in qualche modo straripante, ma per fortuna le mie nuore sembrano non farci caso, e io una volta tanto mi lascio vivere l'esperienza di nonna nel modo che va bene a me, una volta tanto non c'è critica che mi turbi, mi lascio vivere questa gioia tanto preziosa quanto consapevole, al bisogno saprei fare molto di più per questi bambini, una consapevolezza solo mia, una sicurezza della mente e del cuore, un argine saldo dietro il quale posso buttare o almeno nascondere molte inquietudini, mi sento meglio a pensare ai nipoti.

Dietro il pensiero dei nipoti, ariosi come una giornata di marzo, quando sono sola, salta fuori tutto il resto, il pensiero complesso dei miei figli, che da quando sono adulti mi trova un po'… spaesata, un po' in difficoltà. Le loro facce, i loro caratteri, non so come dirimerli, non so a chi pensare per primo, o se sia giusto preoccuparmi più di tanto di loro, se sia giusto dire "Adesso poi si arrangiano, sono grandi dopotutto…" se sia giusto dire la mia fuori dai denti o dirla solo come una specie di suggerimento amichevole o tacere del tutto per amor di pace o per educazione o per non prendere dei rinfacciamenti. Se sia giusto stare al mio posto per la ragione dopotutto più semplice "Io la mia parte l'ho già fatta…" o semplicemente più speranzosa, adesso tocca a loro, e sono sicura che faranno del loro meglio che andrà tutto bene… e questa sarebbe dovuta essere una conclusione, uno stop più o meno lungo, ma i pensieri più o meno inconsci sono come le api, capita che se sei nei paraggi ti prendi una puntura che ti fa molto male, e che poi salta fuori il miele dolce, leggero, una cosa che ti sembra un regalo, che pure è stato pagato, tanto o poco, o che pagherai, che se morrai prima di farlo il debito non sparirà, resterà nei ricordi di qualcun altro, nelle gioie e nei dolori, nelle speranze deluse, negli obiettivi che raggiungeranno o meno, da qualche parte resterà una piccola impronta indelebile perché i pensieri non finiscono, non spariscono, si spostano semplicemente.

Alle volte penso a me per prima, specie se non sto bene, se sto solo poco bene niente, ma se un semplice raffreddore la tira in lungo dopo che ho preso l'aspirina e me ne sono stata ben coperta, e invece di star meglio le gambe mi diventano pesanti, mi prende l'avvilimento. Una volta mi mettevo due calze elastiche e andavo fin quanto potevo, e anche di più, ma era una volta, lo facevo per bisogno, lo facevo con caparbietà, facevo finta di niente e i motivi erano buoni e non li rimpiango, ma adesso, quando mi sembra che le mie gambe siano un quintale l'una, me ne resto a letto per tutto il tempo che serve e finché sono coricata penso poco e al peggio, certe brutte visioni di povere gambe che ho visto alla casa protetta e non solo, se ne stanno lì più o meno pressanti, non c'è mica tanto da scherzare, me lo dico tre me come se mi sgridassi, se qualcuno dei miei mi chiede come va dico solo che non c'è male, ma insomma, mi sembra anche stupido dire che ho fifa, alla mia età poi...

Ma finalmente, quando scendo e faccio qualcosa per casa, anche il morale si alza un po', non è poi mica detto che debba finire su una carrozzella - Dio che brutta visione -, dopotutto le varici mi fanno soffrire da quando ero giovane e adesso ci si è aggiunta anche il male alle ginocchia, ma alla fine sono acciacchi della vecchiaia, non bisogna poi farci caso più di tanto. Così mano a mano che mi alleggerisco si allontanano anche i pensieri neri, il riposo e le medicine contano e così... I pensieri si riaprono un po' cauti, in quel limbo lì, prima che abbia voglia di mettere il naso fuori dalla porta, penso a mia madre con una specie di malinconica chiarezza, episodi qua e là a caso, come se il fianco dell'armadio o della parete che ho di fronte fossero una schermo che s'illumina ma non sono io che schiaccio i bottoni, le caselle si scoprono da sole, e tante, tante sono... scoordinate, noiose, sorprendenti, ma mia madre era proprio così?... così austera, ingombrante, solo qualche volta debole, solo qualche volta triste, solo qualche volta delicata... era proprio così rigida, così tutta d'un pezzo? Forse non del tutto... forse sono io, che la vedo da un punto di vista del tutto privato, troppo da vicino per essere obiettiva, ma i pensieri sono come acqua piovana, una pioggia, o meglio tante piogge, leggere o scroscianti o gelate, piogge fosche o chiare, e io sono senza ombrello, e non cerco neanche qualcosa per coprirmi, una volta lo facevo, una volta cercavo in qualche modo, non solo inconsciamente, di tenermene un po' in fuori, come qualcuno che guarda la pioggia da sotto il portico, ma adesso non importa o almeno vorrei che fosse così, vorrei essere impermeabile ai temporali della vita, ma forse questa sì che è una ingiusta pretesa, perché per quanto mi giri piove da tutte le parti.

In seconda elementare avevo ricevuto il diploma, che parolona...La maestra Gina, quella che chiamavamo di nascosto, ma del resto giustamente, Capa, ce ne parlava già da almeno un mese. Alla fine dell'anno scolastico, l'ultima domenica ci sarebbe stata una bella festa e ci avrebbero premiato, quattro per classe e fece i nomi, e quando lesse il mio restai senza fiato per un po', mi capita ancora anche adesso quando sono emozionata, a prescindere dal motivo. Per un attimo, entrai in una dimensione che non riesco a spiegare se non come fuori di me.

Di quel mattino, dopo che mi riebbi dalla sorpresa, ricordo solo una gran confusione, tutte le classi insieme, a parlare della festa e dei premi e l'entrata vittoriosa in casa, saltellando a piedi alterni e gridando a mo' di allegro ritornello "Ho vinto, ho vinto, facciamo una festa", non ricordo i commenti, magari per farmi smettere qualcuno mi avrà allungato uno scappellotto... cosa urlavo, prima del tempo...

La domenica dopo la messa ci riunimmo tutti nel teatro di fianco alla chiesa. Quel giorno lì eravamo vestiti meglio del solito e io non stavo più nella pelle. Verso le dieci arrivarono due o tre automobili, non ricordo la faccia degli autisti, ma le nostre maestre tutte sorridenti e briose che stentammo a riconoscerle, le vedevamo sempre con il camice nero, la nostra Elena con la vestaglietta rosa, perfino la bidella che di solito era mal assortita, quel giorno lì aveva un garbatissimo vestito blu a maniche lunghe e scarpe lucide, e in più, era a capo scoperto con i capelli raccolti sulla nuca, aveva dei bei capelli, che noi non avevamo mai visti. Per quei capelli, e per un sorrisino che le aleggiava in faccia, più unico che raro, le si potevano togliere vent'anni, un'altra persona.

La Micoli Maria Luisa, la mia maestra solo per quell'anno, la più giovane di tutte, aveva un abito a fiori con una gonna larga e leggera, Dio che bel vestito, anche la Guicciardi, con un vestito bianco come quelli che sbirciavo sulle riviste della sarta, le unghie laccate di rosso e i lunghi capelli neri ondulati, insomma era tutto uno spettacolo, tanta gente, che di solito la domenica alla messa delle nove c'era solo il prete, l'Elena, e un certo numero di bambini, quasi mai tutti, specialmente d'inverno o per le vacanze.

Per ultima arrivò la Maria Manti. Maria non era una maestra e non veniva quasi mai in chiesa, era una studentessa che ci rappresentava, non raccomandata, semplicemente, dove c'era bisogno di qualcuno che sapesse parlare veniva Maria e la bella figura era sicura e oltretutto era buona, come Elena, anche se del tutto diversa d'aspetto, e il suo sorriso toccava a tutti, a tutti. Era piccola e magrolina, e molto malata, anche se non se ne parlava, era tutto spirito con due occhi parlanti che le mangiavano la faccia. Maria era vestita di rosso, scarpine comprese, con un tacco impossibile, dello stesso magnifico rosso le unghie di mani e piedi: una tenuta che nessuna ragazza di paese avrebbe osato, ma che faceva parte della sua personalità, del suo essere. L'avevo sempre vista vestita da festa, ma mai così "rossa", il colore che mi piace, il colore della gioia… che le toglieva anzi che donarle, e dovetti voltarmi da una parte a deglutire quel crudo contrasto, un attimo e poi tornai all'atmosfera festosa che ci aveva presi un po' tutti.

Quel giorno, noi bambini dell'austero e un po' bigotto mondo contadino, e i maestri, e le autorità più o meno cittadine che erano venuti a trovarci, ci trovammo simpatici gli uni agli altri, amici, nel senso migliore. La manina di Maria ad accarezzare le nostre facce e a stringere le mani, così le nostre maestre che continuavamo a guardare come "nuove" e uomini importanti, il direttore, il sindaco, quelli mandati dalla signora che aveva organizzato il tutto, a fin di bene perché i bambini si affezionassero alla scuola, i nostri padri, anche se purtroppo il mio non c'era. Diventammo un tutt'uno, per una mezz'ora fu tutto un clamore più o meno altro di voci, complimenti, domande, una beatissima confusione, un cicalio festoso, strette di mani, sorrisi e gentilezze, e io mi sentivo come immersa in un bel bagno tiepido, tutta quella gente lì sapeva chi ero e mi sorrideva e io a loro, Dio che bella festa!

Mia madre mi teneva per mano, ma io riuscii a svicolarmi senza allontanarmi, solo per guardarmi attorno un po'. La maestra Micoli stava parlando con un gruppetto di mamme di noi, "i suoi bambini", quel giorno nessun rimprovero, non era il caso, elencava i nostri lati migliori, indicandoci con un dito, così… sempre sorridendo… anche questa, è brava ma è così vivace… Mi prese una treccia e me la tirò scherzando, un piccolo gesto affettuoso, solo che mia madre invece di sorridere o che so io, di dire qualcosa di buono, alzò la voce scuotendo il capo in un gesto di fastidio, o di avvilimento, un gesto in qualche modo ostile, guardandomi... male... "Ah, di quella lì non so proprio cosa farmene... ne ho un altro che è già grande, ma quella lì..."

Puf! Quel "quella lì" fu come una puntura che mi sgonfiò, mi portò via la festa lasciandomi lì con gli occhi a terra e le guance che mi bruciavano come se qualcuno mi avesse dato fuoco. Ricordo solo abbastanza chiaramente il ritorno verso casa, io e Giuliano (il bambino più bello e allegro della scuola, che non faceva mai i compiti, ma il premio glielo avevano dato lo stesso, perché sapeva tutto e il maestro Gatti lo chiamava "fenomeno" o "mano felice" e non riusciva a guardarlo senza sorridere) quel giorno lì piangevamo tutti e due con la mano nella mano, davanti un bel po' da tutti gli altri, che le nostre madri non dovessero voltarsi indietro a chiamare e a svergognarci ben bene di nuovo. Per cosa piangesse Giuliano non lo ricordo, né cosa dicesse o cosa dicessi io, ricordo solo le nostre mani strette e il ciao ciao, sul crocicchio che separava le nostre strade.

Passò del tempo, forse due o tre mesi, e una mattina, poco prima di pranzo, mio padre mi abbracciò con un sorrisino misterioso. "Ahi, visto cocchetta che cosa ho qui?" Aveva in mano un pacco legato con uno spago. "Che cos'è?" "Non lo indovini?" Scosse il capo un po' deluso. Mi prese per mano e andammo su in camera da letto dove papà sempre ciarlando svolse il pacco, c'era dentro il diploma, incorniciato. Mi scappò un "Uhm" quasi deluso. "Cosa vuol dire "Uhm"... non sei contenta..." Non potevo dire a mio padre come mi ero sentita quel giorno, l'andata pimpante e il ritorno piangente, non avrei saputo spiegare quel "quella lì" e la vergogna che mi aveva impedito di godere la festa, che solo a pensarci mi veniva ancora il magone.

Mio padre si guardò attorno nella piccola stanza, poi piantò il chiodo ai piedi del mio letto e vi appese il quadro, prese una sedia e mi ci issò sopra. "Hai visto cocchetta?" Restammo lì abbracciati per un po' e mi sentii sospirare. Io avevo solo visto vagamente un rotolino di una specie di carta pergamena legato con un laccetto rosso, ma adesso qui tutta tranquilla, me lo guardai e mi stupii un po', parlava di educazione, di Patria; una cosa del tutto impersonale se non fosse stato per la foto che vi aveva fatto mettere papà, la firma della mia maestra e il mio nome, tutto colorato, nel mezzo. Mi aspettavo una cosa più... più bella ecco... e non salii mai più sulla sedia per guardarlo e mi sembra di non averlo mai neanche più visto, anche se deve essere rimasto in quel posto per tutti i dieci anni che restammo a vivere lì.

Una mattina, avevo sessant'anni, Loris mi arrivò in casa vociando, nervoso ed euforico "Queste cose... non sono cose da buttare via, guarda qui..." e sempre brontolando da solo attaccò il mio vecchio quadro e se ne uscì senza neanche salutare. Io mi stavo lavando le mani sul lavello, mi asciugai e andai a guardare. Ma che rottame mi ha attaccato, quello là... è tutto scuro e macchiato di muffa e ha un angolo rosicchiato dai topi o da uno scarafaggio, anche la foto è tutta slabbrata... va bene che io ho poche storie, ma insomma... mi piacerebbe attaccarlo a casa sua un bagaglio così... Lo stacco, non so se per buttarlo, perché è proprio da buttare, o così... per curiosità... è pulito però... deve averlo smontato, sui chiodini originali c'è un adesivo trasparente che non ha certo sessant'anni e il vetro, che è l'unico a essersi salvato, è lucido da entrambi i lati, è pulito in tutti gli angoli e per fortuna che sono sola perché mi viene un gran magone, una specie di male, che mi devo premere lo stomaco per un po' per mettere a posto le mie viscere che si stanno spostando qua e là, accidenti, neanche avessi in mano qualcosa di pericoloso. Mi prendo un respiro, e lo riattacco, lo guarderò poi quando mi sarò calmata.

Ma se allo stomaco ci vuole un minuto a sistemarsi, la mente no, quella mi diventa come un bambino curioso, in mezzo a un migliaio di giocattoli, tutti lì, da metterci le mani, troppa roba. Troppi pensieri, mentre faccio tutt'altro non riesco a togliere la mente da lì, dai ricordi che una piccola cosa consumata si tira dietro. Dove l'avrà pescato Loris... e mi viene in mente una botte scoperchiata, nella casetta che i miei avevano comprato quando avevano smesso il lavoro dei campi. Qualcuno, certamente uno dei miei genitori, vi aveva raccolto un bel po' di cose, più che altro di noi quando eravamo ragazzi, cose che si butteranno una volta o l'altra. Chiamai Loris e Gabriel, che aveva sei o sette anni, a vedere, c'era ancora la mia cartella di scuola, una valigetta di una specie di cartone o legno pressato, che dava un po' l'aspetto del cuoio, con dentro tutto l'occorrente, la scatolina di legno a scomparti con dentro i pennini da inchiostro e un piccolo fiocchetto di bambagia per asciugarli, portapenne, matite, insomma Loris guardava interessato e Gabriel, più piccolino, aveva gli occhi sgranati come se avesse scoperto un tesoro, e anch'io del resto ero bella curiosa. Chiesi a mia madre, non avrei preso neanche un ago senza chiedere, e mi portai a casa l'astuccio per i bambini, due o tre quaderni di mia madre e una pagella addirittura del mio sconosciuto nonno materno datata milleottocentoottantadue, poco roba, perché nella borsa non ci stava di più.

Dopo altri dieci anni i miei erano andati in montagna in un piccolo appartamento e "la roba di cantina non si può sbatterla via". E così, insieme alla roba di altri parenti, con la scusa che in campagna avevamo più posto, il granaio, la barchessa e la massa del letame, "quel che non vi va bene lo buttate poi via che noi non sappiamo proprio come fare", ci avevamo riempito tutto come un uovo. Che io avessi protestato o brontolato tra me che non avevo più spazio né tempo per mettere un po' d'ordine non importava niente a nessuno.

Una volta che mi ero messa a bruciare delle cose proprio inservibili era arrivato mio marito e mi aveva guardato con aria… truce. "Stai bruciando la dote di mia nonna." Avevo cercato di blandirlo scherzando: "Tua nonna non se ne avrà a male, è tanto che è morta…" ma lui non si ammorbidì "Non è mica roba tua… a chi l'hai chiesto eh?…" Avevo guardato avvilita quel mucchio di stracci. "Ma cosa me ne devo fare di questa roba, che ormai è già vecchia anche la mia…" C'era saltata fuori una bella lite, e per di più avevo dovuto riportare la "dote" dove l'avevo presa. Così gli avanzi di tutto il parentado ci erano rimasti in casa fino a quando i miei figli ormai uomini li avevano portati al punto di raccolta, che io proprio non avrei più avuto né la forza né la volontà di farlo. Certo qualcosa era rimasto, come quello sgorbio, che Loris ha appeso lì e che... beh... adesso è qui e credo ci resterà fino a quando ci resterò io, e ogni tanto si prenderà la sua spolveratina, che Loris, pignolo come mio padre e anche di più, sarebbe capace di darmi una bella sgridata, che nella vita ne ho prese più di quante potessi sopportare... mah...

Adesso faccio una vita, tutto sommato, abbastanza tranquilla, o almeno dovrei. Qualche volta uno dei miei nipoti, un bel bambino lungo lungo di dieci anni, viene a letto con me, ma non faccio in tempo a spogliarmi che lui dorme già, io invece resto sveglia per un bel po'. Più tardi, verso l'alba, lo sento muovere, e allungo un braccio. "Dove vai?" va in bagno silenziosamente poi ritorna a letto, e si fa due o tre sonnellini leggeri voltandosi qua e là poi si sveglia del tutto e comincia a chiedere, con la stessa passione con cui io chiedevo a Betta o a mio padre "Lì dove dormiamo noi adesso, chi ci stava prima?" "Lì ci dormivo io col nonno quando avevo l'età della tua mamma, nella camerina vuota ci dormivano tuo padre ed Alex, qui dove c'è la scaletta c'era un armadio a muro, anzi due, uno di qua e uno di là..." "E dove sono andati, gli armadi..." Devo fermarmi di parlare perché lui si sta concentrando, cerca di farsi un'idea di com'era la casa, ma più che altro pensa a suo padre e ai suoi zii, come potevano essere da bambini, da ragazzi, come vivevano, cosa facevano...

E faccio del mio meglio per rispondere, com'era la casa trent'anni fa, già trent'anni! L'ultima volta che è stata rimessa in ordine e un po' com'era prima, ma più che altro cerco di spiegargli come era suo padre "...rompeva tutto..." mi sento sorridere, adesso, ma allora mi sarei messa le mani nei capelli. "Eh, andava sempre di corsa, sbatteva le porta, lasciava cadere la cartella giù dal pulmino, forava il sedere delle mucche, e dove trovava qualcosa da appendersi... girava appeso ai tubi del latte e non contava niente a chiamarlo che..." È interessato e parliamo per un bel po', poi scendiamo, lui dalla sua scala, io dalla mia.

A parlare mi si sono accese tutte le lampade della memoria, quante cose ci sono da riguardare se uno ne ha voglia, quando si è persa la fretta. Non c'è angolo del mio tempo dove non salti fuori mia madre, un ricordo sobrio, quasi severo, un ricordo crudo che il tempo non ha ingentilito, un ricordo che per qualche tempo ho eluso, che per qualche tempo ho nascosto in un qualche angolo della mente, come una scatola ben chiusa, una scatola che è mia, che so che è lì, che però al solo pensarci mi viene da piangere.

È morta cinque anni fa. Ero andata a trovarla con Alex quindici giorni prima, una domenica mattina, e ci ero rimasta male perché non ci aveva riconosciuto, era la prima volta che non aveva mostrato nemmeno un piccolo accenno di sorpresa. Loris le parlò per un bel po', ma non ci fu verso di cavarle una parola, pure le mani e gli occhi erano in qualche modo vigili, sulle prime abbassò un po' il capo come una bambina timida, lisciandosi la gonna con un gesto ostinato, come se fosse sola, un piccolo gesto abitudinario, una specie di difesa, come se avesse pensato vagamente di rimettersi in ordine.

Ha fatto un gran cambiamento in peggio, per chi la conosce, ovviamente. Ha addosso un comodo vestito di maglia di quelli che usa ormai da qualche anno, due calde pantofole che le coprono le caviglie, le calze, tutto a posto, tranne la giacca che ha sulle spalle, una vecchia giacca fatta ai ferri, di un colore arancio un po' spento che mia madre non avrebbe mai usato di sicuro, al massimo un blu o un grigio, "Non c'è dubbio che mi metta quella roba lì (avrebbe detto ostinata) neanche se ci fosse un metro di neve…" Le tiro giù la gonna che continua a salirle sulle ginocchia senza che lei se ne curi, altro brutto segno, e tanto per dire qualcosa, le chiedo "Chi te l'ha data questa giacca", guarda la mia mano posata sul suo braccio con estraneità e scuote il capo adagio, non lo sa, non solo la giacca ma neanche la mia mano o le nostre facce o la sua amica lì di fianco che cerca in tutti i modi di catturare la sua attenzione.

Ci guarda con una specie di stupore innocente, come un bambino di cinquanta giorni guarda le facce, che non siano quelle della madre, uno sguardo indifeso che mi fa piangere. Me ne vado e Loris mi segue, non entro neanche nel piccolo ufficio dove c'è sempre qualcuno che tiene informati. Crede che starà così per molto, o magari resterà ferma del tutto nel letto oppure... Penso da sola, perché non voglio entrare in ufficio a piangere e non mi piace neanche che mi veda Loris, così mi asciugo il viso meglio che posso e saliamo in macchina, anche lui c'è rimasto male, mormora qualcosa quasi tra sé, "non si è neanche accorta che siamo andati a trovarla..." o una cosa così, poi restiamo in silenzio fino a casa. Arriviamo che non è ancora mezzogiorno. Mi segue il solito filo di amarezza, e me lo lavoro tra me con anche un po' di rabbia, accidenti, non so neanche perché dico accidenti a dire la verità, ma mi rimugino tutta la notte quello sguardo sbiadito, quasi del tutto vacuo, incapace di mettere insieme uno straccio di pensiero.

Al mattino prendo su la cornetta per chiedere come ha passato la notte, poi la rimetto giù, mi piacerebbe parlare un po' di lei con qualcuno, ma non so, non so come avviare il discorso; per tre o quattro mattine faccio lo stesso, poi lascio perdere, ce l'hanno il mio numero.

Passa un'altra settimana, una mattina, una zia di mia cognata, che conosco da sempre, mi ferma per strada. "Ho sentito che tua madre è così malmessa" e mi fa una specie di resoconto, del resto veritiero, non solo sulle sue condizioni ma un po' sul suo carattere, lei che era una donna così precisa, che non si lasciava sfuggire nulla, e continuò con un compassionevole "adesso, poverina, è proprio a terra" che m'infastidì e mi ritrovai a rispondere sgarbatamente "finché ha potuto si è rialzata, da terra..." e me ne andai con un secco "buongiorno".

Ma cos'è, adesso si criticano anche le povere vecchie che non possono rispondere? Come al solito dopo due minuti ci ripensai, in fondo quella donna non aveva detto niente in tutto, solo due parole, così, perché eravamo compaesane e mezze parenti, ma intanto il pensiero di mia madre mi si ficcò davanti agli altri, altro che telefonare, bisogna proprio che la vada a trovare.

Quella sera verso le dieci telefonò qualcuno, una telefonata sciocca di uno che parlava da un posto pieno di voci, forse un bar, quando capii che era uno scherzo misi giù e mi rimisi a guardare la televisione, ma faticavo a stare sveglia, e a un tratto mio marito disse "Ah, mi son dimenticato... ti han telefonato l'altra sera..." "Chi era?" "Era tuo fratello, han portato tua madre all'ospedale" "Cosa?" adesso sì che ero sveglia. "Sì, ha detto che l'hanno ricoverata d'urgenza..."

Quando andava all'ospedale erano loro, dalla casa di riposo, che avvertivano; se era mio fratello, mah! Chissà cos'era successo. Chiesi quando aveva telefonato. "Mah! Saran tre o quattro giorni." "E ti ha spiegato qualcosa..." Non fece altro che mettersi a urlare. "Se stessi in casa alla sera, invece di andar sempre in giro, sei sempre in giro..." e continuò a urlare per un pezzo, mentre io salivo le scale più in fretta che potevo, quattro giorni... e io non sono nemmeno andata da quella parte... e io che sto a casa a far nulla e lui non poteva dirmelo prima... e se io, invece di star lì a pensare, avessi telefonato...

Senza neanche accorgermene ero finita sotto le coperte al buio, ero pressoché rigida. Oddio come sto male! Bisogna che mi calmi, che lasci perdere quello che mio marito dice o non dice, e anche quelli là... quando non mi han vista arrivare, potevano anche ritelefonare, e io, che sono così pigra che è una vergogna, è una vera vergogna la mia pigrizia, una vera accidia, chissà che fine farò se non mi sforzo di migliorare un po'... e mia madre poverina, così... così fragile... chissà come starà adesso, speriamo che non soffra, o che almeno non se ne accorga, speriamo che... che sia forte se mai... speriamo che ci sia qualcuno a tenerle la mano se... speriamo che...

Piano, piano il nodo dei pensieri compressi da far paura si sfalda un po', le immagini sbiadiscono, la rabbia, la fretta di dieci minuti, o di un'ora fa, si ritirano come acqua che trova un posto dove defluire, dove perdersi senza far danni. Mi ritrovo calma seppure sveglissima, mi muovo, e respiro, sto meglio finalmente, anche se per questa notte certamente non dormirò. Ma pazienza, domattina però, ci vado, all'ospedale; punto la sveglia e mi rimetto a letto.

Cado finalmente in un sonno leggero, ma mi sveglia il suono del telefono, che mi sembra un rombo di tuono nel silenzio della notte; quando arrivo giù, mio marito ha già messo giù la cornetta. "Chi era?" "Tuo fratello, mi ha detto che un'ora fa son rimasto senza suocera, mi ha detto proprio così..." proprio così... guardo la sveglia, sono le tre, chissà perché non mi viene da piangere... cammino per un po' per la stanza, senza senso, è come se vedessi me stessa dall'alto: una scema che cammina attorno al letto, una donna senza testa...

Mah... mi ritrovo di nuovo sotto le coperte, in un letto di duro cemento in una stanza ostile, forse da lontano qualcuno grida ma non saprei, è come se fossi bloccata, senza fiato, ma mi passerà... è morta mia madre... ma le madri muoiono... e lei era vecchia, e malata... e alla fine... forse è meglio così... però... non credevo, non credevo... chissà perché, non credevo che morisse... non adesso... non senza che io la vedessi... avrebbe potuto... chissà come... e io... dovrei piangere... dovrei pregare... dovrei far qualcosa... non so, non so...

Ma il rumore che si sente non è quella dura e incomprensibile cacofonia di pensieri che mi premono confusi in testa, è il rumore vero della televisione ad alto volume, e quella che si alza sono io, quella di tutti i giorni, che scende arrabbiatissima a spegnere, ci sono i bambini di là, e i genitori che di giorno lavorano e di notte anche io e la mia consuocera avremmo il diritto di stare in pace... avrei voglia di mettermi a gridare ma lui dorme della grossa e in ogni caso sarebbe fiato sprecato, solo uno sfogo che invece di farmi sentire meglio mi avvilisce, una specie di umiliazione.

Ritorno al letto confusa, è la parola adatta, per un po' non so neanch'io che cosa faccio, mi alzo due o tre volte, ma è notte, devo stare calma... e lascio passare un po' di tempo al buio, stringo i denti per non rialzarmi, dove corro... è notte... ma accendo di nuovo la luce, sono le quattro e mi alzo del tutto, mia madre... tre ore fa mia madre era ancora viva... mia madre è morta già da tre ore... ha già varcato l'ultima porta, un pensiero che quando ci sfiora è come un enorme macigno, non ci si riesce né a smuoverlo, né a provare di capirci qualcosa, la faccia vera dell'"al di là"... quando viene dalla nostra parte non fa rumore, eppure è più forte di qualsiasi vento... non c'è riparo... qualcuno respira male... sono io, è come se avessi dei vetri in bocca, ma sono in piedi. Sono in piedi e rifaccio il letto, rimetto in ordine la stanza con una sciocca pignoleria e finalmente apro le finestre, è quasi l'alba, le notti si sono allungate, e un velo di nebbia aleggia a metà dell'orizzonte a nascondere le case, di sotto la campagna umida che sta cambiando colore con l'avanzare dell'autunno, di sopra un cielo livido ma senza nubi, appena sfiorato dalla luce dell'alba ormai vicina.

Aspetto il rumore della porta di Loris, che si alza presto, ed esco ad avvisarlo e telefono agli altri. Mi sembra di aver fatto tutto, e mi ritrovo seduta in corriera, ce l'ho fatta, non so come, ma sto andando; a quest'ora, con le fermate, ci vogliono quasi tre ore, ma sono tranquilla più di quanto pensassi, l'emozione è giù, giù, ben chiusa da qualche parte, e sono ben decisa a tenerla a bada per quel che posso, lascio semplicemente che le facce e il brusio della gente, molti ragazzi, vadano a confondersi con il rumore ovattato del grosso autobus. In città cambio senza neanche guardare l'ora, e mi risiedo tranquilla, prima o poi ripartiremo, è come se fossi avvolta in un involucro che mi separa dagli altri, e da tutto, tutta chiusa in una specie di crisalide che mi ripara dall'esterno e dai pensieri, i miei, che non salgano più di tanto e non mi facciano male mentre cozzano tra loro come piccole bestie affamate, non ho voglia di pensieri che mordono, no, e neanche di pensierini teneri, sono vecchia, ecco cos'è, sono una vecchia che va a trovare sua madre morta, devo andare e basta.

Finalmente è ora di scendere, volto dietro la stazione, l'ospedale non è lontano ma è in alto, e per attraversare il parco c'è da salire e ci sono parecchi gradini, è un po' scomodo, per chi è abituato in pianura. A metà strada devo fermarmi a riprendere fiato, non vorrei ma non ce la faccio a fare un passo in più, mi riavvio faticosamente e mi fermo di nuovo, qualche metro dietro l'ingresso delle camere mortuarie, non c'è più da salire, ma... Dio come sono stanca... e stupida... ormai sono soli pochi passi e poi ci saranno i miei fratelli o qualcuno...

Prendo fiato come se dovessi sfondare un muro e tiro la maniglia che non viene. "Bisogna spingere". Di fianco a me c'è un uomo ben vestito che mi chiede il mio nome e mi stringe la mano, mi ci vuole un po' a capire che è un impiegato, uno lì apposta per gli spaesati come me. "Venga, venga a vedere la sua mamma…"

Mia madre è lì, nella bara… devo dirle ciao… o qualcosa, ma devo tenere chiusa la bocca perché mi sfugge un verso come uno strano miagolio, mi metto una mano davanti alla bocca per una specie di pudore, o così, e questo mi tiene un braccio attorno alle spalle e mi tira un passo avanti. "Su, su, signora, non faccia così che adesso ha finito di soffrire, ha visto com'è bella? Eh? Si metta un po' qua con lei, vuol sedersi…" Non so come ma riesco a parlare. "La ringrazio ma vorrei stare sola… per un po'…" Lui mi guarda come se fossi un neonato che da solo non può stare, alla mia età… sono quasi arrabbiata, "Sto bene, mi lasci sola per piacere." Mi stringe la mano di nuovo con un po' di raccomandazioni, se avessi bisogno e così via, ma finalmente ha capito e se ne va…

Siamo sole ora… ma che fatica muoversi, guardare, respirare… ma hai visto che ci sono riuscita… sono venuta da sola perché ti volevo… non so a modo cosa volevo… sono un po' confusa ma… ci penserò a te, parlerò di te, lo farò… parlerò di te alle mie donne, ai bambini, parlerò di te a me… ne ho bisogno.

Piano piano mi avvicinai del tutto con le mani a sfiorare la seta intorno al bordo, l'orlo decorato del basso cuscino, e poi sempre con la punta delle dita, il contorno del corpo, dalla testa ai piedi e poi su dall'altra parte, non è poi dimagrita molto, in queste ultime settimane da mangiare gliene avranno dato gli altri, lei si sarà lasciata imboccare seppure inconsciamente, con la diligenza severa che faceva parte di lei.

La mano, tutta intera, l'appoggio sulle sue, incrociate, una mano che assorbe un freddo profondo, un freddo più freddo di tutti gli altri freddi, di quello del parto, di quello della paura, di quello del silenzio e di tutta la neve del mondo, un minuto o forse solo pochi secondi e la tolgo, e questa è l'ultima volta che i nostri corpi si sfiorano, dovrebbe essere un addio, lei nel suo freddo impossibile e io qui in un'altrettanto impossibile fatica, un grigio opaco e duro come sabbia, come se fossi avvolta da una ragnatela.

Mi scuote una voce "... e non è meglio così... chiedeva aiuto senza neanche sapere dove avesse male, senza che si sapesse cosa fare..." E' mio fratello, qui di fronte, che parla, non l'ho sentito arrivare ma è qui che mi parla, con una specie di pazienza, come se fossi una bambina. Mio padre avrebbe detto lo stesso, mio padre oggi e domani parlerebbe tutto il giorno, anche da solo, parlerebbe della sua compagna, tutto in un profluvio di parole, il buono e il triste, e il tran tran di una vita insieme, discorsi che da bambina non ne avrei perso neanche una virgola, che la mia curiosità senza fondo se li sarebbe bevuti, una passione, ascoltarlo, un viaggio...

Mio padre adesso avrebbe cent'anni, cent'anni... mia madre ne ha compiuti novantatre in aprile. Dio mio, che vecchiona... sei stata brava a vivere tanto... sei stata coraggiosa, e forte... anche se io, inconsciamente, pensavo che saresti vissuta ancora qualche tempo, chissà perché, pensavo che pian piano avresti passato l'inverno, e poi, giorno alla volta, anche la primavera e via... davvero. Alla sera, quando si riordinano i pensieri, mi auguravo che avessi passato una tranquilla giornata e che la notte, magari con una pastiglia, avresti riposato come si deve, all'età non ci pensavo, se non quando ne parlavo con qualcuno. "Dei nostri lei è l'unica rimasta." "Come sta?" "Beh! Non sta male, è quasi smemorata ma fisicamente è robusta" che quindici giorni fa non ci avevi riconosciuti, non è che non me ne fossi accorta, ma ti eri aggiustata la gonna e io mi ero vigliaccamente accontentata di quel piccolo gesto di buon segno, secondo me. Sì, devo dirtelo, mi sento proprio male a pensare che avrei dovuto telefonare tutte le mattine, almeno quello non mi faceva mica male alle gambe, mi sembra anche più vigliacco ancora chiederti scusa adesso... dovevo farlo quando era ancora possibile.

Ma nessun tempo è lungo abbastanza per toglierci di dosso certi scabrosi mali... mai far finta di niente, che tanto le cose si aggiustano da sole o vanno a catafascio se ci devono andare, mai lasciare che gli altri facciano quello che riesci a fare tu, lasciarsi andare alla pigrizia perché è più comodo è proprio da... da buoni a nulla, in quanti modi me l'hai spiegato, mai mollare la carretta, che si sciupa solo del tempo e poi si fatica il doppio a riprenderla su, me l'hai cominciato a dire che non ero neanche nata... e invece delle volte io mollo tutto... lascio lì... delle volte mi sono tirata le coperte sulla testa, come fanno i bambini piccoli quando giocano a nascondino, che nascondono la testa e lasciano scoperto il resto, così i più grandi li acchiappano subito... è una gran confusione, delle volte, la vita....

Per esempio con te... con te, anche quando non c'eri mi sono sempre sentita a disagio, una giandona ingombrante, e quelle poche volte che mi guardo allo specchio non mi vedo mai bene perché mi sembra che tu sia da qualche parte a rimproverarmi, mi arrabbio sempre un poco quando penso a tutte le volte che mi hai detto della... giandonazza... Delle volte penso che son diventata grassa per dispetto, delle volte penso che l'hai fatto per il mio bene, per domarmi, neanche fossi stata un cavallo e delle volte ho ancora l'amaro in bocca. Così, parlo da sola per un bel po', no, non parlo che ho la gola stretta come se qualcuno mi avesse strozzato, e poi lei è morta, con chi parlo...

Mio fratello se n'è andato e sono completamente sola, in qualche modo occupata a districarmi da un viluppo di pensieri, c'è mia madre qui e faccio uno sforzo per guardarla, per guardare se è a posto, come lei ha sempre fatto con me, e, sì, c'è tutto a posto, mio fratello più grande deve essere venuto stamattina all'alba per portare l'occorrente per vestirla, l'abito nero, ben fatto, con una fila di nervature davanti, l'aveva nell'armadio da almeno una quindicina d'anni. Un pomeriggio che l'ero andata a trovare, mia cognata aveva tirato fuori tre vestiti, che aveva comprato al mattino, due estivi per lei, ma uno non le piaceva e l'avevo preso io, l'altro, più autunnale, l'aveva preso per mia madre, che se lo stava provando. "Uhm, non sta mica male... è solo troppo lungo e troppo nero (e aveva avuto un gesto vago di noia, poi aveva ripreso a guardarsi attenta mugugnando di nuovo) uhm, non mi piace mica tanto, è troppo serio anche per me che son vecchia" e aveva continuato per un po'. "Beh ma se non va bene lunedì lo andiamo a cambiare." Lei si era guardata ancora per un po'. "Vorrebbe accorciato, e poi ci vorrebbe un profilo bianco, che son capace io di mettercelo..." Mia cognata aveva ridetto che si faceva prima a cambiarlo, ma mia madre aveva obiettato con tutta serietà "No, no, ho pensato una cosa, lo tengo, lo tengo per quando muoio che nero va bene, e poi è lungo e copre bene le ginocchia, che io non voglio mica essere messa in una qualche maniera, specialmente nella bara..." "Mio Dio, che fatto discorso... se vi ho detto che si può cambiare". Mia cognata era quasi stizzita e io non avevo saputo trattenere una risata, anche a me sembrava un discorso inutile e ci avevamo scherzato su. "Avete paura di andare nella bara in camicia? Guarderemo bene di mettervi al meglio, se non altro per qualche curioso... una guardatina la daremo...". Ma lei si era levato il vestito, aveva tagliato le varie etichette, lo aveva rimesso nella custodia e lo aveva riposto dietro agli altri continuando con un deciso "Oh, così sono a posto, avete visto eh, dove l'ho messo, non cercatene mica un altro che questo è proprio quello che ci vuole" che ci aveva lasciato un po' basite, ma non c'era niente da ridere, non con lei.

Pian piano mi si scioglie il magone, e mi ritrovo a guardarla con una specie di serenità, il carattere suo, severo, e il mio, nervoso, non c'entravano più, stavo semplicemente ricordando, pulitamente, come se avessi avuto dieci anni e un foglio bianco davanti. "Scrivi quello che vuoi..." e qualcuno che sorrideva, non ricordo chi... ma il foglio me lo aveva dato qualcuno che mi voleva bene, per farmi passare il tempo, o per non disturbare qualcuno, chissà chi... E ora questa donna è qui... questa donna che non so immaginare bambina, che sarà stata bambina così poco... come me... e come le mie figlie... che adesso la trovo... bella... con le calze velate, ci teneva, e per rendere giustizia al vestito... troppo nero... Porta attorno alle spalle un foulard a fiori, sì, va bene così, le mani artritiche ben composte, i capelli, dritti come sempre, ben pettinati, sì, va bene così.

La guardo per un po', tutto quello che gli occhi riescono a raccogliere: questa vecchia contadina è la madre che il destino mi ha dato e la trovo bella e pulita, e mi torna davanti agli occhi un foglio bianco e il sorriso di qualcuno. Sono stanchissima e ho sete, ma non ho intenzione di andarmene finché non chiuderanno.

Come se lo avesse capito, l'uomo che mi ha accolto prima arriva con una sedia e mi fa sedere. "Sta meglio signora?" questa volta riesco a dire grazie, dopo un minuto ritorna con una bottiglia d'acqua e se ne va del tutto, che gentilezza... esco a bere e a sgranchirmi le gambe nell'atrio d'ingresso. Nella stanza vicina c'è un'altra bara che non avevo visto, do un'occhiata e torno al mio posto... chissà perché non c'è nessuno, eppure quella persona, avrà sì e no sessant'anni... più tardi però, entrano tre o quattro persone, io sono seduta con le ginocchia contro la bara e la testa appoggiata su un gomito, assorta nei miei pensieri. Qualcuno si ferma sulla soglia ma non mi volto, m'imbarazza un po' farmi trovare così appoggiata, ma credevo di essere sola.

È una donna che si avvicina e mi circonda le spalle con un braccio. "Come sta? (mi scuote leggermente) è la sua mamma?" Accenno un sì come posso... "era molto anziana eh?..." "Uhm." Sono qui seduta malamente, ma questa continua a tenermi e io, rigida, dall'imbarazzo, a guardare in giù. "Non deve piangere sa (che magone, almeno la conoscessi) quando uno vive tanto non c'è bisogno di piangere..." parla un altro po' senza che io riesca ad alzare gli occhi, poi mi si avvicina di più e chiede "Ha avuto una buona vita?" Mi sento rispondere "Sì, ha avuto una buona vita." E riesco anche ad alzare lo sguardo. "Sì, credo che abbia avuto una vita abbastanza buona..." "E allora... si faccia coraggio, da brava, non pianga, su..." E dopo avermi dato un bacio leggero se ne esce con un breve cenno della mano, e sparisce lungo il corridoio: se non sentissi il ticchettio dei suoi passi per un po', avrei l'impressione di aver sognato.

Ma l'ha poi avuta una buona vita? Per sommi capi sì, i figli li ha ancora tutti, ha dei pronipoti, due le sono cresciuti praticamente in casa e se li è goduti finché ne è stata capace... più di così... i pensieri vanno, lenti e terreni, sull'affermazione che ho fatto a quell'estranea che avrei voluto ringraziare. Lo scalpiccio leggero della stanza accanto, a rompere il completo silenzio, non disturba l'andamento grande e lento, gorgogliante come un fiume vicino alla piena dei miei ricordi; come acqua... non la posso tenere in mano, ma mi ci posso bagnare, qui da sola...

Entra di nuovo mio fratello, uno che, per quel po' che lo conosco, non sta mai fermo. "Pensi che i tuoi figli, domani, vengano qui?" "Credo di sì..." "Non c'è bisogno che vengano, arriveremo giù alle tre, in chiesa non ci si va e faremo in fretta..." "Non lo so, vedranno loro."

Accidenti, ho avuto fretta per tutta la vita, adesso vorrei anche prendermela un po' comoda, almeno per un giorno... cos'è un giorno... cos'è un giorno contro novant'anni, si sarà ben meritata un giorno del nostro tempo... ma questa cosa, che non la dico a voce alta, va a confondersi nel grande fiume dei ricordi. Ricordi quel bel vestitino a quadretti rossi che avevi a sei anni?

Mio fratello è sparito di nuovo, mi chiedo vagamente se non sia lì fuori a parlare con qualcuno, abita qui in paese da quando aveva tredici anni, o se se ne sia andato a casa, prima di sera verrà ancora due o tre volte, sempre così, una sbirciatina e via, non un segno di croce, o una parola... niente. Anche l'altro mio fratello potrebbe venire prima di sera, ma adesso che ci penso, non avranno quasi dormito in questi ultimi giorni. E così... a parlare di un qualche episodio di qualche anno fa o di quando eravamo bambini... niente, non si usa più, chissà da quando, e delle volte mi sento un po' fuori dal mondo.

Il vestitino rosso lo aveva cucito lei, per risparmiare quello grigio con la camicina bianca, da ometto, della prima comunione, che era finito nell'armadio in attesa di un'altra occasione, la cresima o una festa di nozze, quando si accorse che era ormai troppo corto, e disse, tutta seria "Ma non credevo mica che... Dio buono, l'avevo tanto tenuto da conto...". Il suo "tener da conto" qualche volta la faceva diventare una borsa, un vero tedio, ma non c'erano parole delle sue tante cognate o amiche o di mio padre, che si arrabbiava proprio, o di lacrime, solo mie, che la convincessero a tirar fuori l'oggetto dei desideri. Per la festa del Corpus Domini noi bambini, in testa alla processione, andavamo a spargere petali di fiori che i grandi ci preparavano la sera prima, tagliando tutti i fiori che si poteva senza pelare del tutto le piante nostre e dei vicini, che a tutti piaceva quell'infiorata con la banda e tutto. A sette anni ero andata alla processione avvilitissima, l'Elena ci aveva detto "Voi della prima comunione mettetevi il vestito bianco" e non vedevo l'ora di rimetterlo, ma pestai i piedi per nulla. "Tua madre sono io, mica l'Elena, e quando vieni a casa col vestito tutto strappato e nero di polvere io cosa faccio, me lo sai dire eh? Pettegola che non sei altro..." Anche l'Elena, che le volevo bene come alle mie zie, si spazientì. "Te l'avevo pur detto, Annetta, di metterti il vestito della comunione, non potevi tenertelo in mente?" E così finii dietro a tutte le altre e i mazzi più belli erano toccati a loro, giornata grigia, ma che alla fine credevo di averla dimenticata in fretta, del resto si sapeva. "Insomma lei è fatta così, cosa volete che vi dica io..." lo diceva mio padre quando era ben impermalito, che normalmente aveva un buon concetto della moglie.

Le mie incursioni nei suoi cassetti da bambina... non ne andava a buon fine neanche una... alla fine dovevo sempre spiegare perché avessi preso o anche solo cambiato posto a questo o a quello. Che male c'era poi a curiosare, niente... Il primo cassetto del comò, pieno di tante cosette, una scatoletta argentata coi bottoni gemelli che mio padre usava non più di dieci volte all'anno, qualche saponetta, qualche involtino, fazzolettini ricamati e calzine traforate, una boccetta di profumo che non so quante volte ho annusato, e una sola scatola di cipria, il bello era passarsi il piumino sulle guance, una gioia pazzesca, e la cassetta da barbiere di mio padre...ma quella aveva il lucchetto, ma insomma, dove potevo razzolavo, non sempre da sola, con Andrea, o con qualcuna delle bambine Artoni o con l'Ornella che veniva a trovarci tutti i giorni.

Ma tutto questo finì, per forza, che non avevo ancora dieci anni, mi sembra quasi che sia finito da un giorno all'altro a base scapaccioni che non fecero male né al corpo né all'anima, uno scappellotto e la cosa finiva lì.

Le parole sì, che facevano male... uno scorno, le parole, una specie di male misterioso che faticavo a rimuovere. I suoi resoconti tutti precisi. "Senti un po' cosa ha fatto oggi..." magari non avevo ascoltato qualcuno o non mi ero lavata le mani, pochissima roba, mi sembra; ma sentirle dire a mio padre, che magari rispondeva con un ironico "Davvero? Non tornarci più eh?" e credo che dopo mezzo minuto si era già dimenticato tutto... "E' una bambina..."

Una volta per fare un buco nella terra umida ero andata a prendere una lima che si era infangata per bene e mi ero presa un bello scappellotto da mio padre. "Ma guarda qui che infangata di una lima, sciocchina, le lime non son mica fatte da giocare con la terra" ed era andato a strofinare la lima sotto il rubinetto sbuffando. "Tua madre ha ragione, poverina, non stai proprio mai ferma, non puoi stare un attimo attenta..." Ero andata a piangere dietro al pozzo, non per lo scappellotto ma per avvilimento, per timore che mio padre mi vedesse male. Dopo un po' mio padre venne al pozzo, mi pulì la faccia e mi portò in casa tenendomi per mano, ero ancora la sua bambina, ma ci sarei stata attenta prima di farlo arrabbiare di nuovo. Quell'unico rabbuffo di mio padre mi diede da pensare tanto di più di tutti quelli di mia madre, non ce la facevo a pensare a mio padre che mi guardava di traverso, se avessi dovuto raddoppiare i miei magoni anche coi richiami di mio padre, no...

Così si può dire che a sette o otto anni cambiai di tanto il mio modo di fare, mi misi a fare, o almeno a cercare di fare, la brava bambina, non che mia madre mi levasse gli occhi di dosso. Fu allora che cominciai ad allontanarmi da lei, mi sentivo come un uccellino sull'orlo del nido che va a cadere fuori, ma sempre nello stesso posto, nella stessa famiglia. Mi attaccai semplicemente ai più vicini, non solo papà, ma tutti i miei zii che mi ridiedero col loro modo di fare, la fiducia e l'allegria, che mia madre, questo lo capii, non senza sofferenza, durante l'arco della vita, non aveva saputo o potuto darmi.

Lei la tenevo sempre sott'occhio o meglio, da parte, lei aveva il suo posto dentro di me, solo suo, lei ci teneva altrettanto a me, solo che non ci si riusciva a dirlo, non c'era spontaneità. Il nostro rapporto, dovrei dire amore, ma per mia madre questa parola veniva sempre dopo educazione, serietà, e tutto quello che ci vuole per tirare su una femmina, una parola che lei non la tirava mai fuori, una parola che in qualche modo la bloccava come ruggine. Così fummo sempre tra noi, vitali ma rugginose, delle volte poco, delle volte tanto, ma mai del tutto limpide.

Se queste cose qualcuno me le avesse fatte notare, chissà come avrei reagito... solo da adulta ormai anziana riuscii a capire con chiarezza, con un po' di malinconia, com'erano state le cose tra noi, riuscii a dirle a qualcuno dei miei figli o delle mie nuore o a qualche amica, che mi sembra che a parlarne, in qualche modo, non so, a parlarne mi sembra di star meglio. Certi lati di questi ricordi, pur nella loro spartanità, hanno anche del buono, e tanto, ora che ci penso da lontano, in queste poche ore senza tempo, per l'ultima volta seduta accanto a lei.

Mia madre a trentacinque anni che si pettinava con cura i capelli neri, lunghissimi, in una treccia bassa sulla nuca in tanti giri, con una decina di forcine d'osso che vi scomparivano dentro, a quaranta erano già grigi, ma la treccia era identica, Marino, un figlio quindicenne di Betta la chiamava Grigiona, "Beh! Cosa c'è, a momenti sono all'ultima moda." A quaranta la Grigiona ebbe il terzo figlio e la scoprii felice come non l'avevo mai vista, così l'anno dopo, più snella, col bambino in braccio, mi sembrava più giovane.

Mia madre in chiesa, credo che non sapesse o non volesse farsi il segno della croce, ma in chiesa ci andò, per un po' di anni, un po' perché si usava andarci negli anni cinquanta, un po' per noi ragazzi che, abituati già dal tempo dell'asilo parrocchiale e delle elementari, andavamo in chiesa regolarmente tutti, anche quelli delle famiglie più rosse. La chiesa era, alla fine, il posto dove ci si vedeva di più, dove frequentare gli amici la domenica, un posto buono per noi bambini, che l'Elena e la moglie del sagrestano ci tenevano d'occhio, le donne per riunirsi a parlare un po' delle loro cose, gli uomini invece erano molto pochi ad assistere alla Messa, ma quell'ora lì se la dividevano tra il bar e il cortile della chiesa, che era un po' il centro del paese.

Così per diversi motivi, mia madre andava in chiesa con l'aria più tranquilla di questo mondo, e il suo vestito migliore, e una cosa non faceva mai, in chiesa non chiacchierava, per nessun motivo, e non allungava neanche uno sguardo alla fila destra dove noi bambini sedevamo tutti insieme accanto a chi più ci piaceva. Anche tra i bambini, i maschi, appena ricevuta la Cresima, qualcuno anche prima, restavano fuori, a giocare, per lo più a palline, o a parlare di Coppi e Bartali, due specie di eroi nazionali, i più grandi a guardare i manifesti del cinematografo del capoluogo. Quelli li guardavo anch'io, un po' di straforo, perché le spalle nude delle bellezze di allora erano, specialmente per tipi come la mamma, cose riprovevoli.

Non credo che mia madre abbia mai neanche immaginato quanto la guardavo, specialmente la domenica. Arrivava sempre con cinque minuti di ritardo, e s'inginocchiava sempre allo stesso posto tra le persone più... sembrerà strano ma si metteva nel mezzo dei più ben messi, dei più ben vestiti. Questa piccola evidenza la noto adesso con un piccolo senso di stupore, mia madre così prosaica e semplice in mezzo a quelli "con la puzza sotto il naso", eppure... ma allora non mi rendevo conto di questa piccola discrepanza, allora mia madre mi sembrava al posto più giusto per la garbata donna ben vestita e ben pettinata che mi voltavo a guardare più volte durante la funzione.

Una volta l'aiutante di Elena che abitava a qualche chilometro da noi mi chiese "Anna, tua madre non viene in chiesa?" "Sì che viene, tutte le domeniche, è là." Lei guardò attentamente il gruppo dei banchi dov'era, con un piccolo scatto infastidito. "Ma qual'è?" "E' la seconda, lì vicino alla Pincelli, quella col colletto a punta..." Lei guardò di nuovo con la stessa faccia diffidente e a me venne il nervoso, cosa credeva questa, che non conoscessi mia madre? "Così quella lì è tua madre..." Poi guardò me con la stessa espressione, come se, invece di una bambina, fossi stata un oggetto, un qualcosa da comprare, che rabbia, solo che la smetta di guardare.. "E' bella tua madre, che bella donna..." e se ne andò lasciandomi senza fiato... chissà cosa mi ero aspettata che dicesse, e poi la parola bella faceva così poco parte del nostro pensare, che quel complimento mi fece un effetto... che per tutta la durata della Messa continuai a voltarmi dalla sua parte.

Qualche volta, per Natale e certe ricorrenze, anche mio padre veniva in chiesa, sempre quando la messa era quasi finita. Entrava impettito, anche lui con l'abito completo e le scarpe lucide e l'immancabile cappello, tenuto con entrambe le mani, appoggiato in fondo allo stomaco. Si guardava intorno, parlava un po' a bassa voce con qualcuno come a dire "Vedete che qualche volta vengo anch'io a fare la mia parte", mi strizzava l'occhio con un sorrisino e si avvicinava, deciso, a mia madre, chiedeva permesso se c'era pieno, e andava a metterlesi di fianco. Non riesco a non pensare che in chiesa non fosse venuto apposta, per prenderci, lei e me, una per parte e accompagnarci, lei per un braccio e io per mano, fino a casa, chiacchierando con questo o con quello, ma senza mollare la presa, con soddisfazione, come se non avesse mai fatto altro che passeggiare con moglie e figlia e che tutti sapessero che lui era uno che ci teneva.

Una piccola "bella figura" che mi commuove. Un ricordo emblematico, ideale, di quelli che restano stampati indelebilmente nell'anima. Una cosa che non la vedi tanto la conosci, come il cibo, come l'aria. Un ricordo così prezioso e leggero che era una delle immagini migliori fino a quando ebbi dodici o tredici anni, il ricordo della domenica, di loro due ancora relativamente giovani che "stavano bene" non solo nei vestiti della festa, ma nel loro modo di vivere, tutto intero, così a posto, così... carini. Forse questa non è la parola adatta ma non ne trovo un'altra, la trovano soltanto gli occhi della mia mente da bambina, quel po' di frivolezza nei suoi vestiti, quasi tutti blu, dall'azzurro cupo al blu così scuro che si confondeva col nero. A casa, perché non passava domenica senza ospiti, amici o parenti di qualcuno, e anche perché a lei piaceva così: "la domenica è domenica, bisogna tenersi un po' a posto, mica star lì messi come un bigolo, non c'è mica bisogno di vestirsi di nuovo ma insomma...", le sue cognate con una famiglia più numerosa e con impegni più pesanti, faticavano a trovare il tempo di tenersi su, ma lei il suo vestito buono, lo chiamava "da mezza festa", se lo metteva tutte le volte che occorreva, più scuro e accollato d'inverno, più chiaro e fiorito d'estate...a guardare nel mio armadio ora, c'è pieno di roba blu di tutti i toni. A Letizia che mi vorrebbe un po' più colorata l'ho detto. "Facevo caso a mia madre, che era sempre così sobria e poi faccio come lei..."

Un'altra cosa della domenica erano le scarpe o i sandali con la suola di sughero, che sparirono quasi del tutto verso il cinquanta. Anche per mio padre aveva le sue regole, niente panni stinti, né scarpe sbertucciate, la domenica, ma la camicia a quadrettino piccoli e le braghe di fustagno dovevano avere l'occhio del nuovo. Qualche volta mio padre mugugnava tra i denti di dover stare lì a cambiarsi, quando aveva in mente qualcos'altro da fare, ma alla fine apprezzava. Loro due messi al meglio, attivi, indaffarati, senz'altro più ottimisti degli altri zii di casa, erano anche più giovani e forse questo era il motivo, pieni di voglia di lavorare, di essere bravi, bravi genitori, brava gente, che ce la mettevano tutta, ognuno a suo modo.

La loro voglia di vivere era incanalata verso un mare di buona volontà. L'impegno di mio padre a far da paciere, non solo a parole, stava alzato anche di notte se ce n'era bisogno: così, com'era ciarliero e invadente, nel tran tran di tutti i giorni, altrettanto seriamente aiutava; belle notti passava al capezzale di chi non aveva altri, o in certi lavori pesanti dove c'erano famiglie piccole, mio padre ci pensava un minuto o anche meno e tutto quel che poteva, faceva.

E mia madre: il suo privato, il cosiddetto tempo libero, se lo misurava quasi esclusivamente per noi, per chiedere consiglio alla sarta, a farsi tagliare qualcosa che poi lei confezionava in casa, o a spiegare minuziosamente come doveva essere il capo che andava a farsi fare. Le sue discussioni cominciavano prima al mercato, qualche volta al negozio, con la Tina, la negoziante che si sgolava invano, che mia madre non si lasciava convincere, a comprare altro che quello che aveva in mente lei. I vestitini che mi faceva fare da Emma erano dei piccoli capolavori, che io purtroppo li avevo più guardati che indossati, li avevo sospirati, ma lei era

così, il vestitino che lei guardava con amore, per me era un po'
una specie di castigo... stai attenta... guarda che... il vestito era
suo, come la sua stanza, le sue cose, come tutti noi, noi eravamo
la cosa più importante. Con gli altri scherzava, faceva un po' di
pettegolezzi, la domenica con le amiche o con le ragazze, faceva
volentieri filò se veniva qualcuno e si faceva qualche franca
risata, altrettanto francamente diceva la sua, ma con noi no: si
faceva seria, quando guardava dalla mia parte.

Questa sua serietà che mi sgomentava, molto più avanti nel
tempo, la collocai nelle parole di mio padre, delle volte
spazientito, delle volte conciliante, delle volte orgoglioso. "Lei è
fatta così." Era fatta anche in altri mille modi, che mi passano
davanti agli occhi quasi alla rinfusa, come una miriade di foglietti
colorati che volano per aria, senza che io riesca ad afferrarne uno
per intero, soltanto qualche brandello qua e là. Come la volta che
avevano sparato a Togliatti.

Giocavo da sola quasi sulla strada, non era domenica ma
c'era un via vai molto più folto del solito, che strano, andavano
tutti pedalando più che potevano verso il paese, così chiesi a
Bruno S., che passava in quel momento, dove correvano tutti,
rallentò un attimo gridando. "Ma non lo sanno i tuoi? Hanno
sparato a Togliatti, non si sa se sia morto o vivo, corri, corri a
dirglielo che andiamo in piazza, tutti..." Non me lo feci ripetere e
corsi verso casa gridando a mia volta. "Hanno sparato al
compagno Togliatti (così lo chiamava rigorosamente Cesare, il
politico, nonché sindacalista di famiglia) non si sa se sia vivo o
no..." Successe un bailamme. Almeno in quattro partirono di
corsa, così com'erano, verso il paese, partirono le bestemmie in
crescendo di mio padre, le maledizioni ringhiose di Umberto, e un
cianciare assordante, tutti parlavano con tutti, e non ci si capiva
un'acca. Zia Betta si fece, non a torto, il segno della croce, al
massimo dello scoramento: "O mio Dio, fa in modo che non
venga ancora la guerra, adesso che tiriamo fiato un po'." E
continuò a implorare guardando in alto, come se davvero si
aspettasse che qualcuno si affacciasse a spiegarle l'accaduto...
Solo mia madre rimase serafica a cucire quel che aveva in mano.

"Mah! Io dico che son diventati tutti matti" fu il suo unico commento, senza aspettativa di risposta, chi poteva mai risponderle in quella gabbia di matti che era diventato il cortile di casa, meglio farsi i fatti propri che era una cosa più utile.

Io, nei miei piccoli otto anni, sentendo le parole guerra, rivoluzione e quant'altro, dai miei di casa, sentivo la paura salire, salire... La cagnara durò forse meno di tre giorni, poi si cominciò a schiarirci un po'. Intanto il grande compagno, seppure a corto di fiato, invitò tutti alla calma, poi morto non era e perciò... i toni si abbassarono di un bel po' e una specie di ansiosa attesa invase la casa, si parlava quasi a bassa voce per scaramanzia.

Qualche giorno dopo, mia madre tornò dai campi, si sedette su uno sgabello all'ombra del portico e si levò il grande cappello di paglia con un sospiro di sollievo, da sola. Dopo un po' prese in mano il giornale, leggeva quando poteva: "sapete, è più forte di me, io quando leggo il giornale comincio dalle disgrazie" e qualcuno rideva. Dopo aver letto per un po', si alzò gridando come un'ossessa, e sventolando il giornale davanti a tutti: "Avete sentito, avete sentito qua... (era affannata) quanti soldi ci sono andati per operare Togliatti?", disse la cifra, mi sembra cinquecentomila lire, che per noi tutti, che vedevamo poco anche le mille lire, sempre e solo in mano al capofamiglia, era un vero capitale.

Tutti si misero a commentare, ma senza più la foga dei giorni addietro, soltanto mia madre, la più silenziosa, continuò a mandare cancheri e accidenti in tutte le direzioni, seppur corredati da considerazioni più che giuste. Continuò a gridare e a brontolare per un bel po', non l'avevo mai vista così, davvero, e la sua indignazione mi fece sorridere e poi ridere, una grande risata che mi liberò dall'angoscia dei giorni precedenti.

Mia madre viva e vitale, in mille situazioni diverse, coi suoi fratelli, con tutto il parentado, che era un buon numero... con le sue amiche, la Speranza, la Dora, la Benita, la Dolores, che è andata in bicicletta per il paese fino a quando era "vecchia come il cucco", così rispondeva, non senza un po' di acredine, a chi le chiedeva l'età. Che donne! Avevano tirato avanti la vita tra due guerre facendo di tutto. La Speranza, che andò a ghiaia col camion del marito fino a quando i figli presero il suo posto: "Mai mi sarei pensata di fare la camionista... ma lo sai che vita... di giorno, di notte, non c'è orario...", lo raccontava quando aveva cinquant'anni ormai gobba e sfiatata. La Dora faceva le trecce, c'era l'industria dei cappelli prima di quella della maglieria, e suo marito, bestia rara, faceva il casalingo; una vita a rovescio ma l'importante era tirare avanti, senza lo spauracchio dei debiti; con poco, ma almeno...

E chi se le ricordava più, queste specie di monumenti della memoria... Vorrei che lei lo sapesse, che io ricordo tanto, tanto di loro, e che non considero un'inutile perdita di tempo dirlo a qualcuno che non mi dica dell'antiquata, qualcuno che sappia all'occorrenza rallentare e guardarsi attorno, anche indietro.

Oggi, qui, bisogna fermarsi. Mi alzo un po' per sgranchirmi le gambe, ma non esco, giro semplicemente attorno guardando il viso di mia madre, così rilassato, con gli occhi chiusi che non cercano più nulla, e che la rendono estranea, persa. Esco solo una volta per andare in bagno, questo posto deve essere rifatto da poco, tutto rigorosamente a posto, ma senza il brusio delle voci ad accompagnare questo transito, come se questi due morti fossero solo da sistemare e basta, lasciati lì prima del tempo. Solo un uomo di là, con una vecchia giacca da cacciatore, deve essere qui da qualche ora, saranno entrate sei o sette persone in tutto, è vero che siamo lontani ma mi sento delusa, delusa dal troppo silenzio, chissà cosa mi aspettavo. Soltanto la mia mente è attiva e piena come un formicaio. Mamma come ho immaginato che fosse stata da bambina, ho una sola foto di scuola, che a guardarla mi si stringe il cuore, una bambina già adulta, troppo seria, così quella del matrimonio che è sul suo comò da ben sessant'anni. Due visi quasi scarni, due paia di occhi più tristi che altro, due abiti neri, due quarantenni che avevano navigato la vita e invece lei ne aveva ventitré e lui trenta. Ma c'era una stella alpina sotto il vetro che aveva indotto a pensieri migliori la mia curiosità. "L'ha portata a casa tuo padre da Trieste" come al solito non disse di più; erano già sposati quando gliel'aveva data...

174

Le risposte me le ero trovate da sola, ascoltando le voci di casa, messe insieme al meglio che potevo, con tanta passione, che le presi io stessa per vere. Riuscii a vedere orgoglio e determinazione di là dalla tristezza negli occhi e nel viso altero di mio padre. "Vedrai che io sono un uomo a posto, uno che sa stare al mondo, faremo le cose come si deve, e vedrai che..." Non riuscii a far parlare la mamma, ma nel suo accenno di sorriso, misterioso come quello della Gioconda, volli vedere la speranza, una sicurezza di sé, un senso pacato di giustizia che l'avrebbe guidata nella vita. Così me li incorniciai nella mente da bambina, non distante dalla verità dopotutto, la "buona vita" se l'erano guadagnata.

C'è un po' di scalpiccio, stanno portando dentro dei fiori, è quasi ora di andare, dovrei salutare come si deve, mi alzo e metto via la sedia, vorrei dirti delle cose che adesso non mi vengono... spero che tu... ma cosa spero non lo so neanch'io... spero che... ti dirò poi qualcosa perché adesso... ciao, grande mammona, ciao ciao ciao... e non mi volto più indietro. All'uscita l'impiegato gentile di stamattina mi prende per un gomito. "Come sta signora?" "Sto bene." "E' sicura di star bene?" L'uomo mi guarda dubbioso, chissà che faccia guasta avrò. "Perché posso chiamarle qualcuno, un taxi, ho tutto qui." "Devo solo arrivare alle corriere, buona sera." Ma lui mi accompagna per una cinquantina di metri e mi saluta con una stretta di mano, che mi fa bene, mi sembra di vederci meglio.

Non ricordo altro né del viaggio né della notte seguente. Al mattino alle sette spalancai le finestre su una mattina che prometteva bene, andai nella stanza dietro, e mi appoggiai sul davanzale a guardare il sole che saliva lentamente, in una grande luce rosata, restai lì per una decina di minuti a finire di svegliarmi, che spettacolo.

Aspettavo i miei figli, che arrivarono presto, con loro lì attorno niente magoni o sassi in bocca, ero serena. Il giorno del funerale di mia madre lo vissi serenamente, un piccolo strato di nostalgia seppure insistente non guastò l'atmosfera tranquilla con cui avevo iniziato la giornata.

Arriviamo alle dieci, ci sono già i miei fratelli con le loro famiglie e qualche parente di mia cognata o amico che li conosco di vista. I nostri figli si fanno grandi saluti, si rivedono volentieri, poi entrano e si fa silenzio, un silenzio spesso, ognuno di loro sta salutando a modo proprio la nonna, che di nuovo come ieri, come quando avevo otto anni, mi sembra così bella, così giustamente in pace. Poi le voci si alzano in piccoli sussurri e via via, non la finiremo più di parlare fino a stasera.

Ha qualcosa tra le mani che ieri non aveva, un cartoncino arrotolato con due bacchettine. "Che cos'ha tra le mani?" "Ah! Il mio nipotino, le ha scritto una lettera, senza che nessuno di noi se ne accorgesse, ha fatto tutto da solo, e queste sono le bacchette della sua batteria, ha proprio voluto regalargliele..." Mio fratello, chiaramente commosso, toglie delicatamente il rotolino. "Potete leggerla..." Il ragazzino si fa indietro, intimidito, forse infastidito che in tanti curiosino tra i suoi pensieri, è senza fratelli, non è abituato ad avere attorno tanta gente, credo. Lo legge Letizia che fatica ad arrivarci in fondo. Non è un semplice saluto (non ti dimenticheremo mai) ma una lunga riflessione di uno che in dodici anni non aveva mai fatto caso, inconsciamente, che la morte è di tutti noi, uno che si è preso un grosso schiaffo, e solo dopo capisce il perché, in qualche modo stupito. "Noi non facevamo caso a te, delle volte ti ho preso anche in giro, eri lì, nella tua poltrona", e via con una specie di resoconto, tanto chiaro, quanto sentito, della bisnonna, di più, la mamma del suo amato nonno, di cui solo ora sentiva la mancanza, e con l'immediatezza sincera dei giovani, chiedeva scusa e ringraziava di tutto, e a testimoniare il suo svagato ma sincero amore, le parlava di sé, di quanto gli piacesse suonare e le regalava le bacchette della sua batteria, più di così... Eravamo tutti senza parole.

C'era un bel sole e andammo a far colazione, o pranzo, davanti al bar dell'ospedale, ero affamata, ma mi sentivo vigliacca. Me ne stetti in fuori quando chiusero la bara, gli occhi mi funzionavano ma la testa era completamente vuota, non ero né lì, né da nessuna altra parte. Ero "fuori".

Il cimitero è in una piccola frazione, con la città che incombeva di là dall'autostrada, notai vagamente il portale della chiesa chiuso ed ebbi un moto di sorpresa. Un gruppo di persone ci stava aspettando, uno dei gemelli, figli di Umberto, corse ad abbracciare mio fratello, e in un attimo fu tutta una stretta di mano, e pacche affettuose generali. Fu un po' una fatica rispondere, i nipoti di mio padre erano tanti, e li vedevo qualche volta, sapevo un po' di loro, ma andai a finire con i miei cugini materni che non ci vedevamo quasi mai. Rimanemmo tutto il tempo contro una colonna a parlare, non tanto della mamma, quanto dei nostri figli, dei parenti che non erano potuti venire, l'unico zio rimasto abitava a Rimini ed era molto malato. L'ultima sorella abita da queste parti, è là davanti con una delle sue figlie. Le ultime zie paterne sono ormai troppo anziane, ma è come se le sentissi respirare qui accanto. Tutti quanti i genitori di questa gente me li sento accanto come un muro caldo di sole, mentre guardo la bara salire lentamente. Siamo tutti qui, in una chiesa, con fiori, candele e profumo d'incenso e parole, parole, come un ruscello che scorre nascosto. Il funerale dei miei, quelle poche volte che ci penso, lo vedo così, come sarebbe piaciuto a me, una piccola visione che mi compare per un secondo nella mente, falsa ma chiara, come una scena cinematografica.

E per un attimo mi sembra un qualcosa di impossibile anche l'operaio che appoggia la prima pietra a chiudere, sono di nuovo "fuori". Sto salutando tutti quelli che ci passano davanti uscendo, adesso sì che vorrei abbracciarle tutte, le mie cugine, e tutti gli altri, anche quel qualcuno che non mi ricordo chi è, ma, cosa volete che vi dica, se qualcuno mi da un bacio, se non è figlio o nipote o al massimo mia cugina Franca, non ci riesco a ricambiare, divento di legno, e mia madre lo sa.

Sono usciti quasi tutti, i miei figli si stanno radunando e io faccio mente locale a dove si va per uscire, perché tornerò, tornerò da sola un giorno che le mie gambe vanno bene, tornerò.

Arriva un inverno che si distingue dagli ultimi perché ci porta due o tre nevicate che restano un bel po' di giorni, per la gioia dei bambini e mia... perché no, è anche più bella adesso che ho tempo di guardarla da dietro ai vetri.

Muore Bergamini, un caro amico dei miei, e anche mio, nonostante la differenza d'età. Andiamo al funerale io e le mie amiche. La chiesa di V. è strapiena, perché Giuseppe ha vissuto qui tutti i suoi ottantadue anni. Trovo a malapena un angolo dove appoggiarmi, non riesco a seguire la funzione, e non vedo nulla, ma vedo altre cose, i miei genitori lì davanti all'altare il giorno del loro sì, saran venuti a piedi con i parenti al seguito, di sicuro in casa non c'erano più di tre biciclette, a dir molto, o magari con il calesse di qualcuno più benestante, per loro due e le nonne, entrambe vedove e già malandate. Battesimi, cresime, matrimoni, stranamente non pensai ai funerali, un numero. Immagini lontane ma il profumo d'incenso e di cera è reale e lo respiro come un fumatore.

Ormai fuori dalla chiesa in tanti si fanno avanti per salutare le figlie, ma io purtroppo non sono il tipo adatto. Seguo dietro a tutti con un orecchio a raccogliere certi brani di discorsi che più avanti riuscirò a districare, ma tutto per conto mio. Nel cimitero vago tra i sentierini per cercare, invano, la vecchia croce di legno del nonno materno, ce n'erano tre in fila vicino al cancello, ma ne sono rimaste due, la sua è finita nella terra. Al posto della nonna, c'è una lucida tomba con un cognome dei nostri, qui della Bassa. Così, una pacifica ricerca: la grande bocca sdentata di Guido Artoni... mi ci fermo davanti un attimo, vorrei essere un uomo per levarmi il cappello, ciao brutto vecchiaccio, ne vedo ma tanti più giovani, che quando si sta un pezzo senza vederli si pensa che siano andati ad abitare via, a riposarsi, magari a casa di qualche figlio, vederli qui son tutti piccoli colpi al cuore. Mio Dio...

Mi avvicino un po' al corteo che sta sciamando. Giuseppe riposa vicino alla moglie e alla figlia nel posto che si era riservato già da tanti anni, una mezza facciata della lunga loggia è presa dai suoi parenti, erano dieci fratelli, qualcuno lo vedo in paese, qualche volta.

In un'ora o due la neve è gelata e ci scricchiola sotto i piedi. La gente ancora in piccoli gruppi non parla quasi più di Giuseppe, ma di questa neve ghiacciata, che ci costringe ad andare a casa quasi a passo d'uomo. Sono le quattro e mezza, ma il sole è già sparito, lasciandosi dietro una grande luce rossa che ci separa appena dal buio, le amiche scendono in paese, rimaniamo Anna e io. "Mi dispiace, se sapevo che gelava così me ne stavo a casa." "Ma neanche per idea, vedrai che pian pianino..."

Pian pianino, ma insistenti come i nostri pensieri, quanta gente c'era, e chi, ma la mia mente è rimasta al cimitero, alle facce di una volta che avrei voluto rivedere. "Lo sai che Giuseppe piaceva a mia madre..." "Ma tua madre era più vecchia no?" "Appunto, una mattina Giuseppe era venuto ad aiutarci a scollettare le bietole, succedeva che ci si aiutasse quando c'eran dei lavori pesanti, ricorderai no?" "Eh! Se me lo ricordo, per poco che gli dessero, andavano di corsa, avevan tanto bisogno." Anna ha la mia età, di suo non ha mai lavorato la terra, e non è mai vissuta in una famigliolona come le nostre, ma è vissuta in campagna e ricorda benissimo l'andamento. "Beh! Dopo, mia madre, così, parlando, disse convinta "Che bell'uomo che è quel giovanotto (e rimase assorta, un po') ha un modo di fare che... guarda..." e continuò per un po', poco, perché mia madre non parlava mica molto, ma saltò su mio padre quasi offeso. "Ma dov'è bello, poi... ha un naso gobbo ed è un musone..." "Beh, cosa vuol dire se è un musone, io ho detto che è un bell'uomo, ed è proprio bello, tu dì pure quello che vuoi, che io non son mica orba." Per lei era finita lì, ma mio padre continuò a brangognare, insomma andò a finire che si beccarono per un po', e le orecchie della casa si drizzarono, ma senti un po' questi due. Che litigassero, lì in mezzo a tutti, per cosa poi... avrei voluto scappare, ma ero anche attaccata al pavimento per vedere come andava a finire, mio Dio... mia madre e mio padre che si facevano compatire... che brutto lavoro... Mio padre ora tuonava "E poi una come te, che a momenti hai quarant'anni (quarant'anni, allora, per una donna voleva quasi dire vecchiaia imminente, una cruda realtà) e due ragazzuoli già grandi, star lì come un'insiminita a mirare uno di venticinque anni, un bagaglio, lì, che non sa di nulla, dove hai poi la testa, dico io..." Mia madre era diventata rossa dalla rabbia e lo guardava torva, con le labbra strette, sperai che prendesse la porta, ma era una che non mollava. Lui girava avanti e indietro sempre più infuriato, contro le scempiaggini delle donne, quando Marino alzò la voce, abbastanza fieramente per i suoi diciannove anni. "Zio... ma ascolta qui, non sarai mica geloso, geloso della Grigiona? Ma solo che non ti metti a dare i numeri (aveva un bel coraggio) e si avvicinò sorridendo alla mamma, è vero Grigiona, che è ora che la smetta? Ma vai a fare un giro fuori..." Qualcuno cominciò a ridere e a parlare tra il divertito e il maligno "Non vedi veh! Il barbiere geloso... questa non la sapevo, te n'eri mai accorto tu..." Le risate si sprecavano,e mio padre fu costretto, come dire, a conciliare, a mandar giù. Si fermò lì dov'era, guardandosi attorno, stupito e offeso, ma non più con la mamma: "Cosa? Io geloso? (la voce l'aveva abbassata ma non più di tanto, intendeva far valere le sue ragioni e si incaponì) No, no, (fece un largo segno di diniego) io geloso non lo son mai stato (disse cosa pensava dei gelosi) solo che qualche volta..."   e fece un lungo discorso, che non fece altro che far ridere più forte i presenti, le donne presero su i loro cesti da lavoro e se ne andarono e io dietro, mia madre aveva ripreso il colorito normale ma era infastidita, mi sembra.

Appena fuori dalla porta, le donne, che prima avevano osservato la scena in silenzio, cominciarono a ridacchiare. Lungo la scala zia Betta prese mia madre per un braccio, disse qualcosa che non capii e cominciò a ridere da piegarsi in due. Zia Betta, il ritratto della sobrietà, che rideva e ciangottava come un'ossessa. Mah! Finalmente fui sotto le coperte, la voce di papà era ormai un rauco borbottio che si confondeva nella confusione generale. Non riuscii a dormire, pensavo alle brutte parole che mio padre aveva detto a mia madre, ai suoi occhiacci cattivi, a Marino che era riuscito a calmare le acque, alla risata sguaiata di Betta, che mi rintronava ancora nelle orecchie, e a tante cose che capitano nelle famiglie numerose, non tutte adatte ai bambini...

Siamo quasi a casa. "Lo sai, Anna, quel tempo là... sarà stato anche scomodo ma dentro di me, non so... ma non vorrei essere nata in nessun altro posto, me la sento dentro, quella gente là. Ciao e grazie." Lei girò lentamente e io aspettai che fosse di nuovo sulla strada prima di rientrare, è bello avere qualcuno della propria età per poter parlare liberamente.

Quanto tempo era passato da quel tempo là, alla sera a letto mi volto e mi rivolto, da quando è morta mia madre, tre mesi fa, mi vien da pensare solo a cose successe dai tredici anni in giù, come la brutta scenataccia che mi è venuta in mente oggi, per il resto il ricordo di mia madre è come se fosse chiuso in un cassetto di cui non ho le chiavi, è vero che era vecchia, ma che io la ricordi solo dai quarant'anni in giù, chissà cosa vorrà dire, che dai tredici in su ero grande e pensavo ai fatti miei, o che, siccome mi sgridava spesso preferisco lasciarla da parte.

Per tutto quel tempo, il ricordo di mia madre, oltre la fanciullezza, non fu altro che un grumo indecifrabile di sentimenti negativi che m'impediva di prendere sonno, una decina di minuti o mezz'ora, ma passerà prima o poi, forse basterebbe semplicemente parlarne con qualcuno, come facevo con Letizia quando era qui, ma ormai anche con lei non ci parliamo mica più tanto, e poi raccontare le proprie malinconie a figli già grandi non è mica tanto comodo, hanno già i loro, di pensieri… insomma, per quei tre mesi, le sere furono una vera gnagna ma non sapevo proprio cosa farci.

Per l'Epifania, ancora con la nostra brava neve, io e Anna andammo a passare il pomeriggio a San Marino, dove c'era sempre qualcosa per noi pensionati. Per un'ora un fisarmonicista e uno che raccontava barzellette, ci fecero ridere di gusto, poi tirarono giù il sipario e restammo lì a far niente per un altro bel po' di tempo, doveva venire un coro di bambini di Massa, ma erano in ritardo a causa della neve. Ce la passammo parlando di Giuseppe con della gente di Medolla, molti si erano alzati in piedi, c'era una bella confusione, anche dietro il sipario. Finalmente riaprirono: tre file di bambine e una di maschietti tutti vestiti di rosso ci fecero un bell'inchino. Una pimpante signora, anche lei in rosso, ci spiegò la storia del coro e un po' i loro programmi, e finalmente cominciarono: fu uno spettacolo bellissimo, non avevano niente da invidiare a nessuno. Verso la fine, ai canti natalizi, qualcuno si rilassò un po', qualche sorrisino, qualche grattatine d'orecchi, un bambino di due o tre anni salì sul palco, si vede che c'era abituato, e si mise nel bel mezzo ad accompagnare il canto con una vocetta squillante, solo l'ultima metà delle parole, ma aveva un tale sorriso. Rimasero fermi a prendersi un grande applauso poi scesero in sala a distribuire sorrisi a tutta randa e a prendersi un bel po' di complimenti, finché genitori e accompagnatori riuscirono a portarli fuori. Io ero mezza stordita, presi fuori il biglietto della lotteria che chiamavano i numeri già da un po', ma tanto non vincevo mai. Anna me lo prese di mano poi si alzò, sbracciandosi "Qui, qui". Dopo un po' di tramestio di sedie qualcuno mi posò in grembo un bel cesto infiocchettato "Buone Feste" "Grazie, anche a lei." Era l'ultimo numero, cioè il primo premio, rimasi lì un po' soprapensiero mentre tutti si alzavano. "Hai visto cosa ti ho portato?" Il viso di mia madre, ormai vecchia, mi sfiorò. "Dio mio… mia madre…" Non so come feci a mettermi il cappotto, ma uscii, finalmente, tra facce che non vidi, con il cesto sullo stomaco come se fosse stato un neonato, mentre Anna scambiava saluti e auguri qua e là. Era contenta, contenta della festa, della gente di Medolla, contenta per me, parlava a tutto spiano… "e le bambine, hai fatto caso? Avevano tutte le trecce, chi in un modo chi in un altro…" "Anch'io, mia madre mi faceva le trecce" Senti, Anna, non ci crederai, ma questo me l'ha dato mia madre, ma me lo tengo per me, e mi tengo il pacco abbracciato fino a casa. "Vieni dentro che dividiamo a metà questa roba (ma non vuole) ma dai! Almeno il caffè e un pacco di pasticcini, per quando viene tuo figlio…" ma se ne sta già andando, quella capra lì, mi mena in giro tutte le domeniche, poteva anche prendersi qualcosa.

Entro, la casa è troppo in ordine, non c'è in giro neanche un pezzetto di carta, o un vassoio con qualche dolcetto, o qualche giocattolo, niente, è una casa muta, ma quando gli altri han cominciato a fare l'albero, io non ne avevo voglia, e poi l'albero da far cosa, per due vecchi che non vanno neanche d'accordo, e poi è morta mia madre da poco, magari quest'altr'anno: non ho neanche appeso la piccola ghirlanda davanti alla porta, a dir la verità non so neanche dove l'ho messa, che vuoto, che monotonia, che... non so neanch'io cosa.

Faccio un passo indietro e guardo fuori, le finestre di mio figlio sono piene di piccoli oggetti, stelline, presepi, bigliettini, e dentro, la casa è letteralmente piena di oggetti natalizi, ce n'è anche per me, che con la scusa che ci sono le vacanze ci faccio due o tre giretti al giorno, è lì la mia piccola parte di Natale. Ci sono i bambini lì, che solo a pensarci mi rincuoro.

Entro di nuovo e chiudo, ho ancora il cestone abbracciato, lo poso sul tavolo delicatamente e mi ci siedo accanto, mi sento una bambina buona e soprattutto curiosa, apro senza rompere nulla e controllo tutto, con una sciocca pignoleria. C'è di tutto, i cioccolatini mi fan venire l'acquolina in bocca, ma sarò brava e non toccherò nulla. Sta troppo bene lì nel mezzo e me lo riguardo, è mio no? E lo guardo finché voglio.

Dio mio... sono una che si emoziona con nulla... sto piangendo già da un po' e non riesco a fermarmi, mi tampono gli occhi e mi alzo, mi levo il cappotto e guardo in frigo, da cena ce n'è, porto sui fornelli e devo apparecchiare, non posso lasciarlo lì nel mezzo, mio marito si metterebbe a gridare che gli ingombra, che non può guardare la televisione, e quanti soldi ho speso, una lagna a dir poco, che non ho voglia di sentire, non ne ho più la forza, meglio stare per conto proprio. Poggio il cestone in alto sul frigo, sta bene anche qui, fa Natale, spengo il gas e vado a letto, inutile piangere nel piatto.

Sto sempre piangendo, ma non sto male, sto solo piangendo e basta. Verso mezzanotte mi alzo e mi asciugo gli occhi, che poi asciutti non ci stanno e scendo. Lui dorme con la televisione al massimo, sparecchio senza far rumore, poi abbasso, e vado a farmi un tè, ho fame, ma è già tardi, mangio gli avanzi di una crostata, e sto lì un po' a guardare la televisione, non c'è niente di netto, in questi giorni ho rivisto "il piccolo Lord" e il "Re dei Re" per il resto un mare di violenza, di troppo movimento, di troppo colore, di troppo tutto che alla fine stanca: prendo il mio tè e me ne torno su.

Mia madre cammina, silenziosa, da qualche parte, nessun rumore, adesso sta fasciando mio padre con delle garza bagnate nell'acido borico; allora l'eczema si curava così e mio padre ne soffrì per due o tre volte, e ci volevano molte settimane prima che la pelle riprendesse consistenza. Vedere il mio arrogante e nervoso papà avvolto quasi come una mummia mi avviliva, ma c'era lei che fasciava e rifasciava, con pochissime parole, e uno sguardo intento, sicura, senza piagnistei, a piangere ero io. Durò un po' quella cosa lì, e mio padre perse tutti i clienti, c'erano facce imbarazzate, mio padre scuoteva il capo. "Oh, ma non fa nulla, sapete, ci mancherebbe..." Salutava garbatamente i suoi ex clienti ma era nervoso come un gatto, e naturalmente la cosa dispiacque anche a mia madre, che perse la sua aria indifferente e disse serafica: "Non è poi mica successo niente, alla fine, è stato malato un bel po', e la gente va anche capita: a farsi tosare e sbarbare da uno che è stato malato di pelle... non ci si va volentieri, hanno paura, ecco, che il male li attacchi anche loro, e non c'è niente di male, farei così anch'io." Un discorso così, tutta tranquilla, lo fece a più d'uno, a qualche moglie, specialmente se era un'amica, o se era qualcuno che, magari involontariamente, criticava. Con quelle dieci parole tolse d'imbarazzo un bel po' di gente, ma soprattutto l'amarezza che mio padre faticava a mandar giù, se c'è da perdere, si perde e ciao, dopo si vedrà. Che forza di una donna, anche se alle mie amiche non lo dicevo, perché avevo, quasi inconsciamente, paura di lei. Era stimata, mia madre, in famiglia, la sua spartanità cruda non veniva fraintesa, anche se qualche volta doveva essere presa con attenzione, con le molle, come si suol dire.

Il giorno dopo il matrimonio di mio fratello maggiore (una bella festa che io, quattordicenne e benvoluta ragazzuola di casa, me la godetti più che potei), avevo un gran mal di pancia, che ogni tanto mi veniva. Stavo lamentandomi quando lei arrivò "Che cos'hai da gridare..." "Che mal di pancia, mamma... che male" Si mise a gridare anche lei. "Ah, per forza, scommetto che ieri hai mangiato come una suina, lo so io, che sei ingorda come... (e via di questo passo) e poi adesso stai lì a piangere... somarona che non sei altro." Lei se ne andò e io restai lì a torcermi sulla sedia, dopo un po' tornò a dirmi dell'ocarona, brontolava più piano adesso, ma non mi ascoltava. Non so da dove saltò fuori zio Umberto, con la sua voce incisiva. "E' meglio che mandiate a chiamare il medico, ve lo dico io..." Mia madre aveva un po' soggezione del terribile cognato, ma si voltò bruscamente. "Ma cosa volete che chiami, sta digiuna per un po', e si mette a posto." Niente, per lei non avevo niente, ma la voce dello zio si alzò. "Lo saprò bene, quel che dico, era seduta vicino a me ieri, e non ha mangiato niente, non avete mica visto come mangia poco questa bambina, c'è bisogno che ve lo dicono gli altri? Ve l'ho detto cosa dovete fare, invece di star lì a starnazzare..." Mia madre rimase a bocca aperta, davanti a Umberto, lui con la sua faccina striminzita e lei col suo faccione roseo, ci sarebbe stato da ridere...poi guardò me farfugliando. "Ma davvero stai male, ma guarda solo, credevo che..." E sparì in cerca d'aiuto.

Mio zio prese una sedia e mi prese una mano. "Oh, cocchetta... (mi accarezzò con la sua mano ruvida) Tua madre eh... è furba in modo tale che non si è neanche accorta che sei malata, è una brava donna ma te lo dico io... vorrebbe imbottigliata..." e continuò quasi sottovoce a parlar male di mia madre. Ma non me ne importava, parlar male delle donne sembrava uno degli scopi principali della sua vita. Povero zio, così disperato, ma gli volevo un bene...

Forse non passò più di un'ora quando sentimmo la grossa moto del dottore. Mi visitò lì, tra le braccia dello zio, palpandomi sopra e sotto, attentamente. "Da quant'è che hai mal di pancia..." "Mah! Mi ha fatto male un bel po' di volte in questi giorni, ma dopo mi passa, mi fa molto male." Perché non l'avevo detto? Perché mi sentivo grande abbastanza da sopportare e poi dopo passava, e non volevo fare la guastafeste col matrimonio in giro, e poi non potevo perdere l'occasione di far vedere a tutti i miei vestiti nuovi, "da donna", quasi non ci avevo fatto caso, non avevo proprio voluto sentirli quei doloretti acuti e inopportuni, ma tutto questo lo tenni per me. Il medico, un simpatico chiacchierone, si fece serio. "E' un'infezione intestinale un po'...

complicata." Si avvicinò al tavolo per scrivere e spiegare ben bene a mia madre il da farsi. Strinse la mano allo zio, a tutti gli altri disse solo "vi saluto", e se ne andò.

Sparì anche mia madre, tutta agitata, con la ricetta in mano, e zio Umberto, finalmente calmo, tirò fuori il suo sigaro pestilente. Era vero che ieri eravamo seduti vicino, ma come aveva fatto a vedere che non mangiavo... anche ora non avevo nessuna fame, mi resi conto che spiluccavo, solo adesso perché l'aveva detto lui. Mi voltai, il fumo del sigaro stava salendo verso la cappa del camino, e lui seguiva, assorto, un qualche suo pensiero, coi suoi occhietti perforanti, quasi sepolti in fondo alle orbite, una piccola maschera, dura come pietra, che soffocava, ogni giorno un po' di più, un cuore d'oro.

La cura fu lunga sei mesi, con mia madre sempre addosso, mancava poco che m'imboccasse. La cosa più difficile fu stare senza latte, il mio alimento preferito, ma la malattia la ripresi solo un'altra volta, a trent'anni. Mia madre non correva ad aiutare tutti ma quando c'era, c'era. Quante volte l'ho vista attorno a Cesira che il marito non le dava requie, le raccoglieva i panni stesi, e glieli metteva in camera stirati e tutto, e finiva con un piccolo cenno quasi di rassegnazione, non si riuscirà a farci niente, ma almeno questi son fatti.

Molti anni dopo, ormai ognuna con le proprie famiglie, mia madre continuò ad interessarsi dei cognati, non solo a parole, finché poté. Le dispiaceva di non potere andare a passare una giornata con Betta all'ospedale, voleva fare "la sua parte" finché mia cognata le disse "Ha cinque figli, un giorno per uno, vedrete che se la caveranno". Ma lei si sentiva quasi in colpa, o meglio: la cognata anziana, che non di rado, quando erano insieme, smussava la sua testardaggine, con un tantino di severità, facendola arrabbiare, anche vecchia, anche malata o proprio per questo, le mancava. Ero già adulta allora, e mi colpì questo suo dispiacere. Il giorno del funerale, una giornata stizzosa, in cui prendemmo tutta l'acqua possibile, nel mezzo della funzione, con la chiesa affollata sbottò "Se si deve vedere! Son tre mesi che non viene una goccia e proprio oggi vien giù anche il tetto (e finì con a voce rauca di commozione). Oggi no, non doveva proprio piovere." E quella protesta al cielo fu il suo saluto, come al solito rustico, ma sentito, alla cognata: quella sera a casa l'aspettava una grande gioia, era diventata bisnonna.

La notte dell'Epifania la passai così, pensando in lungo e in largo a mia madre, quella specie di cassetto dove i ricordi degli ultimi cinquant'anni erano rimasti bloccati si aprì, senza fare un gran rumore, una cosa che sarebbe successa una volta o l'altra, anche senza quel cesto infiocchettato che avevo sul frigo. Mi alzai che piangevo ancora, un pianto inevitabile come quello di un bambino, in qualche modo triste ma più che altro innocente, da qualche parte una bambina di tre o quattro anni chiamava la mamma, e correva. La mamma c'era, un po' lontana, su una specie di confine, di là c'era una nebbia confusa, ma lei aspettava lì, e non aveva trentatré anni ma era anziana, e si teneva eretta a fatica.

Così me la ricordo, e con lei i suoi trascorsi, la sua infanzia da "albero degli zoccoli" con tutte le sue storie, la storia terribile di Ada, la storia di Umberto e Cesira, la sua disperazione e la mia, la passione di mio padre e i miei figli. Impossibile passarci sopra e dire che è acqua passata, non mi sembra giusto.

Col fazzoletto in testa

Ilves Gorni aveva quindici anni quando cominciò la guerra.
Viveva coi suoi genitori e quattro fratelli più piccoli, nel cortile
dei Bardi, in una miseria appena appena passabile, nella casetta
del salariato. Il padre lavorava nella stalla dei Bardi. Una paga
paghetta e un litro di latte al giorno, non c'era da scialare, con i
ragazzi che crescevano.

Poi i Bardi si trovarono in difficoltà, per via di un podere che
comprarono lì poco lontano, e si trovarono, non solo a perdere il
podere nuovo, ma pure a dover cedere quello su cui vivevano a un
proprietario precedente, che li lasciò lì dov'erano con un contratto
d'affitto.

Accadde tutto in due o tre anni, il padre Bardi, non ancora
vecchio, morì, mio padre diceva "dal dispiacere, poveretto", e qui
successe il peggio: i due fratelli di primo letto, già adulti,
entrarono in lite col resto della famiglia, rinfacciando che, fosse
stato per loro, il podere nuovo non l'avrebbero neanche guardato
e non ci si troverebbe in affitto, e così via. Gran brutta cosa le liti
in famiglia, che Dorotea, la matrigna, e Giulio, il più grande dei
suoi figli, non riuscirono a venirne a capo. Ci volle l'avvocato.
L'avvocato, per la gente della terra, era, prima ancora di vederlo,
uno spauracchio, per una vedova poi..., va bene che c'era Giulio a
darle manforte, ma la faccenda andava per le lunghe. Alla fine i

due maggiori l'ebbero vinta e se ne andarono lasciando i più giovani e la matrigna a cavarsela da soli.

Erano venuti a mancare tre adulti, e l'unico maschio grande, Giulio, fino ad allora aveva lasciato fare agli altri, magari aveva anche approfittato un po' del suo ruolo di giovanotto; le due ragazze, sui vent'anni, aiutavano la madre nell'andamento della casa e dell'orto, ma non avevano nessuna pratica dei campi e della stalla.

E così a Giulio toccava prendere le redini, o come si suol dire, mettere la testa nel mezzo, insomma era tempo d'impegnarsi.

A ricordare Giulio Bardi non posso fare a meno di sorridere tra me, era uno stravento, dongiovanni con le donne, ridanciano e nervoso al contempo, con gli uomini più anziani, e compagnone con quelli della sua età, e aveva per tutti delle risposte secche, che pelavano, a volte, senza contare le sue barzellette fulminanti.

Un'altra cosa ricordo di mio, anche se ero ancora una bambina, era bravo, bravo con le mani, le cose più ostiche non lo mettevano in difficoltà, lavorava intento, e inesauribile, come giocano certi bambini più vivaci degli altri. Mia madre che lo conosceva da quando era piccolo, appena sentiva la sua voce sorrideva tra sé. "Ah, c'è Giulio. Cos'avrà di nuovo da dire…"

Certo erano proprio brutti tempi, per trovarsi con dei debiti e una famiglia sul collo, ma quando si è in ballo… In poco tempo, dopo l'uscita dei fratelli e il resto, fu una rovina, sparirono le mucche, i maiali, sparì la lunga automobile nera, una delle quattro o cinque in tutto, dei dintorni, alla quale Giulio diede un calcio. "Ma che vada… cosa me ne faccio di quella bagaglia lì che è sempre senza nafta…" L'automobile per la verità la ricordo appena, coperta da una cerata in un angolo del portico, magari la tenevano lì per quando le cose fossero migliorate, il calesse invece, una bella baracchina ben tenuta, anche di quelle ce n'erano poche in giro, saltava fuori qualche domenica, per portare a messa Dorotea o per andare al mercato in città che c'era un bel po' da pedalare altrimenti. Non la prestavano.

Ecco, la differenza tra i Bardi e l'altra gente della zona era questa: non davano e non chiedevano, né a titolo di prestito, né per amicizia, le loro cose erano loro e tant'è. Erano una famiglia, qualcuno diceva, un po' dell'alta, oppure, con un po' di acredine "chi si credono di essere", ma niente di più. Adesso poi, con la perdita del padre, il ribaltamento finanziario e la maretta in famiglia...

E così, le cose erano cambiate, e Giulio era più nervoso del solito. Una volta che mia madre gli chiese, quasi senza rendersene conto "Cos'hai, Giulio, che sei tanto serio?" si sentì rispondere con voce tagliente "Ma taci, brutta vecchia che non sei altro...", una risposta che era più una protesta che altro, lo lasciassero in pace che lui aveva i suoi guai... Mia madre, che non era né vecchia né brutta, non replicò, e poi quando uno è nervoso, meglio lasciarlo in pace, e anche gli altri, a dire il vero. Quell'allegro vespaio di parole che saltavano fuori quando arrivava, si smorzavano piano piano in piccoli bisbigli rancorosi "Eh.. adesso gli passa poi..." Ma non gli passò mai del tutto. Era il cambiamento di un figlio benvoluto e benestante che è diventato capofamiglia suo malgrado, e più povero, ma ben deciso a farcela; aveva messo su una tale grinta... che andò a tutto danno della famiglia Gorni che viveva di lato al cortile, che anche loro avevano avuto la loro parte.

Era successo che al padre, Guido, che dopo la vendita del bestiame lavorava nei campi con Giulio, la paga era diminuita, niente se pioveva, o quando nei campi non si andava, e poi l'Ilves che l'avevano pelata. Poi Guido si era ammalato, non so a modo cosa avesse ma non lavorava più del tutto, lo si vedeva qualche volta camminare al bordo del fossato che gesticolava e parlava da solo, una povera persona, ma io me lo ricordo solo così.

Quelle due famiglie lì, i Bardi e i Gorni, e tutte le altre del vicinato, mi sembrava di conoscerli da sempre, di faccia e di nome almeno, perché quando queste cose successero io non avevo ancora sei anni. Le cose dei grandi le sapevo perché avevo le orecchie e in più una buona dose di curiosità, come dire, laboriosa, le cose me le tenevo a mente ed era più forte di me pensarci su, le cose le volevo sapere, anche se non so neanche ora perché, o se fosse giusto.

Così di mio non ricordo la morte del padre Bardi né la faccia. Ricordavo vagamente i figli di primo letto, Vico e Carlo, che se n'erano andati di casa, questo mi era chiaro. Che avessero comprato e venduto o perduto terra o altro era fuori dalla mia portata, ma non mi ci volle molto a capire che queste cose succedevano, non per mancanza di buona volontà, ma per i sommovimenti che aveva il denaro in quegli anni lì. C'era chi si alzava più ricco del giorno prima, chi si perdeva anche il tetto, ecco, io l'avevo capita così, una cosa semplice, raccontata con l'elementare semplicità dei miei, che dopotutto non correvano il rischio perché la casa e tutto quanto era del "padrone", una figura un po', come dire, scomoda, a volte più a volte meno. Ma purtroppo, e mi sembra che sia ancora così, c'era della ruggine tra le categorie della gente. Quella "vera pace" che c'insegnavano i nostri volonterosi maestri di scuola, il prete a messa, i politici nei comizi e insomma, tutti quelli che ne sapevano più di noi, è più che altro un desiderio del nostro io più profondo, troppo profondo perché lo si riesca a mettere del tutto in opera. A volte quando ci sembra di averci poggiato una mano sopra, la pace, silente, se ne va da un'altra parte e ciao, e ci vuole volontà e pazienza, quelle sì che ci vogliono, per ricominciare.

E così, certo non solo per le faccende di Bardi, ero già, a sei o sette anni, intrigata, nel bene e nel male, nelle cose dei grandi. Anche perché i genitori di allora, chi più chi meno, erano talmente bigotti, talmente imbranati: ci volevano un gran bene, ma se avesse potuto, mia madre mi avrebbe tenuta bendata e tappata fino alla maggiore età. E se la faccenda dei Bardi l'avevo inquadrata, fu ben più difficile riuscire a farmi un'idea della pelata. Mi sarò presa anche qualche scappellotto per quella faccenda lì.

Il primo anno dopo la guerra, a sei anni, il ricordo dei mesi precedenti mi faceva battere i denti. La sera quando mia madre mi mandava a letto da sola, mi era impossibile, e correvo nel letto di zio Umberto, che dopo ammogliato andava a letto con le galline, e che per fortuna capiva le mie paure, e non c'era pericolo che mia madre venisse a prendermi se lui faceva gli occhiacci. Quelle notti, forse quaranta o forse un'intera stagione, tra il lettino di Andrea che dormiva lì di fianco e la mano dello zio appoggiata leggera sul mio stomaco, furono la medicina, alla vera e propria fifa dei ricordi di guerra. Che non sparirono, si fecero solo di lato, cose orribili, che tutti quelli della mia età ricorderanno, che si allontanarono semplicemente, che qualcuno delle volte a ricordare piangeva, che si portavano via la nostra infanzia prima del tempo, lasciando, al posto della giusta spensieratezza, una curiosità precoce. Quante cose si sanno a sei o sette anni, se ci si pensa... un mondo di cose... e quante cose si vorrebbero capire...

L'Ilves alla fine della guerra aveva una ventina d'anni ed era la classica bella mora, magra come tutti quelli della sua famiglia, che non mangiavano mai abbastanza, ma gli occhi... due occhioni nerissimi che guardavano sempre dall'altra parte, e dei bei capelli neri lunghi e ondulati, a me piaceva, così... una gran bella ragazza. Ma c'era qualcosa che non capivo. Con le altre ragazze tutti parlavano a tutto spiano, ma con Ilves, che pure viveva praticamente più a casa nostra che a casa sua, ci si ammutoliva quasi del tutto. Qualcuno dei grandi si raschiava la gola, qualcuno prendeva la porta, e io "ma chissà perché fanno così, eppure lei una mano la dà a tutti". Non so quando cominciai a capire. Non riuscivo a capire perché le avessero rapato la testa. I bambini appena avevano un bel ciuffetto li rapavano, con la scusa che ricrescevano più folti, ma lei era già grande. Io la sentivo come una brutta cosa, doveva essere successo qualcosa di molto brutto se nessuno ne parlava. Poi piano piano vennero i particolari. Era successo di sera, l'erano venuta a prendere con un camion che lei urlava come un'ossessa, non meno gli altri di casa, ma una squadra di omacci la portò via e la trovarono il mattino dopo malconcia e gemente con una vecchia camicia avvolta intorno al capo. A casa ricominciarono urla e strepiti. I due figli più grandi e il padre non la volevano più, ma la disperazione della madre la vinse e l'Ilves si nascose, come un topo, nella baracchetta che faceva da lavanderia, e guai, guai a farsi vedere, una vergogna così non ci voleva proprio e via di questo passo. Senza contare le urla di Giulio Bardi che in casa sua una così non l'avrebbe tenuta e che se ne andassero tutti, quella "marmaglia", che la casa era sua, e che una volta o l'altra l'avrebbe bruciata se non si toglievano di lì in fretta. Ma la casa non la bruciò, e i Gorni non si tolsero di lì.

Stava arrivando un altro tempo, così i grandi guardavano speranzosi, i primi tempi del dopoguerra, un minimo di tranquillità, di pace, perché no... si cominciava ad alzare un po' la cresta. Ma non per i Gorni, che non dovevano farsi vedere, "il primo che vedo in giro..." e beh... il padrone era lui. L'Ilves aveva già i suoi bei capelli, io non la ricordo col fazzoletto in testa, quando, con una specie di fatica, come uno che ha un compito incomprensibile da decifrare, riuscii a capirci qualcosa. Qualcuno lo spiegava crudamente, qualcuno che non aveva piacere che qualche giovanotto, magari un figlio, l'adocchiasse. "Quella lì no". Ecco, la diversità tra lei e le altre ragazze, era quel "quella lì". Quella lì l'hanno rapata, perché è andata coi tedeschi, le hanno prese tutte, quelle lì, alla fine della guerra. In quei giorni lì era in corso una guerra diversa, ma anche più crudele: se ne erano andati i tedeschi, erano finiti i bombardamenti, non c'era più pericolo, anche gli alleati se ne erano andati. Anche quelli allora non capivo del tutto, chi fossero e perché facessero rombare tutta la notte le loro sentinelle, che dovevamo chiudere tutto prima di sera, perché, magari per errore, ci mollassero una bomba in testa. Queste cose non c'erano più, ma c'era rimasto, né tedesco né alleato, un terribile rendimento di conti, non so come altro chiamarlo. Per "rimettere a posto le cose" ci si vendicava, senza andare tanto per il sottile, senza star lì almeno un po' a pensarci su, se magari si potesse far diversamente, e l'Ilves era caduta in questa terribile rete tirata da gente dello stesso paese, della stessa strada, per questo più difficile, che è più difficile dimenticare se devi continuare a vivere con chi ti ha colpito.

A dire il vero, che cosa successe veramente quella notte, non l'ho mai chiesto a nessuno, istintivamente capivo che quel che è troppo è troppo. Ma anche tutto questo per fortuna si allentò. Non credo si possa dire finito, nulla è mai veramente finito finché qualcuno se ne ricorda, e magari senza saperlo, te lo rimette davanti agli occhi della mente, magari in una luce diversa, ma "se è passato da casa tua", così Cesira chiamava quelli che io chiamo magoni, i dolori e le emozioni, non sono finiti.

Così, dacché mi ricordo, Ilves era diventata una diversa e guai ai diversi nel nostro pensare contadino più lento e ferruginoso degli altri. Un diverso, se lo era per delle cose buone, veniva invidiato più che lodato, o altrimenti compatito a dire poco e se appena si poteva veniva evitato, non era più figlio o padre o amico, era da lasciar perdere. Così, con un'indifferenza più o meno ostile, venne trattata Ilves, da molte persone anche dopo che le erano ricresciuti i capelli, una "quella lì" segnata per sempre. E per giunta, povera, e quando non si ha niente, neanche da mangiare, non si può mica star sempre nascosti, ad aspettare che cada la manna.

Le cose cominciarono lentamente ad ingranare. Dina, la sorella maggiore di Ilves, trovò lavoro nel bar di un paese vicino, a fare le cose di casa, e dopo qualche tempo finì per restare là del tutto che la padrona, senza figlie femmine, se la prese in famiglia, non certo per tenerla a riposo, ma insomma... Dina se ne era ormai andata per sempre, veniva a trovare i suoi, dava qualcosa alla madre, e poi se ne tornava a quel lavoro che le durò fino alla pensione.

Ma per Ilves era dura, al massimo qualche giornata nei campi alla mietitura o alla vendemmia, quindici giorni di lavoro e poi un mese o due a casa, con il baccalà dell'inverno ancora da pagare. Poi la chiamarono in risaia, dal Piemonte cercavano donne. Un anno ci andarono in tre, lei, Silvia che aveva solo quattordici anni e Valter ad occuparsi dei cavalli, ma dopo quaranta giorni si era da capo, tennero Valter due settimane in più e poi di nuovo a guardarsi in faccia sconsolati. Una vita tirata coi denti, per tanti versi, non solo per la fame.

Di quei tempi durissimi fu Valter, un bel ragazzo di sedici o diciassette anni, a soffrirne di più. Era bello e se n'era accorto, e la domenica, quando gli altri ragazzi andavano al cinema e lui non aveva i soldi e neanche la bicicletta, se ne stava seduto sulla porta, che Giulio lo vedesse, non era mica un rospo, lui, da nascondersi, ma rimuginava amaro.

Una sera d'inverno, tutti insieme nella stalla, si sfogò coi miei di casa per il poco lavoro, i vestiti rattoppati, la bicicletta rotta, e quel canchero di Giulio, che appena vedeva qualcuno fuori dalla porta gli dava il raus. Un lungo elenco, più triste perché non c'era niente di esagerato, neanche una mezza bestemmia, che a quei tempi intercalavano i discorsi di quasi tutti i maschi dai dodici in su, niente, tutto calmo, un discorso che usciva liscio come acqua da un rubinetto e noi tutti quanti eravamo in silenzio fino alla conclusione. "... e poi adesso (ebbe una lieve esitazione, ma continuò, seppure meno calmo di quando aveva iniziato) sembra anche che stiamo crescendo in famiglia, non so se è vero, ma se nasce un altro bambino io ho già deciso (e qui la voce gli si ruppe in uno straziante ciangottio) mi infagotto i miei stracci, me li metto a tracolla e me ne vado, ce n'è tanti che vanno a elemosina, ci vado anch'io, andrò più lontano che posso, che qui non ce la faccio più..."

"Adesso però dacci un taglio". Era la voce di mio padre, secca, ma non la peggiore, come un giusto ordine. "Adesso mettiti calmo, che per fortuna i tuoi sono già andati a casa, mica che tu non abbia ragione, che ne hai mille, ma quella del fagotto faremo finta di non averla sentita..." e mio padre continuò a parlare, un po' della miseria che ancora la vinceva, un po' a incoraggiarlo, ma senza nerbo, un discorso incoerente, mal riuscito, fatto più per farlo tacere che altro, come incoraggiare un malato che peggiora, una cosa ostica, ma meglio di nulla.

Ma fino al quarantotto, quarantanove, per chi non aveva un po' di terra, o un qualche mestiere, c'era proprio poco, "come un pesce in secca" diceva qualcuno più per amarezza che per scherzo. Così, quasi senza respiro, i Gorni vissero quei tempi lì, coi pochi guadagni dell'estate a pagare i debiti dell'inverno precedente, e per comprare quel po' di vino, che ormai era l'unica cosa che teneva in vita Guido. Molti avvilimenti, molti magoni, ma c'erano altre cose, cose buone, a compensare almeno l'indifferenza, ci si poteva tirare un po' su.

Dopo che Giulio Bardi non volle più i Gorni, non solo nel cortile della casa padronale, ma neanche davanti alla loro casetta, che una piccola stufa con poca legna non riusciva a riscaldare, si può dire che vivevano a casa nostra, nella stalla. Per i Santi gli uomini vuotavano la parte di mezzo più alta e asciutta e facevano un bello spazio, discosto dagli animali, per noi, e per i "filossieri", quelli che venivano a fare filò, cioè a trovarci di sera, a chiacchierare, a giocare a carte, che in tanti non ci stavamo tutti in cucina. Lì si stava insieme, un bel po' di gente, con sedie e sgabelli, una vecchia tavola, e un tavolino di legno grezzo per giocare a carte, la passione di mio padre, e un po' di tutto, che le donne si tiravano dietro i loro cesti da lavoro, qualche sporta, e da bere, vino, non ricordo proprio una bottiglia di acqua, chi la voleva andava a bere a garganella al rubinetto del portico, che l'acqua potabile arrivava solo lì.

E così, eravamo ben organizzati, noi bambini avevamo un'altalena tra le colonne che dividevano il posto dov'eravamo dalla stalla grande, dove c'erano le mucche gravide e zio Umberto non ci lasciava mettere il naso. I grandi di casa non stavano poi mica tanto a riposo, neanche d'inverno. Se c'era asciutto, c'erano la vite e gli olmi da potare, raccogliere la legna, pulire gli scoli. Lì i ragazzi Gorni in mancanza d'altro davano una mano, per portare a casa qualcosa, un po' di legna o di mele, qualcosa di più per Natale quando si macellava, e si facevano dolci. Cesira, che badava al forno, quello che dava a noi lo dava anche a loro, qualche volta di straforo, metteva una coppia di pane che scottava ancora, nella camicia di Giovanni "Questa portala a tua madre", soldi mai, che non se ne vedevano in giro.

Un nostro vicino, Papi, prese Giovanni appena undicenne ad aiutarlo al posto della moglie, e un giorno alla settimana una delle ragazze a fare il bucato. Anche lì la paga era in natura, ma per Natale si prese Giovanni e se ne andò al mercato a rivestirlo. Ricordo ancora la sua gioia, un caldo vestito di velluto marrone, e quattro, dico quattro, camicie a scacchi, fece vedere tutto a tutti, ma più che altro si guardava lui, dimenandosi per guardarsi i polacchini, come in una danza gioiosa. In primavera però, i lavori erano troppo pesanti per un bambino e Papi si prese un uomo, con Giovanni di straforo a fare le cose adatte a lui. Si vivacchiava.

Il cambiamento in meglio fu per la costruzione del grande ospedale in città, lo chiamiamo tuttora "ospedalone", e di uno zuccherificio altrettanto grande nel Finalese. Valter e Giovanni vi trovarono un posto di lavoro più sicuro e meglio pagato. Finalmente Valter poteva fare il giovanotto con un po' più di respiro, nonostante nel frattempo fossero nate due bambine, ma la miseria era un po' meno… insomma, almeno si mangiava, anche se si facevano ancora tanti piccoli commerci, era ancora in pieno vigore l'arte di arrangiarsi come meglio si poteva.

Una mattina, Silvia venne a dire a sua madre che era nella stalla con le bambine piccole, che la stufa si era disfatta, un bel po' di confusione. Silvia piangeva e gridava stizzita, e sì, i quattro lati, pur legati con parecchi giri di fil di ferro, si erano aperti, il piano di sopra era sprofondato nella cenere e c'era fumo dappertutto. Dora era costernata, anche se se ne stava in silenzio. Andò Gino ad aiutare Silvia a sgomberare, non c'era altro da fare. Portarono via i ferri fatiscenti, la cenere, e basta. Gino scosse il capo. "E adesso son proprio senza stufa…" L'unico ripiego fu una stufa di terracotta alta e stretta, anche lei tenuta insieme alla meglio, che non so da dove saltò fuori. Certo scaldava più di niente, ma non ci si riusciva a cucinare, o a bollire una pentola d'acqua. Soldi per una stufa non ce n'erano, ma il marito di Emma, la sarta, che negli ultimi anni aveva smesso di fare il fabbro, e faceva solo stufe da cucina, fece la stufa per i Gorni.

Lo disse Emma. "Dei soldi non ne hanno, ma hanno detto che pagheranno quest'altr'anno, per Natale. Ma Aldo li ha messi davanti agli altri, perché avranno i loro difetti, ma con loro nessuno ci ha mai rimesso un soldo, gli ha fatto una quattro (la più grande) che così possono fare le loro faccende con comodo". Ero contenta che avessero la stufa, bella grande, smaltata di bianco, con la caldaia di rame che scaldava a dovere, ma ancora più contenta per quello che aveva detto Emma, la gente cominciava ad aver fiducia dei miei amici, pian piano avrebbero smesso di dire, quei poveri bambini, quel pover'uomo, quella là, che mi rompevano.

Pian piano, con i lavori da muratore e la maglieria che stava prendendo piede, un lavoro pagato poco, ma che non mancava mai, la fame, almeno quella, se ne andò del tutto. I ragazzi andavano al cinema la domenica pomeriggio, i più grandi a ballare la sera, Silvia e Dina si fidanzarono, solo Ilves restò sola, la domenica era un brutto giorno per lei, a volte se ne restava dietro la porta a rifinire le maglie, qualche volta a chiacchierare con le mie zie o con le mogli dei miei cugini, o da una famiglia lì vicina, cugini del padre, che avevano solo due figli, e gli passavano qualche vestito, e li aiutavano come potevano.

Qualche volta chiedeva cento lire a mio padre "Mercoledì consegno le maglie e ve li riporto" che glieli dava in silenzio, si fidava, e andavamo al cinema, io, e tre o quattro compagni di scuola. Piuttosto che andare da sola, o con le amiche ormai tutte più o meno fidanzate o sposate, veniva con noi bambini, lo stesso la domenica mattina, mai in chiesa, ma al mercato. "Non ho soldi per comprare" diceva, ma per fare un giretto tra le bancarelle, si accodava a qualcuno della mia famiglia, come se fossero suoi di casa, mai coi giovani della sua età, a meno che avessero con loro la moglie o qualche donna, magari la madre. Capii solo più tardi che le donne diffidavano, era bella, e libera, e gli uomini hanno gli occhi che a volte vagano. Per me era mia amica anche se avevamo quindici anni di differenza, e anche le mie cugine e le mie zie non avevano pregiudizi, ma purtroppo non le riuscì mai di fare la vita delle altre ragazze e anche se faceva finta di nulla, alle volte si lamentava, con Franca e sua madre, che sapevano ascoltare.

Ma l'anno dopo tornò dalla risaia con un fidanzato, un uomo trentenne che sembrava ben deciso a sposarla, tanto che cominciarono a preparare le carte, e un po' di corredo, e addirittura un bel vestito blu, che glielo fece l'Emma, il primo vestito non fatto in casa e del tutto nuovo che avesse mai indossato, fatto apposta per lei. Era euforica, finalmente toccava anche a lei di fare la sua parte, di sentirsi finalmente alla pari, che allora, in campagna, le donne consideravano il matrimonio un arrivo, lo scopo più importante di tutto il maneggio che si prendevano in gioventù. Una cosa un po' triste, ma se una non era la moglie di... si sentiva, da se stessa, fuori posto, anche la migliore. Anche i maschi del resto, se uno già prima dei trenta non prendeva moglie, risultava un "putto": uno un po' più indietro degli altri. Era piuttosto dura, a pensarci, la morale contadina, ma tant'è, pochi, per non dire nessuno, la mettevano in discussione per tanti motivi, non ultimo una specie di vigliaccheria difficile da spiegare, ma meglio fare il passo, cioè sposarsi, che stare al palo, col rischio che a quarant'anni nessuno né giovane né vecchio ti veda più. E così l'Ilves si preparò all'occasione, il giovanotto la presentò ai genitori, non era uno di qui, ma sembrava un'ottima persona, e insomma, ormai ci si era abituati all'idea, e tutto era pronto, quando il giovanotto sparì. Del tutto. Qualcuno fece sapere alla famiglia che lui non si sarebbe più presentato, che non avrebbe preso per nessun motivo una così. Di nuovo Ilves entrò in una specie di quarantena per la vergogna, e per non far parlare la gente, che, invece, parlò a tutto spiano: chi mai aveva raccontato al fidanzato la faccenda della pelata... chi e perché... non era giusto che anche lei facesse la sua strada... o magari questi aveva visto com'era povera, o chissà com'era stata. Si fece qualche nome dell'eventuale spia, una che avrebbe avuto invidia, solo nomi di donne, si capisce, gli uomini non stanno lì a ciarlare e a far danni, son più furbi gli uomini...

Veramente, quando l'Ilves ricominciò a frequentare i vicini, dei nomi non ne fece, era avvilitissima, e sembrava rimpicciolita. Quel po' di roba che aveva racimolato per dote andò divisa tra Dina e Silvia che si sposarono una di seguito all'altra. Dina stava a posto, ma Silvia sposò un uomo povero come lei e quando non ce n'è, non ce n'è, e per il vestito pensò a quello blu, ancora intonso, della sorella maggiore, ma quello no. L'Ilves si incattivì, per lei la sorella avrebbe anche potuto maritarsi in camicia, che lei per pagare il vestito blu stava ancora lavando il culo all'Ester, anche se ne avrebbe fatto volentieri a meno, ma cosa... un vestito solo nella vita, e no e poi no, era una donna anche lei e almeno un vestito da cristiani... robe da poveri... Silvia usò il vestito, che Emma allungò quattro dita, e lo portò indietro, riaccorciato, alla sorella, che lo voleva veder marcire sotto i suoi occhi.

Ormai se ne erano andate del tutto. Dina, che per tre o quattro anni, tutte le domeniche aveva portato qualcosa a Dorina, e Silvia. Valter ormai faceva il muratore a posto fisso, e Giovanni appena quattordicenne anche lui a muovere assi nei cantieri, lavoro da uomo ma paga da ragazzo, e l'Ilves tutte le mattine ad accudire Ester, una vicina bisbetica che viveva in carrozzella, per aiutare Albina che da sola non ce la faceva a sollevarla, e poi qua e là dove poteva, che se c'era qualcosa di buono da fare lei era l'ultima ad essere chiamata.

Un giorno se ne lamentò con zia Betta, che era in qualche modo la sua confidente. Sebbene fosse più anziana di sua madre, o forse proprio per questo, Betta aveva già i suoi anni ma ci si poteva non solo parlare del più e del meno, ma anche piangere per sfogare l'amarezza del matrimonio mancato, e mille altre piccole miserie, qualche frase ironica, qualche accidente biascicato a denti stretti. Betta di solito ascoltava in silenzio, sempre con qualcosa in mano, se era sera il suo cestino da lavoro, oppure direttamente in cucina, dove passava, si può dire, la vita. Lei lavorava e Ilves, guardinga, parlottava. "...e dite Betta, me la meritavo una cosa così?... non avrebbe mica potuto andarsene prima... o anche stare dov'era, almeno la figura con la gente... almeno quella poteva risparmiarmela, no?" Silenzio. Un silenzio denso, come certe giornate afose che si fatica a sopportare il caldo, ma che cosa ci si può fare... poi Betta si voltò verso la ragazza guardandola dritta in faccia, meritava una risposta, un qualcosa, che quando uno chiede... con l'insistenza di Ilves poi, una passione, il desiderio di una parola buona. "Beh!..." e poi di nuovo silenzio, solo due secondi, che fecero chinare la testa a Ilves, confusa. "Io dico che è meglio così, che vada ad annegarsi in un'altra acqua, e la gente... lascia perdere... non hai la tua vita in mano? Pensa un po'... uno a modo sarebbe venuto di persona a spiegarsi, poteva anche chiedere,no? Uno che scappa... e lui è sicuro di essere bello pulito? In tal caso si sarebbe ammogliato con una del suo paese, uno che magari ha dei figli per il mondo, e che il mattino dopo avrebbe cominciato a rinfacciarti le tue cose per coprire le sue... è già successo anche qua attorno che qualcuna ha fatto una vita da cani... per orgoglio... per dire di aver trovato marito... dai retta a me, che son vecchia, meglio che abbia preso la porta."

Le chiacchiere di paese, irruenti come un fuoco di paglia, calarono in fretta. Purtroppo restava una nota in più sul conto di Ilves, una macchia, per certi uni indelebile, che la allontanava sempre un po' di più dal mondo di quelli della sua età, che rendeva sempre più labili le sue già deboli aspettative, e più difficili i rapporti coi famigliari. Le due sorelle, giovani spose, la trattavano piuttosto freddamente, così come Valter, che ormai dopo la malattia del padre era un po' il capofamiglia, un po' perché era quello che guadagnava di più, un po' per la serietà che lo distingueva dai suoi coetanei, e per un'onestà innata: senza vantarsi né lamentarsi si faceva carico degli impegni che suo padre non era in grado di seguire, diventando il cosiddetto braccio destro, che Dorina, con due bambine e Gigi ancora piccoli, aveva il suo daffare. Così lui, che non aveva ancora vent'anni, fece le sue rimostranze alla sorella maggiore, che evitasse di andare "in bocca alla gente" e così via...

A sentire Valter Gorni parlare dei suoi, uno che non lo vedesse non avrebbe pensato ad altri che a un buon padre. Qualche volta, quando avevo quattordici o quindici anni e si facevano festicciole in casa per risparmiare, mi faceva ballare e mi diceva qualcosa di carino, io non ero capace di rispondere, al massimo gli dicevo un grazie o un ciao alla fine della festa, solo perché ci conoscevamo bene. Non mi sarei mai messa a parlare con lui come facevo con tutti gli altri, non riuscivo a sorvolare il tempo da che lo ricordavo, la sua disperazione di ragazzo affamato, senza un soldo, senza bicicletta, io, che da bambina andavo al cinema tutte le domeniche con mio padre, e i ragazzi più grandi, maschi e femmine che riempivano le domeniche di allegra e indaffarata confusione e lui seduto in un angolo della soglia che guardava, e tutto l'impegno con cui aveva lavorato, quando appena si trovava qualcosa da fare, che a soli vent'anni si occupava come meglio poteva dei suoi. Era un uomo, era come se avessi ballato con il padre di qualche mia amica. Se con gli altri mi sentivo una "quasi ragazza" con lui non riuscivo a salire l'età gioiosa che si avvicinava con le sue mille illusioni, con lui mi sentivo una bambina di dieci anni, che va alla festa ma solo per guardare. Una soggezione affettuosa. Con suo fratello Giovanni che aveva un anno più di me ballavamo come pazzi il "bughi bughi", un ballo americano, non so scriverne il nome, che suonavano in tutti gli angoli, dove tutti si dimenavano fino allo sfinimento. Noi ragazzi più giovani andavamo dietro l'osteria per ballare e per ridere in pace, stando attenti a che non ci vedessero le nostre madri...la mia si sarebbe messa le mani nei capelli.

Verso il cinquantacinque aprirono due sale da ballo, una in paese, dove ballavamo da settembre a maggio, e l'altra all'aperto, per i mesi estivi, nel paese vicino, a un quarto d'ora di bicicletta da casa. E poi, in un paio d'anni, ogni paese, qualche volta anche i paesini più piccoli, ebbero la loro balera, sempre piene, al pomeriggio da noi giovanissimi, alla sera dai più grandi, ma anche da noi se qualcuno ci accompagnava. Io smisi del tutto di andare al cinema, il ballo era un'altra cosa. Al cinema guardavo le storie degli altri, e mi piaceva, ma non c'era dialogo, si andava, si guardava, e si tornava, al massimo si chiacchierava un po' per strada, così, con chi ci capitava, quasi sempre persone adulte che parlavano di cose serie, giuste, sì, ma che delle volte mi guastavano l'umore festivo.

A ballare invece eravamo un "noi" come a scuola, gente della stessa età, con la stessa voglia di muovere le gambe, di farsi valere e perché no, di farsi vedere. Il ballo era una passione, a momenti direi collettiva, dei giovani del dopoguerra. Ma anche qui, quando c'era Valter Gorni non allungavo né gli occhi, anche se vedevo che era un bel giovanotto, né tantomeno la lingua. Forse mi vedeva bambina, più di quanto non fossi, non me lo chiedeva di ballare, si avvicinava sorridente e mi prendeva gentilmente per un gomito. "Balliamo un po', tu ed io, con le altre ci ballo dopo..." non c'era neanche bisogno di chiedere "Valter, scusami, eh... mi faresti il piacere di insegnarmi la parte rovescia del valzer..." "Ma si capisce che ti insegno, che non voglio che facciamo figuracce". Un valzer o due ballati adagio perché imparassi e poi spariva. Con le altre ragazzine non ballava né parlava, non erano adatte a lui, non erano di casa, come me, e a me restava un vago senso d'orgoglio e di soggezione difficile da spiegare, mi piaceva aver ballato con uno grande, ma lo vedevo troppo distante da me, non un ventenne, ma un uomo fatto, un papà. L'ho sempre visto e lo ricordo così, uno che cammina più adagio dei suoi coetanei, non perché non sa la strada, ma perché ha un peso sulle spalle che non può e non vuole mollare: la sua famiglia.

In balera veniva poco, ma ballava tutto il tempo: per due mesi buoni, ballò quasi sempre con una ragazza della sua età, figlia di un falegname del paese, bella e benvestita, sembravano molto affiatati, e io non vedevo l'ora di raccontare a qualcuno che Valter aveva la morosa, se la meritava una bella storia, e fui molto delusa quando tutto sfumò. Io avevo perso il maestro di ballo ma lui aveva perso ben di più, aveva perduto quella piccola ma preziosa felicità che ci fa salire leggeri al di sopra degli altri, l'aveva perduta quasi prima di averla trovata.

"Ma chi vuoi che lo prenda... (lo disse sua cugina mentre tornavamo a casa dal forno) è proprio un bel giovanotto, ha un bel modo di fare ed è bravo come il sole, ma cosa vuoi mai... poveretti... son poveri come San Quintino, capirai... lei che si stima così tanto, e poi è figlia unica e i suoi genitori, sai com'è..." e continuò fin sul passo di casa; io non sapevo niente di San Quintino, forse è il protettore dei poveri? Ma mi si sviluppò una tale antipatia per questa tipa che l'avrei picchiata.

Da allora Valter capitava in balera solo gli ultimi venti minuti, quando non ci voleva più il biglietto, e stava un po' con noi di casa, parlava un po', ma si guardava attorno inquieto, e lei, quando lo vedeva, usciva in tutta fretta, girando distante più che poteva. Che tristezza! Un colpo che fece di lui un diverso, incapace di legare con le ragazze e poco coi coetanei, come la sorella maggiore, spostati, fuori tiro, prima del tempo, dalle aspettative della giovinezza, fuori dalla speranza. La vita per loro, più che per gli altri, era sempre di più un modestissimo tran tran.

Gigi, a sei o sette anni, era un bel bambino, e le due più piccole a tre e quattro anni due graziose bimbette. Tutto il tempo che non passava con l'Ester, che ormai era il suo lavoro fisso, l'Ilves era indaffarata con loro. Tra loro litigavano anche, ma più per fame che per altro, ma adesso piano piano si viveva un po' meglio. Ricordo una volta, che l'Ilves venne a mostrarci un bel paio di sandali rossi col tacco a spillo, era contenta come una bambina, e il primo vestito completo di Valter, troppo grigio, secondo me, e portato anche con molto grigiore, con una specie di malinconia.

La miseria più nera un po' da parte e i magoni ben chiusi nel loro guscio, fino a quando si risentirono parole gridate e pianti dalla casa dei Gorni... eh! Sulle prime nessuno ci fece caso più di tanto, e poi ognuno ha il diritto di piangere, quando bisogna, ma tutte le sere, a ora di cena Valter gridava, sempre un po' di più, e Ilves a rispondere, ma più che altro a piangere, qualche volta anche i genitori si lamentavano forte. Disertavano casa nostra, e scappavano letteralmente per le loro cose con un muso lungo così. Quando si capì che Ilves era incinta, si alzò il solito vespaio, la Betta biascicò qualcosa tra i denti, guardando il cielo, come faceva quando era al massimo dello scoramento. "Cosa dici zia?" "Ma taci va là, te" con un tono del tutto inusuale, per lei. Poi come al solito le cose si calmarono e l'Ilves, già con la pancia che lievitava un po', ricominciò ad andare ad accudire Ester e ricamare maglioni, due lavori da poco, ma meglio di niente, e lei non stava mai ferma.

Io, che andavo spesso in paese, almeno una volta al giorno per prendere tabacco e cartine a papà o a zio Umberto, che fumavano come due turchi, avevo intuito chi era il padre anche se non l'avrei detto di sicuro: avevo visto, ci facevo caso solo ora, qualche volta l'Ilves e Rico Galli uscire, a poca distanza l'uno dall'altro, dal lungo viottolo che portava alla casa dei Puvi, ora disabitata. Tra la casa e la ferrovia c'era un terreno incolto pressoché invisibile sia dalla casa sia dalla strada, chiamato il nido delle lepri, proprio perché ci si poteva nascondere, e loro non erano certo gli unici ad approfittarne. Sì, adesso che ci pensavo, quando l'Ilves era da quelle parti, l'avevo vista proprio uscire dal viottolo due o tre pomeriggi, verso le quattro, pedalava tutta sorridente e mi faceva un cenno di saluto senza quasi vedermi e Rico era sempre nei paraggi, centro metri più avanti o più indietro, ma al contrario di lei fingeva proprio di non vedermi, o al massimo faceva un cenno col capo più voltato di là che di qua, chiaramente infastidito, chissà perché.

Adesso capivo che avrebbe preferito trovare la strada deserta, ma tant'è. Tacqui perché non avevo l'età, ma mi feci mille considerazioni dal di dentro dei miei sedici anni, con le idee che mi ero fatta, o meglio, che mi stavo facendo, della vita. Ho sempre avuto l'impressione che i miei pensieri non fossero proprio i miei, ma quelli, spartani, di mia madre, quelli sempre un po' severi, ma molto più elastici di mio padre, e di tutte le altre teste di casa, insomma faticavo a dirimere, pensavo a questa cosa da tanti punti di vista, ma alla fine, tra quello che avevo visto e quello che avevo intuito più che capito dal bla bla generale, ne cavai fuori una bella delusione, un'amarezza. Di solito i rapporti tra i giovani e le ragazze cominciavano e finivano, se finivano, senza tanto chiasso, con qualche muso, qualche mala parola, che restava in un ambito quasi del tutto privato, o in un fidanzamento che tutti approvavano, con anche una buona dose di ruffianeria, o, non di rado, nel cosiddetto matrimonio riparatore, che dopo un certo scricchiolamento, iniziava con una bella festa e continuava come tutti gli altri matrimoni, né più né meno, e qualche volta ci si scherzava. "Questo è passato dalla siepe." Tutto era così semplice, alla fine, così normale, basta stare al proprio posto, comportarsi bene e via di seguito. E io ero amareggiata per Ilves, che si trovava nei guai, non solo per le chiacchiere, già avvilenti, ma guai seri, senza aiuto, e per il dispiacere che arrecava ai suoi che già erano al limite, e delusa da lui, molto delusa. Lei magari, che, con il matrimonio mancato, e la storia più terribile di prima, era, secondo la dura mentalità contadina, fuori dalle giuste occasioni, aveva fatto male, sì, ma alla fine era ancora giovane e bella e se si era lasciata prendere da un desiderio o da un sentimento o quale che fosse, cosa aveva fatto poi di male... alla fine sarebbe stato peggio se si fosse messa con uno sposato, che là nel nido delle lepri, secondo me, ci andavano quelli che avevano qualcosa da nascondere.

Lui invece, che non aveva magagne dietro, avrebbe potuto fare come tutti gli altri, prendersi il disturbo di cercarsi la morosa, e non prendersela comoda e alla fine fare il vigliacco o il tonto che dir si voglia. Va bene che era il più timido dei suoi fratelli, ma lo stesso non mi sembrava giusto, un bel giovanotto, ma via che non aveva scuse, va bene che lui aveva ventuno anni e lei quasi venticinque, lei era più vecchia, questa era la critica più ricorrente, lei doveva avere giudizio, è la donna che deve tener aperti gli occhi e così via, ma io pensavo che era molto sciocco e poi non era mica appena nato.

Ma Ilves, dopo che aveva come si suol dire, perso la faccia, si era ripresa coraggiosamente e aveva ripreso le sue cose da Ester, e avanti e indietro con dei fagottoni di maglie sulla bicicletta, che ricamava nei ritagli di tempo, e nell'inverno ad accudire le sorelline piccole, nella stalla, che la Dorina era praticamente sfinita, già dal peso della famiglia, e questa gravidanza in aggiunta... Si dava da fare in tutti i modi Ilves, anche un po' fuori dalle regole, ma il bisogno tira fuori l'ingegno. Nella lavanderia di Ester, molto più asciutta di casa sua, d'inverno, prima di andare a casa, aggiungeva legna grossa alla caldaia, andava a prendere le sorelline e facendo un lungo giro dietro i fabbricati per non farsi vedere, faceva loro il bagno vicino al grande portellone aperto, pieno di fuoco, e sempre di soppiatto le riportava a casa. Allo stesso modo, di sfruso, lavava e asciugava il bucato. I contadini o qualcuno della latteria potevano fare caso a quel furtivo via vai... l'Ester, padrona di tutto il grande fabbricato, era una che si faceva valere, una che, anche invalida, alzava la voce un bel po', ma l'Ilves stringeva le labbra rabbiosa: così, con la pancia, e cattiva, non era più lei. "Quelli lì, meglio che badino ai loro interessi", tra i "quelli lì" c'era anche la famiglia Galli, ultima in fondo al caseggiato, "meglio che tacciano, se non vogliono che..." e qui le parole diventavano veramente brutte, cancheri, occhi cavati e case bruciate, robe assurde, che nessuno ci credeva, ma sempre brutte cose. "E poi se dovesse gridarmi dietro, la lascerei lì ad arrangiarsi, chiama poi la Lina (la madre di Rico Galli) che vedremo, se ci va." Insomma l'Ilves, certo non tutto a torto, era rabbiosa, della sua bella avventura, le era rimasta un'amarezza feroce che insieme alle fatiche le aveva fatto perdere il suo bell'aspetto, ora col corpo sformato e la faccia livida, con le labbra sempre imbronciate, davvero sembrava tanto più vecchia della sua età. Ma tant'è, aveva perso il pudore, guai a stuzzicarla, e del resto erano in pochi a rivolgerle la parola, meglio far finta di non vederla a volte, era talmente scostante...

I miei di casa e la famiglia dei cugini che avevano sempre avuto dei buoni rapporti e pochi altri, però, avevano preso quel cambiamento per quello che era, una cosa che si sarebbe aggiustata prima o poi, anche se per ora non si capiva in che modo, per adesso andava trattata con una cauta gentilezza, non si poteva mica far finta di niente, né metterci becco. "Adesso ci vuole pazienza", lo diceva Betta con la famiglia in generale, e mio padre, che invece il becco ce lo metteva, lo disse a Dora, una mattina, forse Natale o Capodanno, che la vide trafficare nella baracchetta accanto alla casa: tornava da Messa, ci andava due o tre volte all'anno, e doveva essere nello spirito adatto, più del solito, e poi mio padre certe cose se le sentiva, ecco, se si sentiva di fare una cosa "fatta bene", se poteva, la faceva. Traversò il crocicchio fischiettando tra i denti, per evadere un po' l'imbarazzo e si fermò davanti a Dorina. "Son venuto a farvi le buone feste, Dorina... che nella stalla non venite mai... allora son venuto io..." "Mio Dio Aldo... non c'è mica bisogno..." "Come non c'è bisogno... stamattina, nell'andare in là (in paese), mi sono fermato dall'Agata e da suo marito che non li vedo quasi mai, sono andato dai Morelli, dai Golinelli... e senza quelli che ho trovato per la strada e dunque..." Se Dorina era sorpresa, (eran sempre loro che venivano da noi, e poi a casa sua per i soliti tristi motivi non ci andava quasi mai nessuno), o imbarazzata, fu comunque praticamente costretta a prendere non solo le due parole di auguri, ma quello che mio padre "si sentiva", che "ve lo volevo proprio dire". Una lunga e appassionata arringa, se così si può dire, di incoraggiamento, i "ci vuole pazienza" contornati da mille parole, che dovevano convincere Dorina delle sue buone intenzioni. Il freddo che si erano presi, di sicuro mio padre non lo valutò, e neanche lei, speriamo.

Era già primavera e ad accudire Ester venne l'Albina, la donna di prima, ormai anziana. L'Ilves aveva smesso anche con le maglie. Aiutava sua madre e se la prendeva un po' comoda, e un'altra cosa faceva, parlava con le donne di casa e con sua cugina, mentre le sue sorelle sposate le parlavano a stento. Esprimeva i suoi dubbi e le sue difficoltà senza più l'arroganza rabbiosa di prima. "Ho una fifa..." ma si lasciava convincere dalle risposte ovviamente incoraggianti, delle donne, e terminava con un sorriso speranzoso... "Perché a momenti..."

Neanche a momenti Rico si fece, in qualche modo, avanti. Per tutti quei mesi non si era visto altro che nella latteria. Fuori, né in paese, né dai miei cugini suoi coetanei, che erano amici da sempre, non lo si vedeva da nessuna parte, eppure a quell'età lì i giovanotti erano sempre all'occhio, ma nessuno parlava di lui. Le parole erano andate tutte a lei, ma adesso parole o no, c'era un bimbo in arrivo, e ci sarebbe stato da prendere qualche provvedimento. "Che i ragazzuoli, se hanno la fortuna di avere la salute, hanno anche un buon appetito..." Lo disse mio padre quasi soprappensiero. In quell'ambiente quasi del tutto maschilista, gli uomini, solo perché maschi, avevano sempre ragione, "gli uomini si tiran su le braghe e sono già a posto", un detto crudele ma piuttosto addentro, nella testa di molti.

Ma c'era chi guardava più a fondo, anche se non sembrava. Valter Gorni, che ormai aveva smesso di sgridare la sorella tutte le sere, da uomo, aveva preso il coraggio a due mani e un pomeriggio alle due, quando la latteria era chiusa, coi suoi abiti migliori, seguito dal padre, purtroppo sempre più assente, si era presentato alla porta dei Galli. Noi ragazzi, Andrea, io, la Bianca e Franco Artoni, seduti sul tronco di fianco alla legnaia, che era un po' la sedia di tutti, quando c'era la buona stagione, li vedemmo passare e salire faticosamente lungo la scala esterna dei Galli, sopra il magazzino. Proprio bambini non eravamo più... Andrea, di gran lunga il più silenzioso, sbottò "Solo che la Lina non li sbatta giù..." Il carattere di Lina non saprei come spiegarlo, bisognava conoscerla, avrebbe tenuto testa al Papa.

Dopo mezzo minuto la porta si aprì e Valter, col padre sottobraccio, entrò. Si aprirono anche le nostre orecchie, un lungo parlottare... era Valter che parlava... mi si strinse il cuore... poi si sentì la voce un po' più quadrata di Rico, un lungo diniego, no, no, no, furono le uniche parole che capimmo chiaramente, e continuò per un bel po', mi meravigliai tra me che parlasse tanto a lungo e con un buon tono di voce, chissà che fatica... Poi fu la volta di Gino che parlò a lungo, la voce, più bassa degli altri, che a tratti spariva, e si rialzava ma non più di tanto; anche qui pensai, con un po' di magone, che Gino non avesse mai parlato tanto in una volta sola, beh! Si vede che i Galli padre e figlio ce l'avevano la voce, peccato che noi curiosoni non riuscissimo a capirci un'acca. Così... parlarono a lungo i due giovani e il padre, la voce di Valter si era alzata un po', quella dei Galli meno, ma nessuno demordeva. A noi, che non riuscivamo a capire le parole, sembrava il ronzio insistente di un indaffarato calabrone attorno a un cespuglio, più o meno insistente, finché saltò fuori più acuta e più alta la voce della "dragona", il nomignolo che Lina dovette suo malgrado tenersi, da quel giorno in poi. Qui se ne capirono molte delle parole, un vero e proprio sproloquio, sempre con lo stesso sugo : "se avessero avuto un po' di criterio non sarebbero neanche andati da quella parte, per la figlia che avevano" e qui si vuotò lo stomaco di tutto il peggio.

Dopo quell'urlamento li aveva stesi tutti. Nel frattempo tutti i vicini erano saltati fuori di casa, mentre lo zio Umberto dava dei curiosi maleducati a tanti quanti eravamo, ma inutilmente, eravamo tutti convinti che quella era una storia nostra, che avevamo tutti i diritti di ascoltare. Dopo l'urlata, ci fu un altro lungo parlottare misto che sarebbe forse sfociato in una lite, se di nuovo Lina, con altri quattro urlacci, non spedì i Gorni sul pianerottolo. "Ha fatto molto che non li ha buttati giù per le scale..." ma non fummo noi ragazzi a dirlo e nessuno rise, e si avviarono ognuno per le proprie cose. Solo noi quattro restammo seduti sul nostro tronco, e li vedemmo ripassare. Valter, rigido, guardava dritto davanti a sé, come se seguisse una linea tutta sua, che gli altri non vedevano, e Guido dietro, a testa china e incerto, coi vestiti che gli avanzavano attorno, tanto era dimagrito negli ultimi anni, silenziosi come fantasmi. Mi fecero un tale effetto... e al posto della sicurezza invadente di prima, provai lo stesso dispiacere di qualche anno prima, prima che nascessero le bambine, quando Valter una sera nella stalla, aveva detto che se ne sarebbe andato... "prenderò i miei tre stracci e..." e invece era rimasto a fare il padre, al posto del suo, di padre. E adesso che stavano appena appena rialzando la cresta, questa nuova difficoltà, un bambino coi suoi mille bisogni e l'essere di nuovo sulla bocca della gente, più grave di quanto si possa pensare, per un uomo delicato e sensibile come Valter, e le urla della dragona... una scenata che non lasciava adito alla speranza, con gli uomini, magari anche un anno dopo, se ne sarebbe potuto riparlare, ma così...

Il bambino nacque dopo una ventina di giorni, e il parto andò bene. C'era un detto dalle nostre parti "Ogni bambino nasce col suo cestino". Era un'usanza molto seguita che, al primo figlio, la madre della sposa, qualche tempo prima del parto, arrivasse col corredo, e in questo caso, la parte che Dora poteva era ben poca cosa, e alla dragona neanche a pensarci...

Avevano portato giù un letto per Ilves, perché di sopra dormivano tutti gli altri nell'unica stanza, con una coperta appesa a dividere il poco spazio. Insomma, per Ilves e suo figlio si era trovato quell'angolo lì... dove le donne del vicinato arrivarono quasi furtive, per via dei Bardi che non volevano tanto viavai nel cortile, e il "cestino" furono loro, chi più chi meno, a riempirlo, di tutto, dolci e cibi compresi, e le bottiglie del Marsala all'uovo di buon augurio che "tirava su" erano un numero. Dorina le mostrava a tutti e piangeva, era sopraffatta da quell'empito di simpatia, si asciugava gli occhi e scuoteva il capo, non riusciva a dire altro che "non credevo che... tutti, tutti, son venuti con qualcosa, non credevo che...". Piccole frasi, lasciate a metà, con le donne della sua età, che le facevano discorsi come quello di mio padre a Natale, auguri sentiti e fagotti lasciati lì, anche con un po' d'imbarazzo, che anche dare è difficile, per certi uni.

Tipi rustici, come mia madre, che quella volta lì superò se stessa, e portò tutte le cose smesse del mio fratellino, ancora prima del parto, un pomeriggio sottosera, quando gli uomini e i ragazzi erano ancora fuori e in casa c'erano solo loro due con le bambine, e aveva appoggiato il grosso involto sul tavolo. "Oh Dora, sai bene che la Maria non può (la Maria, sorella di mia madre era la vedova del fratello di Dora, che con due figli se la passava magra) ma io, quel che ho te lo do, che coi figli ho chiuso bottega, perciò qui ti ho messo tutto, guarda, ho fatto l'imbottitura nuova al portinfante, tutto, guarda (razzolò un po' a far vedere il contenuto, alle due donne silenziose) e adesso vi faccio tanti auguri, anche quelli di mia sorella, e vado, che a casa ho il trapelino", e si rivolse a Ilves, "e spero che tu, col tuo, sia contenta come io col mio". Anche il trapelino, che mia madre avevo avuto a quarant'anni, aveva portato un bel po' di scompiglio.

Sulla porta tornò indietro e si rivolse di nuovo a Dora, mostrando il suo malandato braccio sinistro. "Per il bucato vengono poi le sposine giovani, dite qualcosa eh... che siamo qui apposta." E se ne uscì col suo passo spedito.

E tante cose cambiarono, con la nascita del piccolo Daniele, non solo per Ilves. Erano i tempi lenti e al contempo faticosi del mondo contadino che usciva dall'isolamento per avvicinarsi al modo di vivere e di pensare della gente più emancipata, più, come dire... moderna. La televisione, occhio che guardava dappertutto, ci amalgamò quasi senza che ce ne rendessimo conto in un modo di pensare, non dico uguale, ma molto meno dispari di quanto non fosse mai stato (l'hanno detto in televisione) e le cose che in campagna si sapevano a pezzi e bocconi sempre dopo degli altri, ce le sfornavano, ancora calde, anche a noi.

Non che facesse miracoli, ma ci aprì gli occhi su tante cose, non certo tutte belle, ma in ogni caso la televisione era un invito ad andare, a cambiare, cambiare... cambiare per stare dietro agli altri, per bisogno, o per il desiderio, anche solo mentale, di togliersi di lì. In tre anni la televisione entrò in quasi tutte le case, in quegli stessi tre anni una grossa percentuale della gente della Bassa cambiò. Cambiò casa, cambiò paese, cambiò mestiere, sotto lo sguardo a dir poco scandalizzato di certi anziani capifamiglia, che quando alzavano l'indice mettevano a tacere, non solo donne e bambini, ma anche figli cinquantenni. Gente che in breve finì dietro, sorpassata, antiquata, diventò gente di una volta, ora era un altro tempo.

Ma certe cose, certe radici, gli istinti restano tali: non c'è televisione o moda o denaro che tenga. L'Ilves, lì dietro il vecchio portone, nella sua miseria, pur consolata dalla premure dei vicini, diventò... matura, definita nel carattere, e al contempo tenera, si sentiva prima di tutto mamma, fortunata perché il bimbo era in salute e bello, per essere appena nato. Io, che per caso o apposta andavo a trovarla tutti i giorni, la ricordo sorridente, ho proprio avuto l'impressione che per quaranta giorni non abbia fatto altro che tenersi stretto il figlioletto con un sorriso fuori dal tempo, fuori dai pensieri, solo lei e il suo fagottino caldo.

Invece doveva aver strologato ben bene sulla sua situazione e quella che si alzò dal letto non era più né una povera ragazza, né una di quelle, né una che voleva approfittare degli altri. Se mai era stata una così, se lo era stata per caso o per ingenuità o per fame, proprio la fame fame, beh, adesso bando a tutto questo, adesso quella non era più lei. Adesso lei era la madre di Daniele, e intendeva tener conto di questo, della grande gioia, e delle difficoltà, cose sue, che aveva poi già compiuto ventisei anni. Lo diceva senza l'amarezza di quando, in tanti, le avevano fatto notare che Rico ne aveva ventidue: "rispetto a lei è ancora un bambino" tuonava la dragona.

"Adesso ad andare avanti ci penso io, cosa ne dite voi...", lo chiedeva e lo affermava al tempo stesso, quando si trovava coi miei zii e zie, più anziani di suo padre, ma anche coi più giovani che le erano stati attorno per la nascita. Aveva ripreso più di prima confidenza, era pur sempre l'amica di tutti anche con un figlio, anzi era più aperta e orgogliosa, anche se dopo l'euforia dei primi tempi le risposte si erano fatte più caute, sarebbe stata dura per quanto lei si impegnasse.

E così, forte del suo amore per il figlioletto e della sua buona volontà, un giorno ci andò lei, dai Galli, a fare le sue richieste. L'accompagnarono don Otello, il prete del paese vicino, un uomo simpatico che si prestava a far da paciere, e ovviamente da testimone sia in delicate situazioni come questa ma anche in molte cose pratiche, quando ci voleva non solo la "buona parola" ma anche l'occhio per qualche documento che i nostri padri e spesso anche noi eravamo piuttosto scarsi. Lui non lo si pagava, ma proprio per questo il suo aiuto era ben valutato. E poi c'era Gregorio, suo zio, tutto dall'altra parte: Gregorio era il segretario molto stimato della quasi neonata Camera del Lavoro, un organo molto sentito in questa pianura, dove lavoravano anche i gatti, anche lui, come il don, non avrebbe chiesto né soldi né nient'altro.

Così, sempre dopo pranzo, quando la latteria era chiusa, e la famiglia ancora attorno alla tavola, i due uomini e Ilves col suo bambino messi al meglio, entrarono dai Galli. Cosa chiedevano? Un bel matrimonio sarebbe stata la conclusione migliore, ma se proprio non ci si riusciva ad accordarsi, c'erano altre cose, non per Ilves, ma per il bambino, solo per lui, il cognome, che... e un'altra cosa, meno importante forse, ma altrettanto giusta, e molto più utile, era da mantenere questo bambino, da tirar su, era un dovere... i Galli stavano bene, e la madre invece... lo sapevano anche loro come andavano le cose, un aiuto non li avrebbe certo scomodati e...

E tornarono con le pive nel sacco, niente, neanche le urla di Lina per saluto. Una conversazione più tranquilla, più sobria di quanto ci si sarebbe aspettati che rese ancora più efficace e più serio il rifiuto. Per la scala dei Galli, Ilves non salì più. Pianse a lungo con Betta e Franca che ci era venuta a trovare. "Niente, avete capito... neanche una mezza lira, almeno per quest'inverno, adesso c'è caldo ma quest'inverno lì dietro la porta ci geleremo io e il mio bambino... un po' di cuore almeno per lui... macché..."

Le rispose più che altro il silenzio della casa. Con l'arrivo dell'autunno Ilves, a forza di insistere, raggiunse un accordo con Ester: se la voleva al suo servizio, avrebbe dovuto darle una stanza per la notte, e che non le rinfacciasse il bambino, quello soprattutto. E così si ebbe la stanza di Erio con i mobili e tutto e un po', poca, libertà. E tanto, tanto da fare. Mettere dentro la legna e accendere stufe e camini prima che il bambino si svegliasse, accudire Ester, e se le avanzava un po' di tempo durante il giorno andava a raccogliere frutta o a vendemmiare. Così correva tutto il tempo tra la casa di Ester e quella di sua madre dove lasciava il bambino, per andare a far qualcosa fuori e dall'inverno seguente, quando il bambino ormai camminava, nella stalla con le sorelline.

Gigi, il fratello più piccolo, andava a scuola e lei lo portava e lo andava a prendere sul sellino della bicicletta, e in cambio lui doveva badare alle sorelline e al nipotino durante il pomeriggio. I bambini stavano bene e c'era sempre qualcuno che gli allungava un'occhiata, che Gigi, vivacissimo, non ce la faceva a stare al chiuso per tutto il pomeriggio. Le bambine, a dire il vero, erano tranquille e così educate che avrebbero potuto stare anche da sole, ma a Daniele, di soli due anni, ci volevano gli occhi addosso, e il suo secondo inverno fui quasi sempre io a guardarli tutti e tre. "Te cocca va a guardare i bambini", tanto il mio fratellino che loro tre, era un ordine di mio padre. E poi c'erano i nipoti di Betta, quattro, e c'era un bel daffare per tutti.

Ogni tanto arrivava Ilves di corsa a vedere come andavano le cose, ma poteva tornarsene tranquilla. Solo qualche volta arrivava Dora, e si prendeva un'ora per guardare le bambine e parlare un po' con le donne, che a casa era sola con Guido, una disperazione. E poi, quando veniva il freddo più freddo, e fuori si faceva solo lo stretto necessario, la stalla diventava più affollata, non solo per ripararsi dal freddo, ma per stare in compagnia, per riposarsi. Si parlava, si rideva, le discussioni degli uomini erano interminabili, e ci scappava qualche lite, che doveva finire in fretta, che mio padre pignolo e nervoso e zio Umberto litigioso al massimo, proprio loro due, non volevano assolutamente sentir litigare. Litigare non si può, e tant'è, o smetterla o andarsene, fosse chi fosse, il litigioso o il motivo della lite.

Ma non va poi sempre così. Un mattino Giulio Bardi e mio padre, che erano stati un bel po' di tempo nella falegnameria, così chiamavano lo stanzone dove gli uomini facevano le loro cose, erano stati ad affilare falci e coltellacci, perché si avvicinava il tempo della potatura e la mola di mio padre era sempre all'opera. I due, dopo il freddo che si erano presi nella gelida falegnameria, erano arrivati nella stalla già piena, ciarlieri e allegri. Giulio si era guardato attorno con l'attenzione maliziosa, per non dire maligna, che faceva parte del suo carattere: per prime le giovani, mia cognata, appena ventenne, e le nuore di Betta, una guardata un po' pesante che forse infastidì mio padre, e poi il resto della compagnia. Guardò attentamente il bel bambino di Ilves, che andava sempre di corsa come uno scoiattolo, papà lo chiamava "ciuighino", piccolo uccello. Forse era la prima volta che lo vedeva così da vicino, la prima volta che si accorgeva quanto fosse vivace. "Che selvaggio..." lo disse quasi tra sé, poi sbottò "E così vi è cresciuta la marmaglia da tenere al caldo". Mio padre storse un po' il viso, ma rimase in silenzio, "nella mia, di stalla, veh! si dimenticano di venire, che faccio presto io a fargli prender dell'aria". "Beh, questa non è la tua stalla, e neanche nostra del resto, ma glielo abbiamo chiesto a Gianfranco (il fattore) se questi ragazzuoli, quando c'è freddo, li possiamo tenere, e Vincenzo, per star sicuri, lo ha chiesto anche alla signora Bianca, che ci ha detto che facciamo bene, guarda mò te..." "Beh, io, padrone o non padrone, una marmaglia così, che van dentro e fuori come se fossero a casa loro, te lo do per garantito, li manderei a sgramignare all'aria fresca, che così si sviluppano..." "Ma tu non sei né me e neanche uno dei miei fratelli..."

Mio padre era ancora abbastanza calmo ma Giulio aveva ormai preso l'abbrivo, non volle o non riuscì a trattenersi e sfociò in un mare di parole molto brutte, distribuì bestemmie e cancheri, nonché sciocchi e puttane a noi e alla marmaglia, anche se non ebbe il coraggio di far nomi. Spiegò quello che avrebbe fatto lui se... tirò fuori personaggi e storie come Mussolini, olio di ricino, manganelli e quant'altro, che non c'entravano affatto né con noi, né con i Gorni, cose che, più di tante altre, nessuno desiderava riesumare. Mio Dio che razza di guazzabuglio era andato a trovar fuori...

Mio padre qualche volta bestemmiava, una bestemmia che intercalava nei suoi discorsi, quasi inconscia. Era un "brutto vizio" degli uomini di allora, ma delle volte, per una qualche disgrazia, quando si sentiva impotente, si sfogava bestemmiando, ad alta voce o tra i denti, un profluvio di bestemmie che vuotava la casa, l'unica cosa da fare era quella, lasciare che la buriana gli passasse. Il giorno dopo stava a testa bassa, come un ragazzo che l'aveva fatta grossa. Le bestemmiate di mio padre e il conseguente e silenzioso rimuginare erano un lato del suo carattere che avrei voluto cancellare, lavare via, da lui e da me, e che invece ho ereditato tale e quale.

Ma per rispondere a Giulio non c'era bisogno di bestemmiare, non si era mica fatto male nessuno, c'era solo da dire, chiaro e tondo, il proprio punto di vista, e mio padre, più pallido del solito, ben arrabbiato, molto offeso, ma ben deciso a restare nei limiti della buona creanza, vuotò il suo, di sacco, e non fu certo un discorsino. Fu solo tutto l'opposto del discorso violento di Giulio, che gli stava davanti in piedi, a gambe aperte, con un'espressione talmente... scostante, non so come dire, ma mi faceva paura. E ovviamente anche gli altri erano preoccupati. I bambini erano andati a nascondersi nello stanzino della botola, da dove facevano scendere il fieno, ci andavano sempre, era il posto ideale per giocare a nascondino o per togliersi di torno, al bisogno, come adesso. E mio padre fece un discorso da padre,e anche un po' da prete. Tirò fuori la carità cristiana, la compassione e quant'altro... "Se fossero tutti come te, Giulio, la guerra non sarebbe mai finita, staremmo ancora qui a scannarci l'un l'altro, l'hai in mente, eh, la guerra e le brutte cose che sono successe, le cose che son successe a quella famiglia che hai confinato nel magazzino, come un branco di anatre, e non vorresti neanche che tirassero fiato. Fosse per te, l'hai appena detto, li avresti lasciati crepare tutti, per liberare le due pietre che prendono…". Giulio ebbe uno scatto nervoso, ma mio padre alzò una mano piatta, un segno di resa o un invito a pazientare, e continuò… "Non ti vien mica in mente, quando parli dell'affitto, non ti vien mica in mente tutti quegli anni che Guido ha passato nella tua, di stalla, a lavorare, che voi eravate tutti ragazzi, e tenevate il culo nel burro, nel mentre che lui e tuo padre si ammazzavano per salvare quel che si poteva, per via che ci fosse qualcosa per tutti, alla fine… e te che adesso che hai moglie vuoi insegnare a tutti, e stangare a destra e a manca, invece di aiutare ci andavi a far lo stupido intorno a casa… Hai idea che non se ne sia accorto nessuno?… E poi vieni qui a dare addosso ai bambini e a dire degli sciocchi ai più vecchi di te… vergognati va là…". Finalmente aveva finito e si avviò verso il portone, prese la sacca che Giulio aveva appoggiato vicino e la sbatté fuori e lasciò aperto. "E i tuoi ferri, valli a far affilare da un altro".

Giulio uscì con tutta calma con uno strafottente "Vi saluto tutti eh…", e credo che quel "tutti" comprendesse anche mio padre e i ragazzi nascosti nello stanzotto e tutti noi, un modo di chiedere, molto alla lontana, scusa. Mio padre restò per un po' rivolto verso la porta con le mani dietro la schiena poi uscì senza bestemmiare, del tutto in silenzio. Miracolo. Mia madre, anche lei del tutto senza parole, se ne uscì per la porta che dava sul portico, non era il caso di incrociare mio padre. Io avrei voluto semplicemente svanire come una nuvola di vapore, via nell'aria, lontana dalla voce degli uomini. Le altre donne ripresero le piccole cose che stavano facendo, ma nessuno osò rompere il silenzio, credo che anche loro, se avessero immaginato quel che era successo, se ne sarebbero rimaste in casa.

Quando l'Ilves entrò capì subito che qualcosa non andava, si abbracciò il piccolo e chiese se le bambine avessero fatto qualcosa. "Ma no che non è successo niente…" ma lei corse fuori a cercare Gigi che era lì sotto il portico indaffarato con gli altri ragazzi e tornò dentro, si tenne il suo bambino in braccio per un po' e poi uscì. A mezzogiorno sarebbe venuta Dora a dar qualcosa da mangiare ai bambini.

Dopo un po' mi chiamò che aveva bisogno di una mano, e mi prese per un gomito. "Cos'è successo, si può sapere..." Feci di no col capo. "Ma dai... (era preoccupata) se è successo qualcosa fra voi (esitò un po') non lo voglio mica sapere... ma..." "E' successo che mio padre e Giulio erano in falegnameria, si son dati una bisciata di quelle... Giulio ha fatto dei versi, e mio padre gli ha sbattuto i ferri fuori dalla porta e gli ha detto di andare da un'altra parte.. non ho poi mica capito cosa avessero da gridare..."

Le bugie di... aggiustamento, le dicevo da quando avevo cinque anni, quando le persone in causa erano entrambe gente mia... con mio padre di mezzo poi, non avrei spiegato, anche se avevo ben capito, neanche se mi avessero cavato la lingua. "Ho capito... ma avrà detto qualcosa di ben brutto per via che Aldo lo butti fuori..." "Ma sai, con la confusione che c'era..." Capì che non avrei detto di più e si voltò verso la casa dei Bardi, maledicendo Giulio e se ne andò quasi di corsa, vituperando come una dannata, e io tornai dentro, sospirando, speriamo non mi chieda più nulla. Una giornata da dimenticare in fretta, se si può.

Mi sembra che dopo quella mattina Giulio non sia più venuto a casa nostra, e nemmeno le sue donne, che del resto non venivano spesso, né si fermò più, come faceva spesso, quando passava in bicicletta, per due parole che immancabilmente finivano con una barzelletta sporca. O per andare dietro casa con zio Vincenzo, a parlare d'affari. Un cenno di saluto lo faceva a mia madre "Ciao vecchia" "Ciao mezzo matto".

Intanto il tempo, con i cambiamenti in corso, sembrava passare più in fretta. Le bambine Gorni crescevano bene, che mangiavano un po' meglio e Daniele anche, era alto per la sua età, con gli occhi e i capelli neri della madre, e i lineamenti del padre. Ormai in primavera i bambini erano sempre fuori casa, ma qualche volta, col mio fratellino e la Franchina che erano i più piccoli, andavo dall'Ester per guardare Daniele, che l'Ilves stava sempre tenendo due o tre lavori per volta.

Non passavo mai sotto la casa dei Galli, i miei non volevano, ma andavo per la strada a casa di Ester. Tra la casa e la strada c'erano due file di alberi, e un bel pezzo di cortile ghiaiato, che era privato, lì non disturbavamo nessuno. Qualche volta l'Ester mi chiamava, e io la portavo sotto le piante con noi. Di Ester avevo un po' soggezione, non tanto perché era la padrona, ma per i suoi settant'anni, la sua carrozzella e la sua pignoleria. Ma alla fine, ci amalgamammo, i bambini stavano un po' più quieti, e non si avvicinavano più di tanto, e noi due parlavamo. Ester era nata lì, e aveva mandato avanti la latteria col marito fino a quindici anni prima. Adesso era vedova e l'unico figlio, Erio, uno dei pochissimi giovani che si era dedicato esclusivamente allo studio (mia madre diceva che non si era mai sporcato neanche il mignolo) se ne era andato da poco a fare l'avvocato in città, portandosi dietro la moglie e la figlioletta, una bambina di sei anni, con grande dispiacere della nonna. A pensarci sospirava avvilita, un semplice Ah… che diceva tutta l'amarezza per il suo stato di solitudine, che faticava ad accettare, ma a poco a poco si stava riprendendo. Da un anno era in casa da sola a mugugnare: aveva perso tanto, negli ultimi anni, oltre alla lontananza dei suoi e la salute, aveva perso Albina che le aveva tenuto la casa e il giardino per trent'anni mentre lei faceva il formaggio, che adesso, tutta gobbetta se ne stava a casa col vecchio marito, e non ne aveva trovata un'altra, che stesse lì con lei tutto il tempo, nessuna donna della zona andava più a fare la domestica. "Io a fare la serva? Ma neanche per nulla…" C'era la maglieria che stava invadendo tutta la Bassa, e la città coi suoi mille allettamenti era come una calamita, che attirava i più giovani, i più intraprendenti, il figlio stesso e la nuora di Ester, che osservava questo cambiamento più con diffidenza che con ottimismo, che in fondo lei era una contadina anche se era benestante, aveva il modo di pensare di chi ha sempre usato le mani e la schiena. Fosse Natale o Pasqua, aveva tirato su le forme finché la pancia le arrivava sopra il bordo della caldaia e mai che avesse pensato a un mestiere un po' più… femminile, un po' meno faticoso. "Ah… se avesse potuto avrebbe fatto tutto lei" (parole di mia madre, che pure non parlava molto), li faceva sgobbare tutti quelli lì nel cortile, lei per prima era sempre sotto..." e qui, faceva una pausa, un po' indignata o forse un po' invidiosa, non so bene... una pausa sentita, "tutti dovevano portare il loro peso. Erio, l'unico peso che portava erano i libri, e quando studiava, guai a fare una parola, non mangiavano neanche finché lui non scendeva, e adesso guarda moh! L'ha lasciata lì da sola, messa com'è..."

Ma a me sembrava di vedere più in fondo, più in là delle parole dette, più che l'acredine, una sorta di inconsapevole invidia, sarebbe piaciuto anche a lei far studiare i suoi figli. Tant'è che qualche volta si smentiva, se magari un pomeriggio tornavano dai campi un po' prima, tirava dritto e andava a bussare ai vetri di Ester per farsi vedere, le chiedeva come stava, se aveva bisogno di qualcosa, quattro parole in tutto, che erano molte per lei. Qualche volta che aveva con sé il mio fratellino, si fermava a mostrarglielo e tornava con la faccia in qualche modo soddisfatta, di chi ha fatto una cosa ben fatta, quel giorno lì le andava così, né più né meno.

Adesso certe idee rigorose sul come tenere figli e genitori si andavano attenuando, certi confini si ammorbidivano, cinquantenni che non erano né giovani né vecchi faticavano sia a lasciare la strada vecchia che a seguire la nuova. Pure con tutta la gente con cui vivevo, la famiglia, e quelli attorno al crocicchio, e tutti quelli lungo la strada, che eran sempre gli stessi, l'età non contava, contava che li conoscevo da sempre come Ester, settantenne, che allora mi sembrava un'età centenaria. Facevo presto a fare amicizia, mi sembrava del tutto normale star lì con lei a rispondere alle sue domande, che se il corpo l'aveva malmesso la mente no, era chiara, vedeva più in là un bel po' dell'ambito della sua casa e delle sue gambe. Come stava mio padre, che lo vedeva sempre passare con la sua valigetta, e Vincenzo, che tutte le domeniche sottosera veniva a trovare Gino; l'avevan venduto il formaggio? Questo non lo sapevo e lei continuava quasi tra sé. "Se non l'han venduto staran di poco, che c'è un mucchio di giramento qui attorno, della roba da Carretta (Carretta vendeva stoffe per tutto, da lavoro, da corredo) ne avevan comprata quest'anno? solo per vestirci o anche roba bianca? ..." e così pian pianino, si faceva raccontare del comprato e del venduto, per non parlare di tutto il resto, se era vero che Mara aspettava un altro bambino...Tutte robe da grandi, alle quali io rispondevo come potevo, non sapevo mica tutto, ma per quel che sapevo rispondevo con tutta sincerità, come mi era stato insegnato a rispondere ai più grandi.

"La verità è un valore", me lo avevano insegnato i miei e a scuola e ancora prima don Vivi che in chiesa lo urlava addirittura: che si poteva anche non rispondere no, non me lo avevano insegnato. "Bisogna dire la verità, ci vuol rispetto per i più vecchi e via..." La mia ingenuità non la vedevo ancora, come spesso non si capiscono le cose se non dopo molto tempo che sono successe, da lontano, già passate per le esperienze, e ne puoi ridere, o piangere, ma niente di più. Ero io quella sciocca ragazzina? Era lei quella donna che badava al sodo e basta? Ero io, sì, e lei era lei: ma a parlare insieme diventavamo un tutt'uno, una semplice verità. E invece adesso, la verità mi sembra talmente fuori, talmente faticosa, talmente più in alto di me. Ma allora ci sguazzavamo, nelle cose degli altri, che dico degli altri, non ho mai pensato, allora, che non fossero storie mie, passate per la mia pancia, per la mia testa, lasciando le loro impronte dappertutto.

I bambini giocavano, erano molto piccoli e ci si doveva tenere gli occhi addosso e anche lei lo faceva, guardava Daniele più degli altri. "A guardarlo bene, e poi anche a guardarlo in fretta è poi tutto suo padre, a parte che è moro, è proprio un Galli stampato che io li ho visti tutti da piccoli... può avanzare di gridare la Lina..." Verissimo. E c'era un'altra cosa che avrebbe dovuto zittire Lina: i suoi figli più giovani, che vedevano il bambino nel cortile di Ester, quando andavano avanti e indietro dalla latteria o a casa nostra, o quando Ilves, la domenica pomeriggio, passeggiava a bella posta dietro le coppiette, e si prendeva lo sfizio di passare cinque o sei volte, sotto la casa dei Galli, che dalla strada la dragona non poteva mica mandarla via.

Lo vedevano si può dire tutti i giorni, e i due più piccoli, due maschietti sui dieci anni che sconfinavano spesso, mentre giocavano allungavano una mano sulla testa del nipotino e un "Ciao Daniele" senza fermarsi, solo per timore della madre, che quando c'era il bambino in giro se ne stava rigorosamente dietro il casamento, le uscite necessarie verso la latteria le faceva letteralmente di corsa, per non dare occasione a nessuno di rivolgerle neanche una parola, e di rimando, non salutava nessuno. È diventata cieca e sorda, era il commento della famiglia che abitava nel mezzo e la moglie del contadino, una simpatica donna che "guarda caso" era una cittadina venuta ad abitare in campagna, si faceva delle grasse risate alle spalle di Lina. Era lei che da casa sentiva tutte le sgridate più o meno severe che Lina distribuiva alla sua figliolanza, nonché quelle fuoriserie degli ultimi tempi, da quando l'Ilves era rimasta incinta. Da allora la gente la chiamava dragona.

"Quando deve andare alla latteria (che dava sul cortile di Ester), va che sembra un fulmine, se c'è poi Daniele seduto sulla porta, o l'Ilves che spazza il marciapiede, te lo dico io come corre... lei veh! non si perde mica a guardarsi attorno; da quando è diventata nonna sembra che abbia sempre il diavolo dietro..." Era la verità. Lei sola ignorava Daniele, perfino Gino, un uomo silenzioso e tutto d'un pezzo, non riusciva a non voltarsi quando vedeva il nipotino. Una mattina, dopo le undici, che ero lì coi bambini, mi chiamò, i suoi figli erano nel locale di fianco a pulire le grandi caldaie di rame e lui era da solo, davanti al lungo tavolato, che rifiniva le forme fresche già dentro il loro contenitore, girava svelto con un coltello a mezzaluna. Un lavoro che mi affascinava, da più piccola ci andavo apposta per guardare e prendere le striscioline che cadevano sul grande tagliere e restavano lì per il primo che le prendeva. "Com'è che non vieni più a prendere il tosello... (lo chiese con un mezzo sorriso, così sul momento non sapevo cosa rispondere, così rispose lui per me) ti credi di essere già una ragazza eh? Troppo grande per fare l'ingorda..." Mi sentii arrossire e lui rise tra sé... il tosello però lo puoi dare a quei bambini lì davanti..." accennò col mento ai bambini nel cortile, mentre continuava a parlare quasi tra sé, poi mi mise in mano un grosso fagotto di linguine avvolto alla meglio in un pezzo della carta oleata che usavano per avvolgere il burro. "Uh Gino... quanto ce n'è stavolta..." "Danne anche a quelli là..." "Si capisce..." Me ne andai un po' perplessa, ero sicura che per "quelli là" intendesse le bambine Gorni e il nipotino, così appoggiai il cartoccio sul davanzale della saletta di Ester e accostai il battente, lo avrebbe poi distribuito Ilves quando tornava dai campi e tornai dai bambini.

Quando mi voltai, Gino era fermo all'ombra della tettoia a guardare, con uno sguardo intenso, il nipotino; lo seguì per un po', trenta secondi... cinque minuti? Non lo so, so solo che i suoi occhi si attaccarono letteralmente al piccolo bambino, poi si voltò e tornò, con passo stanco, alle sue forme. "Il tosello sulla finestra me lo ha dato Gino per i bambini." Lo dissi a Ilves quando tornò, mi guardò, anche lei, con uno sguardo come dire... indagatore, era quasi arrabbiata. "Sì sì, c'è poco da guardare, mi ha chiamato lui, e mi ha detto di darlo ai bambini, non ha mica detto al tuo no, e poi del resto loro cosa se ne fanno, dei ritagli, che del formaggio ne avran fin sopra gli occhi..." Lei scosse il capo con un piccolo sospiro. "Vieni che facciamo a metà" ma io ne presi tre striscioline "tienilo te..." e ce ne andammo, lei coi suoi e io coi miei. Ero contenta, e, come al solito, incapace di stare zitta, lo sussurrai a Betta mentre apparecchiavo, noi da sole, mentre lei era affaccendata davanti alla cucina e le altre si erano prese i bambini, apparecchiare era un compito mio. "Lo vedi, Annetta", mi diceva zio Vincenzo, suo marito, "che le altre quando vengono dai campi hanno i bambini da sistemare, e delle cose più necessarie, e alla Betta, poverina, ci vorrebbero quattro mani, tu invece sei disimpegnata... bisogna che anche tu faccia la tua parte..." e così, la mia parte, erano un bel po' di cosette, delle volte mi veniva da sbuffare, avrei preferito leggere qualcosa, o andare a prugne dietro casa, ma il più delle volte lo facevo volentieri, non solo per aiutare, ma perché rendermi utile mi faceva sentire grande, un bisogno che mi rodeva dentro.

"Avresti dovuto vedere come ha guardato il bambino..." un Mah! Speranzoso, perplesso, dubitativo, fu la risposta, la parola dell'insicurezza, più un silenzio che altro. Era da prima della nascita di Daniele che Rico Galli non si fermava a casa nostra. Prima, lui, Marino e il figlio del casellante, Bruno, si riunivano nel tardo pomeriggio, specialmente d'inverno, a leggere il Vittorioso, un settimanale per giovani, facevano le parole crociate, parlavano di sport, si facevano grandi risate, e stavano ben attenti a una cosa, le donne. Si tenevano ben in fuori da loro, e se proprio ci si incrociava, un ciao distratto a me, che non ero né carne né pesce, un buongiorno serioso alle spose giovani, che gli erano coetanee, e un altro buongiorno (o sera) quasi affettuoso a mamma e zie, quasi voltati dall'altra parte. Erano... buffi, nella loro serietà, nel loro far finta di non vedere, nel cercare il modo migliore per fare i giovanotti, senza la necessaria disinvoltura, e come non capirli... Figli di madri che li amavano troppo, rese ancora più bigotte del solito, dai cambiamenti in corso, di padri a volte troppo severi, a volte troppo stanchi per pensare moderno, che troppo spesso si limitavano a porsi da esempio "Guarda come ho fatto io... e impara", senza che poi si sapesse molto di come avevano fatto loro perché non avevano mica tanto tempo e a volte neanche la voglia di raccontarlo. E se magari a qualche genitore gli saltava di raccontare le sue avventure di gioventù, ci saltavano fuori storie così difficili, così impastate di povertà, di pignoleria, da essere ben difficili da accettare come esempio. Storie amare, quasi assurde, difficili da inquadrare, difficili da collegare col presente e così i nostri, e mica solo loro, si limitavano, in famiglia, a stare sulle sue, e fuori... beh! Fuori si faceva quel che si poteva, a seconda del carattere che uno si ritrovava.

I nostri tre, Marino, Rico e Bruno, amici per la pelle, tre giovanotti bravi e piuttosto belli, avevano un tratto in comune che, se non è un difetto, è comunque una difficoltà che intralcia non di poco le cose della vita, erano timidi, tipi che piuttosto di saltare davanti a qualcuno e magari vantarsene, preferivano restare dov'erano al sicuro dalla critiche delle sorelle, che sapevano sempre tutto, e dagli eventuali rimproveri dei genitori che quelli non mancavano mai. I genitori prima che dicessero va bene, ce ne voleva, più i genitori erano brave persone, nel concetto comune, più erano avari verso la libertà dei figli, i figli dei bravi dovevano sempre dimostrare qualcosa di più, che non sapevano neanche loro cosa, e così i più timidi se ne stavano, prima di tutto, in fuori.

La comunicazione tra figli e genitori era, non di rado, una gatta da pelare. Così zia Betta seppe che Marino era innamorato di Maria, solo quando questa era incinta e disse serafica "Beh, adesso che hai fatto il peccato, devi fare la penitenza, a tuo padre glielo dico io, con un po' di garbo." Bruno Celanti, un adorato figlio unico, che aveva una grossa Gilera, la moto più bella dei dintorni, che però non gli toglieva la timidezza, gli ci volle del bello e del buono per farci salire la sua Angiolina e presentarla ai suoi, che non si poteva mica portare una in giro in moto come niente fosse, gli altri, chissà dove, potevano, ma qui a casa dei bravi genitori Celanti, le cose dovevano avere una giusta logica... e si suonarono le campane.

Solo ieri leggevano i giornalini, ridevano di nascosto, provavano a ballare il tango e adesso erano adulti, padri e madri come tutti gli altri. Avevano fatto il salto, una cosa naturale, semplice per gli altri ma, parola di Angiolina "Ti dico che sposarsi e tirare su un figlio ce n'è da tirare dei sospiri, e poi che io son fortunata che mia suocera mi aiuta in tutto, ma..."

Ma c'è qualcuno che, a fare il salto, neanche quando è ora, non ce la fa. Non può, semplicemente. Rico Galli era talmente timido che per stare con una ragazza doveva essere quest'ultima a prendere l'iniziativa e forse era stata proprio Ilves in qualche modo a farsi avanti. L'occasione non mancava, sempre tutti lì attorno al crocicchio, la domenica d'estate, lui quando avevano finito nella latteria, lei quando si prendeva un po' di tempo da uno dei suoi vari lavori. Lì davanti alla fontanella o seduti di fronte sull'ala del ponte, c'era sempre un bel gruppetto di giovani e ragazze che sparivano quando c'era buio, andavano al cinema o a ballare, o semplicemente, quelli fidanzati, si avvicinavano alla casa e passavano il resto della serata si può dire sulla porta o comunque non lontano da lì.

Per Ilves era diverso, soldi per andare al cinema o altro non ne aveva, e ovviamente quando le amiche se ne andavano col fidanzato, non le piaceva seguirle, e neanche era giusto che stesse sempre coi più anziani, o con noi ragazzi, e con le spose più giovani, era la solita storia, una bella ragazza lì attorno, beh insomma, erano amiche, sì, ma, a scanso di malintesi, meglio tenere le debite distanze. Così Ilves, per via della sua brutta, brutta storia, e poi anche la faccenda del matrimonio mancato, aveva perduto il cosiddetto onore, una cosa, questa, su cui ci sarebbe un bel po' da riflettere, ma una donna doveva pagare dieci volte, quello che un uomo spesso non paga affatto. Se era anche bella, peggio, faceva rabbia, e ne doveva passare dell'acqua sotto i ponti, perché la gente dimenticasse, se mai dimenticava.

Così, per questi motivi, molto più complicati di quanto sembri, Ilves andava bene per tutti quando c'era da lavorare, specialmente quello che non piaceva fare agli altri; che lavorasse, che si sacrificasse, andava bene, ma se alzava la cresta, diventava "quella là", fuori, spaesata. Questo succedeva a Ilves la domenica. Così, quando faceva buio, ognuno per i suoi motivi, Ilves e Rico, che si conoscevano da sempre, se ne restavano da soli, andavano a sedersi sull'ala del ponte e poi da lì... era finita com'era finita, con Rico che già timido si teneva in disparte quasi come un vecchio, non lo si vedeva che in latteria, intento al lavoro, e se qualcuno si fermava lì davanti per due parole, lui spariva dietro, in mezzo alle caldaie, un po' un eremita, per un bel po' di tempo, poi a poco a poco saltò fuori dalla tana. Andava in paese con la sua bella moto, un modo per passare più in fretta davanti ai vicini, che era meglio non dare occasione di rivangare i due anni passati, ma era un giovane dopotutto, anche se quei due anni lo avevano cambiato, era dimagrito, e aveva perso quel poco di spavalderia, proprio poca, che hanno i ragazzi grandi, l'ultimo barlume della giovinezza, e aveva dato una bella botta anche alla timidezza, che si era trasformata in una specie di arroganza, come a dire: sono un uomo, adesso nessuno mi può più dire cosa fare e non fare. Le donne, come sempre, le salutava solo se non poteva farne a meno, per il resto, certi pomeriggi d'inverno, quando c'era meno da fare, veniva a trovare Marino, parlottavano scherzando, ma, se c'era la sposina di Marino nei paraggi, ammutoliva.

Una volta che Marino, tutto orgoglioso, gli mostrò la figlioletta neonata, riuscì a stento, quasi farfugliando, a dire qualcosa di carino, e poi sparì dietro a zio Umberto, che parlava di tutt'altri argomenti, e ne trovarono. Doveva andare militare, dato che risultava senza figli, e lo zio gliela tenne lunga un bel po', a suo modo cordiale "Vedrai che non è nulla, che adesso non c'è mica la guerra, noi veh! Carlo e Vincenzo sono stati in trincea, d'inverno, impantanati fino al collo e con la baionetta (il racconto della prima guerra di Vincenzo era terrificante) cose che per fortuna adesso non costumano più... e poi adesso vi mandano in licenza anche subito se c'è bisogno..." e alla fine, seppure nell'avarizia di parole tipica di Umberto, fu un discorso quasi simpatico, incoraggiante. "Ah, c'è un'altra cosa che ti voglio dire... le donne, non inzappellarti con le donne, ne hai del tempo, quando torni...", cosa voleva dire, quando torni penserai a Ilves e al bambino, che sei già un uomo, oppure il contrario, mi sarebbe piaciuta la prima ipotesi naturalmente.

Il militare lo fece nel Napoletano e non lo vedemmo del tutto, le licenze erano troppo brevi per un viaggio così lungo, lo disse Gino ai miei. Lina restò sempre sullo stesso tono, fare solo i fatti suoi, e così fu la fine di un lungo rapporto, la Lina finì per essere dimenticata, neanche con acredine o con dispiacere, ma forse peggio, ignorata. Rico tornò a casa una domenica, e venne a stringere la mano a tutti gli uomini di casa e a Betta, gli altri niente, la stessa timidezza di sempre, coperta da una coltre quasi trasparente di una specie di ironica sicurezza, quasi strafottente, che è comoda per tenersi un po' a distanza di sicurezza, amici se si parla l'altro che del privato, sennò un cenno del capo e via. Ma in un anno e mezzo di tempo un bambino ne fa dei progressi, e Daniele, vivace e nervoso come la madre, non mancava nessuna occasione, giocava a tutto spiano, si intrufolava anche coi più grandi, e in più aveva una biciclettina, ovviamente usata, come tutte le cose di Ilves, rimediata con due pedane che aveva fatto, con degli avanzi di maglieria. Ovviamente non lo lasciava girare sulla strada, quella che andava verso Bologna era molto trafficata, ma solo a casa di Ester, nel cortile privato se era sola, ma se c'era qualcuno dei più grandi a dare una mano poteva girare tutt'attorno al lungo caseggiato che c'erano i bimbi del contadino suoi coetanei, senza contare i due Galli più piccoli e qualcuno di casa mia. Girasse dove voleva, era uno dei tanti, che con bicicletta e pallone, sempre palloni mezzi sgonfi, saltava fuori da tutti i lati del casamento. Impossibile non vederlo o non sentire i suoi trilli di gioia, solo Lina faceva la sorda e la cieca, era patetica, e anche Rico a dire il vero disertava quasi del tutto il cortile, che pure doveva attraversare per andare in latteria, seppure con il modo un po' sprezzante che ormai non sembrava più lui, a me era diventato antipatico. Col tempo finì per fare come suo padre, ogni tanto si fermava dov'era a guardare Daniele, prima serio e assorto, poi finiva con un impercettibile sorrisino, e credo che facesse un bello sforzo a non parlare e a non prenderlo tra le braccia e buttarlo per aria come facevano mio padre con Euro e Marino con la sua bambina. Questo è il bambino più bello del mondo, e quest'innamoramento, piano piano, saltò agli occhi di tutti, seppure quasi sotto silenzio, o meglio i bisbigli rimasero tali, secondo me solo perché fingeva un'indifferenza arrogante, ma ormai la cosa la si sapeva, e adesso cosa sarebbe successo?... Era una curiosità latente, ben diversa dal grande parlare che si era fatto a spese di Ilves, una cagnara da nascondersi, qui si bisbigliava e si stava, come dire, in campana.

La speranza, come un piccolo rigagnolo sotterraneo, sfiorava certi uni, i più sensibili, o come Umberto biascicava tra i suoi denti gialli, i più "ocaroni. Prima di tutte Ilves, anche se si guardava bene dal parlarne. Dorina, una volta che vide Rico seduto per terra sotto la scala di casa, a guardare il figlioletto in santa pace, per poco non svenne, e senza dir bao tornò indietro, poverina, era sconvolta. L'Ilves, da parte sua, si trasformò in meglio, lei e il suo bambino con quel poco che avevano si tenevano con cura. Arrivava da Ester coi suoi lunghi capelli in ordine e i vestiti puliti e niente scarpacce: anche se veniva dal duro lavoro della trebbia, dove ci si copriva come spaventapasseri per ripararsi dal polverume, o dalla vendemmia, anche lì si finiva belli sporchi, gli stracci restavano nella baracchetta, e lei si presentava dalla nostra parte fresca come una ragazzina, più bella di tante altre, che la guardassero alla fine, se mai non se ne erano accorti che lei poteva bagnare il naso a molte, e suo figlio... non l'avevano aiutata, ma era un bambino bello, sano, e felice... guardassero pure... era ora che guardassero chi era veramente... Per un po' di tempo una luce orgogliosa le illuminò il viso, c'era speranza dopotutto. Se Rico si inteneriva, col figlio, lo avrebbe fatto, una volta o l'altro, anche con lei... perché no... e lei ce l'avrebbe messa tutta, non avrebbe perso l'occasione... non l'avrebbe fatto sfigurare... e via... che un cuore alla fine ce l'avevano tutti. Questo tempo... intenso, non poteva però durare più di tanto, magari ci si attaccava inutilmente alla speranza, magari lei ce la metteva tutta per nulla...

Una domenica pomeriggio, io e lei con Daniele andammo a una festa paesana a S., una festa fatta di poco, una fisarmonica su una pedana di vecchie assi con davanti un po' di sedie, e dall'altro lato del campo una specie di bar con bibite e più che altro vino che veniva servito nei boccali tradizionali da mezzo e da un litro, e un altro stand con padelle per gnocchi e salumi, un banchetto pieno di ciambelle e l'immancabile baracca con un lungo tavolaccio, piena di angurie e meloni, tutta lì la festa, ma della gente ce n'era un bel po', molti ragazzi. Noi tre ci sedemmo assieme ad altre persone su una fila di balle di paglia, così, ad ascoltare la fisarmonica, che a me piaceva tanto, e a guardarci attorno. L'Ilves stava parlando con una ragazza della sua età, che la conoscevo di vista, era anche lei una ragazza madre o una vedova, non ricordavo, che viveva coi genitori e una bambina già grande. A dire il vero mi annoiavo un po', così mi presi Daniele e me ne andai un po' a zonzo. C'era in giro un odore stuzzicante di vino Lambrusco, il nostro, e di Albana e Malvasia, che si beveva bene in quelle feste lì, lo stesso dicasi per gnocchi e salumi, e poi all'ombra vicino al cancello c'era anche il gelataio, beh! A dirla tutta avevo l'acquolina in bocca, così dopo aver girato un po' avanti e indietro con Daniele che mi tirava da tutte le parti, mi guardai nel borsellino, mentre Daniele continuava a strattonarmi. Tutto non ci stava, o tre gnocchi farciti con due fette di salame o tre gelati; feci poi presto, presi un gelato per Daniele e lo riportai alla madre. "E tu Ilves vuoi uno gnocco o un gelato..." "Niente." Tornai indietro e presi due bei gnocchi e ne portai uno a Ilves, che arrossì. "Non ho soldi, Annetta." "Mangia intanto che è caldo." Mi sedetti nell'ultimo angolo della balla, bella rilassata a mangiare lo gnocco, a mangiare da sola mi sarei vergognata. Il viavai cominciava a piacermi, l'Ilves e la sua amica se la chiacchieravano tranquille, finché pian piano, le parole di Ilves mi entrarono nelle orecchie... "...son messa male sai... abitiamo vicini, e il lavoro dalla vecchia casara, dove lavora lui, ci passiamo davanti, anche se non volessimo, mattina e sera, ma lui fa di tutto per evitarmi, sta davanti alla pesa solo finché c'è gente e poi sparisce dietro, a far tutte le cose pesanti, che è il migliore della famiglia, e per andare e venire da casa, scavalca il finestrone e gira dietro le porcilaie... farà così perché non son capace di vederlo neanche una volta traversare il cortile... e quella porca di sua madre, quella puttana lì, che dei figli ne ha anche lei, quando deve passare lì davanti, corre come una che abbia il diavolo dietro, se vede il bambino poi, che gioca con gli altri, non ti dico, sembra una fionda, che tutto il vicinato le ride dietro, e nessuno le parla più, lei che si crede tanto di essere da scelta... a momenti è finita come me quando è finita la guerra..." La voce le si arroccò, forse dall'imbarazzo per la brutta piega che aveva preso il discorso, ma dopo mezzo minuto continuò a vomitare con acredine tutta la sua amarezza, che non ne poteva proprio più... Poi piano piano si calmò, e riprese con un piccolo sorriso, come quello che accennava dopo il ritorno di Rico da militare, quasi sognante. "Eppure da delle altre non ci va, che lo saprei, e poi quando il bambino lo porto dalla famiglia grande, che sono anche amici suoi, sta là a guardarlo, che si dimentica anche dov'è, e i suoi fratelli lo devono andare a chiamare quando è ora di ritirare il latte..."

Tutto vero. Si scambiarono le loro storie, anche l'altra non nuotava nella tranquillità, per due ore buone, con me seduta sull'altro lato della balla, con un orecchio dalla loro parte e uno alla fisarmonica, la bambina e Daniele ben sott'occhio. Poi quando il sole diventò un bel disco rosso un po' meno caldo, ci avviammo verso casa, in un silenzio assorto, lei esaurita dal gran parlare, io delusa, anche se non so bene perché.

Il magnifico disco solare era già sceso della metà quando arrivammo sul crocicchio, lei e il bimbo voltarono da Ester, e io portai la bicicletta nel sottoscala che i miei vedessero che ero tornata e poi andai a sedermi sul solito tronco a cercare di dirimere i motivi della mia noia. Era perché la mia età non combaciava con nessuno di quelli di casa, credo. Ero troppo grande per fare la cocca di papà, ancora meno per mia madre, e così... rompevo con le mie domande un po' qua e un po' là, e delle volte era giocoforza annoiarsi, invidiare le ragazzine Artoni, che erano in tre, coetanee, pensare alle mie cugine, ormai sposate e mamme e... sognare, più che sognare desideravo una sorella, avevo una specie di vuoto dentro che non dicevo a nessuno, per cosa lo avrei detto poi... per prender della scema da mia madre, che aveva già dato, dopotutto una sorella non la si può mica comprare.

Era una bella giornata di fine estate, avevamo appena finito di pranzare, quando Ilves entrò, e si fermò sulla porta della cucina. "Scusate eh... mi dispiace disturbare a quest'ora, ma non riusciamo a trovare mio padre, siamo a casa solo noi due coi bimbi... e abbiam chiamato di qua e di là... di solito viene a casa da solo ma..." "Ma con questo caldo si sarà seduto sotto una cipressina e si sarà addormentato". "Ma no, che lì è stato il primo posto che ho guardato, sono andata fino dai Fratti che lì verso ci va tutti i giorni..." I cinque ragazzi grandi si alzarono senza dir niente e si avviarono un po' da tutte le parti. Mio padre e i suoi fratelli di solito filavano a letto che la pausa pomeridiana, per loro che si alzavano prima dell'alba, era sacra, il trantran di casa dalle due alle quattro rallentava un po' per tutti, ma rimasero per un po', quasi del tutto in silenzio, aspettando, senza dirselo, che i ragazzi tornassero. Poi zio Umberto col sigaro spento tra le dita si avviò per le scale, zio Vincenzo si avviò lentamente verso la porta, ma lo fermò la voce supplichevole di sua moglie, lo zio era stato all'ospedale tutto l'inverno per un infarto, "Con questo caldo, Vincenzo..." e andò a sedersi al fresco dietro casa borbottando tra sé. Mio padre era sparito.

In casa il brusio che accompagnava le faccende del dopo pranzo si andava affievolendo come di solito, quando si sentì l'urlo rauco di Ilves, un brutto verso, e Ugo che chiamava a gran voce il gemello, era sempre tra loro che si chiamavano per primi se avevano un bisogno, una cosa diversa dal solito, una paura. Ugo chiamava correndo verso casa e Ilves piangeva, mi sembrava. Uscii di corsa senza neanche rendermene conto, ma da qualche parte saltò fuori mio padre con un secco "Te va in casa" che non me lo feci ripetere. La sua voce aveva un che di sinistro che mi fece fare le scale di corsa, al sicuro, sulla sedia accanto al mio letto, una volta tanto in silenzio, un silenzio privo di udito. Ugo e Ilves avevano trovato Guido a testa in giù tra le canne della fossa, un piccolo canale collettore, che non era mai in secca, neanche d'estate, c'era sempre un metro o due d'acqua nascosta sotto la paviera. Non so altro, perché me ne stetti per mio conto fin dopo il funerale, avevo quasi paura di vedere qualcuno dei ragazzi, la morte era una cosa troppo grossa per pensarci da vicino, non riuscivo ad accettare che questa cosa capitasse a noi, no, non al padre dei miei amici, non così all'improvviso... e così me ne stavo da sola, nella sicurezza delle stanze di casa, come in un nido, era più forte di me, non uscivo finché qualcuno non veniva a chiamarmi, finché le cose non avevano ripreso il corso normale. Ma così ero, tanto quanto ero curiosa, altrettanto ero, più che timida, fifona, se una cosa mi dispiaceva, mi si chiudevano occhi e orecchie, ed era una bella fatica riprendersi, adattarsi ai cambiamenti.

Così mi successe di nuovo poche settimane dopo, quando sentii Vincenzo dire a qualcuno che Giulio Bardi aveva comprato un podere a trenta chilometri da qui, e se ne sarebbero andati dopo i Santi. E' pur vero che dal cinquantacinque era cominciato l'esodo dalle campagne, così lo chiamavano nella quasi neonata televisione. Buona parte della gente della Bassa cambiava casa e lavoro, andavano nei paesi e nelle città a fare i muratori, i meccanici, le magliaie, in tre anni la maglieria aveva portato via dai campi quasi tutte le donne giovani, ma i Bardi non erano bisognosi, secondo me, cos'andavano a fare via da qui? Mi sembrava strano, ma tant'è. E poi dei Bardi non m'importava molto, a dire il vero, da quando mio padre aveva litigato con Giulio non li sentivo più tanto amici, anche se in quegli ultimi mesi Dorotea, la madre, e Giulio, in qualità di capofamiglia, venivano più spesso del solito a parlare con Vincenzo e Betta, al razdor e la razdora. Parlamenti fitti e impegnati, che andarsene da un posto dopo trenta o quarant'anni, con tutte le masserizie della cantina, del granaio, della barchessa e tutto quanto, era, insieme al cambiamento, anche se si sperava in meglio, un pensiero non da poco, una sfacchinata di quelle da tenersi in mente.

E di conseguenza anche i Gorni dovevano andarsene, e qui tutta la famiglia si mise più o meno in agitazione, per tanti motivi. "Andrà a star via apposta per disimpegnarsi di loro, è una vita che la mena", oppure "Se ci fosse suo padre sarebbe contento che si ricomprano il podere che hanno perso... che han lavorato un bel po'", tutte verità, guardate con più o meno simpatia, i commenti, le chiacchiere, dopo tanti anni di vicinanza erano inevitabili, un... venticello che tira anche se se ne farebbe volentieri a meno.

E ce n'erano altre di sorprese, i Galli si stavano costruendo una casa nel paese vicino, se ne sarebbero andati l'anno dopo. L'Ester se ne andò a vivere nella casa di riposo, gli Artoni in un poderino vicino al paese. Anche la vedova Artoni si divise dal cognato e andò dalla madre e, alla fine, delle dodici famiglie attorno al crocicchio restammo noi e i Frazzi.

Quanto si parlò quell'anno, di quelli che se ne andarono, della loro vita in quegli anni, in quel posto da galantuomini, secondo mio padre. "Qui da noi, uno potrebbe lasciare il portafoglio, mica il mio che è floscio, ma uno pieno lì nel mezzo del crocicchio, bello aperto e sarebbe al sicuro come in tasca propria, nessuno in questo posto ha mai rubato neanche un ago, che noi è trent'anni che siam qui, mica tre minuti."

Io ascoltavo con più o meno attenzione, e delle volte fantasticavo un po', i Moretti andavano a Campogalliano e io immaginavo un bel paese, e poi non era lontanissimo, ci si sarebbe rivisti qualche volta. Tutti questi traslochi li guardavo più con curiosità che altro, una novità... e chi non è un po' curioso, alla mia età poi... ma quando si parlava dei Gorni, stavo quasi male dalla preoccupazione, non si sapeva dove i Gorni sarebbero andati e forse era anche un po' un'impressione mia, ma Ilves, Valter e Giovanni, avevano un'aria un po' stralunata, sembravano spaventati, e adesso che ancora la stagione era buona e loro lavoravano tutti i e tre, ci si vedeva di meno, ma in ogni caso, i miei, se per caso ne parlavano, lo facevano tra loro, a mezza voce, e una volta che Betta aveva chiesto qualcosa a Vincenzo, anche lei era molto preoccupata, lo zio era sbottato con rabbia "Oh, insomma, da una qualche parte bisogna che vadano, impossibile, che stiano lì..." poi si calmò e se ne andò dietro alla moglie, parlando fitto, nella stanzetta che ci faceva da dispensa, un posto inusuale, per stare in fuori dalle nostre orecchie.

Vincenzo andava in giro anche quando non era giorno di mercato, bisogna guardarsi un po' attorno... mio padre anche, e Gregorio, il cugino di Guido, insomma un po' di gente dei più... come dire... interessati o volonterosi, si stavano dando da fare, per mettere al coperto questa famiglia. Ma fu un caso, una chiacchierata tra donne: un compaesano che era andato in Liguria dopo la guerra, cercava una famiglia di qui, perché quando lui era via, la madre avesse qualcuno che parlava il suo dialetto a farle un po' di compagnia, la casa la dava per questo, e in più del lavoro ce n'era per tutti nella zona, in un maneggio lì vicino cercavano due uomini per i cavalli, col mare vicino non si sapeva dove prendere, garantiva lui, sarebbe stato un affare per tutti. Non era uno sconosciuto, e poi qua i Gorni ormai lavoravano, ma una casa non l'avevano trovata e così...

Insomma, si era tutti sollevati, ma senza gioia... fosse stato qua nei dintorni della Bassa... ma in Liguria, e non avevano neanche detto il nome del paese o della frazione, Liguria... come se avessero detto America... che c'era da fare un viaggio che loro poveretti, non potevano permettersi e noi nemmeno, magari Cesare o Antonio con le mogli, o mio padre, una volta, magari dopo due anni... e me non mi ci avrebbero portato, avrebbe detto "porta pazienza, va là, che..."

Tutti parlavano degli altri traslochi, si fermavano anche lungo la strada, con la bicicletta in mano a spiegarsi per bene, anch'io coi miei coetanei, ero informata di tutto, solo dei Bardi nessuno chiedeva, dei Bardi ci si era dimenticati, si può dire ancora prima che se ne andassero, tanto loro andavano in meglio, vanno a stare là, e basta. E dei Gorni lo stesso, ma per il motivo opposto, se si fosse cominciato a parlare non si sarebbe più finito, non sta bene parlare troppo, va bene che siamo amici, ma dopo la morte di Guido, non si era più stati insieme neanche un'ora. La domenica pomeriggio, Ilves e Valter venivano qualche volta a parlare con gli zii di un qualche bisogno, ed erano così seri che mi facevano quasi soggezione, così per una specie di pudore e anche un po' per la delusione, sembrava che non mi vedessero, li avevo sempre considerati non solo come miei amici, ma come se fossero tutti quanti miei coetanei, una specie di fratelli, che puoi parlarci senza far caso all'età...

Beh, adesso niente, Dio, che brutta cosa, quel tempo di come dire... di stupore, me lo rimuginai da sola, come un po' tutti del resto, e pian piano mi ero quasi rasserenata, ci avrei pensato poi, al malino che avevo dentro cos'era poi... i Gorni se ne andavano, come tanti, meglio starsene quieti e guardare i vari spatinamenti in santa pace. Gente che si dava da fare già tre mesi prima dei Santi a prendersi cura dei nuovi poderi, col preparare i terreni per la semina, e guardare a casa propria di lasciare tutto come si conveniva, cose lunghe e laboriose.

I Gorni niente, non avevano niente da consegnare, solo vuotare casa e baracchetta, c'era tempo. L'Ilves lavorò un bel po' a riordinare la casa di Ester che andava chiusa, a prepararle quello che le sarebbe servito nella casa di riposo, che lei era una dei pochi con una stanza e bagno personali, e a sopportarla, una cosa non da poco, che Ester già piuttosto severa di suo, era fuori dalla grazia di Dio, andarsene dalla sua casa, dal suo ruolo di padrona... una cosa inaudita, era in perenne malagrazia e l'Ilves ne faceva le spese, lei e la moglie del contadino non ne potevano più.

Così finalmente anche l'ultimo vaso del giardino fu svuotato e capovolto. Sparirono anche l'alta pianta di pere che ombreggiava la casa d'estate, le due alte cipressine ai lati del cancello, e la fila di pini nani che orlavano i due lati della strada, che peccato, l'unico giardino degno di tale nome dei dintorni, sparì su dei camion e nella terra. Via lei, via tutto, i mobili a marcire nel chiuso delle stanze, non avrebbe potuto darla in custodia a qualcuno, ai Gorni magari?

Una fine. Brutta per gli occhi, e per il modo di pensare della gente modesta della zona, che sciupò un po' anche la buona considerazione che si era meritata con una vita di duro lavoro e con la dignità con cui aveva accettato la carrozzella, combattuto la solitudine, per come si era mantenuta vitale e interessata. Finì per prendersi della povera donna, per non dire altro, anche se spero che qualcuno, non solo i miei, sia andato a stringerle la mano, anche se adesso non me ne ricordo. Io andai a trovarla due volte, qualche anno dopo, così, un istinto, per mostrarle il mio primo bambino: era ormai tutta bianca e rimpicciolita, ma non dimenticò un nome, dei suoi vecchi conoscenti, non uno, e in più, chiamò una suora e mi fece portare una bella scatola di caramelle; ero commossa. La seconda volta era ormai del tutto ferma a letto, con gli occhi chiusi, e non potei fare altro che starmene lì seduta, in silenzio per un po', chissà se sentì il mio buongiorno.

I Santi si avvicinavano, anche se io non me ne ero quasi resa conto, e un mattino i Gorni si misero di buona lena a caricare le loro cose, Marino andò ad aiutarli, Dora e tutti i bambini se ne erano andati all'alba, con il marito di Dina. Il camion sulla strada si fermò e suonò il clacson e noi corremmo fuori tutti insieme con una specie di urgenza, che ormai non c'era più tempo, parlavamo tutti insieme, e loro lo stesso. Io veramente non riuscii a spiccicar parola neanche a volerlo, ero attonita, a un certo punto zio Umberto si tirò fuori da una tasca cinquecento lire, e piangendo le mise in mano a Valter, anche lui molto sconvolto. "Tuo padre non c'è più, ma fai i conti che sia io, mi raccomando, siate bravi che sapete come si fa, fate a modo che vedrete che..." la burbera quanto affettuosa paternale era finita prima di cominciare, lo zio si ritirò un po' indietro incurante delle lacrime che gli scendevano, zia Betta mise avanti un grosso involto di cibo, anche lei aveva la voce stranamente rauca... "Così per un giorno o due potete badare alle vostre cose... Ilves, ti auguro tutto il bene, anche a tua madre, siate coraggiosi ragazzuoli..."

Discorsi un po' sconnessi dalla commozione che aveva preso un po' tutti, che finirono in fretta che il clacson suonava, c'era da andare lontano, loro salirono tutti e tre in cabina e noi restammo lì tutti insieme in silenzio, finché non ci ripassarono davanti, ormai sulla provinciale, stavano ancora salutandoci, poi ce ne tornammo ognuno nel proprio silenzio, un silenzio quasi luttuoso, come tre mesi prima, quando avevano trovato Guido nella fossa.

Io, era come se guardassi un avviso assurdo scritto da qualche parte. I Gorni se ne sono andati, se ne sono andati davvero. Non ricordo se andai in casa o da qualche parte a nascondermi, ma una cosa avrei voluto fare, abbracciare il mio terribile zio come quando avevo sei anni. Lo zio al massimo portava in tasca le poche lire per comprarsi da fumare, quei soldi doveva esserseli preparati all'alba quando si alzava, e doveva averci pensato un bel po' a prelevare quella bella sommetta, per il fagotto di cibo non mi meravigliavo, lo immaginavo che ci avrebbero pensato. La mia famiglia... acqua calda per tutte le occasioni... ma Dio! Che tristezza...

Poi la notte, dormii sodo, e mi alzai più o meno come tutte le mattine, fino a quando gli occhi non mi caddero sulla casetta dei Gorni: fu un vero colpo al cuore; le due uniche finestrelle chiuse, la baracchetta svuotata, senza Dora lì attorno, impossibile... un giorno intero senza vedere neanche uno dei bambini, un vero e proprio dispiacere che durò un bel po', una specie di taglio netto, che sul colpo non ti sembra, ma dopo...

L'andata dei Gorni fu quello che mi colpì di più di quel cambiamento che ormai aveva preso l'abbrivo, un'andata che segnò anche la divisione del mio tempo da bambina a quasi donna, un inciampo dei pensieri, che adesso mi sembra di aver superato in fretta, ma non fu proprio così, non fu una cosa da nulla, fu un percorso solitario, tante facce sparirono e non c'era modo di protestare, con chi...

Anche per gli occhi non fu un cambiamento da poco, molte delle vecchie case rimasero disabitate, anche la bella casa dei Bardi e le campagne furono quasi del tutto disalberate: l'orizzonte che si allargava mi faceva sentire rimpicciolita, più sola. L'anno seguente zio Umberto se ne andò coi suoi a dieci chilometri da lì, in un podere dello stesso nostro proprietario e anche questa fu dura da mandare giù. Restammo solo, si fa per dire, in quattordici, ma le cose da fare erano rimaste le stesse, dello spazio per me ne avevo sempre meno; di cianciare qua e là, col risultato di far perdere tempo agli altri, capivo da sola che non era più il caso, ma senza Andrea, il mio solo coetaneo, e senza la grande figura di Cesira, la casa era diventata più vuota, troppo seria.

Erano finite le filossate nella stalla durante l'inverno, un uso che non riprese mai più in tutta la pianura, quasi del tutto solitarie le sedute sul tronco steso davanti alla legnaia nella buona stagione. Siccome non c'erano più vicini con cui chiacchierare, o qualche storia da ascoltare, io, nei lunghi tramonti estivi, andavo a sedermi dietro il fienile sotto la grande pianta di prugne di Santa Rosa, che il nostro padrone non ne assaggiò mai una, era una pianta di tutti, se ce n'erano molte, anche per fare marmellate, se ce n'erano poche finivano tutte nelle pance di noi ragazzi, come le pere di Ester e i mirabulani dei Moretti. Mangiare tutti insieme i frutti della stessa pianta, col conseguente brusio di voci e risate, era un gran bel modo per passare certi pomeriggi altrimenti guastati dalla noia o qualcosa d'altro. Sotto la grande pianta noi e i ragazzi Gorni ci avevamo giocato fino a che avevamo potuto, riparati dal sole e dalla lunga parete del fienile, e soprattutto un po' discosti dai grandi e dalla strada. Un bel posto che ormai era solo mio, una specie di nascondiglio. Lì me ne stavo in santa pace, a pensare, spesso più agli altri che a me, a ricordare, a immaginare, non ricordo bene cosa, a sperare non ricordo neanche più cosa, ma sta di fatto che lì, con la schiena contro il tronco, e le braccia intorno alle ginocchia, la testa si prendeva i suoi motivi.

A tutti quelli che se ne andarono e a quei pochi nuovi vicini che ne presero il posto, ci pensavo più con curiosità che altro, e poi ci si vedeva qualche volta, ci si teneva informati. E piano piano ci si abituò alle facce nuove, ci si adattò al fatto che fossero molto meno di quelli che se ne erano andate, anzi, dopo l'uscita della famiglia di Umberto e dei suoi, capivo, un po' dai discorsi dei grandi, un po' dall'andamento diciamo moderno che avevano preso le cose, che anche noi non saremmo più restati a mezzadria, un contratto che ormai aveva fatto il suo tempo, ce ne saremmo andati, ma stranamente non mi interessavo né a quando né a dove, ero ancora così bambina per certi versi, così fiduciosa... sarei andata semplicemente dove andavano gli altri, vicino o lontano che fosse, per ora me ne stavo lì, avvolta da una specie di malinconia. L'andare, che era ormai un desiderio di molti, di tutti i giovani, mia madre compresa, per me era una specie di estraneità, non come qui, dove conoscevo tutti gli alberi, come se fossero miei fratelli, tutte le bestie, cani gatti e le oche che mi correvano dietro e mi facevano paura, dove sapevo tutto quello che c'era dentro e fuori dalla barchessa e dal fienile, il posto dove la gatta andava a fare i micini io lo scoprivo sempre per prima senza neanche cercarlo, così come la cagna lupina, che faceva i cagnini sempre piuttosto lontano da casa e digrignava i denti con tutti meno che con me e Andrea, noi avremmo potuto sedercisi sopra che lei ci guardava con gli occhi dolci, non ho mai preso una graffiata di gatto, o una zampata di cane, e sì che ci sono stata appresso un bel po', ma mi conoscevano, era il mio posto questo, mio proprio, mia tutta la gente attorno, anche se se ne erano andati quasi tutti erano sempre i miei, ci tenevo. Così, senza più amici a portata di voce, per trovare qualcuno dei miei amici di scuola avrei dovuto andare in paese, imparai, se si può imparare, a stare da sola, imparai in qualche modo a fare amicizia con la solitudine, questa sensazione che spesso è difficile da accettare, me la lavorai quasi inconsciamente, la riempii, questa specie di sacco vuoto, che mi ritrovai da qualche parte dentro di me, andava bene per i miei pensieri, quelli che non potevo più chiedere, per mancanza di un interlocutore, o per una specie di timidezza che mi aveva preso nell'adolescenza, proprio quando le domande crescono, insomma da sola pensavo e ricordavo come potevo, ero come un fiume pieno d'acqua, che rischiava di debordare malamente, se non ci si ingegnava in qualche modo, sia pure in una un po' scomoda solitudine.

Sì, da sola cercavo di immaginare a come si erano sistemati i Gorni, pensieri moderati, impossibile che fossero finiti in una bella casa, le belle case non son mica lì che aspettano di essere occupate da una famiglia senza padre e senza soldi, pure mi ostinai a pensare in bene. Pensavo a Valter in mezzo a dei cavalli, aveva fatto il cavallante per qualche stagione in risaia, un mestiere duro sempre a mollo nell'acqua, adesso almeno doveva essere all'asciutto e magari con lui c'era anche Giovanni, che erano bravi e là in Liguria, non avrei potuto sperare altro che nel benvolere della gente, che Valter era volonteroso ma anche delicato, speriamo che lo sappiano prendere. E Dora, speravo che avesse un pavimento asciutto sotto i piedi, un lavello, un caminetto, e qualche bel pezzo di carne per fare un bel ragù, al posto dell'eterno soffritto di cipolla, così... un po' del suo bisogno, un po' di roba nella credenza, mica sempre quella tirata di fame e di freddo che si era dovuta districare nel magazzino dei Bardi. E Ilves, anche per lei un lavoro sicuro, che le piacesse, che la tirasse un po' su di morale, che le permettesse di aiutare sua madre, i suoi tre fratellini piccoli e il suo bambino, che stessero bene, che si ambientassero, una vita degna, che ne avevano un gran bisogno.

Mi ricordo che in una giornata calda, per essere ormai autunno, mia madre parlava con le cognate davanti alla porta, stavano lì già da un po'. "Beh! alla fine c'è poi da dire che è brava, e col bambino poi... è stata una mamma di quelle, non andava in nessun posto, senza di lui, che ce ne son di quelle, senza marito, che i figli li rifilano basta che sia, pur di non averli tra i piedi, lei no, dov'era lei, il bambino le era davanti, e sempre messo al meglio, era orgogliosa del suo bambino, e anche a lavorare, aveva due mani d'oro, e non si tirava mai indietro... avrà avuto i suoi passaggi, è vero... ma io dico che ad avere una donna così per casa non si è mai inzappellati, avrebbe potuto baciarsi i gomiti quella dragona lì, ad averla per nuora..."

Mia madre continuò per un po' a parlare e io ero in qualche modo sorpresa, sia per le sue lodi ad Ilves, sia per la foga che si era presa, che di solito lei era piuttosto avara di parole, e ancora di più se c'era da lodare qualcuno, un discorso che mi piacque, non ero la sola a pensare ai Gorni, e a sentirne la mancanza.

Negli anni a venire, mi capitò, solo una volta, di rivedere Giovanni. Ci fissammo per un po', più delusi che altro, io, grassissima e stanca fin nel fondo delle ossa, lui ormai vinto dal bere, già in perdita con la vita, ed avevamo appena quarant'anni... ma lo stesso, quando mi lasciò, dopo un profluvio di parole e un abbraccio fatto più d'imbarazzo, che dell'amicizia interrotta venticinque anni prima, non riuscii a muovermi per un po', come se avessi preso una legnata in testa. "Chi è..." me lo chiese Letizia, con una specie di sconcerto. "E'... E' un mio amico... non lo vedo da quando avevo sedici anni, ma non devi mica guardarlo adesso... allora era un bel ragazzo, come Gabriel, e anch'io, mica per dire, ma ero carina, da ragazza."

Mi resi conto che ero in uno stato d'animo che non sarei riuscita a spiegare neanche a me stessa, figuriamoci a una ragazzina, va bene che era molto matura per la sua età, che ci volevamo un gran bene, ma non potevo mica rovesciarle addosso la sensazione d'urgenza che mi aveva preso, e come avrei fatto... ma che non sarei neanche riuscita a tacere... era come se fossi stata investita da un gran vento, un vento dal quale non sarei riuscita a difendermi dovunque mi voltassi, un vento caldo e fresco, impetuoso, frizzante, un dolcissimo e bizzarro vento, che spingeva da parte l'opacità del tempo e della fatica, e mi lasciava, scoperti e nitidi, tanti anni, tanti ricordi, nascosti dal bisogno di andare avanti, nascosti dall'affanno e dalla fretta di una vita dura. Non c'è niente di male, ognuno ha i suoi guai, ma adesso, la figura sbilenca di Giovanni era come uno specchio in cui mi ero vista io, dovevo fermarmi un po', per forza, dovevo pensarci un po' su, a quel bagaglio ingombrante che mi si era parato davanti, dovevo farlo... con o senza aiuto, con più o meno volontà, non importa se non capivo il perché, quante cose si fanno d'istinto... così... appena Giovanni era sparito in fondo alla strada... era come se fosse rientrato da un'altra parte portandosi dietro un mare di facce, di parole... caro Giovanni! Era come se avessi trovato la chiave di una stanza dimenticata, che potevo aprire non solo per necessità, ma così, a mio piacimento, cose mie che talvolta spiegavo ai miei figli, anche se non ero sicura che capissero il perché lo facevo, il mondo cambia così in fretta, chissà se i più giovani si fermano a pensare, ma io quando ricordavo qualcosa me la riguardavo con una specie d'amore, una passione, un sentimento tenace quanto delicato, prezioso.

Un giorno andai a Finale con una mia amica, alla scuola delle nostre figlie. Era una giornata fredda ma senza nebbia e andavamo tranquille, circa a metà strada lei mi disse piuttosto seccata "Ma perché non mi avete detto che ho sbagliato strada..." "Non avete sbagliato strada..." "Sì invece, adesso ci tocca di tornare indietro di un bel po'" sbuffò spazientita. "Ma come ho fatto poi a sbagliarmi, adesso ci faremo dieci chilometri in più..." "Non è vero, volete che non sappia dove siamo? Ci sono nata qui..." Ormai eravamo sul crocicchio della mia infanzia, la casa dei Papi, tutta fiorita e ben tenuta, tutto il podere era diventato un vivaio... la casa dei Moretti, con l'aggiunta di rustiche baracche, era una specie di agriturismo, molto frequentato, perché erano stati scavati dei laghetti per pescare, la casa dei Gorni ormai cadente, un po' in dentro dalla strada, aveva davanti una bella villetta, poi verso l'angolo destro del crocicchio la casa degli Artoni, chiusa, col piccolo magazzino sull'altro lato del cortile, nell'angolo di sinistra il fienile della Rota e di fronte, la vecchia casa dove sono nata, col tetto sfondato: mi sentii letteralmente male e mi coprii la bocca per non urlare, per fortuna che guidava lei perché gli occhi dovetti chiuderli per un po', faticavo a respirare e a trattenere il gran pianto che mi premeva dentro, per un attimo temetti di vomitare. Dio mio! Riuscii a riprendermi un po' per quando scendemmo di fianco alla scuola. "Dio, Anna, se

siete smorta oggi, non vi starete prendendo qualche malanno..."
"Uhm..." Per fortuna c'era una gran fila di genitori e lei si perse altrove, mentre io infilai il primo bagno che trovai, e me ne stetti nascosta a tamponarmi la faccia con un fazzoletto bagnato.

Al ritorno lei si mise a parlare delle ragazze e finalmente scesi, e respirai, e piansi, e prima delle otto mi infilai sotto le coperte, sfinita. Dormii di peso fino alle dieci, mi svegliai ormai tranquilla e mi alzai per vedere i ragazzi e a farmi un tè. Sarebbe giusto quando una è sposata poter parlare col marito, così... poter dire semplicemente "oggi sono passata dalla Rota, e ho visto la casa scoperchiata, sono stata così male..." ma non era il mio caso. Dopo, di nuovo a letto, non mi riuscì di riprendere sonno, rimasi semplicemente assorta in un quieto dormiveglia, che spiegò, con un crudo ricordo, il malessere del pomeriggio.

Non avevo più di cinque anni, perché c'era ancora la nonna, ma la grande paura, per sommi capi, la ricordo chiaramente. Mi svegliai per un fragore di tonfi e per tutte le voci di casa, chi più chi meno urlanti. Non potei uscire dal letto perché una mano forte mi rimise sotto, mia madre e mio padre, in camicia, mi stavano quasi addosso a calmarmi con tutte le parole possibili, seppure al massimo dell'agitazione. Fu proprio il tremito delle loro voci che mi costrinse a ubbidire. "Stai giù, dormi, che ci pensiamo noi..." e io, spaventatissima, non osai neanche piangere. Mia madre scoperse il lettone e in due portarono dentro la nonna, che borbottava come uno che batte i denti, la misero sul letto e se ne andarono, mentre mia madre e mio padre si davano da fare per metterla a suo agio, le parlavano come se fosse stata anche lei una bambina. "State calma, mamma, state calma..."

La nonna continuava a mormorare incoerente, la voce di mia madre era atona e la vociona di papà aveva degli alti e bassi strani, che mi facevano male i visceri anche se non osavo fiatare, e fuori poi... oltre al fracasso, si sentiva il pianto di Cesira e Saveria che pure cercavano di calmare Ugo che strepitava come un ossesso, l'altro gemello piangeva, un pianto gemente, come di un cagnolino ferito, e chiamava il fratello, come una piccola invocazione... Capii dai pianti, e dagli uomini che si davano voci tutti uniti, che Ugo era caduto sotto qualcosa o una cosa così, doveva essersi fatto molto male. Riudii la voce della nonna, ancora tremante ma chiara. "Aldo... ma siamo sicuri qui? Non c'è pericolo qui?" "No, no, qui siamo a posto, mamma, cercate di dormire un po', volete qualcosa da bere?" Ormai la voce della nonna si era rinvigorita. "...e il bambino... Aldo vai a vedere il bambino che voglio sapere..." Continuarono a parlare tra loro, tutti agitati, mio padre, sempre in mutande, non si mosse dalla stanza, altro non ricordo, neanche del mattino dopo, neanche del buco nel soffitto, e mi ci volle un certo tempo a capire l'accaduto.

Al pomeriggio qualcuno aveva sentito un cigolio "Avete sentito?" ma nessuno ci aveva fatto caso, verso mezzanotte, una delle vecchie travi, quella sopra il letto dove la nonna dormiva (Ugo era andato soltanto a farle compagnia, così, e lo avevano lasciato dormire lì), aveva ceduto sotto il peso degli anni e della legna che c'era nel granaio. La legna era crollata d'un colpo verso il muro esterno, lasciando di misura libero il letto e la porta, la nonna era rimasta incolume, e Ugo invece si era preso qualche botta, per fortuna non gravi, più grave lo spavento.

Un po' come il colpo al cuore di oggi, quando ho visto il vecchio tetto crollato, se magari lo avessi saputo prima... del resto la casa era disabitata già da trent'anni... Ormai tranquilla mi ripassarono davanti, lente, tutte le facce della famiglia, nonché dei parenti, vicini, amici e tanti altri. Delle volte, poche a dire la verità, qualche faccia la si rivedeva, e mi sembravano piccoli scherzi del destino, a volte malinconici o amari, a volte commoventi, imprevisti e gioiosi.

Un mattino, sulla corriera delle dieci, mi si sedette vicino un settantenne, alto e magro, dal viso coriaceo, che si mise comodo e mi guardò. "Tu sei la bambina del barbiere..." e mi porse la mano. "E lei è Vico Bardi..." Come se ci fossimo visti due o tre anni fa, invece io, la bambina, avevo quasi cinquant'anni, e lui, il maggiore dei Bardi, se ne era andato dal crocicchio assieme col fratello Carlo quando io avevo sei anni. Sapevo che erano figli del vecchio Bardi, dal racconto di mio padre, ma non ricordavo proprio che faccia avessero, allora da bambina credevo di averli più che altro immaginati, due personaggi. Erano quelli che se ne erano andati, lasciando Dorotea, la matrigna, coi debiti da pagare e cinque fratelli quasi ragazzi a cavarsela da soli e fine della storia. Me ne stetti lì per un po', a dir poco sorpresa, due bambini con quel cognome andavano a scuola coi miei figli, ma non avevo mai associato il loro cognome con quel ricordo così lontano, e conoscevo solo di vista la loro madre, nuora di Vico, e adesso ero più che altro meravigliata di aver capito all'istante chi era, ma non sapevo proprio che dire. "Dimmi un po' dei tuoi..." e via via chiese di tutti i miei cugini più grandi, suoi coetanei e finì in una specie di sospiro... "mi piacerebbe tanto vedere Franca e suo marito... la Saveria... Cesare.. (abitano tutti qui nella Bassa) ma cosa vuoi mai, io la mia vita me la sono passata tutta in mezzo alle pere... spero sempre che mio figlio si stanchi di fare il muratore e prenda il mio posto ma... non so neanche io... oppure uno dei ragazzi..." Parlò per un po' delle sue vicende, una specie di sfogo... abitavano in una casa molto bella e il piccolo frutteto si era ingrandito ed era tenuto a pennello, ma certo lui non poteva continuare ancora per molto. Capivo perfettamente, ma non risposi, che ero stanca anch'io un bel po' e avevo molti anni meno di lui.

Rimase in silenzio anche lui per un po': dalla grande magrezza e dalle mani mai ferme, si intuiva un tipo nervosissimo, di quelli che per star fermi devono essere, non dico morti, ma quasi, di quelle persone che fanno per due, che qualche volta invidiavo, con un po' di acredine, quando ero sommersa dalle cose da fare o con una specie di simpatia quando mi disimpegnavo bene.

Così, pensieri, resi più vividi da quella vicinanza, ma mi sentivo in qualche modo come a sei anni, non riuscivo a parlare con un uomo così... grande, così distante... ma lui sì. "L'hai in mente quel matto di Giulio?" "Certo, ci voleva solo lui a raccontare barzellette a mia madre", la risata argentina di mia madre quando parlava con Giulio, mi passò per la testa veloce come un lampo. "Era qualcosa eh... quando ci si metteva...", poi la voce gli si arrochì un po', e mi si avvicinò all'orecchio, "lo sai che era da allora (dal 46) che non ci vedevamo, ma l'anno scorso la Dorotea ha compiuto novant'anni e han fatto un gran pranzo al S. Silvestro, e ci sono venuti a invitare. È venuto una domenica mattina con la moglie, l'hai in mente eh? Beh! han tanto insistito che ci siamo andati tutti, anche Carlo coi suoi che la Dorotea te lo dico io... quando ci ha visti... c'erano perfino i suoi fratelli mantovani, dovevamo essere in più di cento, e poi dopo che ci siam salutati per bene e seduti a tavola è saltato su Giulio che sai com'è fatto, si è alzato in piedi, credevamo che facesse un discorsetto, invece si è voltato verso Dorotea con una bestemmia di quelle. "Ma Dio... se va avanti così, voi mamma ci seppellirete tutti..." e poi basta, si è seduto che non pareva neanche lui, ma ti dico io, ci siam dovuti tenere la pancia dalla risate." Era un nulla immaginare la scena, e non riuscii a non ridere, e parlammo allegri fino alla stazione dove ci salutammo di nuovo con una stretta di mano. "Ciao bambina, salutami tua madre." "Vi saluto Vico, ho piacere di avervi visto..." e se ne andò, con lunghi passi lenti, come se girasse tra le sue piante a guardare come procedeva la fioritura, interessato e al contempo, in qualche modo assente, incurante della confusione, delle facce, uno abituato alle cose belle della vita, che alla fine se ne fregava anche un po'... Guardai per un po' la sua figura alta, quasi affascinata, quell'ora di viaggio era passata in mezzo minuto, peccato... però ero contenta di avere qualcosa da raccontare a mia madre.

I Bardi, meno Vico, abitavano tutti di là dal Secchia, fuori dal mio piccolo mondo, e sentivo poco parlare di loro, che stavano ben messi, più che altro. Una sera andai con le vicine alla sagra di S. Martino, un paesino diviso dal fiume, una parte nuova verso la statale, dall'altra parte solo la chiesa e il cimitero, una bella villa padronale, e poche altre fattorie del tutto disabitate. Don Tonino, il prete che serviva anche la nostra chiesa ne era rimasto l'unico abitante. Solo, anche se credo che soffrisse e un bel po', ma sempre attivo, la sua sagrina se la organizzava sempre al meglio. La chiesa spalancata e illuminata, il cortile addobbato con festoni e palloncini, un palco improvvisato sul letto di un camion e una fila di panchette vuote, più in là, quasi sulla strada, attorno a un tavolo scatoloni e contenitori vari.

Noi, per parlare un po' con don Tonino, eravamo arrivate per prime. Io non riuscivo, guardandomi attorno, a non provare una specie di sgomento, il silenzio e lo spazio, che pure essendo vissuta sempre in campagna, mi sono familiari, per un vecchietto solo, prete o non prete, mi sembravano troppo... non so, troppo pesi. Poi appena si fece buio del tutto, arrivarono dalla "passerella", il ponticello che ci divideva dal resto della frazione, una lunga fila di automobili e biciclette e il cortile e il prato presero vita. La chiesa si riempì di brusio, e di candele, mentre una bella squadra di volonterosi aveva il suo bel daffare a distribuire gnocchi, bibite e quant'altro, a gente che sembrava digiuna da una settimana, e dopo un'altra ora si aprì il "palcoscenico", e una compagnia di dilettanti ci recitò la storia di Cenerentola. Erano bravi, briosi e allegri, e si capiva che si stavano divertendo, e i costumi e il trucco erano tutti da guardare, fino a quando il paggio del re, cuscino rosso, decorato di nappine dorate, presentò a Cenerentola uno stivale bello sporco. "Oh! È proprio questa la mia scarpetta!" tra le risate generali gli attori scesero tra il pubblico, i lunghi capelli di Cenerentola erano veri, e il principe era un uomo alto e moro, molto bello.

Lo rividi mentre andavamo a prendere le biciclette, che stava caricando un pulmino dove salì con tre o quattro ragazzi e alcune suore, ancora tutti sorridenti. "Hai visto Ida, il principe, che bellone?" Per un secondo mi sentii stupida, alla mia età... star lì a guardare... ma lei rispose tranquilla "E' il figlio del fratello di Vico, è uno dei professori di Andrea, è lui che organizza tutto..." "Ah, ho capito... è nato vicino a casa mia, conoscevo bene i suoi." E per un attimo mi sentii piena di una specie di orgoglio, una specie di merito, neanche lo avessi fatto io... e lì, mentre pedalavamo verso casa, mi venne in mente la moglie di Giulio Bardi, l'ultima volta che la vidi.

Eravamo io e mia madre, appena addentro al cortile di Ester, lei ci passò accanto sulla strada e si fermò a salutare e con un gran sorriso scoprì la testa del bambino che aveva in braccio, e che non vedevamo quasi mai, perché allora in campagna le carrozzelle erano rare e i neonati vivevano nell'ambito della casa finché non erano ben sicuri sulle proprie gambette, per poterli caricare su un seggiolino attaccato alla bicicletta. Il bambino aveva un anno, ed era alto per la sua età, con i capelli neri già folti, era bellissimo. Me lo guardai ben bene, mentre la sposina e mia madre parlavano, una specie di commiato, al quale non feci molto caso, avevano già iniziato il trasloco, parlò del posto dove andavano, sembrava contenta, poi cambiò discorso e tono, era dispiaciuta per il comportamento del marito, i suoi scherzi pesanti, i suoi modi strafottenti, non parlò della lite con mio padre, ma forse era proprio di quello che si dispiaceva, quando mia madre tagliò corto. "Ma non preoccuparti, tuo marito l'ho conosciuto che aveva nove anni e perciò... e poi gli uomini, fanno presto a litigare, che poi se ne dimenticano, Aldo poi alza la voce, ma è il primo a pentirsene...", così mia madre rimise a suo agio la giovane donna e ci lasciammo, per così dire, senza rancore. Dopo, da sole, mia madre esclamò "Come ha poi fatto quella donnina lì a prendere un matto così".

Quella sera, appena buio, anche Dorotea venne a salutarci assieme al figlio giovane; molte strette di mano con poche parole, non si sedettero neanche, ma insomma meglio di niente; come al solito si lasciarono dietro un silenzio che durò un po', pensante, forse un po' inconscio. Credo che ognuno cercasse, a suo modo, di farsi un'idea, del come si sarebbero trovati i Bardi là dove andavano, oppure, più semplicemente, si cercava di digerire l'inevitabile... magone, che consegue a un distacco.

Arrivammo a casa dopo mezzanotte. Era venuta a mancare la luce, e aspettai che Marina, la mia bimba più piccola, fosse sotto le coperte, e scesi a fare uscire il cane, che non ne voleva sapere e faceva il morto e lo dovetti trascinare sul marciapiede, era il cane più buono del mondo, e viveva praticamente attaccato ad Alex, ma di notte in casa non ce lo volevo, gli diedi una pacchetta e si avviò finalmente verso il fienile. Guardai attorno, la luce mancava anche nelle case vicine e chiusi la porta, mi assicurai che nel cassetto d'ingresso ci fossero candele e fiammiferi, e andai a letto.

Ero stanchissima, come tutte le sere. Ma di dormire neanche a pensarci: avevo la testa piena del rumore, delle luci, delle facce della festa, non una visione particolare, ma così, lente e leggere, le candele e l'odore di cera e d'incenso della chiesa, come un invito a mettersi lì da soli, e lasciare che i pensieri uscissero lenti e leggeri, senza doverli trattenere, né rincorrerli, con le mani in mano, un piccolo tempo solo mio... e poi fuori, l'allegra cena, col cibo in mano e la bocca piena di parole e gli occhi che facevano le curve, che non tralasciavano una faccia, perché mai, dovevo vedere tutti, amici, conoscenti e parenti, o mai visti né sentiti, gli occhi guardavano, semplicemente, e alla fine la commedia, seduti e attenti, del tutto silenziosi in principio, poi le risate, le lentiggini delle sorellastre, grosse come monetine, per non parlare di trecce, boccoli, seni e sederi straripanti, il tutto ben cantato e ballato, i suonatori impettiti quanto bravi, e il principe...e la sua bella mammina...

Era rimasta una delle poche a portare le trecce "a resca", una pettinatura complicata che certo non riusciva a farsi da sola "ma mi piacciono tanto così, e finché posso..." lo disse a qualcuna di casa mia, e la domenica, in chiesa o al mercato, con bei vestiti e belle scarpe era proprio una gran bella donnina. In casa invece era praticamente coperta da un grembiulone grezzo o anche da due, e dall'immancabile fazzoletto in testa avvolto e annodato, per non sporcarsi, una specie di mummia. Quella di coprirsi i capelli era una specie di fine, la fine delle donne che lavoravano duro nei campi, nelle stalle e quant'altro, sì c'erano le domeniche, ma il fazzolettone di cotone bello spesso era sempre lì, pronto a coprire tutte le razze di capigliature.

L'altro fratellino aveva sei o sette anni, era minuto come la madre, e terribile, per modo di dire, come Giulio, erano talmente birichini lui e il mio fratellino... Un mattino erano vicino al buco nella siepe, che ci serviva da scorciatoia, che giocavano, trillando felici, quando arrivò papà. "Uh bambini, sembrate due maialetti, avete lavorato un bel po' eh? Adesso però è ora di pranzo, su che è ora..." Sordi. Mio padre, che adorava i bambini, se ne stette un po' lì ad osservarli, con un mezzo sorriso, poi tirò fuori l'orologio da un taschino e sospirò di nuovo "Dai che è mezzogiorno". La faccia dei bambini era un miscuglio sbuffante di impazienza, irresistibile... "Ma insomma bambini, ho detto che è ora" ma niente, dopo un altro po' papà prese mio fratello e lo raddrizzò senza tanti complimenti, con un secco "Fila a casa!" che, beh! Lui partì di corsa, poi si prese Franchino Bardi, che urlava a tutta randa, sotto un braccio "Non vorrai mica che abbia paura dei tuoi versi, eh?" ma ebbe il suo daffare ad attraversare il fosso e la strada, e consegnare il recalcitrante bambino a uno degli zii, e se ne tornò brontolando tra sé "Dio buono che forza che ha... è proprio un saglatac come suo padre, ma mica che lo lasciassi lì da solo sulla strada."

Io ero lì che guardavo e mi venne da ridere... saglatac... una parola che son sicura di averla sentita altre volte, fatta di quattro parole "se ce lo attacco" e che aveva diverse interpretazioni, in senso buono, per un bambino, ribelle, birichino, confusionario, per un grande era una cosa più complessa, anche qui uno che fa confusione senza motivo, attaccabrighe, questionatore, uno che dice la sua a brutto muso, un falso simpatico e quant'altro. Chissà poi se quella parola l'avevo sentita solo dai miei... se magari era proprio un'invenzione di mio padre, un concetto che gli era saltato per la testa mentre si teneva stretto il piccolo riottoso Bardi per fargli attraversare la strada; mi addormentai lentamente con quella lontana parola che come un piccolo amo andava pescando ricordi ormai quarantennali, come se li avessi vissuti solo ieri.

Un altro giorno dopo pranzo, da sola in cucina, sentii parlare di Dorotea Bardi in televisione, era la centenaria di turno nella trasmissione, mi voltai in tutta fretta verso l'apparecchio, ma non si fermarono certo ad aspettare me, mi passò davanti una tavola imbandita e infiorata, il profilo e la voce erano ancora chiari nonostante l'età e l'impietoso primo piano e le altrettanto crude domande: "Ci dice un po' come passa le sue giornate signora, ci parli un po' di lei..." Lavoro, fatica, la guerra, la vedovanza... e i figli, i nipoti, i pronipoti. Ma come si fa a raccontare cento anni in tre minuti... avrei voluto gridare "fermatevi lì, che voglio guardare, questi erano vicini di mia madre e miei". Ma beh! dopo provai a indovinare i nomi delle facce che erano passate, e forse ne intuii più di una, e non potei fare a meno di ridere da sola pensando alla frase di Giulio per la festa dei novant'anni; ormai Vico non c'era più, e non ho mai più sentito parlare del più giovane dei fratelli, Enrico, ma Dorotea visse altri sei anni, e questo lo sentii dai vicini e lo raccontai a mia madre che anche lei ormai novantenne non usciva proprio più di casa, perché, parole sue, "era troppo brutta"...

I fratelli di Rico Galli misero su famiglia abbastanza presto, e restarono tutti qui nella Bassa. Mi capita di vederli nelle feste d'estate con le loro famiglie, le loro mogli sono tutte mie coetanee e compaesane, ci si saluta ancora volentieri. Gino, il padre, stanco del duro lavoro della latteria, si dedicava al suo orto, che non era un tipo da bar. Lina la vedevo a casa di zia Enrica, che le teneva in ordine i vestiti. Rico si sposò verso i quarant'anni e rimase nella casa dei genitori, al piano di sopra. Lo vidi una volta a scuola, durante le votazioni, e mi chiese, sorridendo, di Marino. "Abita a B., in casa con Betta, hanno due bambine..." "Anch'io diventerò papà, in settembre..." parlammo per dieci minuti, era raggiante, e si vedeva, buon per lui.

Un giorno vidi la moglie di Rico con Lina dalla zia, erano euforiche e indaffarate e se ne andarono in fretta. "Lei mi sembra di conoscerla" "E' la figlia di..." un falegname che aveva uno dei più bei negozi di mobili della zona. "Ah." Era la ragazza di cui Valter Gorni si era innamorato a vent'anni, me li rividi davanti, lui col suo unico abito passabile, camicia bianca e cravatta, i capelli neri ben pettinati e imbrillantinati, la sua eleganza e il sorrisino alla Clark Gable che tirava fuori quando era in buona, e lei una bella mora con certi begli abiti, che ballavano il tango, guancia a guancia, li guardavano tutti quando erano in pista. Ricordai la rabbia di lei, e lui, come uno caduto dal pero, letteralmente stralunato, quando la storia finì... quanto tempo... ma guarda un po' come si vanno a incrociare le cose. Poi la gravidanza non andò a termine e non ve ne furono altre, quando sentii Lina che se ne dispiaceva con la zia non potei fare a meno di pensare: ma si ricorderà di quel bel nipotino, che tutti i suoi figli accarezzavano di nascosto, che suo marito guardava assorto mentre tirava fuori le sue forme, e Rico che veniva a casa nostra per stargli un po' attorno, ed era così preso che si dimenticava dov'era? O proprio con l'ostinazione di chi fa il sordo e il cieco per non vedere, non l'ha proprio mai guardato sul serio, nella sua fretta furiosa, l'ha proprio ignorato, che non gli venga in mente neanche adesso? Fatti i miei conti il nipote adesso ha trent'anni... mi sembra impossibile.

Dina e Silvia che sono rimaste a vivere qui, non hanno mai parlato volentieri della sorella maggiore, e poi non ci vediamo molto. Un giorno, però, che sono seduta dietro casa, Silvia, mentre va a trovare la figlia che abita in fondo alla mia strada, si ferma un po', parliamo dei nostri figli, ma è inevitabile, lì, senza fretta, tornare indietro nel tempo. Silvia piange: in questi anni il marito ha perso i genitori e tre fratelli, e Giovanni, e Valter... mio Dio, Giovanni, come suo padre, si capiva che non sarebbe invecchiato, di Valter non lo sapevo... Silvia parla un bel po', della cognata, dei nipoti, Valter aveva due bambini, parla con foga e poi si calma un po', e io non riesco a non pensare che queste persone senza la cruda miseria della loro infanzia e della loro giovinezza, magari sarebbero ancora tra noi, ma questo pensiero lo tengo per me, Silvia è già abbastanza avvilita.

Ascolto il suo sfogo, così... cosa potrei mai dire poi, ma è più forte di me. "Scusami Silvia,e Ilves..." Silvia smette di colpo di parlare, e tira un profondo sospiro, per un attimo temo che si arrabbi e magari è proprio un po' seccata, ma si riprende con una specie di disagio "Ah! Quel suo figlio poi... se vedessi che bell'uomo... l'Ilves è stata molto malata ed è stata un anno senza lavorare, capirai, col carattere che ha... beh! L'ha mantenuta lui, e si è curato di tutto, di tutto... anche a portare mia madre avanti e indietro dall'ospedale e anche coi miei fratelli... guarda... (tirò di nuovo un lungo sospiro) se non ci fosse stata lui... poveretta, mia sorella non ha proprio nessun altro... adesso per fortuna si è proprio rimessa... ci vediamo così poco, purtroppo, ma le cose si stanno aggiustando, e c'è anche mia madre poverina..." Lei si alzò e l'accompagnai verso il cortile. "Hai fatto bene a fermarti,

Silvia, grazie e tanti auguri (è fresca nonna) speriamo che la tua bambina abbia una vita migliore della nostra".

La sera dopo cena, torno, da sola, sotto il mio albero, senza accendere la luce, sento il bisogno di stare sola, e al buio, a pensare ai miei amici, e ai cognati di Silvia, che li conoscevo da quando ero ragazzina e li vedevo in paese che era a metà strada tra noi e loro. Era il tempo del matrimonio di Silvia e Igor, lei aveva una ventina d'anni, lui forse ventiquattro, un matrimonio senza accenno di festa, che non ce n'era per nessuno, e poi non c'era posto, non c'era nulla, neanche il vestito. Lo disse lei, Silvia, un giorno che eravamo tutti lì per casa, disse semplicemente ad alta voce "ci sposiamo, io e Igor, volevo dirvelo, che non ve ne aveste a male, se mai lo aveste saputo dopo", il tono della voce era... crudo... rigido... come di uno che ha qualcosa da dire, ma che non vorrebbe. Insomma, c'era qualcosa che non quadrava, e, invece del solito bailamme che si scatenava di solito, a certe notizie, tutti tacemmo per un po', qualcuno, un po' in imbarazzo, prese la porta, neanche si fosse fatto male qualcuno. "Beh! è una bella cosa." "Mi fa proprio piacere." Piccole frasi scarne delle donne, tanto per dire qualcosa, poi lei riprese con una voce un po' più simile a quella normale, più... schietta, ecco, più sincera. "Mi sposo sì, ma non sono mica contenta, neanche un po', perché... tra tutti e due siamo nudi e crudi... siamo più poveri di San Quintino, che lo sapete poi tutti, così quest'altro sabato andiamo in chiesa la mattina presto, io coi miei, lui coi suoi e basta, che così... in meno ci vedono meglio è, perché i vestiti nuovi per tutti non li abbiamo, e ci toccherà anche di chiedervi in prestito le vostre biciclette, perciò... siamo già d'accordo così, quando torniamo faremo una colazione insieme, due o tre ciambelle e un po' di bottiglie... e basta, dopo andiamo a dare i confetti". Si fermò un po' e scosse il capo in un piccolo moto orgoglioso, ormai del tutto rinfrancata: "Sì, tra sabato e domenica portiamo i confetti a tutti, che siamo poveri ma non vogliamo lasciare indietro nessuno di quelli che ci stanno a cuore, almeno un po' di criterio...", la voce le si affievolì di nuovo in un sospiro quasi di sollievo, "adesso l'ho detto a voi e poi, mano a mano che li vedo, lo dirò anche agli altri, anche Igor, là da lui, farà così" e si strinse nelle spalle con un piccolo sorriso "oh! Noi non possiamo proprio fare altro."

Dopo due secondi di silenzio tutti quelli che erano rimasti in casa le si fecero attorno con sorrisi e buone parole, ma senza tante smancerie, non era il caso. Io andai fuori a nascondere la mia perplessità che mi sembrava di avere le domande scritte in fronte, e non era una cosa da poco evadere la mia curiosità. Ero molto colpita dalle parole di Silvia, se non era contenta perché mai si sposava?

Il giorno del matrimonio, però, non allungai neanche uno sguardo verso la corte Bardi, e neanche i miei, era chiaro a tutti che il pudore degli sposi andava rispettato, ma i giorni prima, alla spicciolata, le donne di casa mia e tante altre vicine avevano trovato il modo di dare qualcosa a Silvia, chi più, chi meno. Ricordo bene il regalo di Cesira, un bel cestino di rafia con tutto l'occorrente per cucire e fare la maglia, spagnolette e rocchetti di tutti i colori, i gemelli ne avevano regalato uno uguale a Saveria per le sue nozze, padelle e pentole smaltate da Betta, un bel regalo davvero: sono sicura, anche se non andai da quella parte, che i regali per Silvia alla fine erano un bel po' di roba.

La domenica dopo, quando ci portarono i confetti, Silvia aveva un aspetto molto migliore, e allora bevemmo insieme il "vino colato", un vino dorato dolce e profumato, laboriosissimo da preparare, ma una quarantina di bottiglie all'anno da "dare col cuore" non mancavano mai. Ornella tirò fuori da una borsa di rafia ricamata sette sacchettini di confetti, uno per ognuna delle sei famiglie, che formavano la nostra, tre fratelli e tre nipoti con le mogli e i figli, e uno per la sorella di mia madre, che era anche zia sua. Strette di mano, anche se Igor lo conoscevamo già, la piccola bevuta e i confetti, un piccolo senso di festa, ero contenta per Silvia.

Qualche tempo dopo, mentre stavamo in cantina a pigiare l'uva, mi presi uno scappellotto da Cesare, non ricordo neanche il perché, ma ricordo la vergogna, cercai di far finta di nulla, ma mi vennero le lacrime agli occhi, non ero mica più in età di scappellotti... Valter Gorni si accorse del mio imbarazzo, e si fece una risata, non certo intenzionale, gli era scappata semplicemente, ma io gli avrei dato un calcio, e restai nera per qualche minuto. Mi riscossi dai miei pensieri, con Valter che parlava delle donne, non parlava con Cesare, ma a tutti quelli che c'erano lì attorno, o per meglio dire, parlava da solo, non cercava ragioni, diceva, semplicemente la sua. "... quando son lì, le donne, non ci si fa mica caso, fanno un bel po' di casino, non sono mai a posto (poi, quasi si scusò con le donne presenti, le più anziane, ovviamente, e sospirò) ma quando non ci sono... mia sorella... quando vado a casa che non la vedo, guardate, son già tre mesi, ma io non sono ancora riuscito ad abituarmici, davvero... io non sto mica bene da quando lei non c'è..."

Mi aspettavo che uno degli "omacci" replicasse, magari in malo modo, ma solo un piccolo silenzio direi gentile, seguì le parole di Valter. Valter... e adesso ha lasciato due ragazzi e una moglie, sul più bello. Non so neanche io a modo cosa sto pensando... chissà se ha avuto il tempo di godersi la sua famiglia... se è riuscito a provare la soddisfazione di quando le cose prendono il verso giusto, o se l'ombra della sua malinconia lo ha tenuto sempre impedito. Sono così amareggiata che non riesco a pensar bene. C'è gente che è vicina alla sfortuna, che le inciampa contro, anche se guarda dritto, anche se sta rigorosamente al proprio posto. È quello che pensai dei Gorni e dei fratelli di Igor, la sorella, per esempio, era corsa una voce che era molto malata, ma certo alle voci è meglio non farci caso, che si fa prima.

Si era sposata prima di Silvia, la vedevo qualche volta col marito, al mercato, una mora di pelle e di capelli, con gli occhi chiarissimi (li chiamavano proprio "oc bianc") di tutta la famiglia, degli occhi così chiari che se ne vedevano pochi in gente così mora.

Una sera, a una festa paesana, li avevo visti ballare, lei aveva un abito rosso scuro un po' scollato, e i lunghi capelli tirati verso l'alto in un gran ciuffo, non era né bella né brutta, e non aveva un filo di trucco, ma si notava, non saprei proprio spiegare perché, o la sua bella capigliatura, o quegli strani occhi. La mia amica Bianca disse "Non è mica bella ma è "di idea"", cioè una che è affascinante e non lo sa nemmeno lei.

Lavorava in una cantina, a muovere casse anche dopo sposata e con una bambina, era brava, aveva la sua famiglia, e la voce della malattia era un filo sottile, che cominciò a ingarbugliarsi, quando la giovane sposa, il suo nome l'ho sentito così poche volte che non riesco a ricordarlo, lasciò il lavoro alla cantina, e si mise ad aiutare un'amica che faceva le maglie, certo un lavoro più leggero, che poi a poco a poco allentò anche quello. Delle mattine non andava, "quando si sente viene, quando non se la sente... del resto ha fatto un lavoro pesante per dieci anni e se adesso se la prende anche un po' comoda...". Poi cominciarono i ricoveri all'ospedale, più o meno lunghi; al ritorno, riprendeva a lavorare qualche ora al giorno senza fretta, ormai la fretta non faceva più parte del suo modo di vivere. Finché cominciò a dimagrire e si vide la costernazione sul viso della madre e la preoccupazione della suocera che non avevano poi mai creduto al fatto che se la prendesse comoda, così... inutile raccontarsela, anche se queste donne, giustamente, non parlavano molto, ma proprio questa mancanza di chiacchiere erano un gran brutto segno. Poi, all'ospedale, la giovane donna non ci andò più, andava a farsi visitare, col marito, ma anche da sola con la sua piccola cinquecento, ma niente più ricoveri. Se i famigliari tacevano e lei anche, c'era ben poco da dire, anzi niente, un pudore rispettoso stava attorno alla piccola famiglia come una tenda leggera.

Quando la giovane morì, i famigliari erano allo stremo, dallo strazio e dalla fatica, e la bambina aveva già nove anni. Me ne parlò mia cugina dopo due o tre giorni mentre stavamo vendemmiando. Mia cugina era una di quelle persone che non riescono a star ferme, e un po' per carattere, un po' per arrotondare la scarna pensione, faceva un po' di tutto. "Per tre o quattro anni ci sono andata tutti i giorni, al mattino facevo quello che lei lasciava da fare lì per casa, stiravo le cose più scomode poi me ne andavo, da mangiare ne faceva lei o sua suocera che sta lì dietro, al pomeriggio ci andavo ogni due o tre giorni, a mettere a posto il cortile e più che altro ad annaffiare i fiori, che ci teneva, lei aspettava che tornasse la bambina seduta in poltrona. Ecco, cercava di stare un po' su con la bambina, che dopo andava fuori, cosa vuoi, una bambina non la puoi mica tenere lì se non riesci a farla giocare un po'... Con suo marito credo parlassero molto poco, ormai poveretto, lui, col camion, andava via all'alba e tornava quando poteva, anche alle nove o alle dieci, e la trovava sempre intontita, la domenica andavano a fare un giro in piazza o dai suoi, ma del resto, poveretti..."

Restammo in silenzio per un po', intente al nostro lavoro, poi lei riprese il filo del discorso, parlando quasi tra sé. "Insomma, fino all'ultimo giorno è riuscita a scendere dal letto, e a parlare un po' con la bambina, e con le sue donne, alla mattina, per male che stesse, non voleva farsi vedere coricata, anche poco, ma qualcosa faceva, anche a saltoni... ma se non avesse avuto la bambina, te lo dico io, sarebbe morta due anni fa, si è proprio tenuta in vita con i denti in questi ultimi anni..." Fine.

Era una bella giornata calda di fine settembre, le foglie erano ancora sugli alberi e la vite era rossa e gialla come un grande fuoco, e io avrei voluto vendemmiare dalla mattina alla sera, non mi importava dello sporco e della fatica; di tutti i mestieri della campagna la vendemmia era di gran lunga il più bello. La vite era bassa e compatta e non c'era bisogno di scale, solo tagliare grappoli e riempire i cesti e vedere il tendone verde che foderava il rimorchio che riabbassava sotto il mucchio dell'uva, un lavoro invitante che mi dava un senso di autonomia, di libertà. Una specie di utile passatempo privato, tempo che me lo tiravo via a pezzi e a bocconi dal lavoro di stalla, e dalle faccende di casa, dove dovevo sentire gli ordini e le critiche di mio marito, una severità a dir poco eccessiva, che col tempo peggiorava, che invece di essere utile, che avrei saputo cosa fare anche senza che me lo si ripetesse cento volte al giorno, era solo un'umiliazione e non da poco.

Ma sotto la vite c'era qualche donna con cui parlare, un bisogno anche quello. Anche il fratello più giovane di Igor, un omone che era il doppio degli altri fratelli, era morto improvvisamente, ne parlavamo con Silvia, sotto la vite. Un giorno, Angela, la cognata, venne con lei. Lei e il marito erano miei coetanei, da ragazzi ci vedevamo tutte le domeniche e ci facevamo due chiacchiere, ma adesso, vedova da poco, a dir la verità, avrei preferito non vederla. E fu un pomeriggio triste, com'era ovvio, Angelina con due bambine ancora alle elementari, era anche alle prese con le difficoltà finanziarie in cui la morte improvvisa del marito l'aveva lasciata, aveva una villetta in costruzione, i quattro coppi sulla testa erano il sogno di molte giovani famiglie negli anni sessanta, ma "Beh! adesso vedremo cosa farò, che mollare mi dispiace, ma..." Dopo mi rimase per un po' nella testa il pensiero delle mie amiche, e mi ritrovai a rimuginare sulla frase di Silvia a due settimane dal matrimonio. "Mi sposo, sapete, ma non sono mica contenta..."

Allora, a quattordici o quindici anni, ero riuscita a malapena a trattenere la domanda che mi sembrava ovvia. "Se non sei contenta cosa ti sposi a fare..." e via via a quello che avrei detto se fossimo state sole, ma sole non lo fummo più, Silvia ormai aveva preso la via dei grandi, doveva pensare alla sua piccola cerimonia di nozze, a renderla passabile.

Ricordavo perfettamente lo scarno annuncio, e il mio sconcerto, ero anche un po' offesa perché Silvia non lo aveva detto a me prima che agli altri, insomma, anche dopo averci pensato su un bel po', non ci avevo trovato fuori una spiegazione logica. Mi ci erano voluti quasi vent'anni per capire. Per capire perché tutte noi, figlie della gente povera della Bassa, passati tra due guerre, e una miseria spaventosa appena appena adulte ci sposavamo. Se una aveva mettiamo ventidue anni, "cosa faceva ancora lì?", era ora che si impegnasse, che il tempo passava. Gli uomini, finito il servizio militare, altrettanto, "ha già fatto il soldato, è un uomo, è ora che prenda moglie". Nel giro di sei o sette anni al massimo si passava da ragazzi, dico proprio ragazzi, inesperti per quanto riguarda la praticità delle cose, del tutto "guarda e impara", a persone sposate e con figli per i quali "essere d'esempio".

Una cosa che a guardarla con gli occhi delle generazioni seguenti era grottesca, per non dire inconcepibile. Ma a tutti capita, se non altro per curiosità, di guardarsi indietro e le osservazioni di figli e nipoti non sono sempre comprensive, sono, a volte, avvilenti. Non bisognerebbe prendersela più di tanto, ma a sentir dire "Voi di una volta non capivate proprio niente" beh! ne avrei fatto volentieri a meno.

Un giorno per esempio, ero in cucina, bella arrabbiata e stanca, una giornata che non era certo peggio di tante altre a dire il vero, e mi stavo facendo un caffè, più per dispetto del mio malumore che per altro, ed era entrata Letizia. Letizia aveva dodici anni, ma solo all'anagrafe, era silenziosa, attenta, con una sobrietà non certo da ragazzina, ma, per mia fortuna, molto affettuosa con me che non ero certo una delicata mammina, anche se a saperlo, mi dispiaceva ma... c'erano tanti ma, un mare di ma, nella mia vita. Prese anche lei il caffè e io scherzai. "Hai sentito l'odore eh?" ma lei guardava in giù pensosa, poi alzò gli occhi alla mia faccia quasi arrabbiata. "Ma tu, mamma, che vita hai fatto?" adesso era un po' esitante, e io senza parole, poi si rinfrancò e alzò la voce. "Sì, tu, che razza di vita hai fatto... prima con la nonna, dopo con mio padre..." Domanda corta ma chiara, e, beh! non posso mica far finta di non aver sentito.

Dentro di me sto chiedendo aiuto, aiutatemi, come faccio a... mi sfugge un sospiro che mi porta via l'aria dai polmoni, ho la gola secca ma cerco di tergiversare, con un tantino di noncuranza. "Come ho fatto, come ho fatto..." Ma i suoi occhi sono attaccati alla mia faccia e anche se magari si è già pentita di aver chiesto, ormai lo ha fatto, e mi ha messo in un mare di guai, sì, mi sento proprio sprofondare nell'imbarazzo e me ne resto semplicemente in silenzio, muta e sorda, lei anche, ma al contempo so che voglio rispondere, voglio rispondere come si deve, mica alla meno peggio. Questa è mia figlia dopotutto, e poi anch'io alla sua età chiedevo spiegazione di tutto ciò che non capivo e mi incaponivo finché non mi si rispondeva. Anche i miei, papà, zia Betta, zia Enrica, Franca, anch'io li avevo fatti sospirare, Cesira e mia madre la troncavano a scappellotti e lamentele, "Ti dico che questa è bella curiosa" e se ne andavano per i fatti propri, ma c'era chi s'impegnava a trovare una risposta il più possibile chiara. La curiosità, alla fine, è come diceva Betta, serafica, una cosa della vita.

Però che fatica... lei è ancora qui di fronte... "Come ho fatto, vedi... mia madre è sempre stata severa, ma non era poi mica tutta colpa sua, era perché erano così poveri, e le cose erano da fare tutte con le mani e non si finiva di fare un lavoro che ce n'era già davanti un altro, parole sue: "Io quando avevo dodici anni, se mia madre mi dava un panno rammendato male, non dicevo mica nulla, scucivo tutto e me lo aggiustavo ben bene, mi son sempre arrangiata io... anche i miei fratelli, Angiolino quando andava a morosa i suoi vestiti li dava in mano a me, che a me piaccion le cose precise..." e via via tutte le cose che faceva già da bambina e che, pari pari, pretendeva da me. Più che logico, non lo faceva mica per cattiveria, solo perché imparassi, e poi, e questa è la parte peggiore, dato che ero l'unica femmina dovevo, per forza, diventare una "brava donna". Mi era sempre addosso, e, tu lo sai, non ha ancora finito di dirmi le cose, mi sgrida ancora come quando avevo dieci anni, che mi viene un nervoso... Davvero è molto scomoda ma ci sono dei motivi, anche se ho quarant'anni, e cerco di fare quello che posso lei si fa un punto, sono sua figlia e vado sgridata, non le interessa che alla sera e anche prima sono stanca come un cane, anche se stessi per crepare, per lei basta che vada, solo che lavori... il resto non conta... Tuo padre peggio ancora, non l'ho mai sentito, mai una volta, dire che va bene, e pensare che... quando ci siamo sposati sembrava così contento, ma...". Ormai avevo preso l'abbrivo e avrei sputato fuori una caterva di amarezza, ma feci uno sforzo per finire in fretta, mio Dio, parlavo di mia madre, di mio marito, e lei era mia figlia e amava molto queste due persone, solo che vedeva anche il retro della medaglia e perciò non c'era bisogno di tenerla lunga. Ora era lei a rispondere, con poche parole a seguito di un suo pensiero. "Però, non va bene, non è giusto vivere così", si alzò per uscire e sulla porta si voltò appena e ribadì la sua opinione, delusa, "non è proprio mica giusto vivere così, solo lavorare e basta, senza poter decidere nulla..." ma sono sicura che fu solo per una specie di pudore. Risposte senza sfogo, amare, ma prima di uscire andai di là e me l'abbracciai il mio tesoro, almeno quello.

Piangevo, fuori. Delle volte piangere è bello, si lucida la mente. Pensavo a mia figlia, e a me da ragazzina e mi ricordai, chiare, le mie perplessità, come le vedevo allora, e come mi sembrava di averci trovato il giusto motivo adesso. Silvia, Angela, la loro cognata, io e la gran parte delle ragazze di allora, ci eravamo sposate, con tutto l'amore e la buona volontà possibile, per entrare nel mondo dei grandi, per far vedere alle nostre madri che ci sapevamo fare, che avevamo capito che al mondo con la buona volontà si possono fare tante cose, che sarebbero state contente di noi e via dicendo. Così... facevamo parte del mucchio, nessuno poteva sparlare di noi, o almeno così credevamo, ci sentivamo nel giusto.

Il matrimonio lo chiamavano il grande passo, quando si sperava in bene e in molti altri brutti modi se si aveva poca fiducia, ma per quasi tutte noi era proprio il grande passo, una grande speranza, una strada da percorrere con decisione, fintanto che si è giovani, con la vita in mano, e non star lì ad aspettare che la pera cada e nessuno la raccolga più. Poi arrivò il cosiddetto '68, con aspettative e prospettive del tutto diverse. Arrivò un po' in ritardo, alla gente ancora un po' isolata delle campagne, ma arrivò, e ribaltò non dico tutto, ma quasi, le convinzioni in cui eravamo vissute fino ad allora, quelle di genitori e nonni, che per noi erano si può dire uniche, per non dire sacre, intoccabili. Un vento impetuoso, che ci fece, volenti o nolenti, guardare fuori: guardammo fuori, televisione, manifesti e giornali, a volte per caso, perché si insisteva tanto, a volte con più attenzione: e a guardare gli altri perdemmo del nostro. Fu un vero pugno in faccia. Furono sconquassate radici profonde, che lasciarono quelli come me un po' insicuri, un po' fuori dal modo di pensare corrente, un po' antiquati, più isolati del solito. Per i più grintosi e moderni, per quelli che si sentivano più a loro agio, per quelli più impegnati e convinti, eravamo quasi emarginati, un termine molto brutto, troppo usato, secondo me, ma guai a incapparci, da essere un po' imbranati per una semplice timidezza o perché si era impegnati in tutt'altre cose, non ultima quella di avere più figli cui badare, o anziani da seguire, insomma un tran tran, non dico faticoso, ma di più, che non ti resta proprio tempo per altro. Si faceva presto a passare per antiquati e c'era molta, molta poca distanza da qui a emarginati.

Ho vissuto quel tempo di cambiamenti con i miei soliti stati d'animo, quello interno, del tutto privato, che non si discute perché è proprio all'interno dell'anima, intanato dentro di noi, come i nostri visceri, che se tutto va bene non ci pensiamo proprio, se invece li si maltratta più del dovuto, beh! c'è da pensarci su, cercare di mettere in pari le nostre convinzioni con quelle degli altri, almeno di quelli che ci sono cari, è una cosa più difficile di quanto si pensi da fuori. Però ero ancora giovane e nonostante la patina di fatica e quant'altro, avevo ancora voglia di guardare. Avrei voluto partecipare, dire la mia fuori dai denti, e qualche volta l'ho fatto, con entusiasmo, perché no, con rabbia, con qualche risata, con lo stesso stupore di quindici anni prima, quando le famiglie numerose, il filo robusto che teneva legata alle campagne la gente della Bassa, si usurò contro le idee moderne e non fu più possibile riannodarlo.

Ricordo che piansi quando il camion mi portò via dalla Rota, la casa della mia infanzia, una dei pochi giovani a piangere, gli anziani invece piansero amaramente, quasi tutti. Mi ci volle un po' ad abituarmi e adesso di nuovo. Ma cos'è poi... un cambiamento, più che giusto... acqua che passa nel nostro fiume, che però a volte vorrei tornare di corsa alla sorgente, e guardare da là quello che fanno gli altri, criticare in santa pace quello che non mi va, ripensare in tutta tranquillità a quello che di buono c'è da tenersi, se mai è possibile tenersi qualcosa, qualcosa che in qualche modo ci accomuni, sia con quelli che abbiamo lasciato indietro, sia con quelli che ci passano davanti e dobbiamo pur seguirli, da presso o da lontano.

Poi a restare in coda si sta più tranquilli, si avanzano brutte sorprese, si parla con quelli come noi e si ha tempo di ricordare quelli che abbiamo perso di vista ma beh! è una bella fatica andare avanti senza di loro checché ne dicano quelli davanti. Il più delle volte ho la brutta sensazione di avere arrancato, e di essere arrivata sempre tardi e per forza mi devo fermare. Le cose riesco a vederle chiaramente ed è una difficoltà non da poco, per me, guardare un po' al di là dell'immediato.

Il futuro... come le previsioni del tempo, si fa quel che si può, se ci si azzecca bene, se no... questa mia pigrizia dell'anima non trova mica tanta comprensione in giro, a volte cerco di spiegarla, almeno a me, e come al solito solo dopo un bel po' dopo che son successe le cose riesco ad accettarle con simpatia, a farci qualche risata, che le rendono migliori, che mi rendono un po' più sicura. Piccole pietre calde su cui poggiare i piedi.

"Son così grassa perché son nata in tempo di guerra e andava male forte, per quello che adesso approfitto dell'abbondanza, non riesco proprio a farne a meno... e così via". Questo lo dico con un po' di dispetto ai miei quando cercano di spingermi a dimagrire, un po' lo dico anche per ridere, anche se sono la prima ad essere un po' avvilita dal mio aspetto, e dalla mia poca voglia, a prescindere dai motivi. Solo dopo vedo che ho detto la verità, nuda e cruda, almeno quella, spero che i miei capiscano i miei motivi e che perdonino la mia pigrizia e la mia troppa semplicità, se proprio ci tengono.

D'altra parte, essere nati poveri, ed esserci abituati, ha anche le sue dritte: non ho mai sofferto più di tanto, per dire, di non essere mai andata in vacanza (ho fatto due brevi vacanze in tutta la vita più per caso che per altro) o di non avere avuto bei vestiti che non avrei mai avuto il tempo di usare, né il personale adatto. Trovo già un piccolo lusso, quando vado in paese, andare al bar a prendere un caffè e una pasta, e sedermi a guardare le facce attorno: due lussi. E andare a mangiare fuori qualche volta, anche se ci fosse solo cipolla fritta è una specie di... non so come dire, ma so che se posso, non dico mai di no.

Ho capito anche questo un po' in ritardo: mettere i piedi sotto la tavola, e lasciare che ci pensino gli altri, per una che dai diciotto in poi ha sempre fatto, bene o male, la "rasdora", quella che pensa all'andamento della casa, cibo compreso, sempre con una borsa un po' tirata, e qualche brontolamento, altroché che qualche volta bigio più che volentieri dai doveri, doveri che del resto nessuno più pretende da me, tranne il marito padrone, che ormai, come me, perde il suo tempo.

È lì, nelle feste paesane, che a volte si rivedono le facce di una volta, qualche volta ci si stringe la mano e si passano due ore insieme, qualche volta ci si riconosce a mala pena, qualche volta è una vera rimpatriata, un tornare indietro appassionato, che dopo ci si resta attaccati un po'. Una sera, a una sagrina piccola come quella di S. Martino, rividi Rico Galli, non lo vedevo da parecchio, forse tre o quattro anni, ma lo riconobbi immediatamente, anche se tra me trasalii, aveva un ventre enorme e camminava con un bastone da una parte e un uomo che gli teneva il gomito dall'altra, non era più lui, eppure no, non mi sbagliavo. Stavano venendo verso di noi e io mi voltai un po' di lato, caso mai si fosse accorto di me e del mio imbarazzo, invece si fece accompagnare proprio dalla nostra parte anche se i tavoli erano tutti occupati e si fermò accanto a me. "Ciao, Annetta." "Ciao, Rico." Mi ero alzata senza accorgermene, e avevo allungato una mano: una semplice stretta di mano, senza altre parole, e un piccolo cenno del capo del giovane che lo accompagnava, e già se ne stavano tornando indietro, non guardai da che parte, ero troppo sconvolta, Dio mio, Rico Galli aveva la morte in faccia, e quella stretta di mano era un addio, lo hanno accompagnato fuori a passare un'ora, e non lo rivedrai mai più.

Me ne fossi rimasta a casa... ma, con le amiche che chiacchieravano a tutta randa, ebbi il tempo per riprendermi anche se non vidi un acca di quello che avevo nel piatto. Fatti i miei conti, dall'anno del militare, Rico Galli aveva poco più di cinquant'anni, e io, da quando ne aveva venti, pensavo vagamente che era un vile, anche se non era colpa sua se aveva una madre di ferro, ma proprio per questo, avrebbe dovuto essere più deciso, mah... quanto tempo era passato... ma quella stretta di mano, che mi aveva guastato la cena, me la tenni cara, ero commossa.

Dina Gorni, invece, la vedevo abbastanza spesso, e un mattino mi chiamò dalla soglia del suo bar. "Vieni dentro Anna, che non c'è nessuno". Forse aveva capito che avevo un po' di soggezione, quello era il bar dei ricchi del paese, silenzioso e più bello degli altri e non c'ero mai entrata, e venne fuori e mi prese per un gomito, decisa. Disse qualcosa al cameriere dietro al banco, e poi andammo a sederci, nella sala lì di fianco, lucidissima e deserta. "Dì un po', Anna, che ti vedo sempre solo da lontano... anche io del resto non mi muovo mai da qui dentro, è una vita che son qui e delle volte son proprio stanca..." E così, con cappuccino e pastine davanti, parlammo un po', in generale, della vita di tutti i giorni... poi Dina si alzò e chiuse la porta. "Hai sentito Anna... stanotte è morto Rico, me lo è venuto a dire sua cognata", "L'ho visto alla sagra della Pioppa, e l'avevo capito..."

Restammo in silenzio mezzo minuto, io non sapevo cosa dire, anche se mille immagini mi passavano dalla mente, anche lei era come assorta, poi picchiettò leggermente la tazzina sul piatto che diede un suono argentino che risaltò nel silenzio della sala, picchiettò un altro po', tin tin, senza rendersene conto, poi sbottò rauca. "Ce ne ha messo un bel po', del tempo, eh? Ha tribolato il suo giusto anche lui... (lasciò in pace la tazzina e sospirò, ormai più calma) e lo sai cos'ha fatto... da quando sua moglie ha perso il bambino, ha cominciato a mettere in moto amici e parenti per mettersi in rapporto con Daniele, l'hai in mente eh, Daniele... Beh ha messo in giro Pietro e Paolo (fece il nome di un po' di uomini dei più, come dire, autorevoli del paese), voleva dargli il suo nome, dargli dei soldi, gli aveva detto che avrebbe dato un tanto a mia sorella, le chiedeva scusa per tutto, e che avrebbe fatto il possibile per riparare, insomma... (diede un altro colpo all'innocente tazzina e riprese intenta) era ben deciso a fare il suo dovere, ma mia sorella gli ha fatto dire che non avrebbe preso neanche mezza lira, neanche morta, facesse il piacere di non occuparsi più di lei, e sai com'è mia sorella, non è mica tanto oliata, però per il figlio facesse lui, che era già un uomo. Il figlio anche, non lo voleva neanche sentir nominare, e via... non c'è stato niente da fare."

Dina sospirò di nuovo, era livida in faccia, era proprio risentita un bel po', e io non ero né calda né fredda, solo un paio d'orecchie, una specie di registratore. Poi ci alzammo, io dovevo andare a scuola a firmare le pagelle, ma lei mi mise una mano sul manubrio. "Andiamo a piedi..." e io la seguii, semplicemente, mentre lei riprendeva: "Dopo, poi, quando ha saputo di essere condannato, al posto di mediatori ha messo in giro degli avvocati, che, anche se loro non ne vogliono sapere, non hanno ancora finito di menarla". Dina si guardò attorno, era una bella giornata fredda e chiara e concluse "Vedremo bene, adesso, come andrà a finire sta cosa." Andammo lentamente per un po' in silenzio e ci fermammo davanti a casa sua, una piccola villetta a quattro spioventi con un piano rialzato ingentilito da una veranda piena di fiori. "Che bella casa, Dina." Dina guardò la sua casa con amore, non c'è altra parola, come si guarda un bambino addormentato e sorrise, con un breve cenno del capo "Bellina, eh? Ce n'è voluto del tempo, e degli straordinari; senza tutti gli straordinari che mio marito faceva al S. Silvestro non ci saremmo proprio riusciti, ma alla fine ce la siamo cavata, almeno, noi altri, abbiam lavorato per qualcosa."

Era infervorata, e mi posò una mano su un braccio come per dire, stai qui. "Te la ricordi, mia madre?" "Se me la ricordo..." mi strinse il braccio più forte con una piccola scossa e insistette guardandomi con una specie di severità. "Ma te la ricordi così... o te la ricordi proprio..." "Bene, me la ricordo...", nuova scossa al braccio, "Ti ricordi proprio bene la sua casa, e mio padre poverino... con niente di niente... ti ricordi la vita che hanno fatto i miei...", "Altroché Dina... ci mancherebbe...", ho lasciato un pezzo di cuore là, quello più giovane... il più sincero... ho lasciato là la mia parte più delicata... ma questo lo pensai senza metterlo in parole, una specie di debolezza, e a Dina avevo sempre pensato come a una del tutto concreta, senza i miei tanti patemi d'animo, a volte un po' patetici. Lei la vedevo più... con più senso pratico... più forte, alla fine, ma la sua mano era ancora lì, sul mio braccio, e i suoi occhi seri erano più appassionati che pratici, intensi e serissimi. "Devi sapere che quando vado a letto penso a mia madre, non riesco a dormire, davvero eh! Mi viene una cosa addosso che…" Dina parlò un bel po' di Dora, di allora e di adesso… "Pensa che preferisce vivere da sola, alla sua età, piuttosto che con Diana, che ha due bambini piccoli, parole sue, "mi dispiace ma coi bambini proprio… gli voglio bene, ma non riesco proprio a sopportarli, è più forte di me… credetemi…"

Dina continuò come se avesse dovuto difendere la madre da qualche preconcetto. "Va anche capita non credi? Tra vivi e morti ne ha avuti dieci, poverina…", per mio conto capivo perfettamente, dei figli ne avevo sei, erano il mio motivo nella vita, ma delle volte avrei voluto, come si dice, scendere dal treno, in un posto qualsiasi, ed essere dimenticata, che nessuno mi chiamasse più, specialmente io stessa, che la smettessi di essere quella che ero, e diventassi… non so… intoccabile. Eravamo insieme da due ore. "Scusami Dina ma devo proprio andare, grazie della compagnia e della colazione, ma devo proprio scappare, ciao ciao" Ed ero già sulla bicicletta che pedalavo in fretta verso casa.

Guai, guai se fossi rientrata all'ultimo minuto, mio marito si sarebbe messo a gridare guastandoci la giornata, le parole le sentivo già dentro di me, buona a nulla era solo per cominciare, solo se stavo zitta, perché se no l'urlamento diventava una vera e propria opera tragica che durava non dico due ore, ma batteva anche i giorni seguenti implacabile nella mia testa, e molto, molto peggio sui miei figli, che loro almeno, li avesse lasciati in pace. Una cosa difficile da accettare, completamente ingiusta, che non avrei mai creduto mi succedesse. Era una grande disillusione non poter restare fuori casa un'ora in più, e dire semplicemente la verità. "Ho fatto tardi perché mi son fermata con Dina Gorni e ci siam messe a parlare di Rico Galli, te lo ricordi il figlio più grande del casaro della Rota…" così, come fanno gli altri, moglie e marito, ci si parla, da amici, che è più che giusto, e si fa un buon occhio ai figli, la sera dopo cena parlare un po' del più e del meno, spettegolare un po', che sto da sola tutto il giorno, alla fine non son mica una suora di clausura… con chi parlo se ho voglia di dir qualcosa, anche solo una sciocchezza, magari, con le mucche? Se poi avesse saputo della colazione con tanto di pasticcini... mi veniva la bocca agra.

Così ero diventata bugiarda, per difendermi, me e i miei figli, dalla sua cattiveria, qualche volta per mettermi in buona luce, mica che pretendessi più di tanto, ma insomma, un po' di saper vivere, una soddisfazione se appena appena si poteva ogni tanto, così per stare nel ruolo almeno passabile di una vita normale. Ma per fare una vita normale, anche solo apparentemente, dovevo arrangiarmi in mille modi, che delle volte ci passavo sopra e andavo, ma il più delle volte erano amarezze che mi sfinivano.

Il mattino seguente verso l'una, la maestra di Alex che abitava lungo la nostra strada venne a prendere la pagella. "Com'è che non è venuta ieri..." "Oh, scusi, devo aver confuso la data, mi dispiace tanto." Firmai, e lei mi salutò con un bel sorriso "Vado che è tardi". Se ne era andata da cinque minuti quando il padrone entrò, per fortuna non si era accorto di nulla, e mi ero evitata una scusa, lunedì andava al mercato e io avrei avuto il tempo di andare a firmare le altre pagelle. Che avevo sbagliato data..., una bugia piccolina, alla fine, ma passare per una madre poco attenta era un altro paio di maniche, era una vita di straforo, faticosissima, ma anche piena di gioia se il capo era via, o magari a letto, e mi guardavo bene dal chiamarlo anche se era ora di andare a lavorare. Così ero ridotta, a vivere a saltoni, tra difficoltà che credevo di non meritare, che mi sarei vergognata troppo a raccontarle, piccoli fantasmi, che era difficile tenerli a bada, c'erano sere che mi dicevo: "Non so come, ma anche oggi è andata, domani vedremo."

Delle sere che piangevo, con la sensazione di essere vedova, senza nessuno che dividesse i miei stati d'animo, che partecipasse alle mie difficoltà, ero troppo poca, da sola, per i bisogni di sei figli. C'erano sere che mi accontentavo di quello che avevo, appunto, dei miei figli, della loro simpatia, sere pienissime di confusione. La piccolina era vivacissima e mai stanca e riusciva a rompere le scatole a tutti, seppure in senso buono, delle sere si accontentava di stare addosso alla sorella, che per fortuna riusciva a tenerla calma col suo carattere in qualche modo severo, ma più che altro col bene che le voleva, e io potevo badare a certe mie piccole cose, più che altro leggere qualcosa, o guardare la televisione, o meglio, dormire tutti abbracciati sul divano, stretti come sardine, qualche volta un tè, o un po' di budino, qualche volta niente, ero così stanca che mi mandavano a letto. "Vai a letto, che ci pensiamo noi..."

È una vergogna andare a letto con la cucina da rifare e i bambini in giro per la casa, mia madre me lo diceva sempre scuotendo il capo con una specie di costernazione, ma che razza di figlia ho messo al mondo..., ma poi mia madre se ne andava a casa sua, e mio marito, per quanto dura fosse stata la giornata, alla sera entrava in un ruolo del tutto estraneo alla famiglia. La sera era per gli altri, o per se stesso, non so a modo, o se fosse più o meno ingiusto, alla fine la vita era la sua, anche se io faticavo a capire, anzi proprio non condividevo, il suo modo di comportarsi.

Così per me restava quel po' di tempo alla sera, un piccolo spazio, tra risate, sgridate, veglia, sonno e stanchezza, per farmi, per modo di dire, i comodi miei, per pensare, una volta tanto, con una specie di libertà, piccola e in qualche modo opaca, ma pur sempre un piccolo sprazzo di libertà. Lasciare i pensieri a vagare qua e là, perdermi dietro qualche faccia. Quella di Rico Galli per esempio, l'avevo davanti agli occhi da quando avevo fatto colazione con Dina e perso due ore del mio misuratissimo tempo. Quella sera di due mesi prima, quella stretta di mano che mi aveva commosso, da quella volta che lo avevo visto, tre o quattro anni prima, a scuola, per le votazioni. Venti parole in tutto, sempre per via della mia dannata fretta, i miei figli che stavano bene, lui che sarebbe diventato papà a breve, con la voce commossa appena appena mitigata dal sorriso orgoglioso di chi finalmente ce l'ha fatta. Poi vedevo la moglie qualche volta, dopo la perdita del bambino, ma ci conoscevamo poco e non mi fermavo a chiacchierare. Che lui stava molto poco bene, disse proprio così, lo seppi da zia Enrica, finché ci salutammo quella sera alla Pioppa.

Risentii il tintinnio del cucchiaino di Dina, e la faccenda degli avvocati, di Ilves, e del figlio che non lo aveva voluto vedere, ricordai la loro ultima lite, poco tempo prima che i Gorni se ne andassero del tutto in Liguria. Era una sera di luna piena e io me ne stavo nella mia camera magazzino, già sotto le coperte, con la finestra spalancata, semplicemente per guardare una grande luna appena rosata, quasi immobile sull'orlo sfrangiato delle alte cipressine, con le foglie appena appena mormoranti nella brezza leggera, uno spettacolo! Me la stavo beatamente godendo e non feci caso alle voci, del resto la casa non era quasi mai silenziosa del tutto, fino a quando non capii che litigavano di brutto e riconobbi le voci di Ilves e Rico. Uno dei due doveva aver aspettato l'altro, o lui dietro la porta di Ester, dove lei e il bambino dormivano da quando il piccolo aveva pochi mesi, o lei, dall'altro lato del caseggiato, semplicemente sotto la scala di casa, poi si erano allontanati per non farsi sentire, fino al fossato di confine dei Frazzi, equidistanti dalle case attorno. Se dicessi che capii il nesso del discorso, sarei bugiarda, ma non mi affacciai per sentire di più, o per guardare, c'era troppa luce attorno. Mi alzai solo un po' su e mi appoggiai alla testiera del letto, urlavano tanto che avevo anche un po' di fifa, là da soli potevano anche venire alle mani...

Stranamente urlava di più lui, "...andrai dalla Stella...", "...sono inteso con Stella..." una cosa così, "sì tu vai là" e urlava un bel po', che lei il bambino non lo avrebbe portato via, e tuonava minaccioso, lei urlava di rimando, si urlarono un bel po' poi calarono di tono e si sentiva la voce di lei come il sibilo alto e basso della mola di mio padre, un casino del diavolo, e nessuno dei due mollava, attraverso la brezza udii anche più volte il nome di Gregorio, la parola bambino o via e poco altro. Devo dire che oltre che curiosa ero a disagio, lui, che non l'avevo mai sentito urlare a quel modo... era un tipo calmo, ma proprio i più calmi quando perdono le staffe... avrebbe potuto stenderla con un pugno... Così, tra sibili incomprensibili e urla selvagge, là soli in mezzo all'erba... per un po' mi aspettai che saltasse fuori qualcuno a far da paciere, che so io... e semplicemente a controllare che non si azzuffassero... che lei era uno scricciolo...

Poi smisero a poco a poco di parlare tutti e due insieme, e le voci calarono di tono, ora non sentivo altro che un parlottare intento, ma ormai del tutto incomprensibile, chissà per quanto tempo avrebbero continuato ancora, ma almeno adesso si erano un po' calmati, poi lui si rimise a urlare, qui va a finire male, ma perché non salta fuori nessuno a vedere che succede? Poi la voce di lei sottile e chiarissima, che si stava avvicinando alla strada, un profluvio di maledizioni, i cancheri e gli accidenti che facevano parte del nostro dialetto, con una minaccia chiarissima... "Tuo figlio, tu non lo vedrai mai più... mai più, hai capito... creperai prima." Ormai lei era vicina e io mi alzai e la vidi saltare il piccolo scolo, e salire sulla strada correndo verso la casa, lui era sparito in mezzo agli alberi dall'altro lato del campo.

Io tornai sotto le coperte e mi ci volle un po' per risentire i rumori normali della casa, le porte delle stanze di sopra che si aprivano, il parlottio delle donne che mettevano a letto i bambini, le voci rumorose degli uomini di sotto, nella camera di fronte alla cucina, che se la raccontavano. Intanto io pensavo a Stella, una sorella cinquantenne di Lina, nubile e senza figli, che era spesso a casa dei Galli a dare una mano, e a Gregorio, lo zio di Ilves, che le voleva bene ma non poteva certo aiutare più di tanto...

Stranamente, i giorni seguenti non sentii nessun accenno alla lite, anche se altri dovevano averla sentita, né vidi Ilves venire a parlare con Betta come faceva di solito quando era in panne. E ora Rico era morto senza più rivedere il figlio. Le maledizioni di Ilves avevano preso corpo anche se io obiettivamente non credo a queste cose, ci mancherebbe, il genere umano non sarebbe più qui, altrimenti.

Daniele Gorni non aveva colto l'occasione di diventare un Galli, e come dargli torto... avrebbero dovuto cambiare cognome anche i suoi due bambini, per uno che si era ricordato di loro solo come ultima possibilità. Era triste però, io, nei miei diciamo fantasiosi diciotto anni, avrei voluto che Rico, quando i Gorni se ne erano andati, avesse preso la sua grossa moto e li avesse seguiti, anche senza una lira, che sfilare soldi dall'unica tasca che li conteneva era, specialmente nel suo caso, un'impresa quasi impossibile. Io li avrei seguiti, ma io avevo gli occhi giovani, la mentalità lineare della gente con cui ero cresciuta, una fiducia integra nella buona fede, nel buon diritto del giusto, ma non avevo ancora mosso un passo nelle esperienze, anche se mi sembrava di sapere come comportarmi, nel mio piccolo.

Invece cominciai presto a cadere fuori dal seminato, bastò poco a impaniarmi nelle difficoltà. Il primo colpo fu proprio l'andata della gente dei campi verso le città, ma più che altro, un modo di pensare che nessuno mi aveva insegnato, perché anche loro, i miei genitori, dovevano ancora assimilarlo. Adesso, a quasi settant'anni, torno ancora spesso indietro coi pensieri, non tanto per dire "quelli erano tempi migliori" o viceversa, non è con la ragione che guardo indietro, non solo, almeno, è più un rifarmi del tempo di allora con gli occhi di adesso, un tempo ormai lontano, con le sue cose belle e brutte, anche se la bilancia del giusto e dell'ingiusto ora come allora non pende sempre dalla nostra parte. Ma è più forte di me, ogni tanto, come uno che va al mercato dell'usato. Ci vado ogni tanto con le mie amiche, e non siamo di certo d'aiuto ai venditori, che non compriamo quasi mai nulla, ma gli occhi sì che lavorano, a riempire, senza mai riuscirci del tutto, gli immensi spazi della memoria.

Della gente della mia fanciullezza ne vedo sempre meno in giro, ma quando mi capita mi piace parlare, di più, devo chiedere. Una sera sono andata a una festa estiva con Letizia, che aveva già il moroso e mi ha mollata appena ho trovato una sedia, ero un po' seccata, di restare lì da sola, la solita faccenda... ma beh! Sola o non sola mi sarei presa un bel piatto di rane fritte e appena potei feci un cenno a uno dei volontari. Era un cugino del marito di Franca: "Ma Anna, non starai qui a mangiare da sola, vieni con me che abbiamo una tavola tutta per noi, c'è anche tua cugina..."

Erano almeno in una trentina, ma li conoscevo bene tutti da quando avevo undici anni e Franca aveva sposato uno di loro; mi fecero posto vicino a Franca e dissi addio alle mie rane, avrei mangiato come loro. "Com'è Franca che siete in tanti..." "Eh! E poi ne devono venire degli altri, facciamo un po' di festa alla Resa (sua suocera) che compie novant'anni, che così ci risparmiamo di ammazzarci di lavoro a casa, e poi qui c'è più posto, e siamo più disimpegnati...". Il marito e tutti gli altri la chiamavano così dal cognome, Resi, che si usava una volta, di chiamare le donne col loro cognome al femminile così che dimenticavano quasi il nome vero.

Era una donna magra e molto vitale, nonostante l'età, che se ne stava a capotavola con due cognate più o meno coetanee che se la chiacchieravano in attesa del cibo, tutte e tre con un fazzoletto legato sulla nuca che le copriva fino a mezza fronte. L'unica concessione di rispetto alla parentela brontolante, era che il fazzoletto era quello della festa, di seta e ben colorato, al posto di quello scuro, di solito nero, di cotone spesso, che usavano tutti i giorni.

Ogni tanto arrivava qualcuno, tre o quattro alla volta, salutavano a destra e a manca, baciavano le vecchiette, e qualcuno arrivava con tavolini e tovaglie ad allungare la tavolata, uno spettacolo. Inutile dire che la cena non fu un piatto unico, ma un pranzo di quelli... una volta tanto non pensai a casa, mi lasciai prendere dalla sensazione dell'insieme, dell'abbondanza, dei piatti che si riempivano come per miracolo, dall'euforia generale, dalla confusione, perché no, e andai a casa, con il cuore e la testa pieni, oltre al cibo. "Vieni domani sera che ci sono "Enzo e Terri" e stiamo insieme, un po' tranquille." Così la sera seguente aspettai semplicemente che mio marito uscisse e andai alla festa, una scusa l'avrei trovata al bisogno, portai i miei due bimbi più piccoli, nel posto che avevano organizzato per loro, mi assicurai che fossero sorvegliati e mi misi a cercare Franca, tra la gente che si era seduta ad ascoltare la musica, era tardi e le sedie erano tutte occupate, restai un po' in piedi lì di fianco, poi mi misi a camminare così a caso, vuoi vedere che la Franca non la trovo, poi la vidi venirmi incontro, era con Dina Gorni e un'altra donna e sorridevano a tutta randa. "Oh, vi ho trovate..." La terza donna mi chiuse in un abbraccio stretto. "Annetta, sei proprio tu..." Mi tirai indietro un attimo, confusa, e mi ci volle un battito di ciglia a riconoscere Ilves Gorni. Ma non quella che ricordavo bruna e slanciata, coi lunghi capelli al vento, e due occhi... adesso era come sbiadita, con un viso più largo e meno intenso, e i capelli, con qualche tocco di biondo e grigio, tutti raccolti in un semplice nodo sulla nuca, solo l'attaccatura a punta della fronte era inconfondibile, come la sua voce appena un po' più spessa. Una bella signora di sessant'anni, che si vedevano tutti, ma al tempo stesso bene aggiustati, dignitosi, una che se mi fosse passata accanto senza dirmi nulla, dopo un po' l'avrei rincorsa per chiederle chi era, oppure ci avrei pensato su tutta la notte, capita, dopo tanti anni.

Intanto per adesso mi si erano appannati gli occhi e il magone era come un tappo in gola: quando, quando mai la smetterò di impappinarmi proprio sul più bello, e diventerò una persona disinvolta, quando succederà... quando finalmente riprendo luce e fiato. Siamo sedute lontane dal palco dell'orchestra, io lei e Franca, Dina se n'è andata in tutta fretta perché ha il marito molto malato e si apre alla rinfusa l'album dei ricordi. Lei ha qualche foto dei nipoti quasi adolescenti, il figlio e la nuora il giorno delle nozze, e lì vediamo anche Dora, e i tre fratelli più giovani, Marina, Carmen e Gigi, già tutti con famiglia, e una vecchia foto di Valter a vent'anni. Aveva anche una vecchia foto di Rico Galli.

"Quell'inverno lì Valter mi aveva insegnato a ballare, e poi si era innamorato, e noi ragazzine ci ha mollate." La fidanzatina era la donna che dopo dieci anni sposò Rico Galli. Chissà perché, spero che Valter non lo abbia mai saputo... Valter... Giovanni... quanto tempo, quante cose da chiedere e da raccontare, ma, al solito, mi prende la fretta e vado a prendere la mia recalcitrante figlioletta che non ne vuol sapere di lasciare gli amichetti, e non vuole neanche salutare le mie amiche. "Hai una bella bambina Anna... avrai un bel daffare anche tu eh?" Poche altre parole e una lunga stretta di mani. "Ciao. Ciao, forse... chissà..." e sono già lungo la strada. Le stizzose proteste della piccola le buscano un secco scappellotto. "E taci, che se no te ne do un altro." Per fortuna non piange, emette solo un piccolo sospiro accompagnato da un'alzata di spalle di una che tanto la finisce lì, per non prenderle davvero o solo perché sa che dobbiamo andare, e si adatta. Ma sto male lo stesso, vorrei sedermi con lei da qualche parte, togliere lo scappellotto, e spiegarle con parole da bambini che mi dispiace, che poi, quando sarà una donna riuscirò a farle capire il perché di certi andamenti: chissà poi se vorrà ancora ascoltarmi, da grande... e se io avrò ancora abbastanza fiato... speriamo... un po' vagamente, a dire il vero, il futuro è come se fosse un vetro sporco, che non so se avrò la forza di provare a pulirlo. Con la fiacca delle fatiche e delle delusioni certamente no, ma bisognerà pensarci, anche se adesso non so. Per adesso la metto a letto con la sorella, dormono insieme in un letto matrimoniale, che si sveglia appena e l'abbraccia, la mia bambina, la chiama, e lei si rilassa fiduciosa, e anch'io mi tiro un po' dalla parte più leggera dei pensieri.

Così smaltite lentamente le preoccupazioni del giorno, ripensai a quelle due sere che non avrei dimenticato tanto presto, l'Ilves... le piccole foto e il rimescolio che ho dentro, che vado via, qualche volta di soppiatto per vedere un po' di gente, per portare un po' fuori i bambini, per cambiarmi la sottana, per portare a casa qualcosa che mi manca, un bisogno che fatico ad individuare, una debolezza di cui mi vergogno un po', che poi è una cosa semplice, la semplice voglia di parlare, di partecipare.

Non rividi più i Gorni ormai liguri, ma rivedo ancora qualche volta qualcuno degli ex abitanti del crocicchio e dintorni, mi tengo informata, anche se non so perché. Avevo diciotto anni quando me ne sono andata e adesso ne ho settanta, ma è come se ne sentissi l'odore o una qualche vibrazione nell'aria. Quel tempo che non ho potuto dedicare ai miei figli e a me, adesso è più morbido e abbondante, più mio, come un grande pacco regalo che mi fa un effetto agrodolce.

Più di sedici anni

Torno in casa pensando "Com'è felice Ferruccio... quanti anni avrà adesso, Ferruccio... ottantadue, lo ha detto sua nuora, ed ha aggiunto che è completamente autosufficiente, come si dice adesso di un anziano che se la cava bene... " Mi sembra di sentire, chiara e piena, la voce misurata e un po' severa di Viviana. "Ci siete solo voi che riuscite a far parlare il mio vecchio." "Abbiam parlato per due pomeriggi di filata, io dico che parla, e poi è anche simpatico, altroché... e per piacere non dite il mio vecchio." "Ma senti solo... (Viviana tira fuori un piccolo sorriso ironico) l'ho sempre chiamato vecchio... ", "Beh, adesso basta, d'ora in poi chiamatelo per nome, che fa più bella figura." Non avevo scherzato, avevo solo detto la mia, e con Viviana era così facile parlare... era stato così facile fare amicizia con lei...

L'ho vista per la prima volta quasi cinquant'anni fa, quando siamo venuti ad abitare su questa strada, al principio dell'inverno. Alle due o alle tre del pomeriggio usciva con il bambino piccolo, sorreggendolo perché ancora non camminava da solo, giravano avanti e indietro sul marciapiede per un'oretta, qualche volta salivano anche sulla strada che a quell'ora era praticamente deserta, e poi in un attimo era sera e rientravano.

La guardavo sospirando un po'; un giorno o l'altro riusciremo pure a conoscerci. Lo facemmo in primavera, quando Gabriel, il mio bambino più piccolo che aveva due anni, mi scappò sulla strada; lo stavo cercando affannosamente in tutti gli angoli, quando lo vidi che correva, ormai sul passo della casa di Viviana che guardava tra le sbarre del cancello.

Erano tutti davanti a casa e Viviana si affrettò ad aprire facendomi un cenno con una mano. Mi fermai lì dov'ero per tirar fiato, Dio mio, ero stanca e avvilita per essermi lasciata scappare il piccolino per strada, e mi avviai vergognosa verso casa sua, venne lei ad aprire il cancello. "Buongiorno". "Buongiorno". Restammo una di fronte all'altra senza riuscire a dirci altro per un po'; gli occhi no, io la guardavo con tutta la curiosità accumulata durante l'inverno e lei, beh! Altrettanto. Che era alta e robusta l'avevo già visto da casa. "E' vecchia" fu la prima cosa che pensai. "Venite dentro, ma se siete ancora una bambina" lo disse con un sorrisino, non so, un sorrisino che mi intimidì. Risposi con un cauto "Ho quasi venticinque anni... " "Venticinque anni eh... sedetevi lì che parliamo un po'... " Mi presi in braccio il mio bambino e mi sedetti sul bordo della panca di legno piantata in terra sotto l'albero davanti a casa, ero ancora un po' scossa. "Vi siete presa una bella fifa eh... ", "Non me ne parlate... questo bambino è un vero terremoto, non posso voltare l'occhio un attimo, per fortuna l'altro è un po' più tranquillo sennò... " Restammo lì coi nostri bambini in braccio per due minuti poi mi avviai verso casa.

Finalmente una donna con cui parlare, almeno due parole ogni tanto ce le saremmo scambiate. Ci speravo. Venivo da una famiglia numerosa, zie, cugine, e mai una domenica senza ospiti, senza contare la sera; tutte le sere qualcuno passava a salutare, adesso non riuscivo a capacitarmi di essere l'unica donna di casa; di non avere né un aiuto, né, soprattutto, un po' di compagnia, mio marito e suo padre erano possessivi, anche se credo che non se ne rendessero conto. Gente che stava "sulle sue", che non faceva visite ai parenti, tanto meno ai vicini, e ne conseguiva un isolamento al quale non riuscivo ad abituarmi. Ma forse le cose cambieranno un po', pensai tornando verso casa.

Le sospirate "due parole" arrivarono la mattina dopo con un "Buongiorno Teresa, come state?". Era Viviana che si era fermata sul mio passo; io stavo facendo qualcosa nel mio disordinato orticello e alzai la testa sorpresa, guardandomi attorno. "Dite a me?" "Certo, vi ho chiesto come state... " "Ah... sto bene, ma non mi chiamo Teresa, mi chiamo Anna." "Ah beh! (sembrava un po' offesa) sento vostro marito chiamare Teresa cento volte al giorno, credevo..." "Mio marito sembra che il mio nome non lo sappia, Teresa, Giulia, e non c'è neanche male, ma delle volte mi chiama in certi modi... Luscia, Pirona, nomi da mucche, che mi viene una rabbia..." Lei si fece una franca risata. "Beh! Io invece vi chiamerò col vostro nome", uscii dall'orto e rimanemmo una di fronte all'altra a parlare per un po', "E' una bella fatica cambiare casa eh? Vi piace stare qui?" Risposi con un sì quasi precipitoso, poi spiegai: "Non per la casa; la casa là in mezzo era vecchia ma era più grande, e più ben messa di questa, solo che era in dentro dalla strada e più lontana dal paese, e coi bambini piccoli... (e poi tirai fuori il rospo) e da quando la ragazza della famiglia sulla strada si è sposata mi sentivo troppo sola, tutti gli altri eran capaci solo di parlare di lavoro e di lavorare, e basta, qui almeno sono più vicina al negozio e ho l'occasione di vedere qualche faccia nuova, se non altro." Lei se ne uscì con un piccolo sfogo come il mio...

"Eh sì... siamo sole un bel po'... per fortuna che ci sono i bambini... faranno anche tribolare ma insomma son bambini." Il suo viso si illuminò mentre parlava dei figlioletti. "Beh, adesso vado, che non posso mica star fuori tanto. Vi saluto (ebbe una breve esitazione) Anna." "Arrivederci." Non provammo mai a darci del tu, non so perché, forse per timidezza, o per un qualche rimasuglio dell'austerità in cui eravamo cresciute, almeno da parte mia, non certo per la differenza d'età, sulle prime magari... ma poi il "voi" che le davo era come quello che davo a mia madre. Sì, io, nata nel 1940, davo del "voi" ai miei genitori, io e mio fratello più grande; l'ultimo, nato nel cinquanta, aveva interrotto la tradizione, un voi solo parlato, e certamente era lo stesso per lei. Pensavo vagamente che stesse a lei darmi del tu, e mi stupiva un poco che lei mi parlasse con un rispetto che mi metteva un po' soggezione, ma poi scoprii la sua ironia, a volte leggera, a volte marcata; con l'ironia nascondeva un po' la sua bontà, e certe debolezze, se così si può dire, era una donna di carattere, Viviana, una donna forte, nel senso migliore del termine.

Da allora non passò giorno senza che ci parlassimo un po', o davanti a casa mia mentre passava per andare a fare la spesa nel negozio che era lì a duecento metri, o viceversa, dal negozio a casa dove tornavamo con la bicicletta in mano per stare un po' di tempo insieme. Sul principio non parlavamo d'altro che dei bambini, specchiavamo l'una nell'altra l'esperienza della maternità, le piccole mille tedie, ma più che altro la gioia, l'entusiasmo, perché i bambini erano piccoli (da uno a quattro anni) nel tempo in cui la crescita è più evidente e soddisfacente, quando sono più tuoi, nel senso che devi occuparti di tutte le loro esigenze e che ricevi in cambio tutti i loro progressi, qualcosa di più ogni giorno e i loro sorrisi. Poche cose ti danno la gioia, immediata e leggera al contempo, di qualcuno che sorride proprio a te, comunque tu sia, con una fiducia impagabile.

"Alla sera Franco si addormenta prestino e dorme tutta notte, il piccolo invece non ne vuol sapere, e me lo tengo in braccio mentre guardo la tivù, tante volte mi si addormenta in braccio ma... (fece un piccolo sorriso paziente come a dire: fa lo stesso) a portarlo su però, faccio una tale fatica... e poi all'una è sveglio di nuovo, poi torna a dormire fino alle cinque, qualche volta anche alle sei, che poi mi alzo del tutto." "Il mio invece fa tutta una tirata, per fortuna, devo dire, perché di giorno fa la sua parte..." Discorsi così tra noi, un dentino che spunta, un piccolo mal d'orecchi, una mezza parolina che diventa intera, gli immancabili sbrodolamenti sul tavolo e sotto, qualche cacca fuori dal pannolino, e qualche sana risata di fronte alla loro intraprendenza.

Quando i bambini più grandi cominciarono ad andare all'asilo, tirai un sospiro di sollievo, avevo tanto da fare, perché lavoravo nella stalla tutti i giorni, ma poi Loris si era adattato bene e mi restava più tempo per il piccolino che invece risentiva della mancanza del fratello. Al mattino voleva salire sul pulmino anche lui, e scalciava un bel po'; per calmarlo andavo un po' da

Viviana a giocare col piccolo, ed era sempre un po' un problema tornare a casa.

Un mattino la suora mi chiese se il piccolino non se la faceva più addosso. "Oh no, è birichino, ma è bravo..." "Lo possiamo prendere, allora." Ci pensai un po' su, aveva appena compiuto due anni e mi dispiaceva farlo andare via da casa così presto, ma il prete, che era uno che stava molto in mezzo alla gente, e che vedeva molte cose, mi guardò con occhi intenti e parlò col franco dialetto che si usa tra amici. "Lavori tutto il giorno... prima almeno c'era Ezio (l'uomo che faceva buona parte del lavoro nella stalla) ma adesso siete rimasti in tre cani (ebbe una breve esitazione poi aggiunse con un tono più sacerdotale) e poi tu non sei mica fatta di ferro, devi tenerti un po' da conto, hai dei figli, una casa, e poi avrai anche il diritto di tirar fiato qualche volta... l'asilo lo abbiam fatto per voialtre mamme, per via che possiate stare un po' tranquille... vuoi che non lo sappia io, tutte le cose che devon fare le mogli dei contadini, e tutte quelle che cucion le maglie, e quelle che vanno a fare le otto ore, son fuori tutto il giorno, vedo, io, come vanno le robe di questo mondo..." Non mi rimase che tacere, più chiaro di così... me ne tornai in casa stringendomi il bambino tra le braccia, avrei voluto stare un giorno intero, almeno un giorno, a occuparmi solo dei bambini, soltanto io e loro...

Aspettai che passasse l'estate poi al tempo della vendemmia mandai all'asilo anche il piccolino, ora trovavo il tempo anche per andare qualche ora a vendemmiare, la vendemmia era il più bello dei mestieri di campagna, e c'erano delle donne con cui parlare. Ma nonostante non avessi un attimo di tempo vuoto, la mancanza dei bambini si faceva sentire, qualcosa mi rimordeva dentro, mi sentivo in colpa per il sollievo che provavo a non dover correre sempre dietro al mio vivacissimo bambino piccolo.

Un giorno l'Egle, l'ostetrica che si occupava del consultorio famigliare, mi fece un discorso come quello del prete, un po' più compito se vogliamo. "Le donne vanno aiutate, le mamme specialmente", uno di quei bei discorsi che si leggono nei vari bollettini distribuiti dalla parrocchia, o dal comune, o dai vari partiti, discorsi giusti e ben fatti, che il più delle volte restano tali, poi ritornò sul privato, tra lei e me: "bisogna che lei si rispetti di più, che non si curi solo degli altri...", lo disse con la gentilezza che la distingueva, e anche qui non sapevo che cosa rispondere, e tornai a casa un po' inquieta. Di questi piccoli dubbi avrei dovuto parlarne con mio marito, ma non c'era verso, e non avevo famigliari vicino, così era a Viviana che mi rivolgevo. I nostri discorsi crescevano, come i nostri figli, e si allargavano fuori dal piccolo ambito domestico.

Quando l'anno dopo anche il suo bimbo più piccolo andò all'asilo, la trovai un mattino che scopava davanti a casa con le lacrime agli occhi. "Ah scusate..." e feci per andarmene ma lei mi fece un gesto con l'interno di una mano, raccolse il pattume e si asciugò gli occhi ed esordì con la voce resa brusca dall'imbarazzo: "Adesso non ditemi che sono una stupida eh... ma senza nessuno dei due... (continuò a piangere farfugliando un po') cosa volete... quando mi guardo attorno, qui da sola, è tutta mattina che piango. Ieri mattina son stata là con loro fino a mezzogiorno, ma..." "Vi ho vista quando siete tornata, volevo chiedervi dei miei, come si comportano, insomma, se vi sembra che si trovino bene..." "Eh, altroché se si trovano bene... stanno bene, loro, hanno il loro gruppetto con quelli qui di lungo (intendeva quelli della nostra frazione), il vostro piccolo fa razza con tutti, va a parlare con le suore e col prete, insomma, è sempre all'opera... si tira dietro anche Sergio, che in tutta mattina non si è neanche voltato dalla mia parte... pareva che fosse sempre stato là... fan presto loro ad ambientarsi, sono io che... (si raschiò la voce e si soffiò il naso e continuò quasi con rabbia) si vede che io non son mica una come tutte le altre..." brontolò ancora un po' e io sbuffai "Ma Dio Santo, Viviana, non son mica andati a fare il militare, sto pomeriggio tornano, non c'è bisogno di piangere...", tornai a casa un po' impensierita, quasi stupita che una donna più grande si sfogasse con me, quando i miei di casa si guardavano bene dal chiedermi qualcosa, o dal raccontarmelo.

Ma poi, a pensarci, gli anni non c'entravano, io ero diventata mamma un anno prima di lei e avevo un po' di esperienza in più, e venivo da una famiglia numerosa con parecchi bambini, così delle volte la sua apprensione mi sembrava eccessiva, come il pianto di oggi, però ero in qualche modo soddisfatta dalla sua confidenza: che mi trattasse come una sorella mi metteva in condizione di fare altrettanto, e qui stava il buono tra noi, quel po' che dividevamo. Di solito, quando ci trovavamo al negozio di alimentari dove andavamo tutte le mattine a prendere il pane fresco, tornavamo insieme. "Aspettatemi Viviana." "Sì che vi aspetto."

Un mattino si voltò a guardarmi in faccia. "Sapete... non avrei mai creduto che noi due saremmo andate così d'accordo..." "Perché dite così, Viviana..." "Mah... così." "Perché pensate che non potessimo combinare?" Mi rispose con un altro "Mah..." dubbioso, era solo un pensiero espresso ad alta voce, che però acuì la mia curiosità, ero quasi risentita da quel vago "Mah!".

Una domenica pomeriggio mi chiamò per andare a mangiare un gelato, sempre lì, al nostro negozio; ero stravaccata sul divano. "Aspettate un attimo". Andai a pettinarmi, mi misi una giacca e chiamai i bambini, e lei mi fece brusca "E' inutile che vi tiriate su, siete sempre una nanetta" "Siete voi che siete troppo alta" Scoppiammo a ridere e ce la chiacchierammo allegramente per due minuti, poi tornammo in fila indiana leccandoci i nostri gelati. Così avevamo festeggiato la nostra domenica e non era poco.

La domenica era di gran lunga il giorno più faticoso della settimana. Mio marito e suo padre più sbuffanti del solito perché volevano andare al mercato o al bar con gli amici, un pranzo al quale volevo dare un tono un po' più festivo con un budino o una crostata più del solito, senza contare i bambini che scorazzavano per casa. Ma un altro motivo rendeva difficile la giornata, vedere la strada, che di solito alle dieci di mattina era pressoché deserta, piena di gente ben vestita che se ne andava da qualche parte a trascorrere due o tre ore al pomeriggio, e poi... vedere il viavai festivo era una specie di pena... ma ero moglie di un marito padrone, per quanto mi riuscisse difficile ammetterlo, non tanto con gli altri... con gli altri mi sarei guardata bene dal lamentarmi, per orgoglio, per non turbare i bambini, per non finire "sulla bocca della gente", nei paesi si fa presto a scivolare sul patetico, per una specie di pudore? Tutte queste ragioni e molte altre che non sono mai riuscita a chiarire del tutto neanche a me stessa, mi impedivano di ammettere i limiti in cui mi sentivo inquadrata.

Per ovviare questo stato di cose avevo la speranza, una piccola speranza, assurda ma tenace, che mio marito piano piano avrebbe finito con l'accorgersi che non ero una stupida bambina, avrebbe finito per capire che poteva fidarsi di me, della mia consapevolezza, avrebbe finito per capire che il mio desiderio di stare un po' in compagnia era un semplice bisogno: chi non ha bisogno di staccare un po'... perfino in prigione danno un'ora di aria... ma era uno sperare a vuoto... una speranza stupida come una pentola con un buco nel fondo, chissà mai perché l'ho tenuta tanto tempo a ingombrarmi la mente... chissà perché... Eppure continuavo a pensare alla vita che avevo immaginato, anzi creduto, di vivere da sposa, all'uomo che mi avrebbe tenuto in palmo di mano soltanto perché ero io, che si sarebbe curato di noi sempre col sorriso sulle labbra perché eravamo i suoi... mi sentivo come un terremotato che guarda, senza crederci, la sua casa che da dritta è diventata sbilenca, anche se piangi la casa non si raddrizza... Niente. Da parte di mio marito e dei suoi famigliari non avrei mai trovato comprensione, quali che fossero i miei motivi.

Così diventò imperativo arrangiarmi: adattarmi al peso che una famiglia e una casa comportano, e lo feci senza pormi tanti problemi, a lavorare ci ero abituata da sempre, se così si può dire, e le mille attenzioni che ci vogliono per crescere dei bambini, anche lì ce la mettevo tutta, e con gioia, anche se arrivavo alla sera sfinita. Alla sera, dopo aver riordinato, e messo avanti qualcosa per il giorno dopo, andavo su dai bambini che dormivano, spostavo la luce da una parte e restavo nella penombra ad accarezzarmeli e guardarmeli semplicemente, una mezz'oretta silenziosa e piena, una mezz'ora... buona. Una mezz'ora che valeva la giornata trascorsa, anche se era stata difficoltosa. Di solito salivo alle dieci passate e nel chiudere le imposte guardavo verso la casa di Viviana, tutta al buio tranne la lampada esterna. Anche d'estate Viviana andava a letto prestissimo, io invece scendevo di nuovo a guardare un po' la televisione o a cucire qualcosa, anche se spesso mi addormentavo senza aver fatto né l'uno, né l'altro. Certo che di giorno avevamo il nostro daffare...

Un mattino ero andata a far qualcosa in paese ed ero tornata all'una trafelata, e avevo trovato il bimbo piccolo a letto, avvolto come un fagotto in un lenzuolo matrimoniale, che urlava scalciando perché voleva scendere. Lo rivestii e aspettai che si calmasse, poi tornai alle mie cose. Dire che ero arrabbiata era poco, e non mi era ancora passata quando finalmente avevo trovato mio marito da solo e gliene avevo dette quattro; non si era neanche voltato da quella parte, e in più aveva preso un'espressione di calma strafottenza che mi aveva fatto urlare: "Ti sei accorto o no che cammina già da un pezzo, non è mica una mummia da avvilupparlo a quel modo..." Finalmente aveva risposto bestemmiando, che non aveva trovato neanche un paio di mutande e che gli sarebbe piaciuto sapere dove tenevo la roba, e che più che altro, una donna con dei figli deve stare a casa, mica andare "in volta" fino all'una, eccetera eccetera...

Dopo molto tempo, quell'episodio poteva anche far ridere, ma sul colpo beh!... finii per raccontarlo a Viviana. "Ma vi rendete conto, Viviana, i panni dei bambini erano lì pronti sulla credenza... li lascio lì per quando ho fretta, ma se fossi stata via un giorno intero, non so mica io..."

Viviana ascoltò il mio sfogo e rimase in silenzio per un po' e rispose, quasi assorta in un suo pensiero. "Beh! Vedete, non c'è mica tanto da pretendere... vedo i miei... mio marito quando faceva il muratore non ha mai perso un'ora, e poi delle volte con tutti quelli che si sono rifatti la casa in questi anni, andava ad aiutare qualche conoscente a rifare un pavimento o a cambiare una trave, anche di domenica se glielo chiedevano, lui non era capace di dire di no. Dopo sposati però, per fare qualcosa intorno alla casa non si decideva mai se non c'ero anch'io, arrivato a casa poi, si metteva a sedere con le vecchie, sua madre che c'era ancora e la Tea che allora non era malmessa come adesso, e se la raccontavano fino a ora di cena. Dopo cena andava al bar un'ora o due, al massimo alle dieci era a casa, non che mi dispiaccia, anche adesso, che vada un po' al bar, ma che prima desse una mano a portare su gli scaldini, o desse una mano a sua zia a fare le scale, neanche a morire..." Si voltò a guardare la casa, come a valutarne il volume più che l'aspetto, una bella casa, vecchiotta, con molte stanze. Sembrò comprenderla tutta con un lungo sguardo, anche l'interno e la gente che ci viveva, loro due coi bambini, il cognato Enea, la zia Tea, che lei chiamava per nome e che gli uomini chiamavano ziina. Guardò intenta come se stesse guardando un avviso diretto a lei, un avviso interessante, una cosa importante, sempre così, con un'intensità vitale, profonda, Viviana guardava la sua casa. Tirò un lungo sospiro: "Enea, poi... ah, ve lo dico prima, non tace mai, mette becco dappertutto, ma non è cattivo, e ai bambini vuole molto bene, ma anche lui per dare una mano... fa di tutto per non far nulla, quando viene a casa chiede a sua zia come sta, fa un po' di cagnara coi bambini, mangia spesso fuori orario, gli va bene quello che c'è, poi sparisce, o in camera sua, o nella saletta lì dietro con la radio a tutta voce, o via in bicicletta in giro a parlare con qualcuno, ché lui conosce tutti per un raggio di non so quanti chilometri, non l'ho mai visto una volta nell'orto o a dar da mangiare ai conigli, eppure lo vede suo fratello com'è messo, ma lui non se ne dà per inteso, mangia, legge il giornale, si lava quando gli salta e poi via con la bici, come un ragazzo... Le cose da fare non le vede, come se fosse un ricco che ha modo di farsi servire, o uno così povero che non ha niente per cui valga la pena di muovere le mani. Ma non è mica tutta colpa loro, sapete, la colpa è di sua madre, che da quando è rimasta vedova, insieme alle sue sorelle nubili, non hanno fatto altro che occuparsi di loro, con i loro criteri naturalmente: il podere del ponte e la loro pensioncina gli permettevano di vivere in casa propria senza dover chiedere lavoro a nessuno e così hanno vissuto qui dentro (con un braccio indicò la rete che girava tutt'attorno) senza mai occuparsi d'altro, si contentavano di quello che avevano. Ferruccio faceva il suo lavoro, Enea è stato in seminario perché sembrava che avesse la stoffa per fare il prete, ma non ha cavato un ragno dal buco, fa le sue ore di notte, e per il resto, aria. Nessuno gli ha insegnato, ai miei uomini, che non basta lavorare e basta (scosse il capo, in qualche modo arrabbiata), non han mica pensato che quando si ha famiglia ci sono altri impegni: le cose che loro non riescono a vedere non li riguardano, ecco tutto."

Me ne tornai a casa rimuginando tra me le parole di Viviana, valide anche nel mio caso, sebbene ci arrivassi per motivi opposti. Ferruccio fino a quarant'anni, uscito dal lavoro, trovava un quieto benessere, che lo aveva reso non certo insensibile, ma in qualche modo ottuso, impreparato al matrimonio e alla paternità: che Viviana si occupasse di tutto e di tutti, compresa la zia Tea, che doveva essere accudita come un bimbo piccolo, era semplicemente normale, non solo per lui, ma anche per Viviana che aveva appena detto, nonostante la stanchezza che stava diventando cronica: "Non c'è mica tanto da pretendere." Assurdo, ma altrettanto vero. Anche per me. Mio marito invece, di coccole doveva averne ricevute ben poche, col padre brontolante che si ritrovava, che per crescere la sua numerosa famiglia in un tempo di miseria nera, aveva tirato su i figli in un clima talmente convulso di fretta che per prima cosa i figli pensavano a lavorare, non avevano avuto il modo e il tempo di imparare altro, e adesso non si poteva poi pretendere che diventassero all'improvviso diversi da quelli che erano.

Una delle pochissime volte che uscii con mio marito fu per recarci a pranzo da una delle sue sorelle, coi bambini ormai grandicelli. Era quasi mezzogiorno, i bambini restarono fuori a giocare coi cugini e mio cognato invitò mio marito a bere qualcosa al bar lì vicino, mia cognata mi indicò una sedia, ero incinta al settimo mese e non mi feci pregare, mentre lei preparava il pranzo brontolando a voce alta: "Questa mattina mi sono alzata alle quattro perché dovevo finire quel mucchio lì, che le dobbiamo consegnare domani (indicò una pila di gonne bene ordinata su un lato della grande stanza, accanto a due grosse macchine da cucire), sono andata a letto dopo mezzanotte perché ho voluto fare un po' di cappelletti e così..." Continuò un discorso tutto imperniato sul lavoro, quello "da consegnare", quello di casa, e un aiuto che doveva alla suocera invalida, perché siccome le altre cognate lo facevano, anche lei doveva fare la sua parte. Benché anch'io avessi un suocero, e non mi risparmiassi certo sul lavoro, andò a finire che mi sentii quasi in colpa, ed ebbi il mio daffare a far stare un po' calmi i miei bambini, che già vivaci per conto loro, coi cugini e gli altri bambini del cortile, quel giorno erano davvero scatenati.

Alla fine del pranzo, mio cognato mise gentilmente sul tavolo una grande scatola di cioccolatini e lei servì il caffè, i bambini uscirono di nuovo in cortile, e i nostri mariti continuarono imperterriti a parlare dei soldi che un giorno o l'altro avrebbero avuti, come se invece di essere un sarto e un contadino fossero stati chissà chi, poi uscirono, sempre persi nei loro sogni di gloria. Nel frattempo, noi rimettemmo in ordine la casa, poi lei mi indicò di nuovo la sedia e sparì per un po'. Credevo fosse andata in bagno, invece tornò con un grosso cesto da lavoro e si sedette di fronte alla macchina da cucire e prese a sfilare gli elastici frusti a un mucchio di mutande, ribadendo che non aveva mai tempo ma che ci sono anche queste cose da fare e via...

Qualcuno bussò e lei andò ad aprire. Rientrò con uno dei suoi numerosi cugini, e si risedette di fronte alle sue mutande, con un "Siediti lì" piuttosto asciutto; ma lui se ne restò in piedi, guardandosi attorno con un'aria attenta, tra il critico e il divertito, poi non riuscì a trattenersi e sbottò: "Ma neanche il giorno della fiera ti riposi un po'? Sei proprio una pidocchia..." Come se avesse parlato col muro... l'uomo girellò un po' attorno al tavolo con la stessa espressione intenta, poi aprì le braccia in un buffo gesto di sconcerto. "E questa chi è eh?" "La moglie di Giovanni..." "Ah, mi sembrava... (si voltò verso di me) non ti avevo mica riconosciuto veh! E quei ragazzi lì fuori sono tuoi?", "Quei due più piccoli" mi alzai e glieli indicai. Restammo lì contro i vetri a parlare per un po', chiese di Giovanni e di mio suocero, e parlò dei suoi figli, il suo sguardo aveva perso l'aria quasi strafottente con la quale era entrato: "Vedo che ti manca poco (accennò al mio voluminoso pancione e scosse il capo con un sospiro). Beh, speriamo che sia una bambina", disse "putlèta", e mi commossi un po', lo presi per un buon augurio e lo ringraziai. Mi passò una mano sulla spalla in un gesto confidente "Tienti in mente di salutare mio zio e i miei cugini quando sei a casa." "Non dubitate." Diede un colpetto sul braccio a mia cognata. "Anche te veh! Ti saluto." E se ne andò senza che lei si alzasse per accompagnarlo. Non era ancora sulla porta che lei esclamò: "Era poi venuto per vedere se c'era un pezzo di torta e qualcosa da bere..." Io non commentai, perché i parenti di mio marito li conoscevo talmente poco, e restammo in silenzio, un silenzio muto proprio, lei che a testa bassa badava al suo lavoro, e io che non vedevo l'ora di andarmene; perché mai ci aveva invitati, se non era neanche capace di dire due parole, che fossero proprio due...

Ebbi il mio daffare a incapottare i bambini che non ne volevano sapere di separarsi dai cugini, e a mio marito era venuta fretta, così mio cognato li imbonì con una manciata di cioccolatini e finalmente togliemmo il disturbo. Mi sentivo proprio di troppo, anche si mi guardai bene dal lamentarmi con mio marito, non mi piaceva la parte della brangognona, ero anche contenta che lui e i bambini avessero passato una bella domenica e che cosa me ne fregava poi, se mia cognata si era comportata come un'estranea, lei aveva casa sua e io la mia, perciò... Ma a metterci una pietra sopra non ci riuscivo del tutto, e la sera a casa da sola mi rimuginai un magone che non ne voleva sapere di andar giù.

"Allora ieri come ve la siete passata?" Viviana me lo chiese con una certa curiosità. "Non me lo chiedete..." Ma vuotai il sacco, e andò a finire che ridemmo del cesto delle mutande. Una risata un po' amara, ma con lei almeno potevo ridere. Se le mie cognate mi avessero sentito ridere avrebbero scosso il capo un po' infastidite. "Sei proprio una bambina." Una me lo disse perché avevo detto che mi dispiaceva di essere ingrassata, come a dire "Ma non hai altro da pensare che a delle sciocchezze?" e se ne era andata a pulire in cucina senza aggiungere altro, come se parlare con me, una volta tanto che ci vedevamo, fosse proprio un'inutile perdita di tempo, neanche a pensarci di parlare, quando c'era la cucina in disordine. Quello che ribadiva era che lei si faceva nove ore al giorno, altroché!... Avrei potuto ribattere che le mie ore di stalla non me le toglieva nessuno, neanche per Natale, ma avrei parlato con un'estranea intenta a tutt'altro.

E così anche quella volta me ne tornai a casa con il mio magone privato, che quando si gonfiava troppo non era una bella cosa, no, starsene da soli ad arrabbiarsi faceva male, litigare anche, avrei dovuto litigare perché una mi aveva detto della bambina? Ci mancherebbe... ma da sola, la sera ero sempre sola coi bambini, i piccoli rancori invece di perdersi, si invelenivano, come una medicina amara che invece di guarirti il malanno te lo aggrava. Alla fine anche Viviana ne faceva le spese. "Ma insomma, Viviana, cos'ho detto di male per dire che mi dispiace di essere ingrassata, mi ha guardato come se fossi un bambino che ha detto chissà quale sfondone, neanche lei avesse cento anni più di me... hanno solo qualche anno più di me, lavorano come me, sono donne come tutte noi, eppure non c'è modo di fare amicizia, è tanto che siamo parenti ma io non riesco a darle del tu, loro il tu me lo danno, ma così... senza confidenza, quello che si dà a uno che non lo vedi neanche... E dire che quando ho saputo che mio marito aveva due sorelle più giovani di lui ero così contenta, ero sicura che sarebbero state come sorelle mie... avrei avuto delle donne con degli interessi e delle idee come le mie, avremmo potuto parlare di tutto, ci saremmo aiutate in certe cose, non che io pretenda, ma..." La risposta di Viviana arrivava sempre dopo un po', lenta e pensata; quanto il mio sfogo mi era uscito di bocca rapido come acqua che scende da una roggia, quanto le sue risposte erano in qualche modo faticose, intente, severe, qualche volta un po' crude, un po' secche; più secche che gentili, a pensarci, ma mai mute, mai imbarazzate, mai con la faccia rivolta altrove.

"Beh! Non vuol mica dire che debbano essere vostre amiche perché siete cognate... son mica tutte come voi, sapete, che vi mettereste a parlare anche col gatto... certa gente non ci guarda a certe cose, non stan mica lì a perdersi a pensare come fate voi all'essere amici, ad avere buoni rapporti con parenti e vicini – e quelle cose lì.

Fece un gesto con una mano all'indietro, adesso la gente più ha qualcosa più vuole, adesso è il tempo della fretta, non c'è mica più tempo per certi rapporti, una volta, litigavano al mattino, e facevan pace al pomeriggio, perché avevan bisogno l'uno dell'altro, se c'era un malato o un vecchio facevan la gara per accudirlo, perché dopo, quando toccava a loro... e poi perché più che altro il rispetto era un dovere mai messo in discussione, piaceva o non piaceva ma era così... e ciao. Adesso ognuno per sé, o Dio... per certi versi è più giusto, le donne a far le otto ore hanno fatto una bella conquista, ma si sono anche tirate la zappa sui piedi, ve lo dico io... Quando si andava ad aiutare un parente non ci si faceva mica pagare, io ho fatto il bucato a mia sorella e alla sua famiglia per più di due anni, perché sua suocera era vecchia come la Quaresima, e lei aveva la nefrite, e non si scherza mica, e poi le davo una mano anche dopo col bambino e andavo e venivo sempre in bicicletta, ti dico che ho pedalato un bel po', in quegli anni là.

Alla fine mi hanno pagato un cappotto, un bel cappotto che me lo son goduta per degli anni e poi guai... i fratelli di mio cognato mi trattavano in punta di forchetta, però se avessero dovuto pagarmi a ore... altroché cappotto... (esitò sul ricordo con uno dei suoi moderati sorrisi) ma vedete, una volta si andava dove c'era il bisogno, non ci si stava mica lì a chiedersi se c'era o non c'era l'interesse... Mi ricordo ancora mio padre, quando ha saputo che mia sorella era così malata, si è tirato fuori la pipa da in bocca, che fumava come un turco, è stato lì a testa bassa per un po', poi ha fatto un giretto intorno alla tavola, agitando la sua pipa e si è rivolto a mia madre, neanche a me, che pure ero lì a tavola con loro. "Adesso a fare le cose pesanti ci va la Viviana, che ha le braccia buone, a dormire poi viene a casa, che non voglio mica che la gente si metta a parlare." E così... detto e fatto, nessuno che abbia aperto bocca. Adesso chi è che sta a casa da in fabbrica per andare ad aiutare un parente in panne... e poi non potrebbero neanche, perché c'è il rischio che ti freghino il posto, il lavoro prima di tutto.

Invece di stare lì a pensarci dietro, alle vostre cognate, lasciate perdere che è meglio, e quando vengon qui, se siete nella stalla a lavorare restateci, invece di correre a preparare da mangiare, il caffè se lo vanno poi a bere a casa loro, così imparano..."

Forse aveva proprio ragione lei, in ogni caso anche solo parlarne, queste cose, su cui stavo ad avvilirmi, diventavano leggere, piccole cose che si potevano lasciare indietro.

Se però avevo perso tanti rapporti, con Viviana, da una piccola amicizia, proprio perché io non mi rassegnavo a star sola, ne venne fuori un rapporto importante. Se dapprima io credevo di saperne più di lei perché i miei bambini avevano un anno più dei suoi, non era vero, era lei la più forte, quella che lasciava parlare, e ci vuole più pazienza ad ascoltare, che a parlare. Era lei che mediava i miei dubbi, che consolava le mie tristezze, che faceva finta di ignorare con molte delicatezze quello che io, per pudore o per un amor proprio stupido, mi tenevo per me.

Mi capitava di pensare: questa cosa la dirò a Viviana, e mi sentivo tranquilla, io, eterna indecisa, e, anche se mi dispiaceva ammetterlo, piuttosto scontenta. C'era Viviana e mi sentivo a posto, una specie di sorella maggiore, buona come si crede che debba essere una sorella grande, ormai pratica della vita, con una più inesperta, scalpitante, impaziente, che spesso non sa dove mettere i piedi. Di tanto, di tutto, abbiamo parlato, ci siamo chieste consigliate, preoccupate, e adesso so qualcosa di mio, sull'amicizia. L'amicizia è un muro che non cade sotto le intemperie, nemmeno se viene il terremoto. Dicevo di tutto a Viviana. Come quella volta che comprai un bel lenzuolo da un venditore di passaggio: palpai la stoffa, guardai il ricamo e così, il prezzo mi sembrava buono, "perché ne vendo almeno un centinaio al giorno". Guardai di sottecchi quel signore, un giovanotto dall'aspetto serio e ordinato, e comprai il lenzuolo, non per usarlo ma per tenerlo da parte, secondo le mie abitudini contadine, per futuri bisogni. Lo portai di sopra pensando "appena avrò tempo lo appoggerò sul letto per godermelo un po'" e nell'armadio restò praticamente dimenticato. Forse lo tirai fuori durante un cambio di stagione, tirai via gli spillini ad uno ad uno, e mi rimase in mano solo una lunga striscia di stoffa, praticamente solo il bordo del lenzuolo, idem per le federe: per la sorpresa mi sentii esclamare a voce alta, un sentito "porca vacca" accompagnato da una specie di risatella idiota. Ben mi sta! Cosa mi è saltato in mente di comprare da uno mai visto, quando c'è Maria, che ha quintali di roba e che non mi avrebbe mai fregata così...

Il fiotto amaro che mi salì in gola lo soffocai con rabbia, cos'era mai un lenzuolo in meno, mi sarei fatta furba, ecco tutto. Non lo dissi a mio marito per non prendere delle stupida e dovergli dare ragione e neanche a Viviana per non farle vedere come mi sentivo. A pensarci dopo, quell'episodio mi faceva ridere. Una bella mattina d'estate, dovevano essere le dieci, e stavo stendendo il bucato, e c'era attorno quel bel silenzio, di mezza mattina in campagna, quando mi scivolò davanti una bella automobile che andò a fermarsi quasi sulla porta di casa, e ne uscì un signore con due capaci valigie. "Ah, senta signore, mi dispiace ma non compro nulla, eviti pure di aprire le sue valigie." Non se ne diede per inteso e mi venne incontro tutto ciarliero. "Quando avrà visto la mia roba cambierà idea..." e cose così; ero piuttosto seccata. "E' inutile che apra, guardi, non compro proprio nulla da gente di passaggio, e poi non ho soldi, quindi..." Altra replica che avrei trovato fuori i soldi quando avessi visto l'affare ecc; la chiusura stava scricchiando sotto le sue dita e io sbottai: "Sa, l'anno scorso ho preso una bella fregata da un giovanotto come lei e le assicuro che i viaggiatori, per me, possono anche cambiare mestiere." La valigia si richiuse con un colpo secco, e questi corse in macchina, ripartendo con una sterzata magistrale uscendo sulla strada a tutta velocità e lasciandomi a bocca aperta per lo stupore, solo allora mi resi conto che era il tipo del lenzuolo, quando ormai era già oltre il crocicchio.

Almeno si ammazzasse, riuscii solo a pensare, poi mi venne in soccorso la fantasia, se fossi stata alta due metri e avessi avuto gli stivali delle sette leghe allora veh! Lo avrei preso per il collo e gli avrei dato un pugno in faccia, solo uno, ma abbastanza da fargli la faccia nera, e farlo stare a casa per un po', a farsi gli impacchi e a rimetterci il malguadagnato. Ma che rabbia però, e come mi sentivo triste... una rabbietta insistente e pruriginosa che mi guastò il pranzo a dir poco.

Al pomeriggio, quasi senza pensarci, andai ad aspettare i bambini sul passo di Viviana. "Ma ditemi, Anna, chi era quello che è uscito dal vostro cortile a quel modo lì stamattina?" "Eh! (ero ancora grigia) almeno fosse andato nel fosso, accidenti a lui..." "Perché, cosa vi ha fatto?" E glielo raccontai. "E io non l'avevo neanche riconosciuto, ma ditemi, Viviana, ho per caso scritto Giocondo sulla fronte?" Neanche lei aveva voglia di ridere. "Eh, Gioconda... si vede che ce n'è più d'uno dei profittatori in giro... me n'è successa una... Martedì è venuto quello dell'acqua, è sceso dal camioncino con un balzo "Cosa lascio giù?..." sono andata in cantina a vedere cosa c'era, e poi gli ho fatto lasciare giù quello che mi serviva; ha portato dentro la roba, e poi mi ha dato in mano la bolletta; siccome ero a casa da sola e non sapevo se avevo abbastanza denaro ho detto: "Vi pagherò quest'altra settimana" "Ma certo". Ho firmato la bolletta e lui se ne è andato. Niente, badate bene, sarà stato lì dieci minuti, è andato avanti e indietro che sembrava a casa sua, e io l'avrò pur visto, anzi, l'ho visto che non era Mario, ma saran cinque o sei anni che prendiamo l'acqua da lui, sarà un garzone, adesso col caldo avranno più lavoro del solito. Il giorno dopo ho sentito un camion fermarsi lì davanti, ma ero su dalla Tea, e non mi son neanche fatta fuori a guardare, c'era Ferruccio seduto lì fuori (ebbe un'esitazione, un po' incredula, un po' con intenzione, come a dire "Non son mica una che racconta frottole, io", e riprese a parlare con un certo disagio). Ho sentito Ferruccio andare avanti e indietro a parlottare, quell'altro anche, e così sono andata a vedere cosa c'era. C'era che quello che aveva portato l'acqua il giorno prima era uno che no so proprio chi sia, Ferruccio non ci capiva un'acca e Mario si era anche un po' offeso, e insomma sono andata a prendere la bolletta, che mi era sembrata uguale a tutte le altre, ma il nome no che non era quello buono, e io non ci avevo fatto caso, pensate un po', devo essere diventata rossa come un tacchino. Finalmente, dopo che ho chiesto scusa, Mario se n'è andato. Ma non m'è mai successo di litigare con Ferruccio... che alla fine aveva ragione anche lui... ha cominciato a brontolare. "Ma anche te... non te ne sei accorta che era un forestiero... non l'hai visto in faccia? E il camion, doveva ben essere un altro no?" Mi è venuto il nervoso e gli ho anche risposto male. "Cosa vuoi che sappia io di camion... era un camioncino pieno pieno di cassette, acqua, bibite, lattine, un camioncino proprio di quelli lì insomma, e poi cosa credi, che se me ne fossi accorta avrei fatto quella figuraccia che ho fatto, ma per chi mi hai preso? Avevo anche alzato un po' la voce, capirete..." A pensare al serafico marito di Viviana a brontolare mi venne quasi da dire che non ci credevo, mi scappò uno stupido "Ma davvero." e lei scosse il capo stizzita "...e poi dopo che ha finito lui, anche Enea ha voluto dire la sua, che lui poi l'ha tenuta lunga tre ore e mi ha fatto venire voglia di dirgli che siccome l'acqua non la paga lui, si accontentasse di bere e basta, ma cosa volete... delle volte è meglio tacere, ma con quella cosa lì mi è venuto un nervoso che non vi dico: che s'abbia da vedere che uno per farsi dei clienti faccia il furbo e si metta a scaricare senza neanche dire chi è... va bene che l'imbambita sono stata io... ma anche alla mancanza di scrupoli ci vuole un certo limite, mi sembra." "Dico anch'io..." Piccole ferite nel piccolo tran tran delle nostre vite, piccole delusioni, e no, non poi tanto piccole: che il marito di Viviana brontolasse, pure senza darle della cretina, mi amareggiava; nutrivo la convinzione che se pure i miei uomini brontolavano quasi quanto respiravano, fossero un caso un po' a parte, che in genere gli uomini, le loro mogli le ascoltassero, che fosse un fatto naturale dire qualche volta "ma va bene lo stesso", ma che anche quello che sembrava l'uomo più quieto di questa terra brangognasse per un banale malinteso... Beh, ma dov'è la giustizia a questo mondo, la pazienza, la cosiddetta parità, il mondo per noi donne è un po' ristretto, non c'è mica tanta libertà alla fine...

L'unica nostra libertà era nel dare, e Viviana lo sapeva, ma io, che pure mi spendevo senza riserve per la mia famiglia, qualche volta digrignavo i denti, per così dire. Come quella volta che il nostro giovane cagnolino, un lupetto scodinzolante che saltellava in continuazione attorno ai bambini, fece cadere malamente Gabriel sul marciapiede, che ovviamente si mise a urlare con quanto fiato aveva in gola. Corsi fuori con la scopa che avevo in mano e la buttai d'istinto addosso al cagnolino che si allontanò guaendo penosamente, e mi chinai a consolare il piccolino che tremava tutto e gli stava venendo un bel livido sulla fronte. Mi ci volle un po', con paroline e impacchi freddi, a calmarlo e finalmente andai fuori a vedere dov'era finito il cagnolino, lo chiamai girando tutt'attorno alle balle di fieno, dove di solito dormiva, quando saltò fuori mio suocero. Mio suocero, che non aveva ancora sessant'anni, era un uomo tracagnotto e forte che, nonostante la sua mole, non stava mai fermo, uno che non sapeva andare al passo, non ci riusciva proprio. Forse era solo lì dietro casa e aveva visto tutto, infatti si mise a urlare: "Cos'hai fatto eh, hai rotto la schiena al cane, brutta deficiente che non sei altro? È meglio che badassi ai tuoi figli invece di star lì col cane", continuò per un bel po' a darmi della pazza e quant'altro e che adesso vedremo poi, come andrà a finire. Cercai di dire che non l'avevo fatto apposta, non volevo certo far del male a quella bestiolina che piaceva tanto anche a me, ma lui urlava così forte che preferii prenderla persa e tornarmene in casa, anche perché mi dispiaceva che i vicini sentissero le sgridate che prendevo. Mi feci le mie cose in silenzio e portai a letto i bambini un po' prima del solito e restai su un pochino, poi scesi quasi di corsa quando li sentii entrare in casa.

Servii il pranzo in silenzio ma non andò dritta. A un tratto mio suocero batté un pugno sul tavolo mettendosi di nuovo a gridare che il cane non era ancora saltato fuori, guardava mio marito come se c'entrasse qualcosa, e io mi alzai cautamente per rigovernare la cucina e togliermi di lì il prima possibile, ma andò a finire come sempre: quando finalmente suo padre se ne uscì sbattendo la porta, mio marito riprese le sue stesse parole in un tono più basso ma non meno rabbioso. Ma anch'io non ero muta: "Ma non l'ho fatto apposta, la volete capire, e poi il bambino ha battuto la testa, e io non avevo mica voglia di star lì a picchiare il cane, la scopa l'avevo in mano, e l'ho buttata così d'istinto, vai a vedere il bambino che gonfio che ha invece di star lì a fare il pappagallo a tuo padre..." Anch'io avevo alzato la voce ma non per questo mio marito dava segno di aver capito cos'avevo detto: si finì la filippica avviata dal padre e dopo avermi allungato una guardata di sbieco, se ne era andato, manco a dirlo, sbattendo per bene la porta.

Alla fine ero io che mi sentivo sbattuta, proprio come se la porta l'avessi ricevuta sulla testa. Ero senza parole per lo stupore, uno stupore che prima di sparire, si tramutava in una rabbia che ormai conoscevo a memoria e della quale mi vergognavo, tuttavia. Trovavo in qualche modo vergognoso il comportamento di mio marito, non meno quello di suo padre, anche se a quest'ultimo ci pensavo meno. Ma quello che più mi umiliava, era il non riuscire a eliminare il rancore che mi derivava da queste cose, un rancore che mi girava dentro indigeribile come una pietra, un malumore che nessun mascheramento riusciva a coprire, che alle fine mi si rivoltava contro e, quel che era peggio, travasava come acqua marcia sui miei figli, di questo veramente mi vergognavo, di esser in qualche modo incapace. Non riuscivo a raccontare questo a nessuno, neanche alla zia Enrica, e poi c'era Viviana, che alle fine era la persona con cui parlavo di più, ma no, il mio vaso velenoso me lo tenevo più chiuso che potevo, anche se qualcosa senza volere scappava.

Parlai a Viviana di quest'episodio solo perché il cagnetto non saltava fuori. "Speriamo che sia solo spaventato, la scopa non è mica tanto pesante, ma non vorrei che avesse qualcosa di rotto, e poi mio suocero ci tiene tanto ai suoi cani... mi ha fatto una tale ramanzina." Mi morsicai le labbra per non nominare mio marito. "Ah ma le bestie sono furbe sapete... son permalose se gli si fa un torto, ma sono più buone di noi, vedrete che domani o posdomani al massimo salterà fuori senza che stiate lì a preoccuparvi." "Ma sono preoccupata, se non salta fuori..." Eravamo sedute ad aspettare il pulmino dell'asilo e lei rimase soprappensiero per un po', poi mi guardò severa. "Siete preoccupata, o avete paura (esitò un attimo poi sbottò)... io dico che avete paura di vostro suocero." Tacque di nuovo per un po', io ero imbarazzatissima, e lei fece un sorrisino quasi impercettibile che mi mise ancora più a disagio, riuscii appena a fare un segno di diniego senza riuscire a parlare e lei finì con la sua voce più cruda. "Io invece dico di sì, e, lasciate che ve lo dica, siete proprio una bella cretina... Ma lasciate che dicano e state tranquilla, al mondo non c'è mica bisogno di combinare con tutti, mandateli a prendere dell'aria quando gridano e lasciate che si arrangino." Aveva usato il plurale e il mio piccolo segreto era scoperto; cosa volevo nascondere poi... se i miei uomini avevano un brutto carattere che colpa ne avevo io alla fine... ma rimasi lì in silenzio, non mi riusciva proprio di sciogliere il magone, che d'altronde lo stava già facendo lei come se avesse letto nella mia testa, aveva visto il mio disagio e disse ruvida: "Scusate eh... ma io sono schietta, e delle volte non ci riesco proprio a tacere...", era a disagio quanto me, ma le si ammorbidì un po' la voce e continuò in una specie di assorto monologo.

"Quando i vostri uomini hanno cominciato a venire qui ad aggiustare la terra, prima del trasloco, ho visto subito che erano due bravi uomini, ogni tanto baccagliavano, ma in un giorno facevano tanto di quel lavoro, che l'ho detto anche a Ferruccio e poi anche Enea, che ha detto: fan più lavoro loro in un giorno che Alfonso in una settimana, è gente che si disimpegna alla svelta. Ma con questo non vuol mica dire che si debbano disprezzare gli altri. Quando vi ho visto la prima volta, così giovane, dico la verità, son rimasta senza parole... ho pensato che non eravate proprio mica adatta a tener su una casa così, con della terra, delle bestie... anche Enea, che gli piace adocchiare, l'ha detto. "Ma è proprio una ragazzuola, ma cosa se ne faranno mai di una così..." E doveva aver detto anche altro, ma lei tacque di nuovo, come se avesse la lingua legata, poi tornò un po' indietro a spiegare: "Il podere dove abitate voi l'avevano preso in affitto già tanti anni prima il padre di Ferruccio e suo fratello; Ferruccio ed Enea erano nati lì, e poi se n'erano andati, coi genitori, ad abitare nel piccolo podere verso il ponte prima, e poi qui, dopo l'incidente. Non si erano mai allontanati dai dintorni, e consideravano la vecchia casa dov'erano nati un po' casa loro, per così dire. Quando la Giannina e Alfonso (gli zii) han cominciato a dire di andarsene, mi ero un po' rotta, eravamo così attaccati, sua madre veniva tutti i pomeriggi a far compagnia a mia suocera e alla Tea che erano già piuttosto malmesse e con la Giannina ci facevamo compagnia, mica che avessimo un gran tempo ma... quando ho partorito mi hanno aiutato loro, perché mio marito (ebbe un piccolo sorriso) tra sua madre, sua zia, e me, non sapeva proprio dove cominciare (rise del tutto) io dico che stava peggio di me... per giunta, c'era anche un bel po' di neve... e così... beh insomma, arrivati alla pensione han deciso di mollare e andarsene in città, perché le ragazze vanno ancora tutte e due a scuola e la nonna è piuttosto anziana, è andata a finire che non ci vediamo quasi più, ero proprio avvilita, credetemi; poi siete arrivata voi, scusatemi eh! Ma non avrei mai creduto che saremmo diventate amiche... l'aveva detto anche tempo addietro. "Ma perché..." "Ma perché... (era come se lo chiedesse a se stessa) ma perché voi siete giovani, e noi siamo vecchi. "Ma vecchi cosa..." Ero commossa da quella che presi per una bella dichiarazione di amicizia, e anche un po' arrabbiata: se i vostri figli sono più piccoli dei miei." Anch'io l'avevo presa per vecchia la prima volta che l'avevo vista e adesso me ne vergognavo un po': aveva quarant'anni e per una certa lentezza nei movimenti ne dimostrava anche di più; di primo acchito, perché era impacciata e timida, coi suoi figli non meno di una ventenne alla prima maternità, ansiosa come me, nervosa, per certi versi insicura, con gli sguardi teneri, un tantino increduli e la stanchezza che è propria delle neomamme, non la trovai mai più di tanto maggiore di me, tanto quanto lei, ne ero sicura, non pensava più a me come a una bambina. Queste cose da nulla, per noi erano appunti, interessi di vita, eravamo come due che si erano ritrovate da un tempo lontano, mi sembrava giusto stare con lei, come con una qualsiasi delle tre cugine con cui ero vissuta fino a sedici anni, loro ragazze e io bambina, a seguirle come filo dello stesso gomitolo. Non c'era tempo tra noi di darci una mano in senso materiale, ma una volta che avevo messo a bagno un grande bucato primaverile, mi venne un dolore a una spalla che dovetti lasciar lì tutto, poco male, con due aspirine il dolore passerà, laverò domattina. Ma il mattino dopo stavo peggio e chiesi a una vicina che andava a lavorare solo d'estate, se poteva aiutarmi. "Mi dispiace proprio, una volta ci andavo a fare qualche bucato, ma adesso ne ho anche troppo dei miei dei panni da lavare, mia nuora e le mie figlie vanno a lavorare e lasciano tutto a me..." Mi vergognai quasi di averglielo chiesto, e me ne andai a letto a pensare... mia zia, ecco... mia zia Enrica era l'unica che poteva aiutarmi e mandai Loris a chiederglielo.

Il mattino dopo la zia, armata di tutta la sua buona volontà, guardò il grande mastello e le varie bacinelle. "Però... qui ci vorrebbero proprio due persone per disimpegnarsi (intanto però si mise a lavorare di buona lena, sempre parlando ad alta voce), vuol dire che ci metterò il tempo che ci vuole, e ciao, verrò poi un giorno in più... vai in casa, te, a riposarti un po', che ne hai bisogno..." Non me lo feci ripetere, e andai a coricarmi sul divano con un senso di tranquilla riconoscenza, non solo mia zia mi avrebbe aiutata, ma ne sarebbe anche stata contenta: era in buona salute ma non aveva avuto figli e le era rimasta una specie di... come dire... una specie di nostalgia; a sessant'anni sentiva ancora, nel corpo e nell'anima, l'impeto potente dell'istinto materno, si sentiva mamma di noi nipoti e nonna dei nostri figli, non si sarebbe certo tirata indietro per quello che poteva.

Dopo un po' Viviana bussò alla porta, mi alzai a fatica. "Mi ha detto la Marta che avete a mollo il bucato e non sapete come fare..." "Ma sì, per fortuna che è venuta mia zia, ho un male a una spalla che non riesco neanche a muovermi..." Stavo per dire una mezza bestemmia ma mi trattenni perché Viviana mi stava guardando piuttosto accigliata. "E a me, non potevate chiederlo a me, invece che alla Marta?" Ero sorpresa. "A voi? A voi no di sicuro, ci mancherebbe altro, con tutto quello che avete da fare..." "E invece son proprio venuta ad aiutarvi (e prevenne con un gesto della mano la mia protesta), se dite anche di no, stamattina me la son presa per darvi una mano, non saremo mica amiche solo per baccagliare..." e si avviò alla porta, con in mano un grembiule di plastica arrotolato attorno a una spazzola. Sentii il "bene bene" di mia zia e il loro chiacchierio leggero che durò per tutta la mattina, se ne andarono alla mezza con un "Non preoccuparti, te, che ci pensiamo noi" che non ammetteva repliche, solo un grazie al cielo biascicato tra me. Ricordo bene questo episodio perché fu l'unica volta in cui una di noi due si occupò delle cose dell'altra; in genere non ci occupavamo che di casa nostra ed era ovvio che se non davamo non chiedevamo. Lei entrava nel mio cortile per guardare cosa stavano facendo i bambini e parlavamo magari attraverso la finestra, perché io dovevo correre in stalla e lei aveva la zia Tea da accudire, lo stesso quando i miei bimbi andavano da lei, facevo una corsa a vedere cosa facevano e poi via, il tempo che stavamo sedute da qualche parte era veramente poco. Davanti al negozio, dove le vicine qualche volta facevano capannello magari per un quarto d'ora in tutto, noi non c'eravamo mai, noi ce ne tornavamo a piedi, e questo era spesso l'unico strappo alla regola delle nostre giornate.

Una domenica pomeriggio Viviana mi venne a trovare con indosso il vestito della zia d'America, una zia del marito che si teneva regolarmente in contatto con loro. Viviana non l'aveva mai conosciuta se non per corrispondenza, ma avevano finito per diventare amiche, e Viviana si era fatta una bella immagine di lei. "Vedete, è stata tanto contenta che Ferruccio si sia sposato, che dopo che son morte le sue sorelle, lei ha continuato a scriverci, ha voluto sapere tutto di me, capirete, cosa volete che le dica... da quando son nati i bambini poi... gli manda un dollaro ogni volta che scrive e ogni tanto ci manda qualche pacco, non che noi si pretenda, è lei che proprio ci tiene, ha voluto le mie misure, me le sono fatte prendere dalla Fannì che sa cucire, e guardate qua... io la chiamo mani di fata..." E aveva ragione, il vestito era ben tagliato e ben cucito ed era ornato da un bordino di velluto attorno alla scollatura che lo rendeva prezioso.

Dopo qualche tempo mi fece vedere la versione estiva dello stesso abito, al posto del velluto c'era il collettino ricamato a mano che dir bello era poco. "Venite di là che me lo provo". Guardammo con gioia il vestito e un completo di lenzuola che

"Dio mio, Viviana, che bella roba... ma ci pensate a quanto tempo ci sarà voluto a far questi ricami? Mamma mia..." "E poi si è raccomandata che li usi, che me ne manderà degli altri, però non so mica se li userò... magari ne metterò in giro degli altri e questi li metterò da parte, adesso li lascio qui che voglio farli vedere anche alla Fannì e all'Alfonsina..." Una volta sola la vidi con indosso una pelliccia della zia americana, a Messa per Natale. "Ma non me la metterò neanche più..." "Perché?" "Mah! Mi sembra troppo di lusso, non son mica abituata io a delle cose così... se ci fosse stata mia suocera, a lei forse sarebbe piaciuta, ma io..."

Ma noi due siamo così casalinghe che non sappiamo neanche andar vestite, ma non lo dissi ad alta voce, e poi quando se la sarebbe rimessa la pelliccia se non il prossimo Natale? Per andare a prendere il pane? Ma intanto ci svagammo a parlare della zia d'America, e della lunga linea parentale dei genitori di Ferruccio, qualcuno abitava ancora nei paraggi, due o tre cugini venivano a trovarli ogni tanto, ma ormai stava per finire, si può dire del tutto, quella che era una consuetudine che io sappia antichissima, quella di "andare in parenti".

Ci si andava – in parenti – per dei motivi del tutto diversi tra loro, per passare la domenica pomeriggio, gli uomini da una parte, nella stalla d'inverno, o sotto il portico d'estate, a parlare e a bere vino, non quello sfuso di tutti i giorni, ma quello imbottigliato con la massima cura, che i parenti, almeno la domenica, andavano coccolati, proprio così. Un bicchiere di quello buono voleva dire amicizia e rispetto, e se non si serviva, quello buono, era un brutto segno, la parentela con la conseguente amicizia si allentava come un elastico frusto, con parecchie noie da entrambe le parti. Si finiva per passare per maleducati, avari, profittatori e quant'altro, come un vetro pulito che si appannava, qualcosa si perdeva e c'era chi ne soffriva.

Le donne invece, col vino non c'entravano quasi nulla, se non per servirlo. Le loro due o tre ore festive se le perdevano nelle stanze da letto attorno ai bambini e ai corredi. Quella dei corredi, che era la dote delle ragazze da marito o anche quello delle spose e dei neonati, era una vera e propria mania, una specie di ossessione. Chi aveva corredi ben forniti li mostrava con orgoglio, e anche con un po' di superbia. Chi era un po' più scarso, beh!... ce la metteva tutta per migliorare, che insomma, qualcosa ci vuole per fare "figura". Chi del corredo non ne aveva un filo, era considerata con un po' di amarezza, "una che non ha nulla". Una senza dote difficilmente sposava uno che stava bene, anche lì erano dispiaceri, fare accettare a una madre con la cassa piena una sposa senza dote, o viceversa, era un'impresa che molti abbandonavano prima ancora di provarci: fino al sessanta questo era il costume corrente ben radicato, giusto, anche se giusto proprio non era, era solo un frutto amaro, del bisogno generato dalla miseria atavica che aveva segnato in lungo e in largo tutta la Bassa.

C'era però anche un'altra faccia, nata dalla stessa pianta, altrettanto radicata. Va bene che alla domenica ci si perdeva un po' a bere, a giocare a carte o a boccette o addirittura con le pietre, a guardare con occhio curioso le cose degli altri, ad andare in chiesa o al mercato, più per farsi vedere che altro, che la fede scarseggiava più di quanto gli anziani pensassero, e i borsellini, più che scarsi, erano scarsi in modo sconfortante, per non dire vuoti del tutto, ma la domenica era domenica e ci si esaltava un po', si aprivano un po' le ali, una giornata un po' fuori.

Io ancora prima dei dieci anni giocavo a palline coi maschi e vincevo, la vincita andava nelle tasche di Andrea, che ci volevamo bene e non faceva la spia, così come salivo sugli alberi, e correvo in bicicletta, un giro con tutte quelle dei clienti di mio padre: guardavamo dalla finestra quelli che si sedevano a farsi tosare e via che facevamo una bella corsa con la loro bicicletta. Portavamo dietro casa anche il "mosquito" del vecchio Bosi e andavamo su e giù fino a che rimaneva solo un po' di benzina, quella che gli serviva per tornare a casa. Quando se ne accorse Antonio, uno dei cugini grandi, dovemmo smettere. Così mentre il vecchio Bosi, finito di mettersi in ordine, se ne stava lì a chiacchierare, oppure andava nella stalla con zio Umberto, che era più orgoglioso delle sue mucche che di tutti noi, e si poteva stare tranquilli che non sarebbero usciti tanto presto, Antonio il motorino se lo prendeva lui, tutto sorridente, il vigliacco.

Quando andavo in chiesa, e vedevo le altre bambine tutte garbatine e ben pettinate con Elena che mi faceva sempre un bel sorriso, mi pentivo sinceramente di aver fatto il maschiaccio e andavo a confessarmi, facevamo la comunione, e facevo finalmente la brava bambina. La domenica si mostrava una parte di noi, anzi più di una, che i grandi compativano con un mezzo sorriso, che anche loro si svagavano come potevano, in chiacchiere e frivolezze che tra la settimana, alt! Bando alle sciocchezze che si deve stare "a posto", non solo per fare i mille lavori che mandavano avanti la casa e il podere, ma se c'era qualcuno in panne, fosse per la salute o per mancanza di mezzi, o per una qualsivoglia difficoltà, bando alle critiche e ai ma: si aiutava. Per i lavori pesanti, la fienagione, la mietitura, la vendemmia e quant'altro, ma le donne soprattutto per il bucato, per un parto, dove c'era qualcuno malato, ma anche per un pranzo o per qualcuna delle poche ma sentite feste, natalizie o estive, si dava, e si chiedeva, e non si parlava di soldi, mai.

Di questa storia qui, delle famiglie numerose, ne parlavo più con Ferruccio che con Viviana, Ferruccio aveva vent'anni più di me e ricordi più chiari, che anche loro venivano da una famiglia composta da più rami. "C'eravamo in tanti..." Parlava un po' a fatica, ma tirava fuori un mondo come quello dei miei genitori e dei miei zii, con quel po' di nostalgia per le antiche radici, che non gli impediva di guardare al mondo di oggi, con una certa ironia, un distacco sereno, che io non possedevo, purtroppo.

Spesso anche suo fratello stava un po' con noi. Enea, molto più ciarliero del fratello, era una specie di enciclopedia della zona, aveva una memoria prodigiosa, insieme a una curiosità vivace ma non invadente, era molto educato, e non parlava mai a scapito di nessuno, ma ricordava semplicemente, sapeva per esempio quando erano state costruite le case della zona, di chi erano e chi vi abitava, ricordava i tempi delle bonifiche tra la prima e l'ultima guerra, dagli scoli più piccoli ai canali di raccolta, dove nascevano le sorgenti dei nostri due fiumi, il Secchia e il Panaro, fino al Po. Ricordava le piccole e grandi inondazioni che avevano tormentato la Bassa fino agli anni sessanta, i piccoli e grandi lavori di imbrigliatura che ci avevano evitato da allora di andare a mollo quasi tutte le primavere, i ponti su barche del tempo di guerra e la vita della gente attorno, pescatori, sabbionai, contadini, muratori, nonché i pochi medici, o avvocati, o preti, tutti corredati di nome e cognome. "Nel diciassette a Rovereto c'era prete Don ... c'è stato ... a Cavezzo c'è stato un bel pezzo don M..." e così via. Quest'ultimo era della famiglia di mia madre, anche se mi sembrava impossibile che mia madre, che mi ha insegnato tante cose ma non mi ha insegnato nulla nel senso religioso, neanche il segno della Croce, potesse avere un parente prete, ma ricordavo di mio la figura di questo sacerdote, che la mamma se lo vedeva lì davanti alla canonica si fermava due minuti, si chiedevano l'un l'altro notizie di certi parenti e si davano del tu. Lo dissi a Enea. "Adesso è a Nonantola che non ha nessuno che lo assista diversamente, lo conosco bene io..." E me ne parlò per un po', di lui e di altri che ricordavo da bambina, il loro nome e anche la faccia, che difficilmente scordavo una faccia, da bambina. Nonché, cambiando del tutto i personaggi (perché io li ricordavo proprio, con la mente da bambina, come veri e propri "tipi" in qualche modo speciali), certi ambulanti itineranti, birrocciai, mediatori, sensali, certi personaggi che nel severo mondo contadino venivano considerati, spesso non del tutto a torto, tragattini, gente che viveva un po' di espedienti non proprio "in riga". Per fortuna, mio padre pur nella sua pignoleria, aveva un cuore aperto, e li capiva, li viveva, questa gente, che io ne ricordavo bene tanti, con simpatia.

Se avessi potuto avrei parlato tutti i giorni con Ferruccio e suo fratello, lo dissi a Viviana. "Mi piace, vostro cognato." "Ah, l'ho capito, e lui è a nozze quando trova qualcuno che gli fa aprire il sillabario, e il mio vecchio poi, che non dice mai nulla neanche al bar, è contento quando vi vede." Come al solito esitò un po' prima di finire il suo pensiero. "Enea non è mica ignorante, ha la testa fina, sapete, si potrebbe chiedergli di tutto che lui non si impappina, ha studiato tanto... e avrebbe potuto diventare qualcuno se ci si fosse messo, solo che... lui è come una specie di ragazzo, se non ci fosse stata sua madre che è morta due anni fa, e tutti noi, non farebbe neanche quel poco che fa (faceva il portiere di notte, o qualcosa di simile, in città) perché non ha voglia di fare nulla, lo avete mai visto con qualcosa in mano?... se c'è qualcosa da fare, semplicemente lui non la vede, Ferruccio delle volte lo chiama ma c'è poco da fare..." Continuò per un altro po', cruda, com'era nel suo carattere schietto... era un po' avvilita. Certo io lo vedevo dal suo lato simpatico, lei dalla parte più pratica, si sarebbe aspettata un aiuto che alla fine era lei che lo accudiva e insomma... così tra noi, avevamo cominciato coi bambini e continuato con tanto altro.

Io non riuscivo ad adattarmi al carattere di mio marito, che peggiorava, si può dire, giorno dopo giorno, specialmente nei miei confronti. Non riuscivo proprio a capacitarmi della sua gelosia, della sua avarizia, una vera e propria grettezza d'animo che mi saltò agli occhi troppo tardi, non riuscii proprio, né allora, né per il resto della vita, ad accettare i suoi motivi, vedevo e rispettavo i suoi lati buoni, ma i nostri punti di vista non combaciavano, la nostra vita matrimoniale era senza armonia, non eravamo amici, ma non lo dicevo neanche a Viviana... non perché non mi fidassi di lei, che piano piano mi era diventata una persona speciale, o perché temessi le sue critiche, che anzi la sua franchezza mi piaceva, meglio due parole in faccia che una dietro, soprattutto fra amiche, e avrei dovuto comportarmi liberamente: che amica sei se ascolti le sue confidenze e le tue te le tieni per te... ma era più forte di me, anche se mi sentivo in colpa, e il senso di colpa non è mica una buona compagnia per lo spirito, e poi è scomodo, è come se avessi un sassolino in bocca e non lo vuoi ingoiare, né sputare, sta lì e ti rende imbranata e insicura. Una specie di castigo che potresti evitare, che a tenerlo lì rischia di farti affogare, una sofferenza che solo dopo molti anni riuscii a definire come un errore, un errore mio, che quando lo vedi e pensi che avresti fatto meglio a mollarlo a chi di dovere, non conta più, è acqua passata con quel che segue, meglio stare all'asciutto, dalla parte della verità, della fiducia, almeno lo spero.

Ma anche così, con quella specie di tara, la nostra amicizia continuò, una specie di fortuna che mi era capitata, un'amica più amica delle altre, parenti o conoscenti che fossero, e la sua famiglia, non solo i bambini, ma anche la vecchia e tremolante zia, il cognato e il marito, uno slargo del tran tran quotidiano e dei pensieri.

Quando ero sola, mi prendevo due minuti e andavo a casa sua così, senza altro motivo che vedere una faccia che non fosse la mia, chiedevo permesso ed entrare era un tutt'uno, delle volte c'era la vecchia Lea da sola, Enea era a letto o in giro con la sua inseparabile bicicletta, Ferruccio dietro casa, nel campicello tenuto a ortaggi o dai piccoli animali. Qualche volta Viviana non c'era, poche volte. Era all'asilo a vedere i bambini, ci andava spesso, era forse quella che ci andava più di tutte, "Cosa volete che vi dica, sto male se non vado a dare un'occhiata". Così io salutavo Lea, dicevo qualcosa a Ferruccio che quando stava lavorando sì e no si voltava e me ne tornavo indietro. Non mi fermavo con Lea perché non riuscivo a capirla quando parlava e mi sentivo in soggezione. Era vestita del tutto, e aveva sempre un grembiulino da cucina davanti, ma non riusciva ad alzarsi, il corpo, come la voce, era tutto un tremolio, una cosa penosa, era seduta su un grande seggiolone imbottito come quelli dei bambini, appoggiato col davanti al tavolo per sicurezza. Una mattina riuscì ad alzare un braccio in un piccolo gesto impaziente e mi fermai, e lei, dopo un borbottio del tutto incomprensibile per chi non c'è abituato, sbottò con una maledizione abbastanza chiara: "Che vi venga un canchero secco, ma fermatevi un po' qui". Uno sforzo che la fece boccheggiare per un po', tuttavia continuò, e io mi ci sedetti di fronte, coprendomi un po' la faccia per la sorpresa: il canchero lo aveva usato come saluto. Di sicuro nessuno degli altri di casa si sarebbe espresso così: bestemmie, parolacce e quant'altro non facevano parte dei vocaboli di quella famiglia. Neanche le persone più giovani usavano più certi termini, ma lei aveva ottant'anni o più ed era così inferma che forse pensava all'indietro, tuttavia misi tutta la mia attenzione per riuscire a capirla. Parlò semplicemente del tempo, chiese com'erano messi i raccolti, se le bietole eran belle, come facevamo così in pochi a fare tutto, così, interessata, una che ha sempre vissuto tra i campi, con dei piccoli guizzi vivaci degli occhi a contrastare il tremolio del vecchio viso, per concludere con amarezza che adesso non poteva più occuparsi di nulla, neanche di bere da sola era capace. "Mi son svegliata una mattina messa così, son già undici anni, con questo tremolio, e non c'è stato nessuno capace di calmarlo almeno un po', ma che ci debba star molto messa così, dite un po' voi..." Ero imbarazzatissima dalla brutta piega che aveva preso il discorso, lei aveva voglia di parlare e io altrettanto, ma il mio tempo era misurato. Così le appoggiai una mano su quella cosa sussultante che era la sua, non so perché lo feci, e come ne avessi trovato il coraggio, e le spiegai meglio che potevo, come se fosse stata un bambino piccolo: "Devo andare, ho ancora i bidoni del latte da lavare, tornerò domattina" e me ne uscii quasi di corsa con lei che mi mandava cancheri e accidenti a mo' di saluto. Ero impressionata dagli undici anni, possibile che fosse messa così da tanto tempo? E al contempo mi si era mossa una ridarella che me la sfogai da sola davanti al lavatoio. Ci voleva poco ad arrabbiarmi, ma anche a farmi ridere. Allora avevo venticinque anni ed ero contenta dei saluti come se avessi ricevuto un regalo inaspettato, e ancora di più per essere riuscita a decifrare i suoi borbogliamenti. Dopo un po' vidi Viviana svoltare verso casa, mezz'ora o poco più, era il tempo che stava fuori casa.

Mi capitò ancora di chiacchierare con Lea, che le si illuminava la raggrinzita faccina quando trovava qualcosa da dire. "Ah! Era messa così da un pezzo quando son venuta qua io, adesso poi l'anno non me lo ricordo, allora c'era l'Egle che l'accudiva, come faccio io adesso, poi anche l'Egle si ammalò, è stata lì anche lei un bel pochino." E così la Lea adesso, l'Egle prima, e via all'indietro, erano sette le persone di cui Viviana aveva dovuto, giocoforza, occuparsi.

Se gli uomini di casa parlando della vita passata ricordavano in generale i cambiamenti avvenuti nel dopoguerra specialmente nel modo di lavorare, perché ovviamente, quello era l'ambito nel quale erano cresciuti, Viviana ricordava in modo più personale, un mondo più privato, una vita quasi esclusivamente casalinga. Parlava poco o punto di come vivevano le ragazze della sua età, cose che io ricordavo bene perché le cugine con cui avevo condiviso la famiglia fino a sedici anni, avevano tutte suppergiù l'età di Viviana, e io, bambina curiosa, ricordavo i loro vestiti della festa, i loro fidanzamenti, le loro nozze. Quel tempo della mia adolescenza, che fu un periodo tutto sommato buono, un ricordo variegato, intenso, insomma il buono la vinceva, mi aveva lasciato una traccia più ottimista che negativa, ma ero una bambina, protetta da due genitori del tutto diversi tra loro e da una famiglia numerosa che in qualche modo mi isolava dalle difficoltà, ci pensavano loro. Un modo encomiabile, che tuttavia mi lasciò una traccia di insicurezza, una mancanza che non riesco del tutto a spiegare: avevo visto e sentito di tutto in quella grande caldaia di parole che era la mia famiglia, ma non avevo mai "fatto". Davanti alla mia grande vivacità c'era lo sguardo tenero di mio padre e non potevo eluderlo o meglio deluderlo, fare la bambina, nel senso più giusto, i bambini "devono" fare il bambini; ma un centimetro più avanti c'era mia madre che con una sola parola aggiungeva al concetto affettuoso di mio padre, al suo modo forse un po' elastico, per quanto presente di fare il papà, un indice del tutto diverso. Va bene che ero una bambina, ma bambina è solo un passaggio per diventare grandi, non si sta mica fermi lì più di tanto, si diventa grandi e bisogna essere preparati bisogna essere bravi. Ero una donna, eravamo poveri, bisogna imparare ad arrangiarsi, mica star lì a far niente, mica farsi compatire, mica tanto andare a chiedere, le cose si fanno e basta, e dulcis in fundo, "Te devi diventare brava". Insegnamenti conditi con qualche scappellotto, che se c'era mio padre nei paraggi, non venivano evitati, ma solo rinviati, che le cose se son giuste vanno fatte. Gli scappellotti avrebbe potuto risparmiarseli tutti, perché anche se a volte erano piuttosto pesanti, erano come neve che si scioglie appena caduta e non fa danni. Ma il concetto di "brava" accompagnato da uno sguardo serio, per non dire altro, mi angustiava, così pure le sue sgridate davanti a terzi, fosse anche solo Andrea che era più piccolo di me e che se ne andava d'istinto, se qualcosa non andava. I discorsi "da donna a donna" già al tempo dell'asilo, a cinque anni, mi segnarono, non dico che mi rovinarono la vita, ma di certo mi resero per molti versi insicura, con mille complessità. Imbranata. Nonostante ritenessi validi molti dei motivi di mia madre, non riuscii mai del tutto a sentirmi sicura, le cose anche le più semplici e chiare, le vedo da tanti punti di vista, che mi diventano complicate e le lascio, oppure mi incaponisco a voler fare più di quello che riesco e mi arrabbio, e non bisognerebbe, la rabbia è dei deboli, ed è la parte più difficile del mio carattere. Difficoltosa, da evitare, da stare dall'altra parte, da guardarsene in tutti i modi.

Ma a volte mi sembra che in tutti quegli anni che ci son voluti a crescere i miei figli io abbia masticato solo rabbia, pane e rabbia, rabbia anche quando mi scappava da ridere, anche di notte. La rabbia era diventata come un vestito di quelli che usi tutti i giorni, un vestito sporco che però alla sera te lo levi, che a me però, di levarmelo non c'era modo, ero come un gatto nella stoppia che miagola invano. Un metodo c'era però, che mi faceva sentire meglio, che mi faceva sentire non dico brava, ma insomma, accettabile, almeno a respirare un po', almeno a muovere gli occhi e ci tenevo: c'era Viviana.

I primi sei anni del matrimonio li avevo vissuti al Garzano, un bel podere in mezzo ai campi, lontano dalla strada. Nella casa più vicina su una via quasi deserta ci abitava una famiglia che conoscevo da sempre, gente austera che non dava confidenza, loro e basta. La madre era tutta d'un pezzo, come la mia, le poche volte che la incrociavo, biascicava un saluto proprio appena appena, la nuora aveva due bambini piccoli e un lavoro di maglieria, anche lì niente da fare. E poi c'erano i due figli più giovani miei coetanei, e stavamo insieme qualche mezz'ora, lui era uno dei pochi che riusciva a stare un po' insieme ai miei uomini, la ragazza non aiutava nei campi perché aveva avuto dei problemi alle gambe. Una specie di tragedia per la madre che non era mai riuscita ad equiparare la "povera piccola", così la chiamava, che io l'avrei picchiata, agli altri suoi figli.

Quando la madre tirava fuori la storia delle gambe, lo faceva con molta poca sensibilità. La ragazza era diventata una brava sarta, ed era svelta anche nelle altre cose anche più dei suoi fratelli, anche se non ne aveva la stazza. Sopportava a denti stretti le critiche materne, ma con gli altri era ariosa e socievole. Eravamo molto amiche e passammo insieme molte ore nell'inverno della mia prima gravidanza a cucire, che negli abiti normali non ci stavo più, che allora si comprava la stoffa e ci si arrangiava a cucire con qualche aiuto, e a parlare di tante cose, qualche pettegolezzo, qualche lamentanza ma più che altro della maternità in arrivo. Ci tuffavamo nell'argomento come anatre nell'acqua, con un po' di apprensione e grandi risate, si fa e non si fa, ci sentivamo due madri esperte, poi piano piano arrivò l'altro argomento, che anche lì ce n'era da dire: la "povera ragazza" si era fidanzata, ma mica una cosa così... una cosa concreta.

Una sera dopo cena, con mio suocero che andava a letto con le galline e Giovanni al bar, venne lei a cucire da me. "Ti attenti poi a tornare a casa?" Era rossa in viso e non era normale. "Che cosa ti è successo?" "Sono via gli uomini? Che ti devo far vedere una persona..." mi ci volle un po' a mangiare la foglia, poi mi misi una giacca sulle spalle e la seguii fuori nel freddo attorno al portico, quasi a tentoni, e accesi la lampadina più lontana dalla casa, solo quella. Lì c'era un uomo tutto infagottato poggiato contro una lambretta. Per un po' restammo nella penombra in silenzio con il fiato congelato, poi Marisa gli si mise di fianco e lui tolse il passamontagna e si liberò alla meglio della sciarpa che lo avvolgeva fino agli occhi e mi allungò una mano. "Sono Dino", stranamente non ero sorpresa, "ti conosco, Marisa mi parla sempre di te, mi ha detto dove stai, e i tuoi li conosco". Lui fece almeno una decina di nomi, parlò un po' di tutti, "io sono figlio della Speranza e di Duilio il motorista, l'hai in mente mio padre?" "Eh! Se l'ho in mente, è te che ricordavo coi capelli biondi quasi bianchi, non avrei proprio capito chi eri così a occhio..." parlammo un bel po' di un bel numero di persone con Marisa che intercalava sorridendo "Va a finire che vi trovate parenti". E avremmo continuato per delle ore se ci fosse stato meno freddo,...e più libertà. "Devo andare". Marisa adesso era preoccupata e anch'io a dire il vero, ci stringemmo di nuovo la mano, Marisa mi schioccò un bacione freddo e si avviarono con la moto spenta.

Corsi in casa che tremavo di freddo lasciando la luce accesa, aggiunsi legna al fuoco del camino, e alla grande stufa di fronte, e gli occhi mi caddero sulla sveglia, le dieci, e mi prese uno dei miei soliti patemi d'animo; se mio suocero si era accorto che ero stata fuori due ore, lo avrebbe detto a mio marito, e avrei dovuto spiegare, cosa poi... che ero stata a chiacchierare, che l'uomo che era con Marisa lo conoscevo da sempre... beh! Alla fine non avevo poi fatto niente a nessuno, ma mio marito si arrabbiava con nulla e... per fortuna nessuno parlò.

Nei giorni seguenti Marisa mi spiegò la cosa con tutti i particolari, aveva voglia di parlare ed era sicura che io avrei capito. Si erano conosciuti all'ospedale durante l'ultimo intervento che aveva subito alle gambe. Lui si era fatto male, e tutti i pomeriggi con le stampelle percorreva il lungo corridoio da un capo all'altro, lei anche, e così... si erano scoperti quasi compaesani, e innamorati. "Quando veniva a sedersi sul mio letto e ci stava per tutta l'ora di visita (lo disse sospirando) là sì che stavamo bene, io avevo sedici anni e lui ventuno e stavamo insieme tutto il tempo che potevamo, e nessuno dottori e infermieri ci ha mai fatto osservazioni, e quando c'era la suora in giro non sedevamo mica sul letto perché sai com'è... Lui è andato a casa prima di me, avrebbe dovuto fare il militare ma se l'è schivata, a me ci son voluti altri sei mesi avanti e indietro per saltarci fuori... insomma, più di così... (si riferiva alle sue gambe, che certo non erano un granché, ma ormai le diverse cicatrici si erano ridotte a righe pallide, i piedi erano un po' divaricati, ma camminava svelta e dritta) è andato a casa che rideva tutto contento, io invece mi sentivo svenire, credevo proprio di non vederlo mai più, invece, con la sua lambretta, due volte la settimana mi veniva a trovare. Se era sabato o domenica, e c'era qualcuno dei miei, si perdeva lungo i corridoi, facevamo appena due parole, ma capirai... mia madre che è una vita che la mena... e poi lo sai cosa dice, che alla fine avrà ragione anche lei, non dico di no, ma se avesse saputo che mi ero trovata il moroso, addirittura all'ospedale, capirai, e poi avevo solo sedici anni e lui era grande, tutte cose che per lei non potevano andare (adesso piangeva, ma continuò) anche adesso veh! Ha già preso tutto per la Luisa, che son degli anni che è fidanzata in casa, e si è messa a riempire la cassa per la Gabriella che ha dodici anni e porta ancora i calzerotti (non potei trattenere una risata amara, Gabriella era già una gran bella promessa di donna) e non aiuta a sparecchiare neanche a morire, a me invece, che ho vent'anni e guadagno già e in più l'aiuto in casa (siamo in nove e stiro tutto io), niente, quando compra qualcosa lo porta su di corsa prima che io riesca a vederlo, come se non avessi gli occhi, neanche il diritto di guardare ho, io..." era amareggiatissima e non a torto, e aveva trovato me, che in quanto a brontolamenti ne sapevo qualcosa.

Sarà per questo o perché la simpatia è un innamoramento, una cosa che capita e non sai neanche com'è, si sa il perché una persona ti è più simpatica di un'altra? Dei motivi ce ne sono mille e uno, i caratteri si prendono perché si somigliano, credo, perché hai bisogno di parlare e con l'amica puoi dire tutto quello che vuoi, o perché sei curiosa e ti piace ascoltare, perché si viene dallo stesso ambiente e si vede la vita in dimensioni più o meno uguali, come nel nostro caso. I nostri padri si conoscevano da quando avevano dieci anni, figli dello stesso severo mondo contadino, e quando si vedevano, fossero passati quattro giorni o degli anni, continuavano semplicemente la loro amicizia, aprivano il sillabario dei ricordi e delle speranze e via, che con un amico si sta meglio. Ma sono motivi anche del tutto ribaltabili, ti capita di diventare amico di qualcuno mai visto né sentito, che non siete più o meno coetanei, e non sapresti proprio dire dove il tipo sta di casa e con chi, fa lo stesso, al mondo si trovano gli amici, è un pacco regalo più o meno consistente, caduto in testa a te, tuo.

Così Marisa riversò su di me, con lacrime e sorrisi, la sua storia d'amore ormai troppo grande, per tenerla ferma lì. Com'era cominciata lo sapevo, da che mi ricordo, dalla voce di sua madre, l'ho sentita più volte, si può dire con le stesse identiche parole.

"Quando me l'han fatta vedere, che aveva i piedi prilli, mi è venuto un accidenti, ve lo dico io, mi sarei sbattezzata, semplicemente." Così, una disperazione, comprensibile; per una bambina come tutti gli altri suoi figli si sarebbe tirata fuori dalla vita, sbattezzata nell'anima e morta nel corpo, sparire, non esser neanche nata. Ma era viva e forte e la bambina ebbe tutte le cure e l'assistenza possibile, ginnastica, scarpe speciali e quant'altro, e ben sei interventi, tutti ovviamente seguiti da lunghe e complicate terapie, l'ultimo quattro anni fa quando aveva conosciuto Dino.

Marisa era abituata al tran tran difficoltoso della sua vita, parlava senza difficoltà dei vari ospedali, Modena, Bologna, Firenze, dove era stata per dei mesi, si ambientava, era tutto sommato, una persona serena, oltre che simpatica, una persona concreta nel senso che vedeva se stessa, e gli altri, in una prospettiva di parità, aveva imparato un mestiere, aveva tante buone qualità da far valere, non c'era poi da star sempre lì a pensare al peggio, anzi.

Dello stesso parere non era la madre, forse semplicemente perché era nata trent'anni prima, in un ambiente più misero e duro, non riusciva, direi di più, sembrava non voler vedere, questo mondo più aperto, un po' più ampio, che si andava configurando. I piedini prilli della figlia e la vita dura l'avevano indurita, ma aveva tirato fuori tutto quello che aveva, ce l'aveva messa tutta e di più per star dietro a tutto, si intende nel modo migliore, una donna di ferro, forte, troppo, per allentare la presa sulle sue radici: a cinquant'anni era già troppo arrugginita per riuscire a sorridere almeno un po', a noi più giovani, le figlie, la nuora, neanche coi nipotini mollava. Dava ancora tanto, a tutti, ma da dentro, dalle rotaie di un percorso solo suo dove aveva perso l'anima, la parte leggera di noi, non per nulla la chiamavano "vecia", vecchia, tutti, figli compresi, e lei sembrava non farci caso.

Ma ora Marisa si era incaponita... "Che mia madre se non vuol vedere, vedrà. Sai quando ci siam visti noi due, in questi anni, un'ora alla settimana, quando vado a far qualche commissione in piazza, che non riusciamo mai a metterci d'accordo, che lui ha fatto tanti giri a vuoto che te lo dico io... che son poi sempre dieci chilometri da là a qui, va bene che ha la moto ma insomma... quando s'è accorta che stavo via un po' di più, prova da dire cosa ha fatto mia madre, non mi ha mandato dietro Imes, che una volta è venuto al bar a prendere il gelato e noi eravamo lì con le mani in mano e ha spifferato tutto e lei mi ha mollato una mano di scapaccioni e dopo al mio posto, in piazza, ci mandava la Gabriella, che lui l'ha riconosciuta e mi mandava a salutare. Guarda solo come ci siam ridotti, se vado al cinema c'è quel giandone di Imes che si son litigati in pubblico... una vergogna che... se andiamo a ballare, c'è lo zio della Dea che ci sta appiccicato al sedere da quando siamo sul passo, fin che non torniamo e siam già dentro la porta, sembra che non abbia altro da fare, anche quello lì... che il moroso della Dea le ha detto che se c'è sempre suo zio tra i piedi lui, gli dispiace, ma non ci sta, o lui o suo zio, che la Dea ha poi già vent'anni alla fine." E così dopo lunga tiritera, il giovanotto, una domenica sottosera, si presentò dritto a casa, lei coraggiosamente gli andò incontro e si sedettero sull'ala del ponte a dieci passi dalla cucina dove tutti potevano vederli. Per un po' tutto andò liscio, poi saltò fuori la madre con un secco "Te adesso vai in casa davanti da me, e te va da dove sei venuto e non venire più qui, che non ne voglio della gente che non conosco qui attorno" e poi alzò la voce e si mise a gridare come un'ossessa, che si vergognasse a fare lo stupido con una ragazzuola così, che se lei aveva perso la testa, c'eran poi loro, genitori e fratelli, mica tanto far finta di nulla, che lei lo sapeva che era sempre lì attorno, e che adesso poi basta, e via di seguito, e finì con un chiaro ed energico "Hai capito?" Al che il giovanotto, pur con la voce strozzata dall'umiliazione, le rispose in rima: che non faceva lo stupido, che lui e la Marisa si conoscevano da tanto, che chiamasse fuori il marito che lui si sarebbe presentato come si deve, che sarebbe stato meglio mettersi d'accordo per il bene di tutti e con un ben intenzionato arrivederci salì sulla sua lambretta e se ne andò.

La madre rientrò in casa gridando e piangendo come un'ossessa. "Sai com'è fatta mia madre quando ci si mette, ce ne vuole del tempo prima che si calmi un po', mio padre poi... aveva perso la parola, aveva un grugno così scostante che per tutta la settimana nessuno parlò, neanche fosse morto qualcuno, a me veniva freddo alla schiena quando ci mettevamo a tavola. Scena quasi identica le altre domeniche che adesso veniva davanti a casa e io uscivo lì fuori, per mezz'ora al massimo, che poi arrivava o mia cognata o mio fratello a chiamarmi e meglio andare prima che mia madre facesse la sua brava sceneggiata che guarda... così adesso ci vediamo anche meno di prima. Qualche volta viene in paese e mi manda a salutare dalla Dea, che della Gabriella non si fida più, men che meno di qualcun altro dei miei, pensa un po' come eravamo ridotti... poi ci siamo trovati quella sera dietro casa tua e altre due sere con la scusa che andavo a cucire due o tre vestaglie alla nonna di Dea che non si muove da casa, capisci Anna? Due ladri, sempre a nasconderci e basta, eh!" "Sta settimana mando qualcuno a parlare con tuo padre, che io e te se continua questa menata ci mettiam su casa insieme, se sei d'accordo. Sei d'accordo che ne parli anche coi miei, che poi ti conoscono già anche se non vi siete mai visti, sanno tutto di te, anche delle tue gambe, cosa fai, tutto, tutto quello che c'è da sapere, mica sempre star nascosti, che io ho già venticinque anni e se mi ci metto..."

Ci si mise. E andò a finire come doveva. Un parente venne una mattina alle dieci, si infilò sotto le vite che Celso stava potando, si presentò e spiegò la situazione. Celso, un omino pignolo e nervoso, finse sulle prime di non dar peso alla cosa con qualche scusa, del resto ovvie da parte di un padre. "La ragazzuola è ancora una bambina, e poi è... insomma... è un po' diversa... e noi non vogliamo che un domani, qualcuno rinfacci, che la vita è lunga e non si sa mai, per adesso la ragazzuola sta qua e noi due, io e sua madre, non vogliamo gente qua attorno che cerchi di approfittare, ci guardiamo poi, per adesso..." Nix, niente da fare, ma non per un fidanzato deciso: il parente prima e i genitori del ragazzo poi, dopo una mezza stagione di liti, riuscirono a concludere con un matrimonio raffazzonato, un matrimonio come quelli cosiddetti riparatori, fatti per forza, che certo i nostri due meritavano di meglio. Marisa lo disse piangendo. "Capirai, mia madre è lì che sembra moribonda, capacissima di mettersi le mani nei capelli e urlare anche davanti al prete, che guarda..." Matrimonio alle sei di un giovedì mattina, otto o dieci persone al massimo, senza fiori, senza pranzo, senza confetti e via, se vuole andare vada, lo avete voluto? Bene, che poi indietro non ci tornate, che noi ve l'avevamo detto, e così via, una cosa tristissima. Tutto diverso dall'altro lato, uno zio cedette agli sposi un piano della sua villetta vicino alla città, con già un lavoro per entrambi, lui a distribuire bibite, con il camioncino già pronto, lei a cucire, che lì non la batteva nessuno, tutto a posto. Che andavano bene me lo diceva la Speranza che la vedevo al mercato sì e no una volta all'anno e che sorrideva parlando della nuora. Dai genitori di lei non erano più tornati, e di conseguenza la nostra bella amicizia svanì, ultimo buon ricordo di gioventù.

Marisa se ne era già andata quando nacque il mio primo bambino. Quell'esperienza così... non so come dire, importante è dir poco, la divisi con poche persone, troppo poche per il mio modo di pensare. Dopo la piccola festa di battesimo, in cui riunimmo i parenti, ognuno se ne tornò ai fatti propri. I fratelli di entrambi, tutti più o meno con figli bambini, mia madre calata in pieno nel suo ruolo di rasdora, erano in sette in famiglia, e il motivo più ovvio alla fine era che eravamo piuttosto distanti, non si poteva fare una scappatina di un'ora o due, magari in bicicletta. Sentivo la mancanza del parentado, da sola in una casa tra i campi, ma tant'è, era una specie di fatica cui bisognava adattarsi. Soltanto mio padre, distanza o freddo o caldo, veniva tutte le settimane a trovare il suo "omone", a vederlo coi suoi occhi, diceva. Zia Enrica, sua sorella, che abitava qui in paese e non aveva figli, fu una perfetta nonna putativa, fino alla vecchiaia, come pure suo marito: seguirono i miei figli con affetto, sia pure con qualche brontolamento di adattamento, ci aiutarono anche materialmente, senza mai che dovessi chiedere, erano pronti prima. E poi c'era Franca, una delle mie cugine più grandi, che si era sposata quando io avevo dieci anni e mi considerava un po' una sorella minore, che certo, avendo una famiglia numerosa, non era sempre lì, ma faceva il possibile, fu lei che più di tutti divise la sua esperienza di madre con la mia.

"Ne ho allevati tre". Lo diceva senza enfasi, concretamente, una che può offrirti un aiuto, anche solo parlare: ci sono persone che danno e lei di sicuro era una di queste. Quella specie di sgomento che mi prendeva quando pensavo che ero sola, senza la mamma vicino, con un marito che guardava la vita da un punto di vista diverso dal mio, non era una cosa materiale, che la forza e la voglia di lavorare non mi mancavano, era, più che altro, una cosa mentale, un bisogno, si può dire, degli occhi, qualcuno a cui poter parlare. Certo lo avevo fatto con Marisa, con Franca, con Luisa, ma troppo poco, l'amicizia, la confidenza, il tirar fuori il rospo quando ci vuole, questa possibilità mi mancava, sarà anche un'ubbia ma sta lì, un nodo difficile da sciogliere. Ma con un bambino le cose cambiano ovviamente.

Ad assistermi fu Maria Annunciata, un'ostetrica della zona che cominciò a farmi visita ogni due settimane dal settimo mese, e ci prendemmo in simpatia. Forse vide il mio impaccio, e si diede da fare per mettermi a mio agio. "Mi chiamo Maria Annunciata F. Annunciata è troppo lungo e mi chiamano tutti Maria, abito vicino alle scuole, lì mi piace perché son sempre stata in campagna, sono nata a..." e via dicendo... io ero imbarazzatissima dalla sua panciona grossa almeno come la mia. Ma chi mi hanno mandato... se mi succede di notte, con questa qui più inzappellata di me, dove corro... Andammo di sopra per la visita e la sua voce cambiò tono. "Si rilassi, vedrà che non è nulla". Finita la visita, fece alcune domande e compilò alcuni fogli, e finalmente mi uscì la voce: "Ma come farà ad assistermi..." "Non si preoccupi, c'è tutto pronto per sostituirmi se non ne fossi capace o se avesse bisogno di andare all'ospedale, lei ora è sotto la mia responsabilità", mi spiegò tutto per bene, chiese notizie della famiglia, se avevo qualcuno che potesse aiutarmi, per i primi tempi, sarebbe venuta lei due volte al giorno per una settimana e poi, una volta per altri cinque giorni. "Dopo dovreste cavarvela da soli, ma vedremo, passerò ogni tanto, oh Dio, forse manderò qualcun'altra, perché proprio venti giorni dopo di lei toccherà a me." Mi spiegò tante cose per il dopo, chi mi avrebbe potuto aiutare, il consultorio e altri servizi per quelle che avevano più bisogno, mi rassicurò di nuovo e se ne andò col suo motorino.

Misi una sedia contro il muro e appoggiai la schiena, pensando alla distanza da casa mia alla sua, rimuginai intenta per un po': tre chilometri, facciamo quattro, no, meno, meno di quattro chilometri; anche se va piano, è qui in pochi minuti, e poi torna tra quindici giorni perciò non c'è da preoccuparsi. Tornò cinque o sei volte prima del parto e per allora eravamo già in confidenza. Restò con me per tutto il tempo del travaglio, si può dire quasi sempre su una poltroncina o seduta sul letto, a parlare semplicemente. Aveva quarant'anni. "Siamo stati fidanzati diciott'anni; io con mia madre, lui con la sua, non riuscivamo a metterci d'accordo, poi ci siam decisi a metterci insieme, adesso con questa gravidanza mia madre e mia suocera non stan più nella pelle dall'agitazione, tra pulire e preparare roba ai ferri non stan mai ferme, mi sono sempre addosso a far tutto che non mi lasciano neanche muovere un dito (si mise a ridere) come vede ho tutto il tempo per lei e per me."

Maria mantenne le sue promesse; anche nei mesi seguenti, quando ormai mi sentivo una mamma che sa il fatto suo, veniva ogni tanto semplicemente a trovarmi, e per un'ora non facevamo altro che parlare dei nostri due personaggi. La stessa cosa due anni dopo, tutte e due di nuovo col pancione, e lei avanti e indietro col suo motorino per la campagna della Bassa. Io per la seconda gravidanza avevo perso un bel po' della mia imbranataggine se così si può dire, confortata dalla prima esperienza ben riuscita, ero più rilassata e così tranne le poche ore del travaglio, il resto fu una specie di rimpatriata, oltre la giusta assistenza, ogni tanto Maria mi veniva a trovare, eravamo amiche e io ci contavo.

Poi un giorno mi accorsi che non la vedevo da un bel po', passerà sta settimana o quest'altra, ma non la rividi mai più. Seppi per caso che se ne era andata con la sua ormai numerosa famiglia nel Meridione, addirittura in Sicilia, che il marito veniva da là, anche se parlava il nostro dialetto perché era venuto qua da piccolino. Al perché, entrambi con un lavoro, se ne fossero andati in tutta fretta, seguiva la brutta storia di un aborto finito male, cose che succedevano anche dopo il cinquanta e che finivano biascicate tra i denti, storie amare.

A me invece di Maria rimase un buon ricordo, non senza la tristezza per l'amicizia finita. Così addio Marisa, addio Maria, di amiche ero proprio a secco e con poche possibilità di farmene di nuove; finché dopo il sospirato trasloco dalla casa in mezzo ai campi a questa sulla strada non avevo trovato qualche vicina con cui scambiare almeno il buongiorno e Viviana, alla quale mi ero in qualche modo attaccata.

Perché tra amici è così, non si sa certo per quale motivo, o da quando a quella persona raccontate le vostre cose, anche le più ostiche, che non le dite neanche ai vostri fratelli, e ascoltate le loro senza il senso critico o in qualche modo prevenuti come tra semplici conoscenti; le parole di un'amica vera sono senza rete, a volte non hai neanche bisogno di rispondere, a volte ci rimugini sopra anche dopo anni, perché sono dentro di te, cose tue.

Quest'amica non la perderò come le altre, cugine comprese, non la perderò perché non se ne andrà mai da questa casa, le piace troppo stare qui, e poi i nostri bambini sono coetanei, e poi... e poi...

Siamo amiche già da qualche anno, un rapporto ormai collaudato, lei conosce il mio carattere, le mie debolezze, la mia impazienza, ma anche la mia voglia di parlare e di ridere, se non mi ha mollato adesso... Qualche volta mi sgrida anche, mi parla fuori dai denti, mi spiega i suoi punti di vista, e se non combaciano coi miei mi dice guardandomi bene in faccia "Avete capito eh... cosa voglio dire?". Avevo capito, perché lei era semplicemente sincera, impossibile fraintendere. Se in principio avevo pensato di essere in qualche modo avvantaggiata nei miei rapporti coi bimbi perché ero più giovane, piano piano andavo ritirando qualcuno dei miei motivi, di certe piccole arroganze; quello che io avevo di giovinezza lei lo aveva in esperienza, era più forte di me; a venticinque anni ero convinta del contrario, ma mano a mano che il tempo passava, scoprivo non senza una specie di stupore il suo modo di essere, quello che lascia su di noi il tempo che passa, era lei la donna grande, a cui puoi chiedere, perché sa. Dentro di me ero orgogliosa oltreché contenta di questa amicizia, una bella cosa, che mi era capitata, una cosa buona.

I bambini avevano forse sei o sette anni, quando Viviana mi disse che era malata. "Il professore è un parente di mia suocera, e siamo riusciti a faro venire qui; ho tanto pensato dove avrei dovuto mettermi perché di sopra c'è freddo e anche di là... beh, alla fine ho steso una coperta sul tavolo e mi sono stesa qui, c'erano in due, hanno mandato fuori il mio vecchio, hanno preso fuori i loro strumenti, mi hanno esaminato per bene, poi han chiamato dentro Ferruccio, ci han chiesto di tutto, per i bisogni, il dormire, cosa mangio e cosa bevo, se fumo, di tutto..." Smise di parlare, scosse la cenere della sigaretta che aveva in mano e se la finì girando attorno gli occhi, ma non credo che vedesse nulla, era "fuori", assorta in pensieri solo suoi, come uno svenuto e al contempo vigile, quanto a me, non sapevo se restare o andarmene perché mi sentivo terribilmente fuori posto. Non ero certo adeguata per una simile confidenza. Quel silenzio, penoso a dir poco, sarà poi durato pochi minuti o solo mezzo, quando Viviana si riscosse, sfilò un'altra sigaretta dal pacchetto lì sul tavolo, tirò avidamente due o tre boccate, soffiò fuori il fumo e finalmente si rilassò, schiacciò il resto della sigaretta, e mise via il posacenere dicendo ad alta voce un secco "basta", poi si volse di nuovo dalla mia parte. "I vizi son brutti, sapete, anche quelli che sembran cose da nulla; quando ero incinta e quando allattavo ho smesso proprio del tutto, ma dopo, le mie due o tre sigarettine (e scosse il capo infastidita) che non saran poi mica quelle lì che mi hanno fatto andare il magnete giù di posto." Un'altra piccola pausa. "Perché poi, alla fine, han ragione anche loro, più si sta in regola meglio è, così mi han fatto un bell'elenco di tutto, medicine poche, ma niente strapazzi, niente scale, niente arrabbiature, stare tranquilli, insomma, stare calmi, ditemi un po' come faccio... e poi tirò un lungo respiro e abbassò la voce... posso fare le mie cose poco alla volta, e tirare avanti tutta la vita, normalmente, ma potrei anche restarci secca, avete capito? Così... una volta o l'altra mi potrebbe capitare..." Accennò le ultime parole con un cenno deciso del capo, guardandomi in faccia. Aveva buttato fuori il rospo, e che io non mettessi in dubbio quel che mi aveva appena detto, che non mi mettessi a chiacchierare per confondere le cose ché tanto stavano così.

Su Viviana, state tranquilla che i medici la fan sempre più grave, per stare sul sicuro, per via che ci si curi con più attenzione, che si stia più attenti: queste parole e molte altre me le tenni per me, per non prendermi una brutta risposta che non era aria, e poi va bene che era una donna forte ma... Finalmente ero in strada, spero almeno di aver salutato..., cercai di tenere il passo normale, ma avrei voluto sparire all'istante come un fantasma. Mi sentivo come se avessi preso un pugno in mezzo allo stomaco, ero indolenzita e impotente, in qualche modo in colpa, forse Viviana si aspettava qualcosa da me, forse la guardata in faccia che mi aveva dato voleva dir qualcosa, ma io avevo capito che non avrebbe accettato commenti. "Ti dico qualcosa e tienitela per te" o forse voleva dire "Stammi vicina perché... ho paura". Rimuginai a lungo sull'episodio, ma alla fine ero molto più amareggiata che sorpresa. Ricordavo la prima volta che l'avevo vista da vicino e ci ero quasi rimasta male, aveva due occhiaie che sembravano lì da sempre, che la facevano sembrare vecchia, aveva la pelle chiara, e i capelli rossicci ed era pallida, forse da bambina avrà avuto le efelidi, ma adesso era smorta, quasi esangue, come qualcuno che viva all'ombra anche se stava fuori casa tutti i giorni a seguire i bambini e dietro al marito che non li mollava un minuto. Avevo visto anche qualche medicina e le sigarette lì a portata di mano, ma non ci avevo quasi fatto caso, invece che andava regolarmente dal medico e che andava a letto tutti i pomeriggi fin verso le quattro sì, e alla sera ci andava appena faceva buio. Nelle lunghe giornate estive, il marito andava al bar prima di sera, e mezz'ora dopo, lei e i bambini erano già a letto, quando io andavo in casa dal lavoro, con ancora la cena da preparare e il resto, lei aveva già spento tutte le luci, andava a letto prima del telegiornale; non che non le piacesse ascoltare, anzi, ma era imperativo lasciare fuori tutto e mettersi stesa, e in silenzio. "A dormire non ci riesco, ma..." Me l'aveva detto più d'una volta e mi ci era voluto un po' a capire, aveva bisogno di riposare, comunque fosse la giornata, le sue ore di riposo se le teneva. Prima pensavo vagamente che erano gente tranquilla, gente proprio fatta così, che non si affanna, perché poi prendersela... non brucia mica niente. A dirla tutta, io, nervosa come un gatto e stanca cronica nonché spesso ben arrabbiata, pensavo che Viviana era fortunata a stare con degli uomini che non le mettevano fretta, e che non si sarebbero neanche sognati di criticare il suo modo di vivere. Una volta che mi ero lamentata che non riuscivo a mettere in tavola il pranzo senza prendermi delle parole, lei era stata in silenzio per un po', poi era sbottata: "A me questo non capita. Io, qui dentro, faccio quello che mi pare, la faccio calda o fredda come credo che sia giusto, e nessuno mi ha mai detto mezza parola, ci mancherebbe anche che ridicessero... che se non ci sono io, al mattino, si bevono il latte freddo, Enea non è neanche capace di accendere il gas, e il mio vecchio da solo in cucina non può stare".

Parlò per un po' del fatto che i suoi uomini in casa non valevano una cicca, come quasi tutti gli uomini adulti di quel tempo del resto. "Gli uomini van bene da prendere una lira, non dico di no, Ferruccio poi, non è che manchi di buona volontà, ma da solo proprio... se si dovesse spegnere il gas perché una pentola travasa lui non se ne accorgerebbe perché non sente gli odori, e ci vede poco, no no, da solo lo lascio proprio quando non posso farne a meno e così..." Io mi ero sfogata con lei e lei con me. E così per un motivo o per l'altro, la casa era tutta sulle sue spalle, come prima di quel consulto, che l'aveva messa in guardia. Quell'episodio che mi aveva messo in apprensione era come se non fosse mai successo, almeno in apparenza. Viviana qualche volta parlava di Arrigo, il suo dottore da sempre, che abitava cinquanta metri più avanti, per tante piccole cose degli altri quasi con una specie di noncuranza.

Di come stesse lei, se era più o meno preoccupata per il suo cuore, niente, al massimo diceva un po' ironica "Ho un mal di piedi che non mi passa, ma si sa, i piedi son là sotto e devono sopportare tutto." Le lamentele, le più banali, non mancavano mai, ma non uscivano mai molto fuori dall'ambito familiare, cose di tutti i giorni, non diventavano mai lagne. A volte però, di sera tardi, quando andavo a letto e facevo caso alle sue finestre chiuse da tre ore, mi chiedevo se mai Viviana dormisse o se stesse rimuginando, cercando in qualche modo di esorcizzare il pensiero del cuore, o se la preoccupazione si faceva più pesante quando era sola, per poco, perché Ferruccio non stava via più di un'ora o due.

Piano piano però, sicché non ne sentii più parlare, finii quasi per convincermi che, più che altro Viviana soffrisse di stanchezza cronica, e il fatto che dormisse a mezz'ore alterne non fosse altro che la preoccupazione delle cose da fare, quello che lei intendeva portare avanti, e per la verità non c'era niente da tralasciare, non c'era niente che si potesse "lasciare lì" e far finta di niente, non secondo il suo modo di pensare.

A pensarci aveva poi lavorato un bel po' da quando era sposata, con la suocera anziana, e la zia Lea con quel terribile tremolio che la rendeva del tutto invalida, due bambini piccoli, una casa grande e Ferruccio ed Enea che erano buoni ma non casalinghi, e in più tenne per un bel po' il suo lavoro di magliaia: se altre donne in un giorno facevano otto o dieci maglie, lei si accontentava di quattro. Lavorava un'ora al mattino presto quando gli altri dormivano e il resto nei ritagli di tempo, lo faceva perché le piaceva, perché si teneva un po' in contatto con altre donne, perché era sempre stato il suo mestiere e non ultimo, con quei soldini che prendeva di suo, disimpegnava tante piccole cose che la facevano sentire un po' più libera, "Poche cose, perché bisogna che dia un occhio al mio vecchio."

Mi aveva raccontato la loro storia, tutto sommato bella. Si conoscevano si può dire da sempre, perché vivevano entrambi a un chilometro da qui. La chiesa e il cimitero con una villa padronale e le poche case erano abbarbicate al fiume su una stradina sott'argine, ma poi dopo il cinquanta il paese si era formato sulla provinciale dove le case si stanno tutt'ora espandendo. Qui Ferruccio e i suoi vivevano nel piccolo podere del padre, e Viviana in una casa si può dire lì attaccata. Viviana, come molti della sua età, parlava poco della sua giovinezza, appesantita dalla guerra, e non solo, Ferruccio ed Enea parlavano più che volentieri del tempo andato, ma lei no, anche dopo anni stringeva le labbra a parlare di quei tempi là. "La gioventù io non l'ho mai vissuta, dispiaceri, miseria e basta, mi è morto un fratello di ventiquattro anni e solo quello... poi, sposata mia sorella, sono rimasta solo io per tutti, la Lea qua, è la settima persona; sette, capite, che ho servito (e faceva il lungo elenco), che allora non c'era la lavatrice, né niente, e con della gente ferma a letto, ce n'era della roba da lavare... d'estate ci si difendeva anche, ma d'inverno... con tutte queste disgrazie ci siam ridotti che non avevamo neanche un ago..." La storia era una lunga sequela di malattia e miseria, a volte, col suo spirito un po' caustico Viviana concludeva "una vera scalogna" e non c'era pericolo che esagerasse. "In tempo di guerra per metterci qualcosa in bocca, non c'è lavoro che non abbiamo fatto, da spigolare a fare la treccia quando ce n'era, tutto quello che trovavamo lo prendevamo su... belle sere mia madre e io abbiam mangiato con un uovo in due e un piatto di radicchi, un po' di polenta, un po' di pane, non c'era mica da fare degli scarti..." Poi finalmente è venuta su la maglieria, mia madre, poverina, faceva tutto in casa, e io lavoravo fino alla notte attorno alle maglie, finché non riuscii a procurarmi una macchina mia, c'era le rate da pagare, ma si prendeva di più che cavarsi gli occhi a mano, e, insomma, si ricominciava a vivere, poi mi si è ammalata mia madre, cinque anni è stata sotto, poverina... e la gioventù passava, sulle prime non avevo voglia di niente, era come se fossi svanita, l'Alfonsina veniva tutte le sere e mi tirava di qua e di là per un braccio. "Dai veh! Mangia qualcosa, o vuoi metterti a letto anche te? Dai, alzati su" e così pian piano... ah, da badare a me mi era rimasto poco davvero, perché non ero mica più una ragazzuola."

Ferruccio, invece, la dura miseria se l'era schivata, ma non aveva ancora messo su famiglia, Viviana diceva perché era timido, ma io non ci credo, per me se l'era presa semplicemente comoda, badava al suo lavoro, aveva i suoi amici, insomma, stava bene così.

Ma un giorno ebbe un terribile incidente sul lavoro: un manufatto in cemento che stavano sistemando gli si ribaltò addosso, urtandogli la testa. Lo portarono all'ospedale, ma nessuno dei compagni di lavoro pensava che ce l'avrebbe fatta. Ma ce la fece: adesso la chiamerebbero malasanità, o, dall'altro lato, colpo di fortuna, o un miracolo: ancora dopo anni a parlarne a Viviana veniva il magone. Steso sul letto, rantolante, per i medici era senza speranza, era lì poverino, con la testa schiacciata.

Un amico gli era accanto, era lì da un bel po' di ore e lo stava osservando, il respiro si faceva più rumoroso e gli occhi non erano del tutto chiusi, pesti, ma non chiusi, all'amico sembrava quasi che quei poveri occhi lo guardassero, insomma lo osservò per un bel po', era come se con gli occhi cercasse di dire qualcosa, l'amico lo chiamò così d'istinto e gli occhi in qualche modo accennarono qualcosa, il terribile rantolo si fece più aspro, parlava senza parlare, voleva qualcosa. Per un qualche strano motivo, tanto erano soli, l'amico gli mise un dito in bocca, forse per aiutarlo a respirare, gli occhi si fecero in qualche modo attenti, incoraggianti, e l'amico d'istinto cercò, nella bocca sanguinante c'era qualcosa che lo soffocava... c'era qualcosa incastrato in gola: era la dentiera e la tirò fuori, salvandogli la vita.

La prima parte del racconto di Viviana si ferma lì, non parla del tempo che rimase all'ospedale, non parla del tempo e della sofferenza che ci volle a Ferruccio per rimettersi in piedi, e a dire il vero l'episodio l'avevo sentito anche da conoscenti con le stesse poche parole, quel muratore che se l'amico con gli avesse preso fuori la protesi non sarebbe vissuto più di mezza giornata. Tutto il resto passò quasi del tutto sotto silenzio, per pudore credo, o forse per il sollievo, era un uomo giovane, si era salvato, accontentiamoci.

Purtroppo però Ferruccio non se la cavò a buon mercato, e da muratore diventò pensionato. La vista, l'udito e l'olfatto erano molto compromessi, parlava a fatica, e si muoveva adagio, come se fosse trattenuto da un filo interno, un po' come al rallentatore. Dai quarant'anni che aveva passò ai settanta, in un anno solo. Una cosa per fortuna restò integra e si rafforzò, nella sventura: la voglia di vivere, il carattere; per questo sgridavo Viviana quando gli diceva del vecchio, anche se ormai era diventata un'abitudine affettuosa. Perché Ferruccio era forte, più di quanto ci si potesse aspettare da una persona così schiva e silenziosa. Quell'avventura che avrebbe steso anche persone molto più grintose di lui, facendone degli infelici cronici, gli rimosse pensieri e convinzioni, come una lampada che si accende in una stanza buia. Una stanza trascurata, dove vai a cercare qualcosa che ti serve, che sei deciso a trovare o almeno a cercare come si deve, a deciderti, che è ora, che il tempo non è una nostra proprietà e può esserci tolto in men che non si dica. "Mi disse che qualche volta aveva pensato a me anche prima, che gli ero sempre piaciuta ma che... anche lui non era mica tanto libero, con tre anziani e con Enea, che concludeva poco, c'era da lavorare anche il pezzo di terra ed era lui che guardava di qua e di là, era lui il più forte, il più obbligato... anche lui aveva pensato più agli altri che a sé. "Ma adesso che ho rischiato di morire mi sono accorto che ho quarant'anni, mi rendo conto che sono ancora un figlio di famiglia, mentre dovrei essere un padre, come i miei coetanei, cosa lasciavo di me se fossi mancato... morti i vecchi nessuno mi avrebbe ricordato più, non sarei stato niente, un nessuno... ho lasciato passare gli anni così... inutilmente, ma adesso, se è possibile, vorrei prendere i miei impegni... se tu sei d'accordo." Una dichiarazione che ebbe buon esito, cui Viviana avrebbe potuto rispondere quasi con le sue stesse parole e me lo spiegò, anche se lo avevo capito di mio, una spiegazione esitante che me la rese preziosa. "Vedete qualcuno ha anche biascicato, e mica tanto a bassa voce, che mi accontentavo di poco, che un uomo così malmesso lo prendevo solo perché aveva la casa sua, cose così, un po'... cose fastidiose, un po' dure da mandare giù, ma io non ho chiesto niente a nessuno, e non ci ho mica messo cent'anni a dire di sì. I vicini l'han capito perché veniva a trovarmi tutte le sere, e la domenica pomeriggio facevamo una passeggiatina fino al ponte, pian pianino perché lui era ancora un po' insicuro, ma eravamo contenti che ci vedessero, malelingue o meno, eravamo fiduciosi nel meglio, una volta tanto. Io avevo solo la Fannì, mia cugina, e sua figlia Rosa, che pensarono bene di starsene sulle sue, che la Fannì è una intelligente, e poi mia sorella che lo seppe per ultima e che rimase un po' perplessa, ma mi capì.

Venne una domenica col marito, strinsero la mano a Ferruccio e se ne andarono con un milione di buone parole. Andò tutto bene anche coi suoi parenti, che del resto ci conoscevamo tutti da sempre. E cosa avrebbero potuto dire del resto... non eravamo mica ragazzi e neanche due estranei... (Viviana fece una pausa un po' laboriosa e tornò un po' indietro nei pensieri, intenta, come se le cose che raccontava le avesse davanti agli occhi, cose che le poteva spiegare solo lei, se voleva).

Perché se lui aveva avuto la sua disgrazia, anch'io, ve l'ho raccontato, ho avuto una vita dura tra male e miseria, e anche cogli uomini, della fortuna non ne ho avuto, avrei potuto essere già sposata e mamma con uno che mi interessava ma è andata a rotoli, e non mi aspettavo neanche più nulla di buono a dire il vero. Ma da sola, con mia sorella distante e presa dalla sua famiglia, delle volte ero avvilita, avrei finito il mio tempo così? Tra quelle due vecchie pietre, sola come un cane? No, al solo immaginarlo mi veniva da piangere e così..."

E si era impegnata nel senso profondo della parola, mica solo "mi sposo" e vada come vada, ma misero insieme tutte le loro risorse, diedero tutto quello che avevano per far funzionare la loro storia. Diedero in affitto il podere che era diventato un peso per tutti, e vennero ad abitare qui, che la casa era della madre di Ferruccio e della Lea, dove li ho conosciuti. Qui c'era una casa più bella, con il cortile e il giardino davanti e un praticello dietro con un olmo in angolo, due viti e l'orto. Qui nacquero i loro due bambini, e dire che ne erano felici era dir poco. Qui io e Viviana riuscivamo a trovare il tempo per parlare quasi esclusivamente dei bambini e delle cose domestiche. Qui Ferruccio teneva l'orto, leggeva il giornale e faceva le parole crociate con due occhiali sovrapposti, che la vista non gli era migliorata, la parola e l'andatura sì, lentamente, ma costantemente. Andava in bicicletta, stava volentieri in compagnia con qualche amico e i cugini, sempre a casa, poi pian piano cominciò ad andare al bar, un'ora o due sottosera. E al pomeriggio andava al cimitero dieci minuti, un'abitudine che aveva anche Enea. Queste erano, si può dire, le sue uniche uscite, se c'era bisogno del medico era lì a due passi, ma poca roba, perché, a parte i dovuti controlli, Ferruccio era una persona molto sana. Le cose andavano bene e Viviana si era presa il suo spazio nella nuova famiglia. Il giusto per tutti, diceva. "Ah, io ho la mia età, e non mi son mica presa soggezione, la mia parte l'ho sempre fatta, mia suocera badava alla sorella e alle cose di Enea, e a mezzogiorno preparava il pranzo per tutti, il resto lo facevo io, anche la spesa, fuori di casa si arrangiavano loro come potevano, e non abbiamo mai avuto niente da dire, solo con mia suocera una volta, perché era un po' bigotta, io avevo un vestito senza maniche e lei voleva che mi cambiassi perché doveva venire il prete. "Ah no, mi dispiace, ma se al prete non garba il mio vestito, se ne sta poi a casa sua", era il tempo in cui i preti stavano abbandonando il cappello nero a tricorno e l'abito lungo coi bottoncini, la suocera si era intestardita: "Non vi vergognate a presentarvi così sbracciata?" Alla fine mi sono arrabbiata anch'io: "Come devo andar vestita lo so io, e poi il prete non ha mica chiesto, quando si è levato il suo, di vestito, non mi direte che vi piace il prete in camicia che non si distingue più dagli altri, ma lui com'è che non lo criticate..." e la suocera aveva dovuto abbozzare. "È stata la prima e l'ultima volta che ci siamo prese contro che io le cose non le mando mica a dire." La schiettezza di Viviana, qualche volta mi faceva ridere. Ma era una severità giusta, più di una volta mi son presa qualche parola a bruciapelo, ma non lasciavano segno, tutto era chiaro con lei.

Poi le cose cominciarono a farsi un po' più complicate e malmenarono un po' la nostra buona volontà. Le confidenze tranquille, le mille piccole imprese dei bambini che ci avevano fatto fare qualche sana risata, le nostre vite di mamme e di spose cui tenevamo tanto e delle quali eravamo, nel nostro piccolo ambito, orgogliose, si appannarono un po', come un vestito che più lo lavi e più lo stiri, meno tiene, più lo curi e più si consuma. Ne parlammo, io e Viviana, o meglio ne parlicchiammo, un po' tra i denti, come se ce ne vergognassimo, come uno che inciampa e cade in mezzo alla gente: prima di provare dolore, prova vergogna, anche se non l'ha fatto apposta.

Ma tra noi c'era una buona comunicazione e Viviana per prima cercò di mettere in luce i suoi problemi nel suo modo sbrigativo, pane al pane. Dopo la morte di Tilde, era toccato a lei di accudire la Lea che era sempre più tremolante, anche se capiva tutto, e anche al pranzo di mezzogiorno: "che non sembra ma... e poi c'è Enea, va bene che è di poche pretese ma insomma... e i bambini bisogna tenergli gli occhi addosso in continuazione, Franchino non c'è male, dove lo metto sta, ma Sergio, da quando cammina da solo, è diventato un lavoro che non vi dico, ci vorrebbe una persona apposta per badare a lui, fino all'anno scorso me lo son goduto, ma adesso... il mio vecchio mi aiuta a dargli un occhio quando son di sopra o a far spesa, ma tra una cosa e l'altra arrivo alla sera ubriaca".

Tutto qui, tutto normale, con una voce in più, una voce stonata: la stanchezza della sera. Si comprò una grossa lavatrice, un buon aiuto, un altro buon aiuto era l'asilo, una bella comodità, ma la stanchezza restò, tale e quale. La stanchezza diventò si può dire una specie di intralcio, e cosa c'era di male, è naturale essere stanchi con tante cose da fare, non eravamo certo le uniche. "Avere un giorno di riposo, solo uno, da badare a me, l'altro giorno l'ho detto al mio vecchio che mi ci vorrebbe un giorno tutto per me, e lui mi ha chiesto, tutto tranquillo "Perché, dove devi andare..."". Viviana scosse il capo con un piccolo accenno di sorriso come quando diceva i bambini son bambini, "vedete, lui non l'ha capito, non ci ha pensato neanche su a cosa chiedessi". Poi concluse, sempre comprensiva "Oh, lo potrei avere, un giorno tutto per me e anche due, basta che non mi alzassi da letto una mattina e lui correrebbe da Arrigo... mio cognato poi, prima di cominciare a muoversi si metterebbe le mani nei capelli dall'agitazione, che in casa se non ci sono io...".

Era vero, Enea si agitava con nulla, ma a pensarlo con le mani nei capelli non riuscii a non ridere... uno sfogo che mi alleggerì. Due parole con lei erano un toccasana. Ma al contrario di lei, io, della stanchezza non parlavo volentieri e avrei tanto voluto farlo invece; il mio orgoglio si stava trasformando in amarezza e avrei fatto bene a parlarne, e di lei mi fidavo. Ma lo facevo di rimando "Ho le gambe che non mi tengono più su, e quando mi alzo al mattino son più stanca di quando vado a letto la sera, ma con due bambini che fanno il trenta diavoli, e le mucche che son lì anche per Natale, dove lo trovo un giorno tutto per me." Essere stanche, alla fine, era una cosa normale e non c'era niente di male a parlarne tra noi, ma c'era un paletto, oltre il quale non andavo.

Dire che mio marito se gli avessi chiesto un giorno di riposo, non solo non avrebbe capito, ma mi avrebbe urlato dietro della buona a nulla e quant'altro per una settimana, quello no: ecco la crepa tra noi, lei parlava del suo vecchio, a piacimento, senza remore, com'è giusto che si parli del proprio marito, io invece per non scoprire gli altarini, per non dire altro, fingevo.

Fingevo con una specie di noncuranza che con mio marito la stanchezza e il nervoso che avevo addosso non c'entrassero affatto, tant'è che se qualche volta avevo parlato di lui, adesso esitavo del tutto a nominarlo, ci stavo attenta, anche con i parenti le poche volte che ci vedevamo e coi conoscenti comuni e non mi importava più di tanto ma verso di lei provavo un piccolo senso di colpa, un'amarezza. Come se si potesse nasconderle qualcosa, ma questo lo capii più tardi.

Poi la zia Lea rimase ferma del tutto a letto, col suo tremolio che la torturava anche di notte e dovevano fare i turni per assisterla, ma anche così, a Viviana restava il peso più importante, era sfiatata, alla fine, proprio sfinita. Aveva lasciato il lavoro delle maglie, anche se le dispiaceva. "Quel lavorino lì per me voleva dir molto (accennò con una mano all'indietro) che l'ho fatto per diciotto anni ma una volta si faceva la stessa maglia anche per dei mesi, adesso invece cambiano modello sempre più spesso e tutte le volte ci vuole almeno una mezza giornata a mettersi a punto, e poi hanno fretta, che tutte noi che abbiamo la famiglia addosso dobbiam correre come dei matti per prendere sempre meno, che con le fabbriche... o andare in fabbrica o smettere, han ragione loro, così per noi che lavoriamo in casa non c'è più posto... e poi sono stanca, io." Al solito, stanca per la lunga malattia della zia, dispiaciuta per il lavoro perso, era giù, fumava rabbiosa, guardava un giornale, quasi senza leggere, commentava con la sua fredda ironia fatti e fattacci, prima qualche volta faceva una risata o magari si inteneriva, ma adesso era diventata decisamente acida.

Una volta mi raccontò, arrabbiatissima, di un vicino che aveva quasi ucciso la sua cagnetta che era scappata perché era in calore e i cani dei dintorni giravano giorno e notte attorno alla casa. "E poi l'ho lasciata nel porcile dove la tengo per quel periodo lì con un pezzo di pane e un po' d'acqua per otto giorni senza andare da quella parte, così impara." Se n'era anche vantato con Viviana, che le sue due cagnette se le teneva a dormire in cucina e le parlava come si fa con i bambini. "Ah, ma faccio presto io, se capita da questa parte per parlare un po' con gli uomini gli sbatto la porta in faccia, quel brutto individuo lì non ci mette mica più piede, a casa mia."

Ogni tanto si risentiva col cognato perché preferiva il più piccolo dei bambini. "Se ha qualcosa da dire o un complimento da fare lo fa a Sergio... e l'altro? Non sono mica tutti e due uguali? Se si da qualcosa (credo si trattasse di una bicicletta) o la si dà a tutti e due o niente. A lui non l'ho detto perché litigare non è una bella cosa, specialmente con quelli di casa, ma a Ferruccio gliel'ho chiesto, ti sembra giusto che tuo fratello faccia di queste differenze? Io delle volte gli domanderei perché fa così, che pure è una persona corretta: perché è tutto per uno e l'altro è come se neanche ci fosse, così tra noi da soli gliel'ho detto più di una volta, e lui ha fatto spallucce. "Ma lascia stare, che quelle lì son cose da niente" "Come, cose da niente?"" Lei si era infervorata di nuovo sui suoi motivi e alla fine lui aveva risposto, serafico "Al cuore non si comanda".

Mi scappò da ridere, con lei che era piuttosto risentita. "Trovate sempre qualcosa da ridere voi..." "No no, scusate Viviana, è solo che a me sta succedendo la stessa cosa: per mio suocero è come se Loris non ci fosse, mentre col piccolo che è più birichino un bel po' si compatisce tutto, valla a capire."

Passammo qualche anno in un tran tran di piccole cose, le nostre piccole chiacchiere, quali che fossero, ce le scambiavamo si può dire giornalmente, con una specie di passione, ci tenevamo.

Con i bambini che crescevano bene ci sentivamo un po' più libere e sicure, Ferruccio stava sempre meglio, era più in gamba adesso che i primi anni dopo l'incidente. Un giorno Viviana mi fece vedere, si può dire una per una, tutte le piante del suo giardino, con mia e sua soddisfazione, che a me che non avevo né il pollice verde né il tempo, i fiori piacevano tanto e lei era contenta di aver sistemato tutto per bene. "Qui quando c'era mia suocera e le sue sorelle c'era una siepe di bosso, e il giardino era il più bello dei dintorni, ma cosa volete con loro anziane e Ferruccio messo così non ce l'abbiamo fatta a mantenerlo, ma adesso comincia a fare il suo occhio". "Me lo ricordo, passavo di qui tre o quattro volte l'anno, quando andavamo a trovare mia nonna che abitava al Gruppo, una grande corte quasi a Novi, questo giardino e quello della Milena lì sul crocicchio erano tenuti a pennello, ma anche lei, con tre bambini e il lavoro, fa quel che può (restai un po' soprappensiero) Milena e i suoi li conosco da sempre, i suoi nonni mi vogliono bene, vengono tutti da S. chi l'avrebbe detto che saremmo finiti tutti su questa strada..." Così... pensieri oziosi, da nulla, mentre Viviana si chinava a sistemare le sue piante già in boccio. Finalmente si alzò con un piccolo gemito e uscimmo dal recinto, di fronte alla casa, Viviana con le mani sui fianchi continuava a guardare i suoi fiori, poi alzò gli occhi sulla casa, in un silenzio assorto, dopo un po' si riscosse. "Sapete, Anna, c'è una cosa che dico sempre a Ferruccio, (notai che non aveva detto "il mio vecchio" e che aveva la voce roca, era emozionata), qui (e girò il braccio intorno) in questo posto, quando non ci sarò più io non deve portare un'altra donna, nessuna. Se proprio volesse... ma non qui... qui sono nati i miei figli ed è il mio posto, non si sogni neanche di mettere qualcuna al posto mio." E aggiunse lapidaria "Che lo sappia!" Ero trasecolata! Ma che razza di discorso stava facendo: non riuscii a tacere, e buttai due parole a casaccio. "Ma cosa dite, Viviana, proprio Ferruccio, che vi sta sempre attaccato al sedere, ma via, che ne avete delle storie." Mi frenai appena dal continuare perché non era il caso e lei continuò decisa. "Niente storie, che io di storie non ne ho, ho detto che deve essere così, e basta."

Me ne andai impensierita, non era la prima volta che faceva un ragionamento così, anche se non così calcato, sembrava perfino che avesse paura di morire, ma santo cielo, adesso ero io che pensavo al peggio. Rifiutai il pensiero così come mi era venuto, o almeno cercai di farlo, no no, neanche a pensarci, avrà magari qualche disturbo, come tutti, ma...ma che adesso stia peggio, che abbia paura? Ma avevo trent'anni e quel pensiero lo mandai giù senza neanche considerarlo.

I nostri bla bla erano quasi esclusivamente personali, i bimbi e la casa, e quello che ci girava attorno, andavamo ben poco più in là, eravamo in meglio e in peggio, casalinghe, un mestiere faticoso più di quanto si possa pensare, senza stipendio, ma tant'è, la cosa buona di tutto questo, era l'impegno con cui ci barcamenavamo nel nostro lavoro.

Passarono sei o sette anni, mi sembra tutti più o meno uguali, quando ebbi la mia terza figlia. Fu uno dei periodi più belli della mia vita, mio marito si innamorò letteralmente della piccola, le stava attorno tutto premuroso, e aveva perso la sua dannata fretta, anche nei miei confronti, potevo fare le cose più a mio agio e insomma respiravo un po', senza contare l'entusiasmo dei bambini, ben decisi a fare i bravi proprio di suo; sentire poi mio suocero "Chiudi la porta che la bambina ha freddo" oppure "Fai piano che la bambina dorme" e sentirlo parlare coi suoi amici dei nipotini, dei ritratti sobri, ma ben calzanti, dei loro caratteri, beh, se me l'avessero raccontato non ci avrei creduto. Un miracolo! Un miracolo che rovesciai addosso a Viviana, era troppo per me e non riuscivo a tenermelo dentro. Fu lei che, più di tutti i miei parenti, condivise con me questa gioia, questa leggerezza che mi aveva preso di poter parlare finalmente del marito senza brontolare, di non dover far finta di nulla quando lei parlava del suo vecchio tutti i giorni e io invece tralasciavo.

Mio suocero andava al bar nelle domeniche d'inverno e rientrava prima di cena, appoggiava sul tavolo un sacchetto con qualcosa per i bambini, bomboloni o cioccolate, quello che gli colpiva l'occhio sul banco "Prendete bambini", poi allungava il collo verso la nipotina con un accenno di sorriso, la guardava con attenzione, e se ne andava per i fatti suoi con un'aria soddisfatta.

"Mai successo, Viviana, che mio suocero portasse a casa un cartoccetto per i bambini, e che stia lì a guardare la bambina come se la dovesse comprare, e poi si tiene in braccio Gabriel voltato da una parte, come se si vergognasse tutte le volte gli capita vicino... mai successo." Viviana faceva i suoi commenti, teneri di solito, un po' malinconici "Non sapete quanto sarebbe piaciuto a me di avere una bambina, ci penso anche delle volte, ma faccio già una tale fatica a tenermi questi..."

Quel tempo, forse due anni, finì. Non che me ne sia accorta subito, ma che mio marito mi facesse fretta come se la casa bruciasse, e che suo padre gridasse coi bambini, quando mi ci trovai di nuovo impelagata fu un'amarezza non da poco, era come se avessi fatto una lunga corsa felice e alla fine mi fossi rotta una gamba. Anche la nostra amicizia ne subì le conseguenze, io non trovavo proprio più il tempo di fermarmi un po' di più, lei non veniva più dalla mia parte come faceva tutte le mattine, al massimo per venti minuti quando tornava dalla spesa. Se ero ancora nella stalla si fermava lì accanto al lavatoio per un po', se c'erano gli uomini ci dicevamo qualcosa, poca roba, ma, se non aveva visto la bambina, alle dieci quando gli uomini erano del tutto fuori casa, tornava, i soliti venti minuti, ci tenevamo la bambina nel mezzo, una piccola parentesi e la festa era finita. Anche la domenica pomeriggio prima che cominciassi a lavorare mi veniva a trovare per un'oretta, si portava dietro il più piccolo "che così stanno un po' divisi, che quando sono insieme sapete com'è". Il bambino guardava la piccola come una cosa delicata, ci voleva un po' prima che si aprissero in grandi sorrisi, che presto era ora di chiudere: quell'ora o due erano la nostra parte di domenica. L'unica altra persona della domenica era zia Enrica. Arrivava quando Viviana se ne andava e io ero indaffarata fino agli occhi, e mi dispiaceva di non avere neanche il tempo per un caffè, ma per fortuna mia zia non se la prendeva, andava dentro e fuori come a casa propria, attaccava bottone con mio suocero quando c'era e non se ne dava per inteso se mio marito si comportava il più maleducatamente possibile. Stava fuori coi bambini, anche quelli di Viviana, si faceva il pieno della loro confusione, stava dietro alle mie cose da cucire, e portava sempre qualcosa, che nessuno le aveva chiesto, una gonnellina o un paio di braghette fatte o aggiustate secondo i suoi criteri di mamma e di nonna, perché i nostri figli, i miei e quelli delle cugine dei dintorni, erano suoi. "I miei bambini, eh!... se io e Rinaldo non ne abbiamo avuto, cosa si fa, il mio bene a chi lo do, lo devo pur mettere da qualche parte."

Appoggiava quel ruolo che le era mancato, con tutta naturalezza, non solo coi suoi piccoli regali, ma anche con una sgridata o una critica se le sembrava il caso: se i parenti, specialmente quelli acquisiti, non gradivano le sue interferenze fa lo stesso, all'occorrenza rispondeva con tutta serietà, non per scusarsi, o per difendersi se prendeva più o meno velatamente della pettegola (che tanto cosa parla lei che dei figli non ne ha, cosa ne sa lei di cosa vuol dire fare i genitori e i nonni e via dicendo...): lei il diritto di parlare ce lo aveva eccome, i figli che il suo corpo non aveva partorito, se li era presi, col suo bene vagante, nei figli e nipoti e pronipoti dei suoi fratelli.

Amare da mamma e da nonna era un suo diritto della mente e del cuore, che qualcuno lo mettesse in discussione a lei non faceva né caldo né freddo, i bambini erano "i suoi". Cara zia Enrica... questo stato di fatto non lo smentì mai.

Non c'era bisogno delle dita di una mano, per contare le persone che venivano a trovare me e viceversa, alle quali tenevo. Oltre i miei famigliari e quelli di mio marito, una specie di dispiacere che cercavo di evadere, c'erano i bambini adesso, era a loro che dovevo pensare, il resto era un quasi vuoto, troppo vuoto per il mio carattere, che pure dovevo tenere a bada. Fare buon viso a cattivo gioco, non c'era altro da fare. Quel poco che avevo, in fatto di amicizie, anche qualche rapporto coi vicini cercavo di tenermelo con le unghie e coi denti almeno quello, almeno Viviana, la zia, la Franca, non son poi mica una suora di clausura alla fine. Rimuginamenti terra terra così... spinosi così... non so neanche come qualificarli, una specie di vergogna, di pattume, che non sapevo come eliminare, anche a volerlo, beh! Basta, facciamo finta di niente e guardiamo dall'altra parte, i bambini stanno bene "e siamo anche fortunati noi", era l'ovvia conclusione di Viviana, il tran tran andava qualche volta cigolando, per via, anche per lei come per me, della solitudine. Qualche volta, sottosera, veniva a trovarla la sorella, accompagnata da uno dei figli, un donnone che camminava un po' a fatica e non restava mai più di un'ora o due, Viviana non aveva altri parenti, venivano i cugini di Ferruccio, ma mai con le mogli,e poi c'era l'Alfonsina, una vecchietta loro amica da sempre, una tipa simpatica, un po' come mia zia, che chiamava tutti e cinque "quei ragazzi", e non faceva mancare le sue critiche a fin di bene, essendo più vecchia. I suoi "Quand'ero giovane io..." qualche volta infastidivano Viviana che rimbeccava secca "Adesso non son più quei tempi là...", piccole discussioni senza strascico, che faceva bene scambiarsele ogni tanto, riferendosi al fatto che io e lei stavamo sempre a casa. "Adesso non andiamo più a fare il pane insieme, o a spigolare o a vendemmiare, che tutto si faceva a gerla (insieme) per disimpegnarsi meglio. Enea parla sempre di quando passavano le sere d'inverno tutti insieme nella stalla; a sentir lui non c'è nessun caldo migliore di quello, mah... e che andavano a Messa tutte le domeniche, guai a stare a casa da messa..." Poi si prendeva una pausa e io non riuscivo a non pensare alla mia infanzia in una famiglia di venti persone, che ho ancora l'impressione di essere sempre stata attaccata a qualcuno, in tutti i posti possibili, sempre con qualcosa in mano, già a quattro o cinque anni, i ferri da calza, o i piselli da sbucciare o a giocare a palla, una palla sempre rotta, o all'altalena, ma mai da sola, fino al cinquanta o giù di lì, quando le famiglie si sciolsero per far posto al futuro sessantotto di non lontana memoria.

Se me lo avessero detto a quattordici anni che mi sarei ritrovata così sola. Cognati fratelli cugini zii, amici e vicini, tutti quelli che vuoi, ognuno a casa propria, con la propria efficienza, con la propria libertà, con i propri elettrodomestici, chi più chi meno, sola, senza sponde. "Ha ragione vostro cognato", lo dissi prima ancora di averlo pensato e Viviana mi lanciò un'occhiata perplessa, che mi costrinse a spiegare in qualche modo il mio punto di vista, antiquato, secondo l'occhiata meditabonda di prima. "Ricorderete Viviana che una volta le donne, anche le più robuste, dopo il parto, per quaranta giorni non si avvicinavano neanche al mastello del bucato, solo per dirne una, per quel tempo erano trattate come convalescenti, si tenevano dal freddo, e dai lavori pesanti, e che si nutrissero adeguatamente che c'era chi se ne occupava. Adesso quando tornano dall'ospedale (prima le tenevano otto giorni, adesso sì e no quattro), chi glielo fa il bucato, o anche solo una minestra, eh! Si arrangiano poi, se voglion mettere qualche cosa sotto i denti...", mi ero infervorata, "basta che ci guardiamo noi due... io non riesco ad andare a messa neanche per Natale e a parlare qualche volta con gli insegnanti è una mezza impresa." "E' vero anche questo..." fu tutto quello che rispose, poco convinta.

A me che sembrava di aver detto una cosa così logica, rimase un po' di amaro in bocca, così ci ripensai, si può dire che cercai di capire da un altro punto di vista la sua sobria per non dire fredda risposta. Lo faccio anche adesso di mettermi nei panni degli altri, di immedesimarmi nelle loro idee, con le persone a cui voglio bene. Con Enea, con Ferruccio e perfino con l'anziana zia, ci si faceva un'idea abbastanza chiara del tempo andato, di come l'avevano presa, la vita, di come procedere, da "al cuor non si comanda" serafico di Ferruccio, a quella specie di urlo da cui si lasciava prendere Ermes quando si stancava dei bambini, un avvilimento che finiva in men che non si dica, la bicicletta rotta la portava lui dal meccanico: "Ah son sempre loro "i ragazzi" che rompono le cose..." Una filosofia tranquilla, accomodante, che me li rese simpatici senza che me ne rendessi neanche conto. Di loro conoscevo anche un po' il parentado, tutti vissuti qui da almeno novant'anni se non da sempre, quando erano parenti da tante generazioni che non si conoscevano neanche più, ma non diventavano mai del tutto estranei, restavano parenti dei parenti, compaesani, soprattutto loro che avevano un buon carattere. Per capire chi e quanti erano bastava ascoltarli, le domeniche d'estate mentre riposavano sotto la pianta rampicante. I loro caratteri mi ricordavano casa mia. Avrei potuto starli ad ascoltare per ore, senza stancarmi, come facevo da bambina quando assistevo alle partite di carte tra mio padre e i suoi amici, seduta dietro, con la testa appoggiata contro la sua schiena, fino a quando cadevo dal sonno.

Una settimana di primavera mi saltò di ripulire la cucina, travatura compresa, che ne aveva un gran bisogno, con mio marito che, al solito, invece di darmi una mano, brontolava sprezzante solo per cominciare. "Adesso vedremo che razza di pasticcio combinerai, te veh! Con quella testa che hai..." e via di seguito, una cosa del tutto avvilente. Di solito, quando prendevo un'iniziativa, per piccola che fosse, la mollavo, delle volte ancora prima di parlarne, ma quella volta lì mi ero incaponita: "Se la porta del sottoscala si aprisse da questa parte avrei il lavello a portata di mano, e non dovrei fare lo scalino e girare nella stanza accanto tutte le volte che sparecchio e che devo riempire la caldaia, lo sai quanti giri faccio attorno al lavello in un giorno, quant'acqua porto avanti e indietro, lo sai vero? E ripulire un po'... va bene che qui non viene quasi mai nessuno, ma un po' di pulizia..." Se avessi parlato al muro almeno la frittata non mi si sarebbe rivoltata in faccia. Ma mi decisi, se non volevano aiutarmi, accidenti a loro, mi sarei arrangiata.

Andai da un vicino, muratore ormai in pensione, e feci la stessa richiesta. Lui restò in silenzio per un po' e io pensai vagamente "Sarà la mia faccia o saranno proprio loro, gli uomini, che non ne vogliono sapere, quando una cosa non son loro a deciderla, e dire che questo lo conosco da un bel po' e credevo proprio che..." "Un po' di roba ce l'ho ancora in giro, la porta vengo ad aprirvela, ma per l'imbiancatura no, che non l'ho mai fatto neanche a casa mia, e poi ormai son stanco..." Giacché c'ero gli chiesi se poteva venire dopo le nove così l'avrei aiutato.

Venne prima in bicicletta a dare un'occhiata e poi tornò con un carretto a mano pieno di calce, sabbia e quant'altro, fece due o tre giri e io portai tutto direttamente in cucina, mentre lui cominciava a rompere la parete, per la sera la porta era già aperta e il muro intonacato, pronto da imbiancare, i rottami già fuori e tutto a posto, il giorno dopo dall'altra parte a chiudere. "Non sarebbe meglio che lasciassimo un po' aperto così si asciuga prima quando pulite?" "Già, non ci avevo pensato e poi così ho meno rottami da portar fuori." Ero sfiatata, ma anche lì prima di sera, avevo ripulito tutto, se non altro per il fatto ormai cronico di evitarmi i brontolamenti. L'uomo finì di dare l'ultima lisciata al muro, era bello stanco anche lui. "Domani vengo a pagarvi, che mi avete fatto un gran piacere." "Non preoccupatevi" e se ne andò piuttosto in fretta, credo avesse capito che l'aria di casa era ostile a dir poco.

La mattina dopo lo trovai dietro casa seduto su una sedia a sdraio con i piedi appoggiati su un panchetto, tolse i piedi e io mi sedetti. "Mi pagherete soltanto il tempo sapete, che quel po' di materiale che abbiamo usato son tutti gli avanzi di quando ho messo a posto e fatto la casa, l'avete vista la mia casa? (non aspettò risposta) provatevi mo' a dire chi l'ha fatta: non so se ci crederete ma l'abbiam fatta io e la Franca, abbiam fatto tutto noi, lei mi ha fatto da garzone, i nostri figli non son neanche venuti da quella parte (si fermò un attimo a riprendere fiato e continuò meditabondo), ci abbiam messo tre anni eh! Mica cinque minuti, con tutte le finiture, adesso le lascio tre mesi di sole e poi quest'autunno io e la mia Francotta traslochiamo, che se stiam qui i nostri figli ci mantengono sempre all'opera, che sto imparando a riposare." Era contento e anch'io, anche se la storia la sapevo già, quattro figli con le loro famiglie, gente che lavorava sodo, ognuno con il proprio negozio, il padre che poco alla volta aveva rimesso a posto i fabbricati, e la madre che la si trovava un po' dappertutto, nel forno o ad aiutare in casa di chi aveva i bambini più piccoli: e poi erano quasi spariti, per quei tre anni.

Ricordavo che una volta, Franca, coi bragoni da muratore sporchi e tutta sudata, aveva spiegato a una cliente curiosa "Ci stiamo facendo la casa Gigi e io". "Come, la casa... ma tutta sta roba non è vostra?" Franca, forse un po' infastidita, in qualche modo da quel come, spiegò con asciutta franchezza, anche più del necessario. "Sì, sta roba era tutta di mio padre, che Gigi non aveva neanche la carriola che allora ci voleva per lavorare, e così, lavorava sotto padrone, l'ha fatto per venticinque anni il muratore per gli altri (come a dire, la sua parte l'ha fatta), e poi dopo qui, c'era tutto col culo per aria, vi ricorderete com'erano anche il forno e la bottega, e così un po' a fare il fornaio che il lavoro c'era, un po' ad aggiustare, che vedete bene che abbiam rimesso in ordine per bene, i figli si son tutti avviati bene, e adesso che è vecchio, non si è mo' messo in testa di farsi una casa nuova", e qui Franca ebbe un'esitazione, un pensiero personale, "che qui poi il nostro appartamento ce l'abbiamo ed è il più bello di tutti, ma insomma, adesso gli è saltato sto ticchio e così..."

Così quel giorno che avevo pagato Gigi ero tornata a casa soddisfatta, quel po' di soldi che avevo risparmiati me li sarei tenuti senza dir niente a nessuno, non senza un po' di fastidio, che dire rimorso per venti o trentamila lire, che alla fine erano anche miei, era veramente una parola di troppo.

Perché sto lì a ricordare queste piccolezze dopo quarant'anni? Semplicemente perché mi sono restate nella testa, quel posto tanto paradossale da sembrare incredibile, dove tutto ritorna, dall'ampiezza del cielo sereno, al rombo più cupo di tutte le guerre, e non puoi fuggire anche se hai paura e se hai buone gambe, perché non c'è una via d'uscita, e non è neanche possibile trovare l'entrata, che non ti ricordi mica quando ci sei entrato, nella memoria.

Così quel mattino lì, quando mi ero alzata dallo sgabello di Gigi, mi ero ricordata di Franca, due o tre anni prima, sudata e incalcinata, che si faceva la spesa e raccontava di come a Gigi gli era saltato di farsi una casa. Mi ero quasi divertita ad ascoltare quella storia, che la consideravo di mio, chissà perché, una bella storia, come una piccola pianta rampicante cresciuta da qualche parte. Come mai due anziani, si può dire benestanti, si metton di buzzo buono a farsi una casa, che ce l'hanno già? Me lo fece capire Viviana. "Il vecchio M., il padre della Franca, non so se ve lo ricordate, era un medico, e tra l'altro era un arrogantone di

quelli, che Gigi, perché era povero, non lo poteva vedere, figuratevi si son poi sposati perché la Franca era incinta, sennò..."
Ecco spiegato perché Gigi e la Francotta erano così orgogliosi della loro casa, una casa bella grande con già il giardino piantumato e il cortile coperto di ghiaietto bianco, una specie di debito che Gigi aveva nella testa, già da quarant'anni, e la Franca per forza che l'aveva aiutato anche se a denti stretti, perché sennò avrebbero passato la vecchiaia in tediosi quanto inutili rinfacciamenti. Una storia di brave persone. Penso ancora a loro quando vado in paese e passo davanti alla casa che fa ancora bella mostra di sé, anche se loro non ci sono più.

Dopo un po' di giorni cominciai a pulire le travi, un lavoro scomodissimo anche solo per il polverume: nuovo brontolamento, nuova arrabbiatura, ma due ore al mattino e due al pomeriggio me li facevo avanzare. Ridiedi due mani di bianco, tre sopra la stufa che c'era grigio di fumo, ero stanchissima ma ormai il lavoro più scomodo era fatto, imbiancai anche il sottoscala, poi mi fermai lì perché non mi fidavo a diluire il colore da sola.

Ripensai a Gigi, ma no, poi alla Franca che era capace senz'altro, glielo avrei chiesto con garbo e... beh, domani vedremo, ci ripensai a letto, magari mio marito, solo a preparare la tinta ma... mi sarei messa a piangere, ma poi chissà come mi venne in mente Ferruccio e ci rimuginai su un po': va beh che non si muove quasi mai da casa, ma anche solo a darmi un occhio, al resto ci penso io.

Al mattino chiamai dentro Viviana a vedere quello che avevo fatto, poi le mostrai le latte in un angolo. "Solo che avrei bisogno di vostro marito, perché non so come fare il colore..." Ecco, l'avevo chiesto, almeno quello. Mi rispose un po' esitante. "Ma sapete, il mio vecchio non credo che sappia neanche più come si fa, ad andare a casa degli altri, se non fosse per il giretto al bar (si guardò di nuovo intorno, intenta) con quella porta lì vi risparmierete dei bei giretti, (poi tirò un lungo respiro meditabondo e riprese più decisa), adesso vado a casa e glielo dico, se lo vedete arrivare bene... altrimenti non so proprio cosa dirvi. Beh, intanto vi saluto." Mi misi a sparecchiare, ma mi sarei mangiata la lingua, cosa mi era saltato in mente poi, come se non lo sapessi che appena Ferruccio prendeva in mano qualcosa lei si metteva in apprensione, proprio in pensieri, era più forte di lei, semplicemente.

Ma il mattino dopo, dopo che gli uomini erano usciti, arrivò Ferruccio in bicicletta e mi chiamò forte che lo aiutassi a scaricare la pesante cassetta che si era portato dietro, era di buon umore, notai con sollievo, segno che Viviana non aveva dovuto chiederglielo più di una volta, tirò fuori pennelli e lattine, diversi tubetti, io avevo solo le latte di roba bianca. "Per adesso apriamo solo una latta, che deve bastare, poi vediamo come viene e fra due giorni diamo un'altra mano". Fece tutte le sue cose, allungò la pittura, mescolò con una delle sue lattine e pennellò un po':"no così non va bene, adesso prendo i miei tubini che anche a casa mia i colori me li mescolo a modo mio, che so fare dei colorini come si deve", poi prese una ciotola e sciolse appena un po' dei suoi tubetti nella mistura poi versò tutto nella latta grande, e riprovò a pennellare, rifece la piccola mistura due o tre volte e per ultimo schizzò un po' di vernice nera, non più di un cucchiaino, nella ciotola, annuendo soddisfatto.

"Adesso dovremmo esserci, vedrete che questa goccia di nero dà un punto migliore, cosa ne dite eh?" Io ero troppo contenta di aver trovato uno che sapeva il fatto suo, altra pennellata, il colore era più deciso "ma sbiadirà un po', io dico che possiamo cominciare." Avvicinammo alla parete il pesante tavolo di mia suocera che arrivava al punto giusto senza bisogno della scala, tirammo una righina precisa pochi centimetri sotto le travi, e con un pennello piccolo facemmo il piccolo bordo tutt'attorno, il lavoro più delicato era fatto, Ferruccio scese lentamente, aiutandosi con la scala lì accanto, ero un po' preoccupata. "Ecco Ferruccio... adesso sono a posto, a finire ci penso io, basterà che torniate a fare il colore per la seconda mano..." Non volevo che si sforzasse ma non sapevo come dirglielo, non volevo proprio che Viviana si preoccupasse, ma lui fece il sordo, quello che non vuol sentire. "Oh no, adesso che son qui vi aiuto a fare la parte a terra, che tanto, per quel che ho da fare a casa." L'avrei abbracciato, e così ci facemmo la prima mano, chiacchierando in santissima pace, che in due si fa meglio. Della seconda mano ricordo più le chiacchiere che la fatica. "Una volta che mia madre e le mie ziine erano via, abbiam messo su l'acqua per la pasta, e dopo un po' Enea fa "adesso c'è da metter dentro la pasta", e io ho messo dentro a occhio due matasse di vermicelli, vi ricorderete il vermicelli, ho messo dentro e ho cominciato a mescolare, solo che (si mise a ridere forte, che non era da lui) sotto c'era qualcosa attaccato, era Enea, che sapete com'è fatto, aveva già messo dentro lui, e non lo aveva neanche più in mente, alla fine ci son venute fuori due teglie abbondanti, che anche nella misura occhio non ne avevamo..." A pensare a Enea che si agitava con nulla, scoppiai a ridere anch'io, e fu così che ci trovò Viviana che era venuta dentro un minuto, io sul tavolo da una parte e lui dall'altra, e ci guardò piuttosto sconcertata, prima me, che al suo atteggiamento mi venne da ridere più forte, e poi a lui che ci volle un po' a calmarci. "Ma cosa gli avete raccontato al mio vecchio che non l'ho mai visto ridere in questo modo..." le si stavano accendendo gli occhi per lo stupore o qualcosa di simile, uno sguardo che freddò la mia pancia ancora ballonzolante, e mi fece sentire una sciocca bambina, avevo un po' soggezione di lei, una cosa quasi inconscia. "E' lui che ha raccontato a me..." "Le ho raccontato quella dei vermicelli e del riso." Anche lui aveva la voce ancora fuori fase, e fu la volta di Viviana di mettersi a ridere. Ah, ho capito, e ve l'ha raccontata tutta?" Io ero scesa dal tavolo e avevo preso una sedia mentre Ferruccio pennellava in tutta tranquillità. "Perché, cos'è successo?" "Perché le vecchie, che allora non erano poi mica tanto vecchie, quando son tornate e han visto st'impiastro, son state un po' lì a pensare, poi, sapete com'era in tempo di guerra, ci si pensava prima di sbatter via qualcosa, e così han ricucinato tutto, un po' frittelle, un po' al forno con uova e formaggio, insomma, non è andato perso niente." Ridemmo un bel po', fino a che Ferruccio concluse serafico. "Eh... eran venute così buone che lo abbiamo fatto ancora."

Che bella mattina. Così andava la nostra amicizia, una cosa buona sulla quale con un po' di egoismo mi appoggiavo. O meglio ne approfittavo, al bisogno. Viviana, quando le dissi, piuttosto avvilita, che aspettavo il quarto figlio, rispose con la solita franchezza, non senza aver riflettuto un po'. "Intanto vi vedo un po' giù e questo non va bene, anche se vi capisco, che avete una bella zuppa da rimestare ma..." le parole ovviamente non le ricordo una per una ma il senso sì, che non furono solo due o tre parole dette a mo' di incoraggiamento e via, ma un discorso adatto a me, che mi ci voleva. Erano gli anni settanta e si parlava di divorzio e aborto con tutto il seguito, come degli spaghetti a pranzo, ma Viviana non fece parola di questo, mi conosceva abbastanza, anche se qualche volta mi diceva della bambina, sapeva che avevo le mie idee, giuste o meno che fossero, e lei era prima di tutto una persona rispettosa. Ricordo solo chiaramente il dopo, a casa da sola: certo le sue parole non mi avevano migliorato più di tanto lo stato d'animo, ma avevano messo le cose nella giusta prospettiva, in un modo che mi era più facile accettarle, ero una donna in attesa del quarto figlio. Tutto lì? No certamente, ma sarei stata forte quanto basta, lei ne era sicura, me l'aveva detto appoggiandomi una mano sul braccio in un gesto intenzionale, guardandomi dritta in faccia che la ascoltassi, che non andassi in giro a piangere e quant'altro "che ci sono io qui" (ebbe una breve esitazione, lo faceva spesso quando si sentiva in qualche modo impreparata e al tempo stesso decisa), "Oh Dio, mica che io vi possa aiutare, che faccio già fatica a fare i miei, ma qui ci sono, quando ve la sentite sapete che qui ci sono..." magari avrà anche detto "Avete capito eh?" anche se non mi viene in mente.

La sua stima e la sua amicizia erano poi quello di cui avevo più bisogno in quel frangente, quel po' di buono che ci vuole per rimetterti in carreggiata. Chissà cosa avremmo pensato, entrambe, se avessimo saputo che nei tre anni seguenti avrei avuto altri due figli. Domanda oziosa oltreché inutile. Sapere il futuro non vuol certo dire impadronirsene o guidarlo secondo i nostri pensieri, il futuro non è tuo finché non ci metti sopra le mani, e allora non è più tale, è lo ieri dal quale lo vivi, il futuro è quasi sempre un lucente specchio cieco. Il passato lo puoi decifrare se ne hai voglia o tempo o bisogno, perché a volte, non so se sia utile, ma non posso fare a meno di tornare al vissuto.

Ma dove ho messo tutti questi anni... ti scoppia la testa se ti salta di rispondere in fretta a una domanda simile... è come leggere un libro macerato nell'acqua sporca, niente vedi, vedi solo brutto, una cosa senza capo né coda. Ma un nesso c'è, nelle cose, anche se sulle prime non lo vedi, se hai la voglia, o la pazienza di cercarlo, è un po' un gioco, un po' un'impresa, se hai fatto una strada di corsa e ti avanza ancora un po' di fiato, puoi tornare indietro un po' a guardare che bel pezzo di strada hai fatto, ma se sei molto stanca non hai voglia di star lì a pensare, stringi i denti e continui che non sai neanche come. Dopo, ci penserai.

Beh, dopo il quinto e il sesto figlio, Viviana era "sempre lì", piuttosto stanca fisicamente, piuttosto nervosa, ma le sue "buone parole" non solo le aveva dette ma all'occorrenza le ribadiva. I parenti, quasi tutti, non solo non trovarono niente di buono da dire, anzi, presero il largo non senza dire la loro in tutta franchezza, niente di buono per me o almeno come dire, un po' di simpatia, un po' di buon viso a cattivo gioco proprio per... ma niente. I miei, quelli che sentivo vicini, erano rimasti veramente pochi. Il magone era così grande che ne ho ancora dei grumi da qualche parte, duri come sassolini, è molto brutta questa cosa, a pensarci. Anni duri, per tanti versi, ma c'era del buono, anche se non riuscii a vederlo sulle prime... I bambini crescevano bene.

Avevo pur sempre dalla mia zia Enrica e Franca, qualcuna delle poche vicine, e soprattutto Viviana. Certo mi pesava il silenzio di mia madre, che forse era solo tristezza, ma che il più delle volte lo sentivo ostile, e così per non aggravare il mio già fragile equilibrio, mi voltavo dove tirava aria migliore. Stati d'animo che non sarei certo riuscita a spiegare a mia madre finivano dritti nelle orecchie di zia Enrica, che se li teneva per quel che erano, sfoghi di una figlia, commentati con una specie di tenerezza, confrontati con ricordi suoi che, parole sue "con tante sorelle e cognate, che io son sempre in buoni rapporti con tutte, anche se non ero sempre d'accordo, non si può mica pretendere, ma ne so io di cose..." C'era spazio anche per me nel suo modo di pensare, c'era spazio per cose dette e non; ancora dopo tanto tempo le sue ultime amiche, ormai più che novantenni, mi abbracciano quando capita di vederci, "lei ha proprio la sua faccia", e le parole si allungano per quel che si può, che alla fine provo una specie di fierezza che non so spiegare più di tanto, una gioia, come se attraverso me abbracciassero lei. Con Viviana, come sempre, erano i bambini il tramite dei nostri rapporti, e i nostri uomini, anche cognato e suocero, che dopotutto ci occupavamo anche di loro.

Quegli anni furono duri, nel senso che ebbi ben poco aiuto e ancora meno comprensione, proprio da quelli da cui più me l'aspettavo, e la fatica fisica, che mise a dura prova la mia pazienza e la mia salute, le gambe soprattutto che erano il mio punto debole.

C'era un altro senso, per fortuna, che teneva in fila i miei giorni, una corda alla quale mi tenevo bene aggrappata, un qualcosa di intenso, che frenava un po' la mia lingua invelenita dal cosiddetto amaro in bocca, che divideva il mio io da quello degli altri, una piccola forza che attutiva certi colpi che finivano più che altro addosso a Viviana, certe cose, che sulle prime mi mandavano in bestia mio malgrado, con lei andavano a posto, magari rimuginate un po' più del necessario, oppure sciolte in una risata.

Come quella volta che andai al mercato per comprare calze per tutta la famiglia. Di solito mi servivo ai due piccoli negozi della frazione, ma mi vennero in mente i due grossi banchi del mercato, avrei trovato tutto quello che mi serviva in una volta sola. Feci presto per me, mio marito e suo padre, poi mi voltai verso la parte più colorata del banco e spiegai cosa volevo, per i bambini, i bambini le calze le mangiano e le triturano e io avevo le mie idee, le volevo robuste, di cotone, e perché no, belle colorate.

"Per la bambina piccola van bene queste, per l'altra queste", la merciaia sapeva fare il suo mestiere e mi mise davanti belle calze, delle giusta misura per tutti, solo che... "Mi faccia vedere quelle di cotone, signora, che voglio quelle..." Come non detto. Queste sono più comode, più belle, si lavano con nulla e via... tirò fuori di tutto, e anch'io guardai per bene in tutti gli angoli ma non vidi quello che m'interessava. "Beh! Mi faccia il conto, per i bambini tornerò un'altra volta, che ho fretta...", mai invece del conto mi arrivò un'occhiata a dir poco risentita e un nuovo sballottamento di scatole. "Ma guardi qui, capirà se in un camion di calze non ci sono quelle adatte a lei, son vent'anni io, che faccio questo mercato, e ho quel che ci vuole per tutte le età, ho calze adatte anche per quelli di cent'anni, capirà... per i giovani e i bambini poi, va bene che i bambini adesso non sono più di moda, che a momenti han smesso di farli, ma io, mica per niente sa, ma al mio mestiere ci tengo e ho proprio di tutto: aveva alzato la voce e continuava imperterrita a mettermi davanti di tutto: può guardare dove vuole che le mie calze e i miei prezzi non li trova da nessun'altra parte..." Cominciava va venirmi il nervoso, e lei finalmente fece il conto con un diavolo per capello.

Che casino, accidenti, e pensare che vengo al mercato per vedere un po' di facce e far due parole alla buona più che per comprare, prima che mi veda ancora, questa, vedrai te che fa ora a diventar vecchia... Mi riunì le calze dei grandi in una sporta e mi mise il conto sotto gli occhi, e mentre le allungavo i soldi cambiò del tutto atteggiamento e si giustificò un po' più a bassa voce. "Ho capito sa, che calze cercava, che son quelle che vendo di più, solo che non le vedo da nessuna parte, devo averle lasciate a casa, che al mattino c'è da sgranarsi se si resta a letto dieci minuti di più." Parlava con me e con altre tre donne contemporaneamente, sempre muovendo occhi e mani con una precisione e una sveltezza da giocoliere, un agitarsi che sfumò la mia rabbia e me la rese simpatica.

Per fortuna che vado al mercato una volta ogni morte di Papa, lo dissi ridendo a Viviana che alle fine ci era saltata fuori una bella mattina. Delle volte però non ce n'era, da ridere o anche solo da tirar fiato. Mi ero fermata un mattino, per istinto, che potevo anche dire un ciao e tirar dritto, vicino alla moglie di uno dei miei tanti cugini, una della mia età, con una buona parlantina, che era in buoni rapporti con tutto il parentado, una di casa, che aveva due bambine grandi, una più bella dell'altra. Quella mattina doveva avere una bella luna di traverso e buttò fuori con un fiotto di parole tutta la fatica e il tedio quotidiani... "Con quelle due lì, non riesco mai ad arrivarci a capo, io non so come farò fra un po' quando finisce la scuola, guarda, non so proprio come farò." Un monologo lungo e sentito, uno sfogo, come i miei con Viviana, forse un po' eccessivo, ma c'era poco da dire, che anche i miei, Gabriel e Paolo specialmente, che erano già grandi, facevano la loro parte e per fortuna che la piccolina era attaccata alla sorella, che sennò... non stava ferma neanche quando dormiva.

Così, pensieri di chi ha dei figli e il bisogno di lavorare, pensieri che facevano parte perfino dell'aria, nel mio caso. C'erano altre cose importanti, eccome, ma prima c'erano loro, quali che fossero i loro caratteri, e i nostri. La cugina si era finalmente calmata con un'ultima sbottata. "Ti dico che al mondo c'è un bel po' da tribolare, io, al tuo posto preferirei essere morta, garantito."

Le parole, che non di rado mi uscivano di bocca prima del tempo, mi scesero del tutto in fondo alla pancia, che mi si contrasse come se avessi preso una botta improvvisa, dalla bocca mi uscì solo una specie di mugolio, ma ero già sulla bicicletta, che cercavo in qualche modo di scappare. Anche se non era poi successo niente, solo una parola più del solito, a me capita spesso quando sono arrabbiata, magari se non fossi scappata di corsa mi avrebbe chiesto scusa, vuoi vedere che mi telefona 'sto pomeriggio, se è furba, come credo, lo fa di sicuro.

Ma per me arrivarono solo, puntuali, tutte le settimane, le telefonate di mia madre, che prima di chiedere come stai o come state, chiedeva del bucato. Sì, il mio bucato, un bel mucchione di roba, era il suo assillo più grande, se lo avevo fatto, se ero a metà, se (guai) lo dovevo ancora fare, che adesso che c'è la lavatrice non ci sono scusanti che tengano, e non dimenticarsi di raccoglierlo prima che asciugasse troppo e i panni diventassero duri come un baccalà e qui cominciava la seconda parte, non meno tediosa, lo stiro. Questione finale, o sei una donna o sei da lasciar perdere... Alla fine riuscivo a chiedere come stava mio padre, che era malato un bel po', e lì mi spiegava tutto quello che c'era da sapere, senza commenti, né di avvilimento, che la malattia cominciava a diventar lunga, e neanche un vago, speriamo, e la telefonata finiva con uno sbrigativo "At fag tant avguri", ti faccio tanti auguri, che mi lasciava basita. Sì, anche se la telefonata era identica ogni sette giorni, proprio per quello, mi metteva in un limbo dubbioso, era pur sempre mia madre, era sempre stata rustica, a dir poco, e poi era l'unica che mi cercasse, non saltava una volta, e non dimenticava gli auguri: ma auguri per che cosa, per la salute di tutti noi, spero. O vuoi vedere che mi fa gli auguri per il bucato, che non mi stravacchi sul divano, come faccio già dalla quinta gravidanza, tutte le sere, ci cado sul divano, perché le gambe non solo sono indolenzite, ma non me le sento più, mi trascino col culo alla sera, e lascio lì tutto, che lei non la intende. Che si preoccupi per le mie cose, invece di prenderla bene, mi fa venire il nervoso, non son mica una sposina alle prime armi. Certo, la casa non era tenuta a pennello, era tenuta a saltoni, quando finalmente mi alzavo dal divano, dalle dieci in poi, mettevo in moto la lavatrice, il ragù, e quant'altro, erano anni che facevo il brodo di notte, anche perché la bambina piccola, vivacissima, con me sempre nella stalla, non si tirasse in testa la pentola, certo non era il modo migliore, ma la casa era tenuta, e se le gambe andavano di traverso il mio senso di responsabilità aveva le antenne dritte, mi facevo in quattro, come tutte le donne del resto.

Certo l'ottimismo non era ai sette cieli, riuscivo a malapena a vederlo da lontano, e la mia pazienza non aveva una lunga portata, ma me la tiravo come meglio potevo. Delle volte non ne potevo più. "Ditemi un po' Viviana, se una, che mi son fermata per dirle qualcosa, così, senza pensarci, mi deve dire che al mio posto preferirebbe esser morta... così, dritto in faccia come noi due adesso, ci son rimasta così di merda che non so neanche come ho fatto a tornare indietro, e m'è venuto mal di pancia... stavo così male che avevo la nausea." Per tutta risposta Viviana si fece una bella risata, mentre io ero ancora fuori dai gangheri. "E mia madre che son degli anni che mi secca col bucato, delle volte potrebbe anche parlare d'altro, va a finire che quando la sento al telefono mi viene un nervoso che mi dura fino a sera, e tratto male anche Letizia, poverina..." "Beh! Perché non viene a farvelo lei... chiedeteglielo, sicché è così preoccupata... non veniva l'anno passato? Che ritorni, o che si faccia i suoi (solita esitazione, intenta), diteglielo, la prima volta che la sentite, non c'è mica niente di male sapete, anche se è vostra madre, che le madri son poi donne come tutte le altre, son più stupide, delle altre, a dir la verità, loro vogliono sapere tutto, vorrebbero far tutto, le madri non lasciano in pace i figli neanche se crepano, neanche se i figli han voglia di far bene... macché, se i figli vanno a finire in Australia neanche lì, o ci vedon doppio oppure si ammalano. Capite eh, che con le madri c'è poco da fare, si batté il petto come al Mea Culpa, prima delle altre parlo di me, siamo una categoria a parte, appena una ha un figlio, tac, cambia pelle senza neanche accorgersene, potete avanzare... E a quella patacca lì di vostra cugina, portatele un pezzo di corda e ditele che s'impicchi, e avanzatevi il mal di pancia, che ve lo dico io, hum..."

Sono una contadina e guardo il cielo, annuso l'aria, e "sento il tempo", non solo nelle ossa e nei legamenti che con l'umidità dolorano e si irrigidiscono, o il vento, che rende irrequieti anche gli animali, che quando la smette tiro un sospiro di sollievo, il grande caldo e il grande freddo li amo e non capisco del tutto, tranne i malati, quelli che si lamentano perché qui non si riesce a respirare. Io tutte le sere esco a respirare, caldo, freddo o maltempo che sia, il mio giretto non me lo leva nessuno, neanche la stanchezza, il tempo e il silenzio sono miei, fuori da tutto, fino in fondo all'anima. Così al mattino. Per prima cosa spalanco le finestre, respiro l'aria e guardo quello che i miei occhi riescono a prendere, con simpatia. È bello che sia giorno, un giorno che sarà... come sarà. Mi permetto di sperare, già mentre scendo le scale, di farne una giornata buona, o almeno passabile, che non so poi neanche che cos'è la speranza... una cosa impalpabile, invisibile, chi l'ha mai vista... e poi chi riuscirebbe a decifrarla...

abbiamo tanti di quei desideri, tante di quelle aspettative che se le mettessimo una davanti all'altra... e poi quale mettere davanti... quale dietro... su quale base appoggiare i nostri desideri? La speranza come una specie di impalcatura? Così grande e complicata che nessuna base riuscirebbe a reggerla, o una speranzina delicata, come un pupazzo di neve, che non dura fino al giorno dopo, o bella come un palazzo di ghiaccio, o di vetro, che o ti delude sciogliendosi o ti ammazza, cadendoti addosso, incomprensibile come una torre di Babele, troppo delicata e meravigliosa, troppo lontana, pericolosa, meglio non attaccarcisi, cosa dico, ma è possibile attaccarcisi, o che lei si attacchi a te, ma tienila in fuori se vuoi vivere tranquilla. Non so neanche perché sono così diffidente, perché ho mille paure ma tant'è. Ma quando comincia il giorno la fragile, assurda, affascinante speranza, la prendo non tanto per quella che è, ma la prendo come un bisogno se non come un diritto, è giorno e perciò... Forse la speranza è la luce del giorno, e la luce è di tutti, anche se i nostri occhi, quelli della testa, non riusciranno mai a vederne più di una goccia.

È diverso alla sera. Se fossi stata coerente o più paziente avrei tenuto un diario, avevo comprato anche il quaderno quando Loris era neonato e io mi sentivo importante, per aver fatto un bambino come si deve, che volevo che tutti gli altri lo sapessero di prima mano, com'ero... com'ero non lo so neanche io, ma avevo vent'anni, e mi sentivo padrona del mondo, un bel pallone gonfiato che se batte contro uno spigolo non se ne accorge neanche. Alla sera, quando al buio, per non svegliare i bambini, do l'ultima guardata fuori, è giocoforza pensare alle sedici o diciassette ore passate. A meno che non ci sia un temporale lascio le imposte sempre un po' scostate, un po' per vedere dove metto i piedi, un po' per non dividermi, è solo una sensazione, da quei quattro gatti là fuori. Qui di fronte Jusfella e sua moglie, vecchissimi, col figlio già anziano, che di sera non li lascia mai soli, di fronte Viviana e i suoi, appena più avanti, il dottore e la cognata sessantenni, e poi Clementina a metà d'età tra me e Viviana coi suoi tre figli e il marito. Tutti qui quelli che vedo dalle finestre della cucina e dalla stanza da letto, altrettanto pochi quelli dall'altro lato della strada che li vedo quando sono nella stalla, cinquantaquattro in tutto, che viviamo su questo piccolo incrocio, perché poi dovrei chiuderli fuori; meno Viviana, che è stata l'ultima, li conosco tutti si può dire da sempre, li considero i miei. Sono pochi ma sono abbastanza, dopo i sei anni di cruda solitudine nel Gorzano, qui sto bene, o almeno dovrei, perché alla sera tirare i conti della giornata non è facile come contare questa gente.

Quando entro sotto le coperte, le facce dei miei figli rigorosamente in ordine di età, dal più grande alla più piccola e viceversa, mi girano intorno, come una foto composta. Una cosa curiosa, questa. Per prima, sto lì, semplicemente a guardare o meglio a farmi venire in mente i tratti delle loro facce. Qui non sono sicura del tutto se guardavo le loro facce esteriori o dentro i loro caratteri, quest'ultimo credo, quello che riuscivo a capire, che credevo di conoscere. Forse guardavo con gli occhi doppi di una madre stupida, come diceva Viviana con l'ironia che la distingueva, la verità semplicemente messa a modo suo. Una verità un po' cruda, ma intonsa, a pensarci da donna e non da madre. Quella foto ideale non durò molto, aveva ragione Viviana. Quell'immagine era la mia coperta di Linus: intanto era mia e poi era bella, e poi era infrustabile, mi ci potevo avvolgere a mio comodo che era ampia quanto basta, mi ci potevo sdraiare sopra, o farci da cuscino, ma più che altro tenerla tra le braccia con delicatezza come facevo col gatto, da bambina.

Va detto che ero sola, quando andavo a letto, mio marito era un nottambulo, qualunque cosa voglia dire, era uno che non dormiva nel suo letto più di due o tre ore per notte, solo quando non si reggeva più in piedi, con mia grande costernazione, quando ero fresca sposa o una tenera mamma. Ma come... neanche una sera, dico neanche una, adesso che è padre se la prende per noi? La delusione di ragazza trascurata, perché tale mi sentivo anche se ero sposata, col tempo cambiò ma non si attenuò, purtroppo per tutti noi, non diventò mai una cosa da nulla.

Una mattina che eravamo sole nel piccolo negozio, Marisa mi chiese quasi soprappensiero: "Ma di sera non uscite mai, Anna?"

risposi un no quasi esitante "No, ho i bambini, con chi li lascio...", la voce di Marisa perse la svagatezza: "Beh! I bambini li hanno anche gli altri, e se li prendon dietro, d'estate poi... vostro marito fuori ci va pure, lo vedo sempre, io, se fossi in voi uscirei almeno la domenica..." Il sacco del pane era pronto, lo presi e mi tolsi di lì, meglio andarsene che rispondere, male magari, e lei non se lo meritava. Ma le parole mi rimasero sullo stomaco, che dovetti pensarci su per rimuoverle. Marisa lavorava duro come me, è pur vero che non aveva bambini, ma trovava il tempo di uscire, e io perché no? Avrei dovuto rispondere che mio marito mi aveva preso con sé qualche domenica il primo anno, poi, parole sue,"delle donne con la pancia con me non ne prendo", e i bambini anche quando erano ormai ragazzi neanche a parlarne, di andare una volta ogni tanto fuori a cena, o almeno a mangiare un gelato. Erano così abituati a stare a casa che non chiedevano neanche, ma questo non lo dissi a Marisa, perché mi vergognavo, così giovane, a fare una vita così da reclusa, che poi dopo il quarto figlio alla sera ero così stanca che non sarei uscita neanche in carrozza.

Nelle lunghe sere d'estate i bambini giocavano a pallone, anche dopo cena fino all'ora di dormire, poi quando le giornate si accorciavano c'era la televisione, qualche volta un budino o qualcosa da leggere in compagnia. Un'ora o due la sera la passavo su un libro di geografia, un bel libro illustratissimo sulle regioni italiane, non per insegnare a qualcuno, che per fortuna si aiutavano un po' fra loro, e a scuola non davano preoccupazioni di sorta. Il libro me lo studiai io con passione, da cima a fondo per un intero inverno, che la confusione che facevano i bambini non mi dava fastidio più di tanto. E poi c'erano i fumetti che comprava Loris. "Non mi sembra neanche domenica se non leggo Diabolik". Questo lo potevo dire a Vittoria, erano cose, si può dire, solo nostre.

Una volta, una mia cognata aveva visto una rivista sulla macchina da cucire e mi aveva guardato quasi offesa dicendomi secca "Ma hai anche tempo di leggere?". Risposi con un mugugno, che non so neanche io cosa volesse dire, e quando finalmente salì in macchina col marito, è triste dirlo ma la seguii con mali pensieri, andasse in casino lei, i suoi bei capelli e suo marito che se la teneva come un tesoro. Pensieri stupidi, da vergognarsene. "Se poi mia cognata sapesse che leggo i fumetti e i libri dei bambini, e che dopocena non attacco neanche un bottone, che i primi tempi facevo tante cose di sera, invece adesso... non so... faccio tutto quel che posso finché sono in piedi, ma appena mi siedo paf!... dove sono resto. Ero diventata tediosa, svogliata e dispettosa come un bambino con tre linee di febbre che vorrebbe stare solo addosso alla mamma.

Che la domenica pomeriggio, rifatta la cucina, mi tenevo mezz'ora per leggere un giornalino prima di andare nella stalla, che tutte le sere l'unica cosa che mi sforzavo di fare era liberare la tavola e i fornelli per il mattino dopo, lo dicevo a Viviana pari pari "Sono così stanca che pendo, quando c'è la puntata dell'ispettore Maigret che mi piace e non dura molto mi ci metto, ma non sono riuscita a vederla neanche una volta." "Ah, io, se è per questo alle otto, fatto o non fatto, sono già sotto le coperte, mi ero messa in testa di vedere una commedia di Baseggio, almeno una, ma non c'è stato verso." Come sempre, casa e bambini, appena un po' più in là qualche volta, ma sempre sul domestico.

Il cosiddetto sessantotto, con la sua aria di libertà, i diritti delle donne, il diritto di famiglia e quant'altro, cose importanti per tutti, insieme a non poche fanfaronate, era si può dire sulla soglia, del nostro abitudinario, quasi piatto, modo di vivere. E un giorno, anche quel po' di buono che ci tenevamo per noi, rischiò brutto.

Era da un po' che Viviana era seccata, anzi già bell'arrabbiata, con l'uomo che teneva in affitto il loro podere. "Ha litigato con Ferruccio e la vuol vinta lui, oh! Non c'è niente da fare, adesso non paga l'affitto e vuol ragione lui, è tanto che litigano ma non c'è modo, Ferruccio gli sta addosso, ma lui se ne strafotte, non vuol pagare e non se ne vuole andare e gli urla anche dietro, pensate un po'." Questo discorso me lo fece più volte, che la faccenda durò forse più di un anno, e io ascoltavo semplicemente, non avrei saputo cosa rispondere, perché parlare di soldi mi imbarazzava, ma Viviana era sempre più agitata, sempre più nervosa. "Adesso non si può proprio più andare avanti, capite Anna? Adesso ci toccherà prenderci un avvocato, capite in che lunari ci ha messi? Un avvocato... c'è Ferruccio che non dorme più la notte. Capirete com'è messo, il mio vecchio, poverino..."

Lo capivo, anzi, capivo poco che si potesse litigare più di tanto con Ferruccio, mettersi in questione con lui; mi sembrava impossibile che qualcuno ci provasse. E in più cominciavo a preoccuparmi per Viviana, per la sua salute, se questa faccenda non fosse finita al più presto. Non mi attentai a dirle "state tranquilla", era già troppo rotta. Rispondevo sempre allo stesso modo: "Vedrete che le cose si aggiusteranno", anche se non ci credevo, il tipo era uno cattivo, uno che non stava lì a pensare al male che ne avrebbero avuto gli altri, oltre al danno, e dire che era uno della zona. Mah! Finalmente la cosa si risolse, ma c'era voluto davvero l'avvocato, e Viviana era ancora molto offesa, ma insomma, tirai un sospiro di sollievo.

Adesso che il podere era rimasto vuoto, Ferruccio ed Enea andavano a fare le cose che i trattori lasciavano indietro, quelle che si fanno a mano col rastrello a pulire i bordi dei campi e quant'altro, qualche volta prendevano su anche i bambini, e Viviana li seguiva. Ma non se la cavavano troppo bene, lo capivo dai brangognamenti di Viviana, che un giorno mi disse: "Invece di andare avanti e indietro faremmo meglio ad andare là del tutto". Sulle prime pensai che dicesse così per dire, ma quando continuò, con discorsi più concreti, ci rimasi male, non tanto per lei, ma per me. Se se ne andava, addio alla nostra amicizia, e a quella dei bambini, figuriamoci. Pensare a quella casa così ben organizzata con le finestre e il cancello chiusi, no no, speriamo proprio che non se ne faccia nulla, di questo trasloco.

È pur vero che non erano affari miei, ma non riuscivo a non preoccuparmi, da sola, ovviamente. Ma a tenere la bocca chiusa non ci riuscivo mica tanto, e una volta che mi disse che là avrebbe potuto tenere un maiale, che la roba fatta in casa è migliore, sbottai. "Avete idea, di quante volte c'è da dar da mangiare e da pulire il maiale, prima di vedere i salami appesi... e al granturco, che a noi ci dan venti, e a comprarlo ne vogliono quaranta... (ormai avevo preso l'abbriva e rimarcai) Ci avete pensato a questo? E avrei continuato se lei non avesse risposto un po' risentita. "Beh! Vedo che voi avete pieno dappertutto di polli, maiali e il resto" "Se credete che ci si guadagni qualcosa state fresca, ve lo dico io, senza contare il tempo... e la casa, là, è come questa? E poi se non ricordo male è anche in dentro dalla strada". Viviana tirò un sospiro spazientito "Oh beh, la casa non è male, e poi c'è un'altra famiglia, e appena sulla strada c'è tutto, mica solo il negozio, lo saprete no?" Ci eravamo mezze beccate, lo pensai da sola, ma al mondo bisogna essere onesti, sarei stata più sincera la prossima volta, e poi basta, davvero. La volta dopo chiesi scusa. "A dire il vero parlavo per me, è un grosso dispiacere se ve ne andate, ma non è solo quello, ve lo dico proprio perché siamo amiche, non è un lavoro per voi andare in campagna, e neanche per Ferruccio, che cosa fa, falcia tutto a mano... chi la usa la falciatrice... ve lo dico subito, da vedere sembra facile, ma è un arnese pesantissimo, e non credo che Enea si prenda la briga, davvero Viviana, vi prego, pensateci bene." Fece un piccolo assenso, senza rispondere, ma non sembrava offesa, ero sicura che mi avesse capito.

Poi un mattino che eravamo soli in casa, mio marito saltò fuori "La prendo in affitto io, la terra dei tuoi amici, chiediglielo quando vai là." Questa poi! Già il suo tono confidenziale, ruffiano, che non lo usava mai, mi mandò in bestia, cercai di darmi un contegno, per quanto possibile e lui continuò imperterrito. "Ci si va senza passare per la strada che c'è il diritto, e si fa prima che andare là in fondo, ci metto il mais da ceroso che è terra buona, vedrai te quanta roba ci salta fuori" e continuò per un po'. Già, cosa fatta.

Pensai a Viviana e mi scappò da ridere, per non piangere, c'era voluto un anno e più, con l'avvocato e tutto, per disimpegnarsi di un grintone che sapeva tutto lui, e se ne prendevano un altro, guarda un po'. Me ne andai per le mie cose, sperando vagamente che si dimenticasse sta faccenda, e me ne stetti un po' alla larga, ma niente. Subito il mattino dopo tornò all'attacco, quasi gentile. "E allora cos'ha detto la Viviana?" Ero inferocita. "Intanto la Viviana sta là e io sto qua, e poi, te lo dico subito, a chiederci la terra ci vai te, che io non ci vado proprio per nulla". Allora sì che cambiò tono, e argomento. Gridò per mezza mattina che i figli che doveva mantenere li avevo fatti io, e che invece di star lì a sbarbellare per nulla tutto il giorno, potevo rendermi utile almeno una volta, questo solo per cominciare, il resto era anche peggio. Inutile dire che non ne potevo proprio più, mi capitavano cose che non volevo e le dovevo fare per forza.

Assurdo ma vero, brontolò e gridò talmente tanto, che alla fine, purché la finisse, dovetti ubbidire. Aspetta oggi, aspetta domani, ma una volta ce la feci. "Viviana, mio marito prenderebbe in affitto il vostro terreno." Nessuna risposta, il muro di fronte era più espressivo della sua faccia, e la mia, di faccia, non doveva essere da meno. Stavo male, male proprio, ma sta brutta faccenda toccava a me. Due giorni dopo ero davanti a casa sua, dalla finestra aperta si vedeva Ferruccio col giornale in mano, chissà perché, mi sentii rassicurata. La stessa domanda "Mio marito vorrebbe affittare il vostro terreno…" Ebbi il tempo di maledire mio marito e tutti i mariti padroni di questo mondo prima che lei rispondesse, con la stessa fatica con cui io avevo chiesto. "No". Fece un gesto con una mano come a dire aspettate un po', e riprese, dando uno sguardo a Ferruccio dalla finestra. "No no, e adesso vi spiego, questa faccenda ci è costata una fetta, ma è passata… e ciao. Gli uomini sono un po' in pensieri su cosa fare, ma se anche affittassimo… ebbe un'esitazione penosa, a vostro marito, no. Non potrei mai mettere mio marito contro il vostro (parlava a saltoni, tre parole e un silenzio). Ce lo vedete mio marito col vostro? Mi dispiace, ma sono sicura che capirete."

Capivo benissimo, anche se si era limitata a poche parole, ma volevo spiegare anche se mi costava. "Non è stata un'idea mia, io non ci sono mai entrata nelle sue cose, capirete, è lui che con la scusa che siamo amiche, mi ha messo in mezzo, ho dovuto chiedervelo per forza, perché la smetta di tediarmi, che quando ci si mette…" "Appunto, vostro marito lo manderebbe in pappa, il mio, scusate la franchezza, a un'altra non lo direi, ma io voglio, prima di tutto, che lui stia in pace, che non disturba neanche una mosca e perciò... mica che uno debba questionare e pagare per della roba che è sua, questo proprio no... e poi (lo disse quasi a se stessa) è lui che ci mantiene, cosa farei io, senza di lui... (alzò di nuovo la voce) e vostro marito è un arrogantone e non fa razza, qui, mica per voi, sapete, a voi vi vogliono bene, i miei uomini, ma..." Ormai si era infervorata e parlò ancora per un bel po', ormai erano le parole di sempre, quelle che ci scambiavamo quando eravamo un po' giù, ma niente bambini, o soldi, o stanchezza, tutto andò a carico dei mariti, i nostri, il buono, il cattivo, l'assurdo, il tran tran, la testardaggine, la pazienza e quant'altro, uno di quei discorsi che quando ci vuole, ci vuole, per concludere con una frase, che mi finì nella testa e c'è ancora... a lui no, alla fine, il destino la gente se lo fa con le proprie mani.

Andai a casa che ero più turbata di prima, non sapevo neanche io come stavo, mi veniva da piangere e da bestemmiare e da sbattere qualche padella, avrei distrutto il lavello e tutto quello che c'era sopra pur di dimenticare l'incontro di poco prima. Ma anche da calma, ero amareggiata fino in fondo all'anima, la faccia di Viviana come l'avevo vista la prima volta mi stava davanti come un grande cartello con scritto leggete qui. Il suo amore per i bambini, la sollecitudine per il marito, era in ansia per loro anche quando andava tutto bene. Perché si diventa amici più di uno che di un altro, ci sarà un motivo, ma io non lo so, so solo che il mattino dopo, pensai, è lei, nel senso che era come se l'avessi sempre vista da qualche parte, dopo un mese non pensavo che era un'amica, ma la mia amica, quella speciale. Aveva diciassette anni più di me e mi faceva un po' soggezione, anche adesso, aveva una buona sicurezza di sé, e mi dava della bambina e della sciocca senza mezzi termini, ma, come al solito, spiegava chiaramente il suo punto di vista. Non c'era mai stato neanche un mezzo malinteso tra noi. Era come con Franca e zia Enrica, con loro parlavo come se parlassi con me, ma, a ripensarci, con lei non potevo parlare come se parlassi da sola, come da bambina, non ero nata sulle sue ginocchia. Con loro ero come una fontanella aperta, ma quanto tempo fa... Ma a venticinque anni, quando ero venuta qui, non ero più così libera, ero come una stoffa con qualche sfilacciatura, che tuttavia cercavo di tenere nascosta, a chi piace mettere in vista le proprie magagne...

Così, di mio marito, del suo carattere, e del nostro ormai evidente disaccordo, non ne parlavo, né con lei, né con nessuno, figuriamoci, questa situazione non riuscivo ad accettarla neanche per me... Non parlavo neanche delle sue buone qualità, non riuscivo più a vederle, ero semplicemente più orba del cieco che non vuol vedere e più sorda del sordo che non vuol sentire. Facciamo finta di nulla e basta. Anche se era una bella fatica, non vedevo altra soluzione. Ma a chi credevo di darla a bere, non certo a Viviana. Nonostante i primi buoni apprezzamenti, Viviana si era ricreduta in fretta, anche se rispettava il mio silenzio, anche se qualche parola, schietta come lo era lei, le usciva, lo ricordo molto malvolentieri, perché erano come schiaffi, anche se fingevo come sempre di non aver sentito.

"Li sento tutti, quelli che vengono a casa di notte, perché dormo a pezzi e bocconi, Benni torna sempre all'una, vostro marito è sempre l'ultimo, è sempre quasi mattina, come fa poi di giorno che lavora tanto..." Era una critica, seppure involontaria, e risposi con finta noncuranza "Beh! Al pomeriggio, anche se venisse il terremoto, le sue tre orette sul divano non gliele leva nessuno." Una mattina capitò nella stalla che ero sola con ancora molte cose da fare, e sbottò "Vedo che il vostro uomo vi ha lasciato un bel po' da fare eh? Che lui dei mercati non se ne perde uno." Scosse il capo in qualche modo risentita ma non aggiunse altro, e io di rimando risposi con un fiacco "Eh sì" poi mi sforzai di tacere anche se mi si rivoltava lo stomaco, guai a me se avessi tirato fuori il rospo, avrei vituperato chissà quanto. E no, non avevo intenzione di rendermi patetica, così parlammo tre minuti d'altro, il che mi dispose in meglio, c'erano altre cose nella vita. A essere sinceri, le sue critiche, oltre che brevi erano poche, una su cento, scappate di bocca, ma adesso c'era quella lì ben chiara dell'arrogantone che non faceva razza, del resto io avevo chiesto, e come al solito lei aveva parlato poco ma chiaro, e per di più pensavo che aveva ragione, ma era come se qualcuno mi avesse picchiato, una cosa da dimenticare.

All'una, col cibo bollente sui fornelli, invece di chiamare mio marito a pranzo andai direttamente dov'era. "Ho già chiesto per la terra, e hanno detto di no." "A chi l'hai chiesto?" il tono era polemico al massimo, come al solito c'era da discutere, e mi venne il nervoso. "Ti dico com'è andata, ieri l'altro non mi hanno neanche risposto, e oggi hanno detto ben chiaro che a te non la danno, caso mai affittassero, spero che non ti venga più in mente di mandare me a prender delle parole al tuo posto, che non è mica il mio mestiere." Piangevo di stizza e dovetti lavarmi la faccia che i ragazzi erano tutti in casa. Non fui sorpresa più di tanto che mio marito non replicasse, aveva capito che dicevo la verità, e doveva esserci rimasto di stucco. Due o tre giorni, ci rimase, in silenzio, e non era possibile. Quando ruppe, le sue parole non le voglio neanche ripetere né per me né per nessuno, e le sue offese e le sue sgarberie neppure. Un alluvione da ripulire, che tutti ci eravamo bagnati le orecchie. Per un po' di giorni evitai di andare al negozio verso le otto, come facevamo tutte, perché mi sentivo in imbarazzo, mandavo i bambini all'asilo col panino del giorno prima, non era giusto, ma fra un po' di giorni ci rimetteremo in sesto.

Con Viviana, evitavo di incrociarmi, e se capitava, stavamo ognuna sulle sue, senza salutarci, questa poi! E adesso? Cosa faccio... Ero costernata, vuoi vedere che per una faccenda in cui non c'entro nulla, e per i suoi versacci, ho perso un'amicizia così? E non riesco a far buon viso a cattivo gioco, tanto meno a fregarmene. In ogni modo vorrei parlare con Viviana... cosa le dico se mi capita l'occasione, perché capita una volta o l'altra, le chiedo scusa, per delle straparole che non dico io e che poi in questi ultimi anni le sente tutti i giorni perciò... la prego di fare la sorda come cerco di fare io? Pensieri così, vaghi e indecisi, che finirono con l'essere antipatici perfino a me stessa. Al diavolo tutto questo inutile rimaneggiamento, andrà come deve andare alla fine. Ma non andò a finire. Un giorno che ero a zappare sul filare più vicino alla strada, alzai una mano per salutare quando

Viviana passò, lei salutò con un cenno del capo: due giorni dopo parlavamo già del tempo che fa, e via di nuovo a rimettere in piedi, senza spiegazioni o scuse di sorta, quella cosa importante che era la nostra amicizia. Che non era più quella di prima, si parlava e si rideva meno, io e Viviana. Ma adesso mi sentivo più a mio agio.

Lasciare mio marito dalla parte in ombra dei pensieri non mi dava nessuna soddisfazione, ma, almeno, molta meno amarezza, non mi veniva più da parlare di lui. Svanì, senza remore, dai nostri discorsi e Viviana fece un'altra cosa alla quale non feci caso sulle prime, non venne più a casa nostra quando c'era lui, capitava a vedere i bambini piccoli per i soliti venti minuti al massimo, quando sapeva che ero sola, un'intesa senza parole, un po' sfrusa, ma tutta nostra.

Da quando il fratello si era sposato, Benni, un nostro vicino, prese l'abitudine di venire a sfogare il suo malumore con mio marito, arrivava all'ora di colazione, tirava la sedia vicino a Giovanni e mentre mangiavano, si tirava fuori a mezza voce il suo piccolo inferno privato, a volte la teneva lunga e avrei preferito che se ne andassero in sala, che in cucina c'era tutto da rifare, ma neanche per sogno. Ma anche lì non misi mai becco nei loro discorsi, anche quando alzavano la voce. Quando però disse che Ferruccio ed Enea avevano venduto il podere e che avevano preso un mare di soldi, disse proprio così, drizzai le orecchie. Non mancarono i commenti salaci di mio marito e la colazione durò fino alle undici. Chiacchiere di uomini, una volta tanto. Ma la conferma, candidamente la diede Enea proprio a Benni "Eh, abbiamo pianto perché era la roba dei nostri padri, ma cosa vuoi, ci sarebbe stato da comprare degli attrezzi, che io e mio fratello non sappiamo neanche usare, e i ragazzi sono ancora troppo giovani, sempre che vogliano prendersi l'impegno e così… non è mica che siamo contenti… anche se ci hanno trattato più che bene, almeno non abbiamo remore dietro ma, veramente, è stato un dispiacere." Quel po' di chiacchierio che ne seguì, non toccò Ferruccio, che faticava ad abituarsi all'idea ed era un po' giù, e di conseguenza Viviana stava sul sobrio. Non ne parlammo tra noi né con nessuno, ma io ero contenta come se il malloppo l'avessi intascato io. Lo ero per loro, che si erano levati un pensiero non da poco, e per lei, ero convinta che Viviana si fosse schivata una fatica del tutto dannosa. Nulla ci divise più e un po' di tempo per noi saltava sempre fuori.

Paolo a quattro mesi era cresciuto che era una meraviglia, ma a poco a poco aveva cambiato tono, cresceva a rilento, e vomitava tutti i pasti, il medico era un po' incerto, dopo un po' di gocce, e un po' di giorni si risolse. "Per me, non vedo nulla, e dovrebbe crescere due etti a settimana perché ha una bella ossatura, aspettiamo ancora un po', prendi questa roba intanto", ma di etti ne faceva a malapena uno, e andammo all'ospedale, stesse parole, il vecchio primario tagliò l'aria con una mano e disse deciso "Qui delle malattie non ce ne sono", ma le cose non miglioravano. Una mattina, Viviana se lo prese un po' in braccio, lo osservò per bene come faceva sempre e disse: "Sembra un vecchietto, speriamo che il vecchione (il professore) trovi una cura più adatta..." e se ne uscì in silenzio, lasciandomi, è inutile dirlo, piuttosto avvilita, detta da lei la cosa cominciava a farmi paura.

Una mattina in farmacia trovai Rina, che aveva una bambina dell'età del mio. Rina era la classica magrolina, ma adesso era pelle e ossa. "Come stai Rina..." Mi rispose con un largo sorriso "Oh bene, bene, son venuta a prendere la pappa per la bambina, prima che mi mangi, che a momenti è più pesa di me, vieni a vederla se passi di lì". Se ne andò tutta pimpante, e io mi ritrovai davanti al bancone a chiedere una pappa per neonati. "All'altra davi questa" "Questo non so, ha solo sei mesi e non ho ancora provato nulla, e poi soffre di stomaco". Il farmacista mi diede una scatola in mano. "Se non ti trovi bene chiedi al consultorio, che troveremo quella che va bene, ce n'è tante, di pappe, qui."

Facile come voltare una mano, dopo due mesi il piccolo aveva fatto i suoi due chili abbondanti, e non stava mai fermo. Viviana quando ero in difficoltà non mancava un giorno, e adesso facevamo i nostri commenti, avevo un ricordo che offuscava un po' la mia gioia. "Ricordate Viviana che ho avuto le ragadi cinque mesi fa? Un male cane, il dottore mi ha dato di tutto, e mi ha sempre incoraggiata, ma allattare era un vero supplizio. Quando il bambino ha cominciato a vomitare non ci abbiamo pensato, ma forse era stato quel latte là... se solo avessimo fatto esaminare il latte... ci saremmo evitati questa brutta cosa... stava a me pensarci..." "Ma fatemi il piacere... all'ospedale avran ben guardato cos'aveva nello stomaco, poi il dottore saprà ben più di voi." "Sì, ma..." "Ma adesso non pensateci più. Questo qui sta bene, perciò..." Era anche un po' seccata.

Un'altra mattina lo stavo asciugando, e lei se lo rivoltò per un bel po' sul tavolo e disse più a se stessa che a me "Che miracolo!" "Davvero eh?" Paolo aveva dei ricciolini color del rame lucidato, e la pelle quasi lattea di molti rossi, niente di tutti noi, aveva i tratti fini e i colori del padre della mia sconosciuta suocera. L'avevo conosciuto che aveva più di ottant'anni e mi ero meravigliata: sul corpo, rotondo come una botticella, spiccava un viso pallido e fiero, non sembrava un uomo di campagna, che vive all'aperto. Un bel vecchio, avevo pensato tra me.

Ma il bambino piccolo, quando lo mettevo a tavola, accanto ai suoi fratelli capelloni e mori, con le guance rosse come mele mature, mi faceva effetto. "Sto sempre aspettando che questo bambino prenda un po' di colore" "Mah..." Viviana rimase ferma per un po', guardando dritta davanti a sé, poi si rilassò e cominciò a ridere, rise fino a tenersi la pancia e quando si calmò un po', andò alla porta scuotendo il capo con una mano ancora stesa sullo stomaco, se si voltò. "Siete proprio una sciocca" e uscì. Io non mi sentivo né sciocca né altro, avevo solo parlato con gli occhi. Per i bambini Viviana era portata, se vedeva una carrozzina, non si metteva a dire è bello o quant'altro, guardava intenta, con un breve sorriso, un po' ritrosa, sulle prime, ma quanto le piacevano i bambini!

Adesso che i più grandi erano già ragazzi, si rifaceva sui miei. "Mi sarebbe tanto piaciuto averne un altro, una bambina poi! Ma è già una tale fatica così, non ci sarei mica riuscita sapete, con un altro figlio." Piccoli sfoghi, più sensazioni che altro. Che si occupasse dei miei, sia pure solo in modo soggettivo, per me era un aiuto, anche quello solo mentale, ma era una soddisfazione parlare di loro, con qualcuno che non fossi io, una parola, un po' di simpatia, erano una vera manna.

Mi accorsi molto presto che Alex aveva un occhio un po' strabico, ma dopo il primo moto di stupore, mi sforzai di superare quel piccolo disappunto. Cos'era poi, un piccolo guizzo scomposto che dopo tre volte non ci facevi più caso, come le orecchie a sventola, o una gobbetta sul naso, uno è così e basta. Non vale la pena di pensarci. Non me la presi infatti, il bambino cresceva bene, ed ero contenta. A nove mesi, una mattina lo trovai fiacco e caldissimo, il dottore disse che si era preso l'influenza, che passò senza che dovessi richiamarlo. Dopo un mese, a una delle vaccinazioni obbligatorie, il piccolino si prese la febbre abbastanza alta, in genere agli altri la temperatura non saliva più di due o tre linee, e mi impressionai un po', ma il medico mi rassicurò: "E' la febbre del vaiolo, c'è a chi sale di più ma non fa nulla, stai tranquilla (guardò la mia faccia un po' guasta e disse gentilmente) ti ho detto di star quieta, e poi domani passo a rivederlo." Quando tornò il bambino era sfebbrato e il medico entrò e uscì. Mi fidavo di lui, aveva fatto da pediatra a tutti i miei figli, ed era stato sollecito con me perché sapeva che ero sola. Ma tranquilla non ero, qualcosa non andava ma non sapevo dire cosa, più avanti avrei ripensato cento volte a quei giorni. Quand'è che mi accorsi che l'occhietto del bambino era spostato per più di metà, era stata la prima febbre, o la vaccinazione, quella avrei anche potuto rimandarla se solo... o era una cosa cominciata piano piano e che magari peggiorava? Quando il bambino era stanco, o le poche volte che piangeva, la pupilla spariva quasi del tutto. Il medico guardò e riguardò, poi mise via la lente. "E' una cosa ereditaria, qualcuno la riporta anche dopo degli anni." "Si può curare?" "Si può, ma non adesso, dopo i due anni, c'è molto da fare qui, preparati, che poi ti insegnerò il posto migliore, che ci sono qui, i reparti buoni." Parlò ancora per un bel po', senza il solito tono sbrigativo, e mi lasciò in panne. Preparati, e cercai di prepararmi, non dovevo perdere la calma.

Una volta mio marito disse: "Anche mia madre era così" e se ne andò con un'alzata di spalle, che non capii. Inutile dire che quando vedevo i suoi parenti li osservavo per bene. Vidi un piccolo segno in una sorella, ma così poca cosa, che magari la vedevo solo io perché l'osservavo. Invece, in una nipote, una fresca sedicenne, la cosa si vedeva, e una volta chiesi cautamente a sua madre "Avete mai chiesto a qualcuno... magari, con un piccolo intervento..." "Ma stai scherzando, andare attorno agli occhi per così poco, sono una cosa delicata gli occhi" e se ne andò sbuffando, è molto se non mi disse della cretina. Una volta che mio marito dovette andare dall'oculista insistetti perché gli facesse vedere il bambino, ma anche qui niente di nuovo "Ha detto che quando è ora vedremo, che non è una malattia, è un difetto di natura e... ci guardiamo, poi, (la voce gli si ispessì) e poi, mi dispiace per lui, ma attorno agli occhi no, si dimentica di toccarli, che son delicati, gli occhi." E nessun altro aggiunse qualcosa, il purgatorio lo lasciarono a me.

C'è anche da dire, che io per prima evitavo di parlarne, per una qualche vigliaccheria, o per una specie di oscuro timore. Non dissi nulla neanche a Viviana, che era poi quella che vedeva i bambini più spesso degli altri, e con più interesse, neanche con lei riuscii ad aprirmi, seppure fossi sempre lì lì per farlo. Il bambino aveva smesso di gattonare in pochi giorni, e adesso andava deciso da uno sportello all'altro, Viviana lo guardava sempre sorridendo, "Se è svelto..." Me lo presi in braccio decisa perché potessimo sederci un po'. "Se lo mollo lo perdo, questo folletto." Ci trovammo di fronte, ed ebbe modo di osservare il piccolo in piena luce, un lungo sguardo, poi chinò gli occhi, chiaramente a disagio e le parole ci caddero. Se ne andò in fretta, la sentii chiudere la porta di cucina e poi quell'altra, e me ne rimasi lì, in quel fuori tempo che mi assorbe quando ho un bambino in braccio, forse per tre minuti. Chiedere permesso ed entrare fu tutt'uno, Viviana era di nuovo in casa, con una faccia atona e decisa e chiese seccamente "Conoscete la figlia di Bagella..." Bagella doveva essere il soprannome di qualcuno che non mi veniva, scossi il capo "Non saprei..." "E' la moglie di..." avevo capito e lei continuò quasi tra sé "è o non è una bella donna?" una bella donna della mia età che conoscevo da sempre "Sì che è bella, anche se non riesco mai a guardarla del tutto in faccia perché fa soggezione... con quegli occhi..." Mi venne un empito di nausea che faticai a reprimere, "Ah sì, avete capito eh!" "Ho capito". La sua voce ora era secca, quasi autoritaria, "Allora farete qualcosa per questo bambino." Mi si aprì il cuore, "Certo, state sicura che lo farò, se nessuno è d'accordo non importa, starò responsabile io, ho già parlato col dottore, cominceremo tra un anno" e dissi, tutto d'un fiato, tutto quello che non le avevo detto prima, non lasciai indietro nulla, e finalmente avevo promesso anche a me.

Quel malessere, come una botta in un fianco che mi prendeva quando guardavo il bambino, dopo le poche parole asciutte di Viviana si trasformò in una preoccupazione a cui riuscivo a far fronte decisamente meglio di prima. Ci vollero anni a saltarci fuori, ma mai tempo fu speso meglio. Era ovvio che, di tutto questo tempo, Viviana ne fece parte, dirle le cose era come tenere un diario che avrei potuto riguardare nel tempo. Vedevo i miei pensieri sulla sua faccia, se stringeva le labbra in silenzio, o se le veniva da sorridere, il suo punto di vista era un sostegno per il mio carattere indeciso. Spendemmo la parte più importante di quegli anni attorno ai bambini.

I primi anni con loro sono quelli che ricordai, dopo, con più intensità, gli anni in cui ti sei fatta in quattro, gli anni in cui hai guardato lì. Gli anni in cui hai vissuto questa avventura che è la vita, senza doverti chiedere, per cosa hai lavorato oggi. Gli anni in cui vai avanti come uno in corsa per la vita, che non sa a modo se ce la farà, ma intanto corre e non ha bisogno di chiedere perché a nessuno, il perché è dentro, e non lo devi rendere e se ti schiatta il fegato sono solo affari tuoi. Il resto viene dopo, sono sicura perché c'ero, che anche Viviana era presa così, "prima ci sono quei bagagli lì", lo diceva quando era arrabbiata. Quando erano piccolini gliela potevano anche fare sulla testa, "i bambini son bambini" era la sua filosofia. Quello che io, con meno pazienza e più figli, cercavo di tenere in conto. Il nostro era un continuo chiedere, confrontare, era un dibattito sempre aperto, con dei ragazzi ce n'è una fresca tutti i giorni. Ce n'era per tutti.

Un giorno Sergio aveva buttato della paglia nel pozzo del vicino là in campagna. "Ma è possibile che in due coi suoi anni, non vedono cosa fa? Che poi, per evitare questioni, il pozzo l'abbiamo dovuto ripulire" e io di rimando "E che io debba razzolare in tutti gli angoli per trovare le sue mutande, gli slip o li hai addosso o nei panni sporchi, mica che io, con le gambe che ho mi debba chinare dappertutto, se facessero tutti così..." Di quelle cose brontolavamo oggi e ridevamo domani, e non riuscii a non ridere quando Alex smontò la radio a pezzettini. "Si può dire che l'ha sciolta" ma intanto la radio non ce l'avevo più. Cose che, se avessi avuto più tempo, ne sarebbero successe la metà, ma insomma. Come quella volta che Gabriel e Paolino fecero, per due pomeriggi di fila, dei gavettoni a tutti quelli che passavano per strada, anche a certe irreprensibili vecchietti, che uno mi venne a dire in faccia, ben arrabbiato: "Dei figli ne ho avuto anch'io, ma mica maleducati così, che non si possa più passare per strada, tre volte mi han bagnato, mica una... tre, avete capito? Era veramente bagnato fradicio e io sarei volata via, ma continuò agitando le braccia "vi avevo preso per una donna a posto, ma vedo che non sapete proprio mica come si fa a stare al mondo... sarebbe meglio che invece di badare alle vacche, badaste ai vostri figli, ve lo dico io..." Continuò per un bel po' e se ne andò ancora col dito alzato, senza darmi il tempo almeno di tentare di giustificarmi. Andò di filata da Clementina, nella stalla anche lei. Stessa scena. Erano già grandi, tredici o quattordici anni, e i gavettoni, nel pieno dell'estate erano un po' una moda, come giocare a palle di neve quando c'è. Arrivavano in casa bagnati, sudati e sporchi, ma non ci facevo un gran caso quando lo facevano tra loro, tanto alla sera erano sporchi in ogni caso, e poi, sì, devo dirlo, se non si divertono adesso... ma mica a scapito dei vicini che andavano per i fatti loro, e tanto meno degli anziani, di questo delicato vecchietto poi... Stavolta avevo preso una svergognata di quelle, ma sgolarmi come avevo fatto quei giorni lì, prima di andare nella stalla non contava proprio nulla, i nostri due erano ragazzi buoni, forse più dei loro fratelli, ma quando si mettevano in mente una cosa... Aspettavano che noi ci allontanassimo quanto basta e si tenevano pronta la gomma e quant'altro, e via a lavare i passanti, tra grandi risate e fiere proteste. Non so quante volte ero corsa a sgridarli quando sentivo la confusione, avevano praticamente riempito il fosso e allagato il cortile, ma tant'è, quando arrivavo io, gridando come un'ossessa, non c'era un'ombra, come giocar a cucù. Erano di quei giorni che arrivavo alla sera non solo stanca, ma arrabbiata nera, andavo a letto che tra l'una e l'altra non ci vedevo neanche. Ma nonostante ciò, la rabbuffata del vecchio la trovavo più che giusta, che vergogna quando lo vedevo. Ma queste cose passavano, ci mancherebbe. Dopo, quando il vecchio riprese a salutarmi, mi venne in mente un episodio di un inverno di tre o quattro anni prima.

Finalmente d'inverno il lavoro di tutti i giorni si alleggeriva, e alla sera mi tenevo il dopocena per me, e per loro ovviamente. Mica per la casa, in casa facevo tutto quel che potevo dalle nove alle tre. Ma la sera il riposo era obbligatorio, per le mie gambe, che non ne avevo due di riserva, e, ancora più importante, stare insieme, stare insieme noi da soli. Magari c'era qualche compito da finire, ma per fortuna si arrangiavano, io mi limitavo a guardare i quaderni soddisfatta, e a leggere i loro libri, o qua e là quello che potevo. La televisione, sempre accesa, ci faceva più che altro dormire, ma io volevo stare un po' in compagnia. Non so più chi prese in mano per primo quel quaderno, un quaderno a righe nuovo con la serpentina dietro. Lo chiamammo da subito "il quaderno dei vicini" e ce la godemmo in quattro. Gabriel era un disegnatore nato, Loris aveva un tratto più rigido, e così si vedeva chi li aveva fatti, così pure la didascalia sottostante, Letizia, il tesorino dei fratelli, sapeva già tenere la matita, e metteva le manine dappertutto.

Cominciarono col nostro vicino più vicino, il professore che leggeva in giardino (a quel tempo studiava ancora), con la testa pelata da cui saliva "il fumo della scienza" e un libro di tre chili in mano, poi aggiunsero una nuvoletta con le parole dentro e la freccia come nei fumetti "Bambini state zitti che devo studiare". La moglie, una ragazza ben fatta, con dei lunghi capelli biondi, glieli fecero lunghi fino a terra, il loro tre figlioletti con tre o quattro palloni in giro, il cane bassotto, lungo come due cani, con relativa cuccia e la forma arrotondata della siepe. Bellissimo, non mancava nulla.

Il senso di colpa, anzi due, uno più vago, per i vicini e amici, l'altro più... un bel blocco, per me, una donna con dei figli, che sta lì con queste cose... se lo sapesse mia madre... Ma le porte erano chiuse e il grande tavolo di mia suocera era tutto nostro, e così tutto il vicinato con pregi e difetti ebbe la propria pagina. La Bea, con la madre, quattro sorelle e tre figlie, le disegnarono tutte in fila con le mani giunte, andavano regolarmente in chiesa, le pie donne. Benni che stava sempre attorno alla sua vecchia moto, lo disegnarono appunto sulla moto, che gridava, finalmente vado... e il fratello più grande che gli gridava dietro... la Cate, la loro mamma aveva una lunga fila di tata, tata nella sua nuvoletta, c'era da pensare, Cate balbettava solo quando era in soggezione, magari con un estraneo, non certo con noi, con noi e con tutti i vicini parlava perfettamente. L'anziana zia la disegnarono più brutta possibile e tutta agitata, solo perché a Loris era fieramente antipatica, magari lo aveva mandato a casa dall'officina, quando era piccolo.

La storia durò un po' di sere, perché quasi tutto il tempo lo passammo a ridere. Stasera facciamo la mamma. Mi fecero coi vestiti di stalla, gli stivali di gomma, l'immancabile cappello da uomo, d'inverno per il freddo, e d'estate perché semplicemente non si può andare a mungere in capelli, tutto bene, bella grassotta, la mia nuvoletta piena di bla bla. Ma i disegnatori non erano soddisfatti, stavano lì a pensare, ci vuole una bella pancia grossa, di più, di più, la sera andò persa per la mia pancia, che attraversava il foglio seguente, e poi c'era da voltare pagina e qui fecero un'aggiunta, una freccetta con scritto "continua" e finirono nella pagina sotto. Sulla prima pagina scrissero "la mamma" e basta, sull'altra pagina "la pancia della mamma". Io avevo le lacrime agli occhi dal ridere, e altre lacrime da qualche parte: riuscirò mai a riprendere un aspetto un po' migliore?

Della famiglia disegnarono solo me, ma di questo mi accorsi solo dopo. Poi toccò a Viviana, niente ragazzi neanche qui, tre figure, una per pagina, la Viviana con una vestaglia, tutta normale, poi aggiunsero un cappello da carabiniere, e un braccio rigido in avanti, la nuvoletta era piena di bambini e bla bla. E poi c'era Ferruccio nel salottino che faceva le parole crociate con due occhiali sovrapposti. Va detto che gli occhiali uno sull'altro li usava davvero quando leggeva, e i miei figli non riuscivano a trattenersi dal ridere, li avevo anche sgridati più d'una volta, lo sapeva anche Viviana. E poi c'era Enea che si lavava dietro al pozzo, con un laghetto d'acqua sotto i piedi e un fermacapelli in testa. Niente di strano, in queste vecchie case il bagno è entrato attorno al sessanta, ed era usuale d'estate vedere qualcuno lavarsi all'aperto, ma nella loro casa il bagno c'era. Qui fu Letizia a chiedere "Ma perché non si lava in bagno?" "Perché il bagno sarà occupato" "E cos'è quella cosa che ha in testa?" "L'hai vista cos'è, è una fascia per non bagnarsi i capelli". Era quella che faceva ridere Letizia.

La pagina di Clementina era la più piena. Clementina quando tornava dal caseificio si fermava al forno a prendere un sacco i pagnotte già pronto per lei, e sempre in tutta fretta, al negozio prendeva un grosso cartoccio di salumi, e andava a casa a preparare colazione e pranzo per il figlio più grande, un vero Pantagruel. Qui nel disegno c'era la Clementina sul motorino con attaccato il carriolino con i bidoni del latte, e tutt'attorno panini, salami, lattine e quant'altro, c'era pieno dappertutto e nella nuvoletta "Ho preso qualcosa da mangiare per il bambino". Anche qui, mentre continuavano a disegnare panini anche per aria, le risate si sprecarono, il fratello Paolino, loro grande amico, non lo disegnarono affatto.

Si era a metà quaderno, i nostri vicini e io, eravamo tutti sistemati, e toccò a quelli sulla strada più lunga, verso il fiume. Qui i ricordi sono più vaghi, una specie di contorno, ma dopo la rabbuffata che mi son presa dal vecchio bagnato, rivedo con chiarezza l'ultima facciata. Il vecchietto abita a più di tre chilometri da qui, in una bella casa sott'argine, l'ultima del territorio comunale, e i suoi due nipoti salgono sul pulmino coi miei. Lo vedo spesso fare una piccola spesa per sé e per la moglie, che dev'essere molto malata. Risponde con un bel garbo a chi gli chiede e se ne va, salutando tutti con tanto di cappello. Non sembra proprio uno di campagna, è pallido e sempre vestito di tutto punto, con la cravatta anche d'estate, e uno spolverino leggero chiuso stretto da un'alta cintura. Quando la stagione è buona, ripassa tutti i pomeriggi, quando vado al lavoro, sempre col solito saluto, forse va un po' al bar. E lo hanno disegnato così, col suo vecchio motorino, e lo spolverino svolazzante, ben ritoccato che lo fa sembrare un enorme pipistrello, e una didascalia "Il nonno di Paola e Paolo". E il quaderno è pieno.

Lo misi nella macchina da cucire, sotto l'altra roba e me lo tenni per me, per dargli un'occhiata ogni tanto, adesso che l'inverno era finito. Mi meravigliavo sempre dell'acutezza con cui i bambini avevano colto i particolari, e la loro curiosità fattiva, mi ricordava me e Andrea alla loro età. La prima cosa che facevamo quando arrivava la postina era tener d'occhio il giornale e appena possibile prendercelo e andare in qualche angolo a guardare le caricature, tali e quali a quelle del "mio" quaderno. Il nasone di De Gasperi, il mento a scatola di Togliatti, i capelli a gradino di Pacciardi, nonché le vignette umoristiche di tutte le dimensioni, ma mai come la mia pancia...e le nostre risate, tali e quali. Era come un piccolo talismano, quel frusto quaderno.

Un giorno cadde sotto gli occhi di Viviana, non so come, se ne vedeva solo un angolo con le orecchie. "Cos'è questo quaderno?" ero voltata un po' dall'altra parte e mugugnai qualcosa che non capii neanche io. La sua voce era quasi offesa. "Cosa state biascicando, vi ho solo chiesto che cos'è questo quaderno..." Tergiversai un po', sommersa dalla vergogna, vuoi vedere che i ragazzi ne hanno parlato e magari lo hanno fatto vedere agli amici, poi mi voltai, cercando invano di darmi un contegno. "Quel quaderno lì... è tanto che è lì, che non so neanche io..." La faccia di Viviana non era né seria né ridente, era solo un punto interrogativo, diretto a me, mio Dio che imbarazzo! "Sentite, Viviana, sto quaderno non lo posso far vedere a nessuno, proprio non si può." "Beh! Io son proprio curiosa", non c'era bisogno che lo dicesse. Forse fu per la sua faccia franca, o perché alla fine non avevo poi mica ammazzato nessuno, che mi sentii rispondere, semplicemente: "Ve lo dico prima, non c'è mica tanto da stare allegri" e glielo misi in mano. Restammo in piedi, quasi di fianco. Guardò, serissima, con l'attenzione di uno che legge un rogito, la famiglia del professore, guardò e riguardò, mentre io con una mano sulla faccia guardavo lei, fra un po' mi picchia, ma finalmente la sua espressione si ammorbidì. "E il fumo?" "E' il fumo della scienza" "Ha!" Pareva ben decisa a non ridere, ma alla fila delle pie donne disse quasi tra sé "E' vero che van sempre a messa" e si mise a ridere piano piano, ma continuava a guardare, attentissima.

Già più avanti c'ero io con la mia tenuta da lavoro, e la pancia a tranci; guardò un po' accigliata senza capirci molto credo, poi si decise a voltare pagina, e alla didascalia "la pancia della mamma" sbottò "Ma che vi venga un colpo... si vede proprio che avete perso la linea". Alla seguente guardò, di nuovo accigliata, il cappello da carabiniere e tutti i particolari, e si voltò verso di me con un lungo sospiro, se fosse di amarezza o semplicemente di accettazione non saprei dirlo, in altri casi le avrei chiesto cosa ne pensava, ma qui non mi sembrava il caso, ma cosa mi era saltato di tenere quel quaderno, accidenti. Ricominciò a ridere alle pagine seguenti, non so se abbia mai riso così tanto in vita sua, mentre parlava ciangottando, poi si avviò col quaderno in mano. "Eh no, Viviana, il quaderno poi no, mi dispiace" al che si inalberò decisa "Sicché ci siamo anche noi, mica per altro, lo voglio far vedere al mio vecchio che si diverte un po' anche lui". Se lo prese decisa, e per un po' mi perseguitò la visione dei miei vicini, che mi puntavano il dito contro. Dopo mi disse: "L'abbiamo guardato due o tre volte, credevo che Ferruccio crepasse". Continuò coi suoi commenti e mio mi tranquillizzai. Il quaderno non tornò più indietro, quando me ne ricordai, dopo anni, di quel tempo che da lontano mi sembrava perfetto, avrei dato molto per rivederlo.

Dire che era il ricordo più bello che avevo, lo si direbbe solo soprappensiero, perché di ricordi più che piacevoli, delle volte commoventi, se ne ammucchiavano tutti i giorni, piccole cose che mi facevano sentire felice o una cosa simile. Cose che finivano sulla mensola del camino, e da lì sparivano in qualche cassetto, magari qualcuno diventerà più vecchio di me, cose che facevo vedere a Viviana, così come lei con me.

Una volta mi chiamò a vedere delle rondini di pannolenci che le aveva fatto una suora dell'asilo, una fila di rondini in volo attorno alla sala d'ingresso, un colpo d'occhio di quelli, una la tenne per farcela vedere da vicino, era felice come una bambina. Dietro al salotto c'era un appartamento quasi disabitato, lì, in una credenza a vetri alta e stretta aveva riunito tutti i quaderni e i libri di scuola, e mi disse quasi commossa, tanto ci teneva: "E ho intenzione di tenerli tutti, mano a mano che li lasciano, io li metto qui in fila, belli e brutti, non me ne voglio perdere neanche uno, che non so poi mica perché, se mai domani qualcuno li riguarderà o se finiranno bruciati, ma finché ci sono io..." e accennò un piccolo sorriso, un po' caparbio, quasi da padrona oltre che da mamma. "Avete tanto spazio, fate bene."

Delle volte invidiavo, in senso buono, quella specie di regolarità, a cui si atteneva per se stessa e per i figli, una specie di buona legge che faceva parte di lei, una passione, un tetto per l'anima. Quel po' di soggezione che avevo di lei veniva da qui, dalla sua sobrietà, che teneva un po' a bada la mia istintività, solo un poco, perché Viviana mi conosceva bene, ed era più comprensiva di quanto si potesse pensare, molto, molto di più.

Per esempio, coi suoi figli già ragazzi, guardava ai miei più piccoli, con grande tenerezza, le bambine in particolare, una volta si rigirò tra le mani una piccola sottoveste. "Ah, una bambina... altroché quei selvaggi lì..." "Ah, se dite dei selvaggi ai vostri, non so cosa dovrei dire io..." "Sono stanca di stare con soli uomini, cosa volete che vi dica, che non son poi mica cattivi eh! Neanche un po', ma sono uomini, non possono mica capire, loro, le cosine delle donne. Ferruccio e suo fratello, non le vedono, le cose da donne, e se non le vedono loro, non c'è dubbio che le vedano quelli più giovani, sono una, io, che passo la vita a sgolarmi per nulla. Sapete che, in quattro che ci sono, non son capace di mandarne uno di sopra ad accendere gli scaldaletto, che ci vuol poi solo un dito, niente, bisogna che le scale me le faccia io..." "Adesso che c'è un bel freddo fate una cosa, accendete solo il vostro, e vedrete..." Come al solito avevo parlato d'istinto, un po' troppo secca, per il suo stato d'animo, lei aveva un'aria grave, quasi offesa e premurosa al contempo. "Bisognerebbe sì, lasciarli al freddo, ma non riuscirei a farlo, sapete com'è..."

E c'era un altro "com'è" che sapevamo bene, ma un po' ostico da tirar fuori, era un po' la faccenda delle madri, come diceva lei, stupide, che andava motivata. È più forte di te, se sei mamma, fare le cose, farle bene, farle tutte, perché poi i tuoi figli, dopo, chissà quando, possano dire: "La mamma non ha mai avuto bisogno di nessun, quando c'era lei, tutto filava alla perfezione, quella sì che era una donna" e via di seguito. Se hai fatto bene, lo puoi dire a te stessa o a chi vuoi "I miei figli li ho tirati su io" e questo è l'unico stipendio del mestiere di mamma, non paga nulla, ma lo vuoi. Si è disposti per i figli, si vuole, si deve, il posto è tuo, gli altri, tutti, non te lo devono prendere. In questo modo, come se avesse dovuto dare un esame ogni giorno, lei faceva il suo mestiere, lo faceva così, e basta. Sono sicura che i figli ormai quindicenni ci sarebbero andati di corsa, ad accendere lo scaldino se solo avessero saputo, non tanto che era stanca ma che era pericoloso per lei fare le scale, con tutto il difficile che si tirava dietro, ma il suo lavoro, non solo materiale, era, alla fine, il suo orgoglio, un vanto che pagava con del suo.

Una volta i bambini, sui dieci anni, scalarono le pietre sporgenti della mia barchessa, tutti e quattro in fila, Gabriel, di gran lunga il più vivace di tutti era già sotto il tetto. Per poco non mi misi a urlare, ma mi uscì una voce atona, non mia, "Venite giù" e basta, non volevo spaventarli, né fargli fretta, avrei fatto meglio a rientrare, perché scendessero con più agio, ma era più forte di me. Restai a guardare, col fiato sospeso, e finalmente, quando l'ultimo piede fu in terra, mi sfogai in una predica di quelle. Ma da sola: i miei sparirono, nelle vicinanze, i suoi a casa loro. E io restai lì col magone fuori. Dopo un po', venni a più ragionevoli pensieri e mi misi a osservare la barchessa, dove volevano andare... sul tetto? Se uno solo si fosse attaccato alla vecchia grondaia, sarebbe stata una caduta per tutti, non potevano avere così poco giudizio, c'era Loris con loro, già dodicenne, che non aveva mai combinato guai in vita sua, o forse, se non fossi uscita, sarebbero scesi da soli, e magari avrebbero continuato ad andare su e giù cambiando il capofila, che adesso poi ne parleremo. Con Viviana farò finta di nulla, tanto non si è fatto male nessuno, e poi sono io che devo stare più attenta. Ma appena la vidi, mi saltò fuori "Tutti là per aria, a momenti mi prende un colpo... C'era anche Loris che finora non l'ho mai dovuto sgridare, se comincia a mettercisi anche lui, non so mica, io..." Niente, lei rimase assorta a immaginarsi la scena, e io a rimuginarmi un senso di colpa, che era si può dire mio compagno di vita.

Una volta invece, protestò fino a star male. Uno dei bambini, forse a sei anni, era salito sulla strada facendo frenare qualcuno: si può immaginare il panico. "Ed eravamo tutti lì fuori, capite, com'è poi stata che nessuno ha chiuso il cancello e che non abbiamo visto niente finché non abbiamo sentito la frenata, a momenti crepo, st'uomo mi ha gridato dietro, che si era preso un bel colpo anche lui, poveretto, e io cosa avrei potuto dire... Non ho mai avuto tanta paura... non so neanche come ho fatto a rientrare...

Viviana tacque, sfinita, e anch'io. Quelle poche parole, passarono, come sassi, attraverso le mie viscere, anch'io ero senza fiato. Restammo lì, vicine, unite da un silenzio più largo di mille parole. Se fossi stata quella che non sono, l'avrei stretta vicino. "Su Viviana, state calma ora, cercate di non pensarci più..." Ma questo è un altro discorso. Dopo, con una voce bassa che sembrava venire dal profondo tanto era faticosa, continuò. "E in quel mentre io ero lì, appoggiata al cancello, con la bava alla bocca, Ferruccio se l'è preso tra le gambe e gli ha dato una pattonata di quelle, mentre gridava "Così ti terrai in mente per un'altra volta". Vi dico che non l'ho mai visto così... gliene ha date un bel po'… e io lì a guardare" e tacque a riconsiderare la scena.

Io facevo fatica a immaginare Ferruccio che menava e urlava, non era da lui, ma certo preso dallo spavento, è vero che i bambini non andrebbero toccati, ma non si può essere spaventati e generosi al contempo. "Ma non fa niente Viviana, e poi quattro sculaccioni chi non li ha presi da bambino" "Sì, ma… cosa volete che vi dica, non ce la faccio, è troppo, il mio cuore, solo a pensarci… vi dico che mi sarei messa a urlare, se non fossi stata così sconvolta." "Ecco, anche lui doveva essere fuori di sé, così sul colpo" "Sì, ma star lì a vedere che picchiano il tuo bambino… è una cosa che…" Devo dire che ero un po' sconcertata, ma fra un po' di giorni, non la vedrà più così nera.

Invece, più avanti, Viviana tirò fuori questa cosa almeno quattro volte, sempre con quella specie di disperazione, e non c'era modo di mediare la cosa. Forse era la prima volta da che ci conoscevamo, che vedevamo la stessa cosa con una specie di disaccordo. C'era da pensare. A casa mia ero io che sgridavo i bambini, e gli unici scappellotti che i miei figli ricorderanno, li avevano presi da me. Dire che dopo una bella sfuriata mi veniva l'acido nello stomaco e che stava lì anche il giorno dopo, non conta. Dire che dopo quattro scappellotti di quelli, mi sentivo sommergere dalla vergogna, che mi sentivo sporca come se fossi caduta nel pozzo nero, non conta neanche questo. Cosa conta chiedere scusa… il male l'hai già fatto. Ma quando mi pesava, lo dicevo a lei. "Sono così pentita, Viviana, quand'è che imparerò a far meglio." Delle volte scuoteva il capo sorridendo. "Perché, cos'avete fatto", delle volte stringeva le labbra. "Beh… bisogna stare attente, non si guarda mai abbastanza bene, per quanto si faccia, non si è mai alla pari coi nostri intendimenti". Il che mi mandava un po' più a terra di quanto già non fossi, e un po' fortificava la mia parte migliore. Se non altro, il fatto di riuscire a dire "sono pentita" non era poco, almeno per me. È dura far finta che vada sempre tutto bene.

Per Viviana era uguale, era lei che si sgolava, e non ho mai saputo di sculaccioni, era lei che si rammaricava per una parola che si sarebbe potuta risparmiare. Così mi ci volle un bel po' a capire perché insistesse su questo episodio. Del grande spavento provato, non ne parlava, che quello l'avrei capito. No, parlava della pattonata. Vuoi vedere che si è presa giù con Ferruccio, che ha perso il buon concetto che ha sempre avuto di lui per un gesto inconsulto? Ma non ci credo e non riesco a capire quel grigio riporto, quel tenerla lunga, ma perché fa così...

Ci pensai a lungo ma forse la risposta era quella che avevo sotto il naso, non era arrabbiata con Ferruccio, era semplicemente scandalizzata che qualcuno le avesse picchiato il figlio, senza far caso alla madre, anche se il figlio avesse avuto trent'anni, credo che avrebbe pensato lo stesso, chi è che non pensa alla madre, prima di far qualcosa al figlio, il figlio l'ha fatto lei... ed è suo. Questo ragionamento non è obiettivo, da un punto di vista generale, ma in privato credevo di capire, quando stringeva le labbra ostinata, nel suo convincimento: se c'è da prendere un pugno, lo prende la madre, e non si discute.

Un pomeriggio feci un caffè per mio marito e due fratelli nostri amici, e mi presi le solite male parole. Cominciò col caffè che faceva schifo e continuò per tante altre cose che non gli andavano, e non limitò certo le offese. In casa si fece silenzio per un po', un silenzio da cimitero, poi l'amico, uno della sua età, con moglie e figli, guardò in tralice la mia faccia di moglie ingrugnita e parlò per me, le stesse parole che pesavano sul mio stomaco. Non alzò la voce. Là nel caldo della cucina, come se fosse stato a casa sua, con l'aria seria di uno che dice "ascoltami bene che dico a te", si levò il rospo: "Io, Giovanni, non ho mai sgridato mia moglie in pubblico, non lo dico per me, che per me guarda, puoi far conto che non ci sia, ma per tutti gli altri, ci sono quei ragazzi, mio fratello che è qui, e ti può dire che è vero, mia madre che ha novant'anni, che se sentisse un discorso come quello che hai fatto te adesso si farebbe il segno della croce, te lo dico io." Nessuno replicò. "E credi che ai figli faccia bene sentir questionare? I più grandi va a finire che ne approfittano, tanto ci sei te per primo a dargli manforte, e poi ci sono i più piccoli, ancora peggio, perché i bambini, fino a sei anni puoi dire che sono tuoi, e là sei obbligato a fare meglio, e poi dopo, tuoi non sono più, è inutile prendersela, appena sono in mezzo agli altri si fanno le loro idee, tu non sei più l'unico, il loro ideale, i ragazzi, al giorno d'oggi, e poi anche quando eravamo piccoli noi, hanno gli occhi anche sulla schiena, e non te li schivi mica, saranno i primi a criticarti, e non c'è mica tanto da correre, che loro corrono più di te...Lo sai Giovanni, io e mia moglie cosa facciamo quando c'è qualcosa che non va? Ne discutiamo chiusi in camera da letto, e poi parliamo anche piano che non ci sentano, lì pian pianino ci diciamo le nostre, e stiamo lì finché non ci siamo messi a posto, mica fare dei versi che sente anche il cane..." Ecco un marito come si deve, un pensiero nascosto ovviamente. Finì che mio marito si alzò. "Beh! Adesso, ragazzi, son le quattro e bisogna che andiamo", e loro altrettanto. Un "vi salutiamo tutti" che mio marito si prese di schiena, e fu l'ultima volta che i fratelli entrarono in casa nostra.

Che mio marito fosse rimasto del tutto in silenzio non mi meravigliò più di tanto, sperai solo che quella rabbuffata gli facesse male allo stomaco. In piena cattiveria, che questa se la mandi giù lui. Ma il discorso rimase, a me, come una bella maglia calda. Che qualcuno si prendesse la briga di dire quello che avrei voluto dire io, sulla faccia di mio marito, specialmente un uomo, era, una volta tanto, una soddisfazione che ti tira su una giornata magra.

A Viviana raccontai solo le parole di Carlone, senza nominare né mio marito, né le male parole. Divisi l'episodio a metà, una metà la misi nell'ombra scura dove mettevo tutto quello che masticavo amaro. Un giorno o l'altro, magari fra due anni, magari fra trenta, quell'enorme mucchio sarebbe piombato giù, non so da che parte, ma era sicuro che avrebbe fatto uno sconquasso di quelli. Ma finché posso lascio lì, il peggio da una parte, e il buono dell'altro, per me e per i bambini, e per Viviana, e per un'altra cosa, forse del tutto inutile, per non dire patetica, se la parte di moglie era del tutto fallita, almeno che quella di madre, stesse un po' dritta. Viviana, dal canto suo, diceva più spesso noi mamme, che noi donne.

Ma anche in quell'ambito pieno del nostro pur faticoso meglio le cose cambiavano. Senza quasi che ce ne rendessimo conto, ci ritrovammo con ragazzi grandi e qui dobbiamo allargare un po' i nostri orizzonti, ma... non eravamo pronte, addirittura Viviana diceva, infastidita "Io non son mica adatta, io non ce la cavo a capire che cos'hanno nella testa". Era come se i figli scottassero, e lei perdeva la testa "Gli ho perfino detto che se questa casa non gli va bene, se ne possono trovare un'altra". Ero bella nervosa anch'io al riguardo, e in più con altri figli più piccoli, ma sia pure con un po' di sconcerto, ero speranzosa. Non so neanche perché, ma credo che sia quasi un obbligo, che sia giusto, sperare. "Loro questo mondo lo conoscono meglio di noi, che siam sempre e solo qui, quelli che a noi sembrano eccessi quasi inconcepibili, loro ci sono in mezzo, e non sono stupidi, sapranno scegliere, Viviana, vedrete che diventeranno dei bravi uomini, adesso sono solo in principio". Ma Viviana non abbozzava, era come se il mondo intorno a noi fosse una piana deserta, senza una strada, senza una luce, senza una fede, cosa potranno mai fare i nostri figli lì, come faranno a procedere...

Scuoteva il capo da sola, senza nerbo, e io a insistere. Di solito era lei che spiegava a me, e i suoi pareri, più schietti che delicati, li rimuginavo finché ce n'era bisogno, e me li tenevo cari, allora vedevo gli anni che aveva più di me, e ne tenevo conto, in senso buono. Ma adesso qui, si parla poco, si ride meno, si parla solo per brontolare, accidenti! Non va mica bene così. "E poi Viviana, voi e Ferruccio ci siete pur riusciti a farvi una vita come si deve... l'avreste detto solo un anno prima? E io, con sei figli? Lo sapete la vita che faccio, ma delle volte penso che sono fortunata, e non ditemi della stupida, che avete capito benissimo cosa voglio dire... I nostri figli faranno come noi, magari anche meglio". Rispondeva con degli Ah! né caldi né freddi, Dio che brutto lavoro...

Se non era del tutto indignata, con tutto il creato, era in qualche modo abulica, e le mie chiacchierate buone o meno che fossero, non le sentiva neanche più, io ero un po' non dico offesa ma quasi, che non si impegnasse a rispondermi, avrei preferito che mi desse della cretina, ma tant'è. Andò a finire che il poco tempo che passavamo insieme era muto, coi galletti fuori dal nido, avrei avuto mille cose da chiederle, mille confronti da fare, che dopo ci sentivamo più, come dire, più a nostro agio, ma lei mancava, e più lei taceva più io mi sentivo imbranata, che tristezza!

C'era una piccola foto sul mobile di cucina, ce l'aveva appoggiata Loris, e una mattina, curiosa come sono, me la guardai per bene, era una bambina di tredici anni, Loris ne aveva diciotto e mi venne il nervoso, cosa fa quel giandone lì, va dietro alle bambine... ce ne son mica delle più grandi... dopo un po' ero sbollita, naturalmente, ma la curiosità no, e una volta gli chiesi: "Di chi è quella foto lì..." Guardò la foto con la faccia di uno che ha appena scoperto la fede "E' la mia fidanzata". Con una frenata secca trattenni tutto quello che mi salì alle labbra, perché lui stava giù parlando "E' la mia morosa.. ti piace? Ha sedici anni, abita a... è figlia di... suo padre lavora con Borghi alla cantina, c'è il caso che tu lo conosca." E se ne andò prima che io riaprissi bocca. Quella foto l'aveva messa lì apposta, dove tutti la potevano vedere, per farci sapere che si era fidanzato, dopo se la sarebbe ripresa, perché era sua. Chinai la testa sul mobile perché ero emozionata, o contenta, o arrabbiata, o spaventata. Più che altro ero una a cui avevano voltato pagina. Se già non ci avevo fatto caso l'anno prima, la faccia di mio figlio era quella di un uomo, quello sguardo alla foto, a meno che io non sia cieca, vuol dire altre strade, altri interessi. Quello che prima era una specie di circolo chiuso, ora aveva una porta senza chiave, senza campanello, io non ero più io e loro non erano più solo miei. È una porta che deve restare aperta, per il bene di tutti.

Quella foto di bambina che mi aveva fatto arrabbiare non era cosa mia, alla fine, e non ne parlai a Viviana che non era interessata, se lo avessi fatto un anno prima mi sarei presa della sciocca. "Non sarete preoccupata perché un ragazzo ha la morosa, guai a ragazzi che non ci provano" o una cosa così, ma adesso era come parlare al muro. Quando Gabriel cominciò a star fuori di notte, lì sì che ero preoccupata, e glielo dissi, se pure a pezzi e bocconi, e la risposta venne, a stento e a rate, ma alla fine era il mio pensiero, insicuro, che trovava un filo amico. "Beh" (e poi silenzio) beh! Ci vorrebbe più tempo, bisognerebbe parlare, coi figli, mettersi lì e spiegarle, le cose, i padri anche loro dovrebbero fare la loro parte, il vostro, che ha l'automobile dovrebbe andare a vedere a mezzanotte o anche prima, dove sono, con chi sono, e... insomma, bisogna che la capiscano, che il mondo non è mica tutto loro..." e continuò per un po'. I miei stessi pensieri, i miei erano ancora più amareggiati, divisi tra l'esuberanza dei figli, e la mancanza, vergognosa è dir poco, del padre, e mia che alla fine, dalla stanchezza, lasciavo un po' perdere, o Dio... non dimenticavo mai una sera di dire tornate presto, o comportatevi bene, ma da qui alla madre assidua che avrei voluto essere, ce ne mancava. E poi dopo, Viviana lo diceva quando aveva un po' più di spirito, quando ancora i ragazzi stavano in casa, "Se non fanno bene la colpa è sempre della madre, potete avanzare tutto quel che volete, ma è così". Com'era vero! Crudele ma vero, quante brutte curve ha questo mestiere, che pure è la nostra passione. Più si va avanti più diventa una corsa a ostacoli, e a noi ci calano le forze. Non siamo neanche più capaci di ridere, che sarebbe più utile di quanto si possa pensare. È grigia.

Il postino passava verso le dieci e mezza, e io correvo fuori perché il cane gli saltava alle gambe, non per festeggiarlo ma per morderlo, e per evitare le sue giuste proteste dovevamo stare attenti. La cartolina che mi allungò la riconobbi all'istante "Oddio, io che credevo di essere ancora una ragazza ho già dei figli pronti per il militare..." Avevo parlato ad alta voce e il postino si fece una mezza risata, e svoltò verso la strada mentre io badavo al cane.

Il ricordo cominciò da lì, avevo circa dodici anni quando Gino, uno dei miei cugini, andò militare, e la cartolina di precetto, era proprio rosa, devo averla presa tra le mani anche se non ricordo, ricordo invece il daffare che si diede mio padre, per organizzare al meglio la cosa, lo ricordo battere una mano su una bella cassetta di legno fatta a mo' di valigia, chiusa da una solida cerniera e con tanto di lucchetto con la chiave attaccata a uno spago "Hai visto Gino che bella cassetta... Gino guardò corrucciato senza avvicinarsi, e papà guardò il nipote, come a dire "Beh! Io ho fatto quel che potevo..." La valigia rimase sul tavolo e mio padre se ne uscì, troppo silenzioso per i miei gusti. Ci sarebbero state mille cose da dire a Gino, che mal sopportava l'ingerenza sia pure affettuosa dello zio, e in più era carico di rancore verso il padre che si ricordava di lui solo per dirgli del Barabba, i suoi figli eran tutti Barabba, perfino Andrea che era ancora un bambino, e della sua bella figlia pareva che si fosse dimenticato il nome, una Barabba anche lei. Ma purtroppo così era con zio Umberto. Che un figlio andasse militare, credo lo sentisse come un'offesa personale o peggio, non gli andava bene niente, non gli andava bene la vita, c'era un velo grigio tra lui e la vita. Oltre la cartolina e la valigia ricordo che Gino tornò a casa solo una volte o due perché era lontano, in Campania, credo. Santa Maria Capua Vetere e caserma tal dei tali un lungo indirizzo che a me e Andrea ci faceva immaginare chissà cosa.

Dopo i primi tempi in cui le lettere erano saltuarie e stentate, in qualche modo estranee, che facevano immusonire la zia e Saveria, Gino si rilassò e cominciò a raccontare, di tutto, quello che gli piaceva e non, il cibo, le uscite, niente lamentele, come il raccontare di un amico che torna dal mercato, occhi aperti e curiosi, sennò cosa li abbiamo da fare gli occhi. Così, semplicemente, disegnò il suo moschetto, con tanto di freccine e pezzi vari a spiegarne il funzionamento. E le lettere dopo il primo foglio diventavano fumetti, piantine della caserma, paesaggi di collina coi nomi dei paesini, la miseria dell'inverno, con la famiglia e le capre alloggiate insieme, parlò molto della povertà della zona che ci fece effetto, che anche qui non si scherzava. Quando cominciò con le facce io cominciai a ridere, il Baffo (il cuoco), tante facce, il mestiere si vedeva dal cappello, spesso con nome cognome e provenienza, molti qui del Nord, e uno senza nome ma con l'elmetto e l'immancabile freccetta (questo non si lava mai).

Dopo che Saveria le riuniva per tenerle da conto, mi piaceva pensare che quelle lettere così ben articolate Gino le scrivesse in particolare per la madre, per tenerla un po' su, che ne aveva bisogno, e i disegnini per Andrea, il fratellino che amava tanto. Così, di mio, pensavo che il militare non doveva poi essere una brutta cosa se si aveva il tempo di scrivere delle lettere così. Con un vago sospiro appoggiai la cartolina nel mezzo del grande tavolo di cucina e me ne tornai ai fatti miei, ma i pensieri restarono incappati prima alla naia di tutti i miei cugini, poi a dieci anni dopo. Ai miei vent'anni fino ad ora, anni duri a pensarci obiettivamente, ma quel mattino lì, per l'emozione di aver tenuto in mano quel cartoncino, o per una qualche vaga speranza, i pensieri diventarono rosa, che più belli non avrebbero potuto essere, per così dire sollevati da terra, fuori da qualsiasi impiccio, solo miei, se c'era qualche lacrima era solo di commossa meraviglia o di riconoscenza da quando ero mamma, per chi mi era stato accanto, e per me, per come me l'ero barcamenata.

Al primo figlio mio marito prima di andare a letto si metteva di traverso sul lettino a guardare compiaciuto il ciccioso e calmo figlioletto. "Te la godi eh? Guarda un po', sembri un Papa..." discorsi un po' sconclusionati, per non dire strani, del tutto impreparati, del resto era la prima volta e non era meno meravigliato di me. Mia madre aveva visto il bambino appena nato e poi a tre mesi. Era entrata in casa quasi circospetta e del tutto ansiosa "E il bambino?" si guardava attorno con un'aria così spaesata e fragile che mi lasciò senza fiato: mia madre emozionata, era una cosa non dico unica, ma rara. Indicai la scala quasi farfugliando, perché io invece mi emozionavo con nulla, da quando ero diventata mamma poi... Lasciai che salisse da sola; il grande personaggio in tre mesi era cresciuto tre chili, che lo veda coi suoi occhi. Dopo un po' entrò in cucina quasi gridando, guardandomi con una faccia del tutto stralunata. "Dio mio, se è grosso... non credevo mica..." e via di questo passo... ogni tanto usciva con un "Mio Dio" di meraviglia, come se non avesse mai visto, nei suoi cinquant'anni, un bambino venuto bene. Se ne andò prima di sera per andare dalla sorella più giovane, dieci chilometri più giù in mezzo alla valle, ancora con dei "mio Dio" che le uscivano fuori come acqua che travasa, il che mi lasciò in qualche modo scossa. Mia madre fuori dalla sua sobrietà per tre ore di fila, se non ci fossi stata no lo avrei creduto.

Mentre tiravo la mia grande sfoglia non avevo bisogno della testa, che la facevo almeno quattro volte alla settimana da vent'anni, la mia mente era da tutt'altra parte... La cartolina rosa mi aveva messo davanti vent'anni di tempo come un disegno perfetto, senza sbavature o cancellature, i miei figli, con tutto quello che mi piaceva di loro, così diversi l'uno dall'altro, eppure così uguali nella misura dei ricordi, come una bilancia esatta, senza zavorra, al netto di tutta la fatica fisica e mentale di tutto quel pezzo di vita, un grande mosaico, mille pezzettini... tutti miei.

Solo a Viviana raccontavo queste piccole cose "Ieri ho acceso la stufa per la prima volta, che ormai fa freschino, e ho trovato finalmente le mie posate, era da tempo che quando apparecchiavo mi mancavano cucchiai e forchette, e non riuscivo a trovarle né sopra né sotto, è vero che vado sempre di fretta e non avevo mai pensato di guardare nella stufa e lì in mezzo alla cenere c'erano tutte le mie cose ben allineate, e poi avevo aperto gli altri sportelli, nel forno c'era di tutto, cibo messo a cuocere, mezze mele rinsecchite, file di sassolini, fazzoletti ripiegati e quant'altro, tutto bene a posto, dovevate vedere Viviana... deve averci giocato un bel po', e poi si è dimenticata tutto lì, che è ancora piccolina..." O come quella mattina che andai ad accudire i polli e trovai il cane legato alla scala su cui dormivano le galline. Aveva una corda non troppo stretta che gli girava dal collo alle zampe davanti, bene assicurata con un bel po' di nodi fino alla scala, seduto silenzioso sulle zampe posteriori. Ma cosa fai qui... ma chi è stato che... lui si limitò ad agitare la coda con un lieve fremito di sollievo come a dire "finalmente mai hai trovato". Mentre io mi davo da fare a slegarlo, non mi mancò la doverosa leccata in faccia mentre lo abbracciavo come avrei fatto con Alex se fosse stato lì. Che si fosse lasciato legare e se ne fosse restato buono per dodici ore ad aspettare semplicemente che il suo padroncino che era a scuola se lo venisse a riprendere... c'era da commuoversi. Passavano dei pomeriggi interi si può dire in simbiosi Alex e il suo cane, che doveva averlo legato con l'intenzione di metterlo a posto per la notte o per qualche altro buon motivo, forse perché non se ne andasse di casa, perché ogni tanto, anche se era il cane più fedele di questo mondo, se ne andava per i fatti suoi anche per una intera settimana, e tornava smilzo e a orecchie basse a nascondersi nel sottoscala tra le nostre risate e la grande gioia di Alex che lo abbracciava, troppo felice per parlare.

Cose da nulla magari, per gli altri, ma per me erano importanti, non so proprio cosa dire di più, che mi erano rimaste attaccate, inalienabili. Queste piccole cose di tutti i giorni erano così tante che spesso travasavano più che altro nelle orecchie di Viviana e di altri che ci volevano bene, cose preziose e leggere che mentre scannellavo la mia sfoglia, mi facevano sentire a un metro da terra, diciannove anni tutti giusti e migliori, il resto lasciamolo sotto, per quanto si può. Ma piano piano il senso di euforia calò fino alla giusta prospettiva. Ricordavo Paolo a otto o dieci anni che si faceva il giro della stalla appeso ai tubi del latte, un salto deciso e partiva leggero e agile come un uccello, adesso lo vedevo arrancare cocciuto sopra la schiena delle mucche e sotto il cemento umido con gli spigoli del trasportatore, una caduta non sarebbe costata solo un livido, o una sbucciatura. Ma i miei sgolamenti erano inutili, proprio come se non fossi stata lì, e l'ora della mungitura la passavo con le budella attorcigliate dall'angoscia, e da una rabbia devastante che ormai era una malattia cronica, mica un comune nervoso che dopo magari ci ridi sopra e via. Quante volte l'aveva fatto, nonostante le mie sgridate, e non una volta, dico una, che mio marito che era lì lo prendesse giù, e gli appioppasse una sberla, con solo quattro parole "non tornarci mai più" oppure "impara ad ascoltare tua madre". Ma un padre così non c'era, c'era l'esatto contrario, il che manteneva la mia rabbia a livello.

Ma alla fine avevo dovuto fare buon viso a cattivo gioco perché mi ero stancata, cosa sto ad arrabbiarmi se non conta niente, se il mo matrimonio è maltampellato, un vero e proprio disastro, non si fa prima a metterci una pietra sopra... e poi io non ho tempo, che alla sera sono sfiatata e quel po' che mi resta lo devo ai miei figli, e a me. Come fare la sfoglia tutte le mattine... non era un lavoro in più? Un'ora del mio poco tempo che avrei potuto fare le cose con più comodo, che lui poteva anche accontentarsi di riso e spaghetti alla fine. Così i miei ricordini rosa ingrigivano nel tran tran giornaliero.

Ma di nuovo, spostando il cartoncino, fui presa da un empito di euforia. Eh no, va bene mollare ma non tutto, i ricordi migliori, la consapevolezza di questi anni passati che mi facevano sperare un po' in meglio, quelli erano miei, neanche a parlarne, di mollarli.

Al pomeriggio, un po' rilassata, sarei andata a trovare Viviana che ne avevo voglia, aspettai le quattro che fosse alzata. Appena sedute scaricai la novità. "Stamattina è arrivata la cartolina rosa, è stato un colpo, sono stata agitata tutta la mattina", mi ascoltò un po' sovrappensiero, sembrava arrabbiata, forse ero venuta in un brutto momento, e non aveva voglia di parlare. "Non siete preoccupata" disse brusca "No, perché dovrei, Loris non è mica un bambino e poi siamo in tempo di pace e..." "Questo è vero, ma noi stiamo cominciando a interessarci se Franco possa stare a casa, ma sembra proprio che non ce la caviamo, hanno già fatto i loro conti e quest'altr'anno ce ne sono pochi, han detto... quando ce n'è di più possono chiudere un occhio ma così... è difficile che..." Aveva la voce atona, come se parlasse con tutti o con nessuno. "Oh mi dispiace di aver trovato fuori quest'argomento" "No, no, solo che..." fece diverse considerazioni tutte più che giuste "se ce ne mancano anche la metà a loro cosa importa, per quel che se ne fanno, e poi il militare ci andassero quelli che gli piace, a farlo, che se stessero tutti a casa, dappertutto, non avremmo neanche più paura degli armamenti... se fossimo tutti uguali..." Parlò un altro po', e la voce riprese tono "Voglio solo che mi diciate una cosa, se vi sembra giusto che Franco vada via, con suo padre invalido e io messa come sono, che in due siamo messi come in tre su una sedia sola, dite solo se è giusto, che..."

Me ne tornai a casa amareggiata per Viviana che era così avvilita. Ci vedevamo sempre meno, per forza di cose. Finché la Marina era piccola la veniva a vedere, dieci minuti, quasi tutte le mattine, ma adesso il nostro tempo insieme era ridotto ai quattro passi che c'erano dal negozio a casa mia, e mica tutte le mattine ci incrociavamo. Speravo tanto che le cose migliorassero un po', anni indietro ci eravamo fatte qualche risata, avevamo guardato un po' le cose del nostro ben fornito negozio, adesso niente, eravamo diventate due vecchie, prima del tempo, accidenti! Qui bisogna riprendersi un po'. È vero che le cose non van sempre a modo nostro, ma non stiam mica sempre lì a pensare al peggio, che i figli crescono, e magari fra qualche annetto, forse... Ma nonostante quel piccolo senso di speranza che mi pervadeva quando pensavo ai ragazzi, non riuscivo a dire qualcosa di buono a Viviana, che era diventata così abulica. Rispondeva a malapena e a monosillabi, e non metteva più niente di suo nelle pur poche chiacchiere che si facevano davanti al negozio. Pensavo che la nostra amicizia stava per finire, ma non riuscivo a dire "Venite qui che parliamo un po'" o semplicemente ad andare a casa sua dieci minuti di pomeriggio, magari a chiederle cosa faceva per cena, o cosa faceva Ferruccio, nell'orto, solo per farle uscire la voce di bocca e a sbloccarla un po'. Sentivo sempre meno Franca, anche lei con una famiglia numerosa e la zia non veniva più una volta o due la settimana come aveva sempre fatto perché sette o otto chilometri in bicicletta cominciavano a pesarle, ma Viviana era qui... Prima parlavamo a tutto spiano... ma quanto, prima... adesso non dicevo nulla perché non volevo spazientirla, e perché non mi dicesse della bambina, che non mi garbava più prendere della bambina neanche da mia madre, figuriamoci. Così tiravamo avanti in magra e qualche volta mi invelenivo. Vabè che al mondo bisogna accontentarsi, ma sempre di meno poi...

Una mattina la bottegaia mi chiese se mi ero presa giù con Viviana "Vedo che non vi parlate quasi più..." "Mah! Siamo sempre andate d'accordo... è vero che io non ho neanche il tempo di far pipì e anche lei è inzappellata un bel po', ma che io sappia..." Dietro di me c'era la Fannì, la cugina di Viviana che abitava in fondo al cortile, e finì lei di rispondere "Ah no, non è mica arrabbiata, è solo giù, non riesce a mandar giù che i suoi figli diventano grandi, spera che Franco sia esonerato dalla naia, ma finché non è sicura... che ha poi ragione, poverina, è lì che tira fiato coi denti." Quella frase lì del "tira fiato coi denti" mi rimase sullo stomaco e mi fece sentire cieca e stupida, molto stupida. Come una che vede un cartellone per la prima volta, dopo che è lì da degli anni. Me lo aveva detto lei, si può dire tutti i giorni, dal bambino troppo pesante, dal non andare al Ponte, dove conosceva tutti per non fare la pur modesta salita, molte volte, prima che vendessero, diceva "Una volta vi porto là in mezzo a vedere" ma non c'eravamo mai andate, un chilometro di strada, pensa un po'. Adesso poi non si allungava a più di cinquanta metri dal negozio, né per andare dalla cugina che le cuciva le cose, né per venire a vedere i bimbi più piccoli, e sapeva quanto ci tenevo, sapeva benissimo quanto mi mancava. Anche se non l'avevo mai ringraziata per l'appoggio che mi aveva dato in quegli ultimi difficili anni, dieci minuti per noi se li era sempre fatti saltar fuori, non l'aveva mica detto per nulla, più di una volta "Se avete bisogno io sono qua..."

E adesso? Adesso avrei voluto essere io per quel po' che potevo, ad aiutarla, a tenerla un po' in tempo, ma non c'era modo, e le parole di Fannì mi ballavano in testa come piccole campane impazzite, che non riuscivo a non sentire. Delle volte avrei voluto urlare, ma insomma Viviana, fatevi forza che un anno passa presto, e poi non siete voi che mi dite sempre di aver pazienza quando mi viene il nervoso, e adesso non ci si parla quasi più... Quando la vedevo le stavo attorno come una chioccia, ma era un tran tran sempre più magro.

Una mattina venne in negozio con due grossi calzettoni e due babbucce di pezza, il vestito le ballonzolava attorno, doveva essere calata un bel po' di chili, e non ci avrà mica messo tre giorni, ma io me ne accorgevo solo adesso, come al solito non vedevo le cose fino a quando non mi entravano da sole negli occhi.

Ci avviammo, con il solito silenzio che ormai detestavo, poi sbottò "Finirò per andare in giro scalza... stamattina non son riuscita a farmi entrare le scarpe, guardate qua..." si scostò un po' la calza, i piedi eran gonfi e lividi fin sopra le caviglie "Dio mio Viviana... ma dovete stare stesa, non potete camminare così" "E cosa faccio, sono andata a letto alle sette e son venuta giù alle sette, ieri pomeriggio son venuta giù alle cinque, delle pastiglie mi son fatta la nota per non dimenticarmene neanche una, ma mi contano "slitta e poi cadi", ecco cosa mi contano, io non so più che cosa ci sia che mi fa buono".

Aveva tirato fuori un po' della sua arguzia finalmente, anche se l'aveva tirata fuori coi denti, intanto stava parlando e mi feci coraggio. "Io, Viviana, avrei da dirvi una cosa, adesso vado in casa ma quando avete un minuto." "Venite oggi, prima di andare nella stalla, che non stiamo mai insieme un po'". Entrai in casa con un sospiro di sollievo, finalmente avremmo parlato un po'.

Alle quattro i ragazzi erano tutti fuori, mio marito dormiva e io uscii dall'altro lato perché non mi sentisse, è triste uscire di nascosto perché il marito non sgridi e misurare il tempo a minuti anche solo per andare lì a due passi a trovare la tua più cara amica e non poterla invitare a casa tua a bere un tè in santa pace... Mi fermai un po' a piangere nell'angolo della casa, ero un po' scossa ma non volevo mica andare a piangere da Viviana, deglutii e mi avviai ma intanto avevo perso quel po' d'euforia che ti facilita un po' le cose. Tirai fuori un lungo respiro prima di entrare, Viviana era seduta di fianco al tavolo con una rivista aperta davanti, sembrava più in cera del mattino. "Guardate un po' qua... questa qui ha lasciato i suoi tre bambini per andare a stare con questo". Guardammo tutte le foto, una a tutta grandezza, tutta da guardare, lui un bell'uomo trentenne e lei acconciata come una principessa e un sorriso che era tutto dire. Più avanti, il campione sulla sua moto che sembrava stesse per spiccare il volo, e poi lei sempre col sorriso che meglio non si può, poi su un divano con i tre figlioletti, il più piccolo aveva il ciuccio in bocca, e poi un seguito adeguato, la casa dove vivevano, insomma tutto quello che ci vuole per far fare un "oh!" di meraviglia ai lettori, specialmente a quelle come noi due. "Oggi l'ho fatto vedere a Ferruccio e gliel'ho anche letto, perché solo a guardare non ci si raccapezza mica, tre figli lei, due lui, e tutto il contorno..."

Eravamo in uno stato un po' agrodolce, un po' fuori da quello che volevo dire. "E allora ditemi un po' su..." Adesso non guardava più il giornale. "Io, volevo dirvi una cosa, che è tanto che l'ho lì, è per voi sapete, adesso parliamo così poco, ma vedo che siete... (stavo per dire agli sgoccioli)" "Sempre peggio, ah, ditelo pure" "Io dico la mia ma non fateci conto e vi chiedo scusa prima, ma non avete mai pensato di venire a dormire giù e la scala lasciarla agli altri?" Aprì la bocca per parlare e poi la richiuse, ma non sembrava offesa, né sorpresa più di tanto. "Vi fareste una stanza e un bagno di là, per voi e Ferruccio" Alzò una mano, adesso mi dice di farmi i miei. "Non è che sia una brutta idea, ma poi non si sarebbe neanche a metà" fece un gesto circolare come per indicare la casa in tutto il suo complesso, dentro e fuori, l'orto, il giardino, anche se credo che pensasse più che altro alla famiglia, poi parlò un po' assorta "Capite bene che le scale a momenti sono il male minore". Mi sentivo quasi male dall'imbarazzo, ma ormai avevo preso l'abbrivo. "Per questo ci sono donne fidate che le conoscete anche meglio di me, che potrebbero aiutarvi in tutto, sarebbero solo contente le donne che non hanno più il posto in campagna di stare qui e starebbe più tranquillo anche Ferruccio."

L'avevo detto! Era tanto che ne avevo voglia, ed ero convinta che quella fosse l'unica soluzione possibile, ma, di mio, non ne avrei più parlato, né con lei né con nessuno, amiche è un conto, invadenti è un altro.

Le settimane continuarono a scorrere, una uguale all'altra, come perle sullo stesso filo, lo stretto necessario, per non dire solo "buongiorno", non un'alzata di testa o un pianto, mi sarebbe andato bene anche quello, piuttosto del quasi nulla. E quando cambiò fu in peggio, Viviana parlò con a voce più alta del solito: "Non ce l'abbiamo fatta, non ci siamo riusciti..." Mi ci volle un po' per capire che stava parlando del figlio, "Non l'hanno mollato, neanche a morire, e saremo bene nel bisogno..."

brontolò un bel po', mezzo strozzata dalla rabbia e dall'angoscia, era veramente fuori di sé. "Portate pazienza Viviana, i primi giorni son duri, anche per loro, ma credetemi, dopo i primi tempi le cose si aggiustano da sole e..." Ma non mi ha neanche sentito, ha continuato a gridare, dando dei pugni al manubrio della bicicletta, non l'avevo mai vista così, mio Dio... Non so come, ma riuscii a poggiare una mano ferma sul suo braccio battente, Viviana calmatevi... finalmente si sfogò in piccoli singhiozzi secchi e convulsi, che nascose nel fazzoletto, non era il tipo da piangere, neanche davanti alla donna più imbranata di tutto il pianeta. Finalmente si calmò, del tutto, e io mi sentii di nuovo alla giusta altezza, adesso eravamo due donne normali, che parlavano delle loro cose, e la sua voce aveva perso un po' le incrinature dell'avvilimento. "Avete capito vero?" "Certo, che ho capito, e chi volete che non capisca". Finì di asciugarsi il viso e risalì con un lungo sospiro sulla bicicletta. "Questa però è grossa da mandar giù". Questo al posto del buongiorno.

Mi accorsi che piangevo quando avevo già vuotato le sporte della spesa, e andai a nascondermi in quella specie di purgatorio che era la mia piccola lavanderia. Mio figlio in tutto l'anno ci aveva scritto un'unica cartolina "Sto per tornare e non vi lascerò mai più" che mi commosse. In altri momenti l'avrei subito fatta vedere a Viviana, ma adesso era troppo scossa, era meglio lasciarla in pace, e pensavo con dispiacere che il tempo delle confidenze, anche quelle proprio da nulla, non sarebbe mai più tornato. Non avrei mai pensato che finissero le parole, tra noi.

Franco era già partito da più di due mesi e non gli avevano ancora dato una licenza abbastanza lunga per fare almeno un giorno a casa, e Viviana sembrava una mummia, rispondeva a malapena alle vicine che cercavano di incoraggiarla con i soliti "vedrete" e "speriamo" che pure erano parole gentili, se qualcuna faceva un discorso un po' più lungo rispondeva con un "eh..." chiaramente infastidito.

Un mattino, proprio per dire qualcosa mi scappò "Mio cugino, per le licenze troppo corte, è stato via nove mesi di seguito, e brontola ancora quando gli viene in mente..." Non l'avessi mai detto... Viviana mi saltò in faccia con un secco "E state zitta un po' voi" che mi lasciò di stucco, riuscii a malapena a biascicare uno "scusate" ma mi sarei morsa la lingua, e lei continuò, affannata dalla rabbia "Scusate, scusate eh? Fate bene voi a parlare, che il vostro era a casa due giorni a settimana, e quello della Virginia che faceva l'obiettore e doveva badare allo zio cieco, stava là dieci minuti e poi andava tutto il giorno a casa della morosa, che sua madre non ne poteva più, e quell'altro di... è a Carpi, che non so cosa faccia, ma cena a casa tutte le sere, quell'altro è a Modena e anche lui è sempre a casa... tutti, tutti questi qua attorno è più il tempo che han passato a casa che via, che non prendono neanche il treno, vanno dritto filo con la loro automobile, invece il mio...", finalmente smise di parlare, e risalì in bicicletta, con un "vi saluto" così asciutto che mi fece l'effetto di uno schiaffo. Ben meritato.

Ormai erano mesi che con lei mi sentivo in colpa, che poi non avevo fatto niente di male, è vero che le parole mi scappavano di bocca, ma non l'avrei mai fatta arrabbiare di proposito. Io avevo quarant'anni e me ne sentivo più di cinquanta, lei ne aveva cinquantasei e qui, dall'ultimo anno, glien'erano cresciuti dieci. Era sempre più grande di me e adesso la vedevo come tale, come da bambina con la maestra, le volevo bene ma ne avevo un po' soggezione, una piccola pena che non sapevo come definire, oppure sì, ora vedevo in lei una figura importante che non puoi star lì a chiacchierare come se niente fosse, del bello e del brutto, ci vuole attenzione.

Finalmente a Franco diedero una licenza di qualche giorno, e di nuovo le vicine, che avevano capito il suo stato d'animo, si fecero avanti con gentilezza "siete contenta Viviana? Finalmente eh?" poche parole cui lei rispose con un piccolo gesto di assenso e un sorriso appena accennato, era così emozionata che non riusciva neanche a parlare, e ai piedi aveva le babbucce del mal di piedi e le occhiaie delle notti insonni, Dio mio... Viviana era molto malata... aveva bisogno di stare a letto, e mica due giorni, speravo che il medico, Ferruccio, i suoi figli, le cugine o che so io riuscissero a convincerla, io non mi attentai neanche ad aprir bocca, ma speravo che la visita del figlio la tirasse un po' su, ma non dissi nulla, mi avviai a piedi con le sporte in mano, piuttosto arrabbiata perché mi avevano rubato la mia bella bicicletta.

Lei mi seguì con la bicicletta a mano, e ci avviammo lente e silenziose come due lumache, eravamo proprio due vecchie, ma sul passo di casa mia lei si fermò con un sospiro e io appoggiai le sporte per terra e la lingua partì, incauta e innocente come quella di un bambino "Adesso mi tocca di tirarmi dietro le sporte e dovrò anche litigare per comprarmi una bicicletta nuova, accidenti" e mi fermai lì. Lei si appoggiò un po' in equilibrio contro la sella e fece un gesto vago, quasi di noia. "Cosa volete che sia una bicicletta..." e si guardò intorno, con una specie di attenzione, come se valutasse in qualche modo il paesaggio che avevamo sotto gli occhi tutti i giorni, le vecchie case, con l'erba che non si riusciva a falciarla, che ti cresceva sotto gli occhi, e si fermò su casa sua, il cancello, il balconcino, e se la lasciò entrare negli occhi, con la fronte aggrottata da un moto impercettibile, di troppi pensieri, la casa e i suoi abitanti erano la sua vita, la sua sofferenza, la sua tenerezza. Soltanto a conoscerla bene si poteva vedere tra quella ridda di pensieri l'ombra di un sorriso. In quel momento era sola con se stessa, lo era spesso negli ultimi tempi, ma senza arroganza, non era una cosa voluta, era solo più forte di lei, un istinto, una specie di guida nascosta.

Finalmente si riscosse e mi sorrise con confidenza ma senza esuberanza, e disse quasi sospirando "Domani è il grande giorno..." "Sono proprio contenta, Viviana..." Poi, quel piccolo incantamento, paf... si sciolse nel domestico "Sapete quante cose dovrei fare oggi? Vorrei proprio mettere a posto per bene e fare qualcosa di buono da mangiare, quello bisogna proprio". La prevenni prima che dicesse che era stanca "Ecco, fate da mangiare, che è anche troppo, le altre cose le farete quest'altra settimana quando sarete più tranquilla, datemi retta e non state lì a dannarvi che non arriva mica il Papa, è solo vostro figlio, mica un estraneo." Convenne "Ah! È vero, solo che..." entrò di nuovo in pensieri suoi, "non ce la faccio Anna, non ce la faccio" "Non dite così Viviana, sono sicura che quest'altra settimana starete meglio." "Non dite sciocchezze, ora, ho detto che non ce la faccio più, non riesco più a tenere la casa, non so neanche più da dove cominciare, fra un po' mi andrà tutto a catafascio, io non so..." "Mio Dio, Viviana... anch'io son messa come voi, non sapete quante cose mi lascio indietro..." Ma non le interessavano i miei commenti, non le interessava nulla che non fosse il suo privato, se ne andò, senza neanche salire in bicicletta, e io andai in casa e la seguii con gli occhi dalla finestra, con un po' di apprensione. Ferruccio le venne incontro sul vialetto, si dissero due parole poi lei gli mollò bicicletta e sporte ed entrò in casa. Mi augurai che entrasse in salotto e si mettesse in poltrona con qualcosa sotto i piedi, spero proprio che lo faccia, insistei tra me.

Il giorno dopo andai in negozio alle undici, non c'era nessuno, la Luisa che stava mettendo a posto qualcosa, si voltò e chiese "E Viviana?" "Come, Viviana" "Ah, credevo sapeste qualcosa, l'han portata via stamattina presto con l'ambulanza, e sembra che..." "Cosa vuol dire, sembra che..." ma lei non aggiunse altro, e io tornai a casa con quel "sembra che" che mi rimbombava in testa. Mi affrettai a preparare e servii il pranzo senza dire niente, e corsi fuori tre o quattro volte a guardare, ma la casa era come tutti gli altri giorni, se fosse successo qualcosa stamattina ci sarebbe stata qualche automobile o qualche bicicletta lì attorno... me l'immaginai su un letto rigido, piena di tubi... mio Dio... Viviana... ma appena Gabriel, dopo mangiato, andò a sedersi sul divano, lo presi per un braccio "Vieni, vieni fuori con me che ho bisogno". Mi guardò un po' sconcertato "Per piacere vieni con me che in due sta meglio". Lui prese su la bicicletta che intanto andava a lavorare, e ci fermammo titubanti in mezzo al cancello aperto, tutto era in silenzio, chissà se c'è qualcuno in casa, chissà se... lui borbottò un timido "Beh! Andiamo a vedere" "Sì, andiamo" ma io con quel "sembra che" in testa non riuscivo a muovermi, inutile, i miei piedi erano inerti, anche Gabriel se ne stette per un po' del tutto immobile sulla bicicletta a testa bassa, poi scese e si avviò senza di me, che mi stavo maledicendo. Tornò subito, fece un no col capo e mi mise un braccio attorno alle spalle con delicatezza, poi chiese, più a se stesso che a me "E adesso? Come faranno senza la loro mamma…" Emise una specie di gemito di scoramento senza parole poi riprese la bicicletta "Ciao mamma" "Ciao Gabriel", ma rimasi dov'ero a guardare la sua schiena finché non scomparve del tutto e tornai a casa, maledicendomi di nuovo. Avevo sei figli e non ero ancora una donna matura, parlavo a sproposito, e mandavo i figli al mio posto, e stavo dura per non piangere anche se mi era morta la mia grande amica.

Me ne andai di filato in lavanderia, e uscii solo quando il capo si mise a picchiare la porta bestemmiando "E' morta Viviana". Urlò un "cosa?" poi tacque per un po'. "E adesso? Come faranno tutti quegli uomini lì…" Lo stesso Letizia "E adesso? Poverini… e Ferruccio, poveretto…" Loris lo sapeva già "Hai sentito? Io ci son rimasto! E adesso, quei ragazzi, e anche suo padre, come faranno a tirare avanti." Ma non solo la mia famiglia, ma anche mia madre e zia Enrica quando lo seppero, e il vicinato, tanti quanti eravamo, tutti dissero "E adesso?" Tutti la ricordavano nella sua figura di mamma, di moglie e di quella che fino a dieci anni prima chiamavano "razdora", reggitrice, quella che decideva l'andamento della casa, che quando c'era lei si poteva star tranquilli, e invece adesso… Quello che avevo in testa in quei giorni lì era tanto, che a momenti mi appannava la vista. Senza contare il magone. Quando guardavo la casa, e non so se la guardavo perché era la sua, o solo perché mi capitava sotto gli occhi, mi prendeva un colpo allo stomaco, come un pugno secco, e mi saliva fino in gola l'amaro terribile dell'impotenza, della sconfitta, del tempo che ci schiaccia. Stavo male.

Quella sera lì, si tenne il tradizionale Rosario, e il cortile si riempì dei vicini, e di quelli che abitavano verso il ponte dove Viviana e Ferruccio avevano vissuto fino alle nozze. Andai con Letizia, per farmi coraggio, ed entrai cautamente in casa, Viviana era subito lì, nel salottino, e io non ho mai avuto paura dei morti, ma lei, lì, mi sembrava talmente e ingiustamente fuori posto… "Io, Viviana, ve lo prometto, penserò a voi, non saremo state amiche per nulla, ma non voglio guardarvi, e adesso vado fuori, ma sono onorata di avervi conosciuta, orgogliosa del tempo che abbiamo passato insieme" Ed ero già in cucina con la vaga idea di stringere la mano a Ferruccio, ma lo vidi coricato su qualcosa, così perso, che non andai neanche da quella parte. Enea cercava di intrattenere in qualche modo tutta quella gente, ed era agitatissimo, i ragazzi erano in un gruppo a parte, come si usa adesso, che giovani e anziani non amano mischiarsi.

Tornammo a casa senza salutare nessuno, che pure quelle persone anche solo di vista le conoscevo tutte. Era come se stessi guardando un bizzarro film dell'orrore cui più ci stai attento e meno ci capisci, un gruppo di teste e di cappelli tutti senza facce, tutti fatti con la creta che usavo da bambina per fare le mie bambole, solo Viviana parlava ma non ci si capiva, le sue parole erano fredde e lontane come la bora triestina, e gelavano tutta la casa, anche l'albero del giardino, anche Ferruccio che non si sarebbe più rialzato da lì, solo la mano di Letizia sotto il mio braccio era calda e morbida, e mi voltai a guardarla, piangeva silenziosamente, ma era così bella, così bella, la mia Letizia.

Il funerale fu forse l'ultimo che si svolse del tutto a piedi, a partire da casa. Chiusi il portone della stalla e guardai da una fessura il carro funebre lento e incombente come un carro armato, cosa ci faceva lì nella nostra strada. "Io non ci credo Viviana, che siate chiusa lì..." Dietro, la gente della sera prima, ma non in fila indiana, erano tutti in gruppo, ma i miei occhi si rifiutarono di guardare i primi, così non posso dire di aver visto Ferruccio ed Enea, né i suoi figli, vidi, subito dietro, Loris e Gabriel con Letizia nel mezzo e un gruppo di uomini, stranamente le donne erano per ultime, erano tutti ricurvi perché pioveva a dirotto, uno stizzoso temporale di fine estate arrivato in tutta fretta e quasi nessuno aveva l'ombrello. Guardai per cinquanta metri, poi riaprii il portone e tornai al lavoro.

Era già il dopo, era già cominciato il tempo senza di lei, ma io, per quasi un anno, non riuscii a superare il distacco, restai come uno che non riesce a saltare un fossato e sta con un piede per parte. Era sparita così in fretta... No, a ripercorrere quegli ultimi mesi, avevo chiaro che era molto malata. Ma anche la prima volta che l'avevo spiata dietro i vetri, sedici anni fa, avevo avuto una sensazione vaga, che mi si era chiarita cinque o sei anni dopo, quando mi aveva detto il risultato del consulto che il suo medico le aveva ordinato. Sulle prime, quando la vedevo tutto il pomeriggio attorno ai figlioletti, avevo pensato "beata lei che ha tempo", poi avevo capito che la chiara divisione del suo tempo non era pigrizia, non che lei ne avesse mai parlato, parlavamo quasi sempre e solo dei bambini, la nostra stanchezza cronica era ancora la normale stanchezza di mamme con figli piccoli.

Viviana non aveva mai parlato d'altro che di raffreddori e cose così, più di quelli degli altri che dei suoi, a dire il vero, e sono quasi convinta che non avesse parlato neanche a Ferruccio di qualcosa di più serio per quei primi anni. Ma sul tavolo c'era sempre qualche medicina che non era aspirina e andava dal medico con una certa regolarità. Io, che avevo sempre del sono arretrato, un giorno dissi: "Oggi finalmente, sono riuscita ad andare a letto e ho dormito quasi due ore, che avevo un tale sonno" "Beh! Se è per quello noi a letto ci andiamo tutti i giorni fino alle quattro, ma almeno un'ora mi ci vuole per prendere sonno" oppure "Ho mandato Enea ad aggiustarmi la bicicletta perché a me andare fino al Ponte mi viene il fiatone." Frasi e modi che misi insieme del tutto solo dopo il consulto. Prima pensavo a qualche disturbo, e chi non ne ha. E anche dopo, Viviana faceva sempre le stesse cose, non rimaneva mai a letto, parlava volentieri coi vicini, è vero che era cominciata la litania della stanchezza, che diventava sempre più lunga, ma la risolveva in fretta. "Oggi ho un mal di piedi, ma si sa, i piedi là sotto devon portare in giro tutta sta roba" oppure "Oggi son stanca, più di ieri, ma trovatemi una mamma che non sia stanca, si fatica più adesso di quando erano piccoli, non son mai a posto." Ma si inteneriva, quando parlava dei figli, ci si nascondeva dietro, era un po' una falsa brontolona adesso che non erano più bambini. Se aveva perso un po' della sua vitalità erano anche passati gli anni e mi veniva da pensare che i medici esagerano, qualche volta.

Questo fino a un anno fa, la rabbia che l'aveva presa al mancato esonero del figlio, era una specie di disperazione, un'ostinazione che l'aveva sfiancata, dietro la quale aveva nascosto le sue paure. Voleva a casa il figlio perché aveva paura di morire presto, e non le interessava mettersi a letto per guadagnare un giorno, voleva vivere il tempo che le restava coi ragazzi accanto com'era sempre stato, fare una torta o gli gnocchi finché ne era capace, farli star bene, fare star comodo il suo vecchio, aveva solo cinquantacinque anni ma non aveva resto da chiedere. I conti erano chiusi.

Era questo che pensavo dopo il duro impatto del risveglio, mi faceva male che non fosse lì da qualche parte a far qualcosa. Dieci anni, almeno altri dieci anni per riempire un po' di più la sua vita, ma questi sono conti proibiti e inutili, come il mio rimuginare. Poi pensavo ai suoi, specialmente quando eravamo a tavola. Come se la cavavano? I due giovani... avevano mai fatto un tè, un caffè, o un piatto di spaghetti, magari per curiosità, o se proprio non c'era nessuno in casa, magari non avevano mai neanche acceso un fornello, Ferruccio non lo lasciava fare perché non sentiva gli odori. "Per l'amor del cielo, se travasa un tegame e si spegne la fiammella, lui non se ne accorge, no no, ci sto attenta, che lui lo farebbe quando sono indietro, ma è pericoloso. Men che meno Enea, l'unica cosa che fa di suo per la famiglia è portare le biciclette dal meccanico..."

A pensare al silenzio che doveva esserci in casa, alle cose che in un giorno solo si accumulano, al loro inevitabile sgomento, mi veniva freddo. È vero che è semplice imparare, ma così all'improvviso, Dio che tristezza! So che qualche vicina si era fatta avanti per i primi tempi, ma io non andai neanche da quella parte, semplicemente perché riuscivo a malapena a fare i miei, e poi anche se avessi avuto tutto il tempo, non ne sarei stata capace. In vent'anni di vita con un marito oppressivo, non mi ero mai presa la soddisfazione di fare un piacere a qualcuno, fosse pure lavare un bicchiere, col risultato che mi sentivo sempre in soggezione, non avevo quasi più nessun rapporto con fratelli e cognati, che erano un numero, e peggio ancora, le poche volte che andavo da mia madre, cercavo di venire a casa a mangiare perché non mi sentivo a mio agio, avevo soggezione perfino di mia madre. Non sarei proprio riuscita a mettere alla finestra lenzuola non mie.

Ma non ero la sola a sentire la mancanza di Viviana, una mattina Rosa aveva guardato per aria, "sarebbe una giornata buona per andare a frutta, ma oggi sto a casa, cosa volete che vi dica, da quando non c'è più Viviana, mi è andata via la voglia di lavorare, niente, non ho voglia di far niente" e se ne era andata imbronciatissima, frasi così saltavano fuori da tutte le nostre bocche, per ricordare Viviana che si era fermata a metà strada.

Perfino Letizia che non aveva ancora tredici anni, una volta aveva detto quasi esitante "Io però, mamma, se tu… insomma, io sarei capace di fare le cose, non dico proprio tutte ma…" concluse decisa "Io sì, starei attenta e ci riuscirei." Come mai faceva un discorso simile? Non aveva detto "se tu morissi" o "ci riesco", aveva fatto un'ipotesi, ma io ero turbata… Forse aveva pensato ai figli di Viviana, adesso, ai loro nomi aggiungeva un "poverini" come se fossero micini nella stoppa, invece di due uomini alti quasi due metri e giudiziosi, nel vero senso della parola. O forse aveva pensato a me, alla mia palese amarezza, per incoraggiarmi "Ti aiuterò io mamma, non avvilirti". Aveva parlato seriamente, da donna a donna, e una bambina non lo era proprio più, malgrado l'età. E io ero un po' commossa e un po' offesa. Qualcuno ha detto che abbiamo due anime. Se è così, le mie due sono attaccate come gemelle siamesi, parla una, parla l'altra, ma ahimè, le idee sono due, e io dovrei dare due risposte, o almeno una sola che le riunisca in un unico contesto.

E adesso? Sto pulendo tutti gli ugelli del gas e ho quasi smontato i fornelli, e c'è da sfregare un bel po', e sto rimuginando, ovviamente. Lei si è messa sul tavolo un bel po' di roba, ma non sta scrivendo, sta grattando qualcosa con un'unghia, pensierosa quanto me, cos'è sto silenzio, dobbiamo parlare. "Letizia… lo so che tu sai fare le cose, e delle volte mi dispiace che tu abbia dovuto imparare prima del tempo, ma è perché ne ho tanti da fare che… e poi trovare qualcuno che ha preparato al mio posto mi fa sentire in compagnia, non è solo per la stanchezza, capisci?" "Sì, e mi piace dare una mano, dicevo solo che se mai ci succedesse qualcosa... io, quasi quasi riuscirei a fare tutto." Fece un elenco delle cose che faceva, e di quello che avrebbe saputo fare, se mai... una specie di programma come quello delle future spose: tornerei a casa da scuola e prima mi cambierei, e poi... farei farei farei. E io ci credevo a quello che diceva, pensavo a lei da grande come a una del programma di prima, ordinata, non per nulla era nipote di mia madre, con tutto sott'occhio, una brava donna, una brava mamma, e chi più ne ha più ne metta. Questa vaga visione comprendeva anche la sorellina, che, a sei anni, non si faceva bagnare il naso da nessuno, le premesse c'erano.

In altri momenti, pensieri così mi avrebbero fatto aprire le ali, ma adesso avevo un filino amaro dentro che non riuscivo a togliere di lì. Non per lei, lei era una verde speranza, ma per me, per quel brutto ritratto che avevo intuito nelle sue parole, una che avrebbe potuto finire male, che aveva bisogno di qualcuno che l'assistesse perché era insicura e fragile, era anche maltrattata, poveretta, e delle volte non era molto meglio quello che pensavo io di me. E da quando era mancata Viviana, ero come un birroccio pieno di roba che ha perso una sponda.

Finalmente la mia inquietudine si girò un po', e mi ritrovai a rispondere un po' brusca "C'è solo una cosa da fare, imparare, imparare tutto quello che si può, e non lasciare che gli altri facciano i tuoi, ce la devi sempre mettere tutta, sempre, devi fare, fare, fare..." Mio Dio che razza di discorso stavo facendo... Ma lei rispose decisa, con tutta serietà "Non c'è bisogno che tu me lo dica, le cose io le so già, so come ci si deve comportare, vedrai." Fine del discorso, per fortuna.

Ma ero confusa, non riuscivo a cogliere il nesso tra la soddisfazione che mi prendeva quando stavo coi miei figli, perché no, e il discorso stentato e incongruente di prima, e l'amarezza era tale e quale.

Ripensai a Viviana, ai primi anni della nostra amicizia, anni di luce, una lontana leggenda che non sarebbe più rinata. Non sarebbe più tornata, Viviana, non sarebbe più tornata la giovinezza, non sarebbero più tornati pensieri giusti nella mia testa. Rimaneva la lavanderia. Capivo però che fino a che non fossi riuscita a dirmi chiaramente "Viviana è morta", l'amarezza, almeno quella, non si sarebbe attenuata. Ma, a pensarci, nessuna delle donne della nostra piccola frazione lo faceva, se si veniva a parlarne, nessuna diceva la tragica parola. È mancata, non c'è più.Viviana era nata qui, e mancava veramente.

Ferruccio andava al cimitero quasi tutti i pomeriggi, come faceva prima, che là aveva una lunga lista di parenti oltre ai genitori, Enea andava prima di mezzogiorno, e non ne mancava uno. Erano forse gli unici uomini a tenere questa specie di tradizione. Sulla tomba interrata della loro nonna c'era una magnifica pianta di rose rosse, Viviana mi aveva raccontato tutti i traslochi della pianta prima di finire lì. "Era così bella che gli dispiaceva lasciarla, si doveva tagliare molto in fuori, per evitare le radici, e ci volevano anche i nostri cugini, perché era un bel peso, l'ultima volta l'ha trasportata Geo, con la ruspa della cooperativa (sorrise tra sé facendo i conti), avrà almeno quarant'anni".

Oltre la visita al cimitero, Ferruccio, fuori casa si vedeva raramente. Una volta un vicino gli si fece incontro parlandogli a bassa voce, penso per fargli le condoglianze, e a un certo punto, Ferruccio sbottò con una voce che non era la sua "Gliel'ho detto, glielo dico tutti i giorni a quei ragazzi, lei è mancata, siamo noi che siamo qui, che dobbiamo arrotolarci le maniche, non c'è proprio altro da fare..." Finì di parlare quasi ciangottando, e voltò la bicicletta mentre Oliviero lo seguiva con gli occhi, sconcertato, poi venne dentro in silenzio scuotendo il capo, anche nel negozio si era fatto silenzio, mah! Forse avrebbe voluto dire semplicemente "lasciatemi in pace", che quando si è rotti non si ha piacere che ti guardino, l'ha anche detto, siamo noi che dobbiamo farci forza, o forse gli scappava da piangere e sarebbe crepato piuttosto che farlo lì.

Parlavo sempre con Viviana "Il vostro Ferruccio non è un vecchio, ve l'ho sempre detto, è un uomo con del nerbo." Dopo la colazione ero spesso sola e mi faceva comodo, così disimpegnavo meglio le faccende e andai ad aprire la porta un po' seccata, era Enea. "Venite dentro". Aprii la porta della saletta che era più in ordine, e tirai fuori una sedia. "Sedetevi". Io mi appoggiai alla sponda del divano e lui si stravaccò sulla sedia, poi si accomodò un po' meglio e si guardò attorno, senza parere, girò di nuovo lo sguardo verso il mobile dell'angolo e sospirò, non sapeva cosa dire... si era seduto lì e non sapeva cosa dire, e io neppure, ma mi venne "Giovanni non c'è, forse tornerà verso le tre". Finalmente si riscosse "Ah sì, lo so che va al mercato, ma..." era chiaramente in imbarazzo. "Se avete bisogno di qualcosa..." "O no, no" agitò un braccio in un modo che gli era usuale quando parlava, strinse le spalle, poi le riabbassò con un vago senso di impotenza, di tedio, "No no, ero venuto così..." fece di nuovo spallucce e rimase di nuovo in silenzio. Era venuto per parlare, ed era rimasto in panne, succede, ma qui... proprio adesso ero tabula rasa. "E la sfoglia mi si secca", pensavo al modo di mandarlo fuori senza offenderlo "Venite a sedere di là, Enea, che devo far da mangiare..." un'altra filza di no no, ma finalmente si alzò, rinfrancato e guardò di nuovo il mobile. "Ero venuto... mi piacerebbe guardare uno di quei libri lì", una vecchia enciclopedia e altri libri, tutta roba di scuola, "Prendete quello che volete". Ne prese uno, senza neanche guardare il titolo e lo aprì "Oddio adesso si mette a leggere" ma se ne andò in fretta, agitando il libro "Ve lo porto subito, subito" "Ma sta lì a far la muffa, potete portarlo con comodo" "No, no, no, ve lo porto subito" e sparì in fretta com'era venuto. Ero sconcertata! E dopo un'ora, forse meno, tornò col libro in mano ma non aprii la saletta, posò il libro sulla mensola del camino, si sedette, e passò tutta la cucina con gli occhi, assorto, e si fermò sul tagliere. "Che belle stringhe che avete fatto". Poi aprì le braccia nervosamente "Io stamattina ho nettato una gallina ma cosa volete..." parlava sempre con le braccia spalancate "ma ho tanto tribolato, che noi non ci sappiamo fare e..." e improvvisamente scoppiò in un gran pianto, pianse a lungo, senza remore, senza pudore, come un bambino che molla con la mamma, poi continuò a parlare tra i singulti "quando c'era lei... ma adesso... non so neanche se ce la faremo a tenere aperta la casa" Dopo aver buttato fuori a frasi smozzicate un po' di quella specie di angoscia, pianse un altro po', in silenzio. Avrei voluto avere ottant'anni per accarezzargli la testa.

Il brutto momento era passato. E nessuno dei due aveva voltato la faccia, restammo un altro minuto di fronte poi lui si alzò e io lo accompagnai fuori. "Buongiorno Anna" "Buongiorno Enea", ed era già in strada. Lo sconcerto di un'ora prima lasciava il posto a pensieri del tutto tranquilli, direi sereni, una volta tanto. Il ritratto di Enea che Viviana mi aveva fatto tanti anni prima era ancora perfettamente calzante... non è cattivo, solo che lui, le cose da fare non le vede. E se non vedi, non vedi neanche come si fa. Trovarsi una gallina che chioccia nel pollaio e che a mezzogiorno debba essere sul tavolo sotto forma di lesso con relativo brodo, o arrosto con qualche contorno, non è una cosa da nulla. La mia prima volta la ricordo bene perché sarei scappata via, per l'untume e la puzza, ma alt! La voce buona di zia Betta, dietro di me, non si poteva proprio eludere. "Devi imparare Anna, che nella vita non si sa mai... e pensa che brutto lavoro, quando ti sposi, se non sai fare le cose, non si può mica..." Le mani nella farina le ho messe così presto che non ricordo la prima volta, e per forza le mie tagliatelle venivano sempre bene. Ma lui, sposato non era mai stato, c'erano la nonna, le zie, la mamma, che lo avevano coccolato perché aveva la testa fina, di cui poi se ne era fatto poco, e sparita l'ultima zia, c'era già Viviana. Di lei Enea aveva il massimo rispetto, voleva bene ai bambini, ed era forse anche per quello che era rimasto in casa, senza modificare il suo modo di fare. Lasciava fare agli altri, semplicemente.

Ma adesso aveva preso uno scossone... che aveva dovuto per forza aprire gli occhi e la coscienza. Certo rimpiangeva la donna ancora giovane, che conosceva da sempre, con cui aveva condiviso lo stesso cortile, e le dure difficoltà del tempo di guerra, che più avanti era venuta a riempirgli la casa, che con due scapoli si stava esaurendo, la donna che aveva ridato la gioia di vivere al suo più coraggioso e pragmatico fratello, la madre dei ragazzi, che insieme agli altri si era occupata anche di lui. E adesso sarebbe toccato a lui, il più grande della famiglia, tirare le fila dell'andamento domestico, cercare di rincuorare gli altri, per quanto possibile, dare il cosiddetto buon esempio, ma non si può cominciare a sessant'anni, no, lui no, era molto se badava a sé. La disgrazia lo aveva costretto a guardare in faccia la sua imbranataggine in qualche modo vile, era sempre stato dietro agli altri e adesso, farsi avanti, anche solo di un passo, era troppo, no, no, no. L'unica cosa che diceva agli amici e ai vicini era "siamo rovinati" e apriva le braccia come un segno di resa. In qualche modo, seppure di rimando, era sincero come un bambino.

Era passato un anno e di giorno riuscivo a guardare la casa di Viviana senza sentire quel secco colpo allo stomaco che mi faceva salire la bile tutte le mattine, quando aprivo la finestra. Una specie di malattia da cui desideravo liberarmi, specialmente per i bambini più piccoli, è faticoso portarsi dietro tutto il giorno un magone grande così.

Era un pomeriggio e stavo andando al Ponte, in tutta fretta come sempre, anche la fretta mi pesava un bel po', anche di quella ero stanca, che non arrivi mai un po' di tranquillità, un po' di leggerezza, ho solo quarant'anni dopo tutto, non dovrò mica passare tutta la vita di corsa... accidenti. Fu in seguito a questo pensiero che al ritorno mi fermai davanti alla casa di Clementina, tutta deserta, più avanti speravo di vedere Ferruccio o suo fratello, se avessi visto qualcuno sarei entrata, perché no. Ma non c'era un'anima, e così lentamente mi misi a guardare, la mia curiosità era innata, più mia di me, senza fini, senza colpa.

La casa, in tutti quei mesi, l'avevo guardata più con la mente che con gli occhi, come una specie di spauracchio da evitare, quel giorno lì invece, in pieno pomeriggio, la guardai come un bambino curioso. Il giardino era diverso, e non avrei saputo dire perché, eppure sì, qualcosa non quadrava. Poi finalmente mi tolsi di lì, e rimuginando da sola capii il perché. Era più alto e più folto, ma meno fiorito, verdissimo. Ferruccio, o qualcun altro, dovevano averlo annaffiato in abbondanza, senza toccare né forbici né zappa, e i fiori erano nascosti più sotto, dalla troppa crescita delle piante, soltanto due o tre settembrine al di fuori del muretto si erano prese il loro spazio, e promettevano bene. Dall'altro lato, attorno al pozzo, c'erano tre o quattro pile di vasi capovolti in bell'ordine. Inutili. Vasi che un anno fa erano tutti in fiore, li avrebbe curati Viviana, con la sua testardaggine, più forte della stanchezza, adesso erano come un segno del lutto che aveva colpito la casa. Il magone che mi salì si stemperò in fretta, non avevo più bisogno di chiudermi in lavanderia. Stava passando il dolore più lungo dei miei quarant'anni.

A quarant'anni si è grandi abbastanza per riguardare con una certa obiettività i dolori della vita. Si può dire che mi saltarono agli occhi, come carte ripiegate nel fondo di un armadio, tutte scritte dalla stessa mano, tutte la stessa storia, ma tutte diverse.

So tante cose della nonna paterna ma tutte di rimando, ricordo vagamente di averla vista non più di tre volte nelle stanze dabbasso, poco più di un'ombra vaga, non saprei dire di che colore aveva gli occhi. Avevo cinque anni e ricordo bene una specie di toni bassi, oppressivi per noi bambini, perché la nonna era ferma a letto. Quel "ferma" voleva dire, secondo me, tutto il brutto che si può pensare, parole come agonia, fin di vita, gravissima e quant'altro, le sentii forse allora per la prima volta, biascicate a bassa voce dal parentado, questo bastava a tenere fuori dai piedi me e Andrea senza neanche che ce lo dicessero. Tra noi, nei nostri angoli ben organizzati, parlavamo bisbigliando, tanto eravamo, nel nostro piccolo, preoccupati, o scombussolati, insomma partecipavamo all'atmosfera, tetra e al contempo indaffaratissima, della casa. Una volta però la curiosità la vinse, e silenziosi come talpe andammo a vedere coi nostri occhi il misterioso personaggio, la nonna ferma a letto.

Scostammo solo la porta quanto bastava. La nonna si vedeva chiaramente nella penombra della stanza, stesa immobile nel grande lettone di ferro, tutto coperto di bianco, stavamo allungando lo sguardo per bene, quando qualcuno ci sollevò di peso e ci mise fuori dalla porta di casa, senza neanche che toccassimo i gradini e ci chiuse fuori, mio padre o Giuseppe, solo loro erano forti così. La nonna morì qualche settimana dopo, e io in quegli ultimi tempi avevo cercato di farmi un'idea di cosa volesse realmente dire morire, o meglio delle idee me ne ero fatte diverse, si va sottoterra, si va in cielo, si è andati, si è passati di là, si è finiti, non ci si è più, questa era la cosa spaventosa, nessuno ti vedrà o ti toccherà più, nessuno ti sentirà. Pensa e ripensa la trovavo, nelle mie lunghe e pazienti elucubrazioni, una cosa del tutto inconcepibile. Neanche da pensarci a una cosa così.

In quei giorni c'era sempre qualcuno che ci mandava via, me e Andrea, o con garbo, o senza, ci spedivano sempre in un angolo, e alla fine, stanchi della nostra presenza, ci spedirono dai parenti. Io ero dalla zia Paolina quando Gino arrivò e disse senza neanche sedersi "La nonna è morta" e se ne uscì, forse per avvisare altri parenti. Io ero senza fiato. Ricordo il viaggio verso casa sulla canna di zio Enea, la zia tutta vestita di nero, che sembrava una vecchia befana, il loro parlottio, poi finalmente a casa. Stavo per filare alla ricerca di papà, ma la zia mi prese per mano e mi disse severa e al contempo gentilmente "Adesso te vieni con me, che oggi non è mica un giorno basta che sia".

Appena dietro la scala ci togliemmo i panni pesanti, poi la zia mi stampò due bacioni in faccia e mi fece sedere contro una parete della cucina. "Adesso tu stai qui buona buona, che noi abbiamo da fare (mi guardò intenta) oggi farai la brava, vero?" e mi lasciò lì, sola, con quel pensiero enorme che mi sovrastava. Finalmente entrò Saveria con Andrea e lo fece sedere accanto a me, lo abbracciò stretto per un po', e mi allungò un buffetto affettuoso. "Voi oggi farete i bravi vero? State qua che adesso ci sono in tanti che bisogna che vada anch'io a dare una mano". Ci baciò e ci lasciò anche lei.

Andrea aveva solo tre anni e pochi mesi, e io gli presi una mano, lo facevo sempre quando eravamo, si può dire, consegnati. Stavo cercando di farmi venire la voce quando lui sospirò vicino al mio orecchio "Credo che sia morta la nonna" e basta. E restammo lì come due belle statuine finché non ci misero a tavola, prima degli altri, per fare posto. Dopo pranzo ce ne andammo, liberi, a vagare attorno a casa, prima di sera venne Saveria a prenderci. Ci portò in silenzio fino al pianerottolo del primo piano, stranamente vuoto, e ci chiese piano "Volete vedere la nonna?" Andrea fece un largo segno di diniego e arretrò di un passo, io feci segno di sì, un sì sepolto in chissà quali profondi pensieri, ma che non so come, mi era venuto fuori. Entrammo, e i miei piedi si bloccarono subito dietro la porta, c'era quasi buio, Saveria accese la piccola lampada che pendeva sul letto senza mollarmi la mano, e i miei occhi raccolsero tutto quello che era alla mia altezza, la frangia del copriletto, due candele, i mobili e quant'altro, non la figura scura stesa sul letto. "Ti tengo io se vuoi vederla". Feci uno sforzo terribile a deglutire il magone che mi soffocava già dalla mattina ed ero già lì, a guardare, per la prima volta da vicino, la nonna.

La guardai così per bene, che ne ricordo ancora con chiarezza i tratti. Cosa ci vuole a guardare per bene una faccia... mezzo minuto o mezz'ora al massimo. Prima di uscire, Saveria si fece il segno della croce, e io cercai di imitarla. Che strano, ero ancora come al mattino, senza fiato, eppure così viva, e mi sentii dire ad Andrea "E' molto vecchia, ma è bella."

Non ricordo la sera e la notte, probabilmente mi addormentai addosso a qualcuno, il mattino seguente, da una parte ero come una che ha preso una botta, dall'altra ero persa in mille congetture. La più importante era la faccia della nonna, da tenersi bene in mente, non me lo aveva detto nessuno, ma ero sicura che tenersi a mente la nonna fosse una cosa molto importante. Altre idee sul come e perché la si potesse solo ricordare e basta erano troppo grosse da mandar giù, forse papà e Betta me l'avrebbero spiegato una volta o l'altra. Non furono giorni "basta che sia" come aveva detto Paolina. La sera del funerale, dopo cena, c'era tutto così a posto che ad un tratto mi resi conto che nessuno andava su e giù a servire la nonna. La nonna, la grande mamma di tutta la casa, non c'era più, e io mi misi a urlare con quanto fiato avevo in gola, chissà che cosa avrei fatto se non fossi stata in braccio a mio padre, ricordo ancora la sua barba ruvida contro la mia guancia e il tono della sua voce, quello che ci vuole per far passare l'angoscia a una bambina che vuol sapere tutto e non capisce ancora abbastanza. Ovviamente continuai a pensare spesso alla nonna, ma l'affettuosa mediazione di mio padre mitigò del tutto la scalmana che mi aveva preso, e mi ritrovai a pensare a lei con un sentimento serio, mi vien da dire adulto, poca tenerezza, dopotutto non l'avevo mai toccata, forse lei aveva toccato me, quando ero neonata, ma non me ne ricordavo, ma con una specie di grande rispetto, che mi rimase, integro, nel tempo.

La tenerezza del ricordo andò tutta alla nonnina materna, Ida, la vecchietta più curva di tutta la Bassa. Questa linea grottesca l'aveva da che ricordo, a volte mi faceva pena, ma ciò non le impedì di vivere fino a novantotto anni. In questi ultimi anni la vedevo molto poco purtroppo, e quando morì non potei neanche andare al funerale perché Paolo e Letizia erano piccolini e non sapevo a chi lasciarli, ma il senso di gioia che mi prendeva da bambina quando la vedevo non lo scordai, l'odore della sua cucina, le sue sporte piene di paglie al tempo in cui nel carpigiano si facevano i cappelli, prima del cinquanta e dopo, con la maglieria, i suoi cento gomitoli. Mi affascinavano tutte le cose che sapeva fare, era veramente una vecchietta prodigiosa, io e Clara, le nipoti più distanti, ci facevamo certe biciclettate per andarla a trovare. E ora piangevo per lei di dolore solo con tenerezza con una specie di riconoscenza, era l'unica, dei quattro nonni, che avevo vissuto.

Quei giorni lì, un anno dopo la morte di Viviana, quel tempo così brutto, cominciò a sciogliersi, a muoversi, seppure in quel modo inconsueto, ripensando a tutti quelli che avevo amato e che non c'erano più, dalla nonna paterna, a cinque anni, a mio padre solo due anni fa.

Feci delle strane scoperte, intanto erano un numero più consistente di quanto pensassi, e per nessuno di loro il dispiacere era equivalente, per ognuno un dolore diverso, dolori leggeri come panni stesi al sole come per la nonnina Ida, o così duri da accettare come quelli per Iva, per Antonia, per il cuginino Valerio che anche dopo anni che li credi passati, se li senti nominare ti si muove dentro qualcosa che fa un male boia. Dolori preziosi.

Me li hanno lasciati i miei amatissimi zii e mio padre. Un grande pianto, sconsolato, come quello di Enea nella mia cucina, poi non c'era più niente da recriminare, nulla per cui valesse la pena di affliggersi. Nonostante la conseguente tristezza, l'immancabile malinconia, constatai la ricchezza dei ricordi, un'immensa miniera, un immenso posto libero, un immenso cielo, la vera libertà.

Pochi mesi fa dissi a zia Enrica che stava parlando di loro... "Ma per me mio padre non è mai morto" Mi arrivò un'occhiata in tralice, ma mi affrettai a parlare per prima "Non sto parlando a vanvera, sto dicendo ciò che penso, sono sicura che mio padre è qui, ecco tutto". Una cosa così non la si può dire a tutti, e non mi interessava una risposta, infatti la zia non rispose. Finalmente riuscivo a pensare a Viviana con una specie di serenità. Ero molto dispiaciuta e in qualche modo preoccupata per Ferruccio ed Enea, come fossero fratelli miei, ma tant'è, non li avrei mai potuti aiutare. Ai figli, stranamente, pensavo meno, non saprei dire per esempio se Franco avesse dovuto finire la ferma, o cos'altro facessero. Dapprima il loro pensiero mi faceva troppo male, tant'è che mi faceva male solo a guardare la casa, ma adesso, se li vedevo, ordinati come sempre, non pensavo più a loro come a quei ragazzi, no ragazzi non potevano più essere. Gli era cambiata la vita da un'ora all'altra e adesso era giocoforza adattarsi, e io ero sicura che ce la stessero mettendo tutta, non solo per se stessi, che se non si impara a vent'anni si è fritti, ma per altri mille motivi che avrebbero trovato più avanti, e per fare spazio, nella mente, al posto che Viviana aveva dato a loro nella vita.

Adesso, a settantadue anni, il ricordo di Viviana, quello che ho messo in cornice, è come una bandiera garrula nel vento, i nostri primi anni da mammine nel senso più gioioso del termine, "quel tempo là". Non meno prezioso il resto che mi rimase, più confuso, più difficile, ma sempre mio. Togliere, chiedere, dare, l'ho sempre fatto, al bisogno ho sempre chiesto a lei, anche quando non c'era più. E per quanto assurdo possa sembrare, lei era con me, nel dolore più grande. O era lei che parlava al posto del medico, in un altro duro frangente, muova le dita, muova le dita, muova le dita. Lei la vedevo nella sua casa tra le sue cose, ma egoisticamente mi prendevo la mia parte, o era lei che me la regalava.

Quando Loris mi disse che Sergio era diventato papà, trasecolai, erano passati così pochi anni... "Sergio alla sera me lo tengo in braccio finché non si addormenta..." Oggi avrebbe quell'espressione lì, beata e preoccupata, del tutto piena. Credo che non sarebbe riuscita ad alzarsi dalla sedia per l'emozione. Avremmo potuto dividerci una lunga nonnanza. Una lunga e felice passione, un po' complicata, come tutte le passioni.

Due dei nostri nipotini, amici per la pelle, stanno giocando a pallone e vanno a finire nel pollaio, e io esco fuori inferocita "Fuori di lì, ho detto fuori, capito?". Escono subito, con due facce... il nipote suo mi guarda fieramente arrabbiato, non dice "tu taci che non sei mia madre" ma poco ci manca, il mio scuote il capo del tutto indignato, come a dire, questa nonna è proprio un guaio. Se ne vanno avviliti e io mi sento sommergere da un empito di vergogna, ma li riprendo decisa uno per braccio. "Guardate bene, bambini, vedete che qui non si deve entrare", le travi dello stretto ballatoio sono ricurve e glielo faccio notare "ho paura per voi se restate lì sotto..." Ci guardiamo bene in faccia, le loro espressioni si sono un tantino ammorbidite, ma restano sulle loro, che due facce...

Le loro mamme, quattro metri più in là, non si sono neanche voltate, sono sedute su due poltroncine di plastica e stanno parlandosi con le teste accostate, sono amiche da qualche anno. C'ero quando si sono incontrate la prima volta, mia nuora garbatissima e ritrosa, e l'altra irruente, un fiume di parole, simpaticissima, così diverse, ma pareggiate dall'esperienza materna, ho capito subito che stava nascendo un'amicizia speciale, e non mi sono sbagliata.

Quando le vedo insieme penso a me e a Viviana, e mi sento... come mi sento è difficile da spiegare, delle volte piango ma mi sento a posto. E riconoscente.

Indice

www.ingramcontent.com/pod-product-compliance
Lightning Source LLC
Chambersburg PA
CBHW071145020726
47502CB00002B/274